Julia K. Stein

Chasing Fame

Julia K. Stein

chasing fame

Roman

PIPER

Mehr über unsere Autorinnen, Autoren und Bücher:
www.piper.de

Wenn Ihnen dieser Roman gefallen hat, schreiben Sie uns unter Nennung des Titels »Chasing Fame« an *empfehlungen@piper.de,* und wir empfehlen Ihnen gerne vergleichbare Bücher.

Von Julia K. Stein liegen im Piper Verlag vor:
Montana Arts College:
Band 1: Chasing Dreams
Band 2: Chasing Fame
Band 3: Chasing Hope

Unser Versprechen für mehr Nachhaltigkeit
Klimaneutrales Produkt
FSC®-zertifiziertes Papier
Hergestellt in Europa

FSC
www.fsc.org
MIX
Papier aus verantwortungsvollen Quellen
FSC® C083411

ISBN 978-3-492-06262-6

Redaktion: Wiebke Bach
Satz: Satz für Satz, Wangen im Allgäu
Gesetzt aus der Dante MT
Druck und Bindung: CPI Books GmbH, Leck
Printed in the EU

Für J., dream big

I love acting. It is so much more real than life.

Oscar Wilde

Eins

Hazel

Ein Jahr vor Studienbeginn, New York

Meine Eltern haben mich gewarnt, aber von dem, was hier gerade passiert, haben sie keinerlei Vorstellung. Sonst hätten sie mich nicht gewarnt, sondern gefesselt und mit zweijährigem Hausarrest belegt. Hätte ich vorher gewusst, dass ich hier nach ein paar Minuten meinen Hintern an einem blonden Schönling reiben würde, der selbstbewusst um meinen Oberkörper herumgreift, um seine Hand auf meinen Busen zu legen, hätte ich mich freiwillig für den Hausarrest entschieden. So aber halte ich die Luft an und warte, bis er fertig ist. Auch wenn er inzwischen vor allem bemerkt haben muss, dass dieser C-Körbchen-Busen hauptsächlich aus einem Synthetikpolster von Victoria's Secret besteht.

Immerhin bin ich nicht die gewesen, die gerade mit einem improvisierten Sextoy, bestehend aus einem Kaffeebecher, vorgeführt hat, wie man sich selbst befriedigt. Es ist so überzeugend gewesen, dass beim Zuschauen der Verdacht in mir hochgestiegen ist, dass ich frigide bin. So gut hat sich das bei mir noch nie angefühlt, wenn ich ihrem ekstatischen Gesichtsausdruck Glauben schenken darf. Vielleicht habe ich bisher noch gar nicht verstanden, was ein Orgasmus eigentlich ist? Die Erkenntnis wirft mich aus der Bahn.

»Hazel – Hazel Mackintosh. Nehmen Sie den Kaffeebecher oder den Barhocker?«

Ich brauche eine Sekunde, um wieder zurück in die Gegenwart zu kommen. Eigentlich wollte ich den Kaffeebecher nehmen, ich habe mir eine Szene in einer Kaffeehauskette ausgedacht, aber als die rothaarige Bombshell mir nach ihrem Super-Orgasmus den Becher in die Hand drückt, fühle ich mich auf lähmende Weise unkreativ und meine ohnehin krankhafte Aufregung nimmt noch mal zu. O nein, bitte nicht jetzt. Gerade hatte ich alles noch unter Kontrolle, jetzt beginnt mein Herz zu rasen und meine Zunge klebt schwer am Gaumen. Meine Handflächen werden feucht. Ich greife nach dem Barhocker und versuche das Zittern in meinen Händen zu unterdrücken.

»Dann legen Sie mal los«, sagt der Prüfer, ein älterer Mann, Dreitagebart, ganz in Schwarz mit einer eitlen roten Hornbrille. Er setzt sich zu den anderen zwei Prüfern mit ihren Klemmbrettern an einen Holztisch. Die Gruppe wirkt ermüdet von den Gefühlsexplosionen des Vormittags, einer emotionalen Achterbahnfahrt im Fünfminutentakt.

Ich schlucke, versuche das Adrenalin, das durch meinen Körper rauscht und meinen Kopf federleicht und leer hinterlässt, irgendwie zu unterdrücken. Die Stärke meines Lampenfiebers ist jedes Mal ein Glücksspiel, was einige Aufnahmeprüfungen beendet hat, bevor sie richtig gestartet sind. Aber nach einer Minute bezwinge ich es mühsam und führe meine harmlose kleine Szene vor, die ich von einem Kaffeehaus in eine Hotelbar verlege, aber nicht wirklich überraschenderweise bin ich nach dieser Runde rausgeflogen. Die New York Academy of Dramatic Arts wird es auch nicht werden, das ist jetzt klar. Mein New-York-Traum, auf den ich jahrelang hingefiebert habe, ist so jäh beendet, als wäre er unter das Fallbeil einer

Guillotine geraten. Die Rothaarige ist natürlich weiter und hat mir zum Abschied ein mitleidiges Lächeln zugeworfen, als ich sie auf dem Flur beim Rauchen erwischt habe. Der blonde Schönling, der mich als Partner für seine Improvisation benutzt hat, ist ebenfalls rausgeflogen. Als ich hinter ihm auf die Metalltür mit den weiß aufgedruckten Buchstaben »AUSGANG« zulaufe, dreht er sich zu mir um und versucht mich mit Blicken zu erdolchen. Dieser Ausdruck gelingt ihm so gut, dass ich beschließe, die Gegend vor Anbruch der Dunkelheit zu verlassen.

Drei Monate vor Studienbeginn, Montana

»Jeder Rückschlag ist ein Geschenk«, sagt meine Oma immer. »Du findest darin den Schlüssel, um den nächsten Schritt nach vorn zu machen. Du musst dir nur überlegen: Was will mir das Universum mitteilen?« Das sind die Gedanken, die mir durch den Kopf gehen, als ich Monate später zu meiner allerallerletzten Chance fahre. Ich habe bisher nur Absagen bekommen, ironischerweise bin ich an der University of Ohio im Business-Programm angenommen. Und dann hat das MCPA mich im Nachrückverfahren zu einem Vorsprechen eingeladen. Entweder wird es im Herbst Business, der Deal mit meinen Eltern, oder eben doch Schauspiel. Ich wage kaum zu denken, dass es doch noch alles klappen könnte, während ich mit dem weißen Mercury Grand Marquis in Richtung Idaho fahre – oder eher schleiche. Ich bin wahrscheinlich die einzige Person unter achtzig, die einen weißen Grand Marquis fährt, und sogar sexhungrige Lastwagenfahrer sparen sich den Blick ins Wageninnere. Auch für das Auto bin ich meiner Großmutter dankbar, denn das Montana College of Performing Arts, kurz MCPA, liegt so abgelegen, dass es ohne Auto ziemlich mühselig zu erreichen ist. Auf dem ewig geraden Highway durch eine wegen der anhaltenden Dürre gelb-braune Landschaft fahre ich dieser allerletzten Chance entgegen, in ein Schauspielprogramm aufgenommen zu werden. Ich habe das Fenster heruntergekurbelt und lasse den heißen Wind meine Haare durcheinanderwirbeln. Ja, was will mir das Universum eigentlich mitteilen? Dass ich nach sieben Ablehnungen offensichtlich kein Talent für eine Schauspielkarriere habe? Dass ich mir besser keine Hoffnung machen soll, weil ich mein Lampenfieber einfach nicht in den Griff bekomme?

Recht schönen Dank auch, und was ist dann mit den ganzen »*If you can dream it you can do it*«-Zitaten auf Instagram? Du meinst, dass die Coaches mit dem Panzerknackerlächeln tatsächlich nur Mist erzählen, liebes Universum? Okay, ich muss aufhören, Selbstgespräche zu führen, wenn ich nicht durchdrehen will, bevor ich den Campus überhaupt erreicht habe, und mich daran festhalten, dass ich im Nachrückverfahren bin. Vielleicht will das Universum mir einfach eine Chance geben und ist besser gelaunt als gedacht.

Nach dem New-York-Debakel und all den anderen Absagen haben meine Eltern sogar Mitleid gehabt und mich zu trösten versucht. Aber das haben sie natürlich vor allem getan, weil sie sich da noch sicher waren, dass ich meinen Studienplatz an der University of Ohio im Pre-Business-Programm bald antreten werde. Das ist unser Deal, wenn mich kein »ordentliches« Schauspielprogramm unter den Top Ten des Landes aufnimmt. Und dann kam diese letzte Gelegenheit, das Nachrückverfahren. Die Leiterin der Theatergruppe meiner Highschool war so überzeugt von mir. Ich hoffe einfach, dass sie irgendwie recht hatte. Nie habe ich ihr Urteil so angezweifelt wie in den letzten Monaten. Aber sogar wenn nicht, irgendwie gibt es keine Alternative für mich, nichts, das sich richtiger anfühlt. Ich werde alles geben.

Ich trinke Kaffee, der seiner Bitterkeit nach zu urteilen schon seit letzter Woche auf der Wärmeplatte der Tankstelle gestanden hat, an der ich vorhin gestoppt habe. Hält wach. Es ist schon spätnachmittags und trotz der weißen Farbe des Autos ziemlich heiß. Ich höre einen Podcast über Method Acting, darüber, wie Robert De Niro oder Natalie Portman monatelang ihre Rollen leben, um sie dann überzeugend zu spielen und ihre Charaktere bis in die Fingerspitzen zu spüren, ihre Gefühle zu erleben, ihre Gedanken zu denken. Was hatte James, der Prüfer mit der roten Brille, mir beim Abschied gesagt, als er mich zur Seite genommen hatte? »Wir geben normalerweise keine Gründe für unsere Entscheidung. Du warst natürlich extrem aufgeregt, doch daran kann man arbeiten. Aber du warst gut, außer … du musst loslassen. Du hast an einem Punkt total dichtgemacht. Du musst deinen eigenen Körper bewohnen, bevor du einen anderen bewohnen kannst. Du hast das gespielt. Es geht jedoch nicht darum zu spielen, es geht darum zu fühlen. In dich hineinfühlen und deine eigenen Erfahrungen mit ins Spiel bringen. Ich hätte sonst für dich gestimmt.« Seine Worte kreisen in meinem Kopf. Das Lampenfieber, nun ja, das kann ich nicht wirklich steuern, und den Tag, wo es begonnen hat, wohl nie vergessen. Aber der Rest muss doch zu schaffen sein. Loslassen. Locker werden. Wie kann ich lockerer werden, wenn alle anderen auf einem völlig anderen Level sind – in jeder Beziehung? Ich habe in drittklassigen Theatergruppen in unserem Kaff gespielt und keinen einzigen echten Schauspielkurs absolviert, während Leute wie die Rothaarige schon auf ihrer New Yorker Highschool regelmäßig Kinderrollen am Broadway gespielt haben. Abgesehen von der Lebenserfahrung, dem »emotionalen Register«, das sie sich zugelegt haben. Wenn sie wüssten, dass ich mich verwegen fühle, nur weil ich an der Tankstelle zusätzlich eine Packung Zigaretten gekauft habe und den Rauch inzwischen ziemlich professionell aus dem Wagenfenster blasen kann, würden sie laut losprusten. Ich habe noch nicht mal an einem Joint gezogen, die anderen Studenten bei diesen Aufnahmeprüfungen haben wahrscheinlich schon mal Crack geraucht und der ganzen Theatergruppe einen Blowjob verpasst, um die eigenen Grenzen auszutesten. In jedem zweiten Satz haben sie das Wort Fuck untergebracht. Meine Güte, die Rothaarige hat mit ihrem Kaffeebecher einen besseren Orgasmus hinbekommen als ich je mit Marc – was natürlich kein Maßstab ist – oder allein. Mein Leben erscheint mir unendlich farblos und grau. Marc. Okay. Noch eine schlechte Erinnerung. Wenn er wenigstens mein emotionales Erfahrungsregister wirklich erweitert hätte, aber die Erinnerung an ihn ist schlicht unangenehm. Es war weder dramatisch, noch sonderlich emotional. Es war einfach ... überflüssig.

Mein theoretisches Wissen über Schauspielerei habe ich von Podcasts und YouTube. Ich führe sogar ein Buch mit Notizen über diese Podcasts, wie andere das bei Chemie-Vorlesungen machen. Ich muss lockerer sein und mich mehr mit mir selbst »connecten«. Natürlich. Das Problem ist, dass ich keinerlei eigenes emotionales Repertoire habe, was das angeht, es entspringt alles meiner Fantasie. Und Büchern und Filmen, es ist alles zweite Hand. Meine Eltern sind die unlockersten Menschen auf dem Planeten. Sie arbeiteten hart in der Firma, meine Mutter besitzt ein Autohaus, mein Vater führt das Büro und macht die Abrechnung. Viel arbeiten und sich stressen ist die Währung, in der sie den Wert ihres Lebens bemessen. Und solange ich denken kann, haben sie mein Leben ähnlich straff organisiert wie ihr eigenes. Die Theatergruppen sind meine Chance gewesen, mal in das Leben von jemand anderem zu schlüpfen, ohne Lernzeiten am Nachmittag, Notenvorgaben, Sozialstunden in der Kirche, die auf dem Lebenslauf gut aussehen. Meine Eltern hätten nie vermutet, dass es mir ernst sein könnte, sonst hätten sie die Theatergruppen lange verboten.

Als ich Blackfish erreiche, wo ich übernachten will, ist es acht Uhr abends und ganz plötzlich kühler geworden. Endlich. Meine Beine sind taub, mein linker Fuß ist eingeschlafen, mein Nacken steif von den vielen Stunden hinter dem Steuer. Die Stadt Blackfish ist eine ehemalige Bergarbeiterstadt, die jetzt von den heißen Quellen lebt, die sich in der Nähe befinden und zumindest ein paar Touristen anlocken, die darin baden wollen. Hier gibt es Hotels. Die Bezeichnung »Stadt« ist allerdings maßlos übertrieben. Blackfish besteht aus einer Hauptstraße, an der entlang sich die wenigen Häuser reihen, die der Ort zu bieten hat. Ziemlich hübsche Häuser, die nach Countrystil und Gemütlichkeit aussehen, viele aus Holz, manche in warmem Grün oder Braun bemalt. Mein Magen knurrt und leicht übel ist mir auch. Kaffee, Obstsalat und Zigaretten ergeben offensichtlich keinen Wellness-Smoothie. Schon bin ich scheinbar am Ende der Hauptstraße angelangt, als rechts von mir ein weitläufigeres Grundstück mit einem größeren Gebäude auftaucht. Auf einem leuchtenden Letterboard steht in roten Buchstaben *Drunk Bull – Bar. Diner. Motel.* Der betrunkene Bulle? Hier auf dem Land versteckt man sich scheinbar nicht hinter cleveren Namen mit Tiefsinn. Aber es gibt wenig Alternativen und dieser Laden vereint alles, was ich gerade brauche. Essen und ein Bett, die Bar kann ich auslassen. Kurz entschlossen drossele ich das Tempo, wende den Wagen und fahre auf den Parkplatz. Die groben Kieselsteine unter den Rädern knirschen gefährlich und die Schlaglöcher senden dumpfe Schläge in meinen Rücken, aber immerhin bleiben die Reifen nicht stecken. Der Parkplatz ist überraschend gut gefüllt: riesige Transporter, SUVs und Pick-up-Trucks. Mein Grand Marquis dazwischen wirkt wie ein weißer Zwerg. Ich schalte den Motor aus und richte den Rückspiegel auf mich. Meine dunkelbraunen Haare stehen zerzaust vom Kopf ab und auf meinem Gesicht hat sich der Staub der Straße mit dem Schweiß zu einer gräulichen Farbe vermischt. Ich bürste meine Haare und ziehe mein Sweatshirt über das verschwitzte Tanktop. Das muss vorerst reichen. Seit ich mit diesen Theater-Aufnahmeprüfungen angefangen habe, trage ich fast nur noch Schwarz, um nicht direkt mit weißen Turnschuhen und pastellfarbenen Sweatshirts als Kleinstadtmädchen vom Laientheater mit zu groß geratenen Träumen aufzufallen. Ich laufe mit steifen, von der beginnenden Blutzirkulation prickelnden Beinen in Richtung der Eingangstür. Hoffentlich sieht keiner meinen staksigen Gang. Das *Drunk Bull* ist eine verschachtelte Konstruktion aus Holz und Stein. Am Eingang steht ein weiteres Schild, das man von der Straße nicht richtig lesen kann: »Monday: Free Shots 4 Girls«. Okay. Heute ist Montag. Das erklärt vielleicht auch die vielen Autos. Ist das doch mehr Bar als Restaurant? Man braucht jetzt nicht den IQ von Stephen Hawking, um zu verstehen, was dieses Schild wirklich für eine Message rüberbringt: »Hey Girl, wenn du dich umringt von Kerlen (betrunkenen Bullen?) kostenlos volllaufen lassen willst, bist du hier richtig. Hey Mann, wenn du eine angetrunkene Frau suchst, die für einen kostenlosen Drink alles Mögliche tut, bist du hier auch richtig.«

Ich bleibe kurz stehen und überlege, ob ich doch weiterfahre bis zur nächsten Billig-Motelkette. Aber laut Google Maps ist die nächste mindestens zwanzig Minuten in die falsche Richtung entfernt. Sende ich zu eindeutige Signale, wenn ich hier hingehe? Ein Seufzer entfährt mir. Ich bin echt so verklemmt, wie die Rothaarige gedacht hat. Das ist kein Stripclub, sondern ein Restaurant mit Bar, wo die Einheimischen ein bisschen Spaß haben. Ich gehe jetzt etwas essen und dann ins Bett. Mein Magen rumort, er stimmt dem Plan zu. Das MCPA liegt nur eine Stunde von hier entfernt. Ich werde morgen früh losfahren, ich muss erst nachmittags da sein. Meinen Monolog, Mascha aus der *Möwe* von Anton Tschechow, kann ich im Schlaf. Verdammt, ich kann das gesamte Stück wahrscheinlich noch im Wachkoma, so oft, wie ich es gelesen und durchanalysiert habe. Ich muss nur … lockerer werden. Ist es das, was das Universum mir die ganze Zeit sagen will? Es war schließlich ziemlich deutlich geworden mit den Worten des letzten Prüfers. Ich wollte nach New York, aber vor allem will ich in ein Schauspielprogramm. Das MCPA liegt zwar abgelegen, aber es ist berühmt. Richtig berühmt. Und nach meinen Videos bin ich im Nachrückverfahren zur Aufnahmeprüfung zugelassen worden und dieses letzte Mal darf ich es einfach nicht versauen. Und ich darf vor allem nicht wieder an irgendeiner Partnerübung mit »Flirt-Faktor« scheitern, weil ich sexuell verklemmter bin als ein siebzehnjähriger Fortnite-Gamer und »meinen Körper nicht bewohne«. Halt, Fortnite-Gamer sind inzwischen Sexsymbole. Sogar die haben es besser hinbekommen. Aber ich selbst zu sein ist vielleicht das Schlimmste, schließlich ist es das Selbst, dem ich entkommen will, weil es so uninteressant ist wie ein undefinierbarer Schmutzfleck. Mit ähnlicher Lebenserfahrung.

Kurze Zeit später habe ich eingecheckt und sitze an einem der kleineren Tische im *Drunk Bull*. Der Laden wirkt ein wenig altmodisch mit seinen rot gestrichenen Wänden und rustikalen Holzeinbauten, passt aber irgendwie zu den ganzen Leuten in Boots und Jeans, die sich hier rumtreiben. Ich bin die Einzige, die allein sitzt, die anderen sind mit ihren Freundinnen und Freunden beschäftigt und niemand schenkt mir viel Beachtung. Mit Nichtbeachtung kann ich umgehen. Vielleicht liebe ich die Bühne, weil ich die ganze Nichtbeachtung, die ich im normalen Leben so schätze, auf der Bühne auf einen Schlag kompensiere. Die goldgelben Pommes in Mayonnaise getunkt sind wunderbar kross und perfekt salzig. Bei Pommes bin ich Expertin, weil ich sie immer heimlich nach dem Tennis gegessen habe, wenn meine Mutter wieder auf einem ihrer Ernährungs-Umstellungs-Trips war und schlaffes, salzfreies Gemüse ohne Fett den Speiseplan bestimmt hat.

Eine süße Blondine mit Minirock kommt freundlich lächelnd an meinen Tisch. Sie ist stark geschminkt, was sie überhaupt nicht nötig hat.

»Birnenschnaps. Schmeckt überhaupt nicht nach Alkohol!«, flötet sie. »Du wirst es lieben. Hier, ich gebe dir direkt zwei.« Sie zwinkert mir zu wie eine Freundin, die mir etwas Gutes tun will. Die Shots habe ich nicht bestellt, aber sie geht wohl davon aus, dass jede Frau, die heute hierhin kommt, wegen des Schnapses gekommen ist. Und wenn ich mir die Mädchen ansehe, die sich in aufgeregten, kichernden Gruppen um die Stehtische drängen und Shotgläser vor sich aufgereiht haben, ist das korrekt. Flirten ist unfassbar einfach, wenn man ihnen zuschaut.

Wenn ich an morgen denke, verkrampft sich allerdings mein Magen so sehr, dass die Pommes drohen direkt wieder herauszukommen. Ich weiß schon, warum ich nicht in »meinem Körper zu Hause« bin und so verkrampft. Es liegt daran, dass ich keine Ahnung habe, weder vom Flirten – schließlich hatte ich vorher Jahre damit vergeudet, Marc aus der Ferne anzuhimmeln – noch von Sex. Marc und ich hatten es sogar ein paarmal gemacht, wenn wir überhaupt einen passenden Ort gefunden hatten, abgesehen von seinem Auto. Doch seine Geduld, dass wir es irgendwie besser hinbekamen, war sehr begrenzt, schon nach ein paar Wochen hieß es: »Es ist gefährlich, sich so früh exklusiv aufeinander einzulassen.« Leider habe ich anschließend in seinem Telefon spioniert und festgestellt, dass er das mit dem *exklusiv* schon hinter sich gelassen hatte. »Mein Bett ist noch warm, aber viel zu leer«, konnte man noch mit Fantasie fehlinterpretieren. Bei »Ich fühle mich so leer ohne dich in mir« hätte auch ein Hollywood-Produzent Probleme, noch einen überraschenden Plot-Twist zu finden. Wenn ich allerdings ehrlich und tief in mich hineinhorche, muss ich zugeben, dass ich ein bisschen erleichtert war, als er weg war. Ich kann jedoch nicht zulassen, dass mir diese gescheiterte Beziehung und die daraus resultierende fehlende Erfahrung jetzt auch noch meinen Theatertraum vernichten.

Der bekannte Schachspieler Magnus Carlsen spielt am Tag vor einem großen Schachturnier Fußball, um sich zu entspannen. Ich werde das jetzt auch tun. In meiner Version. Und mich nicht mehr von großmäuligen, selbstbewussten, versexten und leicht abgefuckten Mitbewerbern einschüchtern lassen. Und es ist noch nicht zu spät. Es ist nie zu spät, sagt meine Oma immer. Sie sollte sich nicht mehr Oma nennen, sondern Life-Coach, damit kann man heute richtig viel Geld verdienen. Das ist bestimmt lukrativer, als Bettdecken zu patchworken. Ich werde hier und jetzt mein Erfahrungsrepertoire erweitern. Neben mir lacht ein Mädchen in einem weißen, eng anliegenden Shirt auf. Sie folgt dem Typen mit der umgedrehten Baseballkappe, der ihre Hand ergriffen hat, nach draußen. Mein Gott, ich muss ja nicht die Relativitätstheorie entschlüsseln, sondern bloß das Verhalten der Mädchen spiegeln, ohne direkt in die Rolle von Shakespeares Julia zu schlüpfen. Wie war das mit konkret messbaren Zielen, die man sich setzen soll?

Gut. Ich werde in kleinen Schritten loslegen, nicht direkt mit einer Sexorgie, aber ich kann ja zumindest einen Typen abschleppen. So hätte ich auch mal jemanden aufgerissen, ganz eigenständig.

Okay, Pakt mit mir selbst. Erst, wenn ich das geschafft habe, darf ich schlafen gehen.

Ich denke an das kleine Zimmer mit der Blumentapete und dem einfachen, aber gemütlichen Bett, wo ich bei meiner Ankunft meine Tasche abgestellt habe. Soll ich den Typen dann dorthin mitnehmen? Egal, über die Details zerbreche ich mir jetzt nicht den Kopf. Ich beende den Pep-Talk mit mir selbst und ziehe mein Sweatshirt über den Kopf. Das Tanktop ist durchgeschwitzt, aber das sieht man nicht. Und es riecht hoffentlich nur noch nach der letzten Ladung Vanilledeo. Ein bisschen mehr nackte Haut hilft vielleicht. Hey, ich bin Schauspielerin, verdammt noch mal. Ich ziehe den Ausschnitt etwas tiefer, was meinen Busen nicht größer macht, aber so kommt er besser zur Geltung.

Das Licht ist schummrig genug und eigentlich passe ich mit meinen Klamotten ganz gut rein. Die Jungs tragen T-Shirts, Jeans, Fleece oder karierte Hemden, die sie übergezogen haben wie Jacken. Ich werde mich nicht betrinken, aber ein Birnenschnaps zur Unterstützung ist erlaubt. Ich nehme das erste kleine Glas und kippe es mit Schwung herunter. O Gott. Die Kellnerin hat nicht zu viel versprochen. Es schmeckt nicht nach Birne, sondern nach ... Babykotze? Egal. Die Gläser sind so klein, ich kippe den zweiten hinterher und stehe auf. Keine Lebensmittel verschwenden, das hat mein deutscher Opa mir immer eingebläut, vielleicht habe ich das zu sehr internalisiert, er wird nicht an Birnenschnaps gedacht haben.

Im hinteren Teil ist ein Barbereich, wo die Musik lauter ist, das Licht gedämpfter. Hinter dem Tresen steht ein beleuchtetes Regal mit farbigen Flaschen, die erwartungsvoll funkeln. Der Laden ist ziemlich voll, erstaunlich, wo die vielen Leute herkommen, der *Drunk-Bull*-Montag scheint alle Menschen aus den umliegenden Orten anzuziehen.

Mein Blick kreuzt den von einem Typen seitlich von mir, Kategorie jüngerer Rancher. Vom Gesamteindruck her okay, dunkle Haare, ein ausgewachsener Pony, blaues Fleece. *Vielleicht könnte er mein Experiment werden?* Ich versuche freundlich dreinzuschauen, streiche mir eine Strähne aus dem Gesicht und schaue von unten nach oben, genau wie das Mädchen vorhin es gemacht hat, und ignoriere, dass ich mir dabei saublöd vorkomme. Teil des Lockerwerdens! Die Musik ist noch mal lauter geworden, eine Mischung aus den aktuellen Charts, die ich nach der langen Autofahrt mit Radiobegleitung komplett mitsingen kann.

»Hey, dich habe ich hier noch nie gesehen?«, bemerkt Rancher-Boy und sein Blick streift mein Dekolleté. Es funktioniert und man muss ihm zugutehalten, dass er versucht zu vertuschen, wie sehr ihn mein Dekolleté interessiert.

»Bin auch heute zum ersten Mal hier.«

»Was hat dich hierhin verschlagen? Dein Freund?« Er grinst.

Hier verschwendet man keine Zeit mit subtilen Strategien. Aber das ist mir recht, dann sind wir früher fertig. Lächeln, Haare zurückstreichen, meine Taktik klappt. Mann, ist das einfach. Ich lege den Kopf schief.

»Nein«, erwidere ich. Über seinen wasserblauen Augen liegen dicke Brauen, die in der Mitte zusammengewachsen sind.

»Magst du noch was trinken?«, fragt er. »Noch einen Shot?«

Moment. Will er so tun, als würde er mir was ausgeben, und mir dann einen Gratis-Shot andrehen? Er trägt Cowboyboots und hat ganz leichte O-Beine. Mmmh. Bei diesem Anblick muss ich leider plötzlich an diese verbotenen Cowboyromane denken, die ich hinter der offiziellen Buchreihe im Bücherregal meiner Mutter gefunden habe. Die Seiten waren zerlesen, meistens kam schon auf der fünften Seite Sex vor, bei dem irgendeine harmlos wirkende Mutti mit einem Typen in Cowboyboots verduftet, um kurz später im Rodeostyle die Hüften kreisen zu lassen. Noch erschreckender ist, dass meine Mutter das gelesen hat. Ich muss plötzlich kichern.

Sein Gesicht spiegelt Verwirrung wider. Wahrscheinlich weiß er nicht genau, was ich mit dem Verhalten sagen will. Ich weiß es ja selbst nicht. In diesem Moment wird mir aber eine Sache total klar. Ich will ihn auf keinen Fall abschleppen. Ich drehe mich um und schiebe mich auf den Barhocker.

»Könnte ich eine Cola im Whiskeyglas bekommen?«, frage ich den Barkeeper und lehne mich auf den Tresen, als ich endlich seine Aufmerksamkeit erhaschen kann. Die könnte gegen den fürchterlichen Babykotze-Geschmack helfen.

»Eine Cola?«, wiederholt der Barkeeper ungläubig und lehnt sich ebenfalls zu mir.

»Genau. Im Whiskeyglas.« Ich versuche bei der Bestellung nicht verlegen zu sein.

Er schaut demonstrativ auf seine Uhr. »Wie wäre es mit einem Long Island Ice Tea? Meiner ist ziemlich böse«, fügt er nicht ohne Stolz hinzu.

»Was heißt das genau, sind da Drogen drin?«

Er rollt mit den Augen. »Du bist neu hier. So was haben meine Drinks nicht nötig.«

»Ich bin nur auf der Durchreise«, erkläre ich. »Ich will mich gar nicht wegschädeln, sondern übernachte hier bloß.«

»Schade. Immer sind alle auf der Durchreise«, jammert er. »Wir könnten hier ein paar neue Frauen gebrauchen. Aber wenn du meinen Ice Tea getrunken hast, wirst du wiederkommen, da bin ich mir sicher.« Er schiebt mir die Cola zu und beginnt einen anderen Drink zuzubereiten.

»Möchtest du noch einen Shot?«, fragt plötzlich das Mädchen, das mich vorhin am Tisch bedient hat. Sie trägt wieder ein Tablett mit Birnenshots und verteilt großzügig an die willigen weiblichen Gäste, denen der Geschmack scheinbar nichts ausmacht.

»Danke, ich bekomme schon was anderes«, sage ich und deute mit dem Kopf in Richtung des Barkeepers.

»Ich lass dir einen für später hier«, murmelt sie verschwörerisch und stellt das Shotglas zur Cola auf den Tresen. Sie strahlt mich gönnerhaft an, als hätte sie mir das Geheimnis ewiger Jugend verraten, bevor sie sich schwungvoll abwendet.

Der Barkeeper ist wieder da mit seinem Drink. Er schiebt den Birnenschnaps mit einem angewiderten Gesichtsausdruck zur Seite.

»Trink das nicht«, sagt er, was mein Vertrauen in sein Fachwissen erhöht, aber leider zu spät kommt.

Er legt den Kopf schief und sieht mich erwartungsvoll an.

Also greife ich nach dem Glas und nehme einen Schluck. Es schmeckt frisch und zitronig und irgendwie gar nicht nach Alkohol, aber dennoch passiert in diesem Moment etwas Merkwürdiges. Als würde in meinem Magen gerade eine chemische Reaktion stattfinden, wie ich sie als Kind mit meinem Chemiekasten hervorgerufen habe, wenn ich aus Wasser, Essig, Backpulver und rotem Farbstoff brodelnde Lava zusammengerührt habe.

Mein Atem beschleunigt sich rapide und mir wird übel, und zwar so kotzübel, dass ich mich gleich übergeben muss. Jetzt. Instant. Ich presse mir die Hand vor den Mund und renne davon. Ich stürze durch die Seitentür zurück in den Motelbereich und sehe nur aus dem Augenwinkel, wie der Barkeeper mir mit einer Mischung aus verletztem Stolz und Mitleid hinterherschaut. Ich renne durch den loungeartigen Aufenthaltsraum, an dem ich vorhin schon vorbeigekommen bin, zu den nächsten Toiletten. Dabei nehme ich nur vage einen Typen wahr, der auf einem Sessel sitzt und ein Buch liest. Noch während ich renne, steigen Tränen in mir auf. Weinen und Kotzen, ich wusste gar nicht, dass das zusammengeht, rein körperlich betrachtet. Mein Herz pocht mit mindestens dreihundert Schlägen pro Sekunde, als ich endlich in allerletzter Sekunde die Toilette erreiche und mich übergebe. Long Island Ice Tea, Pommes, Cola, Babykotze-Schnaps, meine Anspannung – es war einfach zu viel. Frustriert lasse ich mich neben der Toilette auf den Boden sinken, der zumindest ziemlich sauber aussieht.

Was für eine grandios bescheuerte Idee. Mein Kopf dreht sich noch, keine Ahnung, ob das der Alkohol ist oder ob mein Blutdruck auf dem Level eines Komapatienten ist. Ich bin so wütend, weil ich nicht schaffe, was die ganzen Mädchen vorhin mit totaler Leichtigkeit hinbekommen haben. Ich denke an morgen und dieser Gedanke öffnet leider die Schleusen und lässt Panik wie eine Tsunamiwelle über mich hereinbrechen. Mit voller Wucht. Die Panik, dass ich morgen versagen werde. Dass ich diese eine letzte Chance versauen werde und zurück nach Ohio muss. Und schon muss ich noch mal würgen, obwohl nicht viel in meinem Magen übrig geblieben sein kann.

»Alles okay?«, höre ich plötzlich eine dunkle Stimme irgendwo hinter mir, die eher genervt als besorgt klingt.

»Wonach klingt es denn?«, röchele ich zurück. »Das ist die Damentoilette. Du klingst nicht wie eine Dame.«

»Mein Gott, dann sauf doch nicht so viel, nur weil es umsonst ist. Wie man so bescheuert sein kann. Ich wollte bloß sichergehen, dass hier keine Birnenschnapsleiche liegt.«

Als Antwort würge ich noch mal.

Ich höre, wie jemand die Tür aufschiebt und dann wieder stehen bleibt.

Ich richtete mich unwillkürlich auf, ziehe ein Stück Klopapier von der Rolle und wische mir über den Mund. Gott. Ich will Zahnpasta. Eine XL-Tube. Dann drücke ich den Rücken durch, hole Luft und wende mich um. Und vergesse auszuatmen. Die Tür zu meiner Toilettenkabine steht auf, sodass ich bis zur Eingangstür schauen kann, wo er steht. Groß, schmale Taille, breite Schultern. Okay, ich sitze neben einer Toilettenschüssel auf kalten Fliesen, aus meiner Perspektive sähe auch der O-Beinige groß und breitschultrig aus, aber der Typ ist es mit Sicherheit aus jeder Perspektive. Seine Haare sind hellblond, dazu hat er einen durchdringenden, sehr, sehr genervten Blick aus sehr dunklen Augen, die im starken Kontrast zu seinen Haaren stehen. Vielleicht sind die Haare gefärbt? Für einen Moment denke ich, dass ich ihn schon mal gesehen habe. Absurd. Ich habe zu viel getrunken und sehe noch ein paar helle Punkte vor meinen Augen. Er trägt außerdem einen leichten, dunklen Bart. Er hat etwas Faszinierendes. Keinesfalls ein Typ, den man mit »süß« beschreiben könnte, weil das zu sehr nach etwas Zuckrigem klingt. Und ja, er hat einen fast unwirklich perfekten Körper.

»Kannst du stehen oder fällst du gleich in die Toilettenschüssel, wenn du versuchst aufzustehen?«, fragt er spöttisch mit höchstens einem Hauch Besorgnis. In seiner Stimme liegt etwas, und es ist nicht die Gereiztheit, die meine Nackenhaare sich wie von selbst aufstellen lässt. Er mustert mich sehr genau, was mich daran erinnert, was ich hier für ein Bild abgeben muss. Ich blicke schnell an meinem Tanktop herunter, ob noch irgendwo Reste meines halbverdauten Essens kleben, und als ich wieder hochschaue, mustert er mich immer noch, aber irgendetwas in seinem Blick hat sich verändert. Ein Funken Mitleid?

»Ich kann stehen. Und ich bin überhaupt nicht betrunken. Mir war nur schlecht«, antworte ich beleidigt und ignoriere die Tatsache, dass ich mich keineswegs sonderlich klar im Kopf fühle. Aber mein Birnenschnapskonsum ist schließlich nicht zu vergleichen mit dem einiger anderer Frauen in der Bar.

Er macht ein abfälliges Gesicht und steckt die Hände in seine schwarze Jeans. »Klar.«

Auch so sieht er nervigerweise sehr gut aus, dramatisch gut. Das ist eine völlig andere Art von Typ als die, die ich vorhin an der Bar gesehen habe, wieso ist er eigentlich nicht da gewesen? Da hätte mein Flirt-Projekt ganz andere Erfolgschancen gehabt.

»Die Ironie kannst du dir sparen. Glaub mir, ich hätte mir auch gern ein anderes Ende gewünscht. Und wenn du es genau wissen willst …« Es ist gar nicht so leicht, sich zu konzentrieren, während er mich so ansieht. Ich dachte nicht, dass ich Bart mag, aber bei ihm … sieht es gut aus. Stoppelige Wangen hinterlassen allerdings, wie ich aus Erfahrung weiß, fiese rote Flecken auf meiner Wange, weshalb ich Marc dazu verpflichtet hatte, sich immer zu rasieren. Keine Ahnung, wie ich aussehen würde, wenn so eine Wange wie seine gegen meine reiben würde. Ich kneife schnell die Augen zusammen. Mein Gott, zum Glück kann er keine Gedanken lesen.

»Ich weiß nicht, ob ich es genau wissen will«, sagt er stattdessen. Seine Stimme ist melodisch, man möchte sich reinlehnen. Ich seufze. Mir ist gerade alles egal.

Es ist alles so frustrierend. Ich bekomme nicht den einfachsten Flirt auf die Reihe und versuche noch mal die Sternchen aus meinem Blickfeld durch Blinzeln zu vertreiben. »Wenn ich dich jetzt mit auf mein Zimmer nehmen wollte, wie müsste ich das anstellen? Du denkst, dass das eine total bescheuerte, superbeknackte Frage ist, aber ich meine es ernst. Wie würde man das anstellen? Rein theoretisch.«

Er blickt mich betreten an. Stimmt. Habe ich das gerade wirklich gesagt? Oh. Mein. Gott. Ich sitze immer noch auf dem kalten Boden der Damentoilette und es riecht überhaupt nicht gut hier. Ich lasse meinen Kopf in die Hände fallen wie ein kleines Kind, das glaubt, dadurch unsichtbar zu werden.

»O Mann. Du kannst mir doch nicht erzählen, dass du nicht total dicht bist«, bemerkt er herablassend.

»Danke, dass du mich aufbaust. Ich wollte eigentlich so tun, als wäre ich betrunken wegen dem Cola-im-Whiskeyglas-Trick von meiner Oma, aber noch nicht mal das hat funktioniert. Und wenn schon. Dann habe ich vielleicht Birnenschnaps getrunken. Aber wie armselig ist das bitte schön, während andere problemlos mit einem Kaffeebecher Sex haben. Ich weiß, das klingt jetzt alles verwirrend«, füge ich schnell hinzu, als ich hochschaue und seinen entgeisterten Ausdruck sehe. Er soll nicht direkt den psychiatrischen Notdienst holen. Der ganze Mist fließt aus mir heraus. Aber es tut gut, und warum auch immer habe ich das Gefühl, dass das Gespräch außer Konkurrenz läuft. Dass diese ganze Begegnung auf der Toilette in einem Hotel am Ende der Welt nichts mit dem wirklichen Leben zu tun hat. »Ich weiß noch nicht mal, wie man flirtet. Ich habe es verlernt oder noch nie gelernt, weil ich die letzten Jahre mit einem totalen Idioten zusammen war. Und jetzt versaut er mir einfach alles. Ich habe die besten Jahre meines Lebens verschwendet.«

Als ich hochschaue, liegen seine dunklen Augen auf mir. Mein Gott, mir wird noch mal klar, mit wem ich spreche. Der Typ ist … gut aussehend. Richtig gut aussehend. Im Normalfall hätte ich mich nie getraut, ihn anzusprechen. Jetzt ist es jedoch ohnehin zu spät. Wir sprechen schließlich schon.

Ich sehe eine Spur Belustigung neben der Entgeisterung. Vielleicht ist das gut.

Ich muss aufstehen und dann muss ich ins Bett und, keine Ahnung, meditieren und die Szene mit dem griechischen Gott auf der Toilette vergessen. Vorsichtig versuche ich mich aufzurichten. Meine Beine sind taub und kribbeln, als ich mich draufstelle.

»Ich will dir nicht zu nahe treten, aber ich bezweifle, dass das jetzt schon deine besten Jahre waren. Ich weiß nicht, wie alt du bist, aber du siehst eher nach Highschool aus oder du hast unfassbar viel Botox gespritzt und bist in Wirklichkeit … vierzig?«

Ich gehe mit wackeligen Beinen zum Waschbecken, um mir Wasser ins Gesicht zu sprengen.

»Hahaha. Das ist leider kein Witz. Ich habe keine Ahnung, wie das alles läuft. Was müsste ich machen, um dich abzuschleppen? Also nur als Beispiel.«

»Du kannst fragen?«, sagt er nach einem Moment der Stille.

»Du würdest einfach so mitkommen?« Jetzt hat er mich doch überrascht. Ich trockne mein Gesicht mit dem etwas zu harten Papierhandtuch ab, das ein Spender ausspuckt. Ich überlege gerade, ob ich jemals mit einem Typen gemeinsam im Bad war. Ich glaube nicht.

Er zuckt mit den Schultern und mustert mich genau. Allerdings eher mitleidig fasziniert, in der Art, in der man einen auf den Rücken gefallenen Mistkäfer betrachtet.

»Du hättest keine Angst, dass ich ein Psychopath bin und dir irgendetwas ins Glas schütte, K.-o.-Tropfen oder so was, und dich mit nach Hause nehme?«

»Ich würde es vielleicht hoffen?« Er grinst. »Wobei nur, wenn du dir vorher die Zähne putzt. Duschen wäre auch nicht schlecht.«

»Oh. Mein. Gott. Du weißt aber schon, dass es psychopathische Frauen gibt, die dich aufschlitzen und verspeisen? Hast du nicht diesen Film gesehen, warte, wie hieß er noch, *Gone Girl?*«

»Ich könnte mich wehren.« Er sieht an mir herunter.

Ich weiß, dass ich klein bin und nicht unbedingt körperlich einschüchternd. So wörtlich war das alles nicht gemeint. »Vielleicht überschätzt du dich.«

»Das kann sein.«

Ich seufze. »Also, wenn du die Wahrheit wissen willst. Ich war gerade in dieser Bar. Und ich wolle eigentlich flirten üben. Dann ist mir leider schlecht geworden.« Ich bin selbst immer noch überrascht über die Leichtigkeit, mit der ich das alles erzähle. Es ist nicht so, dass ich sonst auf den Mund gefallen bin. Aber man kann auch laut sein, ohne etwas von sich selbst preiszugeben. Und es würde mir normalerweise nicht einfallen, einem attraktiven Typen wie ihm von meinen Unsicherheiten zu erzählen und nach Flirt-Tipps zu fragen.

»Wie gesagt, ich weiß nicht, ob ich die Wahrheit wirklich wissen will«, erwidert er nüchtern und macht sich zum Gehen bereit. Ich folge ihm.

»Es ist nur zur Vorbereitung für eine Aufnahmeprüfung«, erkläre ich, um mich zu verteidigen. Ich habe den ekligsten Geschmack meines Lebens im Mund. »Gibt es hier irgendwo noch was zu trinken, also Fanta oder so?«

Er seufzt. »Ja, es gibt einen Aufenthaltsraum, da kann man

sich was nehmen und in eine Liste eintragen, wenn man im Motel wohnt.« Er blickt sich zu mir um. »Komm, ich zeig ihn dir.« Ich muss erbarmungswürdig aussehen.

Ich nicke und laufe ihm nach, wobei ich mich bemühe, nicht zu hypnotisiert auf seinen Rücken zu schauen. Obwohl sein T-Shirt nicht übertrieben eng ist, zeichnen sich die Schulterblätter darunter ab. Ich bin mir sicher, dass sich schon ein Haufen Frauen an den Typ herangeschmissen hat. Im besten Fall kann ich tatsächlich was von ihm lernen. Ich bin in der Mitte vom Nirgendwo, perfekt, so anonym ist man heute noch nicht mal mehr im Internet. Die Chance werde ich mir jetzt nicht entgehen lassen.

Ich will einfach für jede Art von bescheuertem Spiel gewappnet sein während der Aufnahmeprüfung. Und wir sehen uns ja ohnehin nie wieder.

Zwei

Landon

»Also, du gehst einfach mit, wenn dich eine Frau fragt, die dir gefällt?«, hakt das Mädchen nach. Sie ist echt hartnäckig, obwohl sie so unschuldig und zart aussieht. Aber irgendwie gefällt mir ihre Art. Und ich habe es gar nicht mehr so eilig, in mein Zimmer zu kommen.

Ich zucke mit den Schultern. »Warum nicht?«

Wir haben den Aufenthaltsraum erreicht, der ganz gemütlich ist, mit ein paar großen Sofas und Sesseln und dunkelgrün gestrichenen Wänden. Die Leute hier leben nicht nur in der Natur, sie lieben auch diesen Naturlook in den Häusern. Ich denke an die bunt gestrichenen Wände im Haus meiner Mutter. Ich bezweifele, dass ich es hier drei Jahre aushalten kann, ohne durchzudrehen. Der gesamte Staat Montana hat so viele Einwohner wie San José. Nur ein Viertel der Einwohner von Los Angeles. Alle sind so entspannt, als gäbe es im Leben nichts Neues mehr zu erreichen. Auch wenn sie zwanzig sind. Die Leute ziehen nie um. Morgen geht's zurück nach L. A., vielleicht gibt es dort ja so gute Nachrichten, dass sich das Projekt Montana als überflüssig erweist. Es gibt noch Hoffnung. Ich werde den Verdacht nicht los, dass George mir mit dieser College-Idee eins auswischen will, weil ich aufmüpfig geworden bin. Weil ich nicht funktioniert habe. Ich hole eine Dose Dr Pepper aus dem Kühlschrank und reiche sie ihr.

»Ist das dein Buch?«, fragt sie und zeigt auf *Das Bildnis des Dorian Gray*, das aufgeschlagen auf dem wackeligen Tisch neben dem Sessel liegt, auf dem ich vorhin saß.

Ich nicke. Bevor ich es verhindern kann, hat sie die Dose abgestellt und das Buch hochgenommen.

»Dann fühle ich, Harry, dass ich meine ganze Seele an jemanden verschenkt habe, der sie behandelt, als wäre sie eine Blume, die er an seinen Mantel steckt, ein bisschen Schmuck, um seine Eitelkeit zu befriedigen, ein Ornament für einen Sommertag«, liest sie vor.

Sie blickt hoch. Diese Stelle hatte ich markiert.

»Das ist so traurig.«

Ich nehme ihr das Buch aus der Hand. »Er schreibt gut.«

»Ich mag *Ernst sein ist alles* sehr gern, die Theaterstücke sind toll.« Sie lächelt mich an und ich halte inne. Sie hat ein umwerfendes Lächeln, so offen. Ehrlich und von innen heraus. Sie blickt mich dabei aus ihren großen Augen an, als würde sie mich wirklich sehen. Und ich lächele zurück. Sie sieht elend aus mit den dunklen Schatten, die auf ihrer sehr hellen Haut drastisch wirken. Aber wenn sie lächelt, vergisst man das. Wow.

»Ich mag das Buch auch. Warte.« Sie nimmt es mir wieder aus der Hand und ich bin zu überrascht von ihrem plötzlichen Eifer, um ihr zuvorzukommen. Sie blättert einen Moment durch die Seiten, dann liest sie. *»Ich bin heute meiner selbst überdrüssig. Ich möchte jemand anderes sein.* Das ist so meine Stimmung gerade. Oder eigentlich fast immer. Es sind viele gute Zitate drin.« Sie hält inne, als ihr Blick auf ein weiteres fällt, das ich markiert habe. *»Ich will meinen Gefühlen nicht ausgeliefert sein. Ich will sie nutzen, genießen und beherrschen.«*

Sie blickt hoch und sieht mich interessiert an. »Tja, wer will das nicht? Es gibt wohl niemanden, der weiter davon weg ist als ich.« Sie seufzt.

Ich nehme ihr das Buch schnell aus der Hand. Es fühlt sich ein wenig so an, als würde sie in meinem Tagebuch blättern. Stattdessen drücke ich ihr die kühle Dose in die Hand.

»In Dr Pepper sind üble Stoffe drin, die ätzen alles weg.«

»Wie könnte ich nach dieser Beschreibung noch widerstehen?«, erwidert sie, trinkt dann aber gierig ein paar Schlucke. Um ihr schmales Handgelenk baumelt ein dünnes Goldkettchen mit einem Anhänger, der mit einem leisen Ton gegen die Dose schlägt. Sie hat sehr schmale Handgelenke, die ein wenig zerbrechlich aussehen.

»Würdest du mir einen Gefallen tun?«, fragt sie.

Sie blickt mich eindringlich an, ihre Augen sind groß und auffällig mit den geschwungen Augenbrauen. Ihre dunkelrosa Lippen sind zusammengepresst, sie ist aufgeregt, diese Frage gestellt zu haben. Irgendwie rührt mich das. Sie hat ein schönes Gesicht und … einen süßen Busen, der in dem schwarzen, engen Tanktop sehr einladend wirkt. Ich schaue schnell in ihr Gesicht zurück. Sie ist zu verwirrt, um zu bemerken, dass ich sie gerade abgecheckt habe. Sie ist sexy, vielleicht weil sie es null darauf anlegt. Sie deutet mit der Hand auf einen Sessel. Fuck. Ich sollte ins Bett. Ich sollte bestimmt nicht anfangen, mit irgendeinem Landmädchen in diesem abgefuckten Motel zu flirten, nur weil es Oscar-Wilde-Zitate mag wie ich. Aber ich setze mich dennoch auf den Sessel ihr gegenüber. Landmädchen üben scheinbar eine stärkere Anziehung auf mich aus, als ich mir bisher vorstellen konnte. Sie setzt sich auf das Sofa.

»Ich soll dir einen Gefallen tun?«, frage ich zurück. Es amüsiert mich irgendwie, dass sie so direkt fragt.

Sie seufzt. »Es ist wegen dieser Aufnahmeprüfung und … Also, ich bewerbe mich an Colleges fürs Schauspielprogramm und werde immer abgelehnt und ich glaube, es liegt daran, dass ich so klemmig bin und nicht weiß, wie man sich verhält, wenn man verliebt ist oder auch nur richtig flirtet. Angeblich spiele ich es bloß, statt es zu fühlen. Das Problem ist, dass ich es quasi noch nie gefühlt habe und gar nicht weiß, was ich fühlen soll. Also, ich war natürlich schon verliebt, aber diese ganze Flirt-Dynamik ist ein einziger Krampf.« Sie knibbelt an der Dose und holt tief Luft. »Falls es okay ist, würde ich gern ein Rollenspiel machen und es mal üben. Ich kann zwar nicht glauben, dass ich das hier gerade alles sage, aber jetzt ist es sowieso egal, nachdem du mich so gesehen hast.« Sie hebt den Blick und sieht mich an, eine Mischung aus Verzweiflung und Resignation.

»Du willst ein *Rollenspiel* mit mir machen?« Ich muss ein Schmunzeln unterdrücken. So etwas bin ich definitiv schon länger nicht gefragt worden. Trotzdem bin ich mir sicher, dass sie mich nicht erkannt hat und dass das keine versteckte Anmache ist. Ich sehe ja auch anders aus mit den blonden Haaren und unrasiert. Gepostet habe ich mit dem Look auch noch nichts. Auf ihren Fingernägeln glänzen noch Reste von schwarzem Nagellack.

»Wenn du so weiterknibbelst, fällt irgendwann der ganze Nagel ab«, bemerke ich, lehne mich vor und zeige auf ihre Hand. Sie zieht sie schnell weg und setzt sich auf die Handfläche.

»Rollenspiel also«, wiederhole ich. Meine Stimme klingt seltsam. Die Frau verwirrt mich.

»Nein, nein, das hört sich so an, als wollte ich mir jetzt ein Krankenschwesterkostüm anziehen und dann ein Unterwerfungs-Sexspiel machen. Ich meine jedoch ein ganz normales Rollenspiel, eher so wie Theater.« Sie blickt mich etwas erschrocken an und beginnt direkt wieder zu knibbeln. Ich beherrsche mich, ihre Hand nicht festzuhalten und sie vom Knibbeln abzuhalten.

»Ich habe das schon verstanden. Das mit dem Sex hast du jetzt gesagt. Keine Ahnung, wieso du daran denkst.« Ich lächele sie an und merke, wie sie mit sich kämpft und versucht einzuschätzen, ob ich mich über sie lustig mache oder ob sie diejenige ist, die die Situation im Griff hat.

Sie fährt sich mit dem Fingern durch die Haare und scheint zu überlegen. »Ich hätte dich wirklich nie angesprochen, wenn ich nicht wüsste, dass du definitiv nicht aus Ohio kommst und ich dich nie wieder sehen werde. Aber das Flirten da drinnen«, sie zeigt mit dem Kopf in Richtung der Bar, »hat auch nicht geklappt, weil ich die meisten Typen einfach sensationell unattraktiv fand. Ich habe dich gar nicht gesehen.« Sie lächelt, dann mischt sich die Erkenntnis in ihren Blick, dass sie schon wieder viel direkter ist, als sie es sonst scheinbar ist.

»Hast du mir gerade ein Kompliment gemacht? Danke.« Ich muss grinsen.

Sie zuckt mit den Schultern und seufzt resigniert. »Ist doch so. Du bist fünf Trillionen Lichtjahre attraktiver als die Kerle gerade. Hätte ich dich gesehen, hätte ich das besser hinbekommen. Wobei, nein, wahrscheinlich nicht. Außerdem darf das in der Aufnahmeprüfung gar keine Rolle spielen. Vielleicht muss ich es einmal richtig fühlen, dann kann ich es auch spielen. Von wegen Method Acting und so. Kennst du wahrscheinlich nicht.«

Ich muss lachen. »Method Acting habe ich schon mal gehört. Um welches College genau geht es?«, frage ich, obwohl ich inzwischen eine starke Ahnung habe. Die Termine für die Aufnahmeprüfung, bei der ich heute war, gehen schließlich diese Woche noch weiter. Es sind die Nachrücktermine, für die ich trotz meiner viel zu späten Bewerbung noch eine Einladung bekommen konnte. Und mein Agent George hat mir nahegelegt, den Termin wahrzunehmen, weil er ohnehin kein Angebot für mich hat nach meiner irrsinnigen Absage der letzten großen Rolle. Das drückt er mir ständig rein, natürlich um zu zeigen, dass ich selbst schuld bin. Es war Glück, dass das MCPA meine späte Bewerbung überhaupt akzeptiert hat, das machen sie nur in Ausnahmefällen.

»Für ein Schauspiel-Programm am MCPA. Und in vieler Hinsicht hängt mein ganzes Leben davon ab.« Sie schiebt ihre Augenbrauen zusammen. »Ich hatte schon einen Haufen Vorsprechtermine und ich bin jedes Mal durchgefallen, entweder wegen Lampenfieber oder weil irgendeine komische Übung kam, in der man flirten musste oder locker sein sollte, und das kann ich einfach nicht. Genauso wenig wie Improvisation. Einmal sollte ich das erste Wiedersehen nach einem One-Night-Stand darstellen. Keine Chance.«

Manchmal vergesse ich, dass nicht nur L. A. voll von Menschen ist, die kellnern und kassieren, aber eigentlich schauspielern wollen, sondern der Rest der Welt auch noch. »Du glaubst ernsthaft, wenn du einen One-Night-Stand hättest, könntest du leichter an der Schauspielschule angenommen werden? Verwechselst du da vielleicht was?«

»Was soll ich da verwechseln?« fragt sie, was mich jetzt doch an ihrem IQ zweifeln lässt.

»Schauspielschule und Bordell?«

»Es ist doch bekannt, dass man sich in Hollywood hochschlafen muss. Da gibt es vielleicht wirklich keinen so großen Unterschied«, erwidert sie ernst. »Jetzt sag mir nicht, das stimmt gar nicht?«

Für einen Moment bin ich zu überrascht, um zu antworten. Das ist natürlich etwas, was ich Hollywood nicht nur vorwerfe, sondern oft genug gesehen habe, aber …

»Das war ein Witz«, sagt sie in mein Schweigen hinein und winkt ab. »Ich bin ja nicht völlig bescheuert. Leider denken meine Eltern allerdings in der Tat, dass es so ist. Sie glauben, dass ich meinen Körper verkaufen muss, um Schauspielerin zu werden. Ist natürlich total dämlich.« Sie nimmt die Dose Dr Pepper und kippt sich noch einen Schluck krebserregende Stoffe rein.

Ich könnte ihr jetzt sagen, dass ihre Eltern vielleicht gar nicht so unrecht haben. In anderen Berufen verkauft man ein

Produkt. Als Schauspieler verkauft man nur sich selbst. Und das kann ziemlich erniedrigende Züge annehmen, vielleicht nicht so schlimm wie bei den Models, wo es nur um den Körper geht, aber trotzdem. Das Produkt ist man selbst. Doch was hilft es ihr, das zu wissen? Es ist ja auch schön, diese Illusion zu haben, diesen Traum. Sonst verliert man den Glauben an das ganze Ding und dann ist man total verloren. Niemand weiß das besser als ich. Ich beiße mir auf die Zunge. Für so eine Depri-Scheiße habe ich jetzt keine Zeit.

»Laut Method Acting muss ich bei meinen selbst erlebten Gefühlen andocken. Aber was machen bitte schön die Leute, die überhaupt nichts zum Andocken haben?«

Ich denke an die Prüfung gestern. Ich musste eine Familienszene mit Eltern spielen. Sie hat allerdings nicht so unrecht. »Na ja, in den meisten Rollen spielen Freundschaft, Angst und Sex irgendeine Rolle, weil es menschliche Grundantriebe sind. Beim Reden wirkst du übrigens überhaupt nicht verklemmt.«

»Wir kennen uns ja auch nicht. Ich probiere eine andere Persönlichkeit aus. Ich habe so wenig Erfahrung, das kannst du dir wahrscheinlich gar nicht vorstellen. Du ...« Sie zögert und scheint zu überlegen, ob sie das Folgende wirklich aussprechen kann. »Du wirkst irgendwie so, als hättest du schon viel Sex gehabt.«

Sie erwartet, dass ich antworte, aber nachdem ich kurz losprusten muss, blicke ich sie bloß abwartend an. Man muss die Leute manchmal einfach reden lassen, dann wird es interessant.

»Also, können wir uns vorab darauf einigen, dass alles, was wir jetzt hier sagen, niemals, niemals, niemals diesen Raum verlässt? Wir sind sozusagen im geräuschisolierten Backstagebereich?«

»Backstage. Interessantes Konzept.«

»Ja oder nein?«

»Einverstanden. Ich bin schließlich neugierig.«

Sie nickt noch mal nachdrücklich und sieht mich mit ihren großen Augen an. Sie ist schon etwas seltsam. Gut seltsam. Sie ist nicht sexy im Sinne von zusammengeschnürter Taille und Körbchengröße D. Sie hat diese sensiblen Augen, wirkt jedoch nicht schwach. Und ihr Lächeln hat wirklich nichts mit einem L.-A.-Lächeln gemein. Sie weiß allerdings nicht, dass noch ein paar undefinierbare Stückchen in ihren Haaren hängen. Trotzdem löst das keinen Ekel in mir aus, sondern etwas, von dem ich gar nicht mehr wusste, dass ich es noch besitze. Vielleicht weil sie so … echt wirkt. Verletzbar und ohne eine aufgebaute Persönlichkeit und Schutzmauern, die so hoch sind, dass da gar nichts mehr hinter ist. Und sie mag Oscar Wilde. Okay, ich muss damit aufhören.

»Es ist nicht so, dass ich noch nie Sex hatte, aber … es war total schlecht. Also, ich fand es richtig ekelhaft.«

Sag ich doch. Man muss die Leute einfach reden lassen.

Sie fährt nach einem prüfenden Blick in mein Gesicht fort. »Und wir haben ihn immer total schlecht reinbekommen. Und wir haben mehrmals versucht. Einmal war er, glaube ich, drin. Aber es fühlte sich mies an. Und dann hat er so geschwitzt und es war widerlich. Und ich frage mich seitdem auch, ob ich vielleicht falsch gebaut bin und nie Sex haben kann, weil soooo riesig war sein … Ding gar nicht.« Sie zerdrückt die Dose zwischen ihren Fingern, während sie spricht.

Ich kann mir leider ein Grinsen nicht verkneifen und sie hört abrupt auf.

»Es war nicht so lustig«, sagt sie und stellt die verbeulte Dose auf den Tisch.

»Entschuldigung. Ist es nicht.«

»Und dann habe ich überlegt, ob ich vielleicht frigide bin. Bei der Aufnahmeprüfung hatte dieses Mädchen so einen Superorgasmus mit einer Kaffeetasse. Pantomimisch. Ich habe keine Ahnung, wie man sich da fühlen soll. Wie sie rumgestöhnt hat … also so etwas habe ich noch nie erlebt. Auch nicht allein.« Sie wird rot und schaut auf den Tisch. »Gott, ich kann nicht glauben, dass ich dir das gerade erzähle. Wehe, du erzählst mir nicht auch gleich irgendetwas Peinliches.«

Sie blickt mich mit einem vernichtenden Blick an, als ich hilflos die Schultern hochziehe, und springt auf. Ich greife instinktiv nach ihrem Arm und halte sie zurück. Meine Finger können ihren Unterarm problemlos umfassen. »Entschuldigung, es ist nur …, diese Situation ist lustig, nicht das, was du erzählst«, wiederhole ich und lasse ihren Arm schnell wieder los, weil die elektrische Spannung zwischen uns viel zu stark ist, als dass man sie weiterhin ignorieren könnte, so wie ich es die ganze Zeit tue. Ich räuspere mich. Langsam setzt sie sich wieder hin.

»Das muss ätzend gewesen sein. Es klingt für mich so, als wäre der Typ eine totale Niete gewesen und hätte nicht gecheckt, dass du gar nicht bereit warst. Ich würde mir nicht zu viele Sorgen machen, dass das etwas über dich aussagt. Mein erstes Mal war auch beschissen. Und das letzte Mal übrigens ebenfalls. Das hängt nicht von der Erfahrung ab.«

Wow, ich bin selbst überrascht, dass ich ihr das erzähle. Ihre Ehrlichkeit ist ansteckend und ich mag keinen Bullshit zurückgeben.

»Echt jetzt?«, fragt sie sofort nach.

»Ja«, erwidere ich und bereue alles sofort. Wenn ich an jemanden gerade nicht denken will, dann an Nikki. Und dass ich meine letzte »Freundin«, völlig verdrängt habe. Meine Laune wird rapide schlechter. Das Landmädchen scheint zu überlegen, ob sie weiterbohren soll. Ich rechne ihr hoch an, dass sie es nicht tut.

»Du machst also mit bei dem Rollenspiel?«

Sie interpretiert meinen betretenen Blick als Zustimmung.

»Also, ich komme jetzt in diese Lounge und will dich kennenlernen. Am besten so, dass du mich sexy und attraktiv findest.«

Mein Blick fällt auf das kleine Stückchen in ihrem Haar.

»Kannst du bitte aufhören, so zu schauen, als wäre das ein Ding der Unmöglichkeit? Außerdem, wo wir doch backstage sind: Ich habe vorhin genau gemerkt, dass du mich auch attraktiv findest. Jedenfalls meinen Busen.«

Ich haue mir vor die Stirn. »Schon gut. Ich bin bloß ein Typ und dein Top ist ... nicht sehr hochgeschlossen. Ich habe aber noch gar nicht zugestimmt.«

»Hast du Angst, dass du mir gar nichts beibringen kannst?« Jetzt grinst sie.

Okay, so leicht will sie nicht aufgeben. »Du bist rührend. Versuchst du mich gerade auf diese Weise herauszufordern? Ich will jetzt nicht arrogant klingen oder wie ein Arschloch, aber ich denke, ich kann fast jede Frau dazu bringen, dass sie mich küssen will. Da brauche ich nicht wirklich was zu beweisen.«

»Wow. Ich schäme mich fremd. Was ist das bitte für ein unterirdisches Statement! Klingt arrogant und wie ein Arschloch, und dass man das vorher angekündigt hat, hilft leider gar nichts.«

Sie sieht mich angewidert an, so angewidert, dass ich lachen muss. »Du hast gefragt, ich habe ›fast jede Frau‹ gesagt und das ist nun mal nicht so unrealistisch. Du hast doch angefangen mit dem Backstageraum und so weiter.« Ich zucke mit den Schultern. Wenn sie wüsste, wie ich schon zu einer Zeit, als ich eigentlich noch viel zu jung war, von Frauen bedrängt worden bin. Von Frauen, die mindestens doppelt so alt waren wie ich. Keine Ahnung, was sie sich davon versprochen haben. Filmrollen?

Sie muss allerdings auch lächeln, egal wie sehr sie versucht, ernst zu bleiben.

»Ehrlich gesagt hat es gerade angefangen, mich zu interessieren. Dieses Backstageding gefällt mir. Also, was soll ich spielen?«

Wir werfen uns abschätzende Blicke zu. Dann scheint sie entschieden zu haben, dass sie mir glauben kann, und ihr schönes Lächeln kehrt zurück. Sie hält mir ihre Faust hin und ich schlage meine dagegen. »Deal.« Meine Faust ist ungefähr doppelt so groß wie ihre. Es war ganz schön einsam hier die letzten Tage. Die Dinge, die sie erzählt, haben etwas Entwaffnendes. Menschen, die so ehrlich sind und auf deren Gesichtern sich ihre Gefühle so ungefiltert widerspiegeln, sind in L. A. schon in den Neunzigern ausgestorben. Aber es gefällt mir, die Schauspielerei durch ihre Augen zu sehen. Dann wirkt es aufregend und voller Möglichkeiten. Es erinnert mich an eine Vergangenheit, die in weiter Ferne liegt. Meine Brust wird eng.

Sie fasst sich in die Haare und bleibt an einem Knoten hängen. Eine Falte erscheint zwischen ihren Augen und sie rümpft die Nase. »Warte, ich bin sofort wieder da. Zähne putzen.« Sie ist aufgeregt, auch wenn sie versucht, es nicht zu zeigen. Ich bin mir nicht sicher, ob sie schauspielern kann. »Davon will ich dich nicht abhalten. In deinen Haaren hängt auch noch was …« Sie schlägt sich eine Hand vors Gesicht, springt auf und rennt Richtung Treppe, die ins obere Stockwerk führt.

Worauf habe ich mich gerade noch mal eingelassen? Ich habe außer beim Vorsprechen in den letzten drei Tagen mit fast niemandem gesprochen. George hat sich auch noch nicht gemeldet. Er lässt mich schmoren, was seine Art ist, mich zu bestrafen. Ich habe mir den Kopf darüber zerbrochen, ob es noch einen anderen Weg gibt, einen neuen Agenten, was auch immer. Aber meine Mutter hat recht: Einen besseren als George finde ich in der jetzigen Situation nicht. Vielleicht habe ich überreagiert in der Sache mit Nikki. Ich scrolle durch Instagram, und ohne dass ich weiter darüber nachdenke, lande ich bei ihr. Sie hat gerade bekannt gegeben, dass sie für die nächste Staffel von *Bridgerton* gebucht wurde. *Bridgerton.* Meine Stirn fängt an zu prickeln und meine Brust wird wieder eng. In meinem Magen entsteht ein riesiger Knoten aus Frust und Neid. Es hilft nichts. Ich würde immer noch genauso handeln. Ich hätte es nicht gekonnt.

Ich setze mich auf den etwas abgeschabten alten Samtsessel und scrolle weiter durch die Seiten mit den Filmnachrichten, um mich von Nikki abzulenken. Leider wird mir dabei bewusst, dass die anderen bessere Verträge haben als ich, besser schauspielern können und weiter sind mit ihrer Karriere, obwohl sie viel jünger sind. Einige haben mich überholt. Ich bin masochistisch genug, mir das immer wieder anzuschauen. Habe ich mich nach Instagram jemals besser gefühlt? Ich schließe die App, kann mich aber nicht überwinden, sie zu löschen. Ich habe nicht gepostet, seit ich hier bin. Dabei fehlen mir die Likes, weil sie mein Selbstbewusstseins-Booster Nummer eins sind, und gleichzeitig fällt mir auf, wie weit weg die Onlinewelt ist, wenn ich sie ausschalte und dann plötzlich so viel Platz in meinem Leben ist. Im Moment vor allem Leere.

Dann kommt sie zurück in die Lounge. Sie hat sich ein weißes T-Shirt mit einem Aufdruck von *Guns n' Roses* angezogen. Ist sie wirklich ein Fan oder ist das nur ein Retro-Shirt von Walmart? Sie hat sich die Haare gekämmt und offensichtlich sogar auf die Schnelle gewaschen, weil sie nass aussehen. Sie sieht frischer aus und riecht sehr angenehm nach Seife. Sie tippt noch etwas auf ihrem Handy, dann legt sie es auf den kleinen Tisch neben der Tür. Mir fällt das auf, weil ich mein Handy nie so weit weg von mir lege.

»Okay, also, ich bin jetzt der scharfe Typ an der Theke?« Ich muss grinsen. Die Rolle kenne ich. Normalerweise ist es genau die Rolle, die ich nicht mehr spielen will. Gerade finde ich es allerdings amüsant. Ich finde *sie* ganz schön amüsant.

»Du *spielst* den scharfen Kerl an der Theke«, erklärt sie.

»Du bist ziemlich pingelig mit deinen Formulierungen.«

»Alles klar, ich hoffe, ich mache alles richtig. Ich kann das nicht so mit der Schauspielerei«, kann ich mir nicht verkneifen zu bemerken und gehe rüber zur anderen Seite, wo eine Art Tresen ist, der scheinbar nur gebraucht wird, wenn hier Veranstaltungen sind. »Wenn du dann in Hollywood ein Star bist, darfst du nicht vergessen, wer dir den Weg ins Rampenlicht geebnet hat. Du kannst mich ja mal zu einer Premiere einladen.« Meine Rolle amüsiert mich gerade ungemein. Es lenkt mich ab.

»Ach, du schaffst das schon mit der Rolle. Sie ist dir auf den Leib geschnitten. Denke einfach an einen Moment, in dem du dich so gefühlt hast wie der Typ, den du spielst. Das dürfte dir leichtfallen«, erklärt sie geschäftig.

»Du bist eine gute Lehrerin. Also Klappe, die erste«, sage ich.

Sie schließt die Augen. Sie versucht sich zu konzentrieren. Mein Blick fällt auf ihre Brust, die sich langsam hebt und senkt, und ich frage mich, ob ihre Brüste diese runde Form haben oder ob sie doch einen dieser BHs trägt, die so dünn sind, dass sie sich nicht abzeichnen. Es wirkt so, als würde sie nichts weiter unter dem T-Shirt tragen. Okay. Gedankenstopp. Sie öffnet die Augen und kommt in Richtung der »Theke«.

»Entschuldigung«, sagt sie lächelnd und bestellt bei einem imaginären Barkeeper neben mir ein Wasser.

»Hey«, gebe ich zurück. »Kommst du von hier?«

Sie sieht mich etwas mitleidig an. »Das ist ja nicht so einfallsreich«, sagt sie und verschränkt die Arme vor der Brust.

»Es geht nicht immer bloß darum, einfallsreich zu sein«, erwidere ich. Ich bin für einen Moment unsicher, ob sie jetzt aus der Rolle raus ist oder noch drin. Nein, sie lehnt noch am Tresen und ich denke, sie ist drin. Vielleicht ist sie doch besser als Schauspielerin als gedacht?

»Sondern?«

»Es geht darum, jemandem zu verstehen zu geben, dass sie oder er vielleicht das Beste ist, was einem je passiert ist.«

»Du kennst mich seit ungefähr dreißig Sekunden.«

»Alles fängt mit den ersten dreißig Sekunden an.«

»Du willst mich abschleppen«, bemerkt sie.

»Du sagst das, als wäre es was Schlimmes. Ich will dich möglicherweise gerade bloß kennenlernen.« Wir hören Schritte auf dem Flur und verkrampfen uns beide für einen Moment. Dann hört man, wie sich eine Tür öffnet und die Musik aus der Bar lauter wird, bevor wieder Ruhe einkehrt.

Sie beißt sich auf die Unterlippe, weil ihr anscheinend keine Antwort einfällt. Dann lächelt sie wieder und ich frage mich, ob ihre Lippen von Natur aus diesen Ton zwischen Rot und Pink besitzen oder nur, weil sie so viel darauf herumbeißt.

»Ich heiße Lan«, sage ich. Ich benutze meistens die Abkürzung. Wenn ich ehrlich bin, ist es allerdings nicht so, dass ich ständig erkannt werde. Das war vor ein paar Jahren noch anders. Eine alte Angewohnheit.

»Ich bin Hazel«, sagt sie, als sie sich vor mich stellt und ihre Hände dabei in ihre hinteren Hosentaschen schiebt.

Okay. Ich habe sie also noch nie gesehen und betrachte sie mit den Augen eines Fremden. Sie ist sehr zierlich, ihre feinen dunklen Haare fallen etwas über ihre Schultern. Sie überlegt, was wir jetzt tun. Ihr Blick ist so offen und ich frage mich, ob sie immer so ist. Kein L.-A.-Diva-Vibe. Ich würde sie wahrscheinlich auch am nächsten Morgen ohne Make-up wiedererkennen, was in L. A. keine Selbstverständlichkeit ist.

Sie blickt zurück zu dem unsichtbaren Barkeeper und wartet auf ihre Bestellung. Mir fällt auf, dass sie so lange Wimpern hat, dass sie etwas zerzaust wirken. Ich habe noch nie Wimpern gesehen, die zerzaust waren. Jedenfalls keine echten, und sie wirkt nicht wie jemand, der sich Wimpern ankleben lässt.

»Es war ein verrückter Tag«, sagt sie leise. Ich mag ihre

Stimme und meine Nackenhaare stellen sich auf. Was passiert hier gerade?

»Für mich war es ein ruhiger Tag. Das stresst mich. So viel Natur bin ich nicht gewohnt. Die Ruhe. Die entspannten Leute«, erkläre ich. »Das löst bei mir Herzflimmern aus.«

Sie wendet ihren Blick ab. Am liebsten würde ich meine Hand nach ihrer Wange ausstrecken, um ihr Gesicht zurück zu mir zu drehen.

Sie kaut schon wieder auf ihrer Unterlippe. Auch sie spürt diese aufgeladene Stimmung zwischen uns. Keine Ahnung, woher sie eigentlich kommt, aber sie ist da. Nicht zu ignorieren.

»Ich denke die ganze Zeit, dass ich dich schon mal irgendwo gesehen habe«, sagt sie.

Ich erstarre, fasse mich aber zum Glück schnell wieder. »Das sagen alle. Entweder habe ich ein Allerweltsgesicht oder es ist nur ein ziemlich abgenutzter Spruch. Deine Wahl.«

Drei

Hazel

Unter seinem Blick wird mir warm und mein Pulsschlag beschleunigt sich, als hätte er eine Fernsteuerung dafür, die er hochdreht. Ich mache mit einem sehr attraktiven Typen ein bescheuertes Rollenspiel. Und der Typ hat das Flirten sogar noch besser drauf, als ich dachte.

»Du bist nicht von hier?«, fragt er und sieht mir dabei ganz gerade in die Augen, als hätte er nichts zu verstecken. Seine Augen haben einen goldenen Braunton. Sein Mundwinkel hebt sich, er sieht mich wieder so aufmerksam und voller Interesse und Wärme an.

»Aus Ohio. Die Fahrt war ganz schön lang«, erwidere ich. »Ich bewerbe mich hier an der Schauspielschule.«

»Du bist aber nicht den ganzen Weg mit dem Auto gefahren, oder?«, fragt er überrascht.

»Doch. Meine Oma hat mir ihr Auto geliehen und das war dann am einfachsten.«

»Welche Schauspielschule?« Er fragt schnell und interessiert, sodass ich nicht dazu komme zurückzufragen.

»Ich will auf das Montana College of Performing Arts, ins Schauspielprogramm. Sonst muss ich in Ohio bleiben und Business studieren. Und allgemein versauern.«

»Und woher kommst du?«, frage ich zurück.

Vielleicht ist es ein Rollenspiel, aber das senkt die Spannung im Raum kein bisschen. Er hat eine Präsenz, die ich nicht ignorieren kann. Er ist einfach da.

»Willst du auch einen Tee?«, fragt er, statt zu antworten. Er geht zu dem Tisch, nimmt die leere Dr-Pepper-Dose und wirft sie in den Müll.

»Gern«, sage ich. Ich mache ein paar Schritte zu der Sitzecke und lasse mich aufs Sofa fallen. Lan knipst eine kleine Lampe an, die an der Seite steht und ein weiches Licht wirft. Er holt zwei Teebeutel aus einer Holzschachtel und stellt den elektrischen Wasserkocher an, der am Rand des Tresens steht. Dann tippt er auf sein Handy und kurz darauf erklingt eine dunkle, etwas melancholische Stimme begleitet von entspannender Gitarrenmusik. Ich liebe Gitarrenmusik, vielleicht sollte ich selbst wieder anfangen zu spielen. Allerdings betrachte ich schon wieder Lan. Auch wenn die blonden Haare etwas crazy sind, gefällt mir sein Profil, die scharfen Konturen seines Kinns mit den dunkleren Stoppeln.

»Darf man sich hier einfach bedienen?«, frage ich.

»Man muss nur das Geld in diese Box stecken. Scheint in Montana zu funktionieren.« Er holt drei Dollar aus seiner hinteren Hosentasche und steckt sie hinein. »Wenn drüben viel los ist, haben die keine Zeit, sich hier zu kümmern.«

»Ich gebe dir gleich das Geld«, sage ich schnell.

»Vergiss es. Wirklich«, murmelt er energisch.

»Du wirkst so, als wärst du öfter hier?« Irgendwie hätte ich nicht gedacht, dass er Tee trinkt. Das lässt ihn … softer erscheinen?

»Nein, ich hatte nur ein paar Dinge in der Gegend zu erledigen. Ich bin aus L. A.«

»Ach Quatsch«, entfährt es mir. Er verzieht keine Miene und ich denke plötzlich, dass das wahrscheinlich nicht stimmt, denn das ist ja ein Rollenspiel. Die Stadt ist ihm wahrscheinlich gerade eingefallen, weil sie zu meinem Schauspielzeugs passt. Ich bin viel zu nah an meiner eigenen Geschichte geblieben bei dieser Szene. Aber gut.

Er reckt sich nach oben, um zwei grüne Tassen von einem Regal herunterzuholen, und mein Blick bleibt kurz an seinem Hintern hängen. Er gießt den Tee auf und kommt mit den dampfenden Tassen zurück zu mir.

Keine Ahnung, ob er gemerkt hat, wie eingehend ich ihn begutachtet habe. Er lässt sich zumindest nichts anmerken, sondern gibt mir die Tasse und setzt sich ebenfalls auf das Sofa, allerdings an das andere Ende. Nicht aufdringlich. Ich spüre, wie das Kissen sich unter mir bewegt, als er sich setzt.

»Warum willst du Schauspielerin werden?«, fragt er interessiert.

»Ich mag es, in andere Personen reinzugehen und ihre Persönlichkeit auszuprobieren.«

»Warum willst du nicht in deiner bleiben?«

Ich schlucke. Keine Ahnung, warum er genau diese Frage stellt. Damit legt er den Finger in die Wunde. Ich habe mich das auch schon gefragt. »Ich glaube, ich finde es nicht so interessant in mir drin«, erwidere ich leise und lasse weg, dass ich mich unwohl und unsicher fühle, wenn ich nur ich selbst bin. »Autsch.« Ich presse die Lippen zusammen, weil ich mich beim ersten Schluck am heißen Tee verbrenne.

»Pass auf«, warnt Lan und nimmt mir die Tasse aus der Hand. Plötzlich ist er ganz nah und in seinen Augen erkenne ich Besorgnis. Außerdem klingt die Berührung seiner Hand nach wie der Klang eines Saiteninstruments. Seine Lippen sind leicht geöffnet und ich verfalle in eine Art Starre.

»Ich dachte, du wüsstest, dass der Tee heiß ist, wenn ich vor zwei Sekunden kochendes Wasser eingegossen habe.« Er springt auf und holte eine kalte Dose aus dem Kühlschrank. »Hier, halt die drauf.«

»Ist schon gut, war nicht so schlimm. Ich habe ja schnell reagiert.« Mein Blick fällt auf seine Finger, die um die Tasse liegen. Er hat perfekte Fingernägel. Wesentlich perfekter als meine abgeknabberten. Sie sehen fast manikürt aus.

Ich trinke vorsichtig einen Schluck. Meine Lippe ist nur noch leicht taub.

»Versuchst du, dir mit solchen Halbantworten eine geheimnisvolle Aura zu verleihen?«, frage ich. Es funktioniert.

»Vielleicht will ich auch berühmt werden?«, gibt er zurück.

Ich lehne mich vor und boxe ihn in die Seite, wobei meine Hand fast zurückprallt. Er muss meine Reaktion bemerkt haben, jedenfalls grinst er.

»Du verbringst wahrscheinlich viel Zeit im Fitnessstudio?«, murmele ich. Besser, es auszusprechen, als so zu tun, als hätte ich nicht bemerkt, wie sich das angefühlt hat.

»Das ist eine Volkskrankheit in L. A. Alle wollen berühmt werden und alle gehen ins Fitnessstudio und zum Chirurgen. Meine Mutter hat momentan ihre dritte Nase.«

Erst denke ich, dass ich mich verhört habe, aber nein. Er hat das gerade gesagt. Alle Vorurteile, die man über L. A. hat, sind wahrscheinlich wahr. Ich würde ihn gern fragen, ob das stimmt, ob er wirklich aus L. A. kommt, aber dafür gefällt es mir hier in unseren Rollen gerade zu gut.

»Ich fand die zweite Nase am besten«, fügt er hinzu, als er meinen Gesichtsausdruck sieht. Dann beugt er sich vor zu mir und stützt die Hand auf, die im Polster einsinkt.

Keine Ahnung, was er vorhat, aber ich fürchte, das Blut schießt mir gerade in die Wangen.

»Das war ein Witz«, sagt er leise. »Ein Scherz. Soll ich nach jedem Satz ›Scherz‹ hinzufügen, damit du versteht, dass es nicht ernst gemeint ist?« Er lehnt sich wieder zurück.

»Vielleicht habe ich weniger gefummelt als du im Leben, das heißt aber nicht, dass ich geistig total beschränkt bin.«

Er unterdrückt ein Lachen, was zu undefinierbaren Geräuschen führt. Seine Zähne leuchten vielleicht auch wegen der dunklen Bartstoppeln besonders hell, wenn er lächelt. Genau, die Haare müssen gefärbt sein, sonst wäre der Bart ebenfalls heller.

»Man ist von der Bühne gekommen und im Backstagebereich«, sage ich. »So fühlt sich das gerade an. Und später geht's dann wieder raus. Dabei gibt es hier gar keine Bühne, auf die man treten kann.«

Als er mich anschaut, denke ich plötzlich, dass etwas Trauriges in seinem Blick liegt.

»Okay, wenn das hier backstage ist, dann sag ich dir noch etwas anderes. Als ich dich zum ersten Mal gesehen habe, da …«

»Du meinst, als ich die Kotze in den Haaren hatte?«, unterbreche ich ihn.

»Gott, da bahnt sich gerade ein romantischer Moment an und dann wirfst du das Wort Kotze in den Raum. So funktioniert das nicht.«

Er schüttelt in gespielter Verzweiflung den Kopf. Wir lächeln beide. Backstage. Backstage von der Realität. Ich mag es, mit ihm hier zu sein. Ich habe plötzlich das Gefühl, ihm alles erzählen zu können. Ohne dafür verurteilt oder bewertet zu werden. Und vielleicht ist es alles nur Rollenspiel, aber mir gefällt es hier besser als im wirklichen Leben.

»Jetzt hast du mich echt rausgebracht«, sagt Lan und fährt sich ein paarmal durch die kurzen Haare. Die Geste ist so mechanisch und schnell, dass sie etwas von einem nervösen Tick hat. Ich überlege, ob ich nervöse Ticks habe, abgesehen von dem Knibbeln an meinen Fingernägeln.

»Jedenfalls habe ich dich schon vorher drüben gesehen an der Bar. Du hast dich volllaufen lassen.«

»Ich habe mich nicht volllaufen lassen.«

»Das war Limo?«

»Es war Cola im Whiskeyglas. Und Long Island Ice Tea und ein paar Birnenschnäpse.«

»Wie viel trinkst du denn sonst, wenn das nicht volllaufen lassen ist? Im Ice Tea sind ungefähr neunzig Prozent harter Alkohol, so wie die den hier einschenken. Das merkt jeder, außer du trinkst sonst morgens auch zwei Schnäpse im Kaffee und bist abgehärtet.«

Ich schüttele den Kopf und horche noch mal in mich rein, ob ich mich betrunken fühle. Es fühlt sich alles etwas surreal an. Die lange, einsame Fahrt, die Leute in der Bar, das Essen, meine Panik vor morgen und dieser Moment hier. Ich blicke zu dem Tresen mit dem Wasserkocher und der kleinen Lampe, doch trotz des schummrigen Lichts schwankt nichts. Mein Kopf ist noch etwas leicht, aber das war's.

»Vielleicht war ich vorhin in der Toilette noch mehr betrunken. Ich glaube, das ist jetzt weg. Sonst hätte ich dir das nicht alles erzählt. Ich finde, du solltest mir auch etwas erzählen, das du noch nie jemandem erzählt hast. Es ist … unfair sonst.«

Ich kann seinen Gesichtsausdruck nicht deuten. Er wirkt jedoch tatsächlich so, als würde er überlegen.

»Und?«, hake ich nach, bevor er es sich anders überlegt. »Ist ja backstage.«

»Meine Mutter hat schon mal mit jemandem geschlafen, weil sie dachte, dass es gut für meine Karriere wäre.«

Ich blicke ihn schockiert an.

Er rückt unruhig zur Seite. »Sie war nicht die Einzige, die sich so Vorteile verschafft hat. Sie hat das auch freiwillig gemacht, aber natürlich war es ein ziemlich zweifelhafter Handel. Ich habe ein schlechtes Gewissen deswegen, wusste es allerdings nicht, kann ich zu meiner Verteidigung sagen.«

Mein Mund bleibt offen stehen und hätte ich gerade getrunken, hätte ich mich mit Sicherheit fürchterlich verschluckt. Wir sind so zwischen Spiel und Wirklichkeit, dass ich nicht weiß, wohin der Satz gehört. Aber es klingt so ehrlich. So ein guter Schauspieler kann er gar nicht sein.

»Was?« Aber es ist klar, dass er nicht weiter darauf eingehen will.

»Wir sind quitt«, sagt er und macht eine wegwerfende Handbewegung, womit das Thema abgeschlossen ist. »Wollte sagen: So bescheuert ich es fand, dass du dich da drinnen hast volllaufen lassen, umso mehr habe ich mich gefreut, dich hier wiederzusehen.«

»Was du nicht sagst. Du solltest *wirklich* Schauspieler werden. Von dieser Freude hat man nämlich anfangs gar nichts gemerkt.«

»Ich kann jetzt nicht behaupten, dass die Pose über dem Klo sehr süß war, aber ich hab dich vorher schon gesehen. Du wirktest in der Bar etwas verloren.«

»Ich habe dich nicht gesehen.« Es ist unmöglich zu entscheiden, ob er das gerade ernst gemeint hat oder nicht. Für einen Moment sagen wir beide nichts und trinken unseren Tee weiter. Es fühlt sich erstaunlich normal an. Nicht so, als müsste man jeden stillen Moment mit Gesprächen betäuben. Er sitzt nah bei mir, vorhin ist sein Bein gegen meins gestoßen. Jetzt driftet seine Körperwärme zu mir. Die kleinen Härchen auf meinem Oberarm stellen sich auf. Das Letzte, womit ich vor einer Stunde gerechnet hätte, war, dass der Abend so weitergehen würde, dass ich mit einem sehr, sehr anziehenden und ziemlich netten Typen auf einem gemütlichen Sofa enden würde. Ich streife meine Schuhe ab und ziehe meine Beine aufs Sofa in den Schneidersitz.

»Gefällt dir L. A.?«

»Ich kann mir kaum vorstellen, woanders hinzugehen. L. A. ist anders als jede andere Stadt. Du hast eine Saison lang Freunde, in der nächsten ziehst du weiter. Du kannst dich immer neu erfinden. Einige finden die Stadt zu groß, zu anonym. Man kann verloren gehen. Aber mir hat das immer gefallen. Es hat was Beruhigendes.« Er muss auch in Wirklichkeit aus L. A. kommen. Woher sollte er das sonst wissen?

»In meinem Kaff kann man sich nie neu erfinden. Jeder kennt dich von früher. Ich wollte eigentlich nach New York. Zur Not in eine große Stadt, aber bestimmt nicht aufs Land. Bloß wenn sie mich morgen nehmen, dann natürlich schon.«

»Deshalb magst du das Zitat von Oscar Wilde. Was machst du, wenn du morgen auch abgelehnt wirst?« Ich glaube, wir spielen nicht mehr.

»Dann studiere ich Business. Meine Eltern zahlen mir das Studium nur, wenn ich auf einer der Top-Schauspielschulen angenommen werde.« Ich seufze. »Dann ist es wieder irgendein Laientheater. Ohne Theater kann ich es mir auch nicht vorstellen.«

Er rückt zur Seite, streift ebenfalls seine schwarzen Sneaker ab und zieht die Beine aufs Sofa. Er ist gelenkig für einen Typen. Vielleicht macht er Yoga. Jetzt berühren sich tatsächlich unsere Knie. Er scheint ihm nicht aufzufallen, nein, er ignoriert es. Er muss es bemerken. Es ist dunkel draußen, von der Straße fällt nicht viel Licht in den Raum, der hauptsächlich von der Stehlampe auf dem Tresen erhellt wird. Ich würde lügen, wenn ich behaupten würde, dass ich viel mehr wahrnehme als sein Knie. Dann gibt es plötzlich einen Knall, der uns gleichzeitig zusammenfahren lässt, und das Licht geht aus. Oder zumindest die Lampe, die auf dem Tresen steht. Das ohnehin gedimmte Deckenlicht flackert kurz. Jetzt sitzen wir in totalem Schummerlicht und ich habe nichts dagegen einzuwenden.

»Die Stromleitungen in Montana halten nicht so viel aus«, murmelt Lan und grinst. Lan, ein seltsamer Name eigentlich. Klingt irgendwie russisch.

Er fängt meinen Blick auf. Seine Hand liegt auf dem Sofa, entspannt in meiner Nähe. Es kommt mir wie eine Einladung vor. Er hat schöne Hände, eine Sehne ist auf dem Handrücken sichtbar, eine andere zieht sich als Linie an der Unterseite des Arms entlang. Ich denke nicht weiter darüber nach, sondern ich schaue auf seine Hand und streiche mit dem Zeigefinger die Konturen seines Daumens entlang. Aus dem Augenwinkel sehe ich, dass er auch auf unsere Hände schaut.

Ich habe keine Ahnung, wie lange wir so verharren, bis auch er anfängt, seine Hand zu bewegen. Er beginnt ebenfalls mit meinen Fingern zu spielen. Und damit schießt die Amperezahl dieses merkwürdigen elektrischen Stroms zwischen uns in die Höhe. Ich mag meine Finger eigentlich nicht sonderlich, sie sehen aus wie Kinderfinger, aber gerade hypnotisiert mich der Anblick unserer Finger. Lan riecht nicht nach irgendetwas Speziellem, aber er riecht auch nicht nach nichts, frisch, gut, irgendwie männlich. Wahrscheinlich nehme ich ihn mit allen Sinnen wahr, von denen man normalerweise überhaupt nichts merkt. So wie Hunde Geräusche auf einer Frequenz hören, die kein anderer wahrnimmt.

»Ich finde es irgendwie schön, dass du keinen Plan hast, wie es bei dir weitergeht. Ist eine Abwechslung zu all den Leuten in meinem Leben, die immer genau wissen, wie ihr Leben weitergeht. Und zusätzlich wie meins weitergeht.« Ich klinge etwas atemlos, doch es ist zu spät, das zu vertuschen.

»Hazel«, seufzt er. O nein, es gefällt mir viel zu gut, wie er meinen Namen sagt.

Er lässt seine Finger von meiner Hand bis zu meinem Puls gleiten, der inzwischen so wild schlägt, dass es ein Wunder ist, dass meine Handgelenke nicht von außen pulsieren.

Dann bin ich vollständig im Moment. Alles andere ist weg. Ich bin mir plötzlich bewusst, wie ich hier gemeinsam mit ihm auf dem Sofa sitze, als würde ich uns vom Weltall aus betrachten. Immer noch dringt diese sanfte Musik mit der melancholischen Männerstimme aus seinem Handy. Ich bin schwerelos, die Anspannung fällt von mir ab. Das ist wahrscheinlich, was diese ganzen Yogis meinen, wenn sie vom Leben im Moment sprechen. Ich schaue direkt in seine braunen Augen. Und ich weiß nicht, ob er derjenige ist, der sich vorlehnt, oder ich, jedenfalls schließe ich meine Augen. Ich würde ihn eigentlich gern anschauen, seine geschlossenen Augen betrachten, seine Wangen, seine Lippen, aber ich halte die Anspannung einfach nicht aus. Mir ist egal, wie ich dabei wirke. Ich fühle mich so vertraut mit ihm. Sicher. Ich lehne mich noch weiter vor und unsere Lippen treffen aufeinander. Mein Herz explodiert fast vor Aufregung. Er weicht minimal zurück und wir verharren kurz voreinander und atmen die gleiche Luft. Ich möchte ihn so dringend küssen. Dann sind seine Lippen wieder auf meinen, warm und samtig. Ich schmecke einen Hauch Früchtetee. Ihn. Der Kuss beginnt sanft und langsam, dann lässt er mich fliegen. Ein Kuss, der mich völlig von der Welt ablenkt, und ich habe keine Ahnung, wo er hinführen wird. Er könnte überallhin führen. Ich würde mitgehen, denke ich und lege meine Handfläche flach auf seine Brust, was ihn kurz die Luft anhalten lässt, bevor er mit neuer Energie weitermacht.

Dann vibriert mein Handy, das ich auf das Regal gelegt habe. Das Vibrieren ist lauter als jeder Klingelton, weil ich so weit weg war und vergessen habe, dass es noch etwas anderes gibt als uns. Ich ignoriere es, aber es lässt sich nicht ignorieren. Sein Kuss wird tiefer, weil er es auch ignorieren will, doch es hilft nichts. Ich schiebe ihn vorsichtig zurück.

»Oh«, sage ich. »Sorry. Aber … ich muss es ohnehin noch ausstellen. Es nimmt noch auf.« Ich springe auf und hole es, stoppe die Aufnahme, ich kann meine Mutter später anrufen und stelle es komplett aus. Aber schon während ich es mache, merke ich, wie sich die Stimmung ändert, vielleicht ist es seine Atmung.

Als ich zurück zu ihm schaue, ist der sanfte Ausdruck aus seinen Augen verschwunden. Er sieht total anders aus. Distanziert? Wütend? Traurig? Eine merkwürdige Kälte geht von ihm aus. Die Atmosphäre im Zimmer dreht sich.

»Was hast du da aufgenommen?«, fragt er und sieht mich entgeistert an.

»Also, ich dachte, dann kann ich es später noch mal anhören und etwas davon lernen«, sage ich verlegen.

»Du hast unser ganzes Gespräch gerade aufgenommen, ohne mich zu fragen?«, wiederholt er so langsam, als hätte ich ein Hörproblem, und steht ebenfalls vom Sofa auf, gleitet mit seinen Füßen in seine Schuhe. Seine ganze Haltung verändert sich, er wirkt angespannt.

»Ja, Entschuldigung. Meine Theaterlehrerin hat gesagt, ich soll es aufnehmen, wenn ich spiele, um davon zu lernen. Ich wollte dich direkt am Anfang fragen, aber habe es vergessen. Ist nur für mich. Das hört ja niemand. Und ich wusste ja nicht, dass das Rollenspiel so ... sein würde.« Ich blicke ihn verlegen an.

»Lösch es sofort.«

Sein Ton ist so eiskalt, dass mir schon wieder ein Schauer über den Rücken läuft. Einer von ganz anderer Art als noch vor ein paar Minuten.

»Entschuldigung, was hast du denn? Natürlich kann ich es später löschen. Es tut mir leid. Aber warum reagierst du so komisch?«

»Weil ich mich nicht verarschen lasse. Lösch es. Jetzt. Wie kommst du auf die Idee, das einfach aufzunehmen? Was willst du damit?« Er beherrscht sich. Sehr, sehr mühsam.

»Warum glaubst du mir das nicht?« Ich halte einen Moment inne, mein Herz hämmert, er strahlt so eine Aggressivität aus, dass es mir Angst macht, mich aber auch unwillkürlich dazu bringt, mich zu verteidigen. »Für wie wichtig hältst du bitte dieses Gespräch, dieses ... Spiel? Bricht die Regierung der USA zusammen, wenn ich das an Wikileaks sende?«

Er steht vor mir und ich unterdrücke die aufsteigende Panik, so aufgebracht wirkt er. Aber dann scheint er sich auf irgendetwas zu besinnen und eine kalte Arroganz spiegelt sich in seinen Zügen. Wütend und distanziert.

»Ich habe es gesagt, oder?«

»Was gesagt?«, frage ich und meine Stimme krächzt. Ich verstehe nichts, nur langsam füllt sich mein Gehirn wieder mit funktionierenden Gedanken und die Synapsen beginnen sich zu drehen. Rollenspiel. Meint er das?

»Dass ich fast jede Frau dazu bringen kann, mich küssen zu wollen.« Ein herablassender Zug liegt um seine Mundwinkel. Trotzdem habe ich das Gefühl, dass die Wut von vorhin nur mühsam kaschiert wird. Ich verstehe nicht, was los ist.

Ich will im Sofa versinken. Oder in der Erde. Irgendwo. Vor Scham. Oder Wut, er sagt es mit so viel Abscheu. Weil ich aber von allein nirgendwo versinke, richte ich mich auf. »Ich verstehe, das war das Rollenspiel.« Ich springe vom Sofa auf, meine Beine fühlen sich an wie Pudding.

»Du verstehst gar nichts«, bringt er zwischen zusammengepressten Zähnen hervor. »Du hättest mich doch gerade nur für eine Erfahrung gevögelt. Das ist genau das, was ganz Hollywood macht. Kein Gefühl ist mehr echt, alles ist gespielt. Und wenn ich dir einen guten Rat geben darf: Lass den Scheiß. Der Preis ist viel zu hoch. Du hättest jetzt mit einem wildfremden Kerl alles gemacht. Wofür?«

Sein Blick schweift kurz nach unten. Er landet auf meiner Brust. So deutlich, dass ich instinktiv seinem Blick folge. Jetzt sehe ich auch, was er dort gesehen hat: meine Brustwarzen, die fast mein Shirt durchbohren. Wie peinlich ist das bitte schön? Ich lege meine Hand vor meine Brust.

»Ich hätte natürlich nicht mit dir geschlafen, was bildest du dir eigentlich ein!« Vor ein paar Minuten noch hätte ich das wahrscheinlich weit weniger vehement abgestritten und das macht mich noch wütender. Ich fühle mich so erniedrigt, als wäre ich in irgendeine Falle getappt.

Seine Augen sind dunkel und hart. Alles, was gerade da

war oder was ich dachte, was da war, ist verschwunden. Ausgeknipst. Er hat einen Schalter umgelegt. Ich war gerade so offen für ihn. Alle Schutzschilde waren heruntergefahren, umso schmerzhafter sind seine Worte. Sie rauben mir die Luft, als hätte er mich in den Magen geschlagen.

»Wie armselig ist es, mit jemandem zu schlafen, weil man sich eine Karriere davon verspricht?«

Er streicht sich durch die Haare und seine Brust hebt und senkt sich schnell. »Hör auf deine Eltern. Hollywood ist ein Sumpf und du würdest keine zwei Wochen überleben, so naiv, wie du bist. Fahr nach Hause.«

Sein Tonfall ist so kalt, die Worte schneiden direkt durch die Haut. Was redet er da?

»Du spinnst wirklich total«, sage ich mit heiserer Stimme und habe schon wieder das Gefühl, mich übergeben zu müssen. Ich greife nach meinen Schuhen, nehme mein Handy, renne dir Treppe nach oben bis zu meinem Zimmer, das zum Glück mit der Karte sofort aufgeht, knalle die Tür hinter mir zu und lehne mich von innen dagegen. Für einen Moment denke ich noch, dass er mir hinterherkommt, um mir mein Handy wegzureißen. Oder was auch immer. Doch ich höre keine Schritte. Ich schließe die Augen und höre nur meinen eigenen Atem und fühle mein Herz, das ungefähr zweitausend Schläge pro Minute macht.

Zwanzig Minuten später liege ich im Bett. Dabei weiß ich schon, dass ich wohl kaum schlafen werde. Auch Stunden später noch drehen sich die Gedanken in meinem Kopf, nicht mehr so rasend wie zu Anfang, aber immer noch unruhig wie Goldfische in einem zu klein geratenen Kugelglas. Was ist da passiert? Wie verrückt war dieser Typ bitte? Der, den ich kurz vorher geküsst habe und für den ich schon eine ganze Liebesgeschichte zurechtgelegt hatte und quasi eine Hochzeitseinladung mit einem Oscar-Wilde-Zitat fertig im Kopf designt.

Keine Ahnung, wohin der Kuss geführt hätte. Ja, er erinnert mich schon wieder an ein Oscar-Wilde-Zitat: *Ein Kuss kann ein menschliches Leben ruinieren*. Ich habe mir eingebildet, dass wir eine besondere Verbindung haben. Ich meine, die Glühbirne ist explodiert von der Energie im Raum. Und das Schlimme ist, dass ich den Gedanken, dass ich nur zurück zu dem guten Moment auf dem Sofa will, vertreiben muss wie eine zudringliche Mücke. Mein Herz klopft unermüdlich in doppelter Geschwindigkeit, bis mein Handywecker wieder klingelt, weil ich aufstehen muss.

Ich dusche in der kleinen Dusche, die man nur einstellen kann, indem man sich zumindest kurzzeitig unter eiskaltes oder viel zu heißes Wasser stellt, und wasche mir die Haare. Der Föhn ist kaputt, also kämme ich meine Haare glatt, der Wind wird sie im Zweifel trocknen. Ich weiß nicht, was gestern passiert ist, ich bin so aufgewühlt und durcheinander. Ich muss daran denken, was meine Mutter mir immer gesagt hat, als ich ein kleines Kind war. »Gehe nicht mit Männern mit, auch wenn sie nett sind, überall lauern Verrückte.« Ich ärgere mich so über mich selbst und über meine Naivität. Ich versuche mir zu sagen, dass der Typ verrückt war und dass das nichts mit mir zu tun hatte, aber es fällt mir schwer, den Fehler nicht bei mir zu suchen. Aber was meinte er damit, dass seine Mutter mit anderen für ihn geschlafen hat? War das die Wahrheit? Ist er aus L. A.? Ganz ehrlich, das klingt alles zu schräg, um wahr zu sein. Ich kann mir gerade schlecht vorstellen, dass jemand mit der Personalabteilung schläft, um einen Job für den eigenen Sohn zu ergattern. Wobei, es gibt Verrückte. Schade um die schönen Augen. Und … den schönen Rest.

Ich fahre zeitig los, bis zum Campus sind es noch fünfzig Minuten, aber ich möchte früher da sein. Die Fahrt vergeht, ohne dass ich richtig klar im Kopf werde. Dann ist es so weit. Ich habe keine Zeit, Angst zu haben, bin zu durcheinander und emotional aufgewühlt, um Lampenfieber zu entwickeln, und lege alles in die Aufnahmeprüfung. Die Aufgaben haben nichts mit Flirten oder Sex zu tun. Aber ich bin so in Aufruhr, dass mir eine interessante und rohe Emotionalität bescheinigt wird. Ich bekomme den Studienplatz.

Vier

Landon

Februar, Montana College of Performing Arts

Als ich mir durch meine Haare fahre, sind einige Strähnen gefroren, weil die Luft so kalt ist. Es ist Februar, mein zweites Semester am Montana College of Performing Arts, und Montana macht einen auf Antarktis. Hoffentlich wird es mein letztes Semester, ich bin für solche Temperaturen nicht geschaffen. Ich besitze nur ein paar Beanies aus Baumwolle und habe mir bisher wenig Gedanken über den Unterschied zwischen Wolle und Baumwolle gemacht, wenn ich ehrlich sein soll. Auf der Werbebroschüre vom MCPA waren nur grüne Wiesen um den Quad herum abgebildet, den Platz, um den die bilderbuchartigen roten Backsteinhäuser mit weißen Fenstern gebaut sind, in denen die Vorlesungen, Seminare und Workshops stattfinden. Auf den Bildern trugen die Studierenden T-Shirts. Darin würde ich wahrscheinlich Frostbeulen bekommen. Ich muss zugeben, der Großteil des Campus ist geradezu märchenhaft. Ich hatte anfangs das Gefühl, in einer Filmkulisse zu leben. Alles sieht aus wie die Wisteria Lane der *Desperate Housewives,* welche die Touristen in den Universal Studios besuchen. Es gibt auch modernere Gebäude wie das Davidson Art Center fürs Theater und das superschicke Luxus-Gym, das vielleicht eine zu große Rolle gespielt hat bei meiner Entscheidung, letztlich doch zu kommen. In dieser Broschüre war allerdings nicht die Rede von Hagelstürmen und Schnee bis in den Frühling hinein, sondern bloß ein hübsches Bild mit schneebedeckten Bergen und den Studierenden im Skiteam. Dafür gab es eine beeindruckende Fotostrecke mit dem leuchtenden Herbstlaub und auch ein tiefblauer Sternenhimmel war abgebildet. Der Herbst ist farbenfroh gewesen, das stimmt, aber ehrlicherweise kann ich mich kaum dran erinnern, weil es schon so lange eiskalt ist.

Ich war mit Nate, meinem Freund von der Ostküste, beim Sport. Lustig, dass derjenige, dem ich mich hier am nächsten fühle, vom anderen Ende der USA kommt. Wenig entspannt mich mehr, als ein paar Gewichte zu stemmen. Danach bekomme ich einen Superhero-Vibe und habe das Gefühl, die Welt unterwerfen zu können. Sind Endorphine, wie ich von meinem Trainer in L. A. weiß, alles Chemie. Das habe ich ausgenutzt, um im Gym ein Foto zu schießen und zu posten.

Ich schaue mir noch einmal die Reaktionen auf das Foto an. Es sind viele Likes, wenig Kommentare. Ich hatte keine Frage gestellt, ist ganz okay. Bisher habe ich nicht zu viele Follower verloren, doch es fällt mir schwer, die Panik abzuschütteln, hier draußen alles Relevante zu verpassen. Natalie, die Assistentin von meinem Agenten George, die für Social Media zuständig ist, hat mir eine Nachricht geschickt, ich sollte etwas mehr posten, auch Storys.

Leider leuchtet mein Display mit einer Nachricht von meiner Mutter Patti hellgrün auf. Mit dem Lesen der Nachricht verflüchtigt sich der Superhero-Vibe schneller als die Reese's Peanut Butter Cups bei den Weight-Watchers-Nachtreffen meiner Mutter. Es hat natürlich nicht geklappt mit der Rolle in einem der Marvel-Filme. Ich wusste es schon vorher, es war zu ehrgeizig. Vielleicht hat George mich da auch nur ins Gespräch gebracht, um zu beweisen, dass er überhaupt was tut. Keine Ahnung.

Leider werde ich in L. A. gerade ausschließlich für den gleichen Typen gecastet, eine Version von attraktivem Kerl auf der Skala von harmlos bis leicht böse, aber nicht zu böse. Alternativ gab es in den letzten Monaten nur Angebote, die so schlimm waren, dass ich, egal wie gern ich zurück nach L. A. gegangen wäre, nicht zusagen konnte. Die obligatorischen Horrorfilme, die direkt fürs Heimkino produziert werden, sogenannter Nischen-Horror. Im Gedächtnis geblieben sind mir noch die Plots mit der Wäschemangel, die auf Blut steht, der Öko-Horrorfilm, wo Menschen in Gemüsepaste verwandelt werden, um von vegetarischen Trollen verspeist zu werden, und das »hungrige Bett«. Mit solchen Filmen kann man sich die Karriere quasi für immer versauen.

Dann stecke ich mein Handy weg. Das Checken ist immer noch zwanghaft, aber vielleicht ist es schon ein bisschen besser geworden?

Plötzlich legen sich von hinten zwei Arme um meinen Bauch und ich rieche das Pfirsichshampoo, das ich inzwischen kenne, und spüre sogar durch mein Fleece, wie sie ihre Brüste in meinen Rücken drückt. Layla.

Ich greife nach ihren Händen, schiebe sie zurück und drehe mich um. So hart wie sich ihr Busen gerade angefühlt hat, kommt mir der Gedanke, dass er wahrscheinlich nicht echt ist. Natürlich nicht. Sie trägt einen voluminösen weißen Daunenmantel mit Pelzmütze, allerdings ist der Mantel vorn offen.

»Du trägst immer noch ein Fleece, Kalifornier.«

»Du versuchst dich anzupassen, Kalifornierin«, gebe ich zurück. Sie kommt aus Malibu, hat aber auch ein paar Jahre in Internaten an der Ostküste verbracht.

»Du hast bei Angelas Kurs gefehlt beim letzten Mal. Kommst du morgen? Du hast nicht viel verpasst. Gehst du gerade zurück zum Haus?«

Sie lächelt mich an. Wie meistens sind ihre Lippen rot geschminkt, was zu ihren roten Haaren passt.

»Ich war ein bisschen spät zum Semesterstart, wegen Terminen in L. A.«, sage ich, wobei ich weglasse, dass sich all diese Termine als Flops entpuppt haben. Das habe ich zu sehr internalisiert. Schwächen werden nicht zugegeben. Das gibt anderen zu viel Futter.

»Cool. Hast du schon was in den Semesterferien?«

»Ich wollte ehrlich gesagt mal Pause machen. Das ist ja der Sinn vom College für mich.« Ich bin so gut darin, alles als Absicht und positiv darzustellen, dass es Momente gibt, in denen ich selbst dran glaube.

»Und? Bei welchem Stück bewirbst du dich dieses Semester?«

»*Hamlet? Othello* in einer farbenblinden Welt à la Shonda Rhimes?« Okay, Shonda Rhimes ist sowieso mein Traum, aber für sie bin ich wahrscheinlich als Nullachtfünfzehn-Gesicht auf ewig in der C-Serien-Hölle abgespeichert. Leider muss ich wieder an Nikki denken und wie ihre Strategie aufgegangen ist. Ich habe gesehen, dass sie jetzt mit einem der Darsteller aus *Bridgerton* zusammen ist. Natürlich. Ich sollte ihn warnen. Aber so naiv wie ich ist wahrscheinlich niemand sonst.

»Hast du dir die Stücke von diesem Semester noch gar nicht angesehen?« Wir laufen nebeneinander Richtung Chekhov-Haus, in dem wir beide wohnen. Ein herrschaftliches Haus mit einer großen Tradition, in dem hauptsächlich Schauspieler wohnen. Sogar schon einige Berühmtheiten, aber ich bin mir nicht sicher, ob mich das motiviert oder deprimiert.

Layla blickt mich fragend an. Sie hat trotz ihrer roten Haare und dem Porzellanteint gar keine Sommersprossen.

»Ich weiß. Shakespeare-Dramen sind pures Wunschdenken«, unterbreche ich ihre Gedanken. »Aber kannst du mir bitte sagen, wie sie auf die bescheuerte Idee kommen, dieses

Semester eine Shakespeare-Komödie anzubieten? Und dann auch noch *Viel Lärm um nichts?*«

Layla zuckt mit den Schultern. »Ich finde es gar nicht so schlimm. Die machen nächstes Semester bestimmt wieder Drama.«

Sie weiß ja nicht, dass ich nicht bis zum letzten Semester warten will mit Shakespeare, weil ich jedes Semester versuche, einen guten Grund zu haben, hier wegzukommen. Aber Shakespeare-Drama hätte mein Profil in eine sinnvolle Richtung erweitert. Was die Chancen verbessert hätte, schneller hier wegzukommen. Nun ja, ich liebe Shakespeare. Jeder Schauspieler tut das. Und er jagt mir eine höllische Angst ein, weil er alles verkörpert, was ich nicht bin, aber irgendwie sein möchte. Er ist der Inbegriff von echtem Theater, das Gegenteil von leicht verdaulichen Hollywood-Serien, es wäre einfach … eine wirkliche Herausforderung. Aber die Komödien? Albtraum.

»Ich spreche jetzt für Chester vor in *Die Beerdigung der Dora Maas.* Ist ein bisschen pathetisch. Aber zumindest nicht einer von diesen süßlichen Lovern. Ich will nicht der hübsche Boyfriend sein.«

»Du bist wahrscheinlich einfach zu schön.« Sie rammt mir spielerisch ihren Ellenbogen in die Seite. »Du solltest ein bisschen fetter werden und dir eine hässliche Nase ankleben oder so. Dann klappt es auch mit den Nominierungen. Hat bei Christian Bale und Nicole Kidman auch geklappt.« Sie grinst. »Ich spreche für beide Stücke vor. Das wäre doch Wahnsinn, wenn wir zusammen spielen.« Layla strahlt, ihre Zähne sind genauso weiß wie ihr Daunenmantel. Sie ist insgesamt stärker geschminkt als die meisten Studierenden hier, oft extra blass mit sehr roten Lippen, ein rothaariges Schneewittchen. Ich mag sie. Sie gehört neben Nate zu den Leuten, mit denen ich befreundet bin auf dem Campus. Wir unternehmen was, sprechen, aber irgendwie ist es eine Freundschaft ohne Verpflichtungen. Mit Problemen geht man zum Shrink und belastet nicht seine Freunde damit. So bin ich es aus L. A. gewöhnt.

»Wenn *Dora Maas* klappt, darf ich wahnsinnig werden. Und dann kann ich dich umbringen.« Sie trippelt vor Vorfreude auf der Stelle. »Das wird mich mehr befriedigen als jeder Dreier mit den Hemsworth-Brüdern.«

Ich bin mir keinesfalls sicher, dass ich Chester bekomme. Ich werde mich gut vorbereiten, aber das machen die anderen auch. Einige haben extrem wenig Spielerfahrung und stehen wirklich ganz am Anfang. So wie Hazel, die ich schon im ersten Semester getroffen habe und der ich seitdem möglichst aus dem Weg gegangen bin. Sie hat es tatsächlich geschafft, angenommen zu werden, dabei habe ich gehofft, sie nie wiederzusehen. Der Gedanke an sie fühlt sich in meinem Magen nicht gut an. Ich habe mich abgeregt, sie wird schon nichts erzählen. Wem auch? Sie hat ja noch nicht mal verstanden, was sie da aufgenommen hat. Ich habe überreagiert. Allerdings war sie ganz schön wütend, als ich sie im letzten Semester auf der Party gesehen habe und sie mich erkannt hat. Ich hätte mich für mein Verhalten entschuldigen können, aber jede Erklärung hätte nötig gemacht, ihr zu viel zu erzählen. Dann lieber das arrogante Arsch sein. Die Rolle kann ich gut. Sie verschafft einem Privatsphäre.

»Jetzt müssen wir es nur noch schaffen.« Layla seufzt und für einen kleinen Moment wirkt sie unsicher. Es ist ganz angenehm, zur Abwechslung etwas Unsicherheit auf ihrem Gesicht zu sehen. Sie ist definitiv auch nicht der Typ, der viel über Unsicherheiten redet, oder wenn, dann so direkt und schamlos, dass es wiederum Stärke demonstriert. Sie greift nach meiner Hand und wir laufen Händchen haltend in Richtung unseres Hauses.

»Du schaffst es, Layla. Mir fehlt gerade die Motivation. Ich wollte echten Shakespeare, aber dieser Komödienmist deprimiert mich. Ich könnte kotzen.« Mir ist sehr wohl bewusst, dass ich mir gerade schon im Voraus eine Ausrede zurechtlege, falls es nicht klappt.

»Du brauchst Motivation?« Sie bildet ein O mit ihrem Mund, als wäre ihr gerade eine großartige Idee gekommen.

»Ich habe welche für dich. Wenn du die Rolle bekommst und wir zusammen spielen, dann darfst du einen Abend lang alles mit mir machen.« Sie klimpert mit den Wimpern. »Wir können auch andere Sachen machen, als uns umzubringen. Ich sag's ja nur.« Sie gackert los.

»Du meinst L.-A.-Style-Sex wie zu Hause? Stretching, Meditation und dann Tantra mit Duftkerzen und spirituellen Klängen?«

Sie gackert noch mehr und ich muss mitlachen. Es ist natürlich alles ein Scherz, auch die Angebote. Ich weiß, dass Layla gern so spricht und nicht unbedingt mehr dahinter ist. Oder eben doch, aber alles bleibt beruhigend unverbindlich. Wir waren sogar im ersten Semester einmal zusammen im Bett. Wir waren allerdings so betrunken, dass sofort klar war, dass es nichts weiter bedeutet. Ich kann mich ehrlicherweise kaum dran erinnern, weil ich so breit war. Ich hatte was mit Nate geraucht, was ich eigentlich nie mache. Und ich rechne Layla hoch an, dass nach einer Bemerkung am nächsten Morgen in der Küche darüber, wie breit wir beide gewesen waren, nichts mehr komisch war.

Layla würde wahrscheinlich auch auf ein echtes Date mit mir gehen, das aber gleichzeitig ironisch wäre. Layla würde ernsthaft nur mit jemandem zusammen sein, bei dem es karrieremäßig passt. Sie macht keinen Hehl draus, ich mag ihre Ehrlichkeit. Manchmal vermisse ich L. A. ziemlich doll, das Gegenteil von Montana, aber eine Welt, in der ich mich zurechtfinde und in der ich verstehe, wie die Menschen funktionieren. Layla hält meine Hand, aber auch diese Berührung ist auf eine bestimmte Art total unverfänglich.

Als wir die herrschaftliche Eingangstür des Chekhov-Hauses öffnen, bin ich völlig durchgefroren. Verbrennt zwar Kalorien, aber ich muss ja gerade nicht für irgendeine Rolle abnehmen und krank werden will ich auch nicht. Immerhin läuft die Heizung auf Hochtouren und im Wohnzimmer hat jemand sogar den altmodischen Kamin angeworfen, was offiziell verboten ist, aber niemand kontrolliert. Ich höre Stimmen, gehe jedoch nicht hin. Ich weiß, dass einige meiner Mitbewohner denken, dass ich arrogant bin, weil ich so wenig Interesse an den meisten zeige. Sie sind trotzdem scheißfreundlich zu mir, aber ich kann ihnen schlecht sagen, dass ich in jeder Sekunde hoffe, wieder wegzukönnen und ein Angebot zu bekommen, das ich nicht ablehnen kann. Die Holzstufen hoch zu meinem Zimmer sind ausgetreten. Am Treppenaufgang hängen neben den Fotos von Film- und Theaterstars noch ein paar Ölgemälde von recht hässlichen, unglücklich aussehenden Menschen in unbequemer Kleidung. Dann poche ich an die Badezimmertür, um dem Duschenden zu verstehen zu geben, dass ich duschen will. Drei Zimmer teilen sich das Bad.

»Ist ja gut, ich beeile mich«, höre ich über das Rauschen der Dusche eine Stimme, die ich nicht zuordnen kann.

Dann gehe ich in mein Zimmer. Es ist altmodisch mit Stuckdecken, die abgeblättert sind, und an einer Seite ist sogar noch ein Kamin, der stillgelegt ist und in den irgendein vorheriger Bewohner künstliche Feuerscheite gelegt hat, die man anknipsen kann. Es ist groß für ein Einzelzimmer. Eine Wand ist grün gestrichen und mit einem gerahmten Poster von Robert Altmans *Short Cuts* dekoriert. Das habe ich nicht dorthin gehängt, aber ich mag den Film, deshalb habe ich es gelassen. Ich habe auch sonst nichts verändert in dem Zimmer.

Immerhin habe ich meinen Koffer ausgepackt und die Klamotten in den Einbauschrank gehängt. Mein dunkelblauer Rucksack steht neben dem Holztisch, auf das Regal über dem Kamin habe ich die Bücher und Reader gestellt, die ich für dieses Semester bekommen habe. Ich lege mich auf mein Bett, das mit weißem Bettzeug und blauer Decke bezogen ist, das Erste, was ich bei *Bob's* in die Finger bekommen habe, dem Campusladen, wo man die Dinge findet, die man fürs Collegeleben braucht. Ich verschränke die Arme hinter dem Kopf und starre an die Decke, wo absurderweise ein altmodischer weißer Ventilator hängt. Den benutzt man wahrscheinlich nicht öfter als ein Mal im August um die Mittagszeit. Alles in diesem Haus strahlt den Charme einer vergangenen Ära aus, in der die Dinge glamouröser und besser waren. Ich passe wahrscheinlich besser hierhin, als ich dachte.

Fünf

Hazel

Ich mag mein Dorm am MCPA und auch an die Gemeinschaftsbadezimmer habe ich mich langsam gewöhnt. Gemischte Badezimmer und gemischte Flure – das habe ich meinen Eltern noch gar nicht erzählt, undenkbar in meinem Heimatort. Dort war alles noch wie vor vierzig Jahren und es gibt regelmäßig kleine Elternproteste, wenn in der Schule die Evolution nach Darwin statt nach der Bibel unterrichtet wird.

Ich schlurfe in meinen flauschigen Pantoffeln über den Flur, dazu trage ich meinen extradicken Bademantel, den man auch als Raumanzug verwenden könnte. Er ist jedenfalls das Gegenteil von Janes Outfit, die normalerweise in Stringtanga und Seidenbralette – wie das, glaube ich, im Victoria's-Secret-Katalog genannt wird – zur Toilette geht. Ich habe schon mal Verstopfung gehabt, weil ich immer nach Momenten suche, wo niemand im Bad ist, und lieber zu den Einzeltoiletten in den Gebäuden der Uni gehe, wo man mal kurz allein sein kann.

Ich lasse den kräftigen Wasserstrahl lang und heiß auf meine Schultern prasseln, weil ausnahmsweise niemand da ist, und wasche mir die Haare mit einem neuen Vanilleshampoo, rasiere alle Nicht-Kopfhaare großflächig weg, weil ich mich neben Jane sonst haariger fühle als ein Grizzly. Sie trägt durchsichtige Unterwäsche und daher weiß ich, dass sie so gründlich rasiert ist wie ein Pornostar. Kurz darauf sitze ich in einem bequemen Nicki-Jogginganzug an meinem Schreibtisch. Jane ist nicht da, vielleicht ist sie bei ihrer Freundin oder in der Bibliothek. Sie ist dieses Semester in mein Zimmer gezogen, weil ihre alte Mitbewohnerin umgezogen ist und Jane keine Mitbewohnerin wollte, die sie nicht kennt. So hat sie es formuliert. Sie hätte auch sagen können, dass sie gern mit mir ins Zimmer will. Weil ich immer so einen Kleinstadt-Komplex ihr gegenüber habe, ist es mir aufgefallen. Ich habe sogar heimlich ein paar der Bilder von meiner Wand abgehängt, weil ich mir albern vorkam mit meinen von Pinterest ausgedruckten Motivationszitaten, wie *Worry Less. Live More.* Ich lasse nur ein Lieblingszitat von Oscar Wilde und Buddha hängen: *Wenn du fliegen willst, musst du alles aufgeben, was dich beschwert.* Dazu habe ich noch einen Druck von Etsy gehängt, düstere Farben und eine einsame Landschaft. Sieht schön aus, mir gefällt die melancholische Stimmung.

Nachdem Jane am ersten Tag ein Banner mit den Worten *Welcome to the Shitshow* und eine Postkarte, auf der *Howdy, Hoes* steht, über ihr Bett mit der Satinbettwäsche gehängt hat, bin ich ganz froh darüber, meine harmlosen Sprüche entfernt zu haben. Ich fühle mich immer extraunschuldig neben ihr. Wobei ich schon gemerkt habe, dass sie in mancher Beziehung spießiger ist als ich. Zum Beispiel wenn es um ihren Kleiderschrank geht. Sie hat alles nach Farben sortiert, ihre Pullover sind in Plastikhüllen verpackt und ihre Schuhe stehen ordentlich in Schuhsortierern im Schrank. Ich hoffe, sie merkt nicht, wie genau ich mir alles anschaue, was sie macht, sonst denkt sie noch, ich würde heimlich an ihrer Unterwäsche schnüffeln oder so was Freakiges. Aber sie kommt aus Chicago und diese Großstädte produzieren einfach eine ganz andere Sorte Mensch, als ich es gewohnt bin. Gerade genieße ich die Ruhe im Zimmer. Jane hört nämlich fast immer Musik und auch abends gern noch leise ohne Kopfhörer. Oder sie verschickt leise flüsternd Sprachnachrichten, sie hat irgendwie jede Menge Beziehungen. Leider habe ich anfangs dämlicherweise behauptet, dass es mich *nicht* stört, wenn sie das tut, und jetzt liege ich meistens wach, bis die Timerfunktion die Musik endlich beendet.

Donnerstagnachmittag, morgen ist die Angela-Stunde, aber ich mag keine weiteren Tiervideos zur Vorbereitung mehr schauen. Wirklich nicht. Ich klappe mein Notizbuch zu, in dem ich versuche festzuhalten, was ich in jeder Stunde erlebt und gelernt habe. Teilweise ist es jedoch zu einem Tagebuch der Erniedrigungen und Unsicherheiten geworden. Stattdessen versuche ich einen Aufsatz über unterschiedliche Aufführungen von *Romeo und Julia* zu schreiben. Ich kann mich jedoch nicht konzentrieren, und auch wenn ich schon das WLAN ausgestellt habe, schweifen meine Gedanken immer wieder ab. Das Theaterstück *Viel Lärm um nichts* habe ich ohnehin schon gelesen und ein paar Texte geübt. Ich setze mich aufs Bett und hole meine Gitarre heraus. Ich habe sie dieses Semester mitgebracht, weil jeder im Schauspielprogramm mehr kann als nur schauspielern. Ich spiele meistens irgendwelche Lieder nach zur Entspannung, es ist kein sonderlich hohes Niveau, aber es fällt mir tatsächlich leicht, ich habe es mir mit YouTube selbst beigebracht. Ich schicke meiner besten Freundin Yuna eine Nachricht, ob sie vielleicht Lust und Zeit hat, sich im *Books & Beans* zu treffen, ohne mir allzu viel davon zu erwarten. Tatsächlich schreibt Yuna allerdings nach ein paar Minuten, als ich mitten in *River Flows in You* bin, zurück.

Gern! Nur 30 min in 20 min bxb, ok???

Mit »bxb« meint sie das *Books & Beans* und ich freue mich. Yuna ist nicht bekannt dafür, sofort zurückzuschreiben, und ohnehin eher wortkarg bei Nachrichten. Das war für mich eine Umstellung nach meinen Freundinnen zu Hause, die nach ungefähr einer Minute nachgefragt haben, wenn man noch nicht geantwortet hatte. Alle Nachrichtenaktivitäten wurden genauer überwacht als von der CIA während Krisenzeiten. Allerdings bin ich vor einiger Zeit aus der Gruppe ausgetreten, weil es mir zu viel wurde, aber ich glaube, niemand war wirklich traurig. So lange habe ich in dem Kaff gewohnt, erstaunlich, wie schnell es allen egal ist, ob ich dabei bin oder nicht. Bei Yuna habe ich gelernt, dass die Antwortdauer nichts damit zu tun hat, wie gern man sich mag. Ich bin ihr im letzten Semester nähergekommen als meinen Freundinnen zu Hause während der gesamten Highschoolzeit. Ich wechsle die Nickihose gegen eine Leggings und ziehe mir meinen hellbraunen Teddymantel über, weil es draußen schon wieder richtig kalt ist. Es gab schon ein paar milde Tage, aber das Wetter hier ist völlig verrückt.

Als ich nach unten komme, schaue ich kurz im Aufenthaltsraum vorbei. Dort gibt es immer jemanden, der gerade abhängt, und natürlich sind auch hier ein paar Leute dabei, *Final Fantasy* zu spielen. Auf einem der Sofas sitzt auch »der Prinz«: Eduardo aus dem Haus 344 Washington. Er ist ein Mitbewohner von Yuna und es gibt Gerüchte, dass er zum spanischen Königshaus gehört, die er nicht abstreitet, sondern durch sein Verhalten anfeuert. Eduardo hat sein Tweedjacket abgelegt und nur noch ein gebügeltes hellblaues Oberhemd an, dazu trägt er einen Seidenschal. Mit seinem hyperkonservativen und altadeligen Kleidungsstil wirkt er in Montana, und erst recht am MCPA, wie ein Königspudel in einem Rudel Wildhunde, weil die meisten Leute sich hier bemühen, besonders abgerissen auszusehen. Soll einem scheinbar extra Glaubwürdigkeit verleihen, wie ein hungernder Künstler auszusehen und nicht wie jemand, der ein Hobbystudium absolviert und einen Trustfund besitzt. Insofern ist Eduardos Auftritt, ähnlich wie Nates, fast ehrlicher. Sie sind beide im

Filmprogramm und er möchte Produzent werden. Nate, ebenfalls aus 344, ist auch da. Er trägt ausnahmsweise ein Sweatshirt mit Princeton-Aufdruck statt einem gebügelten Hemd und hat eine umgedrehte Yankee-Kappe über seine leicht welligen, hellbraunen Haare gestülpt. Aber auch so bringt er eine Prise edle New Yorker Upper East Side mit. Er tauscht sich wahrscheinlich mit Eduardo über den Bügelservice der örtlichen Wäscherei aus. Alle haben rote Wangen und die Augen auf den Bildschirm geheftet.

»Hazel«, begrüßt Nate mich, ohne wirklich aufzublicken, und Eduardo nickt mir ebenfalls zu. »Hola«, sagt er mit starkem spanischem Akzent. Aber ich habe inzwischen die Vermutung, dass er den Akzent extra pflegt, weil er Komplimente dafür bekommen hat, dass er sexy ist.

»Das Spiel ist so langweilig. Willst du nicht was mit mir spielen?«, grinst Nate und seine Finger fliegen über den Controller.

»Nate.« Ich verdrehe die Augen. »Ich dachte, das hätten wir hinter uns.«

»Ich gebe nicht auf. Ich bin ausdauernd. Außerdem ist es eine Frage der Gesundheit. Ein Orgasmus baut Stress ab, hilft gegen Frust und stärkt das Immunsystem. Hat der Neurologe James Couch festgestellt.«

»Ich habe noch nie gesehen, dass du ein Textbuch aufgeklappt hast. Falls du im Lesesaal bist, tippst du nur auf deinem Handy. Diese Studie kannst du allerdings aus dem Kopf zitieren. Wieso wundert mich das nicht?«

Nora gluckst und bearbeitet weiter ihren Controller.

Wir mögen alle anders sein, aber ich liebe es an diesem College, dass so viele Leute hier sind, für die es ganz selbstverständlich ist, ihrem kreativen Traum zu folgen. Es ist normal, Filmproduzent werden zu wollen, Bücher zu schreiben oder tanzen zu wollen. Man ist deshalb eben nicht bekloppt, leicht lebensmüde und illusorisch, sondern wird ernst genommen.

Ich wache fast jeden Morgen mit Herzklopfen auf und denke: Ich bin hier, werde Schauspielerin oder versuche es zumindest. Ich, Hazel Mackintosh aus Mariville, Ohio. Und alle nehmen mich ernst und denken nicht, dass das eine völlig verrückte Idee ist. Ich verabschiede mich und gehe nach draußen. Der Wind ist heftig und ich ziehe mir die Kapuze über die Ohren. Ich hätte Handschuhe mitnehmen sollen. An das wechselhafte Wetter habe ich mich noch nicht gewöhnt.

Das *Books & Beans* ist das schönste Café auf dem Campus, da sind wir uns einig. Ich liebe es einfach und Yuna auch. Wobei sie nicht objektiv ist, seit sie noch vor Weihnachten was mit Miles angefangen hat, der hier als Barista arbeitet, wenn er nicht gerade malt, auf der Magnolia Ranch arbeitet oder in generellem Hotsein aufgeht. Das Café ist ein bisschen altmodisch, mit weißen Sprossenfenstern und kleinen Holztischen, an denen die Studierenden sitzen, um zu reden oder zu lernen. Mich umfängt sofort der vertraute Geruch von Kaffee und den frischen Kuchen, Zimtschnecken und Muffins, den fantastischen Donuts und Smoothies, süßlichem Chai und aromatisiertem Tee. Die Mischung ist schwer zu beschreiben, jedenfalls sorgt sie dafür, dass ich mich sofort entspanne.

Miles steht hinter dem Tresen in kariertem Hemd und seiner üblichen unangestrengten sexy Miles-Art. Ich winke ihm zu und er lächelt zurück und zwinkert, als ich mich hinter die wartenden Studierenden stelle, nachdem ich meinen Mantel auf einen Stuhl gelegt habe, um einen Tisch zu reservieren. Ich kann Yuna schon verstehen, dass sie ihn toll findet. Wenn er lächelt, geht die Sonne auf und ich weiß, dass einige Studentinnen besonders oft kommen, wenn er Schicht hat.

»Karottenkuchen und Latte?«, fragt er, als ich an der Reihe bin.

Ich nicke. »Ich hoffe auf ein extraschönes Kaffeegemälde«, sage ich.

»Natürlich«, erwidert er, sucht mir ein großes Stück Kuchen heraus und bereitet den Espresso und die geschäumte Milch an der Maschine vor.

»Wann gibt es eine Show mit deinen Bildern?«, frage ich ihn. Er zuckt nur mit den Schultern, was wohl eine Antwort zwischen irgendwann oder nie sein soll.

»Ich habe immer noch keine gesehen. Ich weiß nicht, ob Yuna objektiv ist. Sie findet alles schön, was du machst, und würde im Zweifel auch deine Kaffeegemälde einfrieren, um sie haltbar zu machen.« Miles grinst vor sich hin. Brida, seine Kollegin, ist auch hier. Sie trägt heute einen Jeansoverall und hat ihre Haare lila gefärbt, eine Kombination, die ihre Augen besonders blau leuchten lässt. »Ich werde Miles noch dazu bekommen«, ruft sie mir zu. »Der Druck wächst. Die Fanbase wird größer. Irgendwann knickt er ein.«

Miles grinst, aber scheint trotz ihrer Behauptung keinerlei Druck zu verspüren.

Auch wenn ich seine Bilder noch nie gesehen habe, weil er tatsächlich superprivat ist, was seine Bilder angeht, kein Instagram besitzt und darauf beharrt, dass er nur für sich malt, bin ich mir irgendwie sicher, dass Yuna nicht nur verliebt ist, sondern dass seine Bilder gut sind.

»Ich möchte ein … Kreuzfahrtschiff«, raune ich ihm verschwörerisch zu. Er macht ein gespielt schockiertes Gesicht. »Du wirst gierig. Ich kann kaum noch schlafen, bevor ich zur Schicht komme.«

Er nimmt die Tasse mit dem Espresso in eine Hand, in die andere die Milch, die er an der großen Maschine aufgeschäumt hat, und gießt sie in die Tasse, wo sich beides zu einer karamellfarbenen Mischung verbindet. Dann schwenkt er den Espresso leicht hin und her, und im Anschluss, ich habe immer noch nicht genau verstanden, warum die Milch sich plötzlich so anders verhält, schüttet er die Milch vorsichtig auf die goldene Mischung, sodass sie nicht einsinkt, und malt ein weißes

Bild. Er malt mit kleinen Bewegungen, die total entspannt wirken, den Umriss von einem Dampfer mit zwei großen Schornsteinen, aus denen Wölkchen aufsteigen. Dann nimmt er ein kleines Holzstäbchen und tupft und zieht auf der Oberfläche herum. Er hat keine sonderlich kleinen Finger, aber seine Bewegungen sind vollkommen kontrolliert, sodass Fenster im Dampfer entstehen und genauere Konturen. Zwei Möwen.

Obwohl er wirklich jeden Tag gleich aussieht und mit Sicherheit noch nie einen Gedanken daran verschwendet hat, warum er dieses Hemd anzieht, sieht er cool aus. Weshalb grübeln andere Leute überhaupt nicht darüber, wie sie aussehen, erzielen aber immer ein gutes Ergebnis?

Er reicht mir den Latte mit dem Kunstwerk.

»Okay, wieso weißt du so schnell, wie du dabei vorgehst? Ist Kaffeekünstler eigentlich ein anerkannter Beruf? Vielleicht führen sie einen neuen Studiengang ein«, sage ich. Miles grinst. Er studiert nicht, auch wenn er gerade seinen Highschoolabschluss nachmacht, wozu Yuna ihn überredet hat. Er hat eine ziemlich komplizierte Kindheit in Pflegefamilien hinter sich. Sein Gesicht leuchtet auf, als er hinter mich blickt. Ich weiß schon, wer da steht, bevor ich mich zur Seite gedreht habe. Yunas Blick geht zwischen Miles und mir hin und her. »Hi, ihr beiden«, dann umarmt sie mich. Natürlich trägt sie Sportklamotten und Leggings, dazu aber warme Boots und eine Daunenjacke, die von außen noch ziemlich kalt ist, als ich sie umarme.

Im *Books & Beans* will sie Miles vielleicht nicht bei der Arbeit umarmen, aber die Art, wie beide sich anschauen, ist viel mehr als eine Umarmung. Ich habe manchmal das Gefühl, dass ich wegsehen muss, weil es so intensiv ist. Einige Paare hier tragen ihre Beziehung ständig zur Schau und versuchen, die Gesetze hinsichtlich der Erregung öffentlichen Ärgernisses durch ausgiebige, öffentliche Schmusesessions zu strapazieren. Klar, an einem College mit so vielen Leuten, die auf die Bühne wollen, gibt es einige mit ziemlich exhibitionistischen Tendenzen. Mindestens alle zwei Jahre gibt es ein Theaterstück, in dem alle nackt auftreten, das habe ich schon gehört. Auf ihre Weise sind Miles und Yuna sehr privat. Yuna ist viel fröhlicher geworden in den letzten Monaten. Vor allem, seit sie Miles kennt und sich für den Choreo-Schwerpunkt entschieden hat. Nur vermisse ich sie, weil sie nur noch wenig Zeit hat. Sie bestellt einen Matcha Latte mit Hafermilch, das heißt, sie bestellt ihn gar nicht, sondern Miles macht ihn ihr unaufgefordert.

Wir setzen uns an den Tisch und ich versuche, die leichte Eifersucht wegzuwischen, die manchmal in mir hochkommt, wenn ich sie mit Miles sehe. Nicht auf sie, weil sie einen Freund hat, sondern eher auf Miles, auf die ganze Zeit, die er mit ihr verbringt. Yuna streift ihre Daunenjacke ab und trägt ein weit ausgeschnittenes enges, blaues Shirt darunter, das ihre makellose Haut mit den hellen Pigmentflecken am Hals in Szene setzt. Eine lilafarbene Haarsträhne zieht sich durch ihre langen schwarzen Haare, die sie sich vor der Vorführung ihrer ersten modernen Choreografie gefärbt hat. Sie hat so eine elegante und gleichzeitig kraftvolle Ausstrahlung durch ihre jahrelange Tanzpraxis. Sie würde eingewickelt in einen alten Putzlappen elegant aussehen.

»Und, wie laufen deine Kurse dieses Semester an, bist du happy oder wieder exzessiver Seelenstrip?«, fragt sie, weil ich ihr davon erzählt habe.

»Ich fürchte, der Seelenstrip-Kurs letztes Semester war erst der Anfang. Jetzt habe ich Angela, um ›meinen künstlerischen Schatten zu finden und bewusst einzusetzen‹, und vielleicht sollte ich mir einen Therapeuten suchen, um die in der Stunde entstehenden Traumata direkt wieder loszuwerden. Ich bin, glaube ich, sowieso die Einzige ohne Therapeut im ganzen Programm. Aber ich habe dieses Semester Bühnenkampf belegt, vielleicht reicht das als Ausgleich, soll ja auch gegen Aggressionen helfen. Und …« Ich zögere einen Moment, weil es mir irgendwie peinlich ist, »ich werde jetzt wirklich für Shakespeare vorsprechen. Es gibt ja nichts zu verlieren.«

»Warum sprichst du so leise? Natürlich gibt es nichts zu verlieren, das sage ich doch schon die ganze Zeit. Warum sollte irgendjemand mehr Recht haben, für die Rolle vorzusprechen als du?«

»Ich bin total aufgeregt«, erwidere ich. In dem Moment sehe ich, wie Landon Bonell das *Books & Beans* betritt und eine Fuhre kalte Luft in den Innenraum wehen lässt. Er trägt eine Baseballmütze, die er tief ins Gesicht gezogen hat wie die Stars, die versuchen, nicht erkannt zu werden. An Selbstbewusstseinsmangel leidet er nicht, aber das ist ein bisschen übertrieben. Bei seinem Anblick zieht sich alles in mir zusammen, mein Herz beginnt schneller zu schlagen und die Luft wird dünner, was keiner Logik entspringt. Aber es ist definitiv weniger Sauerstoff in meinen Lungen. Ich konzentriere mich auf Yunas Gesicht, um bloß jeden Blickkontakt zu vermeiden. Als er an mir vorbei ist, blickt sie auf seinen Rücken und ein Ausdruck der Erkenntnis huscht über ihr Gesicht.

Natürlich hat sie genau gesehen, welche Reaktion er in mir ausgelöst hat, und sieht mich prüfend an. Ich bemühe mich um einen neutralen Gesichtsausdruck.

»Willst du mir nicht mal die Geschichte erzählen, warum du aussiehst, als würdest du entweder deinen Teenieschwarm zum Meet and Greet treffen oder als hätte man dich in Eiswasser geschubst, wenn du ihn siehst? Oder vielleicht sogar auf dem Weg zum Meet and Greet ins Eiswasser geschubst? Es ist sogar beim Zuschauen verwirrend.«

Eisbaden ist ein neuer Trend am MCPA und ein paar Studis haben schon den ganzen Winter über täglich in einem Fluss in der Nähe gebadet und sind damit ziemlich berühmt auf dem Campus. Ich bin nicht neidisch auf ihren Ruhm.

»Vor dir kann man nichts verstecken. Sein Auftauchen erinnert mich daran, dass ich es bisher geschafft habe, keine Kurse gemeinsam mit ihm zu belegen, aber er bestimmt für die Theaterstücke vorspricht. Hoffentlich kein Shakespeare.«

Wir schweigen für einen Moment. »Was ist denn los? Nicht, dass ich nur neugierig bin. Okay, ein bisschen neugierig bin ich natürlich auch. Aber manchmal ist es ja so, dass alles weniger schlimm ist, wenn man es jemandem erzählt.«

»Oder es wird alles noch viel schlimmer, weil es wirklich wird, dadurch dass man es ausspricht.«

»So schlimm?«

Ich seufze. Ich habe keine bessere Freundin als Yuna hier und ich rechne ihr hoch an, dass sie mich nie bedrängt hat.

»Ich habe ihn vor Studienbeginn getroffen, als ich zum Vorsprechen hergekommen bin. Letzten Sommer, ich bin ja nur im Nachrückverfahren angenommen worden. Und sagen wir mal so, ich war in keinem guten Zustand. Ich hatte getrunken und ich wusste nicht, dass er auch vorspricht. Es war im *Drunk Bull,* so ein Pub etwa eine Stunde entfernt von hier.«

»Ich kenne den *Drunk Bull,* da fahren sogar Leute von Campus manchmal hin, wenn sie Abstand brauchen.«

Ich gebe ihr eine kurze Zusammenfassung des Abends, vom Birnenschnaps und von meiner Idee, das Flirten zu üben. »Ich habe ihm, glaube ich, mehr über mein vermurkstes Sexleben erzählt als je einem Kerl. Und über meine Komplexe und überhaupt. Ich war total ehrlich. Ich dachte ja, ich sehe ihn nie wieder. Und natürlich auch, dass er genauso ehrlich ist. Dass wir diesen Moment irgendwie … teilen. Wir haben ein Rollenspiel gemacht und …«

»Ein Rollenspiel?«

»Ich wollte mit ihm fürs Vorsprechen üben. Wir haben so eine Flirtszene geübt, frag nicht. Er hat natürlich gemerkt, dass ich ihn attraktiv fand. Sehr attraktiv. Dass ich keine Funken versprüht habe, war wirklich alles. Es war nicht zu übersehen.« Ich presse meine Hände vors Gesicht bei der Erinnerung an den Abend.

»Er *ist* total hot. So ein bisschen Hollywood-schmierig, aber schon extrahot. Da würden dir wohl achtundneunzig Prozent des Campus zustimmen. Dafür braucht man sich nicht zu schämen.«

»Was auch immer. Jedenfalls ist er am Schluss total ausgerastet und hat mich angeschrien, weil ich eine Audioaufnahme von der gespielten Szene gemacht habe, ohne ihn vorher zu fragen. Es war nur Audio, sollte eine Gedächtnisstütze nur für mich sein. Aber sein Verhalten war so … so unglaublich verletzend.«

Yuna sieht mich mit zusammengezogenen Brauen an.

»Und jetzt ist genau das passiert, was ich verhindern wollte«, fahre ich fort.

»Wie jetzt?«, fragt Yuna ehrlich verwirrt.

»Es hört sich total harmlos an. Es wirkt, als wäre ich hysterisch. Was ist schon passiert? Aber ich kann das gar nicht in Worte fassen. Es war eine so ganz vertrauensvolle Atmosphäre. Wir waren uns nah. Na ja, und wir haben uns geküsst. So bescheuert sich das anhört. Ich hätte ihm in dem Moment alles anvertraut. Alles. Aber er hat mich komplett belogen. Es fing schon damit an, dass er so getan hat, als hätte er keine Ahnung von der Schauspielerei. Er hat sich die ganze Zeit nur über mich lustig gemacht. Um mir dann so weise Ratschläge zu geben, von wegen, man muss nie mit jemandem schlafen, wenn man in Hollywood Karriere machen will. So als wollte er ein naives unschuldiges Mädchen warnen. Glaub mir, es gab viele erniedrigende Momente in meinem Leben, aber dieser gehört definitiv ganz oben dazu.« Ich kann nicht verhindern, dass mir die Tränen in die Augen steigen. Yuna lehnt sich nach vorn und drückt meinen Arm. »Ach Hazel. Nein, das klingt nicht harmlos. Und sogar wenn jemand einfach nur überraschend aggressiv zu dir ist auf der Straße, dich sinnlos anschnauzt, trifft einen das viel unangenehmer, als wenn man damit rechnet. Wenn man sich aber in so einer total intimen Atmosphäre gerade Geheimnisse anvertraut und der andere dann unerwartet auf einen losgeht, sogar wenn es nur mit Worten ist, ist das noch schlimmer.«

»Ich kann verstehen, dass er vielleicht dachte, dass ich ihn erkannt habe und was posten wollte, aber sein Ausflippen war total unverhältnismäßig. Und es entschuldigt auch nicht, dass er mir vorgegaukelt hat, die Wahrheit zu sagen, was ich brav gemacht habe, und er hat nur gelogen. Jedenfalls will ich ihm möglichst wenig begegnen.« Ich drehe mich zur Seite und merke, wie ein ganzer Tisch mit Studentinnen tuschelt und zu Landon schaut. Klar bekommt er da den Eindruck, dass er hot shit ist, so armselig wie einige drauf sind.

»Und du hast mit ihm geknutscht«, sagt Yuna. »Damit hätte ich jetzt niemals gerechnet.«

»Ja, ich wünschte, er wäre nicht so gut darin. Man hatte das Gefühl, dass er quasi zum Küssen geboren ist. Das hat es noch schlimmer gemacht.«

»Oh«, sagt Yuna. »Das klingt in der Tat kompliziert.«

Nate betritt ebenfalls das *Books & Beans,* was ich von meiner Position gut sehen kann. Er scheint seine Zock-Session beendet zu haben, nickt mir kurz zu und begrüßt Landon. Die beiden sind echt ein Dream-Team, die Leute mit dem größten Ego auf dem Campus haben sich magisch angezogen. Sollte einen eigentlich nicht wundern.

»Ich habe mich so schlecht gefühlt. Also …« Irgendwie ist plötzlich der ganze Moment wieder da. Der Raum im *Drunk Bull,* diese total aufgeladene Atmosphäre.

»Das Schlimme ist, in dem Moment hätte ich tatsächlich alles gemacht. Ich hätte nie aufgehört.«

Yuna greift nach meiner Hand. »Er muss sich bei dir entschuldigen. Ich schätze, *er* hat ein viel größeres Problem als du. Er hat sie doch nicht mehr alle. Ich kann ja mit ihm reden.«

»Bloß nicht. Ich will es nur noch vergessen. Und nicht mehr daran denken.« Nate und Landon kommen mit ihren Bechern zurück von der Theke und setzen sich an einen Tisch an der Seite. Leider kann ich mich nicht zurückhalten und schaue hin. Und blicke direkt in Landons dunkelbraune Augen, die mich ebenfalls fixieren. Als er merkt, dass ich ihn ertappt habe, streicht er plötzlich geschäftig einige Strähnen nach hinten und wendet den Blick ab. Mir schießt die Röte ins Gesicht.

»Okay«, murmelt Yuna. »So ganz hast du es wohl noch nicht vergessen.«

Ich würde gern widersprechen, aber das kann ich mir sparen. Ich atme einfach wieder aus.

»Ich weiß nicht, was los ist. Wenn ich tief und ehrlich in mich hineinlausche – und glaub mir, wir üben jeden einzelnen Tag in diesem Schauspielprogramm, ganz supertief in uns hineinzulauschen –, dann ist da irgendetwas in mir, das ihn toll findet. Dann denke ich Sachen wie: Ach, eigentlich ist das doch ein netter Kerl. Vielleicht hat er nur schlechte Erfahrungen gemacht. Er hat bestimmt Gründe gehabt. Ich meine, hallo? Wie ungesund ist so ein Mist bitte? Doch nur, weil er meine Hormone in Wallung bringt.«

»Vielleicht solltest du einfach mit ihm reden? Ihn direkt fragen, ob er Gründe hat?«

Ich blicke sie fassungslos an. »Ihn fragen?«

»Na ja, manchmal gibt es eine simple Erklärung.«

»Ich glaube, die Erklärung ist, dass er ein Arsch ist.«

»Wenn du meinst«, sagt Yuna.

»Ich sage dir, ich habe letztens gesehen, wie er sich in Pose gestellt hat, mit angespannten Bauchmuskeln und so, da bekommt man echt die Krise.«

»Auf sein Insta bin ich allerdings eifersüchtig. Ich habe immer noch nichts aufgebaut. Ich habe mal einen bisschen rumprobiert, aber wenn ich ganz ehrlich sein soll: Ich hasse es. Ich lade jetzt gelegentlich ein paar Tanzroutinen kommentarlos auf YouTube hoch. Dann muss man nix zurückliken und reposten und den ganzen Kram. Die Leute, die es gern sehen möchten, können es sich anschauen, die anderen eben nicht.«

»Kann es sein, dass du von Miles beeinflusst bist, was das angeht?«

Yunas Blick wandert wieder zum Tresen. Und sie bekommt wieder diesen besonderen Ausdruck, wenn sie Miles anschaut. Sie erinnert mich an diese Vögelchen, die man in der Zoohandlung nur zu zweit kaufen darf, weil sie sonst eingehen. Sie ist wirklich krass verliebt. Aber ich glaube, es beruht auf Gegenseitigkeit.

»Nein, Miles *sollte* auf Instagram anfangen. Er braucht ja nichts schreiben. Es geht nur ums Bild. Und jeder weiß, dass man als Künstler dort sein muss, dann werden Galerien auf dich aufmerksam und so weiter.«

Ich werfe ihr einen schrägen Blick zu. »Meinst du nicht, das könnte man bei dir auch sagen? Ich glaube, es ist leichter, Ratschläge zu verteilen, als es selbst zu tun.«

Sie rümpft die Nase.

»Ich finde es sympathisch. Dass man so viel Lust drauf hat wie Landon, zeugt doch von seiner egomanischen Selbstbeziehung.«

Yuna seufzt. »Seit wann müssen alle Künstler eigentlich nicht nur Kunst machen, sondern sich mit diesem Scheißmarketing beschäftigen? Das war doch mal anders gedacht. Inzwischen vermarkten dich die Marketingleute nicht mehr, sondern geben dir nur noch mehr Arbeit und sagen dir, was du auf den Social-Media-Plattformen posten sollst.«

Sie trinkt den Rest von ihrem Matcha. »Ich muss jetzt leider wieder los. Und du zeigst es ihnen, Hazel. Die können dankbar sein, dass du vorsprichst.«

»Wir sehen uns zu selten.«

»Das stimmt.« Yuna seufzt. »Ich werde am Semesterende eine neue Rihanna-Choreo mit drei Tänzerinnen und zwei Tänzern aufführen«, sagt sie. »Ist noch viel zu tun.«

»Das wird aber toll. Ich stelle mir gerade J. Lo beim Superbowl vor.«

Sie kichert. »Ja, Parris Goebel ist mein Idol. Und natürlich die Tänzer vom *1Million Dance Studio.* Keine Frage.« Sie steht auf und zieht ihre Daunenjacke an.

»Wir sollten mal wieder zusammen auf irgendeine Party gehen«, schlage ich vor.

»Ja, auch das stimmt«, erwidert Yuna, aber ich weiß, dass sie es nicht so richtig ernst meint. Ich verstehe sie. Sie ist Tänzerin. Manchmal habe ich das Gefühl, dass ich gerade eine gute Freundin gefunden habe, um sie dann wieder an einen Typen zu verlieren. Und natürlich will ich nicht so kleinlich denken. Ich schaue auf die Uhr. Vielleicht gehe ich nach Hause und schreibe meinen Aufsatz für Theatergeschichte zu Ende. Oder ich gehe in die Bibliothek, da fühlt man sich weniger allein.

Sechs

Hazel

»Neben diesem Fach braucht man keinen Sport mehr, ich mach jetzt Kundalini-Atmung und dann ist es wie 'ne Yogastunde«, raunt Jane mir zu, die im gleichen Kurs ist und neben mir auf dem Boden sitzt und ihre Knie tiefer in den Schneidersitz drückt. Sie ist wahnsinnig beweglich, etwas rundlich und absurd sexy mit langen, schwarzen Wellen und einer Body Positivity wie ein Supermodel. Sie lehnt sich weit nach vorn über ihre gespreizten Beine, und dann sehe ich, wer hinter ihr sitzt: Landon Bonell. Schwarzes, enges Shirt, graue Hose, hohe Wangenknochen, düsterer Blick, ausgeprägte Kinnkonturen. Bei seinem Anblick beginnt mein Herz sofort wie verrückt zu hämmern und ich kann förmlich spüren, wie ich von einer Sekunde zur nächsten zu schwitzen beginne. Das darf echt nicht wahr sein. Der ist doch in der letzten Stunde gar nicht hier gewesen!

Jane scheint meinen Blick bemerkt zu haben. Sie lehnt sich wieder nach vorn. »Ja, hoher Besuch. Landon hatte einen wichtigen Termin in Hollywood, aber beehrt uns doch noch mit seiner Präsenz hier am MCPA.« Sie zwinkert und leckt sich ironisch – oder nicht ironisch – über die Lippen, was er nicht sehen kann, weil er hinter ihr sitzt. O nein. Zu früh gefreut. Den Eindruck, ständig wichtige Termine zu haben, vermittelt

Landon scheinbar gern. Wäre er in der ersten Stunde hier gewesen, hätte ich mit Sicherheit versucht, diesen Kurs in einem anderen Semester zu belegen. Jetzt ist es zu spät. Ohnehin ein Albtraumkurs: »Der Künstler und sein Schatten: Spielen mit Haut und Seele.« Aber ein Pflichtkurs, der den Spirit der Ausbildung am MCPA wohl zusammenfasst. Die Anwesenheit von Landon Bonell macht den Kurs nicht attraktiver.

Jane lehnt sich wieder nach vorn, bis sie flach auf ihren Beinen liegt, und Landon starrt mit einer gewissen Faszination auf ihren Hintern, der sich ihm entgegenstreckt. Leider muss ich bei der Haltung wieder an die Videos von den sich paarenden Gorillas denken und verziehe das Gesicht. Landons Blick wandert zu mir und unsere Augen treffen sich. Er hat mich auch erkannt. Shit.

Ich versuche meine Gesichtszüge wieder unter Kontrolle zu bringen, die immer noch den Ekel über die Videos zeigen. Er muss denken, dass ich Jane so angewidert anschaue. Oder ihn. Eine kurze Irritation huscht über seine Gesichtszüge. Dann hebt er minimal eine Augenbraue. So will er mir wohl sagen, dass er mich erkannt hat, aber ansonsten sehe ich weder Freude noch Bedauern in seiner Mimik. Er scheint mit den Gedanken woanders zu sein.

Es war natürlich nur eine Frage der Zeit, bis wir zusammen einen Kurs belegen. Ich konnte nicht davon ausgehen, dass das Treffen auf der Party vergangenes Semester und die Begegnungen aus sicherer Distanz, wenn wir am Quad aneinander vorbeigerannt sind, die letzten bleiben würden. Landon Bonell, der ehemalige Kinderstar. Der Typ, der angeblich nicht schauspielern kann. Der mich verarscht und beleidigt hat. In den Gesprächen taucht er natürlich häufiger auf, für mich ein Zeichen, das Thema zu wechseln.

Irgendwann mussten wir uns wiedertreffen. So groß ist das Schauspielprogramm am MCPA nicht und diesen Kurs muss jeder absolvieren. Am meisten ärgert mich, dass ich jedes Mal fast eine Herzrhythmusstörung bekomme, wenn ich ihn sehe, und er geradezu phlegmatisch ist. Augenbrauenheben scheint schon fast zu mühsam.

Der ersten Überraschung über unser zufälliges Treffen im letzten Semester ist Gleichgültigkeit gewichen. Wie unwichtig kann man eigentlich für ihn sein? Schlimm genug, dass er mich so hat auflaufen lassen, aber dass er noch nicht mal einen Gedanken an mich verschwendet, nervt mich auch. Er hat nie damit gerechnet, dass ich die Aufnahmeprüfung schaffe. Wenn ich nicht so total aufgelöst gewesen wäre beim Vorsprechen, sodass ich keine Energie mehr dazu hatte, nervös zu werden, dann hätte ich es vielleicht gar nicht geschafft. Vielleicht hat er mir sogar dabei geholfen, die Prüfung zu bestehen, das ist das völlig Verrückte daran.

Angela, die diese Stunde leitet, vermeidet es grundsätzlich, dass wir auf den Stühlen sitzen, die um die Tische arrangiert sind, wenn wir den Raum betreten. Das ist zu langweilig und bürgerlich oder so. Wir sitzen also im Stuhlkreis auf den Tischen oder im Schneidersitz auf dem roten, etwas rauen Teppich, der die Geräusche der Schritte schluckt. Die Fenster zeigen auf eine Wiese, die zum Glück nur wenig frequentiert wird, weil sie im Schatten liegt, sodass selten jemand vorbeischlendert, der durchs Fenster hineinschaut. Darüber bin ich heute besonders erleichtert.

»Welches Tier bist du?«, flüstere ich Jane zu.

»Huhn, das ein Ei legt«, flüstert sie zurück. »Ich werde denen mal zeigen, wie man ein weibliches Ei feiern sollte.« Sie zwinkert.

Ich nickte. Huhn ist auch nicht so toll, aber alles ist harmloser als mein Tier und insbesondere diese Situation. Ich zupfe an meinem Shirt, um es von meinem Körper zu lösen und Luft zwischen Stoff und Haut kommen zu lassen, und kontrolliere unauffällig, ob ich dunkle Flecken unter den Armen habe, weil ich vor Aufregung schwitze. Leider habe ich ein blaues Shirt angezogen, in dem man das sieht. Bei dieser Art Übung bin ich unglaublich schlecht. Es ist nicht mal Improvisation, wir konnten uns sogar vorbereiten, Improvisation wäre noch schlimmer. Wenn ich keinen Text habe, an dem ich mich festhalten kann, bin ich total gefangen in mir selbst. Das ist nicht gut. Bei diesem Gorilla bin ich allerdings auch ziemlich gefangen. Warum konnte es nicht eine Ameise beim Nestbau sein oder was auch immer?

»Und du?« Sie sieht mich begeistert an. »Du kannst es mir ruhig verraten. Es gibt noch genug, die raten können.«

»Gorilla.« Ich schlucke. »Gorilla auf der Suche nach einem Geschlechtspartner.«

Jane sieht keineswegs schockiert aus. »Geil«, sagt sie stattdessen. »Wie spannend!«

»Spannend vielleicht schon, aber nicht sonderlich appetitlich. Ich habe ohne Ende Videos über das Paarungsverhalten von Gorillas geschaut. Da tun sich Abgründe auf.«

»Wieso Abgründe?«, flüstert sie interessiert zurück.

»Es gibt viele Leute, die solche Videos stimulierend finden. Gerade in Ländern, wo Pornos nicht erlaubt sind, sind Tierpornos beliebt, also Tierfilme mit expliziten Szenen.«

Jane reißt die Augen auf, aber es wirkt weiterhin eher begeistert als schockiert. »Großartig. Das wird genial. Du als Alpha-Male.«

»Erst mal kommen wir zur Hausaufgabe«, eröffnet Angela die Stunde formal. Sie hat ihre blonden halblangen Haare zurückgegelt, was ihr ein strenges Aussehen verleiht. Dazu trägt sie Kreolen. Sie ist sehr schlank und wirkt insgesamt nicht wie jemand, der das Konzept von Fun Food kennt. Bei ihr ist bestimmt alles biodynamisch und es gibt keine Ausnahmen, weil man hin und wieder einen Oreo-Cookie oder eine Zimtschnecke braucht, um zu überleben.

»Bei Gorillas fangen die Frauen an, sie ergreifen die Initiative«, flüstere ich Jane zu und verstumme, als ich merke, dass Angela zu uns herüberschaut.

»Das wird ja immer besser«, schreiflüstert Jane zurück. »Bin gespannt.«

»Ich rufe die Namen der Studierenden auf und die machen bitte das Tier und die Aktivität vor, die sie zugeteilt bekommen haben. Die anderen raten. Am Schluss machen wir eine Übung, wo alle gleichzeitig ihr Tier bewohnen. Und denkt daran, dass dies eine geschützte Zone ist, hier gibt es keine Scham. Um gute Schauspieler zu werden, müsst ihr die Scham hinter euch lassen. Wenn man Scham verspürt, ist man noch zu sehr in seinem Selbst, es geht aber nicht um euch. Nehmt euch nicht so wichtig.«

Ich mache mich klein, so klein, dass mich eigentlich niemand mehr sehen kann und ich mich zurückhalten muss, nicht noch meine Augen zuzukneifen wie ein Kleinkind, das sich versteckt und glaubt, dass es ebenfalls nicht zu sehen ist, wenn die anderen es nicht sehen.

Bittebittebittebittebitte nicht ich, flehe ich in meinen Gedanken so laut, dass sie das eigentlich alle in ihren Köpfen hören müssen. Falls Gebete irgendeinen Einfluss auf die Wirklichkeit haben, dann habe ich alles gegeben.

»Hazel Mackintosh«, sagt Angela und blickt von ihrer Liste suchend über die Köpfe der Studierenden. Ich bin fassungslos. Es hat nichts geholfen. Ich glaube, meine Gebete haben meinen Namen heraufbeschworen und in ihr Gehirn befördert, statt ihn auszulöschen.

Ihre Augen bleiben an mir haften. Sie kennt alle Namen. Das MCPA ist klein, aber nicht so klein. Sie ist stolz darauf und hat so ein Memotraining gemacht, damit sie das beherrscht, hat sie erzählt.

Das Problem bei Gorillas ist, dass sie sich häufig am Hintern kratzen. Oder sich fahrig über den Kopf streichen. Sie trommeln sich auch tatsächlich gegen die Brust. Ich habe mir

Videos angeschaut und King Kong ist vom Auftreten her ziemlich nah an der Realität. Bei der Suche nach passenden Gorillafilmen bin ich auch auf Pornos mit dem italienischen Pornostar Rocco Siffredi gestoßen, in denen er Tarzan in Dschungel spielt. Rocco war scheinbar aus vielerlei Gründen ein Star der Szene oder vor allem aus einem überdimensionierten Grund, der mich jetzt verfolgt. Es gibt sogar eine Netflix-Dokumentation über ihn. Aber ich schweife ab. Fokus. Gorillas.

Ich stelle mich hin, schließe kurz die Augen und versuche die anderen zu vergessen. Ich öffne sie wieder und mein Blick trifft auf Landon, der seinen Oberkörper nach hinten gelehnt hat und sich auf den Händen abstützt. Er blickt mich leicht amüsiert an und es ist erstaunlich, dass er nicht gleich sein Popcorn rausholt, um sich eine peinliche Comedyshow anzuschauen und laut loszulachen. Die peinliche Show bin ich.

Ich atme tief durch und blicke zu Angela.

»Kein Sorge, Hazel. Niemand hier beurteilt dich. Das ist schwer.«

Dann fällt der Blick ihrer hellblauen, etwas wässrigen Augen auf Landon, der selbstzufrieden zuschaut, eher so, als wäre er in einem Nachtclub mit zweifelhafter Bühnenvorführung. Das scheint Angela auch zu bemerken.

»Landon, unterstütze bitte deine Kollegin. Du kannst dich hier auf das Kissen legen und musst nur zu ihr schauen, das ist alles. Das funktioniert schon als Requisite in dem Fall.«

Landon wirft ihr einen Blick zu, der faszinierenderweise das genaue Gegenteil von Begeisterung ist. Das muss man erst einmal hinbekommen. Angela ignoriert den Blick und klopft auf das Kissen. »Leg dich einfach ganz entspannt drauf.«

Die anderen im Kurs schmunzeln und raunen. Klar, einige sind Landon-Fans. Er legt sich besonders wirkungsvoll hin, sodass sein Shirt ein bisschen hochrutscht und ein Stück Bauch zu sehen ist. Er trägt immer Shirts, die hochzurutschen drohen. Das kann kein Zufall sein.

Die Augen der anderen brennen auf mir wie Feuer. Landons Augen noch ein wenig mehr. Ich muss mich nach innen wenden. Es ist verrückterweise viel einfacher, auf einer Bühne zu stehen und niemanden zu sehen und zu kennen. Die Tatsache, dass hier alle aus meinem Programm sind, andere Schauspieler, ist nervenaufreibend. Es ist etwas völlig anderes, ihre kritischen Augen auf mir zu spüren.

Mein Blick fällt auf Layla, die ebenfalls in diesem Kurs ist. Layla. Die Rothaarige mit dem Superorgasmus, die überall angenommen wurde und sich für das MCPA entschieden hat. Sie war ebenfalls überrascht, mich hier wiederzusehen, aber sie hat versucht, es zu vertuschen.

Für sie wäre es völlig in Ordnung gewesen, den Gorilla zu bekommen. Sie würde wahrscheinlich bei der Partnersuche, die ich darstellen soll, nicht aufhören, sondern direkt noch eine Fortpflanzungspantomime einbauen. Jemanden aus dem Publikum unterwerfen und sich mit starken Hüftbewegungen als Gorillamännchen mit einem anderen von hinten paaren. Ich bin neidisch. Warum, frage ich mich. Ich atme tief in den Bauch ein. Der Gorilla.

Ich atme noch mal ein und aus, ein und aus und versuche mich zu konzentrieren. Ich schaue zu Landon und unsere Blicke treffen sich. Er ist das Männchen und irgendwie, ich weiß auch nicht, wie, bringt sein Blick mich dazu, mich besser zu konzentrieren. Denn alles Abfällige ist aus seinen Augen verschwunden. Er blickt mich neugierig an. Interessiert. Vielleicht ist er in seiner Rolle. Ich hole die Bilder von gestern hervor, die Gorillas, die durch den Wald gerannt sind. Ich laufe durch den Wald, suche die anderen. Nehme mit der Hand etwas von Boden, knabbere an Gräsern und stopfe mir ein paar Beeren mit einer lässigen Bewegung in den Mund. Dann laufe ich auf allen vieren und drücke meine Schultern durch. Ich bin das Weibchen, das sich einen Partner sucht. Ich versuche tiefer in mich reinzukommen und die anderen zu vergessen. Das süffisante Lächeln von Landon von vorhin zu vergessen. Er liegt jetzt auf den Kissen. Ich nähere mich ihm auf Gorillafrau-Art auf allen vieren, aber mit einem etwas aufgerichteten Oberkörper. Dann drehe ich mich zu ihm und starre ihn an. Dabei presse ich die Lippen zusammen, wie das Gorillaweibchen in dem Video gestern. Landon schaut zurück und hebt eine Augenbraue. Aber es wirkt nicht abfällig, sondern eher überrascht. Klar, er hat nicht die Filme gesehen und erkennt, dass Gorillaweibchen so zu verstehen geben, dass sie bereit für die Paarung sind. Aber sein Blick ist wieder weich und offen. Einige Zuschauer kichern. Angela legt ihren Finger auf die Lippen und gebietet ihnen, still zu sein. Immerhin.

Er lehnt sich zur anderen Seite.

Ich bekomme die Stimme des Sprechers gestern nicht aus dem Kopf: *Besessen von ihren Hormonen sucht sie einen anderen Partner, als der Silverback ihre Annäherungsversuche nicht versteht.* Ja, besessen von Hormonen bin ich auch. Ich muss heute googeln, wie ich die abtöten kann. Alle Hormone, die auf Landon Bonell gepolt sind.

Ich wandere durch den Kursraum, versuche so zu laufen wie ein weiblicher Gorilla.

»Du bist ein Affe«, sagt eine Studentin.

»Orang-Utan«, eine andere. Immerhin, wenn sie es schnell erraten, dann bin ich schneller fertig.

Ich laufe in meinem Gorillagang zu einem anderen Typen und starre ihn mit angespannter Oberlippe an. Ich höre das unterdrückte Kichern der anderen Studenten, so laut, als würden sie in ein Megafon kichern. Vielleicht habe ich während der Gorilla-Pantomime bessere Ohren bekommen. Dann wende ich mich wieder Richtung Landon.

Ich starre ihn erneut an und spanne meine Oberlippe an.

»Gorilla«, sagt ein anderes Mädchen mit glatten schwarzen Haaren und einem streng geschnittenen Pagenkopf, der an Uma Thurman in *Pulp Fiction* erinnert. »So geben sie den Weibchen zu verstehen, dass sie paarungsbereit sind.«

»Das ist es«, nickt Angela überrascht und erlöst atme ich aus. »Das ist wirklich gut. Ich dachte, dass es zu schwer ist, aber wenn man ein Männchen darstellt, ist es wiederum zu einfach.«

»Ach, du hast gerade mit mir geflirtet? Ich hatte das Starren gar nicht so verstanden«, murmelt Landon. »Ich fürchte da habe ich in der Vergangenheit viel verpasst von wegen Signale ignorieren und so.«

Ich verdrehte die Augen und gehe zu meinem Platz zurück, ohne Landon eines weiteren Blickes zu würdigen. Mein Herz rast, aber ich habe es geschafft. Und merkwürdigerweise war ich gar nicht mehr aufgeregt, nachdem ich angefangen habe. Es hat mich sogar fast beruhigt, Landon als Partner zu haben.

Neben Jane lasse ich mich auf den Boden sinken. Immerhin habe ich es hinter mir und kann den Rest der Stunde entspannt den anderen zuschauen.

»Das war gut«, schmunzelt Jane.

»Es war nicht so gut, aber danke Jane«, erwidere ich.

»Ich verstehe nur nicht, wie das als Porno funktionieren soll mit dem Starren«, flüstert sie.

»Das ist bloß der Anfang. Google einfach, es gibt unzählige Videos dazu. Die Paarung sieht befremdlich menschlich aus.«

Layla hat einen Adler zugewiesen bekommen. Sie hat ihre Haare besonders wild geföhnt, toupiert oder vielleicht nicht glatt geföhnt wie sonst. Sie stehen in alle Richtungen von ihrem Kopf ab. Sie nimmt ihre Aufgabe ernst und spielt mit absoluter Überzeugung. Sie ist immer sofort in der Rolle, scheint alles um sich herum zu vergessen. Plötzlich überlege ich, ob sie vielleicht nur so tut, als wäre sie völlig von ihrer Rolle absorbiert, und in Wirklichkeit ist *das* die Rolle, die sie spielt: die Rolle der Schauspielerin, die in ihrer Rolle aufgeht.

Durch ihre komplette Überzeugung sieht es nicht albern,

sondern elegant aus, als sie durch den Kursraum fliegt. Sie überfliegt den Boden nach Beute. Es ist nach ziemlich kurzer Zeit klar, was sie da macht und, ganz ehrlich, wie ungerecht sind bitte die Tiere verteilt? Mit all ihrer Verrücktheit ist sie keine schlechte Schauspielerin.

Nachdem sie fertig ist, lässt sie sich neben Landon auf den Boden fallen. Sie fasst ihm unbefangen ans Bein und lächelt ihn an. Plötzlich frage ich mich, ob sie schon mal miteinander geschlafen haben. Sie wirken so vertraut. Natürlich in dieser »Keine-weiteren-Verpflichtungen«-Art, nur so zum Spaß. Layla ist gut darin und sagt auch öffentlich, dass sie im College Single sein wird, um »alle Schattierungen des Lebens kennenzulernen«, wie sie es nennt. Vielleicht sind sie auch nur befreundet und ich bin neidisch, weil ich noch nie einen männlichen Freund hatte, mit dem ich so entspannt war wie sie scheinbar mit jedem Jungen auf dem Campus.

Ein kräftiger Student, Krishna, der auf dem Campus bekannt ist, weil er zu der Eisbaden-Gruppe gehört, muss ein Eichhörnchen nachmachen und flitzt durch den Raum. Gelegentlich hält er abrupt an, um hektisch an einer Nuss zu knabbern. Dabei fallen ihm seine langen, glänzenden Haare ins Gesicht. Er wirkt jedoch selbst nicht ganz von sich überzeugt, obwohl wir schnell merken, welches Tier er spielt. Wir müssen lachen, aber Angela bestätigt uns, dass das in Ordnung ist.

»Ihr nehmt euch selbst zu ernst. Es geht hierbei nicht um euch. Es geht um das Tier«, sagt Angela. »Die wichtigste Lektion in der Schauspielerei ist, dass euch klar wird, dass ihr überhaupt nicht wichtig seid. Ihr seid da, um euch selbst auszulöschen. Dazu müsst ihr euch kennen. Das wird uns in diesem Kurs gelingen, glaubt mir.«

Der Satz löst eine leichte Panik in mir aus. Schon im ersten Semester wurden ständig irgendwelche Seelenstrips von uns verlangt, wie weit soll das denn noch gehen?

»Es ist richtig«, fährt Angela mit ruhiger Stimme fort, »wenn ihr als Person gar nicht mehr existiert. Dann kann man sich auch nicht mehr schämen, nichts ist peinlich oder unangenehm.«

Bei mir haben sie weniger geklatscht als bei Krishna. War ich so schlecht? Mir fällt es schwer, mich nicht zu vergleichen.

Landon zwickt Layla in die Seite, was für mich ebenfalls aussieht, als wäre es nicht das erste Mal, was meine Theorie, dass er mit ihr geschlafen hat, noch verstärkt. Wieso denke ich überhaupt über ihn und sein Sexleben nach?! Dann steht er auf und zieht sich sein T-Shirt aus. Darunter trägt er ein weiteres Shirt, aber ich bin mir sicher, alle Augenpaare im Raum kleben wieder an dem Stück nackten Bauch, das beim Ausziehen kurz sichtbar war. Klar, das gefällt ihm. Jedenfalls fällt wieder auf, dass er als Ex-Star einer Seifenoper immer den teuersten Personal Trainer hatte. Neben diesem perfekten Dreieck sind seine Muskeln auf den Punkt trainiert, nicht zu aufgepumpt, aber dennoch ist alles irgendwie geformt. Normale männliche Oberkörper ohne antrainierte Muskeln und mit Brustbehaarung findet man nur noch in alten James-Bond-Filmen. Landon läuft durch den Raum, seine Bewegungen sind geschmeidig und seine Schultergelenke bewegen sich überdeutlich, kein Ahnung, ob das zu seiner Darstellung gehört, aber es erinnert an einen Tiger. Ich kann meinen Blick nicht abwenden. Aber ja, das ist ein Tiger. Und sein trainierter Körper ist ein sehr passendes Accessoire, vielleicht hat sich das Angela auch gedacht, als sie ihm den Tiger zugewiesen hat.

Egal wie oberflächlich ich ihn jedoch bisher bewundert habe. In diesem Moment wird mir klar, wie gut er ist. Er kann wirklich schauspielern. Er ist so einfach in dieses Tier hineingeschlüpft, als würde er sich einen Overall überziehen. Er bewohnt das Tier und macht es zu seinem. Ja, wenn er nicht schauspielert, hat er ein Ego, in dem zu lange die Luftpumpe stecken geblieben ist. Allerdings kann er dieses Ego scheinbar genauso leicht ausradieren, wenn er in eine Rolle schlüpft.

Das ist … faszinierend. Und bestätigt mich in dem Gefühl, dass ich mir damals nicht eingebildet habe, dass noch mehr an ihm ist. Dann mache ich einen Fehler. Ich löse meinen Blick von ihm und lasse ihn zu den anderen schweifen. Gleich mehrere Augenpaare, männliche und weibliche gleichermaßen, sind weit aufgerissen und schauen ihn geradezu gierig an, erstaunlich, dass denen nicht schon Sabber aus den Mundwinkeln läuft. Layla kaut auf ihrer Unterlippe herum und plötzlich bin ich mir auch nicht mehr sicher, ob Layla wirklich so lässig und entspannt mit allen ins Bett geht oder genau dieses entspannte Verhalten die eigentliche Vorführung ist und sie in Landon verliebt ist? Dann schaue ich zu Angela und das ist vielleicht der größte Fehler, weil Angelas Gesichtsausdruck sich kaum von Laylas unterscheidet. Vielleicht wollte sie sich selbst einen Gefallen tun, indem sie Landon die Rolle zugewiesen hat.

Ich schlucke schnell. Vielleicht ist mir ebenfalls das Wasser im Mund zusammengelaufen.

»Tiger«, sagt Jane und ihre Stimme klingt dabei rau. Obwohl alle das Tier längst erkannt haben, hat niemand es beim Namen genannt.

»Schade, dass er nicht den Tiger auf Paarungssuche hat«, flüstert Jane mir von der Seite zu. »Ich würde mich als Partner zur Verfügung stellen. Sie würde sich auch freuen«, erklärt Jane. »Wer ist ›sie‹?«, flüstere ich zurück und ignoriere Angela, die uns schon einen Blick zugeworfen hat.

»Sie«, sagt sie und zeigt auf ihren Schoß. Sie hat im Schneidersitz ihre Knie mehr oder minder flach auf den Boden gelegt. Sie kann wahrscheinlich auch Tantrasex.

Ich brauche einen Moment »Du redest von deiner Vagina als einer eigenen Person?«

»Ja, sie hat gerade einen Lady-Ständer.«

Sie sieht mich mit schiefgelegtem Kopf an, sodass ich schnell sage: »Lady-Ständer, klar«, als würde ich das Wort auch ständig benutzen. »Ich glaube, du bist nicht die Einzige hier«, bemerke ich.

»Gott, der Typ findet sich schon ganz schön geil«, brummt Jeremy neben mir. Und ich lächele ihm dankbar zu. Nicht alle sind völlig durchgedreht, das ist doch schon mal was. Vielleicht ist er eifersüchtig. Kann ich verstehen. Außerdem kann ich mir nicht helfen. Er genießt diese ganzen Augenpaare, die auf vielerlei Ständer hinweisen, Lady oder Nicht-Lady.

Nachdem er fertig ist, setzt er sich wieder hin. Sein Blick geht in meine Richtung und ich schaue weg und hoffe, er versteht, dass ich noch von der eigenen Vorführung rot bin. Zumindest ist kein Unterschied zu erkennen zwischen jetzt und vorhin. Ich kühle mich halt etwas langsamer ab.

Als die Stunde vorbei ist, laufe ich schnell nach draußen und rufe meine Oma an. Ich weiß, dass sie mich vermisst, auch wenn sie mich unterstützt hat zu kommen. Im Anschluss rufe ich meine Mutter zurück, die schon mehrmals angerufen hat. Ich muss das alles erst mal verarbeiten. Unter meinen Stiefeln knirscht der dicke Schnee und ich wickele meinen Schal enger um den Hals, als ich langsam nach Hause gehe.

Es ist schon Ende Februar und hier liegt jede Menge Neuschnee. Das Wetter in Montana ist definitiv eine Nummer härter als das in Ohio und das gilt ja schon nicht als das beste der USA. Nur mein Ohr bleibt warm, weil meine Mutter inzwischen schon seit einer Viertelstunde den Klatsch aus Mariville, der Kleinstadt aus der ich komme, reinspricht. Sie möchte mein Heimatgefühl stärken, erreicht jedoch mit jedem Satz das Gegenteil. Ich verpasse definitiv überhaupt nichts und muss alles tun, um nicht im dortigen Autohaus zu enden.

»Mum, ich muss jetzt Schluss machen, ich muss noch zur Bibliothek zum Lernen. Und morgen habe ich das Vorsprechen für Shakespeare.«

»Shakespeare? So was Klassisches macht ihr da auch?«, fragt meine Mutter überrascht.

»Ja, auch die Leute mit Schwerpunkt Film und Fernsehen machen Shakespeare, weil man so viel dabei lernt.« Sie weiß, glaube ich, gar nicht, dass das mein Schwerpunkt ist. Schauspielerei, Theater und Film ist für sie das Gleiche. Ich kann mir nicht vorstellen, dauerhaft live zu arbeiten, das würde ich nervlich nicht durchstehen.

»Ich hoffe, du bist nicht wieder so aufgeregt?«, fragt sie mitfühlend. Sie weiß, dass ich sogar bei einer Schulaufführung vor wohlwollenden Eltern nervöser bin als eine Braut am Hochzeitstag. Auch wenn sie nicht will, dass ich Schauspielerin werde, hatte sie Mitleid mit mir, als sie gesehen hat, wie am Boden zerstört ich war, als ich durch eine Aufnahmeprüfung nach der anderen gefallen bin. Das rechne ich ihr hoch an.

Mein Lampenfieber ist lähmend. Es verschwindet zwar normalerweise nach wenigen Sekunden auf der Bühne. Das Problem ist, die Minuten bis dahin zu überstehen, ohne sich hinter dem Vorhang zu übergeben. Oder davor. Nur einmal ist es nicht verschwunden, da war der Text wirklich weg und das war der schlimmste Moment: Ich auf der Bühne, Kopf komplett leer. Ich bekomme schwitzige Hände allein vom Gedanken daran. Es war schrecklich, und hätte meine Oma mich nach diesem Reinfall nicht ermutigt weiterzumachen, hätte ich aufgehört. Sie war danach bei allen wichtigen Aufführungen anwesend und das hat mich beruhigt. Es waren kleine Aufführungen, nur für mich wichtig. Aber ohne sie wäre ich niemals hier. Ich laufe über den wunderschönen Campus an den klassischen Gebäuden vorbei Richtung Bibliothek. Ich komme am Davidson Art Center vorbei, wo morgen das Vorsprechen stattfindet. Das Gebäude ist angeblich von Landon Bonells Onkel gespendet worden. Die Außenwände sind zum Teil mit einer Art horizontalem Wald bepflanzt. Die Modernität hebt sich ab von den vielen klassischen Gebäuden auf dem Campus. Es muss ein Vermögen gekostet haben. So viel zum Thema, mit dem besten Netzwerk in Hollywood geboren sein. Jetzt ist er schon wieder in meinen Gedanken. Die eigene Mutter hat ihn schon zum Kinderstar gemacht. Es gibt wohl wenig, was gegensätzlicher zu meinem Leben ist und meiner Jugend in Mariville, Ohio, mit Sommerferienjobs im Autohaus meiner Eltern.

»Mach dich nicht verrückt. Du bist ohnehin viel zu klug für diesen Beruf und kannst immer nach Hause kommen.«

Sie glaubt, damit etwas Nettes gesagt zu haben. Ich seufze und beherrsche mich, nicht zu antworten. Sie haben mich zwar auf das MCPA gehen lassen, aber ich weiß, dass sie alles tun werden, um mich zu überzeugen, anschließend im Autohaus zu arbeiten. Sicherer Job. Nette Atmosphäre. Gemütliches Zuhause. Die Horrorvorstellung, meine eigenen arroganten Klassenkameraden zum Autokauf zu überreden, ist allein schon genug Antrieb für mich. Ich muss es schaffen.

»Danke, bis bald, Mum.«

»Bis bald, und melde dich, vergiss nicht den Geburtstag von deinem Vater.«

»Natürlich nicht.« Wir legen auf.

Vor mir taucht jetzt die Olin-Bibliothek auf, mein Lieblingsgebäude auf dem Campus. Es erinnert mich an eine Mischung aus römischem Tempel und Kathedrale mit den breiten, weißen Säulen vor dem Eingang. Wie bei vielen Häusern hier ist die Fassade aus Backsteinen in warmen Rottönen. Ich rattere meinen Monolog noch mal herunter, ohne Betonung, ohne irgendetwas. Die Worte kommen in kleinen Wolken aus meinem Mund. Der Monolog sitzt so fest, ich kann ihn nicht vergessen. Jetzt packt mich die Panik, dass ich übertrainiert habe. Dass die Worte schon zu leer sind. Ich habe Angst, dass ich vor Aufregung ausraste, wie bei so vielen Aufnahmeprüfungen. Die Aufnahme am MCPA habe ich geschafft, weil ich so aufgewühlt war vom Abend im *Drunk Bull*. Der Abend, an den ich nicht mehr denken wollte.

Sieben

Landon

Das Davidson Art Center sticht in seiner Architektur heraus. Ich mag moderne Häuser, ich mag Architektur und habe früher Bausätze für Häuser zusammengeklebt, am liebsten Frank-Lloyd-Wright-mäßig, Häuser mit wenigen Innenwänden, die sich nahtlos in die Architektur einfügen wie *Fallingwater.* Aber ich bin bisher nicht ausgezogen aus dem alten Haus in Bev Hills.

Mein Onkel, der Bruder meines Vaters, hat es gespendet, aber zu ihm habe ich schon ewig keinen Kontakt mehr. Es gab irgendein Problem mit Patti und ihm, ich frage nicht nach. Ich will es gar nicht wissen. Es gibt viele Probleme, viele Deals, die mit Gefälligkeiten beglichen werden. Ich weiß inzwischen, wie meine Mutter das geregelt hat, als sie jünger war. Ich weiß, dass ich besser nicht nachfrage. Die Rolle in *Family Forever,* die mich groß gemacht hat? Meine Mutter hat früher lediglich gesagt, dass sie alles für mich machen würde. Für uns. Aber inzwischen weiß ich, was das bedeutet. Es werden in letzter Zeit so viele alte Geschichten ausgegraben und einen Sex-Skandal mit meiner Mutter können wir in dem aufgeheizten politischen Klima gerade wirklich nicht gebrauchen. Der würde auch für die letzten Angebote ein Aus bedeuten.

Es sind nur wir beide, solange ich denken kann. Mein Vater

hat sich früh verabschiedet. Ich sehe ihn noch manchmal in Serien, doch nichts kommt an seine Rollen von den Detektiven damals dran. Ich bin nicht an weiteren Treffen mit ihm interessiert. Ich weiß, alle denken immer, dass der Lebensinhalt von entfremdeten Kindern darin bestehen sollte, unbedingt in Kontakt mit ihren leiblichen Eltern zu treten. Aber das stimmt nicht.

Ich will ihn nicht treffen. Er interessiert sich nicht für mich und ich interessiere mich nicht für ihn. Ich habe ihn sogar einmal in einem Restaurant in L. A. gesehen. Er hat mich nicht erkannt und ich habe mir gespart, zu ihm hinzugehen und mich als sein Sohn vorzustellen. Wohin sollte das führen? Verlorene Energie. Ich habe keine dramatischen Gefühle. Mir fällt ein, was Natalie gesagt hat, und ich mache ein Foto von einem Shakespeare-Kopf, der mit einigen anderen Köpfen berühmter Dramatiker in die äußere Gebäudewand eingelassen ist. Dazu schreibe ich die Bildunterschrift: *Shakespeare versucht eine Liebesgeschichte zu schreiben. – Alle sterben.* Es ist ein Witz, nur bezieht er sich auf die Liebesdramen von Shakespeare und nicht auf die armseligen Komödien. Ich kann die Monologe von Richard dem Zweiten, Antonius, Hamlet, Macbeth. Ich liebe Shakespeare. Ich wollte nicht weg aus L. A., aber wenn ich nicht heimlich doch irgendwie diesen Traum hätte, einmal eine dieser Figuren zu spielen, wäre ich nicht gekommen. Deshalb ist es doppelt frustrierend mit dieser Komödie.

Eine Nachricht von Natalie leuchtet auf meinem Bildschirm auf.

Natalie: Hast du kurz Zeit zu telefonieren?
Ich: Ich gehe gerade zu einem Vorsprechen.
Natalie: Dauert nur 3 Minuten.

Ich schicke ihr ein Daumen-Zeichen zurück und eine Nanosekunde später ruft sie mich per Video an. Macht sie immer.

Ich seufze und nehme ab.

»Hallo, Lan«, sagt sie mit weicher Stimme. Sie strahlt mich an. Mit ihren geglätteten üppigen Haaren, dem Make-up, dem weißen schulterfreien Pullover sieht sie unglaublich nach L. A. aus. Ist mir sonst gar nicht so aufgefallen, aber in Kontrast zu den Frauen auf dem Campus ist es unübersehbar.

»Ich habe dein hübsches Gesicht vermisst«, lächelt sie. Sie flirtet immer mit mir, aber natürlich nehme ich es nicht ernst. Sie hat schon mit mir geflirtet, als ich fünfzehn war. Plötzlich kommt mir der Gedanke, ob sie darauf eingehen würde, wenn ich zurückflirten würde. Also ernsthaft.

»Ich will dich gar nicht lange stören. Aber ich habe die letzten Posts gesehen. Und sie sind ein bisschen anders, als ich es mir erhofft hatte.«

»Wie meinst du das?« Natürlich, es geht mal wieder um mein Social Media. Wie mich dieses Thema nervt. Es kostet so viel Zeit und raubt mir so oft meinen Verstand.

»Du bist zu positiv. Es ist alles zu glatt und erfolgreich.«

»Ich dachte, ich soll positiv sein und herausstellen, dass ich hier bin, weil das College gerade tolle Entwicklungsmöglichkeiten für mich bietet.« Sie weiß, dass es nach dem Ausfall mit George keine tollen Angebote gab, aber natürlich ignorieren wir das beide und tun so, als wäre alles in bester Ordnung. Als wäre ich freiwillig hier.

»Ja, das ist alles gut so für die Leute in der Industrie. Aber die Fans möchten ein wenig Verletzbarkeit spüren. Sie möchten, dass du ihnen ein paar Gefühle gibst. Schwäche. Das gibt jede Menge Sympathiepunkte.«

»Ich weiß nicht, ob ich Mitleid will.«

»Du brauchst nicht wirklich etwas Persönliches zu posten, schreib meinetwegen von einem Missgeschick, das du überwunden hast. Irgendetwas, das dich menschlicher erscheinen lässt. Gerade deine weiblichen Fans möchten dich auch mal retten.«

»Das hast du nicht gesagt.«

Natalie kichert. »Ich fürchte schon. Das klingt jetzt dramatischer, als es ist. Du brauchst keinen vollständigen Meltdown vor der Kamera zu haben, aber so ein bisschen was halt. Retten ist ein starkes Wort. Trösten reicht vielleicht schon.« Ihre Lippen glänzen vom Lipgloss und ich überlege, ob sie vor dem Gespräch ihre Schminke nachgebessert hat. Aber ich muss mir nichts drauf einbilden. Sie sieht jeden Moment im Office perfekt gestylt aus. Immer bereit, einen Star zu empfangen und top auszusehen. Sie hat mir selbst erzählt, dass das ihre Motivation ist. »Dies ist L. A., du musst *immer* bereit sein. Für alles.«

»Ich kann posten, wenn ich gleich die Rolle nicht bekomme, obwohl ich gegen einen Haufen Anfänger im College antrete.«

Sie verzieht das Gesicht. »Landon. Du weißt doch. Dir folgen natürlich auch ein paar Leute, denen du so was nicht auf die Nase binden möchtest. Aber so kleine persönliche Fails. Ich schicke dir mal ein paar Beispiele, okay?«

Ich nicke.

»Ich kann dir auch einen Artikel dazu schicken. Leute kommentieren und liken dreihundert Prozent häufiger, wenn jemand von seinem Scheitern berichtet.«

»Ich glaube, ich muss jetzt auflegen und mich fokussieren. Sonst habe ich gleich wirklich den Fail.«

Wir legen auf und Sekunden später vibriert mein Handy mit den Beispiel-Posts und ich kann leider nicht widerstehen, einen Blick drauf zu werfen. Posts mit verbrannten Cookies von irgendwelchen Stars, ein Post von einem Unternehmer, der schlecht in Mathe war. Schlechte Schulnoten hatte ich nicht, weil meine Mutter mich die meiste Zeit im Homeschooling unterrichtet hat, wofür keine Noten vergeben wurden. Storys von Personen (meist mit einem gut laufenden Diätprodukt) darüber, wie sie unglaublich übergewichtig waren und heimlich gefressen haben oder so ähnlich. Mir wird von der ganzen orchestrierten Fake-Verletzbarkeit übel. Niemand postet echte Verletzbarkeit. Kein Schauspieler zeigt sich, wie er manisch stundenlang andere Schauspieler stalkt, ihre Seiten besucht, die Kommentare liest und schaut, wie viele Likes sie haben, wie viele Follower und wie beliebt sie sind. Niemand zeigt, wie er verzweifelt versucht herauszufinden, was für neue Verträge die anderen haben. Was soll ich sagen? Ich weiß sehr genau darüber Bescheid, was der alte Cast von *Family Forever* gerade macht. Und ich fühle mich deswegen nicht besser, sondern nur schlechter.

Scheiße. Ich muss aufhören damit. Ich stecke mein Handy in die Hosentasche, betrete das Gebäude und laufe in Richtung der Säle, in denen die Vorsprechen stattfinden. Auf den Bänken sitzen schon ein paar Studierende und warten ebenfalls. Die Bänke haben runde, organische Formen und die meisten Leute kenne ich natürlich zumindest vom Sehen.

Einige nicht. Gleich kommt Layla, die für Viola vorsprechen will, die weibliche Hauptrolle im zeitgenössischen Stück. Heute finden die Vorsprechen für zwei Stücke statt, die alberne Shakespeare-Komödie und das moderne Stück über Dora Maas. Ich gehe den Text noch mal im Kopf durch. Ich bin gut darin, mir Texte zu merken. Wenn man so lange in einer Serie mitspielt, wird man einfach gut darin. *Family Forever.* Das Absurde ist, dass ich so viele Jahre lang mit Patti meine Texte geübt habe, dass ich im Kopf, wenn ich den Dialog übe, den anderen Teil in Pattis Stimme höre. Dabei habe ich gestern mit Layla geübt. Dialoge sind allein nämlich kompliziert zu üben. Man braucht die Einsätze, aber wenn man den Text von den anderen zu sehr mit übt, spricht man den versehentlich mit.

Früher stand meine Mutter immer am Telefon bereit, wenn ich mit ihr in den Drehpausen noch einmal einen Text durchgehen wollte. Ohne Patti wäre ich nie so weit gekommen. Ich denke, hinter jedem Kinderstar stehen in irgendeiner Form ehrgeizige Eltern. Anders ist es völlig unmöglich. Oder wenn es möglich ist, endet es dramatisch wie bei Justin Bieber. Und jedes Kind ist seinen Eltern gegenüber hin- und hergerissen zwischen Dankbarkeit und Verachtung. Oder vielleicht nicht jedes Kind. Aber ich.

Von der Eingangstür her zieht ein Schwall kalter Luft zu uns herüber. Eine Studentin in einem braunen Teddyfellmantel kommt hereingelaufen. Sie ist nicht sonderlich groß, hat die Kapuze über den Kopf gestülpt. Ich habe ziemlich schnell eine Vermutung, obwohl sie noch in die andere Richtung schaut und den Blick über die anderen Wartenden gleiten lässt, wie jeder es macht, der reinkommt. Die Konkurrenz abchecken. In mancher Hinsicht ist es ein kleines L. A. hier.

Dann wendet sie sich in meine Richtung und unsere Blicke treffen sich. Was ich vorher nur vage vermutet habe, stellt sich scharf, wie morgens, wenn ich meine Kontaktlinsen einsetze. Da ist sie schon wieder. Hazel. Sie spricht auch vor. Für einen Moment verharren wir so und das unverständliche Gemisch an Gefühlen in mir beginnt zu brodeln. Dieser Abend im *Drunk Bull.* Sie denkt, dass sie ihn vergessen will, sie ist sauer auf mich. Das war ziemlich klar auf der Party, auf der ich sie im ersten Semester gesehen habe. Ich weiß, dass sie mich hasst. Sie ist so durchschaubar, ein offenes Buch. Und dann auch wieder nicht. Vielleicht kann ich ihr ansehen, was sie denkt, aber mir ist es ein Rätsel, wie man so sein kann, wie man so wenige Sicherheitszäune um sich herum aufgebaut haben kann.

Wie konnte ich so die Fassung verlieren? Ich bin völlig ausgerastet, als sie das mit der Aufnahme erzählt hat. Sie hat unser ganzes Gespräch mitgeschnitten, ohne mich zu fragen. Das ist einfach ein … ziemlich wunder Punkt. Mit solchen Aufnahmen ist man verwundbar. Fuck. Ich wollte es verdrängen. Ich mag nicht an den Abend denken, an alle diese Gefühle und … ich mag nicht, wie ich mich fühle, wenn sie in meiner Nähe ist. Ich fühle mich … seltsam verwundbar. Ich fühle mich, als würde sie mich durchschauen. Also durch diese leere Hülle hindurchblicken. Sie will wissen, was dahinter ist. Aber da ist gar nichts. Dahinter ist nur ein schwarzer Abgrund. So fühlt es sich jedenfalls oft an.

Sie kann sich wahrscheinlich nicht vorstellen, dass ich diesen Abend noch viel mehr vergessen will. Dass ich nicht an diesen Abend denke, weil er mich zu sehr irritiert, weil ich wieder gemerkt habe, wie fragil diese ganze Fassade ist, die ich aufgebaut habe. Und wie bloß ein Fehler sie zerstören kann. Und es ist nicht nur, dass ich Probleme bekommen kann wegen der Aufnahme, egal wie kurz, auf der ich über die Abmachungen meiner Mutter mit den ganzen Studiobossen spreche, mit denen sie in der Vergangenheit geschlafen hat. Ich habe schon kürzere Statements gehört, aus denen Schlingen gedreht wurden. Es ist, weil ich gemerkt habe, wie sehr mich die Gefühle, die ich für Nikki hatte, noch kaputt machen, wenn ich daran denke, was sie getan hat. Das werde ich einfach nie wieder erleben. Dabei arbeite ich so lange in Hollywood. Wie konnte ich mich täuschen und glauben, eine Seelenverwandte gefunden zu haben statt einer Person, die mich nur für ihren eigenen Erfolg benutzt?

Hazel ist bleich und wirkt fast so, als würde sie gleich anfangen zu heulen. Ihr erbarmungswürdiger Zustand bringt mich beinahe zum Lächeln. Besser so, vielleicht triggert sie mich dann nicht wieder. Ich kann noch nicht mal sagen, was es an ihr ist. Sie ist klein, sieht harmlos aus, sie sollte mich nicht einschüchtern. Ich ziehe eine Augenbraue hoch und schaue auf sie herunter mit einer Mischung aus Abfälligkeit und Desinteresse. Den Gesichtsausdruck habe ich oft genug gespielt, im Film und im Leben. Das ist einfach und es funktioniert. Sie wendet sich ab.

Acht

Hazel

Ein paar Meter hinter mir steht Landon und seine Anwesenheit prickelt in meinem Rücken. Ich wünschte, ich hätte ihn gar nicht gesehen. Er lehnt mit dem Rücken an der Wand und hat einen Fuß dagegengestellt. Natürlich, es ist ihm scheißegal, ob er einen Fußabdruck darauf hinterlässt. Wie kann man nur so rücksichtlos sein? Er hat die Hände vor dem Oberkörper verschränkt, was seinen Bizeps hervorstehen lässt. Er trägt nämlich ein sehr, sehr enges Shirt, wie so oft.

Ich hasse mich selbst dafür, dass ich das alles innerhalb einer Nanosekunde wahrgenommen habe. Wie diese Menschen mit Savant-Syndrom, die die New Yorker Skyline zeichnen können, nachdem sie diese nur einmal kurz angeschaut haben. Bloß bin ich kein Savant und das ist nicht die New Yorker Skyline, sondern ich bin Hazel, das ist Landon. Ich sollte gar nichts wahrnehmen, sondern den Typen schon lange vergessen haben. Stattdessen drehe ich mich langsam wieder um, vermeide jedoch seinen Blick. Aus dem Augenwinkel erkenne ich, dass das überhaupt nicht nötig ist. Er schaut nämlich nicht zu mir, weil ich scheinbar nicht interessant genug bin, und das ärgert mich erst recht. Egal, was der Typ macht, irgendwie ärgert mich alles.

Er fährt sich mit dem Zeigefinger über die Nasenwurzel. Er

hat was von einem natürlichen Hamlet. Seine Haltung strahlt etwas Abweisendes aus, während er dort an der Wand steht, seinen Blick ins Leere gerichtet. Ich sehe das alles, ohne ihn direkt anzuschauen. Meine Freundinnen in Mariville haben immer gesagt, ich sei wie ein Pony, weil die auch hinter sich blicken können, nur eben alles unscharf sehen. Ob er stolz auf seine Rolle in *Family Forever* und seine vielen Follower ist? Die Serie war total dämlich. Ich bin trotzdem neidisch. Schließlich habe ich bisher nur in Highschool-Aufführungen mitgespielt und da war der Anspruch alles andere als hoch. Mir ist klar, warum er gekommen ist. Und er wird nicht für eine Nebenrolle gekommen sein. Ich fühle mich wie eine Idiotin, weil ich tatsächlich hier bin, um für Beatrice vorzusprechen. Als würde ich an Größenwahn leiden. Am liebsten möchte ich wegrennen. Meine Atmung beschleunigt sich. Ich wickele meinen Schal neu um meinen Hals und versuche dabei möglichst viel von meinem Gesicht zu verdecken.

Doch es ist zu spät. In dem Moment kehrt Landons Blick wieder in die Wirklichkeit zurück und trifft noch mal meinen. Ein träges Lächeln erscheint auf seinem Gesicht. Es folgt ein gespielt beeindrucktes Nicken gepaart mit Überraschung: »Oh, hallo, Hazel. Du sprichst heute auch vor«, bemerkt er clevererweise.

Ich nicke und verkneife mir eine patzige Antwort. Mein Hals ist trocken wie nach den Sandplätzchen meiner Lieblingsoma.

»Für welche Rolle?«, fragt er. Er sieht aus wie ein griechischer Gott, allerdings gepaart mit dieser speziellen Form von L.-A.-Schnösel, die ich nur aus meinen ausgiebigen Studien der Klatschseiten kenne. Hat was Tragisch-Dramatisches. Landon hat ein schönes Gesicht, keine Frage. Deshalb hat es ja auch in den Seifenopern so gut funktioniert.

»Beatrice«, sage ich und versuche dabei, keine Unsicherheit in der Stimme zu zeigen.

Er stutzt. Er ist überrascht, vielleicht auch beeindruckt, dass ich für eine der Hauptrollen vorspreche. Beatrice ist letztlich die interessantere Figur in dem Stück, sie stiehlt Hero die Show. Das gefällt mir so gut, dass ich für einen kurzen Moment meine Nervosität vergesse. Dann kommt mir allerdings ein Gedanke, der mir noch viel mehr Sorgen macht.

»Und du?«

Bitte lass es nicht Benedikt sein, bitte lass es nicht Benedikt sein, bete ich inbrünstig mit aufgerissenen Augen, aber die Inbrunst ist mindestens genauso groß wie bei den Gebeten, die ich früher mit Oma vorgetragen habe, ob ich bitte endlich, endlich einen Hund haben kann. Trotz aller Inbrunst ist das jedoch nie was geworden. Aber vielleicht stehen meine Chancen jetzt besser, wenn es irgendeine Form von Gerechtigkeit im Universum gibt. Schließlich habe ich auch noch von der Stunde bei Angela was gut, wo ich schon überhört worden bin.

»Chester«, erwidert er. Er verzieht keine Miene. Chester ist die Hauptrolle in dem modernen Stück, das ebenfalls gecastet wird. Ich weiß nicht, ob er gehört hat, wie laut ich ausgeatmet habe bei seiner Ankündigung, weil er mich zweifelnd ansieht. Dann grinst er wieder. »Oh, hattest du Angst, dass ich Benedikt sein könnte? Keine Sorge, ich habe kein Interesse daran, einen liebeskranken Waschlappen in einer Komödie zu spielen. Davon habe ich genug gespielt und es langweilt mich. Beatrice, okay.« In seiner Stimme liegt jedoch Mitleid.

»Gefällt dir das Stück nicht?«, erwidere ich trotziger, als ich wollte. Warum muss ich mich jetzt verteidigen, warum wurmt es mich, dass er das Stück schlechtmacht, das ich spielen will?

»Du bist ein romantisches Wesen«, sagt er und lässt es wie eine Feststellung klingen. »Wer sind deine Vorbilder? Meryl Streep? Oder Meg Ryan, natürlich die junge, bevor sie die Kontrolle über ihre Schönheits-OPs verloren hat? *E-Mail für Dich?*

Dein Lieblingsfilm ist die Verfilmung von *Casablanca* mit Ingrid Bergman oder vielleicht alle Filme mit Robert Pattinson?«

Ich hasse den Typen. Echt. Denn natürlich ist es nicht ganz falsch, was er hier sagt, wobei ich *Casablanca* noch nie gesehen habe. Und ja, ich mag auch die Disneyfilme und so was. Muss ich mich dafür schämen?

»Ich weiß nicht, ob das so viel schlechter ist als Charly in *Family Forever*«, erwidere ich und es klingt wie Gift.

Verzieht er das Gesicht? Ich bin mir nicht ganz sicher. Aber dann schüttelt er bloß den Kopf. Ich wende mich ab. Ich muss mich fokussieren und mich nicht über diesen Blechkopf ärgern. Ich bin gar nicht sonderlich früh gekommen, aber wenn ich zu lange warten und die ganzen anderen sehen muss, werde ich noch nervöser.

In der Eingangshalle, eine Bank weiter, sitzt eine Studentin, die ihre Hoodie-Kapuze von ihrem blauen Sweatshirt mit dem efeuumrankten Logo des Colleges tief ins Gesicht gezogen hat. Sie will mit niemandem Kontakt aufnehmen und ist voll versunken. Eine gute Idee. Natürlich, es gibt einige Inszenierungen hier und es liegen auch noch ein paar weitere Chancen vor uns in den nächsten Semestern. Die hier ist allerdings schon wichtig. Shakespeare ist immer wichtig. Selbstverständlich bewerben sich viele für die Rolle und ich komme mir noch bescheuerter vor, dass ich mir anmaße, für die Hauptrolle vorzusprechen. Für wen halte ich mich eigentlich? Ich wende mich ab und gehe ein paar Schritte in Richtung einer anderen Bank, um mich dort hinzusetzen, bis ich dran bin. Da entdecke ich Layla, die gerade aus Richtung der Toiletten kommt. Layla hat ihre roten Haare auf dem Kopf zu einem hohen Dutt eingedreht. »Hey, Hazel, du bist auch hier?« Sie wirkt ebenfalls überrascht. Wieso sind eigentlich alle überrascht?

Ich nicke. »Ja, hey.« Ich weiß schon, ohne zu fragen, für welche Rolle sie vorspricht. Sie trägt einen schwarzen Rolli und eine Brille, die ich noch nie gesehen habe. Vielleicht will sie sich durch die Brille eine intellektuelle Aura verleihen. Wenn ich mir eine Beatrice vorstelle, dann stelle ich mir Layla als die moderne Version vor, sexuell emanzipiert, selbstbewusst und mit verschiedensten Vibratoren in ihrem Nachtisch. Ich erinnere mich direkt an die Gespräche im letzten Semester, bei denen ich mal vorgegeben habe, auch einen zu besitzen, um nicht wie das verklemmte Kleinstadtmädchen rüberzukommen.

»Wen sprichst du?«

»Beatrice«, erwidere ich. Und meine Stimme klingt wackelig.

»Ah, schön«, sagt sie, aber ich kann den Klang ihrer Stimme einfach nicht deuten. »Ich auch. Und für Viola.« Natürlich spricht sie für die Hauptrollen beider großen Stücke in diesem Semester vor. Das war klar. Schlagartig verlischt der innere Pep-Talk, den ich gerade noch versucht habe mit mir selbst zu führen von wegen: Niemand braucht sich zu wundern, dass ich hier bin. Ich bin ja nicht zum Spaß hier, ich bin auch im Schauspielprogramm!

Es geht so schnell, als hätte man eine Schallplatte mit einem schrillen Knirschen angehalten. Stattdessen überrollt mich die Welle der Panik, die ich so gut kenne, Panik zu versagen, Panik, dort gleich vorzusprechen, Lampenfieber in schlimmster Form. Wie soll ich mich bitte gegen diese Leute durchsetzen, insbesondere gegen Layla, die mich schon bei jeder Aufnahmeprüfung geschlagen hat, und die Hauptrolle bekommen? Die Spirale der Unsicherheit beginnt sich immer schneller zu drehen.

Ich weiß nicht, wie Yuna es schafft, sich nicht ständig mit den anderen Tänzern und Tänzerinnen zu messen, die im selben Team und Konkurrenz gleichzeitig sind. Ich finde es schwierig, mich nicht zu vergleichen, ohne in eine tiefe Depression zu verfallen. Layla geht zu Landon, der sie mit irgendeinem Witz begrüßt und vertraut umarmt. Natürlich, sie sind ja befreundet. Klar.

Die ganze Nervosität, die ich dachte so gut im Griff zu haben, ist mit einem Mal wieder da. Ich habe das Gefühl, mich übergeben zu müssen. Meine Hände beginnen zu zittern, und nicht wegen der Kälte. Ich drehe mich um und gehe nach draußen. Ich kann das nicht. Ich atme tief ein, nehme den Geruch des Schnees wahr. Ich bin zwar weder ein Eskimo noch ein Spürhund, aber es liegt ein Schneegeruch in der Luft, egal wie neutral der Geruch angeblich sein soll. In diesem Moment mag ich die Kälte, sie kühlt auch mein Gesicht herunter, das mit Sicherheit rot wie eine Tomate ist. Außerdem ist es so kalt, dass meine Tränen einfrieren, bevor sie meine Augen überhaupt verlassen können. Tränen kann ich gerade wirklich nicht brauchen. Ich lehne mich kurz gegen die Außenwand des Gebäudes, schließe die Augen und atme noch mal tief durch.

»Hazel«, höre ich plötzlich meinen Namen. Ich öffne die Augen. Dort steht Julie mit ihrer braunen Pudelmütze und einem zu großen, etwas unförmigen Parka, den sie vor einiger Zeit gemeinsam mit Miles und Yuna bei der Heilsarmee gekauft hat. Als es kalt wurde, ist sie anfangs in mehreren Lagen Pullovern unter ihrer viel zu dünnen Regenjacke rumgelaufen und dann hat Yuna sie überredet, mit ihr und Miles, der auch ein Faible für recycelte Sachen hat, zur Heilsarmee zu fahren, die etwas vom Campus entfernt ein Ladengeschäft hat.

Ich kenne Julie durch Yuna, mit der sie das Zimmer teilt (und mit einem Haufen Heilkristallen und Salbeibündeln). Am Anfang habe ich mir gewünscht, auch in 344 zu wohnen, dem schönen Haus auf der anderen Seite des Campus.

»Ist es nicht ein bisschen zu kalt, um hier draußen rumzustehen?«, fragt Julie und sieht mich aus ihren großen grünen Augen an.

»Lieber in der Kälte hier draußen als im Löwenkäfig da drinnen.«

Sie legt den Kopf zur Seite und wartet, dass ich weitererzähle. Julie schafft es immer, alles aus einem herauszukitzeln, indem sie einfach schweigt und zuhört. Keine Ahnung, das muss sie in dieser hawaiianischen Kolonie gelernt haben, in der sie aufgewachsen ist. Ich habe bisher nicht viel Zeit mit ihr verbracht, sie hat eigentlich mit niemandem viel Zeit verbracht, aber trotzdem habe ich totales Vertrauen zu ihr. Yuna geht es genauso, hat sie mir erzählt. Vielleicht, weil sie sich um den Klatsch und Tratsch auf dem Campus nicht schert und irgendwie außerhalb steht.

»Heute ist das Vorsprechen für die Stücke am Ende dieses Semesters. Und ich weiß nicht, wie ich es schaffen soll. Oder vielmehr, wie ich verkraften soll, wenn ich wieder abgelehnt werde. Es ist ja nicht das erste Mal und würde mich wieder darin bestätigen, dass ich hier nur durch Zufall reingekommen bin.« Ich seufze auf. »Außerdem habe ich manchmal so ein schlimmes Lampenfieber.« Ich halte meine zittrigen Hände hoch, die sich nur langsam beruhigen.«

»Für welche Rolle sprichst du denn vor?«

»Beatrice. Shakespeare.«

Sie nickt, aber es ist offensichtlich, dass sie keine Ahnung hat, von wem ich spreche. »Das ist die Hauptrolle in *Viel Lärm um nichts* von Shakespeare. Komödie. Es ist die Rolle, die Emma Thompson in dem Film von Kenneth Branagh spielt.«

»Das klingt toll«, sagt Julie, ohne mit der Wimper zu zucken. »Ich kenne Shakespeare und die Schauspieler zwar nicht, aber, wenn es so ein wichtiges Stück ist …«

»Du kennst Shakespeare nicht?«, frage ich fassungslos.

»Also, ich habe natürlich von ihm gehört, aber ich habe ihn noch nicht gelesen.« Sie zupft an ihrer Wollmütze herum und klopft sich kurz auf die Augenbraue, eine ihrer Angewohnheiten, aber ich habe das Gefühl, dass sie verlegen ist und ihre Wangen nicht nur von der Kälte glühen.

»Sorry, ich klinge wie ein Arsch.« Manchmal denkt man nur, weil man sich selbst mit etwas beschäftigt hat, müssten es die anderen auch kennen. Es kann sein, dass sie Shakespeare gar nicht kennt und das nicht zugeben will. Sie war, wenn ich das richtig verstanden habe, noch nie auf einer normalen Schule.

»Das Problem ist, dass es mehr oder minder unmöglich ist, dass ich diese Rolle bekomme. Der halbe Jahrgang hat sich beworben. Also warum geradewegs in den Untergang rennen und sich extra noch mal erniedrigen lassen?«

»Warum bewirbst du dich denn dann? Dann geh doch einfach nach Hause.«

Ich starre sie an. Sie ist so fürchterlich nüchtern. »Na ja, ein kleiner Teil von mir hofft natürlich, dass es doch klappt. Ich würde die Rolle sehr gern haben. Aber ich war gerade drin. Alle sind da. Einige haben schon Nebenrollen am Broadway gespielt.«

»Du hast doch auch schon Theater gespielt.«

»Da waren bloß die anderen Schüler und deren Eltern. Und ein paar Leute aus dem Seniorenheim, die kostenlos kommen durften.«

»Das finde ich cool, dass ihr die Leute aus dem Seniorenheim umsonst dazu eingeladen habt.«

Ihre grünen Augen blicken mich ruhig an. Sie meint es ernst. »Das stimmt. Aber Julie, darum geht es jetzt nicht.«

»Was du gerade sagst, macht keinen Sinn. Wenn du etwas erreichen willst, musst du so viele Neins wie möglich bekommen. Sonst hättest du doch überhaupt nicht ans MCPA kommen brauchen. Wenn du aufgibst, bevor du es überhaupt versucht hast, zählt das nicht als Scheitern. Du musst diese Neins sammeln.«

»Ich möchte aber keine Neins sammeln«, widerspreche ich etwas trotzig.

»Du verstehst mich falsch. Gerade, wenn du nicht scheitern willst, ist die beste Strategie zu versuchen, so viel wie möglich zu scheitern. Dann lässt du die Neins, die zwischen dir und dem Ja stehen, so schnell wie möglich hinter dir.«

»Du weißt schon, dass du manchmal wie Yoda oder so klingst.«

Julies Blick bleibt leer.

»Oder wie irgendein durchgeknallter Guru«, füge ich schnell hinzu. Ich habe das ungute Gefühl, dass Julie keine Ahnung hat, wen ich mit Yoda meinen könnte, und Star Wars für sie wahrscheinlich Neuland wäre. Ihre Nase leuchtet ein bisschen rot von der Kälte und ihre rotblonden Haare wehen um ihr Gesicht. Unbeirrt fährt sie fort.

»Stell dir vor, du brauchst hundert Neins für das Ja. Diese Neins müssen erst aus dem Weg geräumt werden. Und heute hast du die Chance, ein schönes Nein zu bekommen. Die Chance solltest du dir nicht entgehen lassen.« Sie lächelt mich an. Keinerlei Ironie oder Zynismus in der Stimme.

»Ist die Idee von dir oder von jemand anderem?«

»Ist von Sam, der war Schamane bei uns.« Sie zuckt mit den Schultern und hat meine Bemerkung mit »durchgeknallter Guru« komplett überhört und mir auch nicht krummgenommen.

»Es klingt ziemlich bekloppt, was du sagst, aber irgendwie auch nicht schlecht. Jede Menge Neins, die ich hinter mich bringen muss, auf dem Weg zum Ja. Wenn ich Neins sammeln will, dann bin ich heute natürlich richtig.«

»Siehst du. Mach mich später nur nicht dafür verantwortlich, wenn du eine Zusage bekommst.«

»Ja, das wäre echt ein Problem«, erwidere ich ironisch.

Julie lächelt. »Genau, weil du die Chance vergeben würdest, noch viel mehr zu lernen. Falls die Zusage kommt, musst du dir größere, unmöglichere Projekte suchen, wo die Chance auf ein Nein größer ist.« Sie nickt mir zu. »Du musst dich ja in diesem Leben auf die nächsthöhere Stufe entwickeln.«

Ich nicke, wische mir noch einmal über die Augen. »Okay, ich gehe jetzt rein, sonst fange ich an, über alles nachzugrübeln, und komme zu spät.«

Ich beuge mich nach vorn und umarme Julie kurz. »Danke«, sage ich. »Danke, dass du mehr an mich glaubst als ich selbst.«

»Das habe ich gar nicht gesagt. Ich glaube, ein Nein wäre toll«, grinst Julie. Sie sagt jede Menge seltsame Dinge, aber sie hat Humor. »Atme die schlechten Gedanken einfach weg. Der Atem ist machtvoll«, sagt sie.

Ich rolle mit den Augen und laufe zurück. Sie hat recht, sonst hätte ich hier doch gar nicht anfangen müssen, wenn ich noch nicht mal versuche, Rollen zu bekommen. Und wenn ich bloß für den Versuch gekommen bin. Ich atme extratief ein, wenn ich merke, dass sich ein gefährlicher Panikgedanke nähert. Vielleicht sollte ich mein Zimmer auch mal mit Salbei ausräuchern. Ich denke an meine Freundin Yuna und wie sie getanzt hat, obwohl sie Krebs hatte und sich nach der Therapie ihre Kondition wieder antrainiert hatte. Wie sie jeden Tag neben den Mädchen steht, die sich später um die wenigen Rollen in einer Tanzkompanie bewerben. Es gibt wirklich wesentlich mehr Möglichkeiten, als Schauspielerin zu arbeiten und sein Auskommen zu finden statt als Balletttänzerin im klassischen Ballett. Selbst wenn Yuna wahrscheinlich ganz zu Modern und Choreo wechselt, lässt sie sich durch Konkurrenz motivieren und nicht frustrieren. Aber auch sie hat mir erzählt, dass sie sich bewusst dafür entschieden hat und ihre Gedanken immer wieder trainieren muss.

Ich reiße die schwere Eingangstür des Davidson Art Centers wieder auf. Haben die diese Türen extra so schwer gemacht, damit nur die Leute reinkommen, die wirklich reinwollen? Landons dunkler Haarschopf ist nirgends zu sehen.

Ich bin sowieso gleich dran und immerhin habe ich keine Zeit mehr, um mich in meiner Panik zu suhlen.

Ich gehe an ein paar Wartenden vorbei, den selbstbewussten Schauspielerinnen, die ich schon in meinen Kursen erlebt habe. Die den Dreh raushaben, im wörtlichen Sinne. Einige unterhalten sich und wirken entspannt, andere lesen den Text, meditieren, sind in ihrer Welt versunken.

Ich bin heute nicht übernächtigt, wie bei meiner Aufnahmeprüfung, und auch nicht verkatert, was mir absurderweise ja geholfen hat, angenommen zu werden.

Ich schließe die Augen und hole die Worte im Geist hervor, sag den Text noch mal auf. Ich mag diesen Monolog, ich mag das ganze Stück, vielleicht weil die Worte zum Teil so kryptisch sind, dass man sie erst nach einer Weile versteht.

Nicht, dass ich nicht auch schon ganze Passagen Shakespeare gelesen und mich danach gefragt habe, worum es eigentlich geht. Aber das brauche ich heute ja vielleicht nicht direkt jedem auf die Nase zu binden. Dann bekomme ich eine Nachricht von meiner Oma:

> Buttercup, du schaffst das, das hat mir das
> Universum geflüstert.

Als ich in den Saal komme, habe ich ein Déjà-vu: wieder Professor Dornbush mit der eckigen Brille, die ich mir schon bei der Aufnahmeprüfung eingeprägt habe. Eine Hommage an die Siebzigerjahre? Er blickt mich fast so aufmerksam an wie damals bei der Prüfung. Als hätte er mich noch nie in seinen Kursen gesehen und wäre wirklich gespannt darauf, was ich jetzt zeigen würde. Dabei kennt er mich inzwischen ziemlich gut. Vielleicht ist das auch eine Fähigkeit, die man entwickelt, wenn man so lange in diesem Metier ist. Dass man sich selbst zurücksetzen kann, wie ein Handy auf die Grundeinstellungen, und alles wieder betrachten kann wie beim ersten Mal.

Ich hoffe es jedenfalls, denn im letzten Semester hat er keinen überwältigenden Eindruck von mir bekommen und ich habe schon mehrmals vermutet, dass er bereut hat, mich angenommen zu haben.

Neben ihm sitzt Lisa Montero. Auch Angela ist da, die wohl das moderne Stück leiten will. Die Professoren sprechen sich scheinbar ab und machen das Casting für diese beiden wichtigen Stücke gemeinsam. Lisa hat den Gerüchten nach alle paar Jahre mit irgendeinem Studenten ein Verhältnis, obwohl das natürlich illegal ist. Doch in Montana ist so vieles anders als erwartet. Es gibt diese offiziellen Gesetze, aber irgendwie ist der Rest der Welt so weit weg, dass man eben ein bisschen seine eigenen Gesetze macht.

Lisa Montero ist auf jeden Fall eine der Frauen, im Vergleich zu denen ich mich extrem naiv fühle. Wie eine große Layla. Durchatmen. Grandios scheitern.

Mein Partner ist Jeremy Radley, den ich schon aus meinen Kursen kenne. Er ist lange nicht so einschüchternd wie viele andere hier. Er ist eher der Klassenclown, hat schwarze, lockige Haare und schwarze Augen und ist ein bisschen schlaksig. Angeblich, weil er letztes Jahr in einem Film einen Drogenabhängigen gespielt hat und dafür jede Menge abnehmen musste. Viele der Studierenden hier hatten schon Engagements außerhalb des Colleges und verschwinden in den Ferien, um zu spielen. Ich bin wahrscheinlich die Einzige, die dann zu ihren Eltern fährt und Autos verkauft. Ich merke, wie die Nervosität meinen Körper wieder übernimmt und mir der Schweiß ausbricht.

»Habt ihr Shakespeare-Erfahrung?«, fragt Dornbush. Er duzt uns, wir sprechen auch einige Professoren mit Vornamen an, Dornbush ist immer Professor Dornbush. Ich schüttelte den Kopf. Mein Hals ist trocken. Ich kann nicht sprechen. Jeremy neben mir verneint ebenfalls, was mich etwas beruhigt. Atmen. Ich versuche meine Hände zu beruhigen, denke an meine Oma. Irgendwie schaffe ich es, ihr Gesicht vor Augen zu haben und ihr Lächeln.

Professor Dornbush liest uns die Eingangsszene vor und das Ende des Dialogs vor unserer Szene, dann gibt er uns ein Zeichen anzufangen.

Jeremy legt sofort los.

»Fräulein Beatrice, habt Ihr die ganze Zeit geweint?«

Es klingt anders, als ich es im Kopf hatte. Er spricht die Worte wie seine Worte, hat den Text etwas verändert. Ich dachte, das wäre eine Sünde Shakespeare gegenüber. Ich bin wie versteinert. Jeremy sieht mich abwartend an. Ich schließe kurz die Augen. »Können wir noch mal anfangen?«, flüstere ich ihm zu. Ich darf jetzt nicht die Nerven verlieren. Ich atme tief ein, denke an Julies Worte. Oma. Jeremy nickt. Er wiederholt noch mal seinen Satz und fixiert mich. Aber dann … schaffe ich es. Und nach den ersten paar Sätzen bin ich tatsächlich drin in der Szene. Es wirkt leicht, nur an den Schweißperlen auf seiner Stirn merke ich, wie angestrengt Jeremy ist und eventuell nicht weniger aufgeregt als ich. Vielleicht hatte er auch Panik, dass ich hier zusammenbreche. Sizilien, der Garten, es hat funktioniert und das lähmende Lampenfieber hebt sich und ich gleite vollständig in meine Rolle.

Ich sage meine Worte und ich fühle es, nicht unbedingt, weil ich alle diese Gefühle schon gefühlt habe, sondern weil ich mich danach sehne, sie zu empfinden. Vielleicht ist es das, was ich will: alle diese Gefühle haben und so, dass sie tatsächlich bei irgendjemandem einsinken und nicht einfach abprallen. Und so spielen wir.

»Dankeschön!«, dringt die Stimme von Professor Dornbush an mein Ohr. Ich tauche aus dem Stück auf.

Ich brauche einen Moment, um zu erkennen, wo ich bin. Das ist es, warum ich es so liebe, mich in einem Stück zu verlieren. Ich weiß, was ich zu tun habe, keine Zweifel, ich muss mich nicht mit dieser verrückten Welt auseinandersetzen, kann in jemand anderem ganz ich selbst sein. Nur ist es eben ein anderes Ich. Wenn es mir gelingt, ist es toll.

»Übermorgen früh hängen die Ergebnisse aus«, sagt der Professor und Jeremy nickt. Natürlich: aufgehängt und für jeden sichtbar. Datenschutzmäßig ist alles ziemlich veraltet und viele Professoren arbeiten mit Aushängen, als wäre das Internet noch nicht erfunden. Immerhin wirken Dornbush, Angela und Lisa Montero nicht schockiert von der Banalität meiner Vorführung oder der Anmaßung, mich hier ebenfalls für eine Hauptrolle beworben zu haben.

»Hast du schon eine Strategie, wie du gegen dein Lampenfieber vorgehst?«, fragt Angela, als ich gehen will, und ich erstarre kurz, weil ich überrascht bin, dass sie mein Problem kennt.

Ich schüttele den Kopf. »Nicht so richtig.«

»Du solltest etwas finden. Das kann man trainieren. Du bist nicht das Opfer deines Lampenfiebers. Viele meditieren, benutzen Mantras. Aber falls das bisher nicht bei dir geklappt hat, kannst du stattdessen auch etwas tun, was dich dadurch entspannt, dass du dich darauf konzentrieren musst und dich die Angst vergessen lässt. Ein Spiel, ein Instrument. Die Konzentration auf etwas ganz anderes zu lenken ist genauso hilfreich. Du kannst dich selbst konditionieren und es dir abgewöhnen.«

Ich nicke. »Ich werde daran arbeiten«, verspreche ich. Wir verlassen den Raum und als die Tür mit einem gedämpften Geräusch hinter uns zugeht, blicken Jeremy und ich uns an.

»Du warst gut«, sagt Jeremy. Seine Augen blitzen. »Richtig gut. Am Anfang dachte ich ja kurz, du brichst zusammen.«

»Ich auch. Aber du warst auch gut«, sage ich. Irgendwie sind wir uns sehr nah. Das ist manchmal so, wenn man kurz vorher in einer Rolle war. Als wäre man aus der anderen Rolle rausgeschlüpft, aber noch nicht wieder in seiner eigenen drin. Man ist nackter, verwundbarer, roher, schwer zu beschreiben.

Jeremy seufzt, beugt sich zu mir und umschließt mich mit seinen Armen. Ich umarme ihn zurück und spüre ein Glücksgefühl durch meinen Körper fließen. Seine Wärme tut gut, wir schaukeln einen Moment hin und her und er küsst mich auf die Haare. Egal, wie es gelaufen ist, ich weiß, dass ich es so gut gemacht habe, wie ich kann.

»Ich glaube, Lisa hat dich abgecheckt«, murmele ich an seine Schulter.

Jeremy prustet los und sein Kichern ist überraschend hell.

»Das sagst du jetzt nur so.« Aber er klingt etwas kokett.

Ich muss auch losprusten. »Doch, sie hat dich quasi einmal von oben bis unten mit den Augen abgeleckt.« Wir sind beide aufgedreht, weil die Anspannung vom Vorsprechen von uns abfällt.

»Gut, dann kann ich es ja zugeben. Ich fand es ehrlich gesagt auch«, sagt Jeremy. »Ich wollte nur nicht eingebildet wirken.« Ich schubse ihn gegen die Schulter. »Ich hatte eigentlich nur gehört, dass Lisa immer mal wieder mit Studierenden …«

»Wir haben das alle gehört«, unterbreche ich ihn.

Er nickt. »Lisa ist ziemlich scharf dafür, dass sie mindestens fünfzig ist.«

Ich schubse ihn noch mal fest gegen die Schulter und fast gegen Layla, die uns entgegenkommt.

»Hazel, schon fertig? Wie ist es gelaufen? Lampenfieber okay?«

Ich kann mir nicht helfen, ich fühle mich von ihr immer so behandelt wie ein harmloser, zu klein geratener Schoßhund, den man niedlich findet, aber nicht ernst nimmt in seiner Rolle als Hund. Außerdem hätte ich ihr nie erzählen sollen, dass ich ein Problem mit Lampenfieber habe.

Ich zucke mit den Schultern. »Es war ganz okay«, erwidere ich, aber ich bin total erleichtert.

»Sie war richtig super als Beatrice«, fällt Jeremy mir ins Wort. »Sie ist nur bescheiden.«

Layla blickt mich mit schräg gelegtem Kopf an.

»Ja? Das freut mich natürlich«, sagt sie gönnerhaft.

Die Brille, die sie vorhin aufhatte, ist verschwunden und bestätigt meine Annahme, dass sie nur für die Show war.

»Toll«, gratuliert sie mir noch mal. Es kommt ohne jede Missgunst, ohne jeden Neid raus. Wahrscheinlich denkt sie einfach, dass ich keinerlei Gefahr für sie bin und ihr niemals diese Rolle wegschnappen könnte. »Du bist gut. Du bist fresh. Das mögen die«, fügt sie hinzu.

Auch das klingt nicht wie ein Kompliment.

»Authentisch wollen doch alle heutzutage. Manchmal lieber als so was Abgefucktes wie mich, sage ich dir.«

Ich habe leider keine Ahnung, was ich darauf sagen soll, aber sie geht ohnehin weiter. Einerseits ist sie selbstsicher, dass sie die Rolle bekommt. Andererseits hat sie sich abgesichert, falls ich die Rolle bekomme, dass es nur daran liegen kann, dass sie etwas *freshes* wollen und nicht an meinem guten Spiel interessiert sind, fällt mir auf. Sie ist Schauspielerin und vielleicht einfach sehr gut darin, zu spielen, dass sie mir alles gönnt. Sie hat die Missgunst und den Neid einfach weggespielt.

Neun

Landon

»Danke schön«, sagt Dornbush zu Layla, deren Augen noch groß und dunkel sind, die Wangen erhitzt vom Spiel. Dornbush trägt einen braunen Anzug, was wahrscheinlich seine Art ist zu zeigen, dass er das Vorsprechen ernst nimmt, denn sonst trägt er Cordhosen und Rollis. Seine Locken sehen im Kontrast zum Anzug besonders ungebändigt aus und machen ihn sofort als Künstler erkennbar. So laufen Produzenten in Hollywood gern rum.

Layla war gut. Sie spielt voller Emotionen, manchmal sind es fast zu viele, aber sie ist ein sehr eigener Typ.

Wir haben Chester und Viola gespielt und ich bin eigentlich ganz zufrieden. Der Himmel hat sich verdunkelt und im Raum ist schon die künstliche Beleuchtung angestellt, obwohl es noch nicht sonderlich spät ist. Layla hat Viola vielleicht ein bisschen überspielt, aber ihre Emotionen nimmt man ihr trotzdem meistens ab.

»Das hat uns gefallen. Falls wir noch einen Recall brauchen, melden wir uns. Du kannst gehen, Layla.« Er nickt ihr zu und ein geschmeicheltes Lächeln breitet sich auf ihrem Gesicht aus und sie macht sich auf den Weg nach draußen. Professor Dornbush hebt kurz eine Hand, um mich zu stoppen, als ich ihr folgen will.

»Mir gefällt gut, was du hier gezeigt hast, Landon«, sagt er an mich gewandt. Seine Worte lassen meine Anspannung etwas abklingen. »Bleib noch einen Moment.« Er wartet, bis Layla ihre Sachen genommen und den Raum verlassen hat. Angela und Lisa Montero sind in ein Gespräch vertieft und hören uns nicht zu.

Dornbush ahnt nicht, wie sehr ich mich nach einem Lob von ihm sehne. Es ist mir selbst peinlich. Ich weiß, dass Dornbush ehrlich ist. Er hat andere Maßstäbe als die Leute in meinem Umfeld in L. A. Mein ganzes Leben lang bin ich von Leuten umgeben, die mir nach dem Mund reden. Oder die auf ihren Vorteil bedacht sind. Das ist für mich Normalzustand. Dornbush geht kurz zu Lisa Montero und sie besprechen sich leise.

Er kommt zurück zu mir, sieht mich nachdenklich an und dreht dabei einen Stift geschickt zwischen den Fingern, sodass es wie ein Taschenspielertrick aussieht. Vielleicht kann er tatsächlich welche, ich kann ziemliche viele von meiner Rolle früher. Damit kann man auf jeder Party leicht Leute kennenlernen, doch ich habe diese Tricks lange nicht mehr gemacht, vielleicht weil ich nicht scharf darauf war, neue Leute kennenzulernen.

Ich war bei zu vielen Vorsprechen, als dass mich sein Verhalten nicht stutzig macht. Egal, ob er mich freundlich anlächelt. Es hat was von Trösten.

Lisa Montero und er sehen sich noch mal an. Sie trägt einen senffarbenen Pulli und optisch harmonieren die beiden mit ihren Locken und den Herbsttönen ziemlich gut. Angela hebt bloß kurz den Kopf und nickt ihm zu, als wüsste sie schon, was er vorhat. Dann vertieft sie sich wieder in ihre Notizen.

Ich habe eine Ahnung, irgendwie nichts Gutes.

»Du möchtest also Chester spielen«, sagt er.

Ich nicke.

»Warum eigentlich nicht Benedikt? Hast du Angst vor Shakespeare?«

Seine Worte lassen mich fast zurückprallen. Das ist ungefähr die letzte Frage, mit der ich gerechnet habe.

»Ich möchte nicht so eine klassische Komödie spielen. Nächstes Semester spreche ich für *Hamlet,* falls es aufgeführt wird. Mich interessiert mehr Drama.«

»Ich glaube, Shakespeare wäre eine ganz großartige Ergänzung für dich, eine Möglichkeit, dich wirklich weiterzuentwickeln.« Ich kann ihm gar nicht sagen, wie sehr ich mich über dieses Lob freue. Er traut es mir zu. Shakespeare. Ich habe mich mehr nach diesem Vertrauen in meine Fähigkeiten gesehnt, als ich mir eingestanden hatte.

»Ich … will auf jeden Fall Shakespeare spielen«, nicke ich. »Ich war auch enttäuscht, dass es dieses Semester nur eine Komödie ist«, füge ich hinzu.

Ich sehe etwas in Dornbushs Augen blitzen und weiß in dem Moment, dass dieser Satz ein Fehler war.

»Nur eine Komödie?« Dornbush nickt, als müsste er über diesen Satz nachdenken, aber es ist klar, dass er nicht nachdenkt.

»Mir gefällt, dass du siehst, dass Shakespeare dich weiterbringen wird. Da sind wir einer Meinung.« Er nickt noch mal. »Wir sind bloß nicht einer Meinung, was die Rolle von Shakespeares Komödien angeht. Da liegt bei dir offensichtlich ein Missverständnis vor. Man darf sie nicht unterschätzen. Die haben nichts mit einfältigen Liebeskomödien zu tun, wenn deine Bedenken sind, dass du davon schon zu viele kennst.«

Irgendwie überrascht es mich immer, dass Dornbush genau weiß, dass ich schon gespielt habe, vielleicht hat er sogar eine Folge *Family Forever* gesehen. Natürlich sollte ich damit rechnen, er lebt ja in dieser Welt. Aber es wurmt mich, dass ich nie ein unbeschriebenes Blatt bin.

Dornbush wirft mir einen mitfühlenden Blick zu. Es wirkt

wie väterliches Mitgefühl. Ich will das nicht, genauso wenig wie ich eine Sonderbehandlung wegen meiner Mutter oder meines Onkels will. Deswegen habe ich L. A. hinter mir gelassen. Nicht um hier Leute zu treffen, die mich mit diesem ganzen Gepäck und Background sehen. Ich will es allein schaffen. Ich muss. Darum geht es.

»Ich würde dich gern nehmen, aber für eine andere Rolle.«

»Welche Rolle?«, frage ich.

»Bereite dich bitte bis morgen auf Benedikt vor und komm noch mal zu uns.«

»*Viel Lärm um nichts?* Nein.« Die Worte verlassen meinen Mund, ohne dass ich darüber nachgedacht habe.

Dornbush stutzt. So ein klares Nein bekommt er hier nicht oft zu hören.

»Man muss Dinge spielen, die einen weiterbringen. Nicht die, bei denen man sich wohlfühlt. Komm bitte morgen für Benedikt. Chester gebe ich jemand anderem. Wenn du eine Chance auf eine Hauptrolle haben willst, dann komm textsicher.«

Er sagt das so entschieden, dass ich mir über den Mund gefahren fühle wie ein kleines Kind. »Ich bin ja hergekommen, weil ich gerade *kein* romantisches Kuscheltier spielen wollte. Dafür hätte ich nicht ans MCPA kommen müssen.« Ich bin sauer. Das ist Schikane.

»Wenn du Shakespeares männliche Hauptfiguren als romantische Kuscheltiere beschreibst, hast du irgendetwas grundsätzlich nicht verstanden«, erwidert Dornbush ungerührt.

»Sie wissen genau, wie ich es meine.« Ich versuche, alle Knöpfe bei ihm zu drücken, ihm alles zurückzugeben, was er uns selbst in seinen Stunden gesagt hat. »Wir müssen uns Herausforderungen suchen, müssen wachsen, wir müssen etwas Neues ausprobieren. Die Hauptrolle in einer Liebeskomödie ist es nicht.«

Er sieht mich an. »Genau dafür musst du einige Vorurteile bei Shakespeare überwinden. Ich glaube, manchmal können andere besser beurteilen, welche Rolle dich persönlich weiterbringen wird. Und ich glaube, diese Rolle kann dich enorm weiterbringen. Du kannst die ganze Energie, die du für die andere Rolle gehabt hättest, hier reinbringen. Du kannst dich davon lösen, dass Liebe etwas Oberflächliches ist. Du kannst das Dunkle reinbringen, die Ernsthaftigkeit, auch wenn es eine Komödie ist. Und ich weiß selbst, dass du das in den Filmen, in denen du in den letzten Jahren gespielt hast, anders erfahren hast. Aber ich will dich dazu pushen, etwas mehr herauszuholen. Und«, er machte eine Pause. »Es ist noch überhaupt nicht sicher, dass du die Rolle bekommst. Ich habe dir nur die Möglichkeit gegeben, für sie vorzusprechen. Entschuldige bitte, aber die anderen warten.«

Dornbush serviert mich ab wie ein dummes Kind und ich stehe mit zusammengepressten Zähnen vor ihm. Ich muss mich beherrschen, ihm nicht Dinge ins Gesicht zu sagen, die meine Beziehung zu ihm für immer zerstören würden. Wie zum Beispiel: »Wie läuft *Ihre* Karriere eigentlich? Hat niemand versucht, Sie zurückzuhalten, als Sie sich *der Lehre* widmen wollten? Wo waren Ihre Fans da eigentlich? Die Casting-Firma, die Sie angefleht haben, noch ein letztes Stück, einen letzten Film mit Ihnen zu machen?«

Mir fallen ziemlich viele gehässige Sätze ein, ohne dass ich lange nachdenken muss.

Aber ich schlucke sie herunter. Ich kann nichts mehr sagen, ich kann nicht mehr lächeln, ich kann nur verhindern, dass mir all diese Dinge, die dafür sorgen würden, dass ich das MCPA direkt wieder verlassen würde, über die Lippen kommen. Ich drehe mich um und verlasse den Raum.

Warum macht Dornbush das? Möchte er mir irgendetwas beweisen? Beweisen, dass er nicht macht, was ich will? Ich habe eine derartige Wut in mir, dass ich explodieren möchte. Wobei es sich in meinem Bauch mehr danach anfühlt, als würde ich implodieren. So entstehen Magengeschwüre.

Vielleicht will er mir zeigen, dass er hier der Herr ist. Arschloch.

Ich werde ganz bestimmt nicht für Benedikt vorsprechen. Als ich nach draußen komme, denke ich an Hazel und wie ich sie auf dem Weg zum Vorsprechen getroffen haben. Dieser Typ verträumte Romantikerin ist doch genau richtig für so ein Stück. Am besten noch so eine klassische Aufführung, bei der ich in weiten Pumphosen unterwegs bin, um zeitgemäße Kostüme zu tragen. Ich komme aus L. A. hierher und mache eine dreijährige Pause, um dann so was zu spielen? Ich unterdrücke den Gedanken, dass das nur die Story ist, die wir erzählen, und dass ich keineswegs vorhabe, so lange Pause zu machen, wenn sich ein wirklich gutes Rollenangebot ergibt, das mir den weiteren Weg ebnet. Und dass ich auch nicht freiwillig gekommen bin. Aber dieses Angebot ist eben noch nicht da.

Zum Glück begegnet mir erst mal niemand, als ich den schneebedeckten Weg zurücklaufe. Ich bin so wütend auf Dornbush, auf … keine Ahnung. Diese beschissene Machtlosigkeit. Die Unmöglichkeit, meine Karriere selbst in die Hand zu nehmen, weil sie von so vielen Faktoren abhängig ist. Und der viele Schnee hier, ich dachte, es wird langsam Frühling. Warum sollte irgendjemand hier wohnen wollen, wenn der Wind eiskalt ist? Offensichtlich will die Natur dich hier nicht. Ich denke an die goldenen Sonnenuntergänge und das immer freundliche Wetter zu Hause. Wahrscheinlich stimmt es, und ohne Sonne wird man depressiv. Zu Hause hat es noch nie geschneit. Ich will nach L. A. Wie immer bin ich zu kalt angezogen mit meiner Sweatshirtjacke. Immerhin ist sie gefüttert. Ich vergesse immer noch jeden Tag, dass man hier nicht bloß mit einem Pulli rumlaufen kann, den man nach Bedarf an-

und auszieht. Am liebsten würde ich mich in ein Flugzeug setzen und zurückfliegen.

Ich komme an einem Baum vorbei, auf dessen Ästen sich Schnee aufgetürmt hat. Ein stimmungsvoller Shot in dem diffusen Licht. Früher, als ich klein war, habe ich gern Fotos gemacht. Einfach für mich. Heute mache ich nichts mehr für mich. Aber das ist ein gutes Foto, um es zu teilen. Ich kann die Schönheit durch die Augen meiner Fans fast besser sehen. Ich stelle mich unter den Baum und mache ein Selfie. #SchneeinMontana. Darunter schreibe ich: »Neue Erfahrung für einen Jungen aus L. A.«

Ich poste das direkt, ohne auf optimale Zeiten und die besten Hashtags zu achten. Nach Sekunden kommen die ersten Likes. Ich habe inzwischen so viele Follower, dass ich zu jedem Zeitpunkt genug Likes bekomme, die sich anfühlen wie eine warme Dusche. Viele kleine Streicheleinheiten. Ich weiß, dass ich mein Wohlbefinden nicht davon abhängig machen sollte, aber manchmal tut es ziemlich gut. Ich frage mich gerade, ob ich den Anblick des Baums eigentlich genauso genießen könnte ohne diese Likes, aber nein, die Likes machen es besser. Viel besser. Ohne Likes erscheint mir das Foto fast sinnlos. Eine ungeteilte Erinnerung. Ist es nicht normal für Menschen, dass sie alles teilen möchten? Geteilte Freude ist doppelte Freude. Social Media nervt, aber für die Likes-Duschen liebe ich es. Und außerdem weiß ich wieder, dass ich Fans habe, dass ich es allein schaffe. Dornbush kann mir nichts. Nicht wirklich, aber … hier am College eben schon.

Ich seufze und wähle Georges Nummer, um ihn zu fragen, was er meint, was ich tun soll. Shakespeare-Komödie. Das Schlimme ist, dass ich schon vorher weiß, was er antworten wird. George kennt wahrscheinlich noch nicht mal den Unterschied zwischen Komödie und Drama und ich bezweifle, dass er über Shakespeare viel mehr weiß, als dass er bekannt ist. Und nicht schlecht fürs Image.

Zehn

Hazel

Am nächsten Morgen habe ich Bühnenkampf bei Minji im Gym. Angeblich helfen einem weitere Fähigkeiten, bessere Rollen zu ergattern, aber da ich nicht sonderlich gut tanzen kann, versuche ich es mal mit Kämpfen. Keine Ahnung, ob die Logik funktioniert. Als ich in das superstylische Gym komme, ist es schon gut besucht. Die dunklen Böden, die Holz- und Betonwände wirken eher wie ein Spa. Ich bin nie morgens im Gym gewesen, aber am College sind natürlich jede Menge Sportskanonen, die hier ihr halbes Studium verbringen, und mich wundert es nicht sonderlich, dass Nate ebenfalls da ist. Eine der wenigen Sachen, die er konsequent macht: Workouts. Ich winke ihm zu. Und zucke fast zusammen, als ich Landon erkenne, der neben ihm eine seltsame Übung mit einem Rad macht, dass er vor- und zurückrollt, wovon ich schon beim Zuschauen Bauchmuskelkater bekomme. Wenn ich es nicht besser wüsste, würde ich sagen, dass er mich dieses Semester verfolgt.

Minji kommt in schwarzem Kampfsportanzug mit schwarzem Gürtel zu dem Teil des Gyms, in dem der Boden aus einer Gummimatte besteht. Ihre schwarzen Haare sind zu einem hohen Pferdeschwanz zusammengebunden. Sie verbeugt sich vor uns. Dann macht sie zwei Schritte zur Seite, wo einige

Holzleisten auf zwei Türmen aus Ziegelsteinen gestapelt sind. Sie stellt sich davor. Das sind ziemlich viele Bretter. Sie konzentriert sich und nimmt ihre zusammengepressten Hände an die Stirn, dann schnellt in einer plötzlichen Bewegung und begleitet von einem Schrei ihr Kopf auf die Bretter wie ein Beil, und diese brechen auseinander. Sie verharrt einen Moment, blickt zufrieden auf die kaputten Bretter.

Dann richtet sie sich auf und strahlt uns an. »Das könnt ihr alle. Willkommen zum Bühnenkampf. Wir beginnen mit zehn Liegestützen zum Aufwärmen.«

Irgendwie habe ich das Gefühl, dieses Semester ziemlich viele falsche Kurs-Entscheidungen getroffen zu haben.

Eine Stunde später stehe ich unter der Dusche, viel Zeit ist nicht bis zum nächsten Kurs und vor allem müssten jetzt die Namen für die Besetzung des Stückes angeschlagen sein.

Mein Herz pocht und meine Aufregung ist mir peinlich, weil sie darauf schließen lässt, dass ich mir echte Chancen ausmale. Ich föhne mir kurz die Haare, immerhin ist das Wetter heute viel besser, die Sonne strahlt. Wetter in Montana, man weiß wirklich nicht, womit man rechnen soll. Auf dem Weg zu den Theaterstudios laufe ich Layla über den Weg, natürlich.

»Wäre doch cool, wenn wir im gleichen Stück sind«, sagt sie.

»Ich dachte, du hast für Viola vorgesprochen«, erwidere ich.

»Beides, und die Professoren sind bekannt dafür, die Rollen anders zu vergeben, als man denkt. Ich bin mal gespannt.« Ihre Sätze hinterlassen ein kribbelndes Gefühl in meinem Magen. »Wenn wir zusammen sind, können wir gemeinsam proben.«

Ich werde das Gefühl nicht los, dass sie das alles sagt, um mich zu trösten. Dass sie so tut, als wäre ich eine von ihnen, weil sie genau weiß, wie unsicher ich bin und mir bewusst ist, dass ich nicht so bin wie sie.

»Klar«, sage ich und nicke ohne Überzeugung.

Als wir endlich am Davidson Art Center sind, sehe ich Landon bereits vor dem Schwarzen Brett stehen. Er trägt einen Trainingsanzug und eine dunkle Mütze über seinen nassen Haaren. Ich komme mir vor wie bei Hase und Igel. Er ist immer vor mir da. Ein anderer Student klopft ihm auf die Schulter, aber es ist völlig unmöglich, die Geste einzuschätzen: Will er ihn trösten? Oder ihm gratulieren?

Ich bleibe stehen, Layla geht weiter und schaut ebenfalls auf den Aushang. Anstatt selbst hinzugehen, sehe ich zu, wie ihre Reaktion ist. Ich sehe, wie ihr Finger an der Liste heruntergleitet auf der Suche nach ihrem Namen. Dann wendet sie sich zu Landon und lächelt. Ich habe das Gefühl, dass einige der umstehenden Studierenden mich anschauen. Sie schneidet eine Grimasse und macht ein übertriebenes »Oh«. Ich weiß nicht, wie ich das deuten soll.

Dann dreht sie sich zu mir um, sie strahlt. »Herzlichen Glückwunsch, Hazel. Du bist Beatrice.« Sie strahlt so echt, dass ich für einen Moment glaube, dass ich sie missverstanden haben muss. Denn so breit kann sie theoretisch nicht strahlen, wenn sie selbst eigentlich für die Rolle angetreten ist.

»Ich bin Hero, wir spielen zusammen«, erklärt sie, was vielleicht auch ihre gute Laune erklärt. Hero ist schließlich genauso wichtig. »Krishna ist mein Claudio.« Sie lässt eine Augenbraue tanzen.

»Wirklich?« Ich kann es nicht fassen. Es hat echt geklappt. Es kommen noch andere, um auf den Aushang zu schauen, alle drehen sich zu mir und nicken mir zu, geben mir ein Daumen-hoch-Zeichen. Mein ganzer Körper kribbelt vor Freude. Ich kann ein dümmliches Dauerstrahlen nicht unterdrücken. Das ist einfach der Wahnsinn. Mehr Leute kommen auf mich zu und gratulieren mir. Ich kann es nicht fassen. Ich bin es geworden. Jane kommt herein, sie spielt im modernen Stück. Sie überschaut die Situation nach einem Blick auf den Aushang und wirft sich kreischend in meine Arme. Ich bin ganz froh, weil ich unauffällig meine Tränen abwischen kann, während ich mein Gesicht in ihre Haare presse. »Du hast es echt geschafft«, sagt sie. »Entschuldige, ich muss gerade kurz deinen Busen mit meinem zerquetschen. Busendrücker-Alarm«, sagt sie und zieht mich so fest an sich, bis ich keine Luft mehr bekomme. »Herzlichen Glückwunsch, du rockst es, Hazel. Das wird eine Show. Du und Landon. Ihr werdet ein suuuuuper Paar werden.« Sie hebt den Kopf und sieht mich grinsend an, während sie die Augenbrauen tanzen lässt.

»Landon spielt in *Dora Maas*«, gebe ich lahm zurück, während die Erkenntnis zu mir durchsickert. Natürlich. Der Satz von vorhin klingt in mir nach: *Sie besetzen immer anders, als man denkt.* Mein Blick geht zu Landon, dessen Haltung an einen begossenen Pudel erinnert. Nein, an einen Pudel nach der Ice-Bucket-Challenge. Und für einen kurzen Moment glaube ich, Panik in seinem Blick zu sehen, bevor er sich abwendet und mit schnellen Schritten das Davidson Art Center verlässt. Landon und ich haben tatsächlich die Shakespeare-Hauptrollen. Die ganze Freude konzentriert sich in meinem Magen an einer Stelle, die mich an meine letzte Achterbahnfahrt erinnert, kurz bevor die Steilkurve nach unten führt.

Elf

Hazel

Als ich zur ersten Probe etwas zu früh komme, worum Dornbush uns gebeten hat, sehe ich ihn schon von Weitem in der Halle stehen. Er trägt komplett schwarze Klamotten und macht jetzt scheinbar auf Charakterdarsteller. Schon während ich den Gedanken habe, fällt mir ein, dass ich nach langer Überlegung ebenfalls ein schwarzes Shirt und eine schwarze Jeans angezogen habe. Ich habe bis gerade Gitarre gespielt. Gitarre entspannt mich, das wird mein Mittel gegen Lampenfieber. Außerdem mag ich es, zu spielen und vor mich hin zu singen oder zu summen, wie ich es in der Schule getan habe. Vielleicht hat Angela recht. Aber jetzt bin ich mir nicht mehr sicher, ob es ausreicht. Ich habe nämlich schon vor dieser Probe Lampenfieber, wie soll das werden, wenn wir auf die Bühne müssen?

Das alles scheint eine lustige Idee des Schicksals. Es will mich ärgern. Liebes Schicksal, es ist nicht sooo lustig. Die Freude über die Rolle ist ziemlich schnell verpufft, nachdem klar war, dass Landon und ich spielen werden. Die Angst, dass ich später an meinem Lampenfieber scheitern werde, wenn wir wirklich auf die Bühne müssen, und die dann aufkeimende Frage, was ich überhaupt hier mache, weil eine Schauspielerin mit so viel Lampenfieber nicht richtig zu gebrauchen ist, kommt in mir hoch. Wobei ich mich später ohnehin eher im Film sehe. Bühnenerfahrung gehört allerdings zwingend zur Ausbildung. Immerhin, von diesen absolut nicht hilfreichen Gedanken, lenkt mich Lans Anblick für einen Moment ab.

Er scheint auf mich zu warten. Denn als ich mich umdrehe, ist hinter mir niemand und schielen tut er auch nicht.

»Du stalkst mich schlimm«, sagt er, als ich ankomme und setzt die Flasche ab, aus der er gerade getrunken hat. Ärgerlicherweise fällt mir auf, dass beim Absetzen ein Wassertropfen in seiner Kehlkopfkuhle gelandet ist. Ich reiße meine Augen von seinem Kehlkopf los, der irgendwie anziehend ist. Entschuldigung, was jetzt? Kehlkopf? Meine Hormone sind dabei, völlig auszurasten, vielleicht sollte ich wirklich mal dieses Eisbaden ausprobieren. Warum habe ich immer das Gefühl, eine Lupe vor den Augen zu haben, wenn ich ihn sehe. Er zieht seine Augenbrauen zusammen. »Sogar bis auf die Bühne.« Er fixiert mich und ich spüre diesen Blick und denke sofort unwillentlich wieder an diesen Abend, an dem ich mich ihm so nah gefühlt habe, um dann einen Schlag ins Gesicht und in den Magen gleichzeitig von ihm zu bekommen.

»Du leidest echt an völligem Größenwahn …«, bringe ich vor. Ich habe keine Ahnung, wie ich so viel Zeit mit ihm verbringen soll. Jedenfalls nicht, ohne den Verstand zu verlieren.

»Das war ein Witz.«

»Es klang nicht wie ein Witz.«

Er legt den Kopf schief und grinst verkrampft. Dann nimmt er noch einen Schluck aus seiner Wasserflasche. »Du bist Beatrice. Und ich bin Benedikt. Wir müssen uns auf eine Sache einigen.« Sein Gesichtsausdruck würde eigentlich daraufhin deuten, dass er gerade Zitronensaft getrunken hat statt Wasser, so verkrampft, wie sein Kiefer ist.

»Vielleicht darauf, dass du jetzt freundlich und normal zu mir bist?« Ich habe keine Ahnung, was jetzt kommt.

Er schluckt. »Der Abend im *Drunk Bull* ist nie passiert.«

Okay. Ich weiß nicht, womit ich gerechnet habe, aber dass er den Abend so direkt anspricht, nachdem er ihn bisher so erfolgreich ignoriert hat, überrascht mich. »Glaub mir, ich will da auch nicht dran denken.« Ich versuche das unangenehme Ziehen in der Brust zu ignorieren.

»Hast du jemandem davon erzählt? Deinen Freundinnen?« Er wirkt ein bisschen panisch bei der Frage.

Ich kaue auf meiner Unterlippe herum.

Er schließt die Augen. »Was hast du erzählt?«

»Hör zu. Ich habe einer Freundin erzählt, dass ich dich vor Beginn des Studiums getroffen habe. Einer Person. Es war kein großes Ding. Und ich bin genauso wie du der Meinung, dass der Abend nie passiert ist, weil er nämlich keine schöne Erinnerung ist. Du brauchst also keine Angst haben, dass deine Karriere und dein makelloser Ruf darunter leiden, mich geküsst zu haben.«

Er stutzt. Diesmal ist er überrascht. Seine Augen suchen meine ab und wieder sehe ich darin diese seltsame Panik, die Anspannung in seiner Haltung. Er öffnet den Mund, um etwas zu sagen. Dann hält er inne und schüttelt leicht den Kopf. Er schluckt und die abweisende Arroganz ist zurück.

»Okay. Ich glaube dir.« Er will sich abwenden. Dann hält er inne.

»Und du hast die Audioaufnahme gelöscht, nicht wahr?«

Ich starre ihn an. »Ich kann echt nicht fassen, dass das jetzt deine Frage ist.«

»Hast du?«

Ich nicke genervt. »Natürlich, oder meinst du, ich höre mir das Ganze zum Einschlafen an? Willst du dich nicht entschuldigen?«, frage ich. »Oder vielleicht mal erklären, was los war?«

»Entschuldigen?« Er zieht wieder die Brauen zusammen, als wüsste er nicht, wovon ich spreche.

»Für dein Verhalten?«

Er mustert mich erneut ausgiebig. Und … nervös? Und

wieder kann ich diesen Blick nicht deuten. Diese abweisenden Gefühle stehen zwischen uns im Raum und dann aber noch ganz andere Gefühle.

»Entschuldigung.«

»Das kam richtig von Herzen.«

Er seufzt. »Es war eine Entschuldigung.«

Er zuckt mit den Schultern. Wir wissen scheinbar beide nicht, was wir mit diesem wirren Gefühlsgemisch anfangen sollen. Plötzlich sehe ich wieder das, was ich im *Drunk Bull* gesehen habe, bevor er ausgeflippt ist. Der Moment für einen Flashback dieser Art kann wohl kaum ungünstiger sein, aber mein Hals wird trocken und mein Puls beschleunigt sich.

Die Tür öffnet sich und Dornbushs wuscheliger Kopf erscheint.

»Ah, hallo, Hazel, hallo, Landon. Da seid ihr ja. Schön. Ich bin gespannt. Ich habe da einfach ein gutes Gefühl.«

Er verschwindet wieder und lässt die Tür offen. Ich schiebe meinen Rucksack höher auf die Schulter und folge Dornbush in den Raum.

»Eins verstehe ich nicht«, kann ich mir nicht verkneifen zu sagen. »Ich dachte, du hasst dieses Stück und Shakespeare-Komödien sind nur was für Waschlappen und …«

»Man darf ja wohl mal seine Meinung ändern oder sich weiterentwickeln«, unterbricht Landon mich. Seine Stimme ist leise, sodass Dornbush uns nicht hören kann, aber irgendwie wirkt er nicht überzeugt, sondern sein Tonfall ist fast drohend. Hat er Angst, dass ich ihn verpetze?

»Versau es einfach nicht.«

Ich bin fassungslos. »Das wollte ich auch gerade sagen. Dir ist schon klar, dass du total anmaßend bist, oder? Vielleicht kann man sich das ja rausnehmen, wenn der Onkel ein Gebäude gespendet hat und …« Endlich komme ich mal schlagfertig genug auf eine angemessen beißende Bemerkung, aber ich verstumme, als ich seinen Gesichtsausdruck sehe. Ich habe das Falsche gesagt. Oder das Richtige. Er dreht sich um und geht wortlos weiter. Als ich hinter ihm herlaufe und ihm auf den Rücken schaue, möchte ich mich eigentlich im gleichen Moment dafür umbringen, dass ich feststellen muss, dass sein Rücken ein wirklich perfektes Dreieck ist. Ein umgedrehtes Dreieck, das bestimmt von einem dieser teuren Promi-Trainer in L. A. fabriziert worden ist, wo man auf solche umgekehrten Dreiecke als Männerrücken spezialisiert ist.

»Okay«, Dornbush klatscht in die Hände. »Bevor die anderen kommen, möchte ich heute einmal eine Szene nur mit euch machen. Ich habe ein sehr gutes Gefühl, aber ich möchte sichergehen, dass ich mir nicht einbilde, was ich sehe.«

Genervt oder nicht, Landon geht schnurstracks weiter. Ich lege meine Sachen auf einem Stuhl ab und gehe ihm nach. Was soll ich auch sonst tun? Ich bin kein aggressiver Mensch. Und normalerweise liegt mir der Impuls, irgendjemanden zu schlagen, sehr, sehr fern. Aber gerade habe ich ihn.

Landon ignoriert mich und sieht mit angespanntem Kiefer zu Dornbush. Er hat keinerlei Interesse, mir in die Augen zu sehen, und ich frage mich, warum er überhaupt hier ist, wenn er so wenig Lust hat, mit mir zu spielen.

Ich richte meine Aufmerksamkeit ebenfalls auf Dornbush und nehme erstmals auch die Umgebung wahr. Die Wände des kleinen Theaterraums, der vollständig aus rötlichem, glänzend poliertem Holz besteht. Die gedimmten, runden Lampen, welche in regelmäßigen Abständen warme Lichtakzente setzen. Dornbush sitzt an einem Tisch, der vor der ersten Sitzreihe steht.

»Alles in Ordnung?«, fragt Dornbush. Keine Ahnung, was er in unseren Gesichtern gesehen hat, aber man braucht wahrscheinlich kein sensibler Theatertyp zu sein, um zu spüren, dass irgendetwas in der Luft liegt. Etwas mit der Energie einer Wasserstoffbombe.

Ich nicke und sehe aus dem Augenwinkel, dass Landon auch nickt.

»Ihr kennt euch, oder?«, fragt Dornbush.

Wieder nicken wir beide. Der Professor versucht offensichtlich einzuschätzen, ob unser Verhalten normal ist.

»Okay, ich bin auf die Chemie gespannt. Ihr habt die Szene?«

Landon dreht sich zu mir und fixiert mich kurz mit seinen braunen Augen:

»Chill, ich bring dich da durch«, und dreht sich wieder um. Ich bin echt sprachlos. Wie kann er so was sagen? Ich könnte explodieren.

»Dann legt mal los«, dringt Dornbushs Stimme in meine wutverhangenen Gedanken. Ich bezweifele, dass es diese Art von Chemie ist, die er im Sinn hat. Der Professor liest die Sätze vor meinen vor, um mir den Einsatz zu geben.

Landon und ich stehen nah aneinander, ich spüre die Hitze, die sein Körper abstrahlt, und meine Nackenhaare stellen sich auf, aus Wut, aus Frustration, aus … der Tatsache, dass er so nah bei mir steht. Ich fühle mich geladen, aber es sind viele Gefühle, die nichts direkt mit der Szene zu tun haben und auch nichts mit der Wut. Irgendwie habe ich die Gefühle von diesem Abend gespeichert und mein Körper hat noch nicht verstanden, dass er die nicht mehr haben darf, weil sie mit ganz anderen beantwortet wurden.

Ich atme tief und beginne mit den ersten Sätzen, werfe mich hinein, allein schon, um nicht länger über diese Gefühle nachdenken zu müssen.

Landon dreht sich zu mir und spricht die Sätze von Benedikt. Seine Augen haben sich verändert und ich schrecke fast zurück vor den Gefühlen, die darin sind, der Offenheit und Ehrlichkeit und Direktheit, mit der er mich anschaut. Er ist Benedikt. Er kann schauspielern, so ist es nicht, keine Ahnung, warum es mich überrascht. Aber nach dem ersten Moment der Verwunderung schalte ich genauso vollständig um. Wir spielen. Plötzlich sind wir mitten in der Szene und die Worte kommen aus unseren Mündern. Wir sind in Sizilien und beide aufgeregt wegen der Dinge, die hier passiert sind mit meiner Cousine. Ich mag es nicht, wenn Leute mir einreden wollen, dass ich heiraten muss, ich rede mich um Kopf und Kragen.

Später liefern wir uns einen Schlagabtausch und ich meine es ernst. Ich lasse mich nicht entmündigen, von niemandem, ich lasse mir nicht vorschreiben, was ich zu tun und zu fühlen habe, ich mache, was ich will.

»Wooah«, unterbricht Dornbush uns. Seine Stimme stört mich, ich will weitermachen. Aber dann halte ich inne.

»Ihr wollt weder direkt miteinander ins Bett noch euch gleich umbringen. Ihr müsst eure Gefühle ein bisschen herunterbrechen, wir sind in einer Komödie.« Aber die Sachlichkeit, mit der er die Kritik vorbringt, lässt vermuten, dass er uns beide ernst nimmt als Schauspieler. Sogar mich. Und ja, Landon ist wirklich gut gewesen. Ich kann nicht leugnen, dass mich das beeindruckt. Mehr, als es sollte, doch er ist offensichtlich wesentlich mehr als nur ein attraktiver Typ, der in ein paar Serien mitgespielt hat und nur Schauspieler geworden ist, weil seine Mutter ihn schon in jungen Jahren auf Sets geschleift hat. Ja, ich habe ihn gegoogelt. Mehrmals.

»Ihr überspielt den Schlagabtausch, aber ich muss sagen, besser, als zu unterspielen, in dem Fall. Der schlimmste Fehler bei romantischen Komödien ist, dass Schauspieler spielen, als wäre es belanglose Unterhaltung. Für die Personen geht es um alles. Mir gefällt eigentlich, wie ihr das hier gemacht habt«, sagt Dornbush und nickt mehrmals mit dem Kopf. Dann blickt er zu Landon.

»Die Gefühle sind richtig, sie müssen nur an der Oberfläche viel leichter ankommen, als ihr das hier gezeigt habt. Allerdings, wenn die Tiefe fehlt, ist es bedeutungslos. Insofern, gute Arbeit. Und genau wie erhofft habt ihr gemeinsam perfekte Bühnenchemie.«

Die Tür geht auf und Laylas Kopf erscheint, dicht gefolgt von Krishna.

»Können wir reinkommen?«

»Natürlich, wir fangen gleich an«, erwidert Dornbush. Die restliche Besetzung trudelt langsam ein und ich nehme sie nur am Rande wahr, weil mir eine Sache auffällt: Ich hatte gerade kein bisschen Lampenfieber.

Zwei Stunden später sind wir entlassen. Landon ist schon wieder bei seinem Rucksack. Bevor er seine Jacke hineinstopft, holt er ein paar Bücher raus. *Hamlet. Othello. King Lear,* erkenne ich die Schriftzüge auf den zerfledderten Taschenbuchausgaben. Ich denke daran, wie er bei unserem ersten Treffen Oscar Wilde gelesen hat. Ich wünschte, er würde Schundliteratur lesen, dann wäre es viel leichter, ihn zu verabscheuen. Mit Schwung schultert er anschließend den Rucksack und verlässt den Raum, ohne mich eines Blickes zu würdigen, als müsste er dringend zum nächsten Termin. Ich bin noch total aufgelöst von der Probe, von allem. Ich brauche immer länger, um wieder herauszukommen. Und auch diesmal bin ich so schnell hineingekommen, keinerlei Lampenfieber. Vielleicht weil ich mich geärgert habe? Es war ja auch in der Stunde mit den Gorillas so. Da war mein Lampenfieber magischerweise verschwunden. Das Problem habe ich scheinbar nicht, wenn er da ist. Nichts. Vielleicht ist das mein Geheimrezept. Ich muss mich aufregen, dann ist auch mein krankhaftes Lampenfieber weg. Oder Landon ist das Geheimrezept. Das ist nicht gut.

Die anderen sprechen noch mit Dornbush. Angela ist auch vorbeigekommen. Ich verabschiede mich kurz und dann gehe ich.

Als ich in die viel hellere Eingangshalle trete, blinzele ich kurz gegen das Licht. Ich erhasche noch einen Blick auf Landon, der Richtung Ausgang geht und dabei auf sein Handy starrt. Was für ein charmanter, aufstrebender Hollywood-

Star. Gleich postet er wahrscheinlich wieder irgendein Bild auf Insta, auf dem er breit lächelt. #Hauptrolle. Yay. Er spart sich jedes Lächeln scheinbar für seinen Feed auf, mehr ist fürs wirkliche Leben nicht übrig. Warum nur habe ich mir je seinen Feed angeschaut? Und ich habe mir sogar Bilder vom letzten und vorletzten Jahr angeschaut, nachdem mir nach der Begegnung auf der Party im letzten Semester klar wurde, dass er hier zum College geht. Ich hole mein Telefon heraus und lösche die Instagram-App. Es reicht. Bloß nicht auf die Idee kommen nachzuschauen, was er gleich postet. Wieder so einen Mist im Schnee unter einem Baum.

Zwölf

Landon

Das großzügig angelegte und luxuriöse Gym ist vielleicht mein liebster Ort auf dem Campus, weil ich hier so gut Dampf ablassen kann. Seit zwanzig Minuten sitze ich auf einem Spinning-Rad und höre einen Podcast über L. A., ein Verzweiflungsakt, um mich nicht so zu fühlen, als würde ich gerade alles verpassen. Über den Podcast habe ich mich früher lustig gemacht, denn wer sehnt sich derartig nach Klatsch, dass er sogar erfahren will, mit welchem Trainer Rebel Wilson abgenommen hat? Nur die armen Schweine, die nicht sowieso alles über persönliche Nachrichten hören. Offensichtlich Typen wie ich. Denn seit ich hier bin, scheine ich auch aus einigen Nachrichtenströmen entfernt worden zu sein. Und irgendetwas läuft falsch mit deinen Kontakten, wenn du zwar in Montana sitzt, aber die anderen glauben, dass du näher an der Quelle sitzt als sie. Dann bist du wahrscheinlich nicht mehr mit Leuten auf Augenhöhe verbunden, sondern nur noch mit Vampiren. Ich sollte meine Kontakte alle komplett löschen.

Plötzlich bekomme ich einen Schlag in den Rücken, der mir die Luft aus den Lungen drückt.

»Los, Marshmallow, mach mal ein paar Gewichte. Rad fahren kannst du auch draußen«, dringt Nates tiefe Stimme durch die Kopfhörer an mein Ohr.

Ich ziehe die Stöpsel raus und richte mich auf. Nates breites Grinsen direkt vor mir.

»Schon mal was von persönlichem Raum gehört?«, frage ich ihn und schiebe ihn zurück. »Zu kalt hier zum Radfahren.«

»Du bist echt so eine West-Coast-Pussy. Schnee ist das beste Radfahrwetter, da wird dir nicht kalt. Du brauchst nur ein vernünftiges Fahrrad mit dicken Reifen.« Er schüttelt gespielt fassungslos den Kopf. Nate will mich nachher mit auf eine Party nehmen, er bildet sich was darauf ein, dass er weiß, wo die besten auf dem Campus sind. Und laut seinen Berichten passiert hier mehr, als man für möglich halten sollte. Ich bin mir allerdings nicht sicher, ob er die Erfahrung nicht durch seinen meist sehr verklärten Blick besser wahrnimmt, als sie bei Tageslicht betrachtet ist.

Ich steige vom Rad herunter, nehme mein Handtuch und folge ihm in Richtung des Teils, wo die Geräte stehen, als mein Handy vibriert. »Patti«, leuchtet auf dem Display. Ich gebe Nate ein Zeichen, dass ich kurz telefonieren muss.

Er nickt mir zu und zieht ebenfalls sein Handy raus.

»Fang mir ein gutes Pokémon«, raune ich ihm noch zu. »Pikachu, gibt's den noch?« Er verdreht die Augen. »Du klingst wie meine Großmutter, Marshmallow. Dragonite.« Er macht ein Victory-Zeichen zurück. Nate hat in einem schwachen, oder nennen wir es mal völlig zugedröhnten Moment gestanden, dass er immer noch Pokémons jagt und die hier in Appleby, Montana, gar nicht so schlecht sind. Seitdem ziehe ich ihn ständig damit auf.

Patti kommt wie immer sofort zum Punkt und hält sich nicht lange mit »Hallo« auf. Ich hatte ihr geschrieben, dass Dornbush mir die Rolle gegeben hat. »Jetzt reg dich doch nicht so auf. Shakespeare ist Shakespeare, und vor allem ist es die Hauptrolle. Das ist entscheidend. Das ist großartig für dich und Kenneth Branagh hat die Rolle schon gespielt. Passt für dein Profil.«

»Er weiß, dass ich die Rolle nicht spielen wollte. Ich könnte kotzen. Er will mich doch nur erniedrigen, weil er ein Problem mit Hollywood hat.«

»Ich dachte, du findest Shakespeare so toll. Erniedrigen ist etwas anders, als jemandem die Hauptrolle zu geben. Sogar ich würde sagen, dass du nicht undankbar sein solltest. Und du weißt, dass ich nie mit der zweiten Reihe zufrieden bin. Nutze die Chance, dann bist du früher zurück als gedacht.«

Es hilft nichts, Patti den Unterschied zwischen Shakespeare-Dramen und -Komödien zu erklären. Das interessiert sie nicht. Sie würde meinen Traum, auf einer großen Theaterbühne zu stehen, so albern finden wie andere Mütter den Kinderwunsch, Feuerwehrmann zu werden. Für sie zählt die Schauspielerei nur, wenn sie Geld bringt. Und für George gilt das natürlich umso mehr.

Auf dem Facetime-Bild sehen die Augen meiner Mutter ziemlich verquollen aus. Hoffentlich ist es diesmal nur die Perspektive. Sie ist fast sechzig, vielleicht ist sie sogar schon sechzig, mit ihrem Alter komme ich durcheinander, weil sie seit Jahren nicht über ihr Alter spricht und mir schon von klein an eingebläut wurde, neununddreißig zu antworten, falls ich gefragt werde, auch als sie schon auf die Fünfzig zuging. Wer das geglaubt haben soll, weiß ich allerdings auch nicht. Sie hat auch dem körperlichen Alterungsprozess den Kampf angesagt. Inzwischen ist es Nahkampf und wird mit allen Mitteln und ohne Scheu vor hohen Geldeinsätzen gespielt. Wenn man sie nicht treffen kann, dann normalerweise, weil sie wieder wegen irgendeiner Wunde oder Kruste das Haus nicht verlassen kann, da ein neues chemisches Peeling alle Falten wegbrennen soll.

»Es ist die Hauptrolle. Das ist am Schluss alles, was zählt. Glaub mir, ich bin die Erste, die sich freut, wenn du nach L. A. zurückkommst. Aber sogar ich denke, dass es richtig ist, was George dir geraten hat«, erwidert Patti.

Sofort ärgere ich mich, dass ich mich überhaupt beschwert habe. Völlig sinnlos, natürlich wird sie mich überreden zu bleiben. Sie kann ja auch keine große Rolle aus dem Hut zaubern.

»Irgendwelche Nachrichten von Skye?« Ich warte schon ewig auf eine Rolle von ihm, er ist mein absoluter Traumproduzent. Und gerade sucht er eine neue Besetzung für einen Doppelagenten in einer großen Netflixserie. Seine Charaktere sind düster und vielschichtig.

»Nein, von ihm nicht«, sagt Patti. Sie deutet an, dass sie andere Rollen besorgen kann mit ihren Kontakten zu Daily Soaps. Aber sie weiß, dass ich davon nichts hören will.

Nate hat angefangen, Schultergewichte zu stemmen. Miles, der Typ aus dem *Books & Beans,* den Nate nur so medium leiden kann, weil er irgendwie der Meinung zu sein scheint, die Frauen in seinem Wohnhaus 344 vor fremden Männern beschützen zu müssen, ist auch da und macht wieder eine dieser monstermäßigen Battle-Rope-Sessions. Keine Ahnung, wie er das so lange durchhält. So kräftig sieht der gar nicht aus. Aber das dumpfe Schlagen ist absolut gleichmäßig und man hat den Eindruck, dass er überhaupt nicht müde wird, wenn er das macht.

»Du meinst, du hättest aber eine Seifenoper, in der ich reich und schön bin? Ein Typ, der Frauenherzen schmelzen lässt, nur scheinbar arrogant, aber dann gerettet wird von einer tollpatschigen Super-Schönheit, die nicht gerafft hat, wie spektakulär sie ist? Nein, du hast recht, diese Rollen will ich nicht, die brauchst du mir gar nicht vorzustellen.«

Ich kneife meine Lider zusammen. Warum kann ich mich nicht beherrschen und reagiere überhaupt? Warum tue ich das? Es führt doch immer zum gleichen Ergebnis.

Patti seufzt betont leidend. »Selbstbewusstsein ist gesund. Aber du bist ganz schön alt dafür, in Hollywood nur nach deinen Bedingungen Karriere machen wollen«, erwidert sie.

»Ich bin neunzehn, einige der Studenten hier haben noch nicht mal angefangen.« Wie zum Beispiel das Mädchen, mit dem ich Shakespeare spiele, füge ich in Gedanken hinzu.

»Du weißt genauso gut wie ich, dass die meisten auch nie wirklich anfangen werden, weil sie eben zu alt sind. Nicht umsonst waren Britney, Selena Gomez, Miley Cyrus, Justin Timberlake und Ryan Gosling alle Disney-Stars.«

»Bitte nicht schon wieder die Disney-Nummer.«

»Natürlich.« Ich höre erneut ihr leises Seufzen, diesmal weniger theatralisch und echter. Zudem klingt die uralte Enttäuschung mit, dass ich es damals eben nicht bei Disney geschafft habe. Im Anschluss hatte sie mich bei *Family Forever* untergebracht, wo wir anfangs sogar gemeinsam gespielt haben. Aber gut, damit musste man vielleicht mal abschließen. Ich weiß, was sie getan hat, damit ich in diese Disney-Serie komme. Wenn sie davon spricht, spüre ich ihre Opferhaltung und auch den Wunsch, von mir deswegen bemitleidet oder geliebt zu werden. Ich soll dankbar sein. Der Produzent war kein Verbrecher, aber ich will auch gar nicht weiter daran denken. Sie hat jetzt Angst, dass es rauskommt, weil sie natürlich auf keinen Fall in so ein politisches Thema reingezogen werden will. Die einzige Politik, die sie interessiert, ist die Hollywood-Politik, die im Restaurant des Marmont-Hotels beschlossen wird. Ich gehe zum Fenster und schaue in die verschneite Landschaft, die Wiesen zwischen den Backsteingebäuden auf dem Campus, die alle im gelblich warmen Licht der Nachtbeleuchtung strahlen. Angeblich soll das Wetter nächste Woche besser werden. Einige Studenten mit dicken Mützen und Mänteln laufen noch zu den Gebäuden, die seitlich vom Gym liegen. Wochenende, es gibt Verabredungen und Partys.

»Du musst auch nicht glauben, dass ein Engagement in einer populäreren Serie dir alles verbaut. Schau dir doch bitte George Clooney an.«

Ich weiß nicht, wie oft wir das Gespräch schon geführt

haben. Ich sehe sie vor mir, wie sie auch vor dem Fenster steht und in ihren Garten schaut, den pflegeleichten, kalifornischen Garten mit den immer blühenden Blumen. Sie hat wahrscheinlich für den Abend den Springbrunnen laufen, den man in wechselnden Farben beleuchten kann. Unser Haus ist nicht groß, aber es steht in Beverly Hills. Die Häuser in der Gegend sind inzwischen viele, viele Millionen wert und sie könnte sich so ein Haus nie mehr leisten. Sie nennt es ihr bestes Networking-Kapital, weil die Nachbarschaft ihr Zugang zu den einflussreichen Leuten aus der Industrie gibt, die sie beim Blumenmarkt, Starbucks oder im Whole Foods trifft.

»Ich will kein Serienarzt werden und die meisten dieser Serienärzte bleiben für immer welche.«

»Na ja, die, die kein Talent haben. Und das war, bevor Shonda Rhimes Arztserien neu erfunden hat. Ich will nur, dass dir ganz klar ist, was du hier tust.«

Darauf sage ich nichts. Was soll ich auch sagen? Sie weiß, dass ich Shonda Rhimes vergöttere.

Ich trete an der Reihe mit den Stairmastern vorbei direkt vor die Scheibe. Es fallen tatsächlich wieder ein paar lose Schneeflocken.

»Patti. Ich weiß auch nicht, was ich noch tun soll. Im Moment bleibe ich also hier. Immerhin kann ich, falls es noch mal ein *Game of Thrones* gibt, eine überzeugende Darstellung geben, wenn der Winter kommt.«

Nachdem wir das Gespräch beendet haben, reiße ich seufzend meinen Blick von der weiß gepuderten Welt hinter der großen Scheibe los und gehe rüber zu Nate, der schon an den Maschinen ist. Zwischendurch beantwortet er Nachrichten.

»Brütest du Pokémoneier aus oder dealst du?«, frage ich.

Er räuspert sich. »Ich fürchte, du bist einfach nicht talentiert genug für dieses anspruchsvolle Spiel«, sagt er. »Die Pokémonjagd ist eine Kunst und einige Leute werden es nie verstehen. Es fehlt die Sensibilität«, murmelt er.

»Vielleicht kaufe ich dir ein Fan-Shirt, das sieht bestimmt süß aus an dir.«

Er nickt, legt das Handy zur Seite, um sich wieder hinzulegen und ein Set Gewichte zu stemmen. »Keine schlechte Idee. Dann sind Leute nicht so eingeschüchtert von mir und man hat sofort ein Gesprächsthema. Wahrscheinlich einen Versuch wert.« Seine Stimme klingt etwas röchelnd. Sind auch nicht wenige Gewichte, die er aufgelegt hat.

»Tut mir leid, dir das sagen zu müssen, aber du bist nicht sonderlich einschüchternd. Auch ohne das Shirt.«

»Was?«, fragt er mit quietschender Stimme. »Und dafür das ganze Training hier?«

Nate kommt zwar regelmäßig ins Gym, allerdings verbringt er ziemlich viel Zeit am Handy, schickt Nachrichten, checkt die Mädchen ab. Konsequent ist er vor allem, wenn es darum geht, Videospiele zu spielen.

Ich gehe an die Unterarmmaschine neben ihn. »Ich glaube, du löst bei Frauen eher so einen Beschützerinstinkt aus.«

Er prustet los und mit einem lauten Klirren kracht das Gewicht herunter. »Du solltest den Vibe vielleicht mal probieren, dann würde es bei dir auch besser laufen.«

»Ich bin zufrieden«, sage ich und es kommt fast reflexmäßig. Aber ich weiß, dass für Nate schwer zu verstehen ist, dass ich nicht ständig jemanden abschleppen will.

»Ach so? Layla heißt sie, oder?«

»Ist nicht ernst. Sie meint es auch nicht ernst. Dating auf so einem kleinen Campus ist beklemmend.«

»Okay, da sagst du was Wahres. Anonyme One-Night-Stands gibt es nicht. Du musst jedem wieder in die Augen blicken. Und die Leute quatschen. Ich glaube, nach einer Weile bin ich hier durch.«

»Hast du Angst, dass sich die Frauen gegen dich verschwören?«

»Ein bisschen schon«, erwidert er ernsthaft. »Ich glaube,

drei Jahre lang läuft die gleiche Nummer nicht«, sagt Nate und wirkt wirklich etwas geknickt. »Weiß nicht, ob ich den Druck so aushalte, wenn man schlecht performt, spricht sich das rum.« Er macht ein gespielt verzweifeltes Gesicht, aber dann grinst er wieder. Von einem Komplex ist Nate weit entfernt.

Eine Dreiviertelstunde später sitzen wir mit um die Hüften geschlungenen Handtüchern in der Sauna.

Die Hitze tut unseren ausgepowerten Muskeln gut und ich lasse meinen Kopf nach vorn fallen.

Die beiden anderen Gäste, die mit uns drin sind, geben ziemlich schnell auf und wir genießen die Hitze, wobei ein stiller Wettkampf entsteht, wer es länger aushalten wird.

»Und, was waren die wichtigen Neuigkeiten aus L. A. vorhin? Du wirst der neue James Bond?«

»Das war meine Mutter. Sie trauert immer noch meiner nicht vorhandenen Karriere bei Disney nach.«

»Du nennst deine Mutter beim Vornamen?«

»Du hast mich belauscht?«

»Es war nicht zu überhören, als du neben mir standest.«

»Sie war früher immer am Set. Da war es unpassend, sie vor allen anderen Mom zu nennen. Sie ist ja eher eine Art Beraterin.« Ich zucke mit den Schultern.

»Wow. Ihr arbeitet zusammen. Sie weiß so richtig viel über dich? So viel Nähe mit meiner Mutter würde ich nicht aushalten. Meine Mutter weiß nichts Privates über mich. Ist aber auch okay. Meine Eltern fahren ihren eigenen Film.«

»Ich weiß nicht, ob man es Nähe nennen kann. Ist eher so eine Geschäftsbeziehung. War es aber schon immer. Sie ist nicht so sentimental.«

»Ist sie so 'ne Hollywood-Mum, wie wir New Yorker sie nur aus Serien kennen?«

»Sie würde dich umbringen, wenn sie hört, dass du sie da einordnest. Die ehrgeizigen Mütter, die ihre Träume durch die

Kinder leben, sind unter ihre Würde. Glaub mir, auch bei den ehrgeizigen Moms gibt es eine strenge Hierarchie. Meine Mom legt Wert darauf, dass sie ihre eigene Karriere hat. Aber sie ist jetzt zu alt für Hollywood, da läuft es nicht mehr so.« Der Saunaofen knackt, während er heizt, weil wir gerade noch die Temperatur hochgestellt haben.

»Du hattest also keine glitzernden Outfits? Keinen Tanz- und Gesangsunterricht? Meine Mutter hat Mama June aus *Toddlers & Tiaras* mit Inbrunst verfolgt. Heimlich natürlich. Die *Jersey Housewives* auch. Sie bekommt da einen Kick, vielleicht weil sie sich dann wie die edlere Hausfrau der Upper Eastside fühlt oder so.«

»Keine glitzernden Outfits. Den Rest schon. Tanzen, Singen, Schauspielunterricht. Etwa ab meinem dreizehnten Geburtstag gab es bei uns zu Hause hauptsächlich gedünstetes Gemüse, weil sie panisch war, dass ich dick werde und dann immer nur den pummeligen Sidekick spielen würde.«

»Wir an der Ostküste wussten schon immer, dass die Leute an der Westküste einen Dachschaden haben.« Nate lehnt sich zurück und breitet die Arme seitlich aus. Er genießt es, Raum einzunehmen.

»Hast du dann schon als Baby für Windeln Werbung gemacht und so einen Scheiß?«

»Logisch. Kinderspielzeug. Gemeinsam mit meiner Mutter. Ich fand es großartig, gab jede Menge Süßigkeiten, die Spielzeuge umsonst, und im Anschluss habe ich was mit meiner Mutter unternommen.«

»Und jetzt bist du hier und hoffst auf den nächsten Durchbruch?«

Irgendwie tut es gut, mit Nate zu sprechen. Er kommt einfach aus einer anderen Welt. In L. A. sind alle in meiner Welt, alle wollen Fame, Leute treffen, irgendetwas vom Fame von jemand anderem abgreifen. Vielleicht bin ich auch mit den falschen Leuten zusammen.

»Das fasst es ziemlich gut zusammen.«

»Aber bist du nicht ein Star mit dieser Serie gewesen? Ich habe sie nie gesehen, sorry, Mann, aber ich kann es ja mal nachholen.«

»Ist inzwischen etwas veraltet. Die Serienzeit war gut. Aber ist nicht so, dass du danach nie wieder arbeiten musst. Es rücken ständig Leute nach.«

»Bekommst du denn Fanpost und so?«

»Ältere Damen, die mir schreiben, dass sie mich von der Angst vor großen Swimmingpools befreien wollen.«

»Du hast Angst vor Swimmingpools? Hat in L. A. nicht jeder einen großen Swimmingpool?«

»Ich habe kein Trauma. Meine Rolle Charly in *Family Forever* hatte eins. Aber das können viele Zuschauer nicht unterscheiden. Die denken, das wäre alles echt. In solchen Briefen tun sich Abgründe der Menschheit auf.«

»Hey, du hast ohne Ende Follower auf Social Media. Verdienst du da nichts mit?« Es ist verdammt heiß hier, aber Nate und ich ignorieren die Hitze. Meine Haut brennt und ich spüre die Schweißtropfen meine Beine herunterlaufen. Ich schaue zur Anzeige.

»Das reicht nicht. Wenn du eine Millionen Follower hast, dann hat jemand fünf Millionen. Und wenn du fünf Millionen hast, dann hat jemand zehn Millionen, und dann gibt es noch Justin Bieber mit über hundert Millionen, und der fragt sich vielleicht, warum Kylie Jenner eigentlich mehr hat.«

»Das klingt nicht gut.«

Ich zögere einen Moment. »Meine Follower sind nicht so viele nach Hollywood-Standards. Gebe ich natürlich eigentlich nicht offen zu.«

»Und wenn ich das jetzt weitersage, dann …«

Ich knuffe ihn in die Seite und zucke sofort zurück. »Du bist mir zu glitschig.«

»Ich mag glitschig«, erwidert Nate und lacht sein ansteckendes Lachen.

»Dein Humor ist auf dem Niveau eines vierzehnjährigen pubertierenden Jungen«, sage ich.

»Du hast gelacht«, stellt er fest und gießt eine kleine Kelle Wasser auf den Ofen, das zischend verdampft und würzigen Fichtenduft verbreitet.

»Ich habe aus Höflichkeit mitgelacht. Das ist was anderes.« Ich lege mich nach hinten flach auf die Bank und strecke mich lang aus.

»Vorsicht, dein Handtuch verrutscht«, ruft Nate und hält sich gespielt die Augen zu. »Ich bin da ganz oldschool.«

Ich lasse mein Handtuch extra heruntergleiten und Nate verzieht angewidert das Gesicht. »Das erinnert mich an mein Trauma in Europa. Da ist Badebekleidung in der Sauna verboten. Du bist der Perverse, wenn du was anhast.«

»So zeigen sich wahrscheinlich meine europäischen Wurzeln«, murmele ich. »Du bist ganz schön verklemmt.«

»Ich will dich nur nicht auf falsche Ideen bringen. Ich habe eine klare sexuelle Orientierung.«

»Du betonst das so oft, dass es verdächtig ist.«

Ich mag Nate. Und auch wenn er oft wirkt, als hätte er ADHS, ist er ein ziemlich guter Zuhörer. Wir haben uns kennengelernt, als wir mit der gleichen Frau geflirtet haben. Dann sind wir zusammen abgestürzt und gemeinsam nach Hause gegangen und haben bei ihm übernachtet.

»Ich weiß, dass ich nicht talentfrei bin. Sonst wäre ich nicht da, wo ich bin. Aber man fragt sich manchmal schon, ob … wenn ich richtiges Talent hätte, ob mich nicht schon mal jemand für was richtig Großes engagiert hätte. Ich habe lange in dieser Serie mitgespielt, dann in ein paar ganz guten Filmen. Die Talentscouts scannen die alle, aber die krassen Angebote kamen eben nicht.« Keine Ahnung, woher das jetzt kommt. Aber es ist ziemlich genau das, was ich denke. Ich würde es

Nate nicht sagen, wenn er nicht so weit weg von meiner Welt wäre. Ich habe das tatsächlich noch nie jemandem so gesagt. Schwächen zugeben ist gefährlich. Das hat mir meine Mutter erfolgreich eingebläut. Alle wollen nur mit Gewinnern zusammenarbeiten. Man muss eine Aura von Selbstbewusstsein und Authentizität pflegen. Warum sind alle so bei Billie Eilish ausgerastet? Sie hatten das Gefühl, dass da was ganz Echtes kommt.

»Ist das jetzt das therapeutische Saunagespräch? Macht man das so in L. A.?«

»New York ist nicht gerade als therapiefreie Zone bekannt.«

»Und, du spielst jetzt mit Hazel. Läuft da was?«

»Was soll da laufen?«

»Keine Ahnung, ihr habt diese Blicke drauf.«

»Ich glaube, das ist nur deine lebendige Fantasie.« Ich greife selbst nach der Kelle im Aufgussbottich und gieße eine weitere große Portion Wasser auf den Ofen, die lautstark verdampft. Diesmal breitet sich der Geruch von Fichtennadeln in Rekordgeschwindigkeit aus und die Sauna wird noch heißer. Das Atmen ist gar nicht mehr so leicht.

»Du findest sie scharf. So was sehe ich.« Nate zeigt mit Zeige- und Mittelfinger erst auf seine Augen, dann auf meine. »Ich habe sie auf der allerersten Party im ersten Semester getroffen. Da hat man einen natürlichen Beschützerinstinkt.«

»Du … hattest was mit ihr?«, frage ich und meine Stimme klingt wesentlich schärfer als beabsichtigt.

»Woaaaah. Chill, Marshmallow. Hatte ich nicht.«

Er betrachtet mich nachdenklich. Dicke Schweißperlen oder Wassertropfen bedecken seinen ganzen Körper. Vielleicht habe ich es mit dem Aufguss etwas übertrieben.

»Du findest sie wirklich gut. Verstehe ich, sie ist süß. Du bist auch knuffig, du bekommst das hin. Ich kann dir jetzt nur nicht beruhigend auf die Schulter klopfen, weil das mit dem glitschig nur für Frauen gilt.« Nate blickt auf meine Brust und grinst. »Du bist ziemlich manscaped. Noch nicht mal mehr Achselhaare? Ist da alles komplett weg, also auch unten? Hollywood-Cut? Juckt das nicht wie sau, wenn es nachwächst?«

Nate sitzt immer noch vornübergebeugt neben mir. Er ist nicht unbedingt der haarige Typ, aber ein paar hat er auf der Brust.

»In L. A. gilt dein Brusthaar als Dschungel. Sag mir nicht, du bist *au naturel?* Ich dachte, das gibt es nur noch in Deutschland oder Norwegen.«

Nate blickt auf seine sehr spärlich behaarte Brust. »Trimmed, aber nicht Brathähnchen-Style minimalistisch. Ich habe mir einmal in die Eier geschnitten beim Rasieren. Ich meine, da brauchst du echt volle Konzentration und eine richtig ruhige Hand. Das riskiere ich nicht noch mal. Du bist echt komplett haarfrei wie ein Hähnchenschenkel, bevor er in die Pfanne kommt?«

»Ich lass es wieder wachsen, wenn es dich nervös macht. Nur Brust geht nicht mehr, das ist gelasert.«

»Es macht mich nicht nervös. Mir hat mal jemand gesagt, dass rasiert alles größer aussieht. Ihr seid echt komisch in L. A. Okay, kommst du mit mir auf die Party? Du kannst mein Wingman sein.« Er steht auf und hält dabei sein Handtuch über den Hüften fest. Sein Gesicht hat von der Hitze die Farbe eines Hummers und seine hellbraunen Haare stehen feucht in alle Richtungen. Auf seinem Oberkörper haben sich dicke rote Flecken gebildet, wir haben es etwas übertrieben mit der Sauna.

»Du kannst *mein* Wingman sein.«

»Okay, ich bin raus, sonst sterben meine Haarwurzeln von der Hitze ab und ich sehe bald aus wie du. Und wenn unten alles noch größer aussieht, bekommen die Mädchen vielleicht Schiss. Ich mache mich fertig und später zeige ich dir die besten Pokestops.« Bei dem Wort Pokestop malt er Anführungszeichen in die Luft.

Und damit drückt er die Tür auf und ist draußen. Ich bleibe noch eine Minute und atme die heiße Luft ein, die in den Lungen brennt. Mein ganzer Körper kribbelt von der Hitze. Nate ist nicht der Mann für tiefe Gespräche. Er wird leicht panisch, wenn es zu persönlich wird, und macht Witze. Dennoch ist er lange nicht so dumpf wie einige denken. Dass er nicht redet, heißt nicht, dass er nichts fühlt. Und irgendwie ist seine Freundschaft ehrlicher als der ganze Shit, den ich in L. A. hinter mir gelassen habe.

Dreizehn

Hazel

Yuna ist wie meistens vor mir da. Ich sehe sie durch die Scheibe, als ich, begleitet von dem hellen Glöckchenton, die Tür zum *Books & Beans* aufreiße. Der köstliche Duft, der mir entgegenkommt, hebt meine Stimmung. Leider erkenne ich allerdings schon aus der Distanz, dass mein Lieblingskarottenkuchen ausverkauft ist. Erst glaube ich auf dem Lesesessel an der Seite Landon zu sehen, aber es ist jemand anderes, ich sehe schon Gespenster. Yunas Bein wippt zu irgendeinem Beat in ihrem Ohr, wahrscheinlich entwickelt sie schon wieder eine neue Choreografie. Sie ist ein Genie. Als sie mich sieht, zieht sie die Kopfhörer aus den Ohren und steht auf, um mich zu umarmen. »Herzlichen Glückwunsch noch mal. Du bist einfach die Beste. Das ist so genial, dass du die Rolle bekommen hast. Ich wusste es natürlich schon immer. Du darfst später gern sagen, dass ich diejenige bin, die dein Talent früh erkannt hat.«

»Danke, Yuna.« Ihre Umarmung ist fest und der vertraute erdbeerige Geruch ihres Shampoos steigt mir in die Nase. Wie immer riecht sie frisch geduscht, weil sie gerade vom Tanztraining kommt.

»Danke, ich kann es selbst kaum glauben.«

»Du siehst gar nicht so glücklich aus, wie ich erwartet hätte«, sagt sie und lässt sich wieder auf den Stuhl sinken. Meine Augen streifen kurz durch das Café. Ich sehe ein paar bekannte Gesichter, aber nur zwei Theaterleute weit entfernt. Der Campus ist so klein, da will man Klatsch nicht unbedingt noch befeuern.

»Ist es wegen diesem Psychokurs oder deinem Spielpartner?«, fragt Yuna, weil sie weiß, dass Landon da auch drin ist und ich ihr letztens von den Gorillas erzählt habe.

»Psychokurs trifft es ziemlich gut«, seufze ich und wische das aufsteigende Bild von den YouTube-Gorillas mental zur Seite. »Ich dachte, das Ganze wäre mit Carters Kurs im letzten Semester abgeschlossen. Stellt sich raus, dass das nur das Aufwärmen war. Angela sagt, wir sollen unser gesamtes Gefühlsspektrum ausloten, und sie hat schon angedroht, dass wir uns alle sehr gut kennenlernen werden und das Ganze in einem Klima passieren wird, das voller Vertrauen ist. Ich weiß nicht, wie sie auf die Idee kommt, dass das das vorherrschende Klima ist. Ich bin jedes Mal schweißgebadet nach dem Kurs.«

Sie hat schon einen Latte für mich geholt und selbst einen grünen Matcha Latte vor sich stehen. Sie schiebt mir die Tasse hin. Ich seufze. Auf dem Schaum ist ein Baum mit ganz vielen Glückskleeblättern. Ich drehe mich um und hinter der Theke steht Miles. Ich winke ihm kurz zu, als er rüberschaut, und er hebt die Hand als Antwort.

»Der Typ ist einfach als Künstler geboren. Der kann wahrscheinlich keine Serviette falten, ohne dass nicht automatisch ein Schwan draus wird oder so.«

Yuna lächelt geschmeichelt, als hätte ich ihr ein Kompliment gemacht und nicht Miles. Aber so unzertrennlich die beiden gerade sind, fühlt es sich wahrscheinlich für sie so an.

»Ja, ich habe irgendwie Angst, dass ich es nicht hinbekomme«, murmele ich in den Milchschaum.

»Aber du hast die Rolle! Der Rest ist doch fast egal. Dann hat sich das ganze Textlernen zumindest gelohnt«, lächelt sie.

Sie weiß, dass ich zur Vorsicht mehr oder minder das ganze Stück auswendig gelernt habe. Rückwärts könnte ich es wahrscheinlich auch aufsagen. *»Hat sich der nicht auf den äußersten Grad als Schurke gezeigt, der meine Verwandte verleumdet, geschmäht, entehrt hat? Oh, daß ich ein Mann wäre! – Was! Sie hinzuhalten, bis sie ihm am Altar die Hand hinhält, und dann mit so öffentlicher Beschuldigung, o unverhohlener Beschimpfung …«*

Yuna hält abwehrend die Hand hoch. »Ich glaub es dir ja. Aber ich verstehe kein Wort! Kann man das nicht normal sagen? Außerdem hoffe ich, dass du den Text auf der Bühne jetzt nicht genauso runterratterst.« Sie pikst mich in die Seite und sieht mich grinsend an.

Ich verdrehte die Augen. »Natürlich nicht. Aber man lernt den Text ohne Betonung, damit man ihn im Unterbewusstsein verankert und beim Spiel jederzeit auf die Worte zurückgreifen kann, ohne auch nur eine Sekunde an den Text zu denken.«

»Wie beim Tanzen mit den Schritten. Man lernt die Schritte quasi nur, um sie dann wieder zu vergessen.«

»Stimmt, ist scheinbar überall so. Wenn man Gitarre oder ein Instrument spielt, machen die Finger das ja irgendwann auch automatisch.«

»Du spielst Gitarre?«, fragt Yuna. »Das hast du noch nie erzählt.«

»Na ja, ich habe es mit YouTube-Tutorials gelernt, meine Oma hat mir mal eine geschenkt, sie ist noch Jugendgröße. Aber ich habe sie dieses Semester dabei. Die anderen haben so viele Talente, ich muss an meinen arbeiten.«

»Die anderen haben jede Menge Unterricht bekommen. Ich finde es Wahnsinn, wie viel du dir einfach selbst mit Podcasts und YouTube beigebracht hast. Und ich bin mir sicher, es wird alles super. Dornbush hat dein Potenzial gesehen. Was soll noch schiefgehen, wenn du den Text im Schlaf kannst?«

Ich trinke einen Schluck und lecke mir den Schaum von

den Lippen. »Es stimmt zwar, dass man normalerweise nicht mehr über die Worte nachdenkt, weil man in der Person drin ist, die man spielt. Aber es gibt noch die Variante, wo man vor lauter Aufregung neben sich steht und sich selbst dabei zuschaut, wie man die Worte spricht. Klingt nach einer faszinierenden außerkörperlichen Erfahrung, ist aber ziemlich falsch, wenn man gerade schauspielern soll. So als wäre ich schon lange tot oder so.« Der Latte ist lecker, aber ich kann ihn gerade nicht trinken. Ich merke nämlich schon wieder, wie mein Magen vor Aufregung ulkige Sachen macht. Ich gehe gleich wieder zur Probe und sehe Landon. Ich bin nicht wegen dem Lampenfieber aufgeregt. »Wobei der Vorteil an Landon ist immerhin, dass ich kein Lampenfieber zu haben scheine, wenn ich mit ihm spiele. Ich spiele jetzt auch Gitarre, um mich zu beruhigen, aber ich glaube tatsächlich, es liegt an Landon.«

»Er beruhigt dich?« Yuna legt ihre Stirn in feine Falten.

Ich zucke mit den Schultern. »Es sieht so aus. Seine Gegenwart verhindert Lampenfieber. Vielleicht weil er so … andere Sachen in mir auslöst und mein Körper nicht zweigleisig aufgeregt sein kann. Ich habe keine Ahnung. Echt verrückt, dass ich jetzt mit Landon Bonell ein Liebespaar spiele.«

»Andere Sachen nennst du das.« Yuna nickt. »Das ist wohl das, was man die Ironie des Schicksals nennt.« Sie rührt in ihrem Matcha Latte herum. Sie ist nicht der Typ, der neugierig nachfragt. »Ob du willst oder nicht, habt ihr scheinbar eine krasse Chemie. Die sieht jeder außer ihr. Dornbush ja anscheinend auch.«

»Ja, aber es ist eher die brodelnde Salzsäure-Version.«

»Kann auch interessant sein«, meint Yuna nüchtern. »Salzsäure ist übrigens gar nicht so gefährlich. Kein Vergleich zu Fluor-Antimonsäure oder so.«

Ich schaue sie verwirrt an. »Woher weißt du so was schon wieder? Du warst früher in der Schule so gut wie beim Tanzen. Du machst mich fertig.«

»Ich habe eine koreanische Mutter, das ist meine Geheimwaffe.« Sie hält inne. »Außerdem mache ich dieses Jahr Chemie im Wahlfach. Da ist Landon Bonell übrigens auch. Er ist voll der Streber in dem Kurs. Du schaffst das. Der Typ hat sich bescheuert verhalten, aber ich würde ihn wirklich mal darauf ansprechen, was da los war. Vielleicht gibt es ja eine Erklärung?«

Ich greife nach ihrer Hand und drücke sie kurz. »Danke. Aber es ist, glaube ich, besser, da nicht so viel drüber nachzudenken. Er hat schon gesagt, dass er nicht drüber reden will. Ich konzentriere mich lieber auf das Stück. Dafür bin ich schließlich hergekommen.« Ich fahre mir durch die Haare und kneife die Augen einmal zusammen. »Das Gejammer hilft sowieso niemandem weiter. Wir haben heute wieder Probe.« Ich versuche noch ein paar Schlucke zu trinken und lasse die Tasse dann stehen. »Sorry, ich kann nicht mehr.«

Yuna steht mit mir auf und lehnt sich nach vorn, um mich zu umarmen.

»Du schaffst das. Du hast alles geschafft. Und bisher hat er dir Glück gebracht. Versuche es so zu sehen.«

»Also, mein Maskottchen habe ich mir irgendwie anders vorgestellt. Freundlicher. Knuddeliger.«

»Du meinst sexy ist kein Wert an sich?«

Ich blicke sie mit verdrehten Augen an.

»Das war ein Witz. Wie gesagt. Frag ihn, vielleicht ergibt es sich ja.«

Ich nicke, ohne dass ich nur im Geringsten davon überzeugt bin.

»Sehen wir uns heute Abend noch mal?«

Sie beißt sich auf die Lippe. »Ich hatte überlegt, zur Magnolia Ranch rauszufahren und heute dort zu bleiben, aber …«

»Quatsch, schon okay. Wir sehen uns dann ein andermal«, erwidere ich betont fröhlich. Ich mag ihr kein schlechtes Gewissen machen, weil wir uns kaum noch sehen, seit sie mit

Miles zusammen ist. Die Tanzausbildung und die anderen Kurse, um einen Collegeabschluss zu machen, kommen ja auch noch dazu. Ich gönne es ihr wirklich, aber sie fehlt mir trotzdem, und auch wenn ich es nicht möchte, versetzt mir ihr Verhalten einen Stich.

Kurz darauf laufe ich über den Quad Richtung Davidson Art Center. Bei gutem Wetter sitzen hier die Studenten, aber bei dem kalten Wind eilen die meisten gut vermummt aneinander vorbei. Das Wetter soll allerdings endlich etwas wärmer werden, ich kann es kaum erwarten. Ich habe in den letzten Tagen gefühlt jede Aufführung des Stückes in jeder Besetzung gesehen und natürlich die Verfilmung. Ich habe versucht, allen dramatischen Elementen auf den Grund zu gehen, und vor allem habe ich versucht, mich besser mit dem selbstbewussten Teil, der in mir drin ist, zu verbinden. Ich muss manchmal ganz schön tief graben, um ihn zu finden.

»Hey«, begrüßt Layla mich lächelnd, als ich den Probenraum betrete. Sie spielt meine unschuldige Cousine Hero und ja, wenn ich mir das klarmache, verstehe ich Dornbushs Strategie. Er hat uns so besetzt, dass jeder einen Charakter spielt, der mehr oder minder das Gegenteil von seinem eigentlichen Charakter ist. Ich bin das Gegenteil von typbesetzt. Das bedeutet, dass man so besetzt wird, dass man auch ohne großes schauspielerisches Können eine Rolle übernehmen kann, weil quasi von einem verlangt wird, sich selbst zu spielen. Das sieht man oft in Seifenopern, die da manchmal nicht viel anders als Reality-TV-Shows funktionieren. Die Zuschauer spüren die Authentizität, was sie doppelt mitfiebern lässt. Die Authentizität, die sich bei Landon in den Rollen zeigt, wo er ein Arschloch spielt. Bei dem Gedanken entfährt mir ein frustriertes Stöhnen. Landon, an den ich nicht denken will. Gleichzeitig ist es jedoch ziemlich unmöglich, nicht an jemanden zu denken, mit dem man eine Hauptrolle in einem Shakespeare-Stück spielen soll.

Wir machen erst mal die üblichen Aufwärmspiele, stellen uns in einen Kreis und klatschen einen Rhythmus. Einer gibt den Rhythmus vor, der nächste nimmt ihn auf, entwickelt ihn weiter. Der Gedanke ist, dass wir dadurch aufeinander hören, aufeinander eingehen. Ich vermeide Blickkontakt mit Landon und schaue betont woandershin. Aber meine Augen wandern wie von allein zurück zu ihm. Allerdings schaut er nie zu mir und natürlich könnte das Absicht sein, aber irgendwie wirkt es mehr wie Gleichgültigkeit. Und ich merke, wie in mir eine Wut aufsteigt, eben genau, weil er nie in meine Richtung schaut. Jetzt werfen wir den Rhythmus jemandem aus der Runde zu, nennen seinen Namen und der andere muss weiterklatschen. Landon nennt jeden, nur mich nicht. Ich wende mich natürlich auch nicht an ihn, aber ich habe irgendwie den Eindruck, dass er den Rhythmus der anderen nicht richtig gut aufnimmt. Er ist wahrscheinlich zu egomanisch dafür.

Ich werde mich zusammenreißen und alles geben. Layla scheint happy mit der Rolle der unschuldigen Cousine, die sich verliebt, aber laut dem perfiden Plan von Don Juan als beschmutzt gilt, weil nicht mehr jungfräulich. Das waren noch Zeiten, wo man nicht versucht hat, die Unschuld wie einen Makel abzustreifen. Layla trägt ein ärmelloses Top ohne BH, obwohl es hier gar nicht so warm ist, und scheint selbst mit ihrem Outfit bestätigen zu wollen, dass wir nicht typbesetzt sind. Ich ertappe Landon dabei, wie er auf ihren Busen schaut, als sie bei der nächsten Übung herumspringt. Layla lächelt, als würde sie gar nicht merken, dass mittlerweile der ganze Kurs fasziniert auf ihre Brüste schaut, die durch das Shirt besonders gut in Szene gesetzt werden. Sie hat es wahrscheinlich darauf abgesehen. Irgendwie bin ich neidisch auf ihre lockere Art, sich nicht um die Urteile von anderen zu scheren.

»Heute werden wir das Stück gemeinsam lesen«, sagt Dornbush, als wir mit dem Aufwärmen fertig sind. »Und ich meine das, wenn ich das sage. Wir spielen nicht. Wir *lesen* das

Stück. Als Schauspieler finden wir in einem Theaterstück oder Drehbuch die Blindstellen. Das sind die Teile, die wir füllen, die Dinge, die nicht auf dem Papier stehen. Das ist unser Job.« Er sieht in seinem dunkelgrünen Rolli und mit seinen Locken wieder so aus, wie ich mir früher einen Theaterprofessor vorgestellt habe. Vielleicht stimmen einige Vorurteile einfach.

»Die Leute, die das Stück noch nie ganz gelesen haben oder nur vor langer Zeit, haben heute einen Vorteil. Nehmt einen Stift und schreibt euch eure Gedanken auf, die euch beim Durchlesen der Szenen kommen. Assoziationen, alles, was euch so einfällt. Man liest jedes Stück nur einmal zum allerersten Mal. Das ist etwas ganz Besonderes. Ihr wisst nicht, was später kommt, ihr seid noch frisch und wachsam. Verschwendet das erste Lesen nicht, nutzt es zu eurem Vorteil, dass ihr solche frischen Gedanken habt und haben könnt.«

Okay. Den Vorteil habe ich definitiv in den letzten zwei Wochen verspielt. Bei mir ist nichts mehr frisch.

»Endlich hat es mal einen Vorteil, dass ich Shakespeare bisher nur mit Leonardo DiCaprio gesehen habe«, flüstert Layla mir zu. »Frischere als meine Augen kann man nicht haben.«

Sie grinst. Ich weiß nicht, warum ich es immer schaffe, mich minderwertig zu fühlen, entweder, weil ich zu wenig weiß oder jetzt, weil ich zu viel weiß.

»Wir machen dieses Semester noch das traditionelle Newcomer-Abendessen im Chekhov-Haus. Nur ein paar Leute, ist so eine Tradition für die neuen Talente im Schauspielprogramm.« Sie zwinkert. »Hast du Lust? Dann hole ich dich in die Gruppe.«

Sie hat mich eingeladen, mit ihren einhundertmal cooleren Freunden, als ich es bin, eine Party zu feiern? Echt jetzt? Wir haben uns ja schon im letzten Semester gesehen und bisher hat sie mich mehr oder minder ignoriert.

»Okay«, nicke ich eifrig, um meine Überraschung zu vertuschen. »Klar.« Natürlich frage ich mich direkt, ob Landon auch da sein wird, aber ich will jetzt nicht mein Leben davon bestimmen lassen, wo Landon sein könnte und wo nicht. Na ja, und das Letzte, was ich will, ist, dass Layla den Eindruck bekommt, dass ich an Landon interessiert bin. Es gibt wohl kaum jemanden, der durch seine direkte Art schneller unangenehme Situationen schaffen würde. Außerdem denke ich, dass sie auf ihn steht. Sie hält ihr Telefon hoch und wir tauschen unsere Nummern aus. »Ich schicke dir die Infos. Wir machen es erst nach dem Campingtrip in drei Wochen oder so.«

Ich nicke. »Du fährst mit?«

»Solltest du auch tun. Es wird heiß«, sagt sie und zwinkert.

»Und dann habe ich hier noch die Informationen zur *Barefoot Nation*«, sagt Dornbush in dem Moment. Layla deutet zu ihm. »Siehst du«, flüstert sie.

»Barefoot Nation«, fährt Dornbush fort, »veranstaltet seinen jährlichen Spring-Fling-Campingtrip nach Moose Creek. Ich reiche den Zettel mit den Personen rum, die sich schon eingetragen haben. Wer noch nicht darauf steht, sollte es sich überlegen. Der Trip ist nicht ausschließlich für Theaterleute und es geht auch nicht darum, Theater zu spielen, aber wie jedes Jahr würde ich euch vorschlagen mitzufahren, um die Möglichkeit zum Kennenlernen und zum Zusammenwachsen als Gruppe zu nutzen. Nichts verbindet einen mehr als ein gemeinsamer Ausflug in Montanas Natur.«

Ich hatte schon davon auf dem Online-Gruppenboard gelesen. Aber ich war mir nicht sicher, ob Camping im April wirklich was für mich ist. Ich sehe, wie Landon den Zettel bekommt. Er schaut kurz drauf und reicht ihn weiter.

»Normalerweise fahre ich auch mit, aber tatsächlich habe ich persönlich dieses Jahr eine gute Ausrede, da meine Tochter heiraten wird. Doch glaubt mir, ich bin nicht der zentrale Teil dieses Ausflugs. Die Teammitglieder vom Barefoot-Nation-Club machen das ganz wunderbar.« Er nickt Krishna zu, der breit grinst. »Und ja, der Trip findet bei jedem Wetter statt. Es wurde schon im Schneesturm gecampt und auch in strahlendem Sonnenschein.« Dornbush lächelt.

Er klingt überzeugt. Der Zettel ist bei mir und ich überprüfe, ob Landons Name draufsteht. Tut er nicht. Das sollte mich natürlich eigentlich nicht beeinflussen, aber gut. Camping. Ich habe auch gehört, dass es ziemlich abgehen soll bei diesen Ausflügen, allerdings bin ich ja schließlich hier, um mal etwas zu erleben. Ich bin dabei.

Und dann setzen wir uns alle hin, kramen unsere Stifte hervor, nehmen das Skript und lesen. Mein Herz beruhigt sich, denn ausnahmsweise bin ich nicht überfordert. Bloß lesen. Wir sitzen in der Runde und es fühlt sich eigentlich ganz vertraut und schön an gemeinsam mit der Gruppe. Und plötzlich habe ich Hoffnung, dass irgendwie alles gut werden wird. Ich mag das Stück. Shakespeare.

Vierzehn

Landon

Seit ein paar Wochen proben wir und ich habe angefangen draußen zu joggen, egal wie das Wetter ist. Ich hole meine Turnschuhe raus und ziehe eine Sportweste und eine leichte Daunenjacke übereinander an, um laufen zu gehen. Ich habe meinen heutigen Tag durchgeplant ohne viel freie Zeit und muss auf jeden Falls noch zur Bibliothek. Freie Zeit ist im Moment nicht so gut. Zu viele Gedanken. Zu viele Zweifel, was ich hier mache. Und Zweifel, was ich in L. A. gemacht habe. Was ich überhaupt bisher mit meinem Leben gemacht habe und ob ich es nicht geschafft habe, neunzehn Jahre zu vergeuden.

Und dann geht Hazel mir einfach nicht aus dem Kopf. Die Proben sind aufwühlend. Sie erinnert mich an all diese Dinge, an die ich nicht erinnert werden möchte. Ich mag nicht, wie sauer sie auf mich ist, aber ich kann es nicht ändern, dann müsste ich so viel erklären und … Ich muss laufen gehen. Einen klaren Kopf bekommen.

Was meine Mutter um zehn Uhr wohl schicken will? Sie hat mir eingebläut, zu Hause zu sein. Irgendeine Überraschung per Spedition? Ein neues Bett? Tja, das wäre gut. Vielleicht ein Fahrrad, weil wir letztens darüber geredet haben? Draußen ist es trocken, aber gestern hat es geregnet, und nachdem ich ein paar Minuten gelaufen bin, kommen die Kälte und die Nässe durch meine Turnschuhe hindurch. Ich mache immer noch Anfängerfehler, wenn es ums Wetter geht. Aber das Laufen tut gut, der Wind, der über die weiten Ebenen weht, vertreibt die Gedanken zwar nicht ganz, aber irgendwie wirken sie weniger bleiern. Wenn die Gedanken zu lange in ihrem Saft schmoren, beschleicht mich eine Art Lähmung. Und ich weiß, wenn ich mich einmal dieser Lähmung hingebe, funktioniert gar nichts mehr. Schon erlebt. Und Medikamente mag ich nicht nehmen. Ich habe zu viele Medikamentenmonster in L. A. gesehen, die die Kontrolle über die Menge verloren haben. Ich drehe die Musik lauter und laufe schneller. Meine Füße sind kalt und die Luft in meinen Lungen brennt, aber mir gefällt das. Ich hätte nie gedacht, dass es mir so gut gefallen könnte, in dieser Natur hier zu laufen.

Völlig durchgeschwitzt, aber dennoch eiskalt an den Wangen, Zehen und Fingern, traue ich meinen Augen kaum, als ich durch die herrschaftliche Eingangstür des Chekhov-Hauses in den Flur mit den auffällig gemusterten Steinfliesen trete.

Im Flur steht ein Ufo. Jedenfalls etwas, was ebenso fehl am Platz ist: Gabriella Star. Ich muss zweimal hinschauen, aber die kalifornische Pracht ist unverkennbar. Lange Locken, volles Gesicht, dunkel umrandete Lippen, taillierte Daunenjacke und Boots, an denen plüschige Bommel hängen. Sie ist das dunkelhaarige Gegenstück meiner Mutter, ihre beste Freundin und wahrscheinlich ähnlich alt, völlig unmöglich zu sagen. Es gibt in Hollywood jede Menge Frauen, deren Alter nicht zu schätzen ist.

»Gabriella«, bringe ich hervor.

Sie breitet die Arme weit aus, als sie mich sieht. »Lan, mein Baby – Überraschung!«, ruft sie mit ihrer tiefen, etwas kratzigen Stimme und kommt auf mich zu, um mich zu umarmen.

Ich hebe abwehrend die Hände. »Gabriella, ich will dir das nicht antun, ich dusche lieber erst«, erkläre ich lachend. Sie betrachtet mein verschwitztes Gesicht und klopft mich nur einmal vorsichtig auf den Arm. »Gut siehst du aus«, raunt sie mir zu. »Montana bekommt dir.« Sie lächelt. »Patti ist gerade nach oben gelaufen, weil ein Mitbewohner meinte, dort wäre dein Zimmer.«

Ich frage mich, wer es gewesen ist, der Gabriella und Patti begrüßt hat, denn das Gesicht hätte ich gern gesehen. Inmitten der Natur von Montana wirken die beiden wie überzüchtete Juliet-Rosen.

Zwei Minuten später kommt Patti die Treppe herunter, ich höre es schon an ihren staksigen Schritten auf der Holztreppe. Sie berührt dabei nicht das Treppengeländer und in ihrem Gesicht sehe ich die vertraute Anspannung. Sie hat wahrscheinlich ihre Hände schon mit den antibakteriellen Tüchern abgerieben, die sie immer in ihrer Handtasche trägt, nachdem sie die Türklinke angefasst hat.

»Mein Chunky Monkey«, ruft sie mir entgegen und ich hoffe wirklich, dass uns niemand zuhört. Das Haus hat ziemlich viele Augen und Ohren.

»Wie schön, dich zu sehen. Du siehst fantastisch aus, Landon«. Sie schiebt mich erst noch ein wenig von sich weg, dann zieht sie mich heran und küsst mich rechts und links in der Luft, damit ihr Make-up intakt bleibt, und wahrscheinlich auch, damit sie nicht zu viel Kontakt mit meiner total verschwitzten Person hat.

Ich blicke von meiner Mutter zu Gabriella und wieder zurück. Die beiden sehen inzwischen einigermaßen ähnlich aus, sie gehen zum gleichen Make-up-Stylisten und waren wahrscheinlich auch beim gleichen Schönheitschirurgen. Sie sehen nicht schlimm aus, es gibt ja ganz gute Chirurgen in L. A., aber eben irgendwie sehr ähnlich.

Nachdem ich schnell geduscht habe, fahren wir mit dem weißen Van, den sie in Bozeman am Flughafen gemietet haben, zum Frühstücks-Diner.

»Ja, hier kommt man wirklich zur Ruhe. Es gibt fast keine Restaurants, oder?«, fragt Patti lächelnd, während sie fährt, wie immer mit etwas zu stark durchgedrücktem Rücken. Sie legt Wert auf eine stets gute Haltung.

»Es gibt schon ein paar. Alles klassisch amerikanisch, zubereitet ohne Angst vor der Fritteuse.«

Sie nicken einträchtig und blicken aus dem Fenster auf die weite, aber noch etwas karge Natur, wo der Frühling erst ganz vorsichtig die ersten Anzeichen sehen lässt. Das letzte Mal war Patti im Herbst hier zum Parents' Weekend, als die Natur atemberaubend war, voller Farben, voller bunter Blätter. Jetzt liegt sie in den letzten Zügen des Winterschlafs.

»Jonny Bernstein hat mich angerufen. Ich werde ihn demnächst treffen. Es wäre sicherlich gut, wenn du mitkommen könntest. Er kennt so viele Leute, hört von so vielen Projekten, das würde dir guttun.« Sie sagt das neutral und schaut aus dem Fenster, aber ich höre einen Vorwurf. Ich habe letztens schon einmal abgelehnt, als sie vorgeschlagen hat, für ein Meeting zu kommen.

»Ich würde kommen«, sage ich, aber Jonny hat noch nie wirklich Projekte gehabt, die mich interessiert haben.

»Es muss das richtige Projekt sein, natürlich«, murmelt Patti und presst die Lippen zusammen. Sie denkt, dass ich es ihr absichtlich schwer mache, obwohl sie doch alles gibt.

»Dann komme ich sofort«, sage ich. Aber ich beobachte selbst erstaunt, was der Gedanke, kurzfristig hier wegzugehen, in mir auslöst. Wie ich gar nicht so dringend hier wegwill wie am Anfang. Wie Dornbush mir vielleicht sogar den Sinn von Shakespeare-Komödien näher gebracht hat. Und … das Collegeleben. Ja, vielleicht würde ich im Moment sogar ganz gern hierbleiben. Ich betrachte den Gedanken wie ein Tier, das außerhalb seines natürlichen Lebensraums gesichtet wird. Er überrascht mich selbst am allermeisten.

Nach gut zwanzig Minuten erreichen wir das Diner, in dem ich schon mal war, als ich eine Pause vom Campus gebraucht habe. Es liegt in der Nähe der Einkaufsmeile, die ein paar Kilometer entfernt ist, sozusagen eine Ansammlung von Läden, wo Leute aus der Umgebung einkaufen gehen. Mehr »Stadt« gibt es hier nicht. Gabriella und Patti sind fasziniert von der Einfachheit der Umgebung und fühlen sich wie im Abenteuerurlaub, aber ich höre natürlich bei jedem Satz auch ihre Arroganz mitschwingen. Das Diner ist von außen komplett silberfarben und sieht aus wie ein überdimensionaler Campingvan. Innen sind die Tische mit Trennwänden voneinander abgeteilt. Alles besteht aus Holz und Vinyl, das Gleiche gilt für die Barhocker an der Theke, die meist von Einheimischen besetzt sind. Die Wände sind in einem uncoolen Eidottergelb gestrichen. Das Ganze sieht original aus wie ein Diner aus einem Achtziger-Film, aber ich glaube, das hat der Betreiber gar nicht beabsichtigt.

»Mein Kleiner, es ist herrlich, mal rauszukommen aus der Stadt. Ist so verrückt gerade in der Industrie, alle drehen irgendwie durch mit den Influencern, Hollywood steht kopf.«

Meine Mutter nennt Hollywood immer nur die Industrie, was für mich etwas altmodisch klingt.

»Aber diese smogfreie Luft muss gesund sein und ich bin froh zu sehen, dass es dir gut geht. Und ich verspreche dir, dass es nicht mehr lange dauert. Vielleicht, vielleicht hat Skye mich sogar angerufen und Interesse bekundet.« Sie lehnt sich nach vorn und legt ihre Hand auf meinen Unterarm. Ihre Hand sieht etwas verformt aus. Vielleicht hat sie sich jetzt auch einer verjüngenden Handbehandlung unterzogen. Sie hatte schon mal Botox in den Füßen, um besser in hohen

Schuhen laufen zu können, meiner Mutter traue ich in der Hinsicht alles zu.

»Die Natur ist herrlich«, pflichtet Gabriella ihr bei. »Wenn auch etwas eintönig vielleicht?« Sie lächelt, Gabriella und ein Leben auf dem Land passen in etwa so gut zusammen wie Videospiele und ein buddhistisches Zenkloster.

»Ich denke, das wird bald aufhören.« Irgendwie habe ich das Bedürfnis, Montana verteidigen zu müssen. Ich weiß, wie unattraktiv sie den starken Wind finden, der durch ihre Frisuren fegt, die fehlenden Einkaufsmöglichkeiten, die matschigen Straßen und Wege, auf denen sie mit ihren dünnen L.-A.-Schuhen sofort verloren sind.

Wir setzen uns an einen der Tische.

»Was für ein nostalgischer Ort, den du uns hier zeigst«, schwärmt Patti und vielleicht meint sie es sogar erst. Montana ist ein bisschen Disneyland, wenn man in L. A. wohnt.

Die Bedienung, die stark toupierten Haare, auffällige pinke Ohrringe und ein sehr enges gelbes Hemdblusenkleid trägt, kommt zu unserem Tisch. Das Diner ist nicht voll, es gibt sogar ein paar Studenten hier, die meisten Besucher sind Leute aus der Umgebung. »Cheryl« steht auf ihrem Namensschild.

»Ich hätte gern einen Cappuccino mit laktosefreier Milch«, bemerkt Patti geschäftig.

Cheryl mustert sie geduldig mit ihren tiefschwarzen Augen. »Wir haben Kaffee, Ma'am.« Sie deutet auf die Wärmeplatten mit verschiedenen Kaffeekannen hinter sich. »Wir haben auch Haselnussgeschmack und kostenlose Refills«, erklärt sie.

Patti muss sich kurz von dem Schock erholen, bevor ihr kalifornisches Dauerlächeln zurückkehrt. Kein Cappuccino. Sie verzieht das Gesicht und ich merke, dass es sie Überwindung kostet, gute Laune zu behalten und bei der Aussicht, keinen Cappuccino zu bekommen, nicht die Nerven zu verlieren.

»Das ist ja wie in meiner Jugend«, sagt Patti. Und ich habe

den Eindruck, dass sie darauf wartet, dass Cheryl irgendetwas sagt, um anzudeuten, dass das ja noch nicht so lange her sein kann.

»Dann nehme ich ein Rührei ohne Toast mit Tomaten. Avocado?«, zwitschert sie und klimpert mit den Wimpern. Sie ist stolz darauf, dass sie »mit jedem kann«. Sie versucht Cheryl das Gefühl zu geben, dass sie eben nicht eine verwöhnte Tante aus L. A. ist, sondern eine ganz charmante Frau.

»Heute keine Avocado«, erwidert Cheryl unbeeindruckt. »Speck?«

»Ich bin Vegetarierin«, erwidert Mom und lächelt verschämt. »Das ist wahrscheinlich nicht so üblich in Montana.«

»Ma'am. Hier gibt es Vegetarier wie überall auf der Welt«, erwidert sie mit dem gleichen ausdruckslosen Tonfall. »Kein Problem. Wir können auch Pilze nehmen.«

»Pilze wären wundervoll«, betont Patti euphorisch, weil sie scheinbar unbedingt noch eine emotionale Reaktion bei der Bedienung hervorrufen will.

Gabriella bestellt zu ihrem Kaffee ein weich gekochtes Ei »ganz pur«.

»Wir haben Omelettes, Eggs Benedict, Pancakes, Muffins, Frühstück Combo und all diese Dinge auf der Karte, sicher, dass Sie nichts wollen? Die Free Refills gibt es nur, wenn man eins von den Gerichten bestellt.«

»Das ist schon in Ordnung«, winkt Gabriella ab.

»Und Sie?«, fragt Cheryl.

»Pancakes mit Walnüssen und Banane«, erwidere ich.

Meine Mutter und Patti sehen mich mehr als erstaunt an.

»Du isst jetzt Pancakes«, nickt Patti. »Ich finde das richtig, du trainierst ja auch nicht für eine Rolle und du kannst essen, was du magst. Warum sich nicht mal was gönnen, wo deine Mutter da ist?« Sie lehnt sich nach vorn und klopft mir aufs Bein.

»Aber sei bereit, wenn es wieder losgeht. Und ich bin dran

an den Marvel-Filmen. Stell dir das mal vor«, lächelt meine Mutter. »Da gäbe es erstmal lange nur Hühnerbrüste ohne Fett gebraten, du machst also alles richtig mit den Pancakes.«

Die Marvel-Filme waren früher mein Traum. Aber ich weiß, dass ich keine Chance habe, bei einem Marvel-Film mitzuspielen, egal, was Patti sagt. Ich weiß momentan auch gar nicht mehr, was eigentlich wirklich mein Traum ist. Die Rolle in der Serie von Skye kommt meinem Traum am nächsten. Vielleicht zieht sie mich auch deshalb so an, weil sie so düster ist.

»Aber ich wollte dich natürlich nicht einfach so überraschen. Wir kommen auch, um dir persönlich richtig gute Neuigkeiten zu überbringen. Du wirst nicht glauben, was ich für dich habe. Höre es dir bitte ganz an und sag nicht sofort Nein.«

Sie macht eine dramatische Pause und sieht mich an. Gabriella lächelt ebenfalls. Es ist so typisch für meine Mutter, dass sie mich mit einer Freundin besuchen kommt, die jede Sekunde dabei ist. Sie empfindet das gar nicht als Verlust einer Privatsphäre, weil wir sowieso nie irgendetwas besprechen, was nicht jeder hören könnte. Gabriella weiß tatsächlich alles. Sie ist der Ersatz für meinen Vater. Beide Frauen sind geschieden und haben sich zusammengetan. Sie sind fast wie ein Ehepaar, nur ohne den Sex. Glaube ich jedenfalls.

»Thorndike will eine neue Serie starten und hätte eine Rolle für dich. Du wärst eine tragende Nebenrolle mit Entwicklungspotenzial. Der Pilot wird ziemlich bald gedreht. Es ist noch nicht offiziell. Es ist eine Rolle, aus der du dich weiterentwickeln könntest. Es ist keine Seifenoper für ein älteres Publikum. Du wärst ein fanatischer Basketballspieler, der Konkurrent sozusagen, so was wie *Gossip Girl* mit Basketballspielern. Und dann hat er noch das Ding mit den Ärzten offen. Die wären noch besser als die Basketballspieler. Vor allem, falls es mit Skye nichts wird. Da kannst du nicht von ausgehen, sonst bist du zu enttäuscht.«

Sie will es mir wirklich verkaufen. Ich mag Josh Schwartz. Er weiß, was er tut, und *Gossip Girl* war genial. Aber das hier ist Thorndike und eben nicht Josh Schwartz. Das ist was völlig anderes.

»Du weißt, dass ich Ärzte hasse. Ich würde es mir vielleicht für die Hauptrolle überlegen. Es gibt einige Dinge, die ich nicht spielen will, und insbesondere Ärzte gehören dazu. Das würde ich echt nur machen, wenn es keine andere Möglichkeit gibt, eine gut bezahlte Hauptrolle zu bekommen.«

»Die Hauptrolle ist weg, habe ich ja schon gesagt. George Clooney? Denk doch mal an Meredith Grey. Ich finde, du kannst daran wachsen.«

Da wären wir wieder bei den Ärzten. Meine Mutter ist keine schlechte Verhandlerin. Deshalb hat sie in den letzten Gesprächen *Grey's Anatomy* ins Spiel gebracht und Clooney gedroppt. Jetzt hat sie noch mal die Basketball-Rolle erwähnt, um klarzumachen, dass meine beste Möglichkeit das Ärzte-Ding ist. Das war alles Vorbereitung, um mir dann, ganz persönlich, diese Rolle ans Herz zu legen.

»Ich würde gern einfach mal Rollen haben, die mir die Möglichkeit geben, andere Seiten von mir zu zeigen. Ich möchte etwas Dunkleres.«

»Wie bei Shakespeare. Das hast du ja gerade.«

»Es ist bloß leider nicht dunkel, sondern eine Komödie.«

Patti winkt ab. »Ich habe es dir schon mal gesagt, besser eine Hauptrolle in einer Komödie als eine Nebenrolle in einem anderen Stück. Das lässt sich besser verkaufen, glaub mir. Aber bisher gibt es eben keine Hauptrolle. Du kannst ja gern Charakterrollen annehmen, aber wir wissen beide, dass diese Art Rollen kein Geld bringen«, sagt Patti, und damit hat sie recht. »Davon kann man nicht überleben. Das wissen die Studierenden hier am College vielleicht nicht, die ihre kleinen Hollywood-Träume träumen. Wir beide sind zu lang dabei. Wir kriegen das schon hin. Dazu brauchst du nicht mehr viel länger hier zu sein.« Sie legt ihre Hand kurz auf meinen Handrücken.

»Vielleicht will ich aber hier sein?«

»Hier?«, fragt sie und zeigt auf die blasse Landschaft draußen und sieht sich demonstrativ im Diner um. Mir fallen ihre langen Nägel auf, von denen ich so lange dachte, dass sie echt seien, bis ich verstanden habe, dass sie nur angeklebt sind.

»Nikki hat nach dir gefragt. Ich habe sie letztens auf einen Cocktail getroffen.« Typisch für meine Mutter, dass sie Nikki einfach erwähnt, als sei es etwas Normales. Wahrscheinlich war es ein Cocktail von George. Ich frage nicht nach.

Nikki. Der Name fällt immer noch wie ein Stein in meinen Magen. Nikki hat einen YouTube-Kanal, auf dem sie die übliche Mischung aus Mode, Fashion, Beauty und Vlogging über ihr Leben in L. A. gebroadcastet hat. Sie hat alle Restaurants und Ausflüge danach ausgesucht, wie instagramable sie waren. In vielen Momenten, die wir zusammen verbracht haben, hätte problemlos eine Kamera mitlaufen können und de facto lief auch häufig eine mit, wenn sie einen Vlog brauchte. Nur wusste ich nicht, dass immer eine mitlief und dass ich auch zu den instagramablen Faktoren in ihrem Leben gehörte. Sie hatte auch die Tendenz, irgendwelche Überraschungen für mich vorzubereiten, die sie dann mitgefilmt hat, oder mich zu pranken, um ein lustiges Video darüber zu verbreiten. Mir ist gar nicht aufgefallen, wie krank das war. Wir haben eine Reality-TV-Show gelebt, ohne dass mir das Ausmaß bewusst war. Ich bin mir bis heute nicht sicher, ob ich sie jemals ohne Make-up gesehen habe.

»Über Nikki brauchen wir echt nicht zu reden. Keine Grüße zurück.«

Langer Blick. Dann wechselt Patti immerhin das Thema. »Wir wollen ja nicht mehr Zeit verplempern als unbedingt nötig. Deine Jugend ist kurz, du hast nur ein paar Jahre Zeit, die richtig guten Rollen zu spielen, und das Alter ist jetzt. Es wären derzeit sogar noch ein paar schöne Highschool-Rollen drin, aber auch das ist bald vorbei und in zwei Jahren sowieso. Ich hoffe, du trägst immer Lichtschutzfaktor.«

Ich blicke in Pattis Gesicht, das heute aussieht, als könnte es platzen, wenn ich eine Nadel reinstecke, wie ein Ballon, der etwas zu stark aufgeblasen ist. Sie hat mich spät bekommen. Sie hatte bestimmt keine Angst vor jeder Menge Hormonen gehabt und hat mich erst bekommen, als ihre Karriere zum ersten Mal stagniert ist. Wenn ich bedenke, wie früh weibliche Schauspielerinnen heute anfangen, über ihr Alter zu lügen, ist sie möglicherweise auch zweiundsiebzig. Nicht wahrscheinlich, aber keineswegs unmöglich. Die Erkenntnis trifft mich wie ein Schlag.

Cheryl kommt mit dem Kaffee zurück an unseren Tisch.

»Haben Sie vielleicht auch Hafermilch?«, fragt Gabriella und lächelt.

»Wir haben fettfrei, ein Prozent und Vollmilch«, erwidert Cheryl geduldig.

»Okay, dann nehme ich fettfrei.«

»Gabriella ist in den Neunzigern stecken geblieben. Heutzutage weiß man, dass die Milch mit viel Fett gesünder ist«, entgegnet Patti. »Sahne bitte«, lächelt sie Cheryl an.

»Ich fahre damit die letzten dreißig Jahre ganz gut, ich werde das nicht ändern.« Sie schlägt sich kokett vor den Mund. »Wupps, jetzt habe ich mich gealtert.« Ich schüttele den Kopf. Ich glaube, niemand dachte vorher, dass sie erst dreißig ist. Aber ich will ihr die Illusion nicht nehmen, wenn es sie glücklich macht.

Dann kommt Cheryl mit dem Essen: ein dampfendes Spiegelei mit Pilzen, das Ei, ein Stapel mit Pfannkuchen. Ich gieße vor den ungläubigen Augen von Gabriella und Patti eine große Menge Ahornsirup auf die Pfannkuchen, hauptsächlich, weil ich mich über die schockierten Blicke amüsiere.

Meine Mutter wirft Gabriella einen Blick zu, was manchmal zur Verständigung schon ausreicht. Vielleicht lieben sich die beiden wirklich. So viel Zeit, wie sie zusammen verbringen, ist das wahrscheinlich die engste Beziehung, die meine Mutter je zu einer Person hatte.

Es gibt viele Dinge, über die ich mich ärgere und die ich meiner Mutter vorwerfe. Sie hat mich nicht immer gut geschützt. Sie hat Leuten vertraut, denen sie nicht hätte vertrauen sollen mit einem zehnjährigen Jungen, der alles macht, was ein Erwachsener von ihm will, weil seine Mutter ihm eingebläut hat, dass es wichtig ist. Aber ich kann mir überhaupt nicht vorstellen, irgendetwas anderes zu machen. Die Vorstellung, zu einer normalen Arbeit zu gehen, ist für mich absurd. Ich finde es jetzt schon komisch, die ganzen Kurse zu belegen, die nichts mit der Schauspielerei zu tun haben. Trotzdem hätte ich zum Beispiel nie gedacht, dass mir Chemie so viel Spaß macht. Das Arbeiten mit den Formeln, die Ergebnisse. Ich war immer der Meinung gewesen, dass ich nicht sonderlich talentiert war. Aber das liegt daran, dass in unserer Familie ein Talent in Chemie nichts wert ist. Das hat auch niemanden interessiert. Meine Mutter hat mich radikal aus der Schule genommen, wenn gerade ein wichtiges Vorsprechen war, und später war ich ohnehin im Homeschooling. Das war natürlich wichtiger. Der Kaffee schmeckt wahnsinnig bitter, aber ich tue so, als würde ich es nicht bemerken, einfach um zu sehen, ob Patti und Gabriella etwas sagen. Aber beide schlucken tapfer und lassen sich nichts anmerken. Respekt.

»Du bist dir also sicher, dass ich keine Highschool-Rollen anschauen soll, ja? Das ist die letzte Chance sozusagen.«

Wenn ich mit Patti spreche, habe ich immer den Eindruck, dass über unseren Köpfen eine große Uhr tickt. Ich bin neunzehn und sie tickt schon ziemlich laut. Man würde denken, dass das eher für Leistungssportler gilt. Mit einundzwanzig noch ein berühmter Tennisspieler zu werden ist bestimmt wirklich schwer. Aber wer weiß, vielleicht hat es ja bloß noch niemand versucht.

»Ich will ja nur, dass du den Anschluss nicht verlierst. Du bist eigentlich gut positioniert, daran arbeiten wir schließlich schon dein ganzes Leben. Und wenn das richtige Angebot kommt, musst du zuschlagen. Ich weiß, dass du dich weiterentwickeln willst. Aber du kannst nicht einfach alles, woran wir dein ganzes Leben lang gearbeitet haben, wegschmeißen. Die meisten deiner Mitstudierenden würden sich wahrscheinlich wünschen, so einen Start in Hollywood zu haben. Diese Verbindungen, diese Erfahrung. Das ist nicht normal. Schmeiß es nicht weg.«

Während der letzten Sätze ist ihre Stimme immer eindringlicher geworden. Und etwas schrill. Ich merke, wie viel unterdrückter Frust oder Wut darin liegen. Meine Mutter ist so beherrscht, das ist mit Sicherheit nur die allerhöchste Spitze des Eisbergs.

»Ich schmeiß es nicht weg, Patti. Und ich komme zurück für die richtige Rolle.«

»Am Anfang wolltest du nicht herkommen, jetzt habe ich den Eindruck, dass du nicht wegwillst. Da hängt aber nicht noch was anderes dran, oder? Ein Mädchen?«

»Mom. Natürlich will ich zurück. Nur nicht für jede Rolle. Sonst hätte ich mir diesen ganzen Ausflug von vornherein sparen können.« Irgendwie haben wir die Seiten gewechselt, jetzt verteidige ich die Tatsache, dass ich hierbleibe.

»Nur, dass du keine komischen Gedanken bekommst mit den ganzen Künstlern hier. Gefühle für Mädchen, die es nicht wert waren, haben bei deinen Entscheidungen schließlich schon in der Vergangenheit eine zu große Rolle gespielt.« Ihr Ärger ist deutlich in ihrer Stimme zu hören. Patti hasst Theater. »Du willst doch nicht auf die Bühne, Bühnenschauspieler verhungern. Mit deinem Aussehen und deinem Talent kannst du wirklich was Gutes bekommen. Du willst ja nicht in so einem Dorftheater versauern.«

»Das habe ich nicht vor. Ich möchte dich daran erinnern, dass du mich hierhingeschickt hast. Oder George, mein Agent, auf den du so große Stück hältst.«

»George hat Fehler gemacht. Die macht jeder mal. Er ist halt ein bisschen stumpf, er konnte nicht erwarten, dass du da so überreagierst. L. A. ist teuer. Wir haben Geld, aber du weißt, es ist nicht unendlich. Du warst es, der die entscheidende Rolle abgelehnt hat. Sonst wärst du nicht hier.«

»Weil er mich ohne mein Wissen zu einem PR-Gag gemacht hat.«

»Du weißt, dass ich schon mehr für dich gemacht habe als einen PR-Gag. Nur bin ich für diese Sachen inzwischen zu alt.«

Ich versteinere kurz, weil ich nicht glauben kann, dass sie jetzt genau das wieder sagt. Dass sie außerdem noch nicht mal abstreitet, dass sie davon wusste. Es frustriert mich so und macht mich so wütend, dass mir die Worte fehlen. Wir starren uns ein paar Sekunden an, ohne etwas zu sagen. Sie ist sauer, gleichzeitig weiß sie, dass sie eine Grenze überschritten hat und wir diese Diskussion schon zu oft geführt haben. Sie greift nach ihrer Handtasche und geht Richtung Toilette davon. Gabriella lächelt mir besorgt zu und trinkt ihren Kaffee aus Verlegenheit. Ich bin froh, dass sie weg ist. *Überreagiert*. In meinem Bauch ist mindestens genauso viel Wut, dass das, was Georg getan hat, mich mehr abgefuckt hat, als ich mir eingestehe. Sie geht zur Toilette, um ihre Gefühle abzukühlen. Sie gibt mir Zeit, meine runterzufahren. Genau wie meine Mutter habe ich jahrelang trainiert, meine echten Gefühle für mich zu behalten, wenn sie mich nicht weiterbringen. Sogar Nikki habe ich nie gesagt, wie mich das alles getroffen hat. Irgendwo sind die Gefühle jedoch hin. Und manchmal denke ich, dass sie alle noch da sind, irgendwo in mir drin, tief in meinem Bauch, vielleicht klein, weil ich diesen Dingen keinen Raum gebe, aber so dicht und schwer wie ein schwarzes Loch.

Als sie ein paar Minuten später zurückkommt, ist sie frisch geschminkt. Ihre blonden Haare sind etwas zu stark nach oben geföhnt. Ihr Schritt ist energisch und steif. Wie viel Willenskraft man wohl braucht, um mit einer Ernährung, die aus Starbucks-Lattes und Nährstoffen besteht, die sie überwiegend in Form von Diätshakes zu sich nimmt, so viel zu arbeiten, wie sie es getan hat. Sie ist eigentlich der lebende Beweis dafür, wie weit man mit Willenskraft kommen kann. Sie hat den Ärger offensichtlich wieder in den Griff bekommen. In der Beziehung behandelt sie mich auch mehr wie einen Klienten als wie einen Sohn. Sie will vor allem nicht, dass ich sie feuere. Schließlich verdient sie als meine Beraterin mit.

»Ich habe Aussicht auf eine Rolle«, sagt sie strahlend, als hätte es den Moment vorhin gar nicht gegeben.

»Ein Film von Paul. Ich spiele die Mutter eines Universitätsstudenten.«

»Herzlichen Glückwunsch! Wie kommst du daran?«

»Hat George mir besorgt.«

George. Das war ja klar. Ich hätte lieber nicht fragen sollen. Aber natürlich, er ist nicht bloß mein Agent. Sie hat ihre Freundschaft mit ihm ebenfalls nicht aufgegeben wegen der *Kleinigkeit*. Dafür hat er viel zu viele Verbindungen.

»Damit erledigt sich auch die letzte Anfrage, ob ich nicht das ganze Botox weglassen will und in die nächstältere Spielklasse wechseln will. Die Mütter, die gecastet werden, sind ja heute meistens fünfunddreißig. Weißt du noch, wie Sean Connery zum ersten Mal einen alten Mann gespielt hat?«

Ich weiß nicht, wovon sie redet.

»Er ist als Vater von Indianer Jones angetreten. Alle haben natürlich geschrieben, wie toll das war, aber das war doch irgendwie das Ende seiner Rolle als Superheld. Solche Rollen darf man nicht zu früh annehmen. Tja, ich wünschte, ich wäre noch mal so jung wie du. Ich würde so gern noch mal eine richtig große Liebesgeschichte mit Leidenschaft spielen. Aber das will niemand von einer alten Frau sehen.«

Gabriella legt ihre Hand auf die Hand meiner Mutter.

Erst jetzt sehe ich, dass ihre Augen von Tränen feucht glänzen.

In diesem Moment macht meine Wut von vorhin Mitleid Platz. Patti trägt ein hautenges weißes Kleid, das einen tiefen Blick auf ihr Dekolleté gewährt. Es ist glatt, faltenfrei, einigermaßen üppig und merkwürdig ... leblos.

Sie fächelt sich etwas Luft zu. »Heiß hier«, sagt sie.

Gabriella schüttelt den Kopf. »Die Hitze ist in dir drin«, erwidert sie und lächelt sie an wie verliebt. Auf eine eigene Art rührt mich das.

»Ich will nur nicht, dass du etwas bereust, Chunky Monkey«, sagt Patti.

»Zeigst du uns jetzt noch den Campus und dein Zimmer?«, fragt Patti, als wir auf dem Weg zurück sind.

»Klar«, erwidere ich. »Aber denkt daran, dass keine Besucherzeit ist, niemand hat aufgeräumt.«

Die beiden sehen so nach L. A. aus in ihren schicken Klamotten und mit den großen Sonnenbrillen, dass es geradezu absurd ist.

Wir laufen über den Campus und ich zeige ihnen die Gebäude. Ich spüre die Blicke einiger Studis auf uns und weiß, dass sie sich lustig machen. Es stört mich.

»Schon ein interessantes Konzept, hier eine Schauspielschule zu errichten.«

»Man soll sich unabhängig von den Meinungen anderer künstlerisch entwickeln können. Nicht sofort darauf eingehen, was der Markt will, und das ist ja auch eine ziemlich gute Idee.«

Patti antwortet mit einem zweifelnden Gesichtsausdruck. Ich verteidige das MCPA mehr, als ich es jemals getan habe. Sonst bin ich derjenige, der fragt, ob das nicht ein schwachsinniges Konzept ist.

Ich möchte ihnen die Olin-Bibliothek zeigen, die wirklich besonders eindrucksvoll ist mit dem schönen Lesesaal und der prächtigen Innenausstattung.

Und genau auf den breiten weißen Stufen, die zum Haupteingang führen, treffen wir auf Hazel, die in dieser Sekunde ebenfalls in die Bibliothek geht. Sie ist ungeschminkt, ihre Wangen sind von der Kälte gerötet. Sie hat verstrubbelte Haare und trägt eine Jogginghose. Mir gefällt ihre Natürlichkeit. Ihr Blick fällt auf Patti und Gabriella und ich kann deren Gedanken förmlich sehen.

»Hi«, sagt sie an mich gewandt, freundlich, aber auch wachsam. Klar, ich habe mich nicht mit Freundlichkeit bekleckert bei den letzten Gesprächen.

»Hi, Hazel«, erwidere ich. Diese ganzen verwirrenden Gefühle zwischen uns steigen in mir hoch und ich will sie auf keinen Fall Patti und Gabriella auf dem Silbertablett servieren, damit sie sie sezieren können. Ich will Hazel den beiden unter keinen Umständen vorstellen.

Hazel wartet unschlüssig, was ich jetzt sage, aber ich lächele bloß knapp, vermeide ihren Blick, denn ich weiß, dass ich gerade unter Beobachtung von Patti stehe, und schiebe die beiden weiter. Hazel zuckt mit den Schultern und geht ebenfalls weiter.

Ich führe Patti und Gabriella durch die Bibliothek, sie sind beeindruckt, oder behaupten es jedenfalls, und wieder merke ich, dass ich inzwischen möchte, dass es ihnen hier gefällt.

Danach gehen wir wieder die breite, weiße Treppe hinunter und die Sonne kommt sogar heraus, am Himmel hängen heute einige lang gezogene Wölkchen. Die Treppe ist voll mit

Studierenden, die auf den Stufen sitzen, Pause machen, sich mit Freunden unterhalten.

»Sag mal, war das vorhin eigentlich diese Hazel Mackintosh, das Mädchen vom Dorf, mit dem du spielst?«, fragt Patti plötzlich unvermittelt und bleibt stehen.

Wie konnte ich vergessen, dass meine Mutter seit Jahren darauf trainiert ist, jeden Namen und jede Information abzuspeichern, die irgendwie mit meiner Karriere im Zusammenhang steht, falls man sie irgendwann noch einmal zu seinem Vorteil nutzen könnte?

»Das war sie«, sage ich betont gelassen. Sie werden hoffentlich nicht vorschlagen, sie kennenzulernen.

Meine Mutter seufzt.

»Das war tatsächlich wohl das farbloseste Geschöpf, was ich seit Langem gesehen habe«, sagt meine Mutter. »Tut mir echt leid für dich, Lan«, ergänzt sie, und das soll wohl ein Satz sein, der ihre Sympathie zeigen soll.

Die Gehässigkeit in diesen Worten lässt meinen Atem stocken.

Für einen Moment bin ich sprachlos. Ich will ihr sagen, dass Hazel hübsch ist. Wie viel attraktiver ich sie finde als die Tanten in L. A. mit ihren Haarextensions und dem aufwendigen Make-up. Ich merke, wie meine Mutter mich prüfend anschaut, was ich vollständig ignoriere. Andere Studierende gehen mit ihren Rucksäcken an uns vorbei.

»Habt ihr eigentlich die Deckengemälde gesehen?«, frage ich stattdessen. »Die waren toll.« Aber irgendwie sehe ich eine Sache plötzlich ganz klar. Der Gedanke, dass Hazel damals irgendwelche Absichten mit dieser Tonaufnahme im *Drunk Bull* verfolgen wollte, ist völlig irre und überzogen. Einen derartig absurden Gedanken konnte ich doch nur haben, weil ich zu viel Zeit in einem toxischen L.-A.-Umfeld verbracht habe. Wie verrückt, so etwas überhaupt zu denken. Wie viel das über mich aussagt und wie wenig über Hazel.

Zwei Stunden später fahren sie ab. Sie sind erschöpft und müssen noch viel telefonieren, wie meine Mutter versichert. Sie haben letzte Nacht auf einer Gästeranch in der Nähe übernachtet, die ganz idyllisch sein soll. Ich habe schon von der *Magnolia Ranch* gehört. Klingt etwas kitschig, klar, dass sie das cool finden. Sie fühlen sich wie absolute Abenteurer, wahrscheinlich gibt es dort ein paar Tiere extra für die Besucher.

»Du musst unbedingt mal dorthin, wenn du die Ranch noch nicht kennst. Es ist wildromantisch dort. Und auch das Ehepaar, das die Ranch betreibt, ist einfach reizend. Die Leute hier sind so natürlich«, bestätigt Gabriella.

»Ja, das muss einfach sein, so ein Leben, wo Frauen kein Make-up und keine gefärbte Haare haben und gemütliche Schuhe tragen. Stell dir das mal in Bev Hills vor. Vielleicht bin ich doch im Herzen noch ein ganz einfaches Mädchen«, sagt Patti. »Wenn wir pensioniert sind, ziehen wir vielleicht hierhin.« Sie lächelt Gabriella zu.

Sie bringt das vor, als gäbe es nicht den leisesten Verdacht, dass man ihre Worte auch als Unverschämtheit werten könnte.

Als sie gefahren sind, denke ich, dass ich ziemlich froh bin, gerade aus Hollywood weg zu sein. Und dann auch wieder nicht. Ich bin dankbar dafür, was Patti mir ermöglicht hat, keine Frage. Was meine Mutter mir ermöglicht und für mich geopfert hat. Aber de facto sind da auch sehr viele Türen, die nie aufgehen werden. Und es gibt Türen, die wären besser zugeblieben. Ich habe keine Ahnung, was ich tun soll, wenn es nicht klappen sollte mit dieser Karriere. Es ist alles, woraufhin ich mein Leben ausgerichtet habe. Und bei diesem Gedanken steigt wieder die altbekannte Angst in mir auf, die ich kenne und von der ich weiß, dass ich sie ignorieren muss. Ich muss schlicht einen klaren Kopf behalten, und auch wenn ich mir nichts von meiner Mutter vorschreiben lassen will, weiß ich, dass sie recht hat. Ich darf meine Entscheidungen nicht von irgendwelchen Gefühlen beeinflussen lassen, denn Tatsache ist, hätte ich beim letzten Mal einen klaren Kopf behalten, hätte ich vielleicht jetzt die Rolle in der angesagtesten Netflixserie und nicht Nikki. Und auch, wenn ich die Rolle jetzt noch ablehne, die Angst, dass es bald keine Alternative gibt, steigt. Die Panik, komplett versagt zu haben, wird größer, umso länger ich hier bin. Nachdem die beiden weg sind, fühle ich mich so leer wie lange nicht mehr.

Fünfzehn

Hazel

»Zum Aufwärmen spielen wir heute ein paar kurze Szenen«, schlägt Dornbush vor.

Wir üben jetzt schon seit ein paar Wochen als Gruppe, aber es gibt wenig, das mich mehr stresst, als Dornbushs kreative Aufwärmübungen, die immer viel mit Improvisation zu tun haben.

»Leute, ihr müsst ein dickes Fell entwickeln. Als ich meinen ersten großen Auftritt mit zweitausend Leuten hatte, als ich noch Impro-Theater gemacht habe, bin ich ausgebuht worden. Es lief so. Erster Witz: Vollständiges Schweigen, man konnte den startenden Motor eines Autos in der Nachbarschaft hören. Zweiter Witz: Ein Besucher hat, bevor ich fertig war, die Pointe in den Saal gerufen. Das war der einzige Lacher des Abends. Mitten im dritten Witz hat mir jemand das Mikro aus der Hand gerissen und ich wurde in Sprechchören von der Bühne gerufen. Aber ich habe überlebt. Schlimmer wird's wahrscheinlich nicht mehr in diesem Leben.«

Ich habe den Eindruck, dass er die Geschichte nur für mich erzählt, weil ich schon mehrmals während der Impro-Übung spontan zur Toilette musste. Hoffentlich müssen wir heute nicht wieder einen Witz in Fantasiesprache erzählen, der dennoch lustig sein soll. Natürlich ist Layla großartig in Improvisation. Ich blicke zu Landon, der heute irgendwie ziemlich schlecht gelaunt und abweisend wirkt. Die Proben sind immer ziemlich wechselhaft, je nachdem wie er drauf ist.

»Es geht sofort los. Ihr seid heute eine Gruppe von Cheerleadern, die einen großen Wettbewerb verloren hat. Los.«

Jeder sucht sich schnell eine Rolle, alle sind betrübt und versuchen sich gegenseitig zu trösten. Layla, perfekt in der Rolle der Bitch, beschuldigt ein anderes Mädchen für einen Patzer, der den Sieg gekostet hat. Landon beugt sich näher an mein Ohr. »Du bist so abgelenkt heute und so aggressiv, hast du deine Tage? Ich habe ein Stück Schokolade dabei, falls das hilft«, flüstert er, allerdings so laut, dass jeder es mitbekommen kann, und ich höre, wie irgendjemand kichert. Ich *bin* überhaupt nicht aggressiv. Aber der Satz *macht* mich aggressiv. Wie immer ist schwer festzumachen, ob er das im Spiel sagt und sich auf die Cheerleader bezieht oder auf mich als Schauspielerin beim Versuch, Cheerleader zu spielen. Ich muss unwillkürlich wieder an den Abend im *Drunk Bull* denken, wo sich die Grenzen zwischen Spiel und Realität genauso vermischt haben, und mit diesem Gedanken steigen natürlich noch ganz viele andere Gefühle hoch. Er macht das schon während der ganzen letzten Proben. Er nervt mich absichtlich beim Aufwärmen und auch beim Spielen. Er provoziert mich, ohne dass ich es ihm nachweisen kann, denn es passiert ja nur im Spiel. Dann wieder spielen wir ein Liebespaar, was mich genauso fertigmacht. Diese ganzen unausgesprochenen Dinge kochen immer weiter hoch, ich bin nach den Proben völlig ausgelaugt. Aber gerade bin ich einfach nur sauer.

»Ich habe es verpatzt?«, schreie ich zurück. »Du spinnst ja wohl total. Du hast es versaut, es war wichtig für mich, etwas ganz Besonderes. Ich wollte dieses Scheiß-Cheerleader-Turnier gewinnen, weil ich ohne den Sieg bei meinen schlechten Noten nie am College angenommen werde. Du hast mehr als das Turnier versaut. Du hast mein Leben versaut. Und du wagst zu sagen, ich hätte einen Patzer gemacht?« Die anderen halten schockiert inne, weil niemand sonst so laut gebrüllt hat und auch nur annähernd so viel Wut gezeigt hat. »Jedes Mal, wenn man dich sieht, ist es ein Glücksspiel, wie du gerade drauf bist. Ich hab einfach keinen Bock mehr auf dieses Spiel.«

»Glaubst du, ich habe Bock darauf? Ich habe schon lange die Nase voll.« Seine Stimme ist wesentlich leiser als meine, aber weil die anderen still sind, ist sie im ganzen Saal zu hören, inklusive des mörderischen Untertons.

Dornbush schaltet sich ein. »Also, natürlich sind das alles echte Gefühle und sie sollen auch nicht banal sein, aber Hazel und Landon, würdet ihr so handeln? Meisner, der große Schauspiellehrer, würde sagen: Überzeugend spielen bedeutet, sich unter ausgedachten Umständen echt zu verhalten. Würdet ihr euch so nach einem Cheerleader-Turnier verhalten?«

Wir nicken beide, als hätten wir es verabredet, was ein seltsames Einverständnis zwischen uns entstehen lässt, was wiederum so gar nicht zu den Gefühlen passt, die wir gerade noch hatten. Wir wissen beide, dass wir keine Lust haben, die Gefühle herunterzuspielen. Oder vielleicht bin nur ich es, ich habe keine Ahnung, was Landon wirklich denkt.

»Ich mag die Chemie, aber das ist wie bei Shakespeare, manchmal gehen die Gefühle mit euch durch und das Spiel ist viel zu wechselhaft.« Er blickt uns nachdenklich an. »Aber ich glaube, es ist noch was anderes. Die Schauspielerei ist eine Art, sich selbst auszudrücken. Es geht nicht darum, den anderen etwas vorzumachen, es geht darum, in die Rolle von jemand anderem zu schlüpfen und diese Fiktion zu nutzen, um etwas von sich selbst zu zeigen. Etwas Echtes.«

Wieder denke ich, dass er mich meint. Aber erstaunlicherweise blickt er Landon an.

»Leute, ihr müsst es einfach mal hinter euch bringen, geht

endlich zusammen in die Kiste, dieses Affentheater hält ja keiner aus«, murrt jemand, ich habe keine Ahnung, wer. Leise genug, dass Dornbush es nicht hört, aber Landon und ich hören es und ich merke leider, wie mir das Blut in die Wangen schießt und mein Nacken verdächtig zu kribbeln beginnt.

Dornbush klatscht in die Hände. »Okay, Leute, wird sind auf einer Messe für Zahnärzte, ihr seid in der Mittagspause.« Wir wechseln die Positionen, Körperhaltung, Tonfall der Gespräche. Wie immer fällt mir auf, mit welcher Leichtigkeit Landon von einer in die nächste Haut schlüpft, als wäre es gar nichts.

Im Rückblick sehe ich sein Verhalten damals im *Drunk Bull* natürlich ganz anders und wieder steigt der Ärger in mir hoch, dass er mich damals so angelogen hat. Danach sind wir eine Familie auf der Beerdigung der Großmutter. Aber diesmal schaffe ich die Improvisationsübungen immerhin, ohne mich auf die Toilette retten zu müssen.

Heute ist Landon extra auf Krawall gebürstet. Er hat eine Ausstrahlung, die weniger zum gutmütigen Benedikt aus *Viel Lärm um nichts* passt, als vielmehr zu Macbeth, bevor er einen neuen Mord anordnet.

»Heute versuchen wir einmal die Altar-Szene von Benedikt und Beatrice. Wir schauen mal, wie sich die Gefühle dorthin übersetzen lassen.«

Das passt ja hervorragend. Landon weiß von den letzten Proben leider zu genau, was für eine Wirkung er auf mich hat, und nutzt das aus, um mich zu beschämen. Ich kann noch nicht mal sagen, was es ist. Doch, eigentlich schon. Unabhängig von seinem Charakter finde ich ihn scheinbar sehr attraktiv. Oder mein Körper findet das. Ich rede schon von einem Körper, so als wäre er von mir abgespalten wie im fortgeschrittenen Stadium der Schizophrenie, aber genauso fühlt es sich an.

Jedes Mal, wenn wir diese Szenen spielen, bin ich irgendwie … angeturnt? Mehr angeturnt jedenfalls, wenn wir eine Liebesszene in vollen Klamotten spielen, als ich jemals vorher in meinem Leben war. Das ist einfach beschämend. Ich versuche, es mir schönzureden, weil ich im Stück ja genau diese Gefühle empfinden sollte, und ja, es passt zu meiner Rolle von Beatrice, sie will sich ja genauso partout nicht verlieben! Ich muss so fühlen!

Wir spielen eine Szene, bei der wir uns so nah sind, dass sich mir schon die Härchen an den Armen aufstellen, wenn ich bloß daran denke. Und seit Landon das gemerkt hat, spielt er damit. Er streicht mir extra über den Arm, um die Wirkung zu testen, und zwar auch in den Momenten, wo es nicht passieren sollte. Wenn ich eins jedoch nicht will, dann ist es, ihm diese Genugtuung zu geben, dass er mich so provozieren kann. Heute entwickelt sich die Szene allerdings anders.

Bevor wir anfangen, checkt er sein Handy, keine Ahnung, was er dort gesehen hat oder ob das damit zusammenhängt, aber er wirkt fast abwesend, als wir loslegen. Er spricht seine Worte, aber er ist überhaupt nicht bei der Sache und ich wünschte mir fast, er würde mich wie gewöhnlich provozieren und »aus Versehen« einmal zu viel über meinen Arm streichen. Er ist, ich muss es leider zugeben, eigentlich ein sehr guter Schauspieler, sodass mir auffällt, dass er nicht bei der Sache ist. Es ist nicht das erste Mal, dass es passiert, aber heute ist es auffällig. Als Dornbush nicht hinschaut, checkt er sogar noch einmal sein Handy und auf mich wirkt es so, als hätte er die ganze Zeit das Handy im Kopf und irgendwelche beknackten Nachrichten oder womöglich sein Instagram, statt im Stück zu sein. Es ist echt eine Frechheit. Er ist ganz gut darin, so zu tun, als wäre er konzentriert, weil er so lange in diesen Seifenopern mitgespielt hat.

Wir bekommen die Szene überhaupt nicht hin. Die Qualität meines Spiels ist leider vollständig bestimmt von ihm. Genauso wie beim Lampenfieber ist meine Performance total von ihm abhängig. Ich habe nämlich weiterhin nie Lampenfieber, wenn ich mit ihm spiele, zwischendurch dachte ich, es sei vielleicht insgesamt weg, jedenfalls wenn ich nicht gerade irgendwelche Impro-Übungen machen muss, aber wir haben in einem anderen Kurs kurze Szenen aus verschiedenen Stücken geübt und da ist es immer noch da. Sobald ich in einer Aufführungssituation bin, wird mein Hals trocken, meine Zunge scheint geradezu anzuschwellen, als hätte ich Gift geschluckt, und lässt sich nicht mehr bewegen. Ich gehe jetzt mit den Entspannungsübungen, Mediation und Gitarre dagegen vor, wie Angela mir geraten hat, aber nichts beruhigt mein Lampenfieber mehr als die Gewissheit, Shakespeare mit Landon zu spielen. Obwohl er ansonsten das Gegenteil von einer beruhigenden Wirkung auf mich hat. Wenn ich mit ihm spiele, spüre ich ihn so stark und kann auf ihn eingehen, dass wir tatsächlich oft so eine gute Kombination sind, wie Dornbush sich vielleicht erhofft hat. Aber jetzt, wo er nicht bei der Sache ist, ist es mir unmöglich, selbst richtig in der Szene zu bleiben. Ich merke, wie hölzern ich bin, wie das Ganze eine einzige Katastrophe ist.

»Stopp«, ruft Dornbush nach einer Weile und ich fühle mich erlöst. So als würde einem der Professor mitteilen, dass die Hausarbeit abgesagt wurde, durch die man sich seit Stunden gequält hat. So sollte es sich aber nicht anfühlen, wenn jemand einen aus einer Szene holt.

Dornbush seufzt und fährt sich durch die Locken. »Ihr macht mich wahnsinnig«, sagt er. Und mit den wirren Locken und seinen hinter der Brille heute besonders groß wirkenden Augen wirkt er tatsächlich etwas verrückt.

»Eure Proben sind eine einzige Achterbahnfahrt. Keinerlei verlässliche Qualität. Was ist nur los mit euch? Zwischendurch schien es doch ganz gut zu laufen. Was ist das Problem?«

Ich fühle mich schuldig. Die Szene fühlt sich beim Spielen genauso zäh an wie das Ausfüllen von Steuererklärungsformularen im Autohaus meiner Eltern. Warum kann ich nicht wenigstens vernünftig spielen, auch wenn Landon einen schlechten Tag hat?

»Verlässlichkeit ist wichtig, gerade wenn man in einem großen Stück mitwirkt und viele Vorstellungen hat. Es gibt Sternstunden am Broadway, aber auch an den schlechten Tagen muss man eine handwerklich akzeptable Vorstellung hinlegen können. Man kann nicht einen Tag gut sein und am nächsten total schlecht.«

Ich nicke und versuche ihm durch meinen betroffenen Gesichtsausdruck zu verstehen zu geben, dass ich seine Worte ernst nehme. Ich schaue nicht zu Landon, aber hoffe, dass er zumindest nicht sein Handy checkt.

»Ich würde gern behaupten, dass ich noch nicht gedacht habe, dass es ein Fehler war mit euch beiden, aber leider habe ich auch das schon getan.«

Mir wird die Brust eng und sofort steigen Tränen in mir hoch. Ich bin so frustriert.

Ich glaube nicht, dass Landon wirklich ein schlechtes Gewissen hat. Ich blicke kurz zu ihm, er wirkt immer noch ziemlich phlegmatisch.

Dornbush sieht es auch. »Landon, willst du mir was sagen? Keinen Bock mehr?«, fragt er. Seine Stimme ist schneidend, das kenne ich nicht von ihm.

Landon zuckt mit den Schultern.

»Ich verspreche dir, dass du in dieser Rolle wirklich wachsen wirst. Und Hazel auch.« Aber Dornbush scheint sich mühsam zusammenzureißen, während er diese Worte vorbringt. Sein Kiefer ist angespannt.

»Woher wollen Sie das so genau wissen? Von Ihren vielen Erfahrungen mit großen Produktionen?«

Das ist herausgekommen wie Gift. Alle zucken bei den Worten zusammen. Landons ganzer Körper ist angespannt. Natürlich weiß er, dass er so was nicht sagen kann. Das ist ein

Affront. Er zweifelt die Autorität von Dornbush an, und dann auf so billige Art und Weise.

Dornbush blickt ihn lange an und er wirkt, als würde er dabei eine Atemübung zur Beruhigung machen. Oder bis zehn zählen.

»Landon, du bist etwas zu früh in Hollywood gewesen und das tut einigen Menschen nicht gut. Wir sind jetzt am College und ich lasse mich nicht von dir beleidigen. Entweder spielst du die Rolle mit Hazel Mackintosh und gibst vollen Einsatz und ich höre hier keine Beschwerden mehr, oder du bist ganz raus. Mit ganz raus meine ich keine einzige Rolle in Stücken, die dieses Semester aufgeführt werden. Du kannst es dir überlegen.«

»Ich habe irgendwie den Eindruck, dass Sie möchten, dass ich aufhöre, kann das sein?«, fragt Lan. Ich bin fassungslos. Außerdem habe ich das Gefühl, dass es unterschwellig gerade darum ging, dass Landon nicht mit mir spielen will, ohne dass es so richtig ausgesprochen wurde.

Dornbush legt den Kopf schief. Wir haben an der Oberfläche zwar alle ein entspanntes Verhältnis zu den Dozenten, ein geradezu freundschaftliches Verhältnis. Dennoch ist die Autorität der Professoren gesetzt. Sie wird nicht angezweifelt. Sie haben die Macht, einen rauszuwerfen. Aus jedem Kurs, Stück oder sogar dem College.

»Tue ich Ihnen einen Gefallen, wenn ich jetzt gehe? Soll ich mich einfach weiterhin erniedrigen lassen oder was soll das Ganze? Darum geht es Ihnen doch. Sie wollen mir zeigen, was für Idioten es in Hollywood schaffen können und dass das überhaupt nichts mit echter Schauspielerei zu tun hat, oder?«

Dornbush blickt ihn an und merkwürdigerweise scheint seine Reaktion ihn zu entspannen. Er wirkt viel weniger sauer, als ich es erwartet hätte. Er wirkt eher resigniert.

»Landon. Du musst mal dein Ego in den Griff bekommen. Ich behandele dich hier das ganze Semester so wie alle anderen. Scheinbar glaubst du das jedoch nicht, weil du annimmst, dass ich Vorurteile gegen Hollywood und gegen dich habe. Du solltest dich vielleicht fragen, warum du so unsicher bist. Ansonsten tut es mir leid, dass du offenbar gelernt hast, so misstrauisch zu sein, aber ich kann dir nur sagen, dass es wirklich überflüssig ist zu glauben, dass du anders behandelt wirst als alle anderen.«

Mit dieser ruhigen Antwort hätte ich nie gerechnet. Ich habe oft den Eindruck, dass Landons Ego Dornbush verrückt macht. Ständig macht Landon Vorschläge, wie man etwas besser spielen kann, er ändert den Text oder zweifelt die Positionen an, die Dornbush vorgibt. Die Proben verliefen bisher teilweise sehr spannungsgeladen. Irgendwie bewundere ich Landon sogar dafür, ich würde mich niemals trauen, mich so gegen Autoritätspersonen aufzulehnen. Ich suche den Fehler immer bei mir und versuche Konflikte glattzubügeln.

»Sie sagen, es wäre mein Ego. Ich sage, dass Sie mich persönlich nicht mögen. Vielleicht bin nicht ich derjenige mit den Komplexen, sondern vielleicht sind Sie es?«

Wooooaahhh. Ich möchte mich gerade kurz auf einen Nachbarplaneten beamen. Und ja, ich weiß, dass der ein paar Tausend oder Millionen Lichtjahre entfernt ist, macht bei den Distanzen ohnehin keinen Unterschied mehr. Aber hier wird es gerade wirklich unangenehm.

Landon springt von der Bühne, geht zu dem Stuhl, auf dem seine Sachen liegen, und beginnt sie zusammenzupacken.

»Landon? Würdest du uns mitteilen, was du dort machst?«

»Ich gehe.«

»Ich beende hier die Probe, nicht du.«

»Das mag stimmen. Aber ich gehe dennoch.«

Ich stehe wie gelähmt auf der Bühne. Landon hat sich schon viel geleistet, aber so etwas noch nie. So etwas hat sich noch nie jemand geleistet.

»Landon. Wenn du diese Tür hinter dir ins Schloss fallen

hörst, dann war es das. Dann brauchst du nicht mehr wiederzukommen und ich werde jemandem die Rolle geben, der nicht sofort aufgibt, weil er ein paar unangenehme Gefühle verspürt. Unangenehme Gefühle gehören nämlich dazu.«

Landon fährt unbeirrt vor, seine Tasche zu packen.

Dornbush und ich sehen schweigend zu und mein Herz scheint in meinem Brustkorb fast zu explodieren.

Ich kann nicht fassen, was er gerade macht. Er versaut sich so viel. Hallo, wir sind Teil einer Aufführung, die hier als eine der allerwichtigsten gilt. Am Ende des Semesters sitzen regelmäßig Produzenten aus Hollywood neben Produzenten vom Broadway. Man kann eine Karriere starten oder beeinflussen, wenn man dabei ist. Und wenn er sein Image ändern will, dann hat er absolut die Chance zu zeigen, was er kann, egal ob es eine Shakespeare-Komödie oder -Tragödie ist. Und jetzt will er einfach alles hinschmeißen? Das ist völlig irre.

Dornbush steckt seine Hände in die Hosentaschen und schweigt. Ich schaue zu, wie Landon sich alles kaputt macht. Er hat seine Sachen fertig gepackt und geht zur Tür. Vielleicht bilde ich mir ein, dass er zögert, doch dann öffnet er die Tür. Und in dem Moment erwache ich aus meiner Erstarrung. Wenn er das tut, verhält er sich wie ein aufsässiger Teenager. Das kann er nicht wollen. Plötzlich denke ich, dass er viel unreifer ist als ich. Ich springe ebenfalls von der Bühne herunter und renne zur Tür. Er ist schon hindurchgelaufen, aber bevor er sie hinter sich ins Schloss lassen fallen kann, fange ich sie auf und stelle meinen Fuß dazwischen.

»Landon«, keuche ich atemlos. »Geh nicht.«

Er bleibt tatsächlich stehen und dreht sich zu mir. Die Tür hinter uns ist angelehnt, sodass die anderen uns nicht sehen können. In seinen Augen ist so ein schmerzvoller Ausdruck, mit dem ich gar nicht gerechnet hätte und der mir tief unter die Haut geht.

Er hat die Stirn in Falten gelegt. »Warum sollte ich das nicht tun?«, fragt er mit belegter Stimme und sieht mich dabei so eindringlich mit seinen dunkelbraunen Augen an, als suchte er wirklich und ernsthaft eine Antwort in meinem Blick.

»Weil ich mit niemand anderem spielen will«, erwidere ich. Und es ist die Wahrheit. Er ist gut. Er fordert mich heraus. Killt mein Lampenfieber. Ich weiß, dass ich besser bin, wenn ich mit ihm spiele, als ich es sonst wäre, vielleicht weil zwischen uns noch so viele ungeklärte Gefühle sind.

Er schnaubt kurz durch die Nase. Eine Mischung aus abfällig und hilflos, aber ich habe das Gefühl, dass ich tatsächlich zu ihm durchgedrungen bin.

»Darf ich fragen, was das hier wird?«, erklingt die genervte Stimme von Dornbush hinter der Tür.

»Wir sind gleich so weit«, rufe ich ihm über die Schulter zu, als wäre alles in bester Ordnung.

»Bitte«, wiederhole ich. Ich blicke ihn flehentlich an. Ich weiß nicht, was sonst noch alles in meinem Gesicht zu lesen ist, mit Sicherheit viel mehr, als ich ihm normalerweise sagen will. »Bitte, Landon. Bleib.«

Er seufzt. Und dann nimmt er eine Hand und fährt sich über das Gesicht. Er setzt an, zurück in den Raum zu kommen.

Ich schiebe die Tür ein wenig weiter auf und er macht einen ganz zaghaften Schritt zurück in den Raum, wobei man noch nicht sicher sagen kann, ob er weitergehen oder nur die Balance finden will.

»So, ihr beiden«, dringt die Stimme von Dornbush zu uns, die jetzt ruhiger, aber auch wesentlich entschlossener klingt. »Ich habe tatsächlich heute noch ein paar andere Dinge vor und mache jetzt folgenden Vorschlag. Ich weiß nicht genau, was hier los ist, aber wir müssen jetzt diese ganzen gefühligen Verfassungen wieder unter Kontrolle bringen. Wenn ihr das bis nächste Woche bitte schaffen würdet?

Und ich sage euch auch genau, wie. Ihr beide werdet diese Probe nachholen.«

Ich nicke und sehe aus dem Augenwinkel, wie Landon ebenfalls nickt, egal wie minimal er die Bewegung ausführt.

»Und du, Landon, fährst auf den Campingtrip mit, für den du dich noch nicht angemeldet hast. Aber du brauchst es am allernötigsten. Gruppenzusammenhalt. Wichtige Fähigkeit als Schauspieler.«

Dornbush kommt näher und seine braunen Locken schimmern rötlich, weil ein Sonnenstrahl von außen darauf trifft. Er sieht aus der Nähe älter aus, man erkennt die grauen Haare, die seine Locken durchziehen, die Ringe unter seinen Augen. Kein Wunder, dass er die Nase voll hat. Er hatte ja nicht vor, dieses Stück mit den Allüren von Hollywood-Diven zu proben, insbesondere, wo ich ja noch nicht mal die Berechtigung habe, mich in irgendeiner Form als Hollywood-Diva zu betätigen.

»Fahrt in die freie Natur. Geht zelten. Kommt euch näher, bringt es hinter euch, wachst mit der Gruppe zusammen, damit wir im Anschluss ganz normal weiterarbeiten können. Wir haben jedenfalls keine Zeit mehr dafür im Theaterstück. Chemie schön und gut, aber diese Art kaputte Stromleitung hilft einem nicht weiter. Entweder an oder aus. Aber nicht so einen Wackelkontakt. Damit kann niemand arbeiten.«

Wir blicken uns an, eine Mischung aus Überraschung und Fassungslosigkeit. Ich bin mir nicht sicher, ob Dornbush wirklich gesagt haben kann, was ich gerade verstanden habe. Aber jetzt hat er schon seine Sachen zusammengepackt und wir treten zur Seite, um ihn durchzulassen.

»Einen schönen Nachmittag noch. Wir sehen uns nächste Woche. Ihr findet schon eine Lösung. Die Probe ist für heute beendet.« Er verlässt den Raum und kurz danach verklingen seine Schritte auf dem Parkett draußen vor dem Raum. Das war's. Die anderen drehen sich zueinander, packen ihre Sachen zusammen, beginnen sich zu unterhalten oder verlassen den Raum.

»Wahrscheinlich müsste ich mich jetzt bei dir bedanken«, sagt Landon. »Camping. War es das, was du wolltest? Mit mir campen gehen?«

Seine Augen haben zu ihrem alten provokanten Funkeln zurückgefunden.

»Ein einfaches Danke hätte es auch getan«, erwidere ich. »Ich will diese Rolle. Ich will diese Chance. Ich brauche diese Chance und vielleicht brauchst du sie auch. Ich würde sagen, wir machen genau das, was Dornbush will.«

Ich versperre ihm die Tür und möglicherweise funkeln meine Augen genauso wie seine. Für einen Moment bleiben wir so stehen und Dornbush hätte wahrscheinlich wieder seine helle Freude an der Chemie, die vorhin bei der Probe nicht zu spüren war, aber jetzt wiederaufflammt, als wäre sie nie weg gewesen.

Landon denkt nach, ich sehe, wie sein Kiefer mahlt, wie verkrampft seine Schultern sind, wie etwas in ihm kämpft. Dann entfährt ihm ein Seufzen. »Danke«, sagt er und geht.

Als er weg ist und das Adrenalin etwas nachlässt, beruhigt sich mein Herzschlag nur sehr langsam. In mir breitet sich ein kribbelndes Gefühl aus, das wenig mit Abneigung und Panik zu tun hat und mehr mit Vorfreude? Und Nervosität? Wir gehen zusammen zum Campen. Ich meine, ich habe alle Bücher gelesen, alle Filme gesehen, ich weiß, dass es in Wirklichkeit nicht gut ist, für jemanden Gefühle zu entwickeln, der hot und launisch gleichzeitig ist, sondern normalerweise mit einer Psychotherapie endet, für die ich weder Zeit noch Geld habe. Vielleicht hat Dornbush recht. Wir müssen es hinter uns bringen. Ich weiß noch nicht genau, was. Aber irgendetwas müssen wir hinter uns bringen.

Sechzehn

Landon

George schreibt selten persönlich und ich hatte zuerst gedacht, dass er sich gemeldet hat, um mir gute Nachrichten zu überbringen. Für schlechte schickt er schließlich häufig seine Assistenten oder meine Mutter vor. Als er dann per Textnachricht geschrieben hat, was er sehr selten tut, dachte ich zuerst, dass er mich nach all der Zeit als Klienten feuert. Erstens würde es zu ihm passen, es per Textnachricht zu tun. Zweitens hat er das bestimmt absichtlich missverständlich formuliert. Und jetzt habe ich es ihm zu verdanken, dass ich abgelenkt war und zu dem Campingtrip muss. Das Wetter ist frühlingshaft, aber die Leute hier sind wettertechnisch wirklich nicht verwöhnt, wenn sie das schon als warm bezeichnen. Morgen geht der Campingtrip los und, ganz ehrlich, das macht auf mich schon den Eindruck, als hätten einige Leute hier eine masochistische Ader, so was Anfang April zu planen. Der Himmel ist allerdings strahlend blau und frisch, sodass sich der Rasen und die rötlichen Campusgebäude stimmungsvoll davon abheben – nur könnten sie ein bisschen mehr wärmende Sonne vertragen. Ich bin nach dem Training zu 344 Washington gegangen, dem weißen Holzhaus im Neuengland-Stil, in dem Nate mit elf anderen Studenten wohnt, um sicherzustellen, dass er noch lebt. Ich habe letzte Nacht ein paar komische

Nachrichten von ihm bekommen, er stand, glaube ich, ziemlich neben sich.

Ich finde Nate in seinem Zimmer. Er liegt auf seinem Bett in seinem Einzelzimmer und starrt mit hinter dem Kopf verschränkten Armen an die Decke.

»Kannst du nicht mitkommen? Der Ausflug mit *Barefoot Nation* tut dir gut. Ich habe das dumpfe Gefühl, dass der Natur-Lifestyle bei dir noch viel zu wenig angekommen ist. Du willst doch später in New York ein paar Abenteuergeschichten von wegen *Ich und der Berglöwe* erzählen können.« Nate grinst mich verschlafen an. Er hat rot unterlaufene Augen und trägt einen etwas altmodischen dunkelblauen Schlafanzug mit weiß abgesetzten Brusttaschen. Sein Zimmer ist einfach, aber mir fällt auf, wie aufgeräumt alles ist. Auf seinem Schreibtisch liegen ordentliche Papierstapel und auf einem kleinen Regal sind Bücher der Größe nach sortiert. Allerdings sieht alles auch ziemlich unberührt aus. Nicht so, als wären die Papierstapel tatsächlich gelesen worden. In einer Zimmerecke steht ein Lacrosseschläger.

»Ich bin nicht so der rustikale Naturtyp, Marshmallow. Die *Barefoot Nation* meint es viel zu ernst. Ich bin eher so der Glampingtyp. Ich war mal mit meinem Vater auf dem Kilimandscharo. Aber, ganz ehrlich, das ganze Zeug haben die Träger raufgeschafft und abends hat ein Koch das Essen zubereitet. Der war fast Sterne-Niveau. Ich liebe die afrikanische Küche.«

»Umso wichtiger, dass du dich mal ein paar Kilometer vom Campus bewegst, und ja, du musst den Tesla auch mal verlassen. Du sprichst zwar davon, wie abgehärtet du Fahrrad im Schnee fährst, aber von der Umgebung hast du noch nichts gesehen.«

»Seit wann bist du denn so an Montanas Natur interessiert? Du schimpfst doch meistens nur über das Wetter. Hast du dich freiwillig für den Trip angemeldet?«

Ich beiße mir auf die Unterlippe.

»Dachte ich es mir doch. Du musst mit und jetzt versuchst du mich zu überreden. Wie kommt's?«

»Dornbush hat mich dazu verdonnert. Es sind auch ein Haufen Theaterleute dabei von wegen gemeinsame Erfahrung in der Natur. Layla kommt auch mit, die findest du doch scharf? Immerhin kann ich so sicherstellen, dass ich nicht zurück nach L. A. komme und noch nicht das Geringste von Montana gesehen habe.« Ich zucke mit den Schultern.

Sein Kopf schnellt zu mir herum. »Du willst zurück nach L. A.? Das hast du doch letztens schon mal angedeutet. Du kannst mich nicht hier zurücklassen, Sunnyboy. Ich habe mich schon an dich gewöhnt und du bringst ein bisschen Glamour ins Dunkel.«

»Nein, nein, ich will nicht zurück. Also nicht sofort.« Ich habe Nate mehr erzählt als anderen, aber nicht, dass ich eigentlich nur hier bin, um die Zeit bis zu einem richtig guten Angebot zu überbrücken. Das habe ich niemandem erzählt.

»Aber so ganz ist das hier auch nicht dein Style, nicht wahr?«

Ich zucke mit den Schultern.

»Du bist doch schon richtig gut im Geschäft. Wenn es dir hier nicht gefällt, warum riskierst du dann, was in L. A. zu verpassen? Ich bin hier, weil neben dem Film noch ein gutes Business-Programm angeboten wird. Sonst hätten meine Eltern mich nie kommen lassen.«

»Es tut gut, mal rauszukommen. Ich will mich vielleicht etwas umorientieren.« Ich will ihm nicht alles erzählen. Was hilft es, rumzuheulen? Ich bin gut im Geschäft im Vergleich zu fast allen anderen hier.«

»Wie meinst du jetzt ›umorientieren‹? Also ich bin hetero. Ich habe doch letztens in der Sauna gesehen, dass du mich abgecheckt hast.« Nate lacht geräuschlos, aber mit wippendem Kopf.

Ich rolle mit den Augen. »So breitbeinig, wie du dich mit

möglichst kleinen Handtüchern überall hinsetzt, ist es unmöglich, dich zu übersehen.«

»Ich sag doch, dass du mich abgecheckt hast.«

»Also los, komm mit. Alle vom Theaterteam müssen mit von wegen Teambuilding und so, aber es sind noch ein paar Plätze frei für andere. Außerdem brauche ich deinen Tesla mit beheizbaren Sitzen in der Nähe, wenn mir die Eier abfrieren. Deal?«

»Das war kein Deal, das ist dir schon klar, oder? Es gibt nur eine Person, die Vorteile davon hat.«

»Du hast einen gut bei mir. Ich nehme dich mal mit auf eine Party bei Madelaine Petsch, wenn du mich besuchst.«

»*Riverdale*-Madelaine? Okay. Ich nagel dich drauf fest.« Er grinst.

Siebzehn

Hazel

Camping Anfang April. Moose Creek, das klingt zumindest ganz stimmungsvoll, vielleicht sehen wir ja tatsächlich ein paar Elche. Die Leute in Montana sind wirklich ein bisschen verrückt, aber ich wollte schon immer mal campen gehen. Trotzdem überraschend, dass Camping in einem Staat das beliebteste Hobby ist, wo alle Jahreszeiten an einem einzigen Tag stattfinden: Morgens kann es schneien, mittags bekommt man einen Sonnenbrand und nachmittags hagelt es. Jamie und Krishna, unser Claudio im Stück, von *Barefoot Nation* organisieren alles und besitzen eine Menge Spezialausrüstung. Ich habe mir einen Schlafsack und eine sehr dicke Isomatte geliehen, weil man zu dieser Jahreszeit ansonsten wohl Frostbeulen am Hintern bekommen kann. Und zu jeder anderen Jahreszeit auch.

Die meisten Leute hier besitzen scheinbar eine Profi-Ausrüstung und haben auch echte Trekkingrucksäcke dabei und nicht welche aus dem Ausverkauf von Gap. Abgesehen vielleicht von Landon bin ich scheinbar die Einzige in diesem Bundesstaat, die keine Trekkingausrüstung besitzt. Aber gut. Wenigstens ist der Himmel heute strahlend blau, was ein gutes Omen ist, vielleicht bleibt uns ja zumindest Regen erspart. Ich fahre im Bus mit, einige andere kommen mit dem eigenen

Auto zum Moose-Creek-Campingplatz. Nate kommt mit Landon im Tesla, hat Layla mir erzählt. Warum wundert mich das nicht? Sie schlafen wahrscheinlich auch drin. Was machen die eigentlich, wenn ihre Batterie hier leer ist? Elektrotankstellen dürften rar gesät sein.

Die Fahrt dauert etwas über zwei Stunden. Ich nutze die Zeit, um mit meiner Oma zu telefonieren. Sie fehlt mir mehr als meine Eltern, wenn ich ehrlich bin. Sie hat mir geholfen wegzugehen, obwohl sie am meisten darunter leidet. Sie hat gesagt, dass sie mich gehen lässt, genau weil sie mich so liebt. Ihrem Herzen geht es besser und sie will mir ein Kissen patchworken, ein Glückskissen gegen Lampenfieber, aber sie verspricht, zur Abschlussvorführung zu kommen. Der Campingplatz liegt in der Nähe des Yellowstone Nationalparks, aber angeblich nicht so hoch, sodass es etwas wärmer ist und »weniger Schnee« gibt als im Park selbst um diese Zeit. Ich hätte Yuna gern mitgenommen, denn es sind auch ein paar andere Studierende dabei, aber natürlich hatte sie keine Zeit. Vielleicht wäre ein bisschen Beistand mit meiner Hardcore-Theatergruppe gut gewesen. Layla ist natürlich dabei und hat sich direkt neben mich gepflanzt. Ich bin in der Hackordnung aufgestiegen. Dabei sind auch Wei, der die Rolle von Don Juan spielt, Obi, der selbst ziemlich lustig und Antonio ist. Dann noch Jeremy. Eduardo aus Yunas Haus fährt auch mit uns im Bus, obwohl er nichts mit dem Schauspielprogramm zu tun hat. Freiwillig. Er hat mir erzählt, dass er es für die Naturerfahrung macht. Mich hätte nicht gewundert, wenn er im Tweedjacket oder Lodenmantel gekommen wäre und seinem europäischen Adelsstil treu geblieben wäre, aber er ist tatsächlich besser ausgerüstet als ich, wie ich schon beim Einsteigen gemerkt habe. Sein Rucksack ist aus grünem Leinen und gehörte wohl schon seinem Großvater, der häufig auf Großwildjagd war. Woraufhin Jamie ihn darauf hingewiesen hat, dass wir, falls wir das große Glück haben, einen Berglöwen zu sehen, diesen nicht abknallen, um ihn als Trophäe mit nach Hause zu nehmen. Woraufhin Eduardo versichert hat, dass er das selbstverständlich nicht vorhat. Aber die Ernsthaftigkeit seiner Antwort war verunsichernd, als hätte er das ansonsten vielleicht überlegt.

Die Fahrt dauert erst zwanzig Minuten, und Chipstüten mit den ungewöhnlichsten Geschmacksrichtungen, zuckerhaltiges Junkfood und sogar die ein oder andere in eine Papiertüte gewickelte Bierdose machen bereits die Runde. Der Busfahrer hat gute Laune und stellt ziemlich laut einen Radiosender mit Classicrock an, mit dem er meint, unseren Geschmack zu treffen. Ich denke an meine Eltern und daran, wie sie bei solchen Liedern anfangen wild mit den Beinen zu wippen und die Köpfe hin und her zu schwenken, was ein ziemlich beängstigendes Bild ihrer Jugend vermittelt.

Dann steht Jamie auf, eine durchtrainierte Sportskanone, die mit ihrem Outfit im Army-Stil direkt einschüchternd wirkt. Man hat das Gefühl, sie könnte jeden Moment ein Buschmesser rausholen und auch Indiana-Jones-mäßig eine Schlange mit der bloßen Hand greifen und ihr mit einer geschickten Bewegung das Genick brechen. Oder einem Menschen.

»Ich möchte euch ein wenig darauf vorbereiten, was dieses Wochenende passiert. Wir kommen ungefähr gegen Mittag an und werden als Erstes unsere Zelte aufbauen. Keine Sorge, wir helfen euch, falls es Probleme gibt. Wir bauen auf, bevor klar ist, wer in welches Zelt kommt, also gebt euch bei jedem Zelt so viel Mühe, als wäre es euer eigenes. Die Zeltverteilung erfolgt nach dem Zufallsprinzip, wir ziehen Lose. Es geht darum, einander besser kennenzulernen und vielleicht gerade mit jemandem ein Zelt zu teilen, mit dem man es sonst nicht tun würde. Danach unternehmen wir die erste Wanderung, denn das Wetter ist gut. Das müssen wir ausnutzen. Abends kommen wir zurück und machen ein Lagerfeuer.«

»Wann kommt der Teil, wo wir uns betrinken?«, fragt Layla.

Jamie verzieht ihr Gesicht. »Leute, ich bin nicht euer Babysitter. Aber keine harten Drogen. Ich will keine Leute, die morgens, wenn das Acid nachlässt, nackt in der Mitte des Camps unter einem Sonnenschirm aufwachen, weil sie glauben, am Strand in der Karibik zu sein.«

»Die Beschreibung klingt zu präzise, als dass das nicht schon passiert ist«, flüstert Layla mir zu.

»Und morgen machen wir nach dem Frühstück eine Wanderung zum Kochenden Fluss, wo wir baden können. Da gibt es dann auch wieder eine Handyverbindung.«

»Wir haben keine Handyverbindung? Nicht dein Ernst«, kommentiert Obi schockiert. »Das hätte man vielleicht vorher erfahren müssen.«

Jamie verschränkt die Arme vor der Brust. »Es stand in den Unterlagen. Wie gesagt, derzeit gibt es noch Netz. Bereitet alle darauf vor, dass es heute Abend keine Nachrichten mehr von euch gibt, damit niemand in Panik verfällt, weil ihr nicht innerhalb von zwei Minuten geantwortet habt. Und dann könnt ihr im Zweifel morgen eure Selfies vom Kochenden Fluss versenden.« Sie rollt mit den Augen. Dann weiß ich ja schon, was Landon Bonell morgen auf seinem Insta posten wird. In stylischer Badehose. Muskeln geflext.

»Kochender Fluss?«

»Es gibt heiße Quellen. Der Fluss daneben ist kalt. Der perfekte Ort, wo Krishna und ich euch zeigen können, wie man mit der richtigen Technik in eiskaltem Wasser baden kann. Hilft auch, wenn man einen klaren Kopf kriegen muss. Ich kann es nur empfehlen. Man braucht nämlich keinen Stickstoffcontainer mit minus einhundertundzehn Grad, um von den positiven Effekten wirklich zu profitieren. Es reicht auch ein Fluss in Montana. Wer Interesse hat, dem zeige ich die Kapalabhati-Pranayama-Atmung. Danach können wir dann baden gehen. Dort vermischt sich das kochend heiße Wasser mit dem Fluss und an einigen Stellen ist die Temperatur besser als in jeder Badewanne.«

»Ich hatte bisher weder Stickstoffcontainer noch Eisbad vermisst, ehrlich gesagt«, raune ich Layla zu. Als wir ankommen, ist es noch wärmer geworden. So warm, dass man fast das Gefühl hat, man sollte vielleicht Sonnencreme auftragen. Gleichzeitig liegt in der Ferne noch etwas Schnee. Nicht viel, aber in den höheren Lagen sieht man ihn noch.

»Wir haben solches Glück mit dem Wetter«, strahlt Jamie als wir aussteigen.

»Alles klar, es gibt Zweier-, Dreier- und Viererzelte. Schreibt bitte alle euren Namen auf einen Zettel und werft ihn in diese Mütze.« Wir folgen brav Jamies Befehl und währenddessen treffen weitere Studenten ein, die mit dem eigenen Auto gekommen sind. Unübersehbar, auch wenn er ziemlich lautlos ist, trifft auch Nates Tesla ein. Wir machen uns an den Zeltaufbau und in der Sonne wird uns schnell warm. Der Boden ist hart und es ist gar nicht so leicht, die Zeltheringe und Stangen in den Boden zu bekommen. Schließlich ist der Zeltplatz jedoch gesprenkelt mit verschiedenfarbigen Zelten und es sieht im Sonnenschein eigentlich ganz einladend aus.

Als wir fertig sind, machen wir eine kurze Snackpause. Wir verteilen uns auf Holzbänke des Campingplatzes und essen die mitgebrachten Sandwiches. Die Organisatoren haben große Thermoskannen mit Tee und Kaffee mitgebracht und ich muss zugeben, umgeben von der endlosen Natur und den Bäumen, die Anzeichen des Frühlings zeigen, unter dem leuchtendem Himmel und mit den wärmenden Sonnenstrahlen auf dem Gesicht ist es ziemlich beeindruckend. Schon nach den paar Stunden fühle ich mich den Leuten irgendwie mehr verbunden. Es muss die Natur sein, die einem das Gefühl gibt, näher zusammenzurücken. Vielleicht auch das fehlende Handynetz, das die Verbindungen mit allen Leuten, die nicht hier sind, so radikal kappt. Jetzt gibt es nur noch die Gruppe. Es gefällt mir. Landon und Nate halten sich etwas im Hintergrund, Layla wirkt mit sehr wenig Make-up genauso schön oder eigentlich noch schöner und weniger einschüchternd als sonst. Als wir zur Wanderung durch den nahe gelegenen Wald aufbrechen, läuft Jeremy neben mir. Er schien nicht sonderlich enttäuscht über die kleine Rolle, die er letztlich bekommen hat, vor allem, weil er zusätzlich die Zweitbesetzung von Benedikt ist. Er kommt aus Kanada. Seine schwarzen Locken kringeln sich unter einer Pudelmütze hervor und er trägt eine karierte Jacke mit einem Snowboarder auf dem Rücken.

»Kannst du das?«, frage ich ihn und deute auf seine Jacke. Er nickt. »Ich war mal im Team von Burton, dem Snowboardhersteller. Aber … ich wollte dann kein Profi werden. Das wäre mir zu einseitig gewesen, nur noch Snowboarden.«

»Du hättest die Chance gehabt? Beeindruckend. Egal mit wem ich rede, jeder hat noch so ein heimliches zweites Leben und kann irgendetwas anderes richtig gut: Singen, Tanzen, Klavier spielen. Irgendetwas.«

»Du kannst bestimmt auch etwas. Du bist so bescheiden.« Jeremy streicht sich die Haare zurück und drapiert die Pudelmütze neu.

»Zählt puzzeln auch?«

Sein Gesicht zuckt und er versucht ernst zu bleiben. »Puzzeln ist ganz oben auf der Liste. Über fünftausend Teile?«

Ich nicke. »Quilten kann ich auch. Hat meine Oma mir beigebracht. Vielleicht gibt es da ja auch mal eine Rolle.«

Wir grinsen beide. Seine Wangen sind von der Kälte gerötet. Plötzlich kommt mir der Gedanke, dass er möglicherweise mit mir flirtet. Ich habe es schon mal gedacht, nur bin ich meistens mit meinen Gefühlen für Landon beschäftigt.

Er erzählt mir von Kanada und seiner Familie, die aus Israel ausgewandert ist und dass alle anderen Familienmitglieder Musiker sind, vor denen er sich rechtfertigen muss, weil er in ihren Augen sein musikalisches Talent verschwendet.

»Ich habe immerhin meine Gitarre dabei, fürs Lagerfeuer

reicht es. In den Augen meiner Familie natürlich so ähnlich wie Shakespeare im Vergleich zu einer Daily Soap.«

Auch wenn Landon nicht in der Nähe ist, habe ich das Gefühl, dass der Spruch gegen ihn gerichtet ist. Die beiden sind auch während der Proben nicht die besten Freunde.

»Gitarre habe ich mir selbst mit YouTube beigebracht. Das reicht eher nicht fürs Lagerfeuer«, murmele ich.

»Oh, ich bin gespannt, du musst später mal spielen«, sagt Jeremy begeistert und ich merke, dass ich gerade einen Fehler gemacht habe.

»Gott, nein, bestimmt nicht, wenn ich jetzt weiß, dass du aus einer Musikerfamilie kommst.«

»Wenn alle betrunken sind, ich erinnere dich dran«, grinst er. »Aber erzähl mal von Ohio.«

Okay, er weiß nicht, wie sehr mich so eine Frage in Verlegenheit bringt. Im Kopf grase ich meinen Heimatort Mariville nach interessanten Anekdoten ab, aber so richtig finde ich keine. Ich erzähle ihm davon, wie ich immer gern bei Theaterstücken mitgemacht habe und wie mich meine Oma eigentlich auf die Idee gebracht hat, das weiterzuverfolgen, was aber natürlich unser Geheimnis ist, damit das Verhältnis zu meinem Vater nicht leidet. Sie meinte, ich sollte mich nicht von Vorbildern in meiner Umgebung einschränken lassen, sondern den Blick weiter heben.

Jeremy hängt voller Interesse an meinen Lippen, was mich noch mal stutzig macht. So viel Aufmerksamkeit würde er diesen Geschichten wohl kaum schenken, wenn er *nicht* flirten würde. Muss ich jetzt aufpassen, dass ich keine falschen Signale sende?

»Hey, Lan«, ruft er Landon zu, der ein Stück entfernt läuft. Unser Ziel ist ein Ausblick in verschiedene Schluchten, die beeindruckend sein sollen.

Landon dreht sich um und sein Blick fällt auf mich und Jeremy. Wie immer finde ich es schwierig, ihm direkt in die

Augen zu schauen. Dennoch verspüre ich unter seinem kritischen Blick den Impuls, ihm zu erklären, dass zwischen mir und Jeremy nichts ist. *Wie bitte?* Ich möchte mich ohrfeigen für den Gedanken.

»Hast du keine Angst davor, dass ich dich am Tag vor der Abschlussaufführung aus dem Weg räume, um selbst zu spielen?«, fragt Jeremy und lässt seine Augenbrauen tanzen.

Landon blickt verwirrt zu mir, aber ich schaue nur genauso neugierig zu Jeremy.

»Möglicherweise solltest du kurz vor der Aufführung im Dunkeln nicht mehr das Zimmer verlassen«, erklärt Jeremy. »Ich habe mal einen Thriller über einen verzweifelten Schauspieler gelesen, der das Problem der ewigen Zweitbesetzung auf seine eigene Weise löste.« Er zwinkert. Aber es liegt etwas zu viel Spannung in der Luft, so richtig lustig wirkt es nicht.

»Danke für die Warnung«, erwidert Landon ziemlich humorlos. »Es gibt keine kleinen Rollen, es gibt nur kleine Schauspieler. Du bist verantwortlich dafür, was du draus machst.« Sein Blick wandert noch mal zwischen uns hin und her, als wollte er versuchen zu verstehen, ob irgendetwas vorgeht. Ich bin ehrlicherweise gerade nicht unglücklich, dass Jeremy mit mir flirtet. Jedenfalls mildert das eventuell den Eindruck einer verzweifelten, sexuell ausgehungerten Kleinstadtpflanze, den Landon – meinen Reaktionen bei den Proben nach – von mir haben muss. Das wurmt mich irgendwie mehr, als ich mir eingestehen will.

Achtzehn

Landon

Layla hatte mich schon gewarnt, dass diese Ausflüge bekannt dafür sind, dass sie ziemlich ausarten. So weit draußen in der Natur ist jedem klar, dass hier eigene Gesetze gelten und der Einsatz von Alkohol und Drogen überhaupt nicht kontrolliert wird. Wenn diese Wanderung hier nicht im Nirgendwo sein soll, dann weiß ich auch nicht. Aber es hat erstaunlich viel Spaß gemacht und Freiheitsgefühl durchströmt mich, das ich schon lange nicht mehr so empfunden habe. Alles wirkt nicht mehr so dramatisch, man könnte auch einfach hier draußen bleiben und L. A. L. A. sein lassen. Die Boots von Nate waren essential, Turnschuhe wären eindeutig zu rutschig und instabil gewesen, und ich bin froh, dass er sie mir aufgedrängt hat. Man fühlt sich irgendwie gesünder hier, die Natur übernimmt einen. Es gibt Bäume, die zaghaft auszuschlagen beginnen, grünbraune Wiesen, Felder, einen riesigen, inzwischen recht dunklen Himmel und Felsen. So haben sich die Leute früher im Wilden Westen gefühlt.

Wir haben den ganzen Campingplatz für uns allein, weil die anderen beiden Camper, nach der unerwarteten Ankunft von so vielen Mitcampern, fluchtartig den Platz verlassen haben. Sie wollten wahrscheinlich ihre Ruhe haben. Wer fährt schon stundenlang in die Natur, um dann neben grölenden

College-Studenten zu sitzen? Denn es ist klar, dass es darauf hinauslaufen wird. Deshalb gibt es jetzt kein Halten mehr. Doch wie viele Flaschen auf einem der Tische aufgestellt werden, als wir uns um zwei große Lagerfeuer scharen, ist dann auch für mich überraschend. Jede Person hat genug Alkohol für ein eigenes Oktoberfest dabei, eine der berüchtigtsten Mottopartys auf dem Campus. Über uns sind schon jetzt die Sterne deutlich zu erkennen. Wir sitzen auf Bänken um das Feuer, das eine unglaubliche Wärme abgibt und alle Gesichter in gelbem Licht strahlen lässt.

Es ist dunkel geworden und damit ist die Temperatur noch mal weiter gesunken, aber am Feuer kann man fast im T-Shirt sitzen. Einige sind sogar mit beheizbaren Decken ausgestattet, da wird Camping auf ein neues Level gehoben. Nate plant wahrscheinlich auch schon, es sich im Tesla bequem zu machen, wenn es zu ungemütlich wird.

Jamie hat ebenfalls einen Gang runtergefahren. Sie sitzt entspannt neben mir und erzählt mir, wie froh sie ist, dass das Wetter gehalten hat, weil sie diese Trips auch schon in strömendem Regen und Schneesturm durchgeführt hat. Sie hat inzwischen selbst schon zwei Bier getrunken.

»Welche Stars hast du denn schon mal getroffen?«, fragt sie nach einer Weile. Sie hat dieses Glänzen in den Augen, wenn sie mit mir spricht, ich könnte wetten, dass sie früher *Family Forever* geschaut hat. Ich will ihr nichts unterstellen, vielleicht bin ich auch übersensibel für dieses Gefühl, dass Leute durch mich hindurchschauen und mich als Mensch überhaupt nicht wahrnehmen. »Kommt drauf an, was für dich ein Star ist.«

»Die Kardashians?«, fragt sie.

»Ich hab mal Kendall Jenner beim *Coachella* kennengelernt. Sie ist nett. Witzig.« Ich denke daran, wie meine Mutter und George danach ausgerastet sind, weil ich kein Foto mit ihr gemacht habe, was mir unendlich viele neue Follower gebracht hätte, wenn sie kommentiert oder repostet hätte. Sie hat über einhundert Millionen, damals noch ein paar weniger. Bei so was fallen dann immer ein paar Follower ab, in dem Fall auch mal eine signifikante Menge. Sie war cool. Sie hätte es gemacht. Vielleicht hat es mir deshalb in dem Moment so widerstrebt. »Ich hätte nicht gedacht, dass du auf die Kardashians abfährst«, erkläre ich Jamie stattdessen und trinke noch mehr von dem Wheatfish Wheat Lager, einem Bier aus Montana. Schmeckt eigentlich ganz gut und ist ökologisch. »Ich dachte, du wärst eher so ein Naturmädchen.«

»Jeder braucht sein schmutziges Geheimnis«, erwidert sie. »Aber sag's nicht den anderen *Barefoot-Nation*-Leuten«, grinst sie.

»Glaub mir, ich kann schweigen wie ein ganzer Friedhof.«

Neunzehn

Hazel

Bei der Verteilung der Zelte wurde mir eins gemeinsam mit Wei und Nora zugewiesen. Ich bin ganz froh, dass es weder Jeremy noch Landon geworden sind und gleichzeitig vielleicht auch ein ganz kleines bisschen enttäuscht. Nein, froh. Bei dieser Verteilung werde ich auf jeden Fall besser schlafen, denn inzwischen bin ich mir sicher, dass Jeremy mit mir flirtet. Er macht es zurückhaltend genug, dass es nicht unangenehm ist, aber dennoch wäre eine Nacht neben ihm im Zelt vielleicht etwas viel und hätte das Potenzial, zu irgendwelchen unangenehmen Situationen zu führen. Wir haben schon Nudeln gegessen, Suppe und über dem Feuer geröstetes Brot. Ich habe jede Menge Proteinriegel und Smoothies dabei, aber das Essen von der Feuerstelle schmeckte erstaunlich gut. Die erste Runde Wodka wurde schon rumgereicht und sogar da habe ich ein Glas mitgetrunken. Hier draußen versteht man, warum in Sibirien so viel Wodka getrunken wird. Er macht warm. Ich fühle mich, als hätte ich eine Wärmflasche verschluckt. Jeremy hat die Gitarre rausgeholt und sitzt neben mir. Er klimpert gedankenverloren auf den Saiten, aber es klingt ziemlich schön. Er lächelt mir zu, ich lächele zurück. Der Wodka fühlt sich gut an, ich bin angenehm erschöpft von der Wanderung und fühle mich so wohl in der Gruppe wie noch nie. Dornbush hatte recht: Das ist etwas ganz Besonderes. Jeremy beugt sich über die Gitarre und beginnt leise zu singen. Er hat eine angenehme Stimme, nicht sehr dunkel, aber es klingt schön, ein sentimentales Lied. Dabei schaut er mich durch die langen Locken an, die ihm ins Gesicht hängen, und mein Blick bliebt an seinen Lippen hängen, während er singt. Plötzlich hört er auf. Er schiebt mir die Gitarre in den Schoß. »Ein Lied?«, sagt er leise. »Keiner hört wirklich zu. Es ist keine Vorführung. Nur für mich?« Er sieht mich mit schief gelegtem Kopf an. Er ist irgendwie nah, die anderen sind in Gespräche versunken, plötzlich, im Halbdunkel, scheint es mir nicht so unmöglich. Ich nehme die Gitarre und zupfe vorsichtig ein paar Seiten.

»Ich weiß nicht, was ich spielen soll«, flüstere ich.

»Irgendetwas, was du gerade fühlst«, sagt er.

Ich seufze. »Okay. Es könnte etwas abgegriffen sein«, murmele ich und schaue in die tanzenden Flammen des Lagerfeuers, höre das Knacken der verbrennenden Äste, atme den frischen Waldgeruch ein, der sich mit dem Duft der verbrennenden Holzscheite mischt.

Er zuckt mit den Schultern und nickt mir noch mal ermutigend zu. Dann beginne ich zu spielen. *Blackbird* von den Beatles. Ich liebe das Lied und irgendwie passt die Stimmung gerade. Ich schaue auf meine Gitarre, greife die Akkorde. Sie sind nicht ganz unkompliziert, aber auch nicht zu schwer. Ich liebe das Lied. Ich singe leise, eher für mich, vielleicht noch für Jeremy, aber die Musik geht etwas unter in den vielen Stimmen, die durcheinanderreden, und ich entspanne mich. Gitarrespielen entspannt mich immer, ich weiß schon, warum es ein verlässliches Mittel gegen Lampenfieber ist, denn nach den ersten paar Akkorden ist es mir fast egal, ob jemand zuhört. Ich schaue zu Jeremy, der mich mit Blicken anspornt und mir demonstrativ zu verstehen gibt, wie gut er mein Spiel findet. Dann stimmt er in das Lied ein, er singt lauter, sodass ich ebenfalls lauter werde. Dabei lächeln wir uns an. Ich merke, wie die anderen nach und nach verstummen und uns zuhören. Jeremy singt vielleicht ein wenig übertrieben emotional, aber wir fühlen uns schließlich emotional, sentimental und glücklich. Als wir fertig sind, hören wir grinsend auf und zum ersten Mal hebe ich den Blick von Jeremy und schaue in die Runde. Alle klatschen und jubeln und ich grinse ebenfalls, ich bin glücklich. Dann fällt mein Blick auf Landon und ich erstarre. Er sieht aus, als wäre er wieder tief in Macbeth, endgültig bereit, einen Mord in Auftrag zu geben, einen Mord an Jeremy.

Zwanzig

Landon

»Möchtest du einen Witz hören?«, fragt Nate und setzt sich neben mich. »Du wirkst, als könntest du etwas Aufmunterung gebrauchen.« Er stößt mich mit dem Ellenbogen in die Seite. Ich reiße meinen Blick von den singenden Turteltäubchen los, deren Vorführung mir Brechreiz verursacht.

»Sie singt schön, deine Hazel.«

»Sie ist nicht meine Hazel.«

Nate zuckt mit den Schultern und verdreht die Augen. »Witz?«

»Ich glaube nicht«, antworte ich. Nate hat schon während der Fahrt hierhin Witze erzählt und sich dabei selbst am meisten totgelacht. Er hat allerdings ein ansteckendes Lachen, sodass ich auch über völlig unlustige Witze mitlachen musste. Was natürlich dazu führt, dass er weitermacht mit seinen Witzen.

Er ignoriert meine Antwort und legt los. Er ist gut darin, Dinge zu ignorieren, die er nicht sehen will. Bin ich normalerweise auch, aber gerade fällt es mir schwer.

»Ich wollte den Witz eigentlich erst erzählen, wenn es anfängt zu regnen. Aber scheinbar bleibt heute doch alles trocken. Also hier: ›Gib ihn mir, gib ihn mir, ich bin so fucking feucht, ich brauche ihn jetzt‹, ruft das scharfe Mädchen neben mir. Und ich blicke ihr tief in die Augen und antworte: ›Egal, wie viel du schreist. Ich behalte meinen Regenschirm.‹«

Er schaut nach Beifall heischend zu mir. Ich schlage mir vor die Stirn. »Versaute Witze zu erzählen ist ein Konzept, das ich vor spätestens sieben Jahren hinter mir gelassen habe.« Aber natürlich muss ich dennoch grinsen, einfach wegen Nates Gesichtsausdruck.

Layla, die auf der anderen Seite des Feuers auf der Bank sitzt, klettert auf den Baumstumpf und breitet die Arme aus, als würde sie gleich mit der Bergpredigt beginnen.

»So, Leute, der entspannte Teil des Abends ist vorbei. Jetzt gibt es Trinkspiele! Wir sind ja nicht zum Spaß gekommen und sonst müssen wir den ganzen Mist hier wieder zurückschleppen.« Zustimmende Rufe tönen aus der Gruppe.

Sie deutet auf die lange Reihe von Getränken, die neben dem Feuer auf einem Tisch aufgereiht sind, der zu einer Bar geworden ist. Aber es haben sowieso alle schon was getrunken.

Vorschläge für Spiele werden entgegengenommen und Layla steht in einem rotem Parka im Mittelpunkt und liebt es, alle Blicke auf sich zu spüren. Das Feuer wirft Schatten auf ihr Gesicht.

»Never have I ever«, ruft jemand.

»Bier-Pong.«

»Karten gegen die Menschlichkeit.«

»Kings Cup.«

»Seven Minutes in Heaven.«

»Wahrheit oder Pflicht.«

Nach einer kurzen Abstimmung sind sich alle einig. Erst eine Runde Kings Cup, um betrunken zu werden, dann Seven Minutes in Heaven, bei dem sich jeweils zwei Personen sieben Minuten in einen Schrank stellen, um sich besser kennenzulernen. Weil wir keinen Schrank haben, müssen sie gemeinsam in ein Zelt gehen und wir machen immer zwei Gruppen gleichzeitig, weil wir so viele sind. Wenn wir dann noch fit sind, spielen wir Never have I ever.

Nate ist einen Moment mit Nora verschwunden, was mir gar nicht aufgefallen war, und kommt gemeinsam mit ihr zurück, einen Arm um ihre Schultern gelegt. Sie haben glänzende Augen und riechen nach Gras. Sie sind hier, glaube ich, nicht die Einzigen. Mein Blick wandert zu Hazel, die neben Jeremy sitzt, an dem sie heute klebt wie eine Klette. Sie kann richtig gut spielen und auch ihre Stimme ist besonders. Das ist mir natürlich auch aufgefallen. Keine glatte, geschulte Stimme, aber umso samtiger und natürlich melodisch und klar. Ich wusste gar nicht, dass sie Gitarre spielen kann. Woher auch, keine Ahnung, warum ich immer denke, dass ich so viel über sie weiß. Sie hat bestimmt noch ein paar mehr Überraschungen parat. Aber dann musste Jeremy direkt ein Liebesduett draus machen. Mir egal. Oder vielleicht auch nicht. Er wird ihren Drang, etwas zu erleben, doch voll ausnutzen, wenn er kann. Da ist es wieder, diese komische Gefühl, sie beschützen zu müssen. Was für ein bescheuerter Impuls. Ich traue ihr zu, dass sie in ihrem Wunsch, Erfahrungen zu sammeln, Mist baut und Dinge macht, die sie bereut. Und, nein, das ist mir nicht egal. Sie lacht ziemlich ausgelassen und wirkt gelöster als sonst. Vielleicht ist es der Alkohol. Die Stimmung hier, dieses Gefühl im Nirgendwo zu sein, erinnert mich an den Abend, an dem wir uns zum ersten Mal getroffen haben, und das seltsame Gefühlsgemisch von damals steigt wieder in mir hoch, wenn ich sie anschaue. Eins davon ist Reue. Das wird mir gerade ganz klar. Diese Aufnahme hat mich an Nikki erinnert. Und ihre Fantasie über Hollywood und den Schauspielberuf hat mich sauer gemacht. Ich hätte ihr am liebsten einen Bottich kaltes Wasser ins Gesicht gespritzt, um sie wachzurütteln. So funktioniert dieser Traum nicht. Aber jetzt habe ich ein schlechtes Gewissen, dass ich so ausgerastet bin. Sie konnte nichts dafür. Ist wohl eher mein Problem.

Nate stößt mich in die Rippen. »Sie ist echt süß. Ist das nicht Pflicht, dass ihr zusammen rummachen müsst, so von wegen Filmpartner? Ich dachte, die gehen prophylaktisch schon vorher einmal ins Bett zum Warmwerden, damit sie dann das Liebespaar überzeugender spielen können. Vielleicht sollte ich doch noch das Fach wechseln. Ich habe letztens eine Netflix-Doku über diesen Pornodarsteller Rocco gesehen und …«

»Nate«, unterbreche ich ihn. »Ich will nicht wissen, was in deinem zugedröhnten Schädel gerade vor sich geht. Aber glaub mir, du willst *nicht* ins Pornobusiness. Glaub's mir einfach. Bist du mit deinem Filmprojekt weiter?«, frage ich stattdessen zurück. Ich trinke ein Bier und merke den Wodka schon ganz schön stark, weil ich selten viel trinke. Nate erzählt mir von den Kursen, seinen Plänen und seinem Projekt, aber ich habe nicht das Gefühl, dass wirklich viel passiert ist, seit ich ihn das letzte Mal gefragt habe.

Inzwischen wird die erste Karte gezogen. Layla hat direkt eine Zwei gezogen. »Zwei« schreit sie. »Ich kann zwei Leute bestimmen.« Sie zeigt auf mich. »Du musst trinken. Und du«, sie zeigt auf Nora.

Nora sieht mit ihrem schwarzen Pagenkopf heute wieder aus wie Uma Thurman. Wir grinsen uns an und ich trinke einen Becher mit Bier, während sie ebenfalls ihren Becher leert, dessen Inhalt ich nicht kenne. Irgendjemand hat Pinienholz auf das Feuer gelegt, dessen würziger Rauchgeruch sich mit der Waldluft mischt.

Als Nächstes wird ein Bube gezogen. Alle Jungs müssen trinken und bevor ich widersprechen kann, hat Layla jedem einen weiteren Becher mit Wodka in die Hand gedrückt. Dann kommt die Sieben und weil Hazel die Letzte ist, die ihre Hand hebt, muss sie trinken. Dann hat Nate tatsächlich eine Acht und wählt mich als Trinkpartner, sodass ich ab jetzt immer etwas trinken muss, wenn Nate etwas trinkt.

Es sind nicht nur der Alkohol und das Gelächter. Die Umgebung hat ebenfalls eine Wirkung auf mich. Das Rascheln der Bäume im Wind, der frische Waldgeruch und der weiche Boden. Ich entspanne mich. Jetzt bin ich hier, es passiert heute Abend nichts mehr, es gibt tatsächlich keinen Mobilfunkempfang, und irgendwie gefällt mir das besser, als ich dachte. Ich war schon ewig nicht mehr ohne Netz. Keine Telefonate. Kein Instagram. Die meisten haben ihr Handy gar nicht dabei, niemand hängt gebeugt nach unten oder tippt auf seinem Handy herum. Es dauert nicht lange, bis wir alle ganz schön betrunken sind, und das ist natürlich der Sinn des Spiels. Doch der Alkohol und das Feuer machen warm und ich öffne meine Jacke. Wir sind auf einer gemütlichen, hellen Insel in der bläulichen Landschaft, die sich um uns herum ausbreitet, am Himmel steht ein fast perfekt runder Mond.

»Okay, Zeit für Seven Minutes in Heaven, ihr Lieben«, ruft Layla mit glänzenden Augen. Sie steht wieder auf dem Baumstamm, aber springt so schwungvoll herunter, dass ich mir nicht sicher bin, ob sie wirklich noch auf einem Baumstamm stehen sollte. »Ich bin bereit. Wer noch? Halt, nein, alle sind bereit.«

»Sie ist bereit und breit«, murmelt Nate, der sich wieder neben mich setzt. »Also, schön, dass ihr alle mitmacht. Das fällt unter gruppenbildende Maßnahme. Die ausgewählten Personen gehen in ein zugewiesenes Zelt, weil es hier keinen Kleiderschrank gibt. Weil Flaschendrehen am Lagerfeuer schwierig ist, benutzen wir meinen Zufallsgenerator. Jeder bekommt eine Zahl zugewiesen und dann geht es los. Hier in meinem Handy ist der magische Generator. Wir zählen einmal durch und jeder hat eine Zahl.« Alle kichern, murmeln etwas von albernen Highschool-Spielen, aber letztlich weigert sich niemand mitzumachen.

Krishna legt noch ein paar dicke Scheite Holz nach, sodass die Flammen noch mal höher schlagen und der Piniengeruch sich verstärkt. Es ist warm, der Sternenhimmel ist sensationell und der Vollmond wie auf einer kitschigen Postkarte. Es gibt nur unsere Gruppe, unsere Stimmen, das Flackern des Feuers. Gitarrenmusik begleitet das Spiel, aber diesmal spielt und singt Jeremy allein. Immerhin hat sich Hazel zu Wei gesetzt, was mich mehr beruhigt, als es sollte. Ich habe ihren Standort ständig im Blick. Es ist fast absurd romantisch hier. Ich spüre den Alkohol. Ich merke es schon daran, dass ich immer wieder zu Hazel rüberschaue, die aber so derartig nicht in meine Richtung schaut, dass es kein Zufall sein kann. Sie unterhält sich, lacht ziemlich laut und wirkt definitiv ebenfalls nicht mehr nüchtern. Wieder steigt dieser wirklich überflüssige Beschützerinstinkt in mir auf. Aber was mache ich mir vor, es ist viel mehr als ein Beschützerinstinkt. Es ist vor allem stark und ziemlich magnetisch.

Die Gruppe befindet sich schon ein bisschen in Auflösung, aber kalt ist niemandem mehr, denn das Feuer brennt immer noch munter und einige rösten Marshmallows darüber und drücken die geschmolzene zuckrige Masse mit Schokoriegeln zwischen Kekse. Ein Wettstreit um die perfekte Röstung beginnt. Der Beutel macht die Runde und jeder, der dran war, darf den Nächsten aussuchen, der eine Nummer daraus ziehen muss. Nora und Jeremy verschwinden. Dann Nate und Jamie. Ein paar andere, die ich nicht so gut kenne, belegen die Zelte. Dann ist Hazel dran. Sie ist aufgeregt und ihre Hände gestikulieren wild, sie ist nervös und hektisch und lacht etwas lauter.

»Nummer zwölf«, sagt Layla und hält ihr Handy hoch. Sie blickt zu mir. Wir sind viele und ich bin erstaunt, dass sie sofort weiß, dass ich es bin.

Warum spiele ich eigentlich ein Spiel mit, das mir schon in der Highschool zu albern war? Aber Hazel steht auf. Ich kann nicht sehen, ob sie blass ist, ihr Gesichtsausdruck ist einigermaßen erstarrt, doch das kann auch am Schein des Feuers liegen.

»Benedikt und Beatrice. Unser Traumpaar«, ruft Krishna und einige klatschen und feuern uns an. »Diese Energie, diese Chemie«, ruft jemand anderes und mir wird noch mal klar, dass die aufgeladene Atmosphäre zwischen uns den anderen Schauspielern natürlich auch nicht entgangen und schon lange kein Geheimnis mehr ist. Kurz überlege ich zu sagen, dass ich aussteige, aber das würde es natürlich noch merkwürdiger machen. Dann würden die anderen erst recht denken, dass irgendetwas zwischen uns nicht stimmt. Oder dem Ganzen mehr Gewicht geben. Lieber ins Zelt für die paar Minuten und dann war's das. Was für eine absurde Veranstaltung.

Ich erhebe mich ebenfalls. Trotz meiner Gedanken fühle ich jedoch meinen Herzschlag, das benommene Gefühl im Kopf, das ich nicht wirklich zuordnen kann. Layla strahlt mich an und im Licht des Feuers sieht sie aus wie eine Magierin. Ich blicke zu Hazel und, ja, ihre Augen sind angeknipst. Ich glaube, sie ist schon ganz schön breit. Als sie losgeht, stolpert sie fast. Fuck.

Einundzwanzig

Hazel

Das war ja klar. Und natürlich genau jetzt. Ich habe gar nicht gemerkt, dass ich so viel getrunken habe, aber irgendwie ist alles ganz schön soft, alle wirken verdächtig nett und ich bin irgendwie zu glücklich? Natürlich habe ich auch gerade das beste Marshmallow-Schoko-Keks-Sandwich der Welt gegessen, das macht ebenfalls glücklich. Der Sternenhimmel ist übertrieben perfekt mit dem runden Mond und den vielen Sternen, und was mir sonst kompliziert und dramatisch erschien, wirkt jetzt so einfach. Wir sind alle Menschen. Ich sollte eine Trinkpause machen, dieses Kings-Cup-Spiel ist hinterhältig. Egal, was man für eine Karte zieht, irgendwie muss man immer trinken. Vor Trinkspielen haben meine Eltern mich schon immer gewarnt, weil Leute sich ins Koma trinken. Gut, so weit bin ich noch nicht, aber mein Kopf ist schummrig nach der langen Wanderung, den Drinks, den vielen Eindrücken, dem Singen mit Jeremy und jetzt auch noch Landon.

Der Boden ist wackelig, als ich aufstehe und mich auf den Weg zum Zelt mache. Ich versuche würdevoll und gerade zu gehen, was einigermaßen gut funktioniert, glaube ich. Ich bin nicht voll weggetreten oder so, aber dieser Wodka oder was das war, hatte es in sich. Und ja, mein Kopf vibriert fast bei dem Namen Landon. Ich bin so aufgeregt und unglaublich dankbar, dass es so dunkel ist. Meine Wangen fühlen sich an, als würden sie intensiver glühen als eine Horde Glühwürmchen. Ich könnte meine Wange wahrscheinlich auch als Lampe benutzen, um den Weg in der Dunkelheit zu beleuchten.

Landon und ich haben das »große Zelt« zugewiesen bekommen, in dem man in der Mitte sogar aufrecht stehen kann. Auf dem Zeltboden steht eine kleine Glaslampe, die ein sanftes und zum Glück nicht sonderlich helles Licht verbreitet.

»Ah, du hast mal wieder getrunken«, bemerkt Landon zur Begrüßung. »Und dann hast du Laylas Handy manipuliert, damit es extra mich auswählt?« Seine Stimme klingt jedoch spielerisch, eher neckend.

Ich presse meine flache Hand gegen seine Brust und schiebe ihn energisch nach hinten. »Du bist so bescheuert«, sage ich, aber auch ich klinge nicht böse und mir fällt auf, dass meine Sprache nicht ganz deutlich ist. Ich fühle mich allerdings nicht so betrunken. Wirklich nicht. »Du hast den Wodka auch nicht abgelehnt. Brauchst dir also keine Sorgen zu machen. Du hast später eine Entschuldigung, nicht wahr?«

»Du glaubst, ich brauche später eine Entschuldigung?«, sagt er und seine Stimme klingt samtweich, sodass mein Nacken zu kribbeln beginnt. Er ist nicht in Streitmodus. Mein Puls schnellt rapide nach oben.

Meine Hand liegt auf seiner Brust, es war unüberlegt, dort hinzufassen. Seine Jacke ist nämlich geöffnet, das Fleece darunter auch, sodass ich direkt auf seinem T-Shirt gelandet bin, und, ganz ehrlich, das T-Shirt fühle ich überhaupt nicht, nur seine Brust darunter. Ich habe scheinbar Röntgenhände. Und diese Röntgenhände spüren eine sehr muskulöse, harte, sehr anziehende Brust durch den nicht mehr vorhandenen T-Shirt-Stoff. Eine Empfindung, die direkt wieder alles zum Vibrieren bringt. Kann das nicht einfach mal aufhören? Ich verziehe das Gesicht. »Weißt du, damals im *Drunk Bull* hatte ich gar nicht so viel getrunken oder zumindest das meiste wieder ausgekotzt.

Heute bin ich betrunkener. Aber ich bin nicht voll weggetreten, ich weiß noch, was ich tue. Du hast auch getrunken, und wenn man bedenkt, dass deine Nahrung vorwiegend aus grünen Salatsmoothies besteht, bist du wahrscheinlich betrunkener als ich«, fahre ich fort. »Hast du wenigstens ein Marshmallow-Sandwich gegessen? Hast du ein Salatblatt dazwischengelegt?«

Er grinst und ich sehe kurz seine Zähne im Halbdunkel leuchten. Er ist so nah, dass ich die Hitze, die sein Körper abstrahlt, immer noch spüre, obwohl ich meine Hände heruntergenommen habe.

»Gott, das ist doch absurd hier«, entfährt es mir und meine Stimme klingt etwas krächzend, weil mein Hals so trocken geworden ist.

»Was ist absurd?«, fragt er, wieder samtig und dunkel, aber seine Stimme ist ebenfalls belegt. Nicht so, als würde ihn die Situation kaltlassen. Immerhin. Ich hoffe wirklich, dass diese aufgeladene Atmosphäre nicht nur eine private Halluzination ist. Meine Augen haben sich an die Dunkelheit gewöhnt und durch den hellen Mond und eine Lampe vor dem Zelt kann ich sein Gesicht einigermaßen erkennen.

Sein Blick bohrt sich in meinen und ich spüre ihn bis in die Zehenspitzen. Ich weiß nicht, warum, aber es ist wieder wie damals, immer, wenn wir allein sind, verspüre ich geradezu einen Impuls, ihm die Wahrheit zu sagen und den ganzen Bullshit, die ganze Fassade hinter mir zu lassen. Aber wenn ich ihm das Ausmaß meines Verlangens – man kann es nicht anders nennen – nach ihm mitteilen würde, ist die Gefahr groß, dass er schreiend das Weite sucht. Würde ich auch, wenn mir jemand einfach so was sagen würde. Solche Dinge spricht man normalerweise nicht aus.

»Das hier.« Ich mache eine etwas fahrige Geste mit der Hand, die einmal um uns herum auf alles zeigt.

»Ich verstehe nicht.«

Ich seufze. Dann zeige ich auf ihn und anschließend auf mich. »Das hier, was zwischen uns ist.«

»Was genau?«

Ich atme einmal aus. Na ja, zur Not, wenn ich als komplett irre rüberkomme, *kann* ich ja morgen behaupten, dass ich betrunken war. Der arme Alkohol, der mal wieder als Entschuldigung für Ehrlichkeit herhalten muss.

»Du willst, dass ich es ausspreche?«, frage ich.

Er nickt. »Ja«, sagt er leise, aber irgendwie klingt Unsicherheit in seiner Stimme mit, die ich dort nur selten höre. »Ich denke schon.« Er ist nicht sooo entspannt.

»Diese Energie, diese Anziehung, nonstop. Ich meine, ich bekomme Schweißausbrüche, wenn ich dich sehe, und das war auch am ersten Tag schon so, also im *Drunk Bull*, und das ist einfach … nicht gut.«

»Warum nicht gut?« Seine Stimme klingt jetzt eindeutig belegt. Er ist so nah, dass ich den an ihm haftenden Rauchgeruch wahrnehme. Ich gebe mir einen Ruck.

»Du weißt sehr genau, was ich meine. Mein Stuhl wird heiß, wenn du den Raum betrittst, und ich muss mehr oder minder die Beine zusammenpressen. Und was mich am wütendsten macht, ist, dass es so ist, ohne dass du sonderlich nett zu mir bist. Und ja, ich überkompensiere meine Unsicherheit gelegentlich dadurch, dass ich alles ausspreche, auch Dinge, die ich gar nicht aussprechen will. Und bei dir habe ich sozusagen Sprach-Inkontinenz. Das Gegenteil von einer Sprachblockade, und ich weiß nicht, wie du das machst. Und deshalb, finde ich, steht mir zu, dass du mir jetzt sagst, warum du damals so ausgerastet bist im *Drunk Bull*. Damals habe ich noch gedacht, dass du einfach total irre bist. Aber das bist du nicht. Du wirkst schon einigermaßen im Vollbesitz deiner geistigen Kräfte.«

Für einen Moment sagt er gar nichts. »Du musst die Beine zusammenpressen? Echt jetzt?« Belustigung klingt in seiner Stimme mit.

O. Mein. Gott.

Mir wird klar, dass ich ihm gerade unendlich viel Munition geschenkt habe, mich aufzuziehen und sich quasi bis an mein Lebensende über mich lustig zu machen. »Du bist echt ein Arsch«, sage ich und will mich abwenden. Plötzlich schließt sich seine Hand um mein Handgelenk und es fühlt sich an wie ein Feuerring.

»Bitte Hazel, bleib«, murmelt er. Ich bleibe erstarrt stehen, auch wenn in mir drinnen nichts erstarrt ist. In mir drinnen bricht eine Art Atomkrieg los.

»Hazel. Hör zu. Ich weiß, warum du so redest. Es macht keinen Sinn, aber so ist es. Ich … ich habe es auch. Ohne Beine zusammenpressen.« Bei den letzten Worten lächelt er.

Ich haue mit der freien Hand gegen seine Brust. Und ziehe sie schnell wieder zurück, weil es sich zu gut anfühlt.

Er seufzt. »Es tut mir leid«, sagt er und ich merke, wie sein Daumen über meinen Puls streicht. Wir stehen voreinander, nur durch die Berührung unserer Hände verbunden. Von draußen klingen die Stimmen der anderen ins Zelt, das Lachen, ein kurzes Gröhlen, dann wieder Gitarrenklänge. Das Lagerfeuer wirft tanzende Schatten auf das Zelt. Die anderen sind da, aber gleichzeitig weit weg.

»Ich bin ausgerastet, weil du dieses Audio aufgenommen hast. Das … hat mich total schockiert. So ein Tonband … es gibt dem anderen Macht.«

Für einen Moment schweigen wir. In meinem Kopf rotieren die Gedanken.

»Du hast das schon mal erlebt mit einem Audio, nicht wahr?«

»Ein Video.«

Ich beiße mir auf die Zunge, weil ich natürlich wissen will, was für ein Video. »Ich dachte, wir erzählen uns in dem Moment die Wahrheit. Und dann stellt sich raus, dass es alles nicht stimmte. Ich war so vor den Kopf geschlagen.« Und wieder fließt alles aus mir heraus. Es ist wie ein Impuls.

»Es … es tut mir leid, Hazel. Ich habe dir auch die Wahrheit erzählt. Mehr Wahrheit, als ich jemals vorher erzählt habe. Das … hat mich dann wahrscheinlich nervös gemacht. Auch wenn das mit der fehlenden Schauspielerfahrung natürlich nicht stimmte. Ich hatte mir erst nichts dabei gedacht, ich wollte nicht erkannt werden.« Er prustet etwas frustriert. Dann legt er seine Hand auf meine Schulter und beginnt sie zu massieren. Ich weiß gar nicht, ob er merkt, was er tut. Ich weiß aber sicher, dass er nicht merkt, was er damit anrichtet. Mir gehen so viele Gedanken durch den Kopf, seine Hände verwirren mich. Aber noch mehr verwirrt mich, dass er sich entschuldigt hat. Seine Sanftheit.

»Du warst so nervös, was deine Aufnahmeprüfung angeht. Und so … voller Illusionen, was Hollywood betrifft. Und ich war so desillusioniert von allem. Es war für mich kein guter Zeitpunkt. Und … dann, als du das Audio aufgenommen hast, dachte ich, dass du mich reingelegt hast. Dass du … vielleicht irgendwelche Informationen gegen mich verwenden wolltest.«

»Welche Informationen?« Ich habe wirklich keine Ahnung, wovon er spricht. Ich kann mich an keine Informationen erinnern.

»Das, was ich über meine Mutter gesagt habe. Ich bin schon mal reingelegt worden. Und danach war ich so aufgewühlt, dass ich Entscheidungen getroffen haben, die … mich in ziemliche Schwierigkeiten gebracht haben. Wegen diesen Entscheidungen bin ich jetzt hier. Und dann habe ich den ganzen Frust an dir ausgelassen.« Er kommt noch näher. Oder vielleicht bilde ich mir das ein. Aber ich spüre seinen Atem, der ein noch wenig herb-süßlich nach seinem Getränk riecht.

»Wow«, sage ich.

»Wow?«, fragt Landon ins Dämmerlicht des Zelts.

»Du hast dich wirklich entschuldigt. Irgendwie habe ich dir das gar nicht zugetraut. Du hast oft so eine glatte Fassade, dass man daran abrutscht.« Und dann nimmt er meine freie Hand, die Röntgenhand, und legt sie zurück auf seine Brust. Einfach so. Er blickt auf die Hand, hält sie sanft, aber ich könnte sie jederzeit wegnehmen, wenn ich wollte. Ich höre, wie sein Herz klopft. Es klopft nicht, es rast. Vielleicht ist es das, was er mir zeigen will.

»Es ist diese Natur hier. Ich drehe durch und bin wahrscheinlich nicht mehr ich selbst«, murmelt er. Er lächelt, während er spricht, was ich mehr hören als sehen kann. Aber ich möchte diesen Ort irgendwie nicht verlassen. Es ist wieder so, wie es damals im *Drunk Bull* war. Dieses Gefühl der Vertrautheit. Das dann so enttäuscht wurde.

»Ich … ich habe nach dem Abend damals auch oft an dich gedacht. Ich wusste sogar, dass ich herausfinden kann, wer du bist, irgendwie würde das gehen über die Namen der Bewerberinnen im Schauspielprogramm.«

»Darauf hat dein Verhalten wirklich nicht schließen lassen.«

Wir sind einander so nah und unsere kleinen Berührungen, seine andere Hand umfasst meine freie, haben eine Art Stromkreis in Bewegung gebracht. Seine Hände sind weich, keine Hornhaut, so viel größer als meine zu kleinen Hände.

»Ist aber so. Ich wusste, dass du angenommen bist, weil ich es auf den Studentenkarten gesehen hatte.« Die Studentenkarten sind das interne Facebook des Colleges. Er weiß es nicht, aber seine Worte machen mich glücklicher, als sie es sollten. Sie erklären einfach ein paar Dinge, die ich nicht verstanden habe. Wobei, einige Dinge auch nicht. Zum Beispiel, warum wir uns immer noch nicht küssen. Und auch nicht, warum er so lange gebraucht hat, sich zu entschuldigen. Aber diese rationalen Gedanken sind ziemlich nebelig. Ich bin schon so lange bereit, mich nach vorn zu lehnen und ihn zu küssen.

»Warum bist du manchmal so ätzend während der Proben?«, frage ich aber doch noch, weil ich mich in dem Moment irgendwie an Yuna erinnere und daran, wie sie gesagt hat: ›Frag doch einfach.‹ Vielleicht denke ich manchmal viel zu kompliziert. Vielleicht hat er eine Erklärung und danach ist alles leicht.

»Ich bin ätzend während der Proben?«, flüstert er gespielt geschockt.

Ich bin verwirrt. »Ja«, bestätige ich. »Das weißt du doch.«

Er seufzt. Er ist so nah, sein Atem streichelt meine Wange.

»Es … frustriert mich manchmal alles. Es ist so viel falsch gelaufen bei mir. Ich wollte tatsächlich nie hierher«, sagt er. Er hält immer noch meine Hand auf seiner Brust und streichelt sie weiter, verwebt unsere anderen Finger und löst sie wieder, sodass ich mühsam einen Schauer unterdrücken muss. Seine Silhouette, die Linien seiner Wangen und seines Kinns sind so vertraut, draußen ist es dunkel, die Gitarrenmusik ist melancholisch, mein Herz klopft so laut, weil ich nicht weiß, wohin das jetzt führt. Weil ich weiß, wohin ich möchte, dass es führt. Aber hätte es nicht schon lange dahin geführt, bei einem Knutsch-Trinkspiel gemeinsam im Zelt, wenn es dahin führen würde. Das … macht mich vielleicht noch nervöser.

»Du wolltest nicht ans MCPA? Wieso das?«

Er seufzt. »Ich bin hier, weil es keine Rollen gab, die mich interessiert haben. Ich wollte etwas anderes spielen. Aber es waren wieder irgendwelche Versionen von Charly aus *Family Forever* in älter. Das will ich nicht. Und ich hatte eine Auseinandersetzung mit meinem Agenten.« Er zuckt mit den Schultern. »Das MCPA war eine Notlösung.«

»Wow«, entfährt es mir. »Und du versprichst mir, dass du dann morgen nicht wieder bescheuert bist, weil du mir zu viel erzählt hast?«

»Es … ich will jetzt nicht so einen Bad-Boy-Scheiß erzählen mit ›du bist zu gut für mich‹.« Er räuspert sich. »Bist du nicht.«

Mir entfährt ein nervöses Lachen. Er hat immer noch meine Hand in seiner Hand. Und er hat immer noch nicht aufgehört, kleine Zirkel darauf zu malen, die bald zu glühen anfangen, wenn er so weitermacht. Meine Schulter unter seinen Händen prickelt und sein Herz unter meinen Fingern rast.

»Ich würde es dir vor allem nicht sagen, sogar wenn es der Fall wäre. Aber ich muss so schnell wie möglich zurück nach L. A. Es wird dort hoffentlich bald weitergehen, und ich werde nicht mehr hier sein, und ich möchte nicht alles noch viel schwerer machen und …«

»Dies ist ein Trinkspiel. Du nimmst alles viel zu ernst«, unterbreche ich seinen Redefluss. Ich will gar nicht hören, was er sagen will. Weil ich schon jetzt weiß, dass es mir nicht gefallen wird. Aber gleich ist der Moment vorbei, in dem wir hier im Zelt stehen und beide betrunken genug sind, um es morgen darauf schieben zu können, und vielleicht hilft ein Kuss ja, vielleicht müssen wir es wirklich hinter uns bringen. Ich überquere die kurze Distanz zwischen uns und presse meine Lippen mit leichtem Druck auf seine. Sie sind weich und entspannt und in meinem Kopf beginnen sich sofort kleine Strudel zu drehen. Erst reagiert er nicht, und obwohl seine Lippen elektrische Signale senden, bewegt er sie nicht, und ich weiche ein wenig zurück. Ich höre, wie er scharf den Atem durch die Nase einzieht. Und wie mein eigener Herzschlag die Stille durchdringt. Aber seine Lippen entfernen sich nicht, sie sind sogar noch näher, und wieder presse ich meine sanft auf seine. Warm und weich. Sie schmecken ein wenig nach dem Feuer, der Natur, nach ihm. Ich kenne seinen Geruch von den Proben. Ein kleines Seufzen entfährt ihm, eine Mischung aus Frust und Freude. Und dann kommt er mir endlich entgegen, küsst mich zurück, hält inne, saugt sanft an meiner Unterlippe, als wollte er sie probieren, aber dann löst sich sein Zögern innerhalb von Sekunden vollständig auf. Als hätte der kurze Kuss die Schranken geöffnet zu Gefühlen, die darunterliegen. Er löst seine Hand von meiner und schiebt sie um meine Taille, um mich näher an sich heranzuziehen, küsst mich tiefer, seine Zunge gleitet in meinen Mund, vorsichtig, aber in der Anspannung seines Körpers merke ich das Verlangen dahinter und frage mich wieder, warum wir uns nicht schon viel früher geküsst haben. Warm und weich. Sanft und selbstbewusst. Die ganze Zeit eigentlich. Warum machen wir überhaupt irgendetwas anderes, statt uns zu küssen? Der Kuss und der Druck seiner Hände sendet Hitze durch meinen Körper. Dann verlangsamt er seine Bewegungen, als wäre ihm etwas eingefallen, und seine Küsse werden ruhiger, aber die Intensität nimmt eher zu. Die Umarmung, die Küsse, seine Nähe senden eine Flut von elektrischen Strömen durch mich, die alle in meinem Bauch zusammenzulaufen scheinen.

»Seid ihr mit dem Knutschen fertig?«, ruft eine Stimme von draußen und wir beide lassen atemlos voneinander ab, herausgerissen aus diesem Ort, wo es die anderen nicht mehr gab. Aber nein, sie sind da, und in dem Moment wird die Zeltklappe aufgerissen.

»Sieben Minuten sind vorbei, ihr Turteltäubchen«, ruft Eduardo und lächelt mit glasigen Augen. Er hält tatsächlich ein Weinglas aus irgendeinem unzerbrechlichen Material in der Hand. Er hat Rioja und Käse mitgebracht. Mich würde nicht wundern, wenn er morgen eine karierte Picknickdecke und einen geflochtenen Korb für den Ausflug zum Kochenden Fluss auspackt. Wie man so durch und durch auf alten Adel gestylt sein kann, ist schon verrückt.

Ich bin so benommen, so verwirrt, schaue zu Landon. Sein Blick geht zwischen Eduardo und mir hin und her, seine Brust hebt und senkt sich in schnellem Rhythmus, dann nickt er, schiebt ein paar lange Haarsträhnen mit der flachen Hand nach hinten und verlässt das Zelt. Und ich gehe mit brennenden Lippen hinterher.

Zweiundzwanzig

Hazel

Sogar Jamie hat heute früh möglicherweise einen Kater und unter ihren Augen sind tiefe Schatten, als sie den Cowboy-Kaffee zubereitet, der angeblich das Beste sein wird, was wir jemals getrunken haben, wie sie schon gestern verkündet hat. Sie ist so voller Begeisterung für jeden Aspekt des Campings.

Nate, der erstaunlicherweise früh aufgestanden ist und bereits joggen war, sitzt gut gelaunt auf einem Baumstumpf etwas entfernt und winkt mir zu, als ich mit steifem Rücken aus meinem Zelt krieche. Meine Isomatte ist wirklich sehr dünn. Dann starrt Nate wieder auf sein Handy, auch wenn ich nicht wirklich weiß, was es dort ohne Empfang so lange zu lesen gibt. Vielleicht hat er sich vorsorglich ein paar Serien heruntergeladen, um sich die Zeit in der Natur zu verkürzen? Nora war nachts irgendwann länger weg, was ich weiß, weil ich mehrmals aufgewacht bin, und ich bin mir nicht sicher, ob Nates gute Laune und Noras nächtliches Aufstehen irgendwie zusammenhängen. Jetzt liegt sie noch im Zelt und schläft tief und fest. Das Wetter hält sich weiterhin und Jamies und Krishnas Freude darüber lassen mich vermuten, dass es auch gut möglich hätte sein können, dass wir hier im Schneesturm sitzen. Wir haben wahrscheinlich ziemlich viel Glück gehabt.

Nach dem Spiel ging es gestern relativ schnell in die Zelte und ich war froh darüber, denn um vorgeben zu können, dass alles ganz normal ist zwischen Landon und mir, hätten meine Schauspielfähigkeiten höchstwahrscheinlich nicht gereicht. Mein Kopf tut zwar nicht wirklich weh, fühlt sich aber seltsam leer und wattig an. Der Moment im Zelt mit Landon gestern wirkt unwirklich im hellen Morgenlicht, auch wenn ich weiß, dass ich es mir nicht eingebildet habe. Zumindest, nachdem ich mir ein wenig kaltes Wasser ins Gesicht gekippt habe, das in verschiedenen Holzbottichen zwischen den Zelten zum Waschen bereitsteht. Ich putze mir notdürftig die Zähne, dann suche ich die einfachen Toilettenkabinen aus Holz, die es glücklicherweise an einer etwas entfernteren Ecke auf diesem Campingplatz gibt. Mehr Berührung mit Wasser wird es erst später im Kochenden Fluss geben.

Langsam hebt sich der feuchte Nebel von den Wiesen, als ich zurück zur Feuerstelle gehe, um meine kalten Hände aufzuwärmen. Der rauchige Geruch hängt in meiner Kleidung, aber der Geruch erscheint mir hier draußen angenehm. Jamie hat das Feuer schon wieder angezündet und hat eine rote Blechkanne an den Haken über der Feuerstelle gehängt. »Sieht wirklich stimmungsvoll nach Cowboy-Kaffee aus«, bemerke ich.

»Warte es ab. Die erste Runde ist gleich fertig.« In einer Dose auf der Bank neben ihr liegen drei rohe Eier. Sie schütten eine große Portion gemahlenen Bohnenkaffee dazu. Dann zwinkert sie mir kurz zu und beginnt die Mischung mit einem kleinen Metallstab zu bearbeiten.

»Du vermischst gerade das Kaffeepulver mit den Eiern. Und der Schale«, stelle ich ungläubig fest.

»Das ist ein Trick.« Sie nickt eifrig. »Auf diese Weise bekommst du kein Kaffeepulver in den Mund und die Eier schmeckst du am Schluss überhaupt nicht. Alles vermengt sich zu einer festen Masse, die sich am Boden absetzt auch ohne, dass man irgendetwas filtert.« Das hörbar sprudelnd kochende Wasser in der Kanne lässt sie aufschrecken. Mit einer Zange holt sie die Kanne herunter und füllt die Kaffeemischung ein. »Ich glaube, wir brauchen heute ein bisschen mehr, damit uns die Truppe auf dem Weg zum Kochenden Fluss nicht zusammenbricht.« Dann hängt sie die Kaffeekanne wieder über das Feuer. »Wir lassen das heute mindestens vier Minuten kochen.« Sie zwinkert mir zu.

Ich habe den Eindruck bekommen, dass die eingefleischten Camper nichts mehr lieben, als Neulingen ihre ganzen Tricks zu zeigen, wie sie es sich in der Natur so gut einrichten, dass sie sozusagen Hotelzimmer-Komfort in die Wildnis bringen. Sprüche wie ›Dann kann man doch gleich zu Hause bleiben‹ beim Anblick von Ausrüstungsgegenständen wie akkubetriebenen Heizdecken kommen dann übrigens nicht sonderlich gut an, wie ich gelernt habe.

»Es ist schwer vorstellbar, dass man das Ei am Schluss nicht schmeckt, aber ich werde probieren.«

»Du wirst sehen. Und wenn man es in Ruhe kochen lässt, ist der Kaffee auch gar nicht mehr bitter. Besser als der Kaffee in den meisten Restaurants in Montana.«

Ich verkneife mir die Bemerkung, dass es in Montana ja auch nur sehr wenige Restaurants gibt. Stattdessen nicke ich, bin mir aber sicher, dass ich ein Nippen am Eierkaffee nur vortäuschen werde.

Nach drei Tassen Cowboy-Kaffee, dem ich natürlich aus Mangel an Alternativen doch nicht widerstehen konnte und der tatsächlich köstlich schmeckt, und anderthalb Stunden Wanderung haben wir das Ufer des Kochenden Flusses »fast« erreicht, wie Krishna immer wieder grinsend versichert.

Es ist geradezu heiß in der Sonne, ein paar flauschige Wolken dekorieren den Himmel und die Bewegung hat viele

Köpfe wieder klar werden lassen, was bitter nötig war. Mein Kopf ist leider immer noch nicht klar und ich sollte wahrscheinlich lieber im kalten als im kochenden Teil des Flusses baden, um meinen Kopf von den ganzen Gedanken an Landon frei zu bekommen, der sorgfältig darauf bedacht zu sein scheint, möglichst nicht in meine Nähe zu geraten. Ich bin ganz froh darüber und spreche stattdessen mit Jeremy.

»Landon hat den Beutel gestern manipuliert«, behauptet er allerdings.

Ich werfe ihm einen fragenden Blick zu. »Wie das möglich sein soll, ist mir nicht ganz klar.«

»Du schreibst einen eigenen Zettel mit einer Nummer und tust nur so, als würdest du ziehen. Ist eigentlich ganz einfach.«

Ich blicke ihn mit offenem Mund an.

Er beginnt zu lachen. »Ich habe es mir selbst überlegt, aber er war schneller.« Er zwinkert mir zu. Ich lache etwas quietschend, was mir sofort peinlich ist, aber jetzt ist es schon zu spät.

»Du solltest aufpassen bei ihm. Ich glaube nicht, dass er wirklich ernste Absichten hat.«

»Wie kommst du darauf, dass er überhaupt Absichten hat?«, frage ich betont desinteressiert, aber leider zu hektisch, sodass ich mich während des Sprechens verschlucke, was meine Gleichgültigkeit nicht sonderlich überzeugend macht.

Er wirft mir bloß einen langen Blick zu, der klarmacht, dass er mir weder meine Gleichgültigkeit noch meine Überraschung abnimmt.

»Du bist auf der Bühne wirklich gut, aber im Privatleben ist dein Pokerface wenig überzeugend.«

»Ist das ein Kompliment oder das Gegenteil?«

»Kompliment. Ich mag deine Ehrlichkeit. Das ist das Problem bei gewissen anderen Leuten, da ist alles nur Fassade. Die sehen gut aus und haben eine Hollywood-Aura, wo ich vielleicht nicht mithalten kann. Aber letztlich ist für solche

Leute nur die Karriere wichtig. Wir brennen alle für die Schauspielerei. Aber ich würde nie meine Seele dafür verkaufen.« Er hat den Namen Landon nicht ausgesprochen, aber es ist klar, von wem er redet.

In dem Moment taucht Jamie neben uns auf. »Und jetzt seht euch gleich das Schauspiel an.« Sie wirft Jeremy und mir einen prüfenden Blick zu, der mich innehalten lässt. Natürlich. Die Gefühle hier können ganz schön über Kreuz gehen. Am liebsten will ich ihr sagen, dass sie keine Angst haben muss, dass ich ihr Jeremy wegnehme.

»Wie versprochen gibt es hier in der Nähe vom Fluss wieder ein funktionierendes Mobilfunknetz!«, ruft sie laut in die Menge.

Nach ein paar Sekunden haben die meisten ihre Handys rausgeholt, scrollen durch vermeintlich wichtige Nachrichten, setzen irgendwelche dringenden Messages ab oder verschicken Fotos und Updates vom gestrigen Abend, wo sich definitiv einige nähergekommen sind, und das nicht nur im Zelt und unter Zwang.

»Wir sind doch alle ruiniert von dieser Sucht. Und keiner sieht's als Problem«, sagt Jamie seufzend und sieht Jeremy nach Zustimmung suchend an. »Ich weiß schon, warum ich immer diesen Campingplatz aussuche, wo es kein Netz gibt. Das ist doch nicht normal.«

Ich lasse mich absichtlich zurückfallen und hole selbst mein Handy heraus, um Jamie klarzumachen, dass sie freie Bahn hat. Gar nicht so leicht, durch dieses emotionale Minenfeld zu manövrieren.

Ich sehe, wie Landon ebenfalls am Telefon hängt, wahrscheinlich »wichtige Gespräche mit seinem Hollywood-Agenten«. Aber ich merke selbst, wie die Stimme in meinem Kopf, die versucht, zur eigenen Abschreckung abfällige Kommentare über Landon zu machen, überhaupt nicht mehr überzeugend arbeiten kann. Mir fällt auf, dass Landon heute noch besser aussieht als gestern mit dem leichten Bartwuchs auf den Wangen. Überhaupt, seine Hollywood-Vibes, die ihn am Anfang gelegentlich etwas zu perfekt haben erscheinen lassen, sind verschwunden. Er sieht etwas … rougher aus, was ihm sehr gut steht. Moment, ich schaue doch – sehr bewusst – überhaupt nicht zu ihm hin. Wie kann es also sein, dass ich das überhaupt weiß? Ich habe mich selbst leider überhaupt nicht unter Kontrolle. In dem Moment fällt mir etwas siedend heiß ein.

»O nein«, murmele ich und lasse mich zurückfallen. Schnell wähle ich die Nummer von meinem Vater. »Papa, herzlichen Glückwunsch zum Geburtstag«, sage ich ins Telefon. »Ich … Wir sind hier auf einem Campingplatz mitten in der Wildnis und gestern gab es tatsächlich kein Netz mehr«, schicke ich atemlos hinterher.

»Ach, danke, ich hatte mich schon ein bisschen gewundert«, kommt ein sehr leiser Vorwurf.

»Es tut mir wirklich leid, ich habe dran gedacht«, sage ich und frage mich, ob er mir glaubt, dass ich dran gedacht habe. Nur nicht gestern. Aber dass wir kein Netz haben, ist ja die Wahrheit, und sogar wenn ich gestern Abend an etwas anderes als an Landon gedacht hätte, hätte ich ihn nicht anrufen können. Das ist fast beruhigend. »Wie geht es dir denn? Habt ihr etwas unternommen?«, frage ich betont fröhlich. Ich habe wirklich ein schlechtes Gewissen. Meine Eltern sind traurig, dass ich weg bin, und sie fühlen sich zurückgelassen, das weiß ich sehr gut. Meine Abneigung dem Autohaus gegenüber ist schließlich irgendwie auch eine Ablehnung des Lebens, das sie für sich gewählt haben.

»Wir waren bei Don Pedro mit Jeff und Amy«, sagt er. Jeff und Amy sind die engsten Freunde meiner Eltern, beide Ärzte, beide mit ähnlich wenig Privatleben wie meine Eltern. Ich merke durchs Telefon, dass mein Vater unruhig ist. »Ich muss leider hier weitermachen«, bemerkt er prompt. »Wir kommen hoffentlich zur Abschlussvorführung, um dich in der Hauptrolle zu sehen«, sagt er. »Aber momentan ist noch nicht klar, ob wir hier wegkommen.«

»Kommt Oma denn?«

»Ganz sicher.«

»Ja, das wäre toll. Aber macht euch keinen Stress bitte«, sage ich zu ihm. Die Anwesenheit meiner Oma wird mich total beruhigen. Aber ich bin mir nicht mal sicher, ob ich möchte, dass meine Eltern mich hier auf der Bühne sehen. Dass sie die ganzen Leute hier sehen, die nach ihren Maßstäben teilweise ganz schön verrückt sind. Andererseits wäre es schön, vielleicht würden sie ja mehr Verständnis für mich haben, wenn sie sähen, wie ernst hier alles genommen wird. Letztlich bin ich ihnen unendlich dankbar, dass sie mich haben gehen lassen.

Eine halbe Stunde später sind wir tatsächlich am Fluss. Wir ziehen uns alle am Ufer um beziehungsweise aus, denn fast alle haben Badesachen drunter. Krishna hält einen kurzen Vortrag darüber, dass wir auf keinen Fall in den abgetrennten heißen Teil fallen dürfen, weil wir dort ziemlich schnell sterben und anschließend aufgelöst und unnachweislich verschwinden würden. Es klingt nach einem Ort für einen perfekten Mord. Sobald die Kleidungsschichten weg sind, überzieht eine Gänsehaut meinen Körper, weil die Wolken sich gerade vor die Sonne geschoben haben. Und wie schon den ganzen Tag vermeide ich es, in der Nähe von Landon zu sein oder ihm Blicke zuzuwerfen. Die Tatsache, dass wir jetzt fast ausgezogen sind, macht die Sache nicht beruhigender. Vielleicht ist das albern, aber ich habe keine Ahnung, wie ich mit der Situation umgehen soll. Um zu der warmen Stelle zu kommen, müssen wir ein Stück durch das kalte Wasser waten und eine kleine Gruppe sondert sich ab, um die Eisbaden-Atemtechnik im normalen Fluss zu üben. Meine Idee von vorhin, das kalte Wasser auszuprobieren, hat sich verflüchtigt, nachdem ich einen Zeh im Wasser hatte. Ich sehe aus einem Augenwinkel, dass Nate und Landon bei der Eisbaden-Gruppe dabei sind, noch ein Grund mehr, mich an die Warmbader zu halten. Ein Seitenblick reicht mal wieder, um die beiden wahrzunehmen, weil sie ein bisschen absurd aussehen, wie diese Männer auf den Covern von Erotikromanen, welche die Fantasie anregen sollen. Nur, dass die beiden nicht durch Photoshop gejagt wurden.

Manchmal wünschte ich mir, es gäbe irgendeinen speziellen Instagram-Filter, der dauerhaft einen unglaublich unattraktiven Typen aus Landon macht. Es ist nicht normal, wie warm mir jetzt schon wieder wird, und ich denke, dass ich vielleicht doch lieber in die Eisbaden-Gruppe wechseln sollte, damit mein Gehirn nicht vollends aufweicht. Diese wechselnden Gefühle sind anstrengend.

Dass Landon in der Eisbaden-Gruppe ist, überrascht mich allerdings auch, denn er wirkt mit seiner nur laienhaften Winterausrüstung nicht wie jemand, der sich als Erstes in ein Eisbad wirft. Wahrscheinlich Gruppenzwang. Vielleicht wollte er auch mit Jeremy mithalten, der ihn vorhin aufgezogen hat und ihn ohnehin meistens nur »Kalifornier« oder »Hollywood-Star« nennt.

Schon das kurze Stück durch das kniehohe kalte Wasser gibt mir das Gefühl, dass jemand Schwerter in meine Unterschenkel rammt, bevor sie völlig taub werden und ich erstaunt bin, dass ich überhaupt noch laufen kann. Wir müssen aber erst hindurch, um dann zu dem Teil zu kommen, wo sich das eiskalte Wasser des normalen Flusses mit den heißen Quellen mischt und dann an einigen Stellen Badewannentemperatur annimmt. Bald findet jeder den Spot, der für ihn am angenehmsten ist, und dann ist es wirklich unglaublich, im Wasser zu sitzen, auf die Felsen an der Böschung und die zum Teil noch ziemlich winterlich aussehende Umgebung zu schauen.

Layla schwimmt neben mir in eine der kleinen Buchten, die sich hier am Rand gebildet haben.

»Ist cool hier, nicht wahr?« Sie hat ihre roten Locken auf dem Kopf zu einem Turm zusammengebunden, aber ein paar Strähnen hängen ins Wasser. Sie trägt einen Bikini von Burberry, manchmal findet man Indizien an ihr, die verraten, dass sie aus einer wohlhabenden Familie kommt.

»Sehr cool, zum Glück nicht zu kühl.«

»Ich finde den Ausflug besser als gedacht. Und … wie war der Kuss mit Landon?« Sie lächelt und wirft mir einen prüfenden Blick zu. Hinter ihr steigt Dampf von der Oberfläche des Flusses in die Luft. Überall, wo es warm ist, steigen Schwaden auf, was den Eindruck erweckt, dass der Fluss viel heißer ist, und zudem an einen Horrorfilm erinnert. Ich kann nicht einschätzen, warum sie mich das fragt, und wahrscheinlich sieht sie mir meine Verwirrung an.

»Ich bin nur neugierig. Keine Sorge. Er küsst gut, nicht wahr?«

Ich weiß, dass Landon sie schon mal geküsst hat, aber ich bin mir nicht sicher, ob sie mir das reindrücken, mich verunsichern oder ihr Terrain abstecken will.

»Keine Sorge, ich will nicht wirklich was von ihm.« Sie zuckt mit den Schultern. »Ich möchte gar keine Beziehung. Das würde mich nur ablenken und hemmen.« Sie wirkt ehrlich, als sie das sagt. Es ist manchmal schwer zu beurteilen, ob jemand ehrlich ist, weil wir ja nicht umsonst an einer Schauspielschule angenommen wurden.

Aber sie wirkt gut gelaunt und gelöst, als sie neben mir mit den Beinen strampelt, vielleicht sind es nur die Nebelschwaden, die einen bedrohlichen Eindruck erwecken.

»Ich habe eine solche Bewunderung für dich, dass du dich von deiner Vergangenheit so verabschieden konntest«, sage ich. »Das stelle ich mir schwer vor.« Es stimmt.

Sie wirkt wieder gefasst, nachdem sie gestern Abend etwas

aufgelöst war, als sie bei einer Art Wahrheit-oder-Pflicht-Runde, bei der ich ausgesetzt hatte, erzählt hat, wie ihr kokainabhängiger Bruder früher ihr Geld geklaut und sie erpresst hat, weil er meinte, dass sie sich nicht moralisch korrekt angezogen hat, wenn sie zur Schule gehen wollte. Sie durfte noch nicht mal einen Typen anschauen, ohne Ärger zu bekommen. Ihre Eltern sind viel aufgeschlossener als ihr Bruder, der auch lange verhindern wollte, dass sie Schauspielerin wird und aus Protest noch nie eine Vorstellung von ihr angeschaut hat.

Layla lehnt sich nach hinten, lässt ihren Körper an die Wasseroberfläche hochsteigen und stützt sich mit ausgebreiteten Armen an der Uferböschung ab. Sie schaut nachdenklich nach oben.

»Du wirkst immer so sicher und so selbstbewusst. Schwer vorstellbar, dass dein Bruder dich früher einschüchtern konnte.«

Sie strampelt wieder mit den Beinen und schaut weiterhin in den Himmel.

»Weißt du, ich habe mich irgendwann komplett neu entworfen. All die Dinge, die mir passiert sind, waren ja nur Umstände. Warum sollten sie eigentlich bestimmen, wer ich bin? Ich wollte nicht, dass sie vorgeben, wie ich denke und wie ich mich fühle. Ich habe einen freien Willen. Ich kann selbst entscheiden, was ich denken will. Ich kann selbst bestimmen, wer ich sein will. Ich war früher sehr schüchtern. Und dann habe ich diese alte Persönlichkeit einfach abgestreift und mir eine neue gesucht, die mir besser gefiel. Ich habe beschlossen, jemand anderes zu sein. Und mir gefällt diese andere Person. Und ich mag Sex. Viel davon. Das hätte mein altes Ich niemals zugegeben. Es macht mir Spaß. Die Leute denken schnell, dass ich irgendeine Bestätigung brauche oder meine Vergangenheit kompensiere, was auch immer. Ich habe aber einfach gern Sex.«

Sie hebt ihre ausgebreiteten Arme nach oben. »Tataaaa! Das ist das Ergebnis. Ich habe mich selbst entworfen. Ich kann es nur empfehlen, wenn man Geister der Vergangenheit loswerden will.« Dann zuckt sie mit den Schultern. »Das ist alles. Dazu braucht man kein riesiges Selbstbewusstsein. Das kann jeder. Kommst du eigentlich zur Party im Chekhov-Haus nächste Woche? Dresscode nicht vergessen, ich schicke noch genauere Anweisungen.« Sie zwinkert. »Ich paddle mal rüber zu Nora. Lief da was mit Nate?«

Ich zucke mit den Schultern. Layla wirkt wie eine Newsreporterin beim Faktensammeln.

Sie bewegt sich in einer Mischung aus gebücktem Laufen und Schwimmen, damit ihr Oberkörper im warmen Wasser bleibt, in eine andere Einbuchtung und für einen Moment bleibe ich allein und lasse ihre Worte sacken. Wenn sie das sagt, klingt es so einfach. Irgendwie denkt man, dass es komplizierter sein muss. Das warme Wasser ist angenehm, auch wenn immer wieder kalte Wasserströmungen daran erinnern, dass ich nicht in einer Badewanne sitze, aber ich merke, wie meine Finger langsam aufweichen und aufgedunsen aneinanderhaften, wenn ich sie zusammendrücke. Vielleicht ist das der Zersetzungsprozess, von dem Krishna vorhin gesprochen hat.

Dreiundzwanzig

Landon

Krishna soll unser Eisbaden-Guide sein. Jetzt sitzt er vor uns und atmet mit geschlossenen Augen. Ich bin im Kopf noch bei dem Gespräch mit Patti. Es gibt gute Nachrichten. Tatsächlich will sich Skye wohl noch mal überlegen, ob er mir die Rolle gibt. Es sieht richtig gut aus. Dann würde ich mich in den nächsten Flieger setzen und zurückfliegen. Das wäre genauso gut wie Nikkis *Bridgerton*-Rolle. Es wäre ein Traum. Mein Herz klopft schneller bei dem Gedanken, auch wenn ich es eigentlich nicht so weit kommen lassen möchte. Die Enttäuschung, falls es dann doch nichts wird, wäre zu groß.

»Dreißigmal. Einatmen durch die Nase, ausatmen durch den Mund.« Krishnas Haare wehen im kühlen Wind. Da Wolken aufgezogen sind, ist die Luft ziemlich kalt. Seine durchtrainierte Brust hebt und senkt sich, er wirkt völlig entspannt und ich kann nicht erkennen, ob er überhaupt eine Gänsehaut hat.

»Durch den Kälteschock wird die Durchblutung extrem gesteigert. Der Körper will im Anschluss seine Temperatur schnell wieder hochbringen. Dabei wird das Immunsystem dauerhaft gestärkt. Kaltbaden sorgt für Stressabbau und trainiert den Kreislauf. Außerdem hat der Fluss hier schon ein paar Grad, wir sind ja nicht bei null«, grinst er.

Mir ist kalt. Ich würde jetzt gern einfach ins Wasser springen und fertig sein, wenn ich ehrlich sein soll.

»Viele sehr erfolgreiche Menschen setzen auf Kaltbaden«, fährt Krishna unbeirrt mit seinem Vortrag fort. Man merkt, dass er für sein Thema brennt. Ich kann nur sagen, egal wie man atmet, es ist schon hier draußen ganz schön kalt.

Dann gehen wir ins Wasser, erst mit den Beinen, kurz warten. Es tut weh, als würde das Blut in meinen Adern zu kleinen Eispickeln gefrieren. Das Gefühl ist krass, aber wie Krishna uns geraten hat, versuche ich das Gefühl nicht als Schmerz, sondern als Erfahrung zu sehen. Ich tauche bis zu den Schultern unter und plötzlich atme ich ähnlich wie Krishna vorhin, ganz von allein. Die anderen sind etwas weiter unten am Fluss. Ich atme noch mal durch und tauche mit dem Kopf unter. Auch wenn ich nur kurz unten bleibe und die Augen aus Angst vor der Kälte geschlossen habe, fühle ich mich total körperlos. Für einen Moment bestehe ich nur noch aus Nerven. Mein ganzer Körper befindet sich in einem Zustand der Taubheit und Überstimulation gleichzeitig. Als ich wieder hochkomme, bin ich kurz davor zu schreien. Plötzlich höre ich ein Knacken und sehe Jeremy aus der Uferböschung an mir vorbei in den Fluss springen. Sogar in der wenig mir zur Verfügung stehenden Zeit kann ich erkennen, dass er statt einer Badehose eine ziemlich kleine, eng anliegende weiße Unterhose trägt. Mit einem einzigen weiten Satz springt er mitten in den eiskalten Fluss. Ich bin so verdutzt, dass ich einen Moment länger im Fluss stehen bleibe, bevor ich mich zum Ufer aufmache. Meine Unterschenkel sind inzwischen völlig abgefroren.

Nach ein paar Sekunden ragt Jeremys Kopf wieder aus dem Wasser, allerdings ist irgendetwas seltsam, ich weiß nicht genau, was. Er ist im etwas tieferen Wasser gelandet, die anderen sind zum großen Teil wieder aus dem Wasser und hinter der Biegung des Ufers verschwunden.

»Alles klar?«, rufe ich zu ihm hinüber.

Er antwortet nicht. Aber ich sehe immerhin noch seinen Kopf. Allerdings scheint er sich zu entfernen.

»Jeremy?«, rufe ich lauter und ändere meine Laufrichtung wieder. Meine Unterschenkel und Füße sind so taub, dass ich keine Ahnung habe, wie sie mir überhaupt gehorchen, weil ich gar nichts mehr spüre.

»Ich kann mich nicht bewegen«, krächzt Jeremy. »Meine Beine.«

Er treibt weiter ab. Der Fluss ist nicht tief, aber es gibt Untiefen und er scheint genau an einer Stelle gelandet zu sein, wo er nicht stehen kann.

Ich laufe zu ihm, schwimme das letzte Stück, meine Arme und Beine machen, was ich ihnen befehle, auch wenn ich nichts mehr spüre. Ich komme mir vor, als würde ich meine Bewegungen nur mit der Kraft meiner Gedanken steuern. Jeremy bewegt sich zum Glück nicht schnell weg. Als ich ihn erreiche, versuche ich auf dem Stück zu bleiben, wo ich noch stehen kann, und reiche ihm meinen Arm, den er mit einer abrupten Bewegung umfasst. Sein Gesicht ist verzerrt.

»Fuck, ich kann meine Beine nicht bewegen. Das ist ein Krampf, keine Ahnung.«

Sein Griff um meinen Unterarm ist schmerzhaft. Seine Finger sind knallrot. Ich greife selbst mit der anderen Hand nach seinem Arm, weil ich nicht sicher bin, ob er fest genug zufasst, und ziehe ihn zu mir. Zum Glück funktioniert das. Ich ziehe ihn weiter zum Ufer, er kann theoretisch stehen, aber er hat keine Kontrolle über seine Beine und im Wasser sehe ich, dass seine Füße merkwürdig gebogen sind.

»Du kannst stehen«, sage ich zu ihm. »Versuch es.«

Er tritt vorsichtig auf. »Ich fühle nichts«, sagt er.

»Ich auch nicht. Das ist normal. Probier es einfach.« Ich ziehe ihn weiter und irgendwie erreichen wir die Böschung. Ich zerre ihn raus, vorsichtig setze ich meine völlig tauben Füße auf. Jeremy wirft sich in die Böschung, schwer atmend und schluchzt ein paarmal auf. Dann schlägt er sich die Hände vors Gesicht. Obwohl mir eiskalt ist, hole ich mein Handtuch und lege es ihm um die Schultern, rubbele seine Schultern ab.

»Alter, das war einfach krass«, sagt er atemlos. »Ich hatte richtig Panik.« Er versucht sich selbst die Beine etwas zu massieren.

Ich merke gar nicht, dass das merkwürdige Geräusch mein eigenes Zähneklappern ist. Bis er mir das Handtuch zurückgibt. »Du solltest es nehmen.«

Mein Blick fällt auf seine jetzt total durchsichtige und tatsächlich ungewöhnlich knapp geschnittene Unterhose, die etwas außergewöhnlich Kleines sichtbar werden lässt.

»Mann, deshalb bin ich doch reingesprungen. Ich habe meine Badehose vergessen. Und ich habe schon so lange nicht mehr gewaschen, dass nur noch genau die schlimmste Unterwäsche, original von Mama gekauft, für den Campingtrip übrig war. So wollte ich mich nicht unbedingt dem Cast präsentieren. Ich konnte ja nicht ahnen, dass ich wegen der Unterhose mein Leben riskiere. Fuck.« Vorsichtig bewegt er seine Zehen. »Wenn du nicht gewesen wärst, Mann, ich weiß nicht. Das war wie eine völlige Erstarrung. Ich wäre einfach untergegangen und hätte mir selbst dabei zusehen können.«

»Schon gut«, sage ich. »Ich war ja da.« Wir brauchen nicht zu sentimental zu werden, ich will mich gar nicht mit ihm verbrüdern, zu sehr wurmt mich noch die Turteltäubchen-Gesangsszene mit Hazel gestern.

Jeremy hat inzwischen selbst einen Blick an sich heruntergeworfen und schaut mit geschocktem Gesichtsausdruck zurück zu mir. »Krass, Alter. Sex haben diese Eisbaden-Leute mit so einem Mikro-Schwanz, glaube ich, nicht. Das wird hoffentlich wieder normal. Von solchen Nebenwirkungen war nie die Rede.«

Ich werfe ihm das Handtuch wieder zu, weil er bestimmt

nicht in dieser völlig transparenten Unterhose zurückgehen will.

»Ich brauche jetzt auch dringend meine Sachen, sonst habe ich morgen eine Lungenentzündung.«

Er hebt die Hand und folgt mir langsam, vorsichtig einen Fuß vor den anderen setzend. Ich mache, dass ich zu den anderen zurückkomme. Eisbaden wird, glaube ich, nicht mein neues Hobby.

Der Rest unserer Gruppe badet inzwischen im warmen Teil und ich lasse mich überreden, mich dort kurz aufzuwärmen. Mir ist so kalt, dass ich am liebsten direkt in die heiße Quelle gesprungen wäre, ungeachtet Krishnas Warnung, dass die Substanz im heißen Quellwasser mich komplett zersetzen könnte. Ich verstehe gerade, warum Menschen in der Wüste giftiges Wasser trinken, wenn der Durst zu stark ist. Wenn menschliche Grundbedürfnisse so komplett ignoriert werden, ist einem scheinbar ziemlich viel egal. Nun gut, vielleicht kann ich das ja irgendwann in einer Rolle verwenden. Allerdings sehe ich nach ein paar Momenten Hazel, die sich im Wasser an der Böschung entlangschiebt zu der Stelle, wo man den Fluss verlassen kann und nur eine kurze Distanz im kalten Wind zurücklegen muss, bis man die Uferstelle erreicht, wo die meisten ihre Rucksäcke abgelegt haben. Ihr Gesicht ist von Kälte und Hitze gerötet und ich bin irgendwie froh, dass ihr Oberkörper unter Wasser ist und ich mich deshalb nicht bemühen muss, sie nicht anzustarren. Zum Ausweichen ist es zu spät, hier gibt es gerade nur uns beide. Es bringt ja auch nichts, sich aus dem Weg zu gehen, nur bin ich gerade überfordert. Einerseits will ich nicht wieder so ein Arschloch sein, andererseits will ich keine Beziehung mit meiner Bühnenpartnerin vor den Augen aller anfangen. Das habe ich schon mal getan und werde es nie wieder tun. Und … vielleicht bin ich bald weg. Mir ist meine Karriere gerade wichtiger und die entscheidenden Rollen verlangen hundert Prozent. Da kann man keine

Kompromisse eingehen und für Beziehungen ist kein Raum. Oft genug erlebt. Ich werde nicht so tun, als wäre es anders. Ich habe mir damals geschworen, das nie jemand anderem anzutun. Ich bin noch ganz schön durcheinander und … sie kommt näher. Ihre dunklen Haare liegen feucht um ihren Kopf, was ihre gleichmäßigen Gesichtszüge und schönen Augen noch mehr zur Geltung bringt. Sie trägt einen schwarzen Badeanzug, von dem nur ein Träger sichtbar ist. Sie macht es mir nicht leicht.

»Hi«, sage ich, als sie mich erreicht.

»Hey«, grüßt sie knapp zurück. »Du warst beim Eisbaden. Ich bin beeindruckt.«

Ich nicke und bleibe mit dem Oberkörper ebenfalls unter Wasser. Nur unsere Köpfe schauen heraus. So können wir einfacher ignorieren, dass wir gerade fast nackt voreinanderstehen.

»Also, wegen gestern«, beginne ich und ich weiß gar nicht, was ich sagen will, aber vielleicht ist es besser, gestern direkt anzusprechen. Ich fühle mich so überfordert wie schon seit Jahren nicht von irgendeiner Rolle. Hamlets Monologe sind ein Klacks.

»Ich habe gestern zu viel getrunken«, unterbricht Hazel mich prompt.

»Ah. Okay«, sage ich dämlicherweise. »Ja, ich dachte, diese Trinkspiele wären mit der Highschool vorbei gewesen.« Ein Stück ihrer Schulter schaut aus dem Wasser und ich muss meinen Blick losreißen, der dort festzukleben droht. Das Wasser um uns herum ist warm, wir könnten gemeinsam in einer Badewanne liegen. Nur der leichte, irgendwie metallische Geruch ist etwas irritierend.

»Ich dachte, du warst nur im Homeschooling«, erwidert Hazel und ich komme mir total bescheuert vor, denn natürlich hat sie recht. Irgendetwas in ihrem Blick erinnert mich an eine nachsichtige Mutter, die ihr Kind beim Lügen erwischt hat. Nicht an meine, die hat mich, glaube ich, nie so nachsichtig angesehen.

»Ja, wir haben wahrscheinlich alle zu viel getrunken«, sage ich schnell und komme mir gleichzeitig wie der letzte Feigling vor, weil ich tatsächlich die einfachste aller Ausreden nutze, mit der sie eine Vorlage gibt. Aber ich hätte die Vorlage nicht annehmen müssen. Das ist allerdings so leicht. Alles andere wäre kompliziert.

»Ich glaube, ich bin schon im Zersetzungsprozess, bis später«, murmelt Hazel und schiebt sich mit einem Ruck aus dem Wasser. Sie wendet sich schnell ab, sodass ich ihr Gesicht nicht sehen kann, aber ich habe definitiv gerade den Eindruck, dass sie vor mir flieht. Langsam stehe ich ebenfalls auf, um endlich meine Sachen zu holen. Sofort trifft mich der kühle Wind, ihr Rücken ist ebenfalls von einer Gänsehaut überzogen und ich muss mich zwingen, meinen Blick von ihr abzuwenden, denn meine Augen sind kurz davor, sich wie zwei Brenngläser in ihren Rücken zu bohren. Ich weiß nicht, wohin das führen soll. Ich fürchte, im Moment würde auch ein Eisbad in arktischen Gewässern nicht dafür sorgen, dass ich endlich einen klaren Kopf bekomme.

Vierundzwanzig

Landon

Eine Woche später ist es so weit. Layla hat für diesen Event ähnlich viel PR gemacht wie für die letzte Oscarverleihung: Das Newcomer-Abendessen im Chekhov-Haus. Sie ist voll in ihrem Element. In der letzten Woche kamen diverse Lieferungen für die Dekoration und sie hat ein »Partykomitee« gegründet, das hauptsächlich aus ihr selbst und den armen Seelen besteht, die ihr während der Woche ahnungslos über den Weg gelaufen sind und für das Wohl der Allgemeinheit zu irgendwelchen Arbeiten verpflichtet wurden. Sie hat alle verrückt gemacht und sich in den Kopf gesetzt, dass man das prunkvolle Esszimmer mit den bemalten Decken im Chekhov-Haus mit einem Abendessen der Extraklasse würdigen muss, das alle Veranstaltungen der letzten Jahre in den Schatten stellt. Keiner hat sich getraut, ihr zu widersprechen oder abzusagen. Sie besitzt eine natürliche Autorität, was das angeht. Sie trägt ein knallrotes Abendkleid, was mehr als overdressed ist. Ihre lockigen roten Haare umrahmen vorteilhaft ihr Gesicht und die Blumenranke auf ihrem Arm ist gut in Szene gesetzt. Sie erinnert mich mit ihrer hemmungslosen Extravaganz so an L. A. und auf seltsame Art hat es auch etwas Beruhigendes, dass es sogar hier in Montana Menschen wie sie gibt. Sie war vorhin allerdings so stinksauer auf mich, weil ich im T-Shirt zum sogenannten Gala-Dinner gekommen bin, dass ich mir noch ein schwarzes Jackett von oben geholt und ein weißes Oberhemd mit Krawatte angezogen habe. So viel zum Thema natürliche Autorität. Sogar alles von Gucci, habe ich mal zugeschickt bekommen, als ich bei irgendeiner Veranstaltung war. Ich habe allerdings schon eine ganze Weile nichts mehr zugeschickt bekommen. Ich bin scheinbar für Firmen nicht mehr so interessant als Influencer.

Jetzt sitzen wir im sanften Schein von unzähligen Kronleuchtern, die Hauptspeise ist schon gegessen und Sekt und ein paar schicke verzierte Drinks gab es auch schon. Layla hatte uns in verschiedene Gruppen eingeteilt. Am anderen Ende des Tisches sitzt Hazel. Obwohl wir zwei Proben hatten, haben wir es geschafft, kein privates Wort miteinander zu wechseln. Sie hat ein schwarzes, tief ausgeschnittenes Oberteil an, eine Art Korsage, die ihr sehr gut steht und den Blick auf ihre Halskette mit einem kleinen goldenen Anhänger lenkt, der zu dem Armband passt, das sie schon damals im *Drunk Bull* getragen hat. Ich habe ganz schön viele Details über sie gespeichert. Ich schaue schon seit gefühlt zwei Stunden nicht hin und trotzdem weiß ich genau, was sie trägt. Wir haben uns nach dem Kuss im Zelt nicht ausgesprochen, es war ein Trinkspiel, man muss sich deswegen nicht aussprechen. Sie hat ja selbst gesagt, dass sie betrunken war. Trotzdem klingt das sogar in meinen Gedanken wie eine Ausrede. Aber irgendetwas ist heute anders an ihr. Ich weiß nicht, was es ist … Es macht mich nervös. Sie wirkt auf seltsame Weise entschlossener, als ich sie bisher gesehen habe.

»Unser Hollywood-Star könnte dir helfen«, sagt Layla in diesem Moment und holt mich zurück in die Wirklichkeit.

Layla nickt mit dem Kopf auffordernd in Richtung Eduardo.

Eduardo hat schon einige Gläser Rotwein intus, die Blume im Knopfloch seines leichten Sommeranzugs ist abgeknickt.

Ich habe nicht zugehört. Irgendetwas mit Filmproduktionsfirmen. Weiß gar nicht, warum er hier ist – Freund von Layla wahrscheinlich.

»Du willst Filme produzieren?«, frage ich vorsichtig nach.

»Genau, ich würde gern investieren. Ich bin daran interessiert, das Portfolio unseres Family-Office weiter zu diversifizieren.« Er hebt sein Rotweinglas, schwenkt den Wein herum und riecht dran. »Ein Ribera del Duero. Nichts ist besser als spanischer Wein.« Er nimmt die Flasche vom Tisch und schenkt Layla nach. Dabei sieht er sehr galant aus und Layla fährt voll darauf ab. Wir sind ungefähr fünfzehn Leute und Layla hat so eine Art A-Lister des MCPA eingeladen. Sie übt schon mal für L. A.

»Such dir doch einfach ein paar Produzenten, die du gut findest. Die suchen immer Geld. Dann kannst du einsteigen. Jeder kann Filme produzieren, sogar wenn man keine Ahnung hat.«

»Ich bin im Filmprogramm«, bringt Eduardo mit einer gewissen Empörung vor. »Ein bisschen Ahnung habe ich schon.«

»Ich weiß«, beschwichtige ich. »Ich meine bloß, dass es vielen sowieso nur ums Geld geht, und wenn du dich mit jemandem zusammentust, mit dem du klickst, kommst du schnell rein, lernst die richtigen Leute kennen und so weiter. Das ist sozusagen dein Praktikum.«

»Ich würde ja schon gern unabhängiger arbeiten. Aber vielleicht kannst du mich ein paar Leuten vorstellen?«, fragt Eduardo. Er trägt ebenfalls ein weißes Hemd unter seinem Anzug, immer faltenfrei, dazu hat er sich einen feinen, gemusterten Seidenschal umgelegt. Er liebt dieses Image, aber weil es so perfekt ist, fragt man sich, ob es stimmen kann. Eduardo ist laut Layla ein Prinz aus Europa. Aber wenn Eduardo ein Prinz ist, dann bin ich Brad Pitt. Er wirkt auf mich eher wie Eurotrash der allerfeinsten Sorte, nicht unsympathisch, aber ich glaube noch nicht mal, dass er adlig ist. Er mag halt das Image. Vielleicht läuft er in Europa mit Baseballkappe herum und macht einen auf Amerikaner?

»Klar kann ich das. Aber lass dich nicht ausnehmen.«

Ein Typ, der aus Imagegründen und wegen einer Einladung auf ein Filmfestival in Filme investieren will, ist immer beliebt. Eduardo möchte wahrscheinlich vor allem in Cannes auf irgendeiner Jacht mit ein paar Promis sitzen, wovon er dann anderen berichten und ein paar Fotos posten kann oder so was.

Er lehnt sich vor. »Stimmt das Image von Hollywood, nun ja, von einem Haufen Produzenten, die Kokain-Partys feiern?«

»Ich hoffe, du kommst nicht deswegen. Die gibt es auch. Es gibt alles, aber man muss da nicht mitmachen.«

»Ich belege Film und Business im Doppelstudium«, murmelt er beleidigt.

Ich habe schon häufiger gedacht, dass er zwar immer dabei ist, aber gar nicht so viele Freunde hat und Anschluss sucht. Auf meinem Handy blinkt eine Nachricht von Nate.

Pokestop heute Abend, wenn du mit deinem Dinner fertig bist?

Nate hat unendlich viel Energie und Nächte mit ihm schlauchen. Ich habe heute Abend keine Ausdauer dafür, weil ich morgen nicht im Eimer sein möchte und noch Text lernen will. Ich habe keine Ahnung, wie Nate das durchhält und gleichzeitig noch sein Filmstudium durchzieht. Wobei ich bisher noch nicht gesehen habe, dass er überhaupt irgendetwas fürs Studium macht. Jetzt habe ich nicht aufgepasst und mein Blick ist doch zu Hazel gewandert, die am anderen Endes des Tisches neben Jeremy sitzt, mit dem ich bisher kaum geredet habe. Er gräbt sie mal wieder an. Bei dem Anblick zieht sich mein Magen zusammen. Er kann es einfach nicht lassen.

Ich spüre Laylas Hand auf meinem Oberschenkel. »Du bist abwesend.« Sie lehnt sich nach vorn und gewährt mir einen sehr tiefen Einblick in ihr Dekolleté. Ich weiß, was sie möchte, aber ich möchte nicht. Wir sind schon einmal zusammen abgestürzt und es war nicht schlecht. Sie hat den Vibe verstanden, nein, letztlich hat sie den gleichen Vibe. Sie will nichts anderes als ich. Trotzdem reizt mich das gerade gar nicht.

Die nächste Gruppe steht auf und holt die Nachspeise. Jeder hat einen Gang zugeteilt bekommen. Ich war mit der Vorspeise dran, aber ehrlicherweise hat Layla das meiste gemacht, weil sie eine Vision von »mediterranen Vorspeise-Variationen« hatte, wie sie es genannt hat. Ich habe sie nicht davon abgehalten.

Eduardos Fragen haben mir irgendwie die Laune verdorben. Ich mag es nicht, wenn Leute mich hier wahrnehmen wie jemanden, der Türen öffnen kann. So gar nicht. Zudem sind die Türen, die ich derzeit öffnen kann, vor allem welche, durch die ich selbst nicht hindurchgehen mag. Ich komme mir wie ein desillusionierter Greis vor, wenn die anderen mir von ihren Träumen erzählen und muss aufpassen, keine zynischen Sprüche loszulassen. Deshalb mag ich Nate, denn obwohl er Filme machen will, hat er keinen verklärten Blick auf Hollywood.

Jeremy hat seine Hand auf der Rückenlehne von Hazels Stuhl abgelegt, sodass sie, wenn sie sich etwas unachtsam bewegt, sofort gegen seinen Arm stößt. Was für eine armselige Strategie. Keine Ahnung, wie er überhaupt auf die Idee kommt, sich die geringsten Chancen auszumalen.

»Gleich kommen noch ein paar andere für Drinks«, raunt Eduardo mir zu. Mir soll es recht sein, dann kann ich mich in mein Zimmer verdrücken und … ein paar Filme schauen. Ich bin überhaupt nicht mehr auf dem Laufenden. Ich lege mein Handy zur Seite, auf dem ich geistesabwesend getippt habe und ohne nachzudenken schon wieder bei irgendwelchen ehemaligen Kollegen gelandet bin. Khylin, der damals meinen kleinen Bruder in *Family Forever* gespielt hat, hat gerade eine richtige gute Rolle in einem Film von Jim Burke, dabei hatte er schon früh ziemliche Drogenprobleme und war mit vierzehn in der ersten Rehab. Manchmal habe ich das Gefühl, ich bin der Einzige, der nichts mehr auf die Reihe bekommt.

Zum Nachtisch gibt es Mousse au Chocolat mit so viel Zucker, dass ich nach ein paar Löffeln aufhöre. Die Schokolade zergeht auf der Zunge, aber ich kann so was gar nicht essen. Ich mag kein Junkfood. Ich kann mich auch nicht mehr daran erinnern, so was je in mich hineingestopft zu haben, wie Eduardo das gerade tut. Mit sechzehn habe ich mich ein Jahr lang quasi von Proteinpulver ernährt. Da war mein Körperfettanteil irgendwann so niedrig, dass es zu gefährlich wurde. Eduardo löffelt die Mousse mit glasigem Blick, er hat schon ziemlich viel von seinem mitgebrachten Rotwein getrunken.

Nachdem wir fertig sind, gehen wir ins »Raucherzimmer«, wo normalerweise gespielt und nicht geraucht wird, aber Layla hat ein paar Zigarillos und Zigarren besorgt und kurz danach dampfen und husten wir um die Wette. Nur Eduardo raucht, als hätte er in seinem ganzen Leben nichts anderes als kubanische Zigarren geraucht. Und nein, es überrascht mich einfach nicht, dass er einen ganzen Humidor dabeihat – Originalware aus Havanna, wie er stolz erzählt. Natürlich hat Layla die dickste Zigarre ausgesucht, die es gibt, und saugt hingebungsvoll daran. Ich werde das Gefühl nicht los, dass sie mich anlächelt, wenn sie die Zigarre zwischen ihre rot geschminkten Lippen nimmt und absichtlich Erinnerungen an unsere letzte Begegnung wiederbeleben will.

Man kann es nicht anders sagen, sie war sehr engagiert, mich im Bett zufriedenzustellen. Gleichzeitig hat sie selbst so laut gestöhnt, dass ich mir wirklich nicht sicher bin, ob das ehrlich von ihr kam oder eher eine Show für mich war. Ich meine, ich glaube nicht, dass es schlecht für sie war, aber schwer zu sagen. Trotzdem bin ich nicht neugierig genug, es heute Abend endgültig herauszufinden. Ich sehne mich nach meinem Zimmer. Vielleicht sehne ich mich noch mehr danach, dass Jeremy geht, und zwar nicht gemeinsam mit Hazel. Der »formale« Teil des Abends ist vorbei und weitere Leute vom Campus kommen dazu, einige haben etwas zu trinken mitgebracht, andere bedienen sich bei uns, einige waren schon auf anderen Partys. Ich entdecke Nate, der ebenfalls bei Hazel steht. Layla geht zu ihnen und umarmt Hazel mit einem Arm, mit dem anderen fuchtelt sie wild in der Luft herum. Sind die beiden jetzt dicke Freundinnen? Sie könnten gegensätzlicher nicht sein.

Nate reißt sich von der Gruppe los und kommt zu mir, er hat schon wieder rot unterlaufene Augen und riecht verdächtig nach Gras.

»Nate, schon wieder? Ich weiß nicht, wie du es schaffst, dir in Appleby ein größeres Social Life aufzubauen als in New York.«

Eduardo steht ein paar Meter entfernt und begrüßt Nate knapp. Wie häufig habe ich das Gefühl, dass Eduardo sich von Nate nicht so ernst genommen fühlt, weil der gegen den alteuropäischen Charme immun zu sein scheint. Europa ist für Nate eher ein süßes, buntes Fleckchen Erde mit vielen romantischen Sprachen, eine Art großes Disneyland, das zur Unterhaltung der Amerikaner gebaut wurde.

»Oh, war das ein ernst zu nehmendes Dinner?« Er deutet auf Layla, die schicke Kleidung der anderen und mein Outfit.

»Gar nicht im Fleece, sondern mit Jackett? Vielleicht kann ich dich in New York doch mal mit in den Club nehmen.« Er zwinkert. Nate macht sich immer über meinen entspannten Westküsten-Kleidungsstil lustig. Wobei L. A. weniger entspannt ist als San Francisco, aber das schmeißt Nate natürlich alles in einen Topf. In San Francisco kann man auch mit Fleece in die Oper gehen. Nate hat seinen konservativen Ostküsten-Stil nicht abgelegt und zieht das auch am College gnadenlos durch. »Nicht jeder hat eine Mutter, die jede Woche frisch gebügelte Hemden schickt«, erwidere ich. Wobei Nates hellblaues Leinenhemd schon etwas zerknittert aussieht, genauso wie seine beige Hose.

»Und du willst wirklich nicht mit? Es gibt noch ein paar kleinere Partys heute Abend. Und …«, er lehnt sich vor, um dichter in mein Ohr zu sprechen. »Einige gehen, glaube ich, ein bisschen mehr ab als euer Abendessen. Aber don't kill the messenger. Ich sag's ja nur.« Er zuckt mit den Schultern.

»Du wirst es nie müde?«

In diesem Moment kommt eine andere Schauspielstudentin mit blonden, fast glatt gebügelten Haaren zu uns – ich habe ihren Namen vergessen – und legt die Arme um unsere Schultern. »Lan, du bist Nates Freund? Komm doch mit, ein bisschen Hollywood-Glamour öffnet uns noch mehr Türen. Ich habe gehört, dass es eine sehr private Party gibt, die bestimmt lustig wird.« Sie zuckt demonstrativ mit der Nase, keine Ahnung, vielleicht glaubt sie, ich stehe auf Koks, weil ich aus L. A. komme. Sie lächelt mich mit perfekten Zähnen an und ich weiß sofort, dass sie mich als Landon Bonell mit Hollywood-Verbindungen sieht, und es kotzt mich mit einem Mal unglaublich an. Vielleicht spürt sie es, denn plötzlich zieht sie ihren Arm von meinem Hals und geht weiter. Unwillkürlich suche ich Hazel mit meinem Blick, die nicht mehr auf ihrem Stuhl sitzt. Und ja, da ist sie, drei Stühle weiter. Und zwar mit Jeremy, der sich neben sie hingehockt hat. Ich kann es nicht genau sehen, aber ich habe den schlimmen Verdacht, dass er eine Hand auf ihr Bein gelegt hat. Hazel lacht, und ihr ganzer Körper vibriert dabei. Sie flirtet mit ihm. Schwer zu sagen, was das in mir auslöst. Viel. Ich möchte am liebsten hingehen und Jeremy sagen, dass er sie endlich in Ruhe lassen soll. Wahrscheinlich rechnet er sich Chancen aus, weil er meint, dass sie so unschuldig ist und auf der Suche nach Party. Jetzt steht sie auf und ich sehe, wie Jeremy sie anschaut. Und mit einem Mal ärgert mich das unglaublich.

»Sie steht auf dich«, sagt Nate und ich blicke ihn verwirrt an.

»Sina steht auf dich. Sogar schon länger«, glaube ich. »Aber wenn du nicht mitmachst, kommt sie genauso zu mir. Und ganz ehrlich, ich habe da keinen verletzten Stolz oder so. Gegen so eine Hollywood-Aura kann man mit einem ollen Trustfund einfach nicht anstinken. Mir macht es persönlich überhaupt nichts aus, auch mal zweite Wahl zu sein. Kann ich gut mit leben.«

»Klingt das komisch, wenn ich sage, dass ich mir manchmal wünsche, dass sich die Leute mir gegenüber normal verhalten?«

»Gar nicht, Marshmallow. Wünsche ich mir auch. Die Mädchen sind alle immer so aufdringlich.« Nate grinst schief. Aber er blickt mich aufmerksam an. Hinter all seinen Sprüchen habe ich schon das Gefühl, dass er viel checkt. Wenn er mit schleimigen Speichelleckern unterwegs gewesen ist und ich ihn vorsichtig darauf hingewiesen habe, dass die ihn wahrscheinlich ausnehmen, war er nie überrascht. »Das weiß ich doch, Marshmallow«, hat er das letzte Mal geantwortet. »Ich hänge doch auch nur mit denen ab, weil es amüsanter in Gesellschaft ist und du Schnarchnase zu viel Schönheitsschlaf brauchst, wenn du mit deinem ökologisch-dynamisch produzierten Abendessen und deiner Dr.-Hauschka-Gesichtsmaske fertig bist.« Aus dem Augenwinkel sehe ich, wie Jeremy einen Arm um Hazel gelegt hat, während sie mit Layla reden. Ich habe keine Lust, dass ein Schlumpf wie Jeremy ihre Abenteuerlust ausnutzt. Er schleimt doch schon seit Wochen rum und wartet auf einen guten Moment, wo er zuschlagen kann. Das ist bloß armselig.

»Die gehen auch alle hin«, bemerkt Nate wie immer taktisch klug.

»Alles klar, ich komme noch einen Moment mit«, sage ich zu ihm.

Nate blickt mich gespielt beeindruckt an. »Marshi, das lob ich mir jetzt aber mal.« Sein Blick folgt meinem zu Layla, Jeremy und Hazel. Ich habe das Gefühl zu wissen, was er denkt, aber ich rechne es ihm in diesem Moment wirklich hoch an, dass er keinen Kommentar macht. Er gibt Sina ein Zeichen, die zu ihm kommt. Sie trägt ein hautenges kurzes Kleid und hohe Boots, sodass ihre Beine ein wenig staksig aussehen. Aber es steht ihr gut. Er legt den Arm um sie und sie schenkt ihm wieder ihr begeistertes Lächeln. Dieser Upper-East-Side-Trustfund-Charme ist wahrscheinlich doch nicht zu unterschätzen.

Fünfundzwanzig

Hazel

Die Party findet im International House statt, das etwas moderner als das prunkvolle Chekhov-Haus ist. Eigentlich ist es Eduardos Territorium, aber der ist irgendwie unterwegs verloren gegangen und hat vielleicht mit seinem europäischen Charme jemand anderen eingewickelt und ist schon auf der Zielgeraden des Abends. Ich bin total aufgedreht und fühle mich so akzeptiert wie noch nie. Mir ist kein bisschen kalt auf dem Weg gewesen, gerade erscheint mir alles leicht. In den letzten Tagen sind mir Laylas Worte immer wieder durch den Kopf gegangen und mit jedem Tag haben sie mehr Sinn gemacht. Ich kann selbst bestimmen, wer ich sein will. So einfach ist das. Ich muss es bloß tun.

Als wir auf der Party ankommen, befindet diese sich schon im Endstadium. Auch in diesem Haus gibt es einen größeren Aufenthaltsraum, der jetzt zum Partyraum umfunktioniert wurde. Darin ist es warm und stickig und der Boden klebt. Die Tische wurden zur Seite geschoben und mit Drinks dekoriert, es gibt Wannen mit Eis und Bierfässer und jede Menge rote Becher. Die meisten Augen sind glasig, der DJ ist verschwunden, und eine Gruppe euphorisierter Studis hat die Musik übernommen. Zu Billie Eilishs sanfter Stimme und den unwiderstehlichen Beats bewegen sich einige Studis in der Mitte des Raums. Yuna liebt Billie Eilish und hatte im letzten Semester ihren ersten Auftritt mit ihrer eigenen Choreografie zu einem Lied von ihr. Schade, dass sie mal wieder nicht dabei ist, aber immerhin habe ich Layla hier und es wäre gelogen, wenn ich nicht sehr genau gemerkt hätte, dass Landon auch mitgekommen ist.

Außerdem sehe ich Jane, die mich mit einer an Hysterie grenzenden Begeisterung begrüßt, als hätte sie mich seit Jahren nicht gesehen, und nicht so, als würde sie ihr Zimmer mit mir teilen. Sie trägt eine enge Jeans und ein grünes Tanktop, das bei jeder größeren oder kleineren Armbewegung ihren Busen freilegt, da sie nichts weiter darunter trägt. Sie kann das, ihr Busen ist sehr hübsch, es ist ja nicht so, als hätte ich ihn nicht schon häufiger gesehen, wenn sie sich umgezogen hat.

Layla trägt zwar noch das rote Paillettenkleid, hat aber flacherer Schuhe angezogen, sodass der Größenunterschied zwischen uns nicht mehr so absurd ist. Sie umschlingt meine Taille mit ihrem eleganten Arm. Mir gefällt das, irgendwie scheint ein bisschen was von ihrem Selbstbewusstsein auf mich abzufärben. Landon steht mit Nate an einer Seite des Raums, beide haben rote Bierbecher in der Hand. Landon wirkt allerdings gerade nicht so, als hätte er wirklich viel Spaß. Ich umfasse Laylas Taille fester. Das Kleid ist hinten ausgeschnitten, sodass meine Hand auf ihrem nackten Rücken liegt, der etwas feucht vom Schweiß ist. Ich sonne mich in den Blicken der anderen, die auf meiner Haut prickeln, und mir gefällt, dass einige zweimal schauen und ein bisschen verwirrt sind, was hier gerade passiert. Das ist auf diesem Campus gar nicht so einfach zu erreichen. Layla wird häufig auf diese Weise angeschaut, ich kann schon verstehen, dass es Spaß macht. Sowohl die Frauen als auch die Männer beobachten uns, und irgendwie fühle ich mich extragut und attraktiv unter diesen Blicken und gleichzeitig stark, weil ich mit Layla zusammen bin. Sie nimmt ihre Hand von meiner Taille und umfasst stattdessen meine mit ihrer warmen, festen Hand.

Irgendwie ist ein Einverständnis zwischen uns entstanden, dass wir mit der Aufmerksamkeit ein wenig spielen. Hand in Hand gehen wir zum provisorischen Tequila-Ausschank, der auf keinen Fall legal sein kann. Sie leckt das Salz von meiner Hand, ich halte ihr die Zitrone hin, die sie hingebungsvoll auslutscht. Dann lecke ich das Salz von ihrer Hand und sie hält mir die Zitrone hin. Sauer und salzig vermischen sich perfekt mit dem scharfen Tequila. Auf der Party sind nicht nur Leute aus dem Schauspielprogramm, aber ich habe gerade das Gefühl, ein wenig über allem zu schweben, die Mischung aus Layla und Tequila funktioniert ziemlich gut. Endlich ein bisschen Kleinstadtmief abstreifen.

Landon hat Jackett und Krawatte wieder ausgezogen, sein Hemd ist zerknittert, aber das Schlimme ist, seit seine Optik weniger L. A. und mehr Montana ist, gefällt er mir viel besser. Seine Haare sind auch länger und er hat aufgehört, sie mit irgendwelchen Gels zu stylen wie noch im ersten Semester. Er sieht … normaler aus. Viel natürlicher. Wenn auch unnormal hot, aber dafür kann er ja nichts. Als unsere Blicke sich treffen, verhärten sich seine Kiefermuskeln und er presst kurz die Lippen zusammen, dann wendet er sich genervt ab. Aus irgendeinem Grund stört mich das gewaltig. Schließlich hat er selbst mal was mit Layla gehabt und jetzt darf ich nicht mit ihr Händchen halten, oder was? Ich habe das absurde Gefühl, von ihm bewacht zu werden.

Ich schaue zu Layla zurück, der Landons Blick auch nicht entgangen ist.

»Er ist ganz schön süß«, bemerkt sie nur und lächelt. »Nicht so süß wie wir natürlich. Schade für ihn.« Keine Ahnung, ich muss kichern, als sie das sagt. Ihr Selbstbewusstsein ist befreiend.

»Lass mal hingehen«, schlägt sie vor und zieht mich schon hinter sich her. Ich bin so aufgedreht und lasse mich gern mitziehen. Im Raum tanzen Lichter, irgendjemand hat eine ziemlich professionelle Lichtanlage an die Musik gekoppelt, sodass der Raum rhythmisch in blauen und pinken Tönen eingefärbt wird. Aus der Nähe fällt auf, dass das Hemd von Landon wirklich eine Nummer zu klein ist, aber sie stehen ihm, diese sehr engen Shirts, die jede Kurve seiner Arme betonen und an den Schultern fast platzen, dabei aber seine schmalen Hüften betonen. Hat ihm vielleicht mal sein Hollywood-Stylist empfohlen.

»Du bist so scharf heute«, sagt Layla und streicht Landon über die Brust, was widerstreitende Gefühle in mir auslöst, die ich nicht auseinanderhalten kann. Eifersucht, keine Ahnung, auf wen eigentlich jetzt. Ich weiß nur genau, wie sich die Brust anfühlt. Und wie es sich anfühlt, wenn man sie berührt. Ich reiße meinen Blick los, als die Bilder und Gefühle von dem Abend beim Camping in mir hochsteigen. Ich will nicht daran denken, es führt zu nichts und es hinterlässt kein gutes Gefühl, nicht zu verstehen, warum er eigentlich nicht will. Das sind doch alles nur Ausreden.

»Und du bist … voll?«, fragt Landon Layla zurück. Er wirkt alles andere als glücklich mit der Situation. »Hey, du kannst einfach Danke sagen, das war ein Kompliment«, erwidert Layla und legt den Kopf schief. Sein Blick wandert zu mir und streift dabei unsere Hände, die immer noch verschränkt sind. Ich denke daran, dass wir beim Campingausflug unsere Hände ziemlich ähnlich verschränkt hatten. In dem Moment fängt ein neues Lied an und Layla läuft los und zieht mich hinter sich auf die Tanzfläche. Ich zucke mit den Schultern und sehe nur noch, wie Landon uns genervt hinterherschaut. Gut, irgendwie ist er selbst schuld. Ich möchte mir den Abend nicht von ihm verderben lassen.

Ich habe schon unzählige Male mit meinen Freundinnen zu

Hause getanzt und doch fühlt es sich heute anders an als sonst. Ganz anders. Jane steht eng umschlungen mit einem Mädchen zusammen, das ich noch nie gesehen habe. Aber so klein der Campus auch ist, es gibt immer Leute, die man noch nicht gesehen hat. Layla nimmt meine Hände, zieht mich zu sich und tanzt supersexy vor mir. Ihr Parfüm steigt mir in die Nase, ein schwerer, süßlicher Geruch, aber angenehm. Es riecht teuer. Irgendwie habe ich den Eindruck, dass sie auch für Landon tanzt. Verwirrend alles. Mir ist heiß, die Luft steht im Raum, und ich bin froh, dass ich mich getraut habe, die kleine Corsage anzuziehen, sonst wäre mir noch heißer.

Nate hat sich zu Landon gesellt. Zwei Menschen, die zu Hause in ihrem Freundeskreis wahrscheinlich die Alphatiere sind. Nate grinst mir zu und hebt sein Glas. Trotz all seiner Sprüche und seinem Gehabe ist er jemand, den ich mag, aber ich frage mich gerade, ob er Freunde hat, die ihm sagen, wann es zu viel ist? Die ihn stoppen? Und nicht nur Freunde, die in ihm einen verlässlichen Partner sehen, wenn man sich zudröhnen will?

Layla schwingt ihre Hüften gekonnt hin und her und legt dann noch eine Art Twerk hin. Auf ihrer Oberlippe glänzen kleine Schweißperlen. Die Blicke vieler Studenten kleben auf ihr und damit auch auf mir. Diese Blicke und die Tatsache, dass Landon uns zuschaut, treiben mich irgendwie weiter an. Die Musik ist super, ich habe keine Ahnung, wie spät es ist. Irgendjemand hat Trockeneis mitgebracht und den ganzen Raum in einen Nebel gehüllt, der wahrscheinlich jeden Asthmatiker sofort vertreibt, die Tanzfläche aber noch surrealer macht.

Ich fühle mich so schwerelos, bin wahrscheinlich auch geschmeichelt, weil Layla mich endlich akzeptiert hat. Irgendwann ist sie ganz nah vor mir, sie lächelt mit ihren sexy Lippen, die auch ohne Lippenstift eine kräftige Farbe haben. Ich weiß nicht genau, was passiert. Ich mag sie, aber ich mag sie nicht *so,* aber irgendwie ist es zu aufregend, als sie näher kommt, einen Arm um meinen Nacken schlingt und mich vorsichtig auf den Mund küsst. Ihre Lippen sind wie Luftkissen und schmecken ein bisschen nach der Zitrone vom Tequila, den wir vorhin getrunken haben.

Es fühlt sich anders an, als Männerlippen zu küssen. Wir tanzen weiter, sie kommt wieder näher, küsst mich noch mal, und diesmal spüre ich ihre kleine, warme Zunge, die sich vorsichtig zwischen meine Lippen schiebt. Alles ist so weich und zart, anders als bei einem Mann. Vielleicht bilde ich mir das nur ein.

Als ich die Augen öffne, sehe ich über Laylas Schulter, wie könnte es anders sein, Landon. Er sieht noch unglücklicher aus als vorhin. Oder nein, er sieht wütend aus und etwas herablassend.

»Er schaut«, flüstert Layla, »nicht wahr?« Sie lächelt mich an.

Ich nicke. Layla ist sehr nah vor meinem Gesicht, so nah, dass sie ein bisschen verschwommen ist. »Keine Angst, ich weiß, dass du nicht auf Frauen stehst. Aber lass uns den armen Jungen ein bisschen verwirren. Vielleicht kommt er dann in die Gänge.« Layla streichelt leicht über meinen Hals, dann umfasst sie sanft meinen Nacken und zieht mich wieder näher zu sich heran, um mich zu küssen. Und diesmal halte ich mich nicht zurück. Ich erwidere ihren Kuss, ihre Lippen sind seidig weich und geben sofort nach. Es ist völlig anders als bei jedem anderen, den ich bisher geküsst habe. Ihre Hände gleiten außen an meinen nackten Oberarmen herunter und sie drückt ihren Körper gegen mich, der sehr schlank ist, und ihre Haut ist unglaublich zart. Vielleicht ist es das, was Männern an Frauen gefällt, wenn sie sie anfassen. Dass sie einfach viel weicher sind als jeder Mann. Ihre Arme sind weicher, ihre Haut ist weicher, vielleicht cremen Frauen sich mehr ein. Mir ist heiß, aber für einen Moment verliere ich mich im nächsten Kuss.

Insbesondere freut mich aber, dass Landon uns sehen muss – und diese Erkenntnis lenkt mich plötzlich so ab, dass ich mich nicht aufs Küssen konzentrieren kann. Außerdem hat Layla gerade ihre Hand unter die Kante meines Bustiers geschoben und begonnen meine Rippen zu streicheln.

Plötzlich merke ich, dass ich keine Ahnung habe, wohin das führen wird. Ist das hier ein One-Night-Stand mit einer Frau? Denkt Layla, dass wir gleich zu ihr gehen und weitermachen? Allein im Zimmer hätte ich da gar kein Interesse dran. Diese Erkenntnis ist wie eine kalte Dusche. Vielleicht bin ich doch exhibitionistischer als ich mir zugetraut hätte, ich mache es gar nicht für Layla, sondern für die anderen. Oder für einen anderen. Der Gedanke stresst mich und ich verkrampfe mich.

Layla scheint es zu spüren, denn sie lässt von mir ab. Zärtlich streicht sie über mein Kinn.

»Alles okay. Entspann dich. Ich hole uns noch etwas zu trinken, einverstanden?«

Ich bin ganz froh über eine kleine Unterbrechung. »Noch einen Shot?«, fragt sie und ich weiß, dass ich das nur durchstehe, wenn ich weitertrinke, aber *durchstehen* sollte gar kein Gedanke sein. »Cola?«, fragt Layla und ich nicke sie dankbar an. Mir gefällt es, dass sie mich nicht weiter betrunken machen will, und ich vielleicht Dinge tue, dich ich nicht will. Es ist … respektvoll.

Eine halbe Sekunde nachdem sie weg ist, tritt Landon nehmen mich.

»Versuchst du jetzt, einen auf Lesben-Porno zu machen?«

»Wow. Was bitte schön ist das für ein Statement?«

Nate steht etwas weiter weg und lacht sich schlapp. Klar, damit hat er nicht gerechnet, dass die schüchterne Hazel mit der Sexqueen des Colleges rummacht. Sie sind doch alle nur neidisch auf Layla. Es ist beneidenswert, wie man so zufrieden mit seiner Sexualität sein kann und sie so begeistert ausleben kann.

Mein Geist ist leicht benebelt, vielleicht wirkt Landon deshalb wie gezoomt.

»Ich kann machen, was ich will. Süß, dass du dir Sorgen um mich machst. Ich dachte, Layla ist deine Freundin«, erwidere ich. »Du solltest ihr mehr gönnen. Wir haben hauptsächlich getanzt. Ist das verboten?«

»Versuchst du, dir oder den anderen etwas zu beweisen, indem du dich Layla an den Hals wirfst?«

»Ich versuche nichts zu beweisen und ich werfe mich auch niemandem an den Hals.«

»Nun ja, ich glaube, ihr seid nicht auf dem gleichen Planeten und das Ganze hat keine Zukunft, du solltest dir vielleicht nicht zu viel davon versprechen.«

»Und auf die Idee, dass es vielleicht keine Zukunft haben muss, kommst du jetzt nicht?«

Für einen Moment sieht er mich irritiert an, als würde er versuchen, die Meinungen und Puzzleteile, die er über mich gespeichert hat, zusammenzubringen. Dann schüttelt er den Kopf.

»Du bist nicht so«, sagt er dann und spricht es aus wie einen Befehl.

»Ach so, das sagst du, weil du mich ja so gut kennst. Du hast keine Ahnung.«

»Du machst das gerade nur, weil du glaubst, dass du damit besonders cool bist. Vielleicht solltest du lieber versuchen, dich nicht nur an den Meinungen anderer zu orientieren.«

»Das sagt mir Mister Instagram? Wirklich interessant. Machst du demnächst wieder ein Foto in einem engen Shirt, um den anderen zu zeigen, wie viel du im Gym warst? Dir sind die Meinungen von anderen also egal?«

»Du folgst mir auf Instagram?«

»Ich sehe dich bloß ständig Fotos machen, dazu brauche ich dir nicht auf Instagram zu folgen.« Das stimmt sogar. Ich folge ihm nicht. Man kann schließlich jemanden stalken, ohne ihm zu folgen.

»Instagram ist Business«, sagt er.

»Genau, und wen ich küsse, das ist mein Business«, erwidere ich. »Und was genau für ein Business ist das, wenn du auf Fannachrichten so antwortest, dass die Frauen total ausrasten und dir ihre virtuelle Unterwäsche um die Ohren schmeißen? Die Meinungen von denen sind dir gar nicht wichtig.«

»Erstens sind das meine Fans. Die haben mich überhaupt erst zu dem gemacht, was ich bin, ich sollte ihnen dankbar sein, sonst habe ich diese Karriere nicht verdient. Du raffst echt überhaupt nichts. Und zweitens folgst du mir nicht nur, sondern du liest sogar meine Kommentare?«, erwidert er.

Wir starren uns an. Sein Gesicht ist mir von den Proben so vertraut. Er ist aufgebracht.

»Du willst nicht mit mir rumknutschen, warum mischst du dich also ein, mit wem ich rumknutsche?«, sage ich leiser.

»Das ist was anderes. Du weißt nicht, auf was du dich einlässt und deine Gründe dafür sind falsch.«

»Du kennst meine Gründe überhaupt nicht. Wir sind zwei Erwachsene mit beiderseitigem Einverständnis.«

Layla kommt mit einem Tequila und einer Cola zurück.

Landon dreht sich zu ihr und sein Verhalten verändert sich schlagartig. Alle Aggressivität ist wie weggeblasen. Zurück bleibt der charmante Landon, der aalglatt und übertrieben liebenswürdig flirten kann wie in einer schmierigen Fernsehshow. Ich glaube, ich mag gar keine Schauspieler.

»Layla, du siehst sensationell gut aus heute«, sagt er und ich möchte im Boden versinken bei dieser armseligen, billigen Masche. Echt jetzt?

»Hey, Lan, ich habe dich schon vermisst und befürchtet, dass du auf der Party einschläfst.« Sie setzt ihr schräges Flirtlächeln auf. Ich bin fassungslos. Das kann wiederum nicht ihr Ernst sein. Sie stellt sich neben mich. Aber sie fasst mich nicht an. Als wäre das, was gerade war, jetzt ... abgehakt? Eben hatte ich noch gedacht, dass mir das viel zu viel war. Dass ich nicht wusste, wie ich ihr erklären kann, dass es ... genug ist. Jetzt bin ich sauer, wie schnell ihr Interesse an mir abgeflaut ist. Ihr Interesse gilt plötzlich eindeutig einer anderen Person.

Und dann lehnt sich Landon zu ihr und macht irgendeinen Witz. Ich höre nicht, was er sagt, aber sie beugt sich zurück und plötzlich stehe ich da und fühle mich so überflüssig wie als Kind, wenn ich bei der Wahl für die Volleyballmannschaft in der Schule als Letztes auf der Bank saß ...

Landon flirtet mit Layla und sie geht darauf ein? Ich weiß, dass sie ihn scharf findet, dass sie befreundet sind, aber ich bin heute Abend ja auch da. *Wir haben gerade geknutscht,* will ich laut rufen. Sie kann doch jetzt nicht einfach so tun, als wäre ich Luft. Und dann dämmert mir, dass ich mich benehme wie ein eifersüchtiger Lover.

Nates Stimme dringt zu mir »Hazel-Darling, lange nicht gesehen«, murmelt er. »Coole Party. Ich ziehe aber noch ein bisschen weiter, weißt du, wer das ist?«, fragt er. Und er deutet zu Jane und dem Mädchen neben ihr.

Ich bin verwirrt, froh über die Ablenkung. Mir ist heiß. Ich gebe den beiden ein Handzeichen, dass sie zu uns rüberkommen. Nate lächelt ihnen ziemlich begeistert entgegen.

»Nate ist der Mann, der dich später im Film ganz groß rausbringen kann, habe ich gehört«, stelle ich ihn vor.

»Jane ist die Megan Fox der nächsten Generation.«

»Und das Nina, sie ist die Liebe meines Lebens«, erklärt Jane und weist auf das Mädchen, das ich nicht kenne.

Landon zieht gerade Layla auf die Tanzfläche. Ich könnte platzen. Wenn ich so richtig darüber nachdenke, habe ich noch nie gesehen, dass er aktiv eine Frau abgeschleppt hat. Denn das ist es, worauf das hier alles hinauslaufen wird.

»Wie, was?«, ich schaue zurück zu Nina und Jane. Nina ist

sehr hübsch, mit langen schwarzen Zöpfen und einer Figur, die an eine Gazelle erinnert.

»Das ist meine Freundin Nina. Wir sind seit der Highschool zusammen. Hatte ich das nie erzählt? Ich bleibe heute bei ihr im Hotel.«

»Oh.« Ich wusste gar nicht, dass sie eine feste Freundin hat. Gerade wird mir klar, dass Nina das Mädchen ist, mit dem sie Nachrichten hin- und herschickt und nachts telefoniert und die andere Freundin auf dem Campus nur ihre platonische beste Freundin ist. Irgendwie dachte ich, dass sie noch was am Laufen hatte, nur weil sie sich als pansexuell bezeichnet. Ich komme mir dämlich vor. Nate beginnt mit beiden zu reden, ihn scheint es nicht zu stören, dass er keine Chance hat.

Ich könnte mich so derartig schwarzärgern, dass ich Layla gerade zurückgewiesen habe. Wieso bin ich jetzt so eifersüchtig und auf wen eigentlich? Ich versuche innezuhalten und ganz tief in mich hineinzuhören, wie wir es immer wieder in den Kursen von Angela machen. Nimm deine Gefühle selbst wahr, erforsche sie und werde dir ihrer bewusst, sagt sie immer.

Ja. Ich bin total eifersüchtig. Ich bin beleidigt und sauer, dass Layla mich hier so stehen lässt, und finde das auch unfair. Es verletzt mich in meinem Stolz, aber eifersüchtig bin ich nur auf Landon.

Ich könnte kotzen, so offensiv, wie Landon mit ihr flirtet. Und jetzt erst merke ich, dass ich das wirklich noch nie gesehen habe. Ich kenne, dass andere mit *ihm* flirten. Er berührt immer wie zufällig ihren Arm, wenn sie tanzen, doch es ist kein Zufall.

Er möchte ihr zeigen, wie gut sich das anfühlen würde. Und sie fährt voll auf ihn ab. Layla zeigt eine Art Bauchtanzeinlage à la Shakira, dann wechselt sie wieder zu der Twerkartigen Bewegung, die sie in der African-Dance-Class gelernt hat und die der halbe Campus beherrscht, weil die African-Dance-Class die beliebteste auf dem ganzen College ist.

Er presst seine Hüften gegen ihre. Entschuldigung, aber hier sind noch andere Leute. Ich seufze. Die Musik ist mir plötzlich viel zu laut und dröhnt in meinen Ohren. Ich komme mir vor wie meine eigene prüde Tante.

Und dann schaut er zu mir. Ich habe es mir nicht eingebildet, er guckt klar zu mir und dann zwinkert er. Nicht so wirklich, er blinzelt irgendwie, und ich habe das dunkle Gefühl, dass er mir gerade mitteilen will, dass er weiß, was hier läuft. Dass er weiß, dass er mir dazwischengekommen ist und dass das absolut seine Absicht war.

Er beugt sich vor und flüstert Layla etwas ins Ohr. Seine dunklen Haare stehen verstrubbelt vom Kopf, weil er selbst und Layla zu oft mit den Händen durchgefahren sind. Dabei nimmt er eine rote Locke von ihr zwischen die Finger und zwirbelt sie in der Luft. Am meisten ärgert mich, dass ich vor allem so eifersüchtig auf seine Hände bin. Und so frustriert. Denn wie kann es sein, dass ich einem Arsch so viel Macht über meine Gefühle gebe? Ich bin angeekelt von mir selbst, was das Ganze nicht besser macht. Doch dann hören sie auf und kommen in meine Richtung.

»Hey, willst du auch kommen?«, haucht Layla mir ins Ohr, als sie bei mir sind. Ich erstarre. Sie will meine Hand nehmen und ich muss mich mega beherrschen, ihre Hand nicht wütend wegzuschlagen. Was bildet sie sich eigentlich ein? Dass ich jederzeit bereit bin?

Sie zieht mich zu Landon, der geschockt aussieht, dann tritt eine gewisse Fassungslosigkeit in sein Gesicht. Er versucht die Situation einzuschätzen.

Das wiederum spornt mich an mitzumachen. Ich lächele ihn unschuldig an und halte dabei Laylas Hand. Für einen Moment scheint Layla selbst zu überlegen, was mit Landon und mir los ist, dann nimmt sie Landons Hand und führt sie mit unseren beiden Händen zusammen. Sie lächelt Landon an, lehnt sich zu ihm und küsst ihn sanft auf die Lippen. Dabei lässt sie meine Hand nicht los. Ich schaffe es gerade noch, meine Gesichtszüge unter Kontrolle zu bringen, bevor sie sich umdreht. Dann lehnt sie sich allerdings zu mir herüber, kommt näher, ihre Lippen glänzen, sehen prall aus, und ein Lächeln umspielt sie. Ihre dunklen Augen sind groß und glänzend. Ihr gefällt die Verwirrung in meinem Gesicht. Sie küsst auch mich, vorsichtig und fragend, und ich schließe die Augen. Ich bin so verwirrt und weiß nicht mehr, was ich denken soll. Eigentlich spüre ich jedoch die ganze Zeit nur die Blicke von Landon auf mir, die mit Sicherheit da sind. Dann sind ihre Lippen wieder weg. »Warte hier«, befiehlt sie. »Bewegt euch nicht vom Fleck«, sagt sie. Und dann ist sie plötzlich weg und ich stehe neben Landon und fühle mich überrumpelt. Layla hat ja vorher unsere Hände zusammengelegt und er ist mit der Situation genauso überfordert wie ich.

Landon sieht mich mit einem Blick an, den ich kenne. Von ihm und auch von Benedikt. Ich würde es altmodisch als Verlangen bezeichnen. Er sieht mich an, voller Sehnsucht. Dann ist Layla wieder zurück und im Schlepptau hat sie Jeremy. Der sieht uns mit geweiteten Pupillen an, ich glaube, er ist irgendwie drauf, keine Ahnung, zu viel getrunken, geraucht, irgendetwas, jedenfalls ziemlich aufgedreht. Layla dreht sich zu ihm und dann küsst sie auch ihn. In diesem Moment stelle ich fest, dass das hier auf irgendetwas ganz anderes hinausläuft, und ja, ich will lockerer werden und gönne Layla wirklich jede Minute Sex, die sie im Leben gehabt hat oder noch haben will, aber plötzlich weiß ich eins: Das hier will ich nicht.

Ich ziehe meine Hand weg, murmele, dass ich losmuss, wende mich ab und gehe mit schnellen Schritten Richtung Tür. Dort lehnt Nate immer noch an der Wand. »Wow, das war hot. Ist das Pflicht, dass der ganze Cast miteinander schläft?«

Ich werfe ihm einen verächtlichen Blick zu. Er prustet los.

»Ich gehe jetzt nach Hause.«

»Du wirst es nicht glauben, ich habe auch gerade darüber nachgedacht«, murmelt Nate. »Ich stehe eher so auf altmodische One-Night-Stands. Ich wusste gar nicht, *wie* antiquiert diese Vorliebe ist.«

Ich habe keinen Nerv auf weitere Sprüche, sondern nehme meine Tasche und meine Jacke, die auf einem Tisch liegen. Ich will nur noch weg und vor allem will ich nicht, dass irgendjemand sieht, wie mir die Tränen in die Augen schießen.

Sechsundzwanzig

Hazel

»Hazel, jetzt warte doch mal«, höre ich Landons Stimme hinter mir, als ich gerade mal zehn Meter aus der Tür raus bin und mit tiefen Atemzügen die kühle Nachtluft in meine Lungen lasse. Seine Stimme hat den üblichen Effekt auf mich. Ich höre sie mit dem Bauch. »Renn doch jetzt nicht einfach weg!«

»Ich renne nicht weg. Es ist Zeit zu gehen.« Ich kann nicht leugnen, dass es mich verwirrt, dass er mir hinterhergekommen ist. Und doch hatte ich es vielleicht gehofft. Trotzdem gehe ich zügig weiter. »Wo ist Layla? Ich dachte, ihr habt noch was vor.« Meine Stimme klingt leider sehr giftig. Eine Gänsehaut überzieht meine Arme, weil es kühl geworden ist, aber es tut gut nach der Luft drinnen. Meine Ohren dröhnen noch von der lauten Musik und ein Surren ist in ihnen zurückgeblieben.

»Kannst du bitte auf mich warten?«, ruft er ebenfalls entnervt, aber in dem Moment erreicht er mich schwer atmend vom Laufen und fällt neben mir zurück ins Schritttempo.

»Ich habe gar nichts vor. Ich wollte nur verhindern, dass du etwas tust, was du später bereust. Darf ich dich nach Hause bringen?«

Bei der letzten Frage hat sich sein Tonfall verändert. Es klingt mehr wie ein Flehen.

Ich wende mich ab und gehe weiter. »Hazel, es tut mir leid. Das war bescheuert von mir.«

Ich seufze. »Du bringst mich also nach Hause, weil du so ein richtig verantwortlicher Schauspielpartner bist und sicherstellen möchtest, dass ich nicht in die Hände von bösen Menschen gelange, nicht wahr?«

Er verdreht die Augen. »Du machst dich lustig. Hast du gesehen, wie Jeremy dich angeschaut hat? Und Layla?«

»Oh, du bist eifersüchtig.«

Landon schnaubt frustriert. Aber er streitet es nicht ab.

»Du willst verhindern, dass ich mit anderen Leuten mitgehe. Und womöglich …« Ich lasse meine gespreizten Finger vor seinem Gesicht tanzen und mache ein Gesicht, als wäre ich ein gruseliger Geist »Sex habe. Uhhhh. Bööööööse.«

Er schweigt. Wir laufen in zügigen Schritten nebeneinanderher. Ich bin froh, dass ich zuletzt Cola getrunken habe. Ich bin okay.

»Hazel, es war bescheuert, aber ich war total eifersüchtig. Zufrieden?«

Wir sind schon vor meinem Dorm angelangt und bleiben vor der Tür stehen.

Sein Blick ist sehnsüchtig auf mich gerichtet, als ich zu ihm hochschaue, was mich anspornt.

»Deine Partnerin auf der Bühne, nun ja, vielleicht hat sie wirklich ein Problem.« Ich nicke mehrmals nachdrücklich.

»Layla ist … sie will nichts Ernstes. Sie ist in Ordnung und …«

»Mein Problem ist nicht Layla. Und ich brauche ehrlicherweise auch keinen Prinzen, der mich vor Layla beschützt.«

»Was für ein Problem dann?«, fragt er leise und auf seiner Stirn entsteht diese Falte, in die ich am liebsten meinen Finger drücken würde.

»Du kennst das Problem. Nun ja, deine Bühnenpartnerin findet dich scheinbar sehr attraktiv und würde im Zweifelsfall mit dir schlafen.« Innerlich bin ich gerade fassungslos, dass ich es ausgesprochen habe. So direkt. Es war gar nicht so schwer.

Er reißt seine Augen so weit auf, dass ich denke, dass er gleich zurück gegen die Tür taumeln wird.

»Das kam jetzt … überraschend.« Seine Stimme bricht leicht. Er fährt sich durch die Haare und reibt sich anschließend mit der Hand den Nacken.

»Ich bin mir ziemlich sicher, dass du es auch willst, wenn du beim Camping nicht gelogen hast, und überhaupt, ich bilde mir das doch nicht alles ein«, bemerke ich nüchtern. »Und nein, ich weiß auch nicht, wie du es machst, dass ich immer in diesen Wahrheitsmodus verfalle, wenn ich mit dir zusammen bin. Du dockst an irgendwelche unsichtbaren Wellen an. Und auch wenn du mir beim Camping viel erzählt hast, verstehe ich es immer noch nicht wirklich. Du weißt doch, dass ich niemals irgendetwas ausplaudern würde. Alles kommt in Stücken, die ich dann selbst zusammensetzen muss. Du hast keine Freundin. Ich verstehe nicht, was dich zurückhält …«

»Ich werde versuchen, es dir zu erklären. Ich verspreche es, aber …«, er blickt sich um, »vielleicht nicht hier.«

Wir stehen vor der Eingangstür zu meinem Dorm. Jane wollte bei ihrer Freundin übernachten. Ich will jetzt nicht nach oben gehen, um dann wieder die ganze Nacht an die Decke zu starren und zu versuchen, meine Gedanken unter Kontrolle zu halten, damit ich mir nicht Dinge vorstelle, die ich mir nicht vorstellen sollte, weil sie zu nichts führen. Ich will diese Dinge viel lieber machen. Weshalb auch nicht?

»Willst du noch mit hochkommen auf einen Drink?« Ich lächele Landon an, um klarzumachen, dass es nicht um den Drink geht, sondern genau darum, wonach es sich anhört. Seine Augen sind dunkel, aber ich spüre seine Nervosität neben den üblichen aufgeladenen Gefühlen.

»What the fuck, Hazel?« Er hat mich sehr genau verstanden.

»Ich habe sowieso höchstens Cranberrysaft. Aber den würde ich abgeben. Ich bin so aufgekratzt. Ich kann eh nicht schlafen. Wir … können reden.«

Für einen Moment starren wir uns an. Seine Atemzüge gehen schnell, unter seinen Augen liegen Schatten, die ihm gut stehen. Die ganzen letzten Wochen waren wie ein nie endendes Crescendo. Immer schneller, immer intensiver, immer lauter, immer schwerer zu ignorieren. Der Kuss beim Camping. All das hat sich zu einem brodelnden Gefühlscocktail vermischt, der kurz vorm Überschäumen ist. Überschäumen klingt zu sanft. Es fühlt sich mehr nach Supernova an. Ich kann einfach nicht mehr.

»Ich will aber nicht mit dir schlafen«, bringt Landon zwischen zusammengepressten Zähnen hervor. Sein Kiefer ist angespannt und er wirkt so aufgebracht. Für einen Moment bleibt mein Herz fast stehen. Dann trifft sein Blick wieder meinen und sein Gesicht verzieht sich noch mehr. »Hazel, natürlich will ich. Du weißt es doch schon. Gott, mehr, als du dir vorstellen kannst. Ich fühle mich so, als würden wir seit Monaten Vorspiel machen. Halt, nein. Seit vier Jahren. Oder Jahrzehnten. Aber ich, das andere Ich, das Ich mit dem Gehirn und der Willenskraft, egal wie lächerlich gering sie langsam ist, *will* nicht.«

In dem Moment kommt jemand aus dem Wohnheim. Es ist Wei aus 344, der in letzter Zeit häufiger bei uns ist. Er mustert uns einen Moment lang und grinst.

»Wollt ihr nicht reingehen, ist kalt hier«, schlägt er vor, auch wenn ich schon lange keine Temperatur mehr fühle, außer der in mir drin. Und da ist eine Hitzewelle.

»Nee, ist okay«, wehren wir gleichzeitig ab.

Wei zögert einen Moment. »Außerdem, man kann euch aus dem Aufenthaltsraum hören«, sagt er. Er zieht die Stirn in Falten, winkt kurz und sucht schnell das Weite.

O Gott. Ich möchte im Boden versinken. Was genau hat er gehört? Dass wir seit vier Jahren Vorspiel machen?

Wir blicken uns an und Landon verzieht seinen Mund in einer Mischung aus Qual und Amüsiertheit. Was mich natürlich wieder dazu bringt, auf seine Lippen zu schauen. Wortlos greift Landon nach meiner Hand und zieht mich durch die Tür nach drinnen. »Reden«, sagt er. »Wir sollten wahrscheinlich wirklich reden.«

Ich nicke, auch wenn allein von der Berührung unserer Hände mein Herz ein paar Schläge ausgelassen hat, um dann im doppelten Tempo loszugaloppieren. Vielleicht kann er auch nicht mehr als ein paar Silben rausbringen. Das ist immerhin mehr als ich. Sobald wir im Flur sind, gehe ich voraus. Unsere Hände umfassen sich noch immer. Seine Hand ist warm und eigentlich nicht weniger weich als Laylas, nur ein ganzes Stück größer. Ich hoffe, dass meine sich nicht zu schwitzig anfühlt, weil ich immer noch von innen heraus glühe. Ich ziehe Landon hinter mir die Treppe nach oben und bete, dass uns niemand sieht und Jane wirklich bei ihrer Freundin ist, wie sie angekündigt hat.

Wir gelangen tatsächlich zu meinem Zimmer, ohne jemandem zu begegnen, ohne doofe Sprüche und Blicke. Es grenzt fast an ein Wunder.

Dann drücke ich die Tür hinter mir zu und drehe mich zu Landon um. Er steht etwas verloren in meinem Zimmer, wobei verloren das falsche Wort ist. Verloren klingt, als wäre der Raum riesig. Aber der Raum ist winzig. Sogar noch winziger als sonst. Er besteht eigentlich nur noch aus Landon. Er lässt meine Hand los, was sich mehr als falsch anfühlt.

»Hazel«, seufzt er und es klingt hilflos. »Du hast damals diese ganzen Sachen aufgenommen. Ich habe da gesagt, dass meine Mutter mal mit jemandem geschlafen hat für eine Rolle. Du bist nicht in dieser Hollywood-Szene und kannst dir das vielleicht nicht vorstellen, aber es gibt Leute, die warten quasi darauf, so eine Aufnahme im richtigen Moment rauszuholen, um mich damit zu erpressen, um meinem Image zu schaden.

Und es geht so viel ums Image inzwischen, wenn es um diese Rollen geht. Du kannst solche Aufnahmen als Waffe einsetzen. Das hat mich eine ganze Weile sehr beschäftigt. Ich wollte dir vielleicht nicht noch mehr Einblicke in mein Leben geben, noch mehr Macht. Und ja, mir ist so was schon mal passiert, dass jemand noch andere Videos gemacht hat in Momenten, die ich für privat hielt, aber …« Er hält inne und wirkt hilflos. »Ich werde es irgendwann wirklich alles erzählen, aber nicht jetzt, weil … keine Ahnung, du machst mir Angst. Aus ganz anderen Gründen.« Er sieht mich mit seinen geweiteten Pupillen an. Dann greift er aber zum Glück wieder nach meiner Hand, die eindeutig magnetische Signale aussendet, seit er sie losgelassen hat. Oder seine. Jedenfalls besteht ein Magnetfeld, auf dem problemlos eine ganze Magnetschwebebahn fahren könnte.

Ich mag seine Hilflosigkeit, denn endlich bin nicht nur ich hilflos. Immer nur ich.

»Ich weiß nicht, ob du es wirklich willst, Hazel. Oder nein, ich weiß, dass du es nicht willst. Also, vielleicht willst du das, weil, wir sind ja menschlich und jung und, keine Ahnung, manchmal hat man ja den Eindruck, die Schule verteilt Hormone an die Studierenden, so wie alle drauf sind. Oder sie mischen es ins Mensa-Essen oder so.«

Er seufzt, schließt die Augen und atmet tief ein. »Es wäre gelogen, wenn ich nicht zugeben würde, dass ich ständig daran denke, ständig an dich denke. Ich bin ja kein Stück totes Holz, sondern ein Typ.« Er blickt mich jetzt direkt an und seine Augen sind so flüssig und offen für mich, dass ich kurz zur Seite blicke, weil ich es nicht aushalte, ihm direkt in die Augen zu schauen, die so voller Verlangen sind, dass es schwer zu verstehen ist, warum wir noch voreinander stehen und nicht schon lange auf dem Bett hinter mir liegen.

Er beginnt seine Finger zu bewegen, die immer noch mit meinen verschränkt sind. Wie im Zelt beim Campingtrip fühlt es sich an, als ob wir alle Gefühle in unsere Finger fließen lassen. Er öffnet die Verschränkung, schließt sie, sodass es immer wieder aufs Neue so ist, als würde er mich zum ersten Mal anfassen. Ich spüre seine Aufregung und auch das macht es nicht besser. Es macht alles noch schlimmer.

»Ich glaube, unsere Finger haben Sex«, bemerke ich.

Landon gibt ein kleines Prusten von sich. »Es macht es nicht besser, wenn du ständig das Wort Sex in den Mund nimmst. Da entstehen bei mir Bilder im Kopf.«

»Erinnerst du dich noch an den Backstagebereich im *Drunk Bull*? Kannst du dorthin zurückkommen und mir sagen, was du wirklich denkst? Warum willst du nach Hause gehen, wenn du es nicht willst und ich es nicht will? Was hat Layla, was ich nicht habe?«

Er verdreht die Augen, setzt an zu reden und schweigt dann doch. Hilflosigkeit liegt in seinem Blick.

»Sag jetzt nicht, dass es nicht an mir liegt«, murmele ich ironisch.

Er presst seine Augenlider zusammen. »Es liegt nur an dir. Es gibt niemanden auf dem ganzen Campus, den ich so sehr will. Du kannst mir glauben, dass ich bald implodiere und hier möglicherweise nur noch ein schwarzes Loch übrig bleibt, weil ich so viel Energie angesammelt habe.«

Ich merke zu spät, dass sich mein Mund vor Erstaunen langsam geöffnet hat. Ich merke es erst daran, wie sein Blick an meinen Lippen hängt. »Das … ist eine ziemliche Aussage. Du bist dir sicher, dass du sie nicht gleich mit einem Witz relativierst?«

»Das ist nicht relativ, es hilft nur kein bisschen weiter. Dieses Theaterstück gemeinsam mit dir zu spielen … das ist einfach nur Folter.« Seine Stirn liegt in Falten und er wirkt wirklich verzweifelt.

»Aber …«

»Aber weißt du, danach willst du kuscheln, du verliebst dich in mich, du willst so viele Sachen von mir, die ich dir gar nicht geben kann. Und das wird sich auch nicht ändern. Und ich will das nicht erklären und auch nicht diskutieren, denn dann entsteht der Eindruck, dass man das ändern könnte. Ich weiß noch nicht mal, wie lange ich noch in Montana bin. Und dann bist du sauer. Denn natürlich fühlen wir uns voneinander angezogen, aber du bist nicht jemand, der nur mal mit jemandem ins Bett geht. Das bist du einfach nicht. Ich erinnere mich ziemlich genau an die Dinge, die du mir an unserem ersten Abend erzählt hast. Und deine bildliche Beschreibung von dem haarigen, schwitzigen Typen.«

»O Gott.« Ich halte unwillkürlich die Hände vors Gesicht. »Ich kann nicht glauben, dass ich dir das wirklich erzählt habe. Einem wildfremden Kerl in einem Motel.« Ich fasse mich wieder, auch wenn mir das Blut noch in den Ohren rauscht. »Trotzdem unterstellst du mir gerade jede Menge Dinge. Ich bin nicht so, wie du denkst. Ich weiß, dass du nicht auf der Suche nach einer Beziehung bist. Vielleicht will ich ja genau dasselbe wie du. Und nicht mehr.« Es fühlt sich gut an, diesen Satz zu sagen, machtvoll. Denn er könnte stimmen. Ich stütze die Hände in die Hüfte und beobachte, welche Wirkung der Satz auf ihn hat. Wir haben die Deckenleuchte nicht angeschaltet, aber vom Fenster her fällt genug Licht ins Zimmer, dass ich sein Gesicht erkennen kann, als sich meine Augen an das Halbdunkel gewöhnt haben. Er kaut nervös auf der Unterlippe herum, die Lippe tut mir leid. Aber dann greift er wieder nach meiner Hand, die ich ihm gerade entzogen hatte, und beginnt mit seinem Zeigefinger kleine Kreise auf meiner Handinnenfläche zu malen, die aus purem Strom zu bestehen scheinen. Ich sehe, wie sein Brustkorb sich in dem weißen, zu engen Oberhemd hebt und senkt. Ich kann hindurchsehen. Das ist nicht gut. Alles an dem Typ ist eine einzige Ablenkung. Er seufzt und atmet einmal tief ein und wieder aus.

Dann legt er die Stirn in Falten und der Ansatz eines schalkhaften Lächelns umspielt seinen Mundwinkel. »Ich will bloß nicht, dass du dann deinen ersten vernünftigen Orgasmus mit der großen Liebe verwechselst.«

Jetzt bin ich wirklich fassungslos. Ich ziehe meine Hand aus seiner und stemme die Hände in die Hüften.

»Warte mal. Was bildest du dir bitte ein? Es gibt so viele Dinge, die falsch an dieser Aussage sind. Außerdem habe ich schon mal mit mir selbst einen Orgasmus gehabt«, werfe ich ein. »Und ich bin immer noch nicht in mich verliebt, sondern habe ziemlich viele Dinge an mir selbst auszusetzen, also sag mir nicht, dass ich Liebe mit Sex verwechsle. Ich kann das sehr wohl unterscheiden.«

Er blickt mich an, mein ganzes Gesicht beginnt zu prickeln unter seinem Blick, bis in den Nacken hinein. Meine Eltern haben mich mit so vielen Tabus erzogen, dass es mir immer noch schwerfällt, mich von Schamgefühlen frei zu machen, wenn es um meinen Körper und sexuelle Gefühle geht. Nein, ich will nicht, dass mein Gesicht mit irgendwelcher Scham brennt. Ich muss mich schließlich dafür nicht schämen. Aber das ist nicht der einzige Grund für das Prickeln, es sind seine Augen. »Woher soll ich genau wissen, wie ein Orgasmus sich anfühlen soll? Ist es das, was du denkst?« Ich schlucke, meine Stimme klingt kratzig, und ich rede mich hier um Kopf und Kragen. »Aber vor allem ist es eine Frechheit, dass du glaubst, mich besser zu kennen als ich mich. Warum genau soll ich später sauer sein? Wieso glaubst du zu wissen, wie ich mich fühle? Ich weiß selbst am besten, wie ich mich fühle, und du brauchst mich nicht vor dir zu beschützen. *Das* macht mich sauer. Wenn ich mich retten will, dann kann ich das, verdammt noch mal, selbst tun.«

Scheiße. Dieses komische Bustieroberteil ist möglicherweise das unbequemste Kleidungsstück, das ich je getragen habe. Ich bekomme keine Luft mehr, vielleicht auch weil mein Herz gerade einen Marathon zu laufen scheint. Ich greife nach einem T-Shirt, meinem Schlaf-T-Shirt, das auf dem Bett liegt, und ziehe es mir über den Kopf. Dann greife ich mir an den Rücken und öffne den Reißverschluss von dem Bustier, ziehe es unter meinem T-Shirt weg und werfe es aufs Bett. Landons Blicke kleben an meinen Bewegungen und sein Gesicht zeigt eine gewisse Fassungslosigkeit. »Was?«, frage ich und klinge ein wenig fauchend. »Das war total unbequem.« Ich richte mich wieder auf, endlich kann ich etwas freier atmen. Landon hingegen schluckt schwer.

»Nichts«, sagte er und hebt abwehrend und etwas verzweifelt die Hände. »Alles gut.«

Siebenundzwanzig

Landon

Das ist eine riesige Lüge. Nichts ist gut. Hazels Haare sind zerzaust und jetzt steht sie in diesem T-Shirt mit dem ausgeleierten Kragen vor mir, dieses Bustieroberteil, das ohnehin viel zu sexy ist, liegt auf dem Bett. Auf dem T-Shirt steht ein Spruch, wie auf den meisten ihrer T-Shirts. Ich kenne fast alle ihre T-Shirt-Sprüche, weil ich bei den Proben immer draufstarren muss. Aber diesen habe ich noch nie gesehen. »Ich habe eine Tendenz dazu, Dinge zu dramatisieren.« Natürlich. Ihre T-Shirts haben gewöhnlich irgendwas mit Schauspielerei zu tun und sind echt peinlich. In Ohio wahrscheinlich der letzte Schrei, aber ich kann eigentlich nur auf das Schlüsselbein starren und das großzügige Stück Dekolleté, welches das ausgeleierte T-Shirt freilässt. Ihre schimmernde Haut mit den kleinen Muttermalen.

»Aber du willst doch einen echten Freund. Du willst das ganze Paket«, bringe ich heraus, allerdings merke ich selbst, wie mein Widerstand schwächer wird. Ja, Widerstand, warum noch mal Widerstand? »Ich war schon mal mit Filmpartnerinnen zusammen, glaub mir, das passiert manchmal auch nur, weil man die ganze Zeit so tut, als wäre man verliebt. Und dann fängt man an, das zu verwechseln.«

Ich sehe, wie sie tief Luft zu holen scheint und sich weiter aufrichtet. Sie ist ein ganzes Stück kleiner als ich, aber gerade ein paar Zentimeter gewachsen. Ich weiß schon, bevor sie spricht, was sie denkt. Ich weiß selbst, dass es eine lahme Erklärung ist. Ich glaube mir selbst am allerwenigsten und meine Worte verleugnen alles, was ich fühle. Meinen Herzschlag, die Anspannung in der Luft.

»Das macht mich echt so wütend. Ich weiß, dass du wesentlich mehr Erfahrung im Filmgeschäft hast als ich. Nebenbei bemerkt ist das natürlich nicht schwer. Und auch im Bett hast du mehr Erfahrung. Auch das ist nicht schwer. Aber kannst du mal aufhören, mir zu unterstellen, dass ich nicht weiß, was ich will? Dass ich nicht langsam kapiert habe, was du mir sagen willst. Du willst keine Freundin. Aber weißt du was? Vielleicht will ich ja gar keinen Freund. Oder nicht dich als Freund, was aber lange noch nicht heißt, dass ich nicht ziemlich genau weiß, dass du nichts mit dem naiven, ahnungslosen Benedikt gemeinsam hast. Ich kann Rolle und Realität auseinanderhalten.«

Sie ist sauer, aber eine Spur Verzweiflung klingt mit und ich habe den absurden Impuls, sie zu trösten, weil ich schließlich genau das Gleiche fühle, genauso verzweifelt bin.

»Lan, kannst du jetzt einfach aufhören zu reden? Du glaubst, dass du mir eine Triggerwarnung für dich selbst geben musst, was auch immer. Ich habe es verstanden. Aber in diesem Moment, ich sag es dir ganz ehrlich, will ich bloß, dass du hierbleibst.«

Dann blickt sie hoch zu mir. Und ihre Augen sind groß und ihre Wimpern wieder zerzaust. Ich habe nicht verstanden, was Nikki immer mit den ganzen Bürsten für Wimpern und Augenbrauen wollte, aber bei Hazel verstehe ich es. Auch Wimpern können in alle Himmelsrichtungen stehen. Und irgendwie weiß ich auch nicht mehr, was ich sagen soll, und ohne dass ich es richtig steuere, landet meine Hand auf ihrem Schlüsselbein und ich beginne sie zu streicheln. Sie lehnt ihr

Gesicht zur Seite und ich schiebe meine Hand seitlich an ihrem Hals entlang nach oben, sie legt ihre warme Wange gegen meine Handfläche. Die Falte, die gerade noch so scharf zwischen ihren Augen lag, hat sich entspannt. Sie schließt die Augen. Ich streiche mit dem Daumen über ihre Kinnlinie und sie reagiert so sensibel auf jede meiner Bewegungen, lehnt sich noch etwas mehr hinein und ein leichtes Seufzen entfährt mir. Ich nehme jedes Detail an ihrem Gesicht wahr, die kleinen Erhebungen auf ihrer Wange, winzige Narben, wo sie sich mal gekratzt hat. Sie öffnet ihre Augen wieder und fixiert mich mit ihrem Blick, dem ich mich genauso wenig entziehen kann wie dem Rest von ihr.

»Hazel, du machst es mir so schwer, dir zu widerstehen. Ich wünschte, du würdest nicht so eine Anziehungskraft auf mich ausüben, das würde es so viel leichter machen«, murmele ich und kann nicht aufhören über ihr Schlüsselbein zu streicheln und dabei darauf zu lauschen, wie sich ihr Atem verändert. Aber sie weiß nicht, wie sehr sie mich an mich selbst erinnert. An meine eigenen Hoffnungen und Sehnsüchte, bevor so viel kaputtgegangen ist. Ich will nicht der sein, der sie erschüttert. Ich will ihr nichts vormachen.

Sie schluckt und tritt näher an mich heran. »Dann lass es«, flüstert sie.

Sie reckt sich nach oben und presst ihre Lippen auf meine. Ihr eigener Duft, den ich so gut von den Proben kenne, gemischt mit einem Überbleibsel von ihrem Shampoo, das nach Kokosnuss riecht, umfängt mich, auf ihren Lippen kann ich noch ein wenig Zitrone und süße Cola schmecken. Sie küsst mich nicht lang, aber ihre Lippen sind weich und ich weiß nicht, wie sie es macht, aber ihr Kuss ist ein Versprechen. Sie strahlt eine Bereitschaft aus, die mir fast den Boden unter den Füßen wegzieht.

»Hazel«, seufze ich. Und ich kann kaum etwas anderes sehen als ihre Lippen. »Willst du das wirklich, weil … wenn du nicht willst, dann gehe ich jetzt und das ist voll okay. Ich verspreche, keinen dummen Spruch bei den Proben zu machen. Wirklich nicht …«

»Landon. Kannst du jetzt endlich aufhören zu reden?« Ihr Atem trifft warm auf meinen und sie schiebt eine warme Hand in meinen Nacken und hält meinen Kopf fest, sodass ich sie anschauen muss. Ihre Berührung fühlt sich viel zu gut an. Ich verstumme und unsere Lippen pressen sich aufeinander. Sie ist so fokussiert auf meinen Mund, ihre Lippen schmecken so gut, in meinem Kopf ist nur noch Platz für sie.

Meine Hand gleitet unter ihr weites Shirt und um ihre Taille und ich merke, wie sie die Luft einzieht. Ihr Shirt war so weit, es war fast eine automatische Bewegung, und ihre ausgeprägte Taille schmiegt sich so perfekt in meine Hand. Ihre T-Shirts sehen alle so unschuldig aus, man kann durch sie immer nur erahnen, was für einen schönen Körper sie hat. Sie ist schlank, aber weder runtergehungert noch mit Fitnessstudio-Muskeln ausgestattet. Ihr Körper ist natürlich wie so vieles an ihr. In L. A. haben alle Frauen, auch die schlanksten, Muskeln und sind straff, wo sie von Natur aus nicht straff sind. Das kommt von den unzähligen Pilatesstunden, die sie trotz Diät machen, um dann vor der Kamera zu behaupten, sie würden halt viel Gemüse essen und drei Liter Wasser trinken. Die meisten Frauen haben nichts Weiches mehr, außer ihre Haut, die mit Sandstrahlern bearbeitet ist, und wenn sie dann noch ihren Selbstbräuner aufgetragen haben, sehen sie aus, als hätten sie einen Instagram-Filter aufs Gesicht montiert.

Ich nehme ihre Lippen zwischen die Zähne, knabbere an ihrer Unterlippe, ihrer Oberlippe. Schmecke ihren Atem, ihren Geruch und möchte mich hineinfallen lassen. Sie gibt kleine zustimmende Geräusche von sich. Ihre Küsse werden drängender und sie lässt ihre Zunge tiefer in meinen Mund hineingleiten. Ihre Bewegungen wechseln zwischen konzentriert und nachlässig. Ich kann es nicht lassen zu testen, wie ihre Küsse sich verändern, wenn ich mit der Hand unter ihrem T-Shirt hochstreiche, mit den Handflächen ihren Bauch entlangfahre. Ich spüre ihre Atemlosigkeit in meinem Mund, als meine Finger an den unteren Teil ihres Busens stoßen, und mir selbst entfährt ein leises Stöhnen.

Alles an ihr ist zart, ich habe das Gefühl, sogar ihre Handgelenke törnen mich an, die sanfte Biegung ihres Halses. Ich lasse meine Hände mit leichtem Druck ihre Wirbelsäule heruntergleiten. Ihr Atem stockt und ich muss lächeln, küsse sie tiefer, ich liebe ihre Zunge, weich, warm, neugierig. Ich ziehe sie fester an mich heran, sodass unsere Oberkörper aneinandergepresst sind, und der Druck ihrer Brüste gegen meinen Oberkörper macht mich verrückt.

In dem Moment sind alle Gedanken weg, ich bin überfokussiert, als hätte ich die ADHS-Medizin meiner Mutter genommen, die sie sich eine Zeit lang besorgt hat, weil es ihr dann besser ging. Hazels Atem, das Rascheln unserer Klamotten, die gegeneinanderreiben. Sie zittert leicht, als ich den Daumen in den Bund ihrer Jeans schiebe und die Linie ihrer Hüften entlangstreiche. Dann unterbricht sie unseren Kuss und dreht sich zurück zur Tür, sodass ihre Haare meine Nase kitzeln. Sie drückt den messingfarbenen Knopf in der Mitte des runden Türgriffs rein, um abzuschließen. Die Tatsache, dass sie abschließt, macht merkwürdige Dinge tief in meinem Bauch. Sie zieht mich mit zu der Seite, wo ihr Bett steht, ein ziemlich schmales Bett, wie sie hier in den Dorms üblich sind, bedeckt mit einem Quilt. Darüber hängen ein paar Bilder mit einem düster-minimalistischen Touch, die ich ihr irgendwie gar nicht zugeordnet hätte, dann ein Oscar-Wilde-Zitat:

Du liebst jemanden nicht wegen seines Aussehens, seiner Kleidung oder seines schicken Autos, sondern weil er ein Lied singt, das nur du hören kannst.

Das Zitat kenne ich und allein, dass es hier hängt, bringt

wieder alles Mögliche in mir zum Schwingen, was ich eigentlich nie wieder aktivieren wollte. Aber bevor mein Gehirn sich doch wieder anschaltet, zieht sie mich an der Knopfleiste meines Hemdes zu sich heran. Ihre Haare fallen nach vorn und ich betrachte die Halbmonde ihrer gesenkten Lider, während sie konzentriert, aber mit etwas nervösen Fingern die Knöpfe meines Hemds öffnet. Einen nach dem anderen. Sie schaut zurück in meine Augen, während sie das Hemd von meinen Schultern schiebt. Ihr sehnsüchtiger Blick auf mir ist vielleicht das Antörnendste, was ich je gesehen habe. Ihr Atem geht schnell und ihre Brust hebt und senkt sich. Ich streiche ihre Haare nach hinten, die fedrig weich sind und mir bei den Proben manchmal im Gesicht kitzeln. Sie lässt mein Hemd neben dem Bett auf den Boden gleiten und legt ihre gespreizten Finger auf meinen Oberkörper. Sie drückt mich auf das Bett nach hinten und legt sich halb auf mich, halb neben mich. Sie ist so sicher und bestimmt in ihren Bewegungen. Sie schließt die Augen und die gleiche Ehrlichkeit, die sie manchmal hat, diese Unfähigkeit, sich zu verstellen, ist einfach so sexy. Sie drückt kleine Küsse auf meinen Oberarm, die eine heiße Spur hinterlassen, lässt ihre Hände vorsichtig nach oben gleiten, als wollte sie etwas ausprobieren. Sie ist so neugierig, ihre Gefühle spiegeln sich in ihrem Gesicht wider und ich will mehr davon sehen. Ich liebe jede Veränderung. Ich umfasse ihren Kopf, ihre Kehle, sie ist so sensibel unter meinen Händen, sie wendet ihren Kopf, um meine Hand zu küssen, meine Finger. Mein Kopf ist leer gefegt. Ich habe das Gefühl, sie lässt alles mit sich machen, sie folgt jeder Bewegung, reagiert auf jede Berührung, sie ist so roh, sie ist auf ihre Weise so nackt, obwohl sie noch viel zu viele Sachen anhat. Dann streckt sie ihre Hand aus und zieht meinen Kopf sanft, aber bestimmt zu sich, um mich zu küssen. Okay, sie braucht mich nicht zu bitten, ich übergebe ihr die Kontrolle über die Intensität und die Geschwindigkeit des Kusses. Ich gebe ihr, was sie will, was ich habe. Es gehört ihr. Es fühlt sich so gut an, es ihr zu überlassen, diesen Kuss und diesen Moment.

Als ich die Augen öffne, um einen Blick auf ihr Gesicht zu erhaschen, während sie so in unseren Kuss versunken ist, ist es fast ein kleiner Verrat. Aber ich kann nicht widerstehen, ich will sie nicht nur fühlen, ich will sie auch sehen. Stimmen vom Campus dringen durch das gekippte Fenster. Und dann beginnt es zu regnen. Zunächst nur ein paar Tropfen, die gegen das Fenster klopfen. Hazel öffnet ihre Augen und zieht sich ein klein wenig zurück. Sie hat mein Innehalten bemerkt.

»Alles okay?«, fragt sie mich flüsternd und atemlos.

Ich nicke und muss lächeln. »Mehr als okay«, sage ich und drücke sie sanft nach hinten, richte mich auf, schiebe ihr T-Shirt nach oben und presse meine Lippen auf ihren Bauch, was ihr einen kleinen Laut entlockt. Ich liebkose ihn mit der Zunge, nehme das Gefühl ihres vibrierenden Körpers mit dem Mund auf. Sie schiebt ihre Hände in meine Haare und ich verfolge die Veränderungen ihrer Bewegungen, als ich mich ihren Bauch nach oben küsse. Sie lässt sich völlig auf meine Küsse ein, lässt mich ihre Rippen küssen, ich liebe den Duft ihrer Haut, als ich die Unterseite ihrer Brust mit der Zunge entlangfahre, seufzt sie leise. Sie ist wie Wachs und ich habe den Wunsch, sie vorsichtig zu behandeln, zärtlich, wie eine Königin. Ich hatte vergessen, dass ich so fühlen kann, und während das Trommeln des Regens am Fenster stärker wird, wird dieser Moment immer länger, zeitloser, ich falle immer weiter in ihn hinein, aus der Zeit heraus, nur noch Hazel.

Achtundzwanzig

Hazel

Ich versuche, mir mit den Händen einzuprägen, was ich bisher nur mit den Augen kenne. Aber seine Küsse lenken mich ab. So müssen sich hochsensible Menschen fühlen, auf die zu viele sinnliche Eindrücke gleichzeitig einprasseln. Kompletter emotionaler Overload.

Ich winde mich unter seinen Lippen, obwohl ich gar nicht will, dass er aufhört, aber es ist auf seltsame Weise nicht auszuhalten, ich will gar nicht weiter weg von ihm, sondern näher an ihn heran. In dem Moment lässt er von meinem Bauch ab, richtet sich etwas auf und zieht die Beine an. Er schlingt einen Arm um meinen Nacken und zieht mich ebenfalls nach oben und empfängt mich sofort mit einem tiefen Kuss, der mein Herz fast aus der Brust springen lässt. Er lässt nur kurz von mir ab und in einer flüssigen Bewegung zieht er mir das Shirt über den Kopf. Darunter trage ich ja nichts mehr. Seine Lippen kommen sofort zurück, hungrig, ich vergrabe meine Hand in seinem Haar. Es ist fest und kitzelt an meiner Handfläche. Mit der anderen Hand fahre ich die Linien seiner Wangen entlang, die nicht ganz so glatt sind, seinen Kiefer, seinen Hals. Ich sortiere meine Beine um, sodass wir voreinander knien, unsere nackten Oberkörper in voller Länge aneinandergepresst. Mein ganzer Körper ist elektrisiert, er schiebt seine Hände zwischen uns, streichelt meine Schultern, dann beugt er sich vor, um eine Linie zwischen meine Brüste zu küssen, sorgfältig. Konzentriert. Mein Kopf rollte nach hinten, als wäre mein Hals aus Gummi, und ich sehe farbige Punkte wie früher bei dem Spiel, wo wir uns aus Spaß gegenseitig die Luft abgedrückt haben, und ich frage mich, ob man von Küssen in Ohnmacht fallen kann wie in alten Romanen. Er tastet sich mit dem Mund vor. Mehr Farben. Mein ganzer Körper löst sich in tausend Punkte auf wie bei den Fotoeffekten auf meinem Handy.

Ich glaube, er kann sich nicht vorstellen, wie sehr ich es will. Wie ich in meinem ganzen Leben möglicherweise nie etwas mehr wollte als das jetzt. Ich lehne mich nach vorn und öffne den Knopf seiner Hose. Als ich an seinen angespannten Bauch stoße, zuckt er zurück, sein Griff um meine Schulter wird fester und er weiß nicht, wie genau ich ihn verstehe. Die Nähe ist nicht auszuhalten, aber die Distanz noch viel weniger. Ich blicke hoch zu ihm. Seine Augen sind schwarz. Er zieht sich die Hose herunter, und bevor ich irgendwelche Unsicherheit darüber empfinden kann, küsst er mich mit so einer Intensität, dass für nichts mehr Platz ist. Er zupft an meiner Hose und zieht sie mir von den Beinen, ohne aufzuhören, mich zu küssen. Wir knien in Unterwäsche voreinander. Seine Hände gleiten die Seiten meines Oberkörpers hinunter, weiter außen an den Oberschenkeln herunter, fahren nach innen und wieder nach oben, hinterlassen überall Hitze und ich verschlucke mich fast vom Küssen und Atmen.

Nur noch Landon und diese unglaubliche Zärtlichkeit, mit der er mich anfasst, liebevoll, vorsichtig und gleichzeitig so intensiv. Ich sauge leicht an seiner Zunge, was ihn anspornt, mich fester an sich zu ziehen. Er loggt sich in meine Gefühle ein, als würde er alle Energieströme in sich überleiten und jede Regung mitbekommen. Seine Hand gleitet zwischen meine Beine und streichelt über meinen Slip. Der letzte verbleibende

Rest Sauerstoff verlässt mein Gehirn und ich bin völlig hilflos den Gefühlen meines Körpers ausgeliefert. Kein Atem mehr, kein Herzschlag, ich müsste tot sein, aber ich bin lebendiger als je zuvor.

Ich lehne mich nach hinten und ziehe ihn mit mir, bis er auf mir liegt. Ich will seine Boxershorts herunterziehen, aber er greift nach meiner Hand und hält sie fest. Ich liebe das Gewicht seines Körpers, die Hitze, ich stelle mir vor, dass er sein Leben lang von der Sonne Kaliforniens gewärmt wurde. Er bewegt sich nach vorn und zurück, seine Hand an meinem Bein, seine nackte Brust auf meiner. Er küsst meinen Hals, saugt an der Kuhle meiner Kehle und bewegt sich weiter auf mir in diesem Rhythmus, der alles verschwinden lässt.

Dann schiebt er seine Hand mit sanftem Druck in meinen Slip, beschreibt kleine Kreise, verändert den Druck seiner Finger, dann löst er seinen Kuss und sieht in mein Gesicht. Er gibt mir keine Zeit, verlegen zu werden.

»Ist es okay?«, fragt er leise und meine Antwort ist ein verrutschtes Ja, aber das stört ihn nicht, im Gegenteil, er macht weiter, küsst mein Ohr, seine Finger gleiten in mich hinein, mehr kleine Kreise, mehr Druck, er beugt sich vor und küsst wieder meinen Oberkörper, zupft an meiner Haut, meinen Brüsten. Mehr Lippen und Zunge.

»Bitte«, jammere ich und versuche wieder, seine Boxershorts herunterzuschieben, gleite in sie hinein und umfasse seine Erektion.

Er stöhnt auf. »Später«, murmelt er, umfasst mein Handgelenk und schiebt es vorsichtig zurück, küsst mich auf den Mund, um den Mund herum, kleine, unruhige, atemlose Küsse. »Entspann dich.« Und dann drückt er mich vorsichtig nach hinten, seine Finger in mir bewegen sich weiter. Er lehnt sich über mich, zieht meine Unterlippen zwischen seine Zähne, mit der anderen Hand streichelt er meinen Busen, liebkost meine Brustwarzen mit den Fingern, dann mit seinen Lippen, während seine Finger sich weiter in mir bewegen, aber so wie er mich zwischendurch ansieht, kann es auch einfach sein Blick sein, der mich dazu bringt, unter seinen Händen zu zerfallen. In tausend Stücke, diesmal wirklich. Es kommt in Wellen und bläst alle anderen Gedanken einfach weg. Und als ich völlig aufgelöst die Augen öffne, lehnt Landon sich zu mir, schiebt die Haarsträhnen aus meinem Gesicht, die sich dort verfangen haben, sein Blick findet meinen, und er küsst mich, weich, sanft, unwiderstehlich. Und ich weiß nicht, ob er nicht recht hatte. Ob ich das wirklich auseinanderhalten kann. Dieser Landon, der so liebevoll ist, so sanft, der diese Gefühle in mir auslöst. Ob er mich nicht nach diesem einen Mal abhängig gemacht hat. Süchtig nach mehr.

Neunundzwanzig

Hazel

Ich habe mich wesentlich mehr auf diese Stunde gefreut als sonst. Ich habe Landon keine Nachricht geschrieben, nachdem er gegangen ist. Schließlich wusste ich, dass ich ihn schon heute wiedersehe. Mir ist ja noch nicht wirklich klar, wie das jetzt läuft. Aber ich werde es schon noch lernen.

Gerade spielen wir mal wieder das Ende. Und auf Kommando sieht er mich voller Gefühle an. Ich sehe ihn genauso sehnsuchtsvoll an. Selbst wenn ein Rest Abneigung immer noch durch meine Adern rauscht, die aber Benedikt gilt, nicht Landon.

Er sagt etwas und seine Augen wandern über mein Gesicht, als könnte er nicht genug von mir bekommen, als würde er darin etwas sehen, was er mehr will als alles andere. Meine Wangen beginnen zu glühen.

Seine Lippen, seine Augen. Ich streiche über seinen Arm. Er sieht mich total verliebt an und mir läuft ein Schauer über den Rücken. Zum Glück. Er darf mir über den Rücken laufen, weil Benedikt und Beatrice verliebt sind.

Es gibt mir wahnsinnige Freiheit, dass dieser Schauer legal ist. Ich sehe hinter ihm den Garten in Sizilien, es ist Sommer, ich höre die Vögel zwitschern, spüre die sanfte Brise auf der

Haut, fühle mich leicht, denn ich tauche ein in die Freiheit, die ich nur besitze, wenn das Korsett endlich weg ist, in dem ich nach den Erwartungen anderer leben soll.

Er sagt etwas, das mir gut gefällt. Ich hebe meinen Kopf und antworte und alles, was ich auf dem Herzen habe, fließt aus mir heraus. Beatrice trägt ihr Herz auf der Zunge.

»Vielen Dank, das reicht«, sagt Dornbush.

Ich blicke weiter in Benedikts Gesicht, das gerade so schön ist, und plötzlich einen etwas amüsierten Ausdruck annimmt, eine Augenbraue geht nach oben.

»Ich glaube, du kannst meinen Arm jetzt loslassen«, murmelt er.

Ich reiße meinen Arm zu schnell weg und versuche Abstand zwischen uns zu bringen. Es brauchen ja nicht alle mitzubekommen, was los ist. Auch ohne Benedikt und Beatrice.

Die ganze Truppe ist da und ich weiß nicht, was wir sind. Nicht Freund und Freundin auf jeden Fall. Die neue Hazel, die ich beschlossen habe zu meiner eigenen zu machen, findet es natürlich voll okay. Ich bin auch nicht mehr gefangen in diesen Lebensmodellen, die meine Eltern mir vorgelebt haben. Ich kann mir aussuchen, wie ich sein will, wenn Layla das kann.

»Es ist gut. Es gefällt mir wirklich gut«, sagt Dornbush. »Ihr habt Fortschritte gemacht.« Er schaut uns eindringlich an und seine Augen hinter der Brille sehen heute besonders groß aus. »Wenn nicht ein Stück von euch selbst drin ist, ist die Schauspielerei Lüge. Es geht darum, das Stück Wahrheit in euch selbst zu finden. Heute wart ihr drin.«

Nach der Probe gehen wir zu Fuß zu Angela. Sie hat heute den ganzen Kurs zum Pizzaessen eingeladen und natürlich ist das eine Ehre für uns. Landon ist auch dabei, aber auf dem Weg sprechen wir nicht miteinander, auch wenn ich total auf ihn fokussiert bin. Ich weiß in jeder Sekunde, wo er gerade läuft und mit wem er redet, bin genauer als jede Drohne mit automatisierter Zielansteuerung. Durch das Lob von Dornbush fühle ich mich leicht.

Angela wohnt gemeinsam mit ihrer Freundin Shanice in der Nähe vom Campus in einem wunderschönen klassischen Haus mit einer gemütlichen Porch und zwei absurd flauschigen Maine-Coon-Katzen, welche die Besucher freundlich begrüßen und direkt als Kraulsklaven benutzen.

Überall stehen Bilder von dem Paar und ich denke plötzlich an den Schwachsinn, dass Angela mit Dornbush ein Verhältnis hat. Wie wenig man Campus-Gerüchten glauben kann. Man sollte sich abgewöhnen, da überhaupt hinzuhören. Angela ist so locker und ich merke, dass es einen Unterschied gibt zwischen der Angela, die aus uns die bestmöglichen Schauspieler machen will, und der Angela, die hier entspannt mit ihrer Partnerin im Wohnzimmer steht.

Wenn ich eins der Bilder richtig interpretiere, sind die beiden sogar verheiratet. Sie sind wirklich ein süßes Paar und Shanice, die etwas jünger und schüchtern wirkt, holt Geschirr und Gläser und fragt immer wieder, ob wir noch etwas brauchen.

Ich habe keine Ahnung, wie ich mich Landon gegenüber verhalten soll, wie »ganz normal« benehmen eigentlich aussieht, wenn man sich so gesehen hat, wie wir uns gesehen haben und mir warm wird, wenn ich daran denke. Aber plötzlich wird mir klar, dass wir in der gleichen Liga spielen wie er und Layla. Man hat mal was miteinander gehabt, aber es bedeutet nicht, dass man jetzt zusammen ist. Und ich würde am liebsten sofort weitermachen. Denkt er das nicht auch? Jetzt, wo ich angefangen habe, in der Kategorie »lockere Sexbeziehungen« mitzuspielen, war das viel zu wenig, viel zu kurz. Es hätte nie enden dürfen, vor allem nicht damit, dass er kurz nach meinem doch ziemlich alleinigen Höhepunkt zurück zu seinem Haus gegangen ist. Die Erkenntnis verbessert meine Laune kein bisschen.

Aber ich will auch nicht, dass die anderen mitbekommen, was hier läuft. Was auch immer das genau ist. Schließlich ist es ein Klischee, dass die beiden Hauptdarsteller, die auf der Leinwand oder Bühne ein Paar spielen, auch in Wirklichkeit ein Paar sind. Oder zumindest was miteinander haben.

Angelas Haus ist total klassisch eingerichtet. Wir sitzen in der Bibliothek, die aus einem alten Film gefallen zu sein scheint, dunkelgrün gestrichene Regale mit unendlich vielen Büchern und einer Sammlung von antiken Globen. Die Sofapolster sind mit großflächigen Blumenmustern überzogen. An den Wänden hängen afrikanische Masken und Tücher. New England trifft Afrika. Shanice, die Chemikerin ist, hat ghanaische Vorfahren, erzählt Angela, als einige sie auf die Kunst ansprechen. Das Haus ist auf seine Weise eine heile Welt, ich fühle mich wie in einem Kindheitstraum von einem perfekten Haus, von einer Traumbibliothek. Alles ist gemütlich, wenn man aus dem Fenster schaut, sieht man die Natur. Draußen ist es schon dunkel, aber zwei Bäume vor dem Fenster sind mit Lichterketten geschmückt, die eine warme Atmosphäre verbreiten.

Kurze Zeit später sitze ich mit ein paar Mädchen aus dem Kurs – darunter auch Layla – auf einem flauschigen Teppich an einem niedrigen Tisch. Wir essen knusprige Pizza, die einen würzig-süßlichen Duft verbreitet, und plötzlich fühle ich mich nicht mehr fehl am Platz in dieser Gruppe. Es fällt mir richtig auf, dass ich mich nicht mehr eingeschüchtert fühle von den Witzen, aber auch nicht das Gefühl habe, ich müsste mitmachen. Ich weiß nicht, ob Layla irgendetwas von Landon und mir mitbekommen hat, aber ich glaube nicht. Jedenfalls benimmt sie sich völlig normal und macht noch nicht mal irgendwelche Bemerkungen über Landon und mich. Angela setzt sich zu uns und sofort richten sich alle Augen auf sie.

»Ich bin stolz auf euch. Ihr habt sehr gut an euch gearbeitet dieses Semester. Mich wundert nur, dass mich noch niemand auf Laurence Olivier und Dustin Hoffman im *Marathon-Mann* angesprochen hat.«

Wir blicken uns hilflos an.

»Nun ja, wir unterrichten hier ja ziemlich einhellig Method Acting. Aber Laurence Oliver war eben ein Schauspieler alter Schule. Die haben nicht die ganze Zeit in ihrer Seele gewühlt, bevor sie auf die Bühne gegangen sind. Auf die Frage von Laurence, wie eine Szene gelaufen sei, in der Dustin Hoffmans Figur drei Tage lang wach geblieben war, gab Hoffmann zu, dass auch er zweiundsiebzig Stunden lang nicht geschlafen habe, um eine überzeugende Darbietung abzugeben. ›Mein lieber Junge‹, entgegnete Olivier angeblich, ›warum versuchst du es nicht einfach mal mit schauspielern?‹« Angela sieht uns breit lächelnd an. »Ich liebe Method Acting. Aber es ist nicht alles. Ihr müsst nicht alles so machen, wie wir das sagen. Das müsst ihr jetzt nur wieder vergessen, bevor ihr zur nächsten Stunde kommt.« Sie zwinkert und erhebt sich, um zu einer anderen Runde Studenten zu gehen.

Alles stimmt gerade irgendwie. Es ist richtig, dass ich hier bin, Dornbush hat sich nicht vertan, als er etwas in mir gesehen hat, und ich bin nicht weniger wert als die anderen. Wer hätte gedacht, dass ich irgendwann nur noch froh sein würde, dass das New Yorker College mich damals abgelehnt hat.

Ich fühle mich hier am MCPA inzwischen mehr zu Hause als bei meinen Eltern in Ohio. Ich würde mich am liebsten auf dem Sofa mit den Blumen zusammenrollen und einfach in diesem Moment bleiben. Ich weiß auch nicht genau, wie das passiert ist. Vielleicht, weil ich das Gefühl habe, dass die Leute mich hier besser verstehen. Weil sie mir auf irgendeine Art ähnlicher sind und die Ersten, die Verständnis dafür haben, wenn man sich neu entwerfen will, vielleicht sogar nicht nur auf der Bühne.

Die Nachrichten meiner Freundinnen zu Hause sind spärlich geworden in den letzten Wochen, aber ich vermisse nichts. Oder vielleicht doch. Ich schaue zu Landon, nehme mein Handy und tippe eine Nachricht.

Dreißig

Landon

Mein Handy vibriert von einer Nachricht.

Hazel: Wir müssen gleich doch noch diese Probe nachholen. Bei dir?

Ich brauche einen Moment, bis ich verstanden habe, was dort steht. Dann schaue ich hoch. Aber Hazel scheint in ein Gespräch versunken. Ich sehe allerdings, dass ihre Wangen glühen. Ich mag es, wenn ihre Wangen glühen. Ich würde sie gern noch mehr zum Glühen bringen und nicht nur ihre Wangen. Aber ihr Satz und die Erkenntnis, was dort steht … nun ja, ich bin froh, dass ich eine weite Hose trage. Es könnte peinlich werden, ich bin wie ein Fünfzehnjähriger, der seinen Körper nicht unter Kontrolle hat. Aber vielleicht muss ich das ja nicht.

Ich: Das ist doch ein Booty-Text! Aber ich bin nicht so gut in Interpretation.

Ich beobachte, wie sie in ihre hintere Hosentasche greift, wo sie die Vibration gespürt hat. Sie grinst, als sie meine Nachricht liest, und schiebt ihre Haare nach hinten, was mich daran erinnert, wie ich ihre Haare vor noch nicht sehr langer Zeit aus ihrem Gesicht geschoben habe. Sie schaut nicht zu mir, sondern konzentriert auf ihr Handy.

Hazel:	Ich bin super in Interpretation. Da hätte ich bei dir mit mehr gerechnet.
Ich:	Du bist gut in Interpretation? Ich habe schon den ganzen Abend über daran gedacht, wie es wäre, mit dir zu __________. Diskutiere diesen Satz.
Hazel:	Du bist nicht gut in Interpretation? Hi. Dies ist ein Booty-Text.
Hazel:	PS: Ich dachte, du wärst poetischer drauf.
Ich:	Wie Shakespeare gesagt hat: Komm heute rüber und schlaf mit mir (oder so ähnlich). Besser?
Hazel:	Okay. Wir machen gleich endlich noch die überfällige Shakespeare-Probe.

Als wir zurück zu seinem Haus gehen, kommt eine ziemlich große Nervosität zurück. Einerseits laufen wir wie zufällig nebeneinander, weil es keiner sehen soll. Andererseits bringt die Vorahnung, wo dies alles hinführt, mein Herz dazu auszuflippen.

»Hast du im ersten Semester eigentlich schon ein paar Erfahrungen gesammelt, wie du das vorhattest?«, fragt Landon plötzlich.

Die Frage trifft mich unvorbereitet. Er weiß natürlich sehr genau, wie unglaublich unangenehm mir die Tatsache ist, dass er so viel weiß. Aber dann fällt mir auf, dass er sich vielleicht wieder absichern will, damit ich das hier nicht falsch verstehe.

»Ja, ich habe durchaus ein paar Erfahrungen gemacht«, sage ich vage, auch wenn ich nicht wirklich die Erfahrungen gemacht habe, die er meint. Ich habe auf einer Party mit einem

Typen geknutscht. Immerhin. Es ist kalt heute Abend, fast wieder Wintertemperatur. Das Barometer ist mit der Dunkelheit rapide gefallen, wie das nur in Montana möglich ist.

»Du willst also nach Hollywood zurück, wenn du hier fertig bist? Ich stelle es mir schön vor, an einem Ort zu leben, an dem immer die Sonne scheint, wo man jeden Tag eine kurze Hose anziehen kann und nicht noch einen Daunenparka für den Fall der Fälle.« Wir sind beim Thema Wetter. Ganz am Anfang also.

Er blickt mich kurz verwundert an. »Ja, das Wetter ist gut in L. A., das ist korrekt«, erwidert er. »Und du, willst du zurück nach Ohio nach dem MCPA?«

»Meine Eltern wollen am liebsten, dass ich nach Hause komme und in ihrem Autohaus arbeite. Es gibt, glaube ich, kaum etwas auf der Welt, das mich weniger interessiert als Gebrauchtwagen. Aber sie haben recht, es bedeutet ein sicheres Einkommen, und wenn ich ehrlich sein soll, habe ich sogar ein ziemliches Händchen dafür. Jedes Mal, wenn ich versuche, einen Kunden zu beraten, kauft der das Auto. Ich bin gnadenlos ehrlich. Ich führe alle Nachteile auf, ich bin so wenig eine Verkäuferin, dass ich genau deswegen eine besonders gute bin. Und vielleicht ist das sogar so, wenn ich auf der Bühne stehe.« Ich kompensiere meine Nervosität mit einem Redefluss, aber ich kann irgendwie nicht aufhören. »Ich habe mir wirklich den Kopf darüber zerbrochen, warum ich letztlich ein Aufnahmekomitee überzeugen konnte. Ich glaube, es ist so, weil ich nicht verleugnen kann, dass ich *ich* bin. Ich bin nicht so gut darin, mich komplett zu verleugnen. Ich bin irgendwie immer noch da, weniger traumatisiert als jeder andere in dem Studiengang, aber gut. Doch Dornbush sagt ja, dass man sich selbst mitnehmen muss. Er hat behauptet, dass ich etwas habe, was diese Rolle frisch macht. Etwas, was die anderen nicht haben. Und ich will ihn nicht enttäuschen. Ich werde so lange in mir graben, bis ich die passenden Gefühle dazu in mir finde.«

»Du kannst sehr schnell reden, das ist auch eine Fähigkeit«, grinst Landon. »Shakespeare kam mir immer so überbewertet vor«, murmelt er und fährt sich durch die Haare. Vielleicht ist er doch nervöser, als ich denke, und ihn überfordert die Situation ebenfalls? Mir fällt bei seiner Geste auf, dass seine Finger sehr gepflegt sind, kurz geschnittene Nägel, aber ganz regelmäßig. Ich werfe einen Blick auf meine Fingernägel, an denen noch Nagellackreste kleben und die mehr abgeknabbert als gefeilt aussehen.

»Sag mal, gehst du eigentlich zur Maniküre?«

Landon prustet los. Dann schüttelt er den Kopf. Er schaut auf seine Finger, dann greift er nach meiner Hand und betrachtet meine Finger. Ich würde meine Hände am liebsten verstecken. Er drückt kurz meine Finger, sanft, aber ich spüre es bis in die Zehenspitzen. Dann lässt er die Hand wieder los. »Nagellack hast, glaube ich, nur du. Aber es hilft schon, den nicht abzuknabbern. Gleicher Effekt wie Maniküre«, sagt er.

»Das mit Shakespeare ist nicht dein Ernst. Das sagt nur jemand, der Shakespeare nicht verstanden hat, würde Dornbush sagen«, bemerke ich schnell, um wieder auf ein anderes Thema zu kommen.

»... sagen die Leute, die Shakespeare lieben. Die verteidigen Shakespeare immer wie einen Gott und sind schon völlig blind. *Viel Lärm um nichts* ist ziemlich zerfasert und es gibt ziemlich viele Klischees. Es mag ganz lustig sein, aber ist es wirklich so genial?«

»Es soll ja vor allem unterhalten, es soll leicht sein, und natürlich spielt es mit den Klischees. Es soll eine sommerliche Atmosphäre wiedergeben. Es versucht ja gar nichts anderes zu sein.«

»Dornbush sagt, dass wir eben nicht nur unterhalten sollen, wir sollen die Leute zum Denken anregen, sie provozieren und irritieren. Darum geht es. Das geht wohl leichter mit *Hamlet*. Oder *Othello*.«

»Dornbush meint auch, so dramatische Rollen wären viel einfacher und dass es eine echte Herausforderung ist, eine Komödie überzeugend rüberzubringen. Erinnerst du dich an sein Zitat von diesem Typen, Edmund Kean, auf dem Totenbett? ›Sterben ist einfach, Comedy ist schwer‹?«

»So was ist mir zu pathetisch.«

»Soll ich dir ein Geheimnis verraten?«, sage ich.

»Natürlich, tu dir keinen Zwang an. Ich kenne ja ohnehin schon die meisten.«

Ich versuche ihm einen Blick, der erdolchen kann, zuzuwerfen, bin mir aber nicht sicher, ob das funktioniert. Zu sehr fühle ich schon wieder ganz andere Dinge.

Wir sind an seinem Haus angekommen und mir wird gerade bewusst, dass es sehr gut sein kann, dass die anderen da sind und sich fragen, was wir machen. Warum kann ich eigentlich nicht mal abstellen, mir darüber Gedanken zu machen? Wenn ich so werden will, wie ich mir vorgenommen habe, muss ich da noch dran arbeiten. Hauptsache, wir sehen niemandem vom Stück, Jeremy wäre unangenehm. Aber der ist eventuell noch bei Angela. Meine Aufregung hat sich mit jedem Schritt gesteigert. Schließlich laufen wir hier so, als wäre es normal zu reden. Aber in mir drin tobt ein Sturm, wenn ich nur daran denke, was wir eigentlich vorhaben.

»Ich habe den Text am Anfang überhaupt nicht verstanden. Die Sätze waren alle so komisch. Ich habe vorher noch nie wirklich Shakespeare gelesen. Mir war gar nicht klar, dass ich immer irgendwelche Ausgaben gelesen habe, die editiert waren. Diese verschwurbelten Worte kann man ja am Anfang gar nicht verstehen.«

Wir gehen die Treppe nach oben in Richtung seines Zimmers, nehme ich an. Jedes Knarzen der Treppenstufen höre ich geradezu überlaut. Ich folge ihm einfach. Das Haus ist wirklich beeindruckend herrschaftlich mit dem Glamour vergangener Zeiten.

Landon bricht in schallendes Gelächter aus, so schallend, dass ich ihn in die Seite boxe, damit er aufhört. Auf diese Weise komme ich natürlich niemals unbemerkt in sein Zimmer.

»Das ist wirklich sehr charmant und einfühlsam, dass du dich totlachst darüber, dass ich Shakespeare anfangs nicht verstanden habe. Ich fühle mich wirklich wesentlich besser.« Allerdings muss ich selbst ein bisschen lachen. Wieso fange ich eigentlich direkt wieder damit an, Landon Geheimnisse von mir zu erzählen? Weil er ein so guter Geheimnisträger ist?

»Entschuldigung«, sagt er und reißt sich mühsam zusammen. »So meine ich das nicht. Ich finde, du hast total recht. Es ging mir auf jeden Fall genauso.«

»Ich denke, viele Leute sind mit dem Text komplett überfordert. Wenn man die Sprache etwas modernisieren würde, würde man es allen leichter machen, auch uns Schauspielern. Aber Dornbush will halt ganz eng am Text bleiben. Kein normaler Mensch kann das verstehen. Das ist doch für die meisten bloß Kauderwelsch.«

»Irgendwie gibst du manchmal ganz schön überraschende Dinge von dir. Ich dachte, du wärst Dornbush hörig.« Er blickt mich prüfend an und seine schöne Stirn zieht sich in Falten.

»Du bist eine ziemliche Männerschlampe, dass du so einfach mitmachst, wenn jemand dir einen Booty-Text sendet.« Ich zögere kurz. »Hattest du eigentlich schon mal eine echte Freundin?«

»Aha. Du willst mich ausfragen.« Er seufzt. Aber diesmal hört er nicht auf zu sprechen. »Ja. Ich hatte eine Freundin. Das Problem war, dass meine Freundin keinen Freund hatte.«

Ich blicke ihn verwirrt an und versuche zu verstehen, was er mir gesagt hat. Ich bin überrascht, dass er überhaupt sofort geantwortet hat, ohne die übliche Geheimnistuerei. Wobei seine Aussagen wie immer nur halb verständlich sind.

»Vielleicht bist du mehr typbesetzt, als du denkst. Benedikt ist doch genauso überzeugt, sich nie mehr zu verlieben.«

Landon wirkt für einen Moment ehrlich überrascht. Die Idee mit den Parallelen ist ihm scheinbar noch nicht gekommen.

Für einen Moment betrachten wir uns stumm. Ich nehme sein Zimmer wahr, den alten unbenutzten Kamin, das nachlässig gemachte Futonbett, das breiter als meins ist und nicht zur College-Ausstattung gehören kann, die Bücher, die auf dem Boden neben dem Bett liegen. Es sieht ein bisschen kahl aus. Das nehme ich alles auf, ohne mich wirklich von ihm abzuwenden.

»Ich habe seit unserer allerersten Begegnung den Eindruck, dass ich für dich ein Trigger bin für irgendetwas. Nicht nur das mit dem Audio und den Infos über deine Mutter. Willst du mir es nicht doch erklären? Ich verspreche, nicht zu interpretieren.«

Für einen Augenblick schweigt er. Wir stehen etwas unschlüssig vor dem Kamin. »Es ist eigentlich sehr nett, dass du nicht davon ausgehst, dass ich einfach ein Arschloch bin, das man für Booty-Calls benutzen kann, sondern dass du an meiner Psyche interessiert bist«, grinst er, aber ich höre den unterschwelligen Ernst in seiner Stimme.

»Ich sehe dich nicht nur als scharfen Körper, keine Sorge. Ich bin so eine Nette. Das ist mein Problem«, erwidere ich. »Ich habe die krankhafte Angewohnheit zu denken, dass jeder gerettet werden kann und man den lieben Jungen wieder rausholen kann, als der du doch auch irgendwann angefangen hast. Aber ich habe schon mal befürchtet, dass man bei dir so tief graben muss, wie wenn man ein Dinosaurierskelett finden will, und dann erst mal einen ganzen Berg abtragen muss, um zu den guten Teilen zu kommen. Deshalb spare ich mir das dieses Mal. Pfadfinder-Ehrenwort.«

»Ich glaube, mit einem Dinosaurierskelett bin ich wirklich

noch nie verglichen worden«, lacht Landon. Er zieht sich seine Jacke aus und ich ziehe ebenfalls meine Jacke aus und lege sie auf den Stuhl, der an der Seite steht. »Kannst du mir dann verraten, wie du auf die Idee kommst, dass ich mit vielen Mädchen nach Hause gehe?«

»Auf Partys, wo ich dich sehe, hängen immer ein paar Frauen an deinen Lippen und …« Ich zögere einen Moment, weil ich nicht weiß, ob ich das jetzt wirklich sagen will, da dann wieder klar wird, wie genau ich die beiden beobachte. »Und mit Layla hattest du doch die ganze Zeit was laufen. Schon vor der Party, wo du mich vor ihr gerettet hast. Was übrigens schlimmste Doppelmoral war. Da liege ich doch nicht falsch, oder?«

»Da liegst du ziemlich falsch.«

»Also hast du noch nie mit ihr geschlafen?« Die Frage ist wieder so schnell raus, irgendwie will ich das wissen, auch wenn mir meine eigene Neugierde, was sein Sexleben angeht, selbst unangenehm ist. Aber ist jetzt auch egal.

»So weit würde ich jetzt nicht gehen, ein Mal und häufig ist ja ein Riesenunterschied.«

Ich merke, wie mir die Röte ins Gesicht rauscht. Keine Ahnung, irgendwie sehe ich gerade vor mir, wie er mit Layla im Bett ist und jeder Handgriff perfekt sitzt. Aus mir nicht ganz erklärlichen Gründen stelle ich mir vor, wie sie die Arme nach oben nimmt und dabei durch ihre Haare fährt und ihr Tattoo im bestmöglichen Licht erscheinen lässt.

Als ich aus diesem Moment zurückfinde, wird mir klar, wie er mich die ganze Zeit anschaut. Erstaunlich, dass sich meine Zehennägel nicht aufrollen unter seinem Blick. Er kommt näher heran und zupft vorsichtig ein Haar von meiner Wange.

»Hazel. Ich will dir einfach keinen Mist erzählen. Du weißt, wie das gemeint ist.«

Sofort kriecht Hitze meinen Nacken hoch, sammelt sich

in den Wangen, wahrscheinlich sehe ich inzwischen aus, als hätte ich acht Stunden in der Sonne gelegen.

»Ich bin erleichtert, dass du das sagst, ich hatte schon befürchtet, dass ich lange Erklärungen über Booty-Calls geben muss, bevor ich gleich wieder gehe«, murmele ich und rolle demonstrativ mit den Augen und trete noch näher an ihn heran, direkt rein in das Zentrum der Hitze.

Er lächelt, aber lässt mich nicht aus den Augen.

»Ich habe nämlich gar nicht so viel Zeit. Ich muss nur noch mal kurz ins Badezimmer?«, frage ich.

»Ich teile mein Bad, einfach aus der Tür und dann rechts.«

Ich folge seiner Anweisung und gehe ins Bad. Es liegen ein paar Zahnbürsten herum, Waschsachen von Männern und Frauen. Ich gehe zur Toilette, wasche erst meine Hände, dann wasche ich mich kurz entschlossen mehr als gewöhnlich und anschließend drücke ich etwas Zahnpasta auf meinen Finger und putze mir die Zähne. Ich hatte Pizzageschmack im Mund oder Knoblauch? Egal wie unverfänglich alles sein soll, ich möchte gut riechen.

Als ich zurück ins Zimmer komme, halte ich einen Moment inne, bevor ich ihn sehe. Er liegt auf seinem Futon und hat die Hände hinter dem Kopf verschränkt. Sein T-Shirt ist dabei hochgerutscht und entblößt ein Stück von seinem unteren Bauch.

»Du hast ganz schön lang gebraucht«, sagt er und lächelt mich an. Er hat ein Lächeln, das meinen Magen dazu bringt, sich um sich selbst zu drehen. Ich bleibe unschlüssig stehen.

»Mein Bett ist gemütlich. Ich gebe dir eine Seite ab«, grinst er. »Wobei es eng ist, wir müssen zusammenrücken.«

Bis auf eine kleine Lampe auf seinem Schreibtisch hat er alle andern Lichter gelöscht.

Ich setze mich neben ihn auf das Bett, lasse mich nach hinten fallen, und sofort umschlingt er meine Taille mit seinem Arm und zieht mich näher zu sich heran.

»Das dauert alles so lange«, flüstert er vorwurfsvoll in mein Ohr und ich bin schon fast wieder da, wo wir beim letzten Mal aufgehört haben. Nur von dieser Stimme in meinem Ohr und seiner Hand, die meine Taille umschlingt in einer unwiderstehlichen Mischung aus vorsichtig und besitzergreifend. Ich drücke meine Lippen auf seine und alle Bedenken, dass ich so eine Nicht-Beziehung-Beziehung nicht kann, verschwinden sofort. Er wird mir schon alles erzählen, wenn er bereit ist. Er küsst mich zurück, selbstsicher, in seinem Kopf ist kein Zweifel darüber, dass wir alles richtig machen, und diese Sicherheit in seinen Lippen ist ansteckend, und das Seufzen aus seinem Mund und die Berührung seiner Hand geben mir das Gefühl, dass ich alles bin, was er gerade will. Seine Hand wandert meinen Rücken herunter, streichelt mich, immer wieder mit etwas Druck, dann schiebt er mich näher an sich heran. Er ist ungeduldiger als beim letzten Mal, seine Zunge ist weniger zurückhaltend, drängender, ich liebe es. Er schiebt mich zurück, sodass ich auf dem Rücken liege und er halb über mir, seine Hand schiebt ungeduldig mein T-Shirt nach oben.

»Darf ich … also, können wir das nicht ausziehen? Ich will es nicht kaputt machen. Es sieht empfindlich aus«, murmelt er. Ich trage ein völlig normales T-Shirt und muss auflachen. »Deins sieht empfindlicher aus, ich finde, wir sollten unsere Sachen wirklich schonen«, sage ich und greife mit der linken Hand an den Saum seines T-Shirts.

»Gleichzeitig«, sagt er und ein Grinsen breitet sich langsam auf seinem Gesicht aus.

Ich nicke und richte mich etwas auf, genau wie er, und wir ziehen uns die T-Shirts über den Kopf. Er streift es sich von den Armen und ich nehme sehr genau wahr, wie seine Muskeln sich verändern, wenn er sich so nach vorn beugt, und umfasse seinen Oberarm, Trizeps und Bizeps fein säuberlich getrennt, die sich schon durch sein Shirt abgezeichnet haben, das ist doch absurd. Er wirft das T-Shirt weg und sucht in der gleichen Ungeduld meine Lippen, dreht uns zurück zum Bett. Sein Küsse sind so konzentriert, so voller Verlangen, dass ich aufseufze.

Diesmal trage ich einen BH und seine Hände sind über dem Stoff und umfassen meine Brust, ohne dass er aufhört, mich zu küssen. Dann reißt er sich los und sieht mich an. Ich fixiere seine Schultern, seine Oberarme, seine Hand liegt noch auf meiner Brust, unbeweglich, aber meine Brust tut fast weh von dem Wunsch, dass er weitermacht.

»Hazel, ich … Ist das okay? Das ist, was du willst, wir können aufhören und … du bist sicher nicht betrunken?«

»Ich nehme an, in der Pizza war kein Alkohol. Soll ich jetzt noch einen Alkoholtest machen? Ist das eine Vorbedingung für einen Booty-Call? Falls du hier so ein Röhrchen hast … gib's mir einfach.«

Er verzieht das Gesicht zu einem Grinsen. Ich warte nicht, dass er mit dem Grinsen fertig ist, sondern hebe meine Hand und fahre mit dem Daumen die Konturen seiner Lippen entlang. »Du machst mich fertig«, murmelt er leise. Dann hält er meine Hand fest und küsst meine Finger, saugt an ihnen, knabbert. Und ich bin wieder so geflasht von der Zärtlichkeit, die in ihm ist, die er manchmal so gut verstecken kann. Dass in dem ganzen Dunkeln, was ihm anhaftet, so viel davon ist. Und es macht mich high, dass ich ihn so sehe, so anders, als er sonst ist. Und dann ziehe ich ihn näher zu mir.

»Ich bin froh, dass wir schon Telefonnummern getauscht haben«, sagt er, und ich merke, wie sich seine Finger an meinem Rücken entlangtasten, nach dem Verschluss meines BHs suchen. Er beugt sich über mein Dekolleté.

»Uhhhh, ist das jetzt das, was man Verbalerotik nennt? Es gefällt mir«, sage ich, und er lacht gegen meine Haut. Seine dichten Haare streichen über mein Gesicht.

»Du darfst mich nicht zum Lachen bringen, dann kann ich mich nicht konzentrieren.«

Ich lasse meine Hand auf seinen Po gleiten und drücke zu, dann wandere ich um seine Hüften herum und streiche über seine Hose.

»Ich glaube, die Konzentration hält sich noch so gerade«, sage ich mit krächzender Stimme und seine Antwort ist ein Gemisch aus Lachen und Stöhnen.

»Ich dachte …«

Er presst seine Lippen auf meinen Mund und erstickt meine Worte. »Ich höre dir wirklich gern zu«, sagt er und küsst mich wieder. »Aber wir müssen nicht die ganze Zeit sprechen.«

Ich wusste nicht, dass es perfekte Küsse gibt. Er riecht perfekt, schmeckt perfekt. Er küsst mich, als wäre das seine Aufgabe, der perfekte Kuss. Es gibt ihn tatsächlich.

Einunddreißig

Landon

Innerhalb der nächsten Minute sind die restlichen Sachen abgestreift. Ich lausche auf ihre Stimme, aber sobald ich innehalte, werden ihre Hände ungeduldiger, ihre Küsse schneller. Ihre Hände auf meinem Körper, die Gänsehaut, die sich auf ihrem Rücken ausbreitet, wo ich sie berühre.

»Du hast ein Kondom hier, oder?«, flüstert sie atemlos und sieht mich so panisch an, dass ich lächeln muss. Ich nicke.

»Willst du es nicht mal holen? Ist es in deiner Hosentasche? Ich glaube, der Zeitpunkt ist günstig.« Auf ihrem geröteten Gesicht zeichnet sich eine kurze, steile Falte zwischen ihren Augen ab und als ich nicke, schiebt sie mich ohne zu zögern zur Seite, bevor ich selbst etwas tun kann. Sie tastet nach der Hose neben meinem Bett und hält mir Sekunden später die Verpackung hin.

»Du machst mich fertig.«, sage ich mit heiserer Stimme und streichele ihren Arm. Wir sind vollständig nackt, liegen ausgestreckt aneinander, sie hat natürlich recht. Ich bin so steinhart, dass es wehtut, und das kann ihr so, wie wir liegen, natürlich nicht entgehen.

Ich reiße die knisternde Verpackung auf, Hazel wendet sich nicht ab, sondern schaut interessiert zu, streckt ihre Hand aus und streichelt die gespannte Haut, fährt weiter hoch über meinen Bauch und betrachtet mit leicht geöffnetem Mund den Effekt ihrer Bewegungen auf meinem Gesicht. Es scheint ihr zu gefallen. Ihre Hand wandert wieder herunter und mein Kopf rollt nach hinten. Mit etwas fahrigen Bewegungen versuche ich weiter, das Kondom überzuziehen. Sie lehnt sich vor, küsst und knabbert an meinem Hals, aber irgendwie schaffe ich es doch. Sie zieht mich zu sich herunter, es fühlt sich dringend an, sie kann es zum Glück genauso wenig erwarten. Ihr Kopf liegt zwischen meinen Unterarmen, die Haare ausgebreitet, ihre Augen riesig und verschleiert, alles an ihr törnt mich an. Langsam schiebe ich mich in sie, ohne sie aus den Augen zu lassen, spüre den Widerstand, aber sie presst ihre Hand auf meinen Rücken, als ich innehalten will. Sie fühlt sich so gut an. Sie hebt ihren Kopf, um mich zu küssen, tief und etwas ungenau. Ich öffne die Augen und sehe ihr Gesicht, ihre geschwollenen Lippen. »Hazel«, flüstere ich. »Alles okay?«

»Es ist perfekt«, sagte sie. Wir beginnen uns zu bewegen, was bei der Anspannung, die in mir aufgestaut ist, gar nicht so leicht ist, wenn es nicht direkt vorbei sein soll.

Sie drückt ihren Rücken durch und richtet sich etwas auf, atmet gegen meine Haut, ich ziehe sie mit mir hoch, wir drehen uns und dann sitzt sie auf mir, ihr Gesicht jetzt etwas über meinem. Sie umschlingt meinen Kopf, während wir uns küssen, ich löse mich von ihr, küsse ihren Hals, ihren Oberkörper, es fühlt sich so gut an, ich liebe die Geräusche, die ich ihr entlocken kann, liebkose ihre Brüste mit dem Mund, bis sie wimmert, obwohl ich merke, dass sie eigentlich versucht hat, leise zu sein, und ich spüre, wie sie sich auf mir um mich zusammenzieht. Sie hat die Kontrolle über unsere Nähe und ich überlasse sie ihr, folge ihren Bewegungen, die schneller werden, lasse mich in den verschleierten Blick fallen, die Erregung darin. Als ihr Körper zu zittern beginnt, zittert auch meiner.

Als ihre Beine zucken und sie ihren Kopf zur Seite fallen lässt, kann ich keine einzige Sekunde länger warten, weil kein bisschen Blut mehr in meinem Kopf zurückgeblieben ist. Ich bin so aufgeladen wie ein ganzes implodiertes Universum und habe das Gefühl, ebenso viele Sterne zu sehen, als ich endlich die Erlösung zulasse. Und ich fürchte, es war nicht leise und hat Hazels Bemühen, die Mitbewohner unbehelligt zu lassen, überflüssig gemacht.

Sie lässt ihren Oberkörper nach vorn fallen und für eine Weile liegen wir nur so da, erschöpft, aufeinander, atmen und lassen die Gefühle nachklingen.

Ich liege nicht, sondern bin schwerelos. Sie rutscht an meine Seite und legt sich in meine Armbeuge, ihre Haare und ihre warme Wange auf meiner Brust. Ich streiche durch ihre feinen Haare, deren leichter Kokosduft mir immer noch in die Nase steigt. Plötzlich denke ich, dass wir uns in diesem Moment noch näher sind als gerade eben. Anders, aber klarer im Kopf, präsenter, was eine ganz andere Intensität mit sich bringt.

Nach ein paar Minuten richtet sie sich plötzlich auf und hält ihre Hand vor den Oberkörper.

»Ich glaube, ich muss jetzt gehen«, sagt sie, ohne mich anzusehen. Ich will nicht, dass sie geht, ich strecke meine Hand nach ihr aus, umfasse ihren Unterarm und ziehe ihn herunter, sodass ich einen freien Blick auf ihren Oberkörper habe. Sie blickt zu mir. Ich streichle ihre Seiten entlang, lasse meinen Finger über ihre Rippen gleiten, über ihre Brust, die rechte, die linke, und ihre Augenlider beginnen zu flattern.

»Du bist wunderschön, Hazel. Du musst dich nie verstecken. Und ich bin immer noch sauer auf diesen Idioten, der dir das nicht vermittelt hat.« Ich möchte, dass sie hierbleibt. Sie runzelt die Stirn. Für einen Moment sagen wir nichts. Ich könnte sie ewig anschauen.

Dann seufzt sie, greift nach ihrem T-Shirt und zieht es sich über den Kopf. Sie wirkt so entschlossen, ihre Lippen sind aufeinandergepresst. One-Night-Stand. Two-Night-Stand. Booty-Call. Man geht nach Hause. Wenn ich sie bitte, zu bleiben und hier zu übernachten, wird alles anders. Und doch, sowenig ich es mir vorstellen konnte, es scheint plötzlich nicht mehr unmöglich. Vielleicht bilde ich mir das alles ein, baue diese Probleme in meinem Kopf zusammen, die keine sind. Es ist falsch, dass sie geht.

Mein Telefon neben dem Bett vibriert und auf dem Bildschirm erscheint die Nachricht meiner Mutter.

Morgen Skye Meeting

Das Meeting hatte ich tatsächlich total vergessen. Ich ziehe scharf die Luft ein. Hazel hat den Blick gesehen.

»Es ist was in L. A.«, setze ich vage an. »Zu lang zu erklären, aber«, sage ich.

»Zu lang zu erklären«, wiederholt sie. »Okay. Wir sehen uns«, unterbricht Hazel mich. »Ich hoffe, ich begegne gleich niemandem.« Und dann ist sie weg. Ich will ihr nachlaufen. Sie klang genervt bei den letzten Worten, ich habe den Vorwurf gehört. Wieder vibriert mein Handy. Patti.

Rufst du mich kurz an? Ich will noch eben
die Strategie besprechen.

Ich schaue auf die Uhr, in Kalifornien ist es noch eine Stunde früher und Patti ist ohnehin immer lange auf. Ich seufze, nehme mein Telefon und drücke die Kurzwahltaste.

Am nächsten Morgen stehe ich früh auf. Nach Sekunden strömen die Bilder der letzten Nacht zurück in meinen Kopf. Hazel in meinem Bett, das Licht, das ihre Haut schimmern lässt.

Ihre geschlossenen Augen, ihr sehnsüchtiger Gesichtsausdruck, ihr Seufzen, ihre Atemlosigkeit, ihr Duft, ihr Gewicht auf mir. Ich bin ihr dankbar, dass sie von allein gegangen ist, und dennoch kam es mir gleichzeitig unglaublich falsch vor. Aber besser so. Wahrscheinlich. Ich weiß es langsam nicht mehr. Ich will Hazel nur für mich, auch wenn ich gar nicht weiß, was ich mit den Gefühlen wirklich anfangen kann, und ich befürchte, wenn ich sie raushole und dem Sonnenlicht aussetze, zerfallen die Gefühle wie ein empfindliches Buch, nachdem es zu lange vergessen in einem Regal stand.

Ich habe die Decke, die nach ihr roch, um mich gelegt, nachdem sie gegangen ist. Lange schlafen kann ich ohnehin nicht, weil ich zu aufgedreht bin.

Die meisten anderen aus dem Haus schlafen noch ihren Rausch aus, überlegen, wie sie unauffällig das Haus verlassen können, falls sie hier nicht wohnen oder haben Sex, *bevor* der Rausch total abgeklungen ist. Typischer Samstagmorgen halt. Am Wochenende tauchen gewöhnlich immer ein paar neue Gesichter in der Küche auf. Ich bin allerdings nicht neidisch auf die zugedröhnten Köpfe und froh, dass kein besoffener Nate geklopft hat, als ich nach Hause gekommen bin, wobei er vielleicht auch schon früher da war. Manchmal hat er diese Idee, morgens einen Kaffee mit mir zu trinken, bevor er sich hinlegt. Dann erzählt er mir, was in der Nacht passiert ist. Es gibt wenige Partys auf dem Campus, die Nate nicht besucht. Halt, ich habe eine vage Erinnerung an ein Klopfen und eine Frauenstimme, die leise »Lan« gerufen hat. Das könnte Layla gewesen sein, die keinen anderen gefunden hat, aber ich könnte es mir auch eingebildet haben.

Am Sonntag gehe ich tagsüber für die meiste Zeit in die Bibliothek, weil ich so viel aufzuholen habe, und mache nur kurze Pausen. Immer wieder flackern die Bilder von Samstag in schneller Abfolge vor meinen Augen auf wie stroboskopische

Lichter. Alle möglichen Gefühle kommen mit den Bildern, Gefühle, die verwirrend sind, die ich eigentlich nicht haben sollte, weil ich dachte, dass ich sie nicht haben kann. Und, ja, ich halte Ausschau nach Hazel und bin enttäuscht, dass ich sie nicht sehe. Es wäre albern, das nicht zuzugeben. Aber ich warte auch auf die Nachricht meiner Mutter. Keine Ahnung, wie es gelaufen ist, ob sie ihn schon getroffen hat. Ich gehe abends noch ins Gym zur Entspannung und dann ist schon wieder Montag und ich bin auf dem Weg zu Angelas Kurs, freue mich, Hazel dort wiederzusehen.

Der Tag ist sonnig, der Campus ist voller Studierender, die den Frühling genießen und auf der Wiese oder den Bänken an den Wegen sitzen. Das leise, nervige Dröhnen meines Klingeltons reißt mich aus meinen Gedanken. Patti. Kein Videoanruf. Nur Audio. Mein Magen zieht sich zusammen. Ich überlege kurz, gar nicht dranzugehen, presse dann aber doch den Annahmeknopf.

»Es tut mir leid. Skye hat jetzt doch jemand anderem die Rolle gegeben, die du so dringend wolltest. Ich habe wirklich alles gegeben«, sagt sie tatsächlich als Erstes.

Die Stimme von Patti wirkt besonders nah durchs Telefon. Ich wusste schon, dass es keine guten Nachrichten sind, bei guten ruft sie immer per Videocall an. Sie will mein Gesicht sehen. Wenn ich traurig bin, will sie es scheinbar nicht sehen. Der Gedanke kommt mir zum ersten Mal.

»Sie haben gesagt, dass du in der letzten Runde warst, aber dann haben sie sich eben doch für jemand anderen entschieden.«

»Wem haben sie die Rolle gegeben?«, frage ich, obwohl ich weiß, dass die Antwort mich nicht froh machen wird. Sonst hätte sie mir den Namen direkt genannt. Wir arbeiten schon zu lange zusammen. Wir kennen uns gut.

Meine Mutter zögert.

»Mum?«

»Es ist noch nicht hundertprozentig sicher, aber ich denke, Colton Whitefield hat die Rolle bekommen.«

»Nicht dein Ernst.«

Patti seufzt.

»Der kann doch wirklich überhaupt nicht schauspielern. Also gar nicht.« Und, nein, das sage ich nicht, weil ich krankhaft eifersüchtig bin. Das sage ich, weil es die Wahrheit ist. Der hatte einen YouTube-Kanal, auf dem er Stylingtipps gegeben und irgendwelche Pranks gezeigt hat. Und seine Freundin war dieser TikTok-Star. Er hat sie bloß benutzt, um bekannter zu werden. Das kann nicht sein.

»Er hat acht Millionen Follower auf Instagram. Ich habe dir schon gesagt, wie es momentan läuft. Du sollst deine eigenen Fans mitbringen. Qualität ist da zweitranging. Wahrscheinlich wäre es besser, mehr an deinen Followern zu arbeiten als am MCPA an deinem Repertoire und Profil.«

»Ich möchte lieber durch ein besseres Profil als durch eine Marketingstrategie weiterkommen, die auf Instagram-Followern beruht. Das führt ja nur kurzfristig zu was. Hast du selbst immer gesagt. Deshalb bin ich hierhergekommen.«

»Ich weiß, Landon«, seufzt meine Mutter. »Ich strenge mich wirklich an, diesen Weg mit dir zu gehen, aber ich kann nicht sagen, ob er wirklich funktionieren wird. Die Zeiten haben sich geändert. Vielleicht müssen wir auch die Strategie ändern.«

»Colton Whitefield. Das ist geradezu erniedrigend.«

»Es zeigt, wie es momentan läuft. Ich rufe dich nachher noch mal an, wenn es sicher ist. Vielleicht ist es ja doch bloß ein Gerücht.«

»Wir wissen beide, dass es keins ist.«

Patti seufzt. »Ich bin auch enttäuscht. Wirklich. Aber es wäre gelogen, wenn ich nicht zugeben würde, dass es mich frustriert, dass du dir die anderen Sachen noch nicht einmal anschaust. Offensichtlich habe ich einen anderen Anspruch an

Qualität, dir Rollen von so niederer intellektueller Schlagkraft anzubieten, wo du doch Brad Pitt sein willst.« Ihre Stimme klingt beißend. Natürlich, sie ist auch frustriert. Als meine Managerin verdient sie wie mein Agent immer mit.

»Wenn du lieber eine Shakespeare-Komödie mit einer farblosen, zweitklassigen Kleinstadt-Schultheaterkönigin spielen willst, bitte schön. Dann unterstütze ich dich dabei. Aber bitte vergiss nicht, dass ich dir was Tolles für gutes Geld besorgen könnte.« Patti kann gemein sein, wenn sie es drauf anlegt. Ich halte hinter einem Busch in der Nähe des Quads an.

Es war klar, dass sie sich nicht wirklich lang beherrschen kann, um es mir reinzudrücken.

Aber ich bin auch sauer.

»Patti, ich spiele momentan wohl tatsächlich lieber Shakespeare mit einer farblosen, zweitklassigen Kleinstadtschauspielerin, als dass ich hoffe, irgendeine Break-out-Chance in einer Ärzteserie zu bekommen. Mag sein, dass es Schultheater-Niveau ist. Aber das ist mir egal.«

»Wie du willst. Aber sag später nicht, dass ich dich nicht gewarnt hätte«, gibt Patti patzig zurück.

»Ich muss los.«

Ich muss tatsächlich los zu Angela. Auch wenn sie, Dornbush und die ganze aufgeregte, begeisterte Crew und sogar Hazel mir gerade vorkommen wie der allergrößte Hohn. Vorher muss ich kurz nach Hause, fällt mir ein, weil ich meine Sachen für später vergessen habe. Das wird ohnehin knapp. Diese ganzen Menschen hier haben doch keine Ahnung, was in Hollywood eigentlich los ist. Was mache ich hier, warum mache ich das alles, wenn es mir nichts bringt, wenn Leute wie Colton Whitefield die Rollen bekommen, für die ich brenne? Niemand ist daran interessiert, ob man überhaupt etwas kann. Warum lohnt es sich dann, besser zu werden, wenn diese Dinge gar nicht mehr zählen? Und dann, ja, tief drinnen, kommt das nagende Gefühl hoch, dass Colton Whitefield es geworden ist, weil er eben doch etwas kann. Weil es nicht Colton ist, der ein Problem hat mit der Schauspielerei, sondern ich.

Zweiunddreißig

Hazel

Fast wäre ich heute gar nicht mehr zu Angelas Stunde gekommen und es fällt mir schwer zuzuhören. Heute früh bin ich aufgewacht mit dem Gedanken, dass er recht hatte mit allen seinen Befürchtungen, dass ich durcheinanderkomme mit dem, was wir spielen, und dem, was ist. Aber das war nicht das Schlimmste. Das Schlimmste war meine Freude, mein kurzzeitig auf Kommando schneller pochendes Herz, als ich vorhin vor Angelas Stunde mit einem Buch auf der Bank am Quad gesessen habe und seine Stimme gehört habe. Er hat mit seiner Mutter telefoniert. Und ich habe jedes Wort gehört, das er gesagt hat. Oder vielleicht nicht jedes, aber die entscheidenden Sätze habe ich verstanden. Er hat mich nicht gesehen. Natürlich, von Angesicht zu Angesicht hätte er mich wohl nicht als zweitklassige Kleinstadtschauspielerin bezeichnet. Und das auch noch mit so viel Abfälligkeit in der Stimme. So spricht man nur hinter dem Rücken des anderen.

Ich könnte mich so über mich selbst ärgern, über meine Naivität. Wie konnte ich annehmen, dass Landon etwas anderes empfindet, wo er mir doch eine derart deutliche und mehrfache Triggerwarnung gegeben hat? Ich habe ihm versprochen, das alles nicht falsch zu interpretieren, und dann habe ich es doch gemacht. Selbst schuld.

Und jetzt sitzen wir mal wieder auf dem rauen Teppich in meinem gefürchteten Kurs: »Der Künstler und sein Schatten: Spielen mit Haut und Seele«. Im Programm steht sogar noch: »Sensibilisierung des künstlerischen Schattens und eigenen Körpers mithilfe von tiefenpsychologisch wirksamen Übungen«. Wie lang kann der Name eines Kurses eigentlich noch sein? »Heute machen wir eine Übung, bei der es immer wieder zu interessanten Erkenntnissen kommt«, sagt Angela freudig. Ich wende meinen Kopf nicht um, suche Landon nicht mit Blicken. Ich muss es mir abgewöhnen. Unbedingt.

Wenn Angela eine Übung auf diese Weise ankündigt, ist das ein beunruhigendes Zeichen. Sie trägt heute einen roten Hosenanzug mit einem tiefen Ausschnitt. Sie scheint nichts darunterzutragen, und ich ertappe mich dabei, wie ich fasziniert hinschaue, um zu verstehen, wie sie es schafft, dass man dennoch nichts von ihrem Busen sieht, auch wenn sie sich nach vorn beugt.

Sie steht auf und beginnt ihren Körper abzuklopfen. Wir stehen ebenfalls auf und klopfen unseren Körper ab. Angelas Stunden beginnen häufig mit dieser Aufwärmübung. Allerdings gab es auch schon Stunden, in denen wir uns gegenseitig die Füße massieren mussten. Man sollte sich »etwas Gutes« tun und außerdem Berührungsängste abbauen, ein essenzieller Teil des Schauspielerdaseins. Ich hatte mich neben Zoe gesetzt und sie als Partnerin bekommen. Aber so zierlich und gewaschen sie aussieht, sie hatte ganz schön stinkende Schweißfüße.

Angela spricht weiter, während sie klopft. Leider trifft mein Blick auf Landon, der zu spät gekommen ist, aber nun auch mitmacht. Ich schaue schnell woandershin, reagiere nicht auf das Lächeln, zu dem er angesetzt hat. Sein Lächeln kann er sich gern für Instagram aufheben.

»Es geht bei dieser Übung darum, sich zu verstehen, ohne miteinander zu sprechen. Gerade in der westlichen Welt, in der die meisten von euch aufgewachsen sind, wird diese Kommunikation oft sträflich vernachlässigt.« Sie beugt sich weit nach vorn und lässt die Arme aushängen. Ihre Stimme klingt etwas schwächer von unten. Neben mir steht Jane, Landon ist an der ganz anderen Seite des Raums und ich bin heilfroh, ich weiß nicht, ob ich ihm in die Augen schauen könnte.

»Wer tiefer einsteigen will in die nicht sprachliche Kommunikation, kann sich auf der Literaturliste, die ich hochgeladen habe, weitere Informationen beschaffen. Für Extrapunkte können Hausarbeiten geschrieben werden, die sich mit einem verwandten Thema befassen. Vorschläge für Thesen dürfen vorher eingereicht werden. Es geht, grob gesagt, darum, den Menschen im Ganzen zu lesen. Und wir brauchen gar nicht die Diskussion zu führen, ob es möglich ist, an die Gehirnströme des Gegenübers anzudocken. Die Methode oder die Art, auf welche die Kommunikation passiert, ist egal. Denkt zum Beispiel an das *Long Island Medium*. Wer kennt es und was haltet ihr davon?«

Einige Kursteilnehmer lachen leise und heben die Hand. »Sie meinen diese Blondine mit den hochtoupierten Haaren aus New Jersey, die behauptet, mit den Toten zu sprechen?«

»Ja, die mit den Nägeln«, kichert eine andere.

Bevor ich darüber nachdenken kann, hebe ich die Hand. »Sie war in der Dr. Oz Show, wo ihre Gehirnströme gemessen wurden, während sie mit den Toten redet. Die Ströme gleichen in dem Moment denen buddhistischer Mönche während der Mediation. Irgendetwas passiert.«

Jane meldet sich zu Wort. »Ihr wird vorgeworfen, dass sie einfach das Verhalten der Leute interpretiert und dann mit den richtigen Fragen der Wahrheit auf die Spur kommt, sodass sie den Leuten die Botschaften aus dem Jenseits präsentieren kann, die sie hören wollen.«

Angela nickt. »Das ist korrekt. Wer sieht es anders?«

Ich hebe wieder meine Hand. »Ich sehe es nicht anders.

Aber ich finde es mindestens genauso bewundernswert. Sie reguliert ihre eigenen Gehirnströme runter, um offen für die der anderen zu sein. Eigentlich nicht viel anders, als hochemphatische Menschen das tun.«

Ich merke, dass einige meiner Mitstudierenden grinsen. Ich habe sie natürlich gerade wieder darin bestätigt, dass ich Kleinstadtmädchen auch noch auf so eine Kleinstadtscharlatanin hereinfalle. Aber es wurmt mich eigentlich nicht mehr. Dann denken sie das eben. Die neue Hazel mag vielleicht nicht mit Landon funktionieren, aber ein paar Dinge haben sich geändert.

»Ich sehe es wie Hazel. Man muss sich diesen Vorwurf mal auf der Zunge zergehen lassen«, schaltet sich Angela ein. »Ich empfehle euch, Videos zu schauen, in denen sie in Aktion ist. Es ist faszinierend, wie genau sie die Gefühle ihres Gegenübers lesen kann. Als Schauspielerin ist genau diese Fähigkeit extrem wichtig. Wenn man sich so sehr auf das Gegenüber einlassen kann, kommt diese Nähe zustande, diese Magie beim Spielen, die uns alle immer wieder in den Bann zieht.«

Es ist still im Raum, wie so oft schafft Angela es, unser Interesse zu wecken. Mein Blick huscht über die Gesichter der anderen. Nur nicht zu Landon.

»Manchmal haben die Schauspielerin und der Schauspieler eine Szene vielleicht fünfmal gespielt, aber dann ist sie plötzlich da, diese Magie. Jeder, der es sieht, versteht es. Auch wenn sich an den Worten nichts geändert hat und scheinbar auch nichts an den äußeren Umständen – ist es da. Beide Schauspieler spielen nicht mehr, sondern sie erleben die Gefühle, die sie darstellen, sie sind so wirklich, als wären sie es.«

Auch wenn ich den Stunden bei Angela mit Angst entgegenblicke, weil ihre Übungen mir Albträume verschaffen, weiß ich doch, dass ich sehr viel von ihr lerne.

»Sucht euch jetzt bitte einen Partner.«

Innerhalb von einer halben Sekunde landet mein Arm auf Janes Oberschenkel und sie lächelt mich freundlich an. Bei Partnerübungen ist mein vorrangiges Ziel zu verhindern, dass ich keinen anderen finde und mit Landon in eine Gruppe komme. Es ist Reflex geworden. Wir mussten uns schon gegenseitig Ganzkörpermassagen geben und ich finde die aufreibenden Proben mit Landon mehr als genug. Ihm jetzt, gerade nach dem, was ich gehört habe, gegenüberzutreten, ist unvorstellbar. Außerdem befürchte ich, dass ich in Tränen ausbreche. Es sollte mich nicht so treffen. Aber ich kann meine Gefühle nicht ändern.

Kurze Zeit später sitzen Jane und ich im Schneidersitz voreinander. Ich soll in der ersten Runde der Sender sein, Jane der Empfänger. Dann wird getauscht.

»Schließt die Augen und atmet einige Male tief durch.« Wir machen brav, was Angela uns aufträgt. »Und dann denkt an einen traumatischen Moment in eurem Leben.«

Ich schlucke, natürlich, es wäre ja wieder alles so einfach gewesen, wenn nicht noch so eine Überraschung kommen würde.

»Wir haben in diesem Kurs auf der Suche nach unserem Schatten ja schon einiges geteilt und normalerweise schreckt man davor zurück, diese Dinge wieder herauszuholen und sich ins Gedächtnis zu rufen. Dennoch möchte ich darum bitten. Eure Aufgabe wird es gleich sein, nur durch eure Gedanken und eure Augen dem Gegenüber mitzuteilen, was ihr erlebt habt. Euer Gegenüber wird dann später eine Vermutung darüber abgeben und wir sehen, ob sich die Geschichten überschneiden. Aber die eigentlichen Geschichten sind gar nicht so relevant. Es geht um die übertragenen Gefühle.«

Jane öffnet kurz die Augen und sieht mich an. »Okay, da habe ich genug. Ich gehe gleich erst mal auf Empfang«, kündigt sie an. »In Ordnung«, erwidere ich, während leise Panik in mir hochsteigt. Ich bin mit meinem halbwegs intakten Elternhaus und behüteten Leben einfach wesentlich weniger traumatisiert als jede oder jeder andere hier. Bei diesen Übungen kann ich nie mithalten und ich habe mir schon den Kopf darüber zerbrochen, dass ich nie eine vernünftige Schauspielerin sein werde, weil ich viel zu wenig erlebt habe. Meine Gedanken surren wild umher wie eine Fliege, die in einem Glas eingesperrt ist, auf der Suche nach einem Trauma. Ich habe mir schon so oft das Gehirn zermartert, was Schlimmes passiert sein könnte. Auch über den fürchterlichen Sex mit Marc habe ich nachgedacht, aber das war zwar ekelig, aber nicht wirklich dramatisch. Ich kann bei den ganzen Missbrauchsgeschichten mit drogenabhängigen Eltern, tödlichen Unfällen und einer verbrannten Oma schlicht nicht mithalten. Und auch wenn ich wirklich darüber nachgedacht habe, Marc hatte mich vielleicht irgendwie gedrängt, aber de facto war ich am Schluss diejenige, die unbedingt ihre Jungfräulichkeit loswerden wollte, die mir wie eine unangenehme Krankheit erschien, die man so schnell wie möglich abstreifen musste. Ich hatte mehr als klar Ja gesagt und am Schluss sogar den Termin vorverlegt, weil ich es endlich hinter mich bringen wollte.

Der einzige Gedanke, der gerade in meinem Kopf ist, ist der an Landon und meine unglaubliche Enttäuschung darüber, was passiert ist. Wie ich so viel mehr Gefühle entwickelt habe, als ich mir erlauben wollte. Aber ich will auf keinen Fall an Landon denken und ihn in diese Übung hineinholen. Das ist zu viel Raum. Ich muss etwas anderes finden. Ich stochere in meinem Kopf herum wie mit einer Mistgabel im Heuhaufen und dann finde ich den einen Gedanken, der schon häufiger hochgekommen ist, wenn wir über schlimme Erlebnisse gesprochen haben, aber der mir nie »schlimm genug« erschien. Aber diesmal erkenne ich, dass das Schwachsinn ist. Natürlich ist es schlimm genug. Das Einzige, was zählt, sind meine Gefühle. Es geht um Freddy.

Angela gibt das Zeichen anzufangen und ich hole die ganze

Geschichte wieder hoch und schaue Jane dabei tief in die Augen.

Ich habe Freddy, meinen Goldhamster, so geliebt, er war das Haustier, das ich nach jahrelangem Betteln bekommen habe. Ich hatte bei einem Pferd angefangen und mich von da an systematisch runtergearbeitet über Hunde, Katzen und Schildkröten, bei einem Hamster waren meine Eltern schließlich eingeknickt. Die Tatsache, dass er wahrscheinlich nur drei Jahre leben würde, hatte sie letztlich überzeugt.

Und dann hatte ich Freddy bekommen und ihn sechs Monate so geliebt wie wirklich nichts anderes auf der Welt. Ich wollte es schaffen, dass er mindestens doppelt so alt wurde wie durchschnittliche Hamster. Ich hatte ihn sogar einmal heimlich mit in die Schule genommen, ihn gepflegt, all mein Taschengeld für die Ausrüstung seines Käfigs ausgegeben, ich wollte ihn zum glücklichsten Hamster der Welt machen.

Er war so zahm, dass er sogar auf seinen Namen gehört hat. Der Meinung meiner Eltern nach bildete ich mir das nur ein. Er schlief immer in seinem Käfig, wachte erst nachmittags auf, kam dann und leistete mir Gesellschaft, während ich meine Schularbeiten machte.

Eines Nachmittags brachte ich meine Freundin mit nach Hause. Wir konnten uns nur selten treffen, meine Mutter hatte nie Zeit, mich hinzubringen, ihre Mutter arbeitete auch und Busfahren war uns verboten. Ich hatte mich so gefreut, ihr meinen Hamster zu zeigen. Sie kam in mein Zimmer und setzte sich auf mein Sofa, eine Matratze, die ich mit Kissen und Decken dekoriert hatte. Ich hatte ihr schon den ganzen Tag von meinem Hamster erzählt. Dann wollte ich ihn holen, aber er war nicht im Käfig. Er musste herausgekrochen sein, was er nie vor dem Nachmittag tat. Erst hatte ich keine Angst, denn es gab ein paar Orte, an denen er sich gern aufhielt. Wir durchsuchten das ganze Zimmer, jeden Winkel, aber er war nicht da.

Und dann kam mir der fürchterliche Gedanke, dass er in letzter Zeit gelegentlich unter diese Matratze gekrochen war. Nachdem wirklich keine andere Möglichkeit mehr da war, hob ich die Matratze an. Dort lag er, ruhig, das Köpfchen in merkwürdigem Winkel gestreckt. Erstickt oder zerquetscht, als wir uns auf die Matratze gesetzt hatten. Sein Köpfchen fiel zur Seite, als ich ihn hochhob, er war noch warm. Sein Genick war gebrochen und in seinem kleinen Maul sah ich etwas Rotes, ansonsten sah er friedlich aus, seine Augen halb geschlossen. Kein Hamster mehr. Den, den ich so geliebt und selbst umgebracht hatte. Der Schmerz ist wieder da. Freddy.

Ich habe mich in Janes Augen verloren und nichts anderes mehr wahrgenommen, ihre Augen sind wie ein Tor.

Dann lehnt Jane sich nach vorn. »Er wird dir nie mehr etwas tun, dieses Schwein«, sagt sie und streicht über meinen Arm.

Ich blicke sie verwirrt an. Ich merke, dass meine Wangen feucht sind. Ich habe geheult. Ich habe keine Ahnung, wovon sie spricht, aber sie meint vermutlich nicht meinen Goldhamster.

Danach tauschen wir die Rollen. Jane ist dran. Sie hat glasige Augen, und wenn ich nicht sicher wüsste, dass wir gerade nicht in irgendeinem Horrorfilm sind, würde ich schwören, dass sie besessen ist von einem Außerirdischen, Zombie, irgendwie so was. Sie beginnt zu schreien und sich die Haare zu raufen und krallt sich so an ihren Beinen fest, dass sie rote Striemen auf der Haut hinterlässt. Dann fängt sie an zu heulen, laut, sie wirkt völlig verzweifelt, krampfartig, als wollte sie sich von der Trauer erschöpfen, wie das in einigen Kulturen üblich ist. Genauso schnell, wie Jane in den Schmerz eingetaucht ist, ist sie wieder rausgekommen. Ich liege mit meiner Interpretation nicht so falsch, aber sie hatte auch schon früher von ihrem gewalttätigen Vater erzählt und die Narben gezeigt, die sie an den Handgelenken hat und sich damals selbst zugefügt hat.

Als wir fertig sind, liegt eine unwirkliche Ruhe über dem Raum. Angela lässt uns etwas Zeit, uns wieder zu beruhigen. Dann soll jeder dem anderen berichten, was passiert ist, und wenn wir möchten, können wir auch in der großen Runde teilen, wie die Erfahrung war, den Schmerz des anderen zu spüren.

»Freddy«, sage ich, nachdem Jane mir geschildert hat, was sie gefühlt hat, als sie in meine Augen geschaut hat: Sie glaubt, es waren nächtliche Besuche eines Mannes, den ich nicht bei mir haben wollte. Sie will natürlich mehr als den Namen.

Ich weiß nicht, ob sie jemals verstehen wird, dass es nicht nur ein Hamster ist.

»Es ist vorbei«, sagt Jane. »Freddy ist für immer weg«, und sie nimmt mich in den Arm. Ich nicke, weil natürlich genau das das Problem ist.

Dann richte ich mich auf. »Jane, Freddy war mein Goldhamster. Und es war der schlimmste Moment, als ich gemerkt habe, dass ich an seinem Tod schuld war. Dass ich ihn dadurch umgebracht habe, dass er zu zahm geworden war. Und das klingt vielleicht nicht so schlimm für dich, aber …«

Jane sieht mich aus ihren schwarzen Augen an. »Es klingt fürchterlich«, sagte Jane und streichelt meinen Arm. »Es tut mir so leid.«

Ich lehne mich zurück, aber sie ist so aufrichtig und voller Mitgefühl, dass ich plötzlich denke, dass ich mir vielleicht die ganze Zeit nur eingebildet habe, dass ich hier in einem Wettbewerb der Gefühle bin und dass mein Problem vor allem meins ist und nicht das meiner Herkunft und meiner intakten Kindheit.

Dreiunddreißig

Landon

Natürlich, wie könnte es anders sein, teilt Angela mich Jeremy zu, bevor ich mir selbst einen Partner suchen kann. Sie riecht förmlich, wo man Widerstände hat, und sucht schon das ganze Semester Wege, mich herauszufordern. Mit seinen schwarzen Locken und seiner unbeschwerten Fröhlichkeit würde er bestimmt einen guten Freund für Hazel abgeben und es ist klar, dass er sich drum reißen würde.

Ich weiß nicht, aus welchem teuflischen Buch Angela schon wieder diese abgefuckte Übung hat. Sie muss irgendwo eine ganze Sammlung von extra erniedrigenden Übungen haben, die sie nutzt, um einen an den Rande des Wahnsinns zu bringen. Ein Sport von ihr, keine Ahnung, was für eine kranke Psychologie dahintersteckt. Sie erinnert mich an einen dieser Menschen, die Agenten ausbilden, die erst mal psychisch kaputt gemacht und dann neu zusammengesetzt werden, um zu Killermaschinen zu werden. Wir werden zwar keine Killermaschinen, aber der Prozess scheint mir ähnlich, außer dass bei uns auf Waterboarding verzichtet wird. Wer weiß, vielleicht kommt das noch bei der Abschlussprüfung oder so.

Jetzt soll ich also Jeremy allein durch meine Gedanken einen der schlimmsten Momente meines Lebens mitteilen. Nur durch meinen Blick soll ich ihm diese Gefühle übertragen. Ich meine, sitzen wir jetzt hier in einer Séance? Seit wann werden von Schauspielern übernatürliche Fähigkeiten verlangt? Beim nächsten Mal reden wir dann mit den Geistern, oder was? Wir setzen uns voreinander und Angela spielt eine ihrer berüchtigten Playlists, die sie von japanischen Mönchen geklaut hat, welche bestimmte Areale des Gehirns aktivieren sollen. Welches traumatische Erlebnis soll ich nehmen? Das, wo wir illegal sechzehn Stunden am Tag gedreht haben und ich als Elfjähriger so müde war, dass ich zwischen den Takes eingeschlafen bin? Das, wo der Fotograf »lustige« Nacktbilder mit ein paar anderen wollte und ich mich habe überreden lassen und mich dann zu sehr geschämt habe, meiner Mutter davon zu erzählen? Bis sie durch andere von dem Fotografen gehört hat, der zum Glück aus dem Verkehr gezogen wurde. Die ganzen Vorsprechen, wo ich versagt habe, oder die, wo ich nachher mein Lieblingseis bekommen habe, weil ich so brav war? Bilder meiner Vergangenheit laufen vor meinem inneren Auge ab. Mein sechzehnter Geburtstag, an dem George diese Party für mich organisiert hat. Weil ich im Homeschooling war, kam vor allem die Crew und dann noch eine Menge hübscher Mädchen, die Georg aufgetrieben hatte. Die eine wurde die Erste, die ich richtig geküsst habe, ohne Kamera. Sie hat nachher ein paar Sachen aus unserem Haus gestohlen. Sie war selbst erst achtzehn und hat nebenher Erotikfilme fürs Internet gedreht.

Angela legt ihre Hand auf meine Schulter, beruhigend und fest genug, um mich an ihre Autorität zu erinnern. »Ich weiß, dass es für einige seltsam klingt, aber vertraut mir einfach und macht es«, sagt sie an alle gewandt, aber drückt dabei meine Schulter fester. Sie blickt mich mit ihren großen blauen Augen an und ich weiß nicht, wie sie es macht, aber dieser Blick lässt mir die Tränen in die Augen schießen, plötzlich ändert sich alles, die ganze Wut, die ich gerade hatte, ist weg und ein Gedanke taucht aus dem Wirrwarr meines Kopfes auf, der Gedanke an Nikki. Ich weiß genau, wie sie zum ersten Mal vor der Tür stand. »Ihr werdet zusammen in *Modern Witches* spielen. Ich schicke euch mal auf einige Events, sie wollte dich gerne kennenlernen«, hatte George gesagt. Nikki war neu bei George in der Agentur. Es ist ja nicht so, als hätte man ständig Kontakt mit den anderen Schauspielerinnen und Schauspielern, die George vertritt. Man kennt sich, angeblich ist man kollegial, doch es gibt knallharte Konkurrenz. Man rangelt darum, in der Lieblingsposition des Agenten zu sein, letztlich hat jemand wie George mit seinen Verbindungen die Möglichkeit, Produzenten und Castingdirektoren zu überzeugen, warum der eine besonders gut für die Rolle geeignet ist und nicht der andere. Natürlich wird ein Typ gesucht, aber ich bin auch davon abhängig, ob meine Mappe rausgeholt wird oder die Mappe meines Kollegen. Jetzt weiß ich es, vor drei Jahren hätte ich das allerdings nicht gesagt, weil ich immer in der Lieblingsposition war, ich kannte nichts anderes. Die ganzen Erinnerungen stürmen auf mich ein, wie sie dort stand und mich schüchtern angelächelt hat, ihre gebräunten Schultern, sie war schmal wie eine Gazelle, weil sie viel zu wenig aß, um nicht zu »fett« für die Rolle zu werden. Sie war etwas mysteriös, was mich fasziniert hat, natürlich kannte ich nicht den Grund dafür. Wir haben uns direkt gut verstanden, aber sie hat sich nicht platt an mich herangeworfen, wie ich es zu der Zeit von meinen jungen Fans gewöhnt war. Sie hatte nach diesem Film, der einen kleinen Preis gewonnen hatte, ein paar Paparazzi, die Bilder von uns machten. Ich habe erst später begriffen, dass sie die systematisch herangezüchtet hatte durch ihre zahlreichen Besuche dieser Events. Durch ein Verhältnis mit einem Rockstar war sie überhaupt in die Szene hineingekommen. Sie ging auf viele Veranstaltungen, angeblich, weil sie musste. Ich kenne diese Mischung aus Verpflichtung, sich zu zeigen, wenn man im Gespräch bleiben will, und der Abscheu gegenüber diesen Veranstaltungen, die Fitness, die Klamotten, das Styling, sich geschmeichelt fühlen, dieses leichte Kribbeln, wenn man erkannt wird und die Befriedigung der Eitelkeit. Ich kenne das genau.

Alles war besonders an Nikki, als wir schon am ersten Abend lachend mit einem Cabrio auf die Hügel fuhren, um den schönsten L.-A.-Blick zu haben, und natürlich irgendwann in einer Reihe mit anderen Autos standen, den gleichen Gedanken hatten wie alle und das Gleiche taten, uns küssten, ironisch und ernst gemeint, Dating wie in den Fünfziger- oder Sechzigerjahren, wie im Film.

Ich war nach einem Abend hoffnungslos in sie verliebt. Das erste Mal. So richtig. Ich dachte, ich wäre nicht so blöd, mir Illusionen zu machen und die Seifenopern, in denen ich spielte, mit der Realität zu verwechseln. Ich tat genau das. In meiner Euphorie habe ich meine Liebe überall auf Social Media gepostet wie ein Idiot. Sie auch, ich bin nie auf die Idee gekommen, dass es ihr sowieso nur darum ging. Obwohl ich in L. A. geboren bin! Es gab Bruchstücke von Telefonaten, die ich überhörte, Treffen mit ihrem Ex-Freund, dem sie angeblich helfen musste, aber natürlich glaubte ich ihr. Sie war leidenschaftlich und gleichzeitig in keinster Weise gehemmt im Bett, kitzelte aus mir heraus, was mir gefiel, keine Ahnung, woher sie eigentlich so viel Erfahrung hatte. Ich war nach kurzer Zeit abhängig, sogar Khylin, viel jünger als ich, warnte mich, dass sie eine Herzensbrecherin wäre. Natürlich lachte ich nur. Wir verkündeten die gemeinsame Rolle in der Serie und die PR lief super. Die Leute lieben echte Gefühle im Film oder auf der Bühne. Falls es keine gibt, werden bewusst Gerüchte gestreut. Es ist wie der Wunsch nach dem Original, dem echten Kunstwerk. Egal, ob die Kopie haargenau so aussieht. Es geht nur um die Aura der Echtheit.

Die Leute liebten uns als Paar, klar, es war ja echt. Bei mir. Ich wäre nie drauf gekommen, dass es anders sein könnte, wenn Khylin nicht zu mir gekommen wäre und gesagt hätte, dass ich der Einzige um uns herum war, der es nicht gerafft hatte. Ich stritt es ab, aber dann tat ich etwas, was man nie tun sollte: Ich las ihre Nachrichten und hörte ihre Sprachnachrichten ab, über die sie hauptsächlich kommunizierte. Und auch die Nachrichten von George, in denen er feixend und wie im Spaß vorschlug, dass ich eh eine Freundin fürs Image bräuchte und sie sollte doch was mit mir anfangen. Und ihre Antwort, dass ich sehr süß sei, sie aber einen Freund hätte. Und wie George sagte, das solle sie sich überlegen, Karriere und Privates seien nicht wirklich zu trennen. Und die Nachrichten an den »Ex-Freund« hörte ich ebenfalls und sofort war klar, dass er keine Ahnung hatte, was bei uns lief, sondern dachte, dass sie nur die Social Media und PR-Fotos für die Öffentlichkeit machte und weiterhin mit ihm zusammen war. Ich war tatsächlich der Einzige, der dachte, dass sie meine Freundin sei.

Schlimmer war, dass sie es nicht so gravierend fand, als ich sie zur Rede stellte. Sie meinte, dass ich zu dramatisch sei. Wir hätten doch auch eine gute Zeit zusammen. Jede Rolle, die ich jemals gespielt hatte, war echter gewesen als mein angeblich wahres Leben.

Als ich meiner Mutter davon erzählte, heulend, tätschelte sie mir den Kopf und meinte, sie hätte sich das schon fast gedacht. Ich war fassungslos.

Ich hatte bei meiner Spionage auf Nikkis Computer auch ihre Recherchen über mich im Browserverlauf gesehen. Die ganzen zufälligen Gemeinsamkeiten, die wir gefunden hatten, waren gefakt. Es war wie bei einer modernen Mrs Ripley. Sie wollte mich nicht umbringen, es ging nur darum, PR-wirksam mein Herz zu gewinnen und damit den neuen Film zu promoten. Ich habe mich in dem Moment gefragt, ob mir ein Mord nicht lieber wäre. Ich hatte so viel abgenommen, dass ich Eiweißpulver essen musste. Ich konnte eine Weile nur in meinem Zimmer liegen. Und am wenigsten konnte ich die Rolle annehmen, die wir spielen sollten. Ich konnte es einfach nicht, der Gedanke, sie ständig zu sehen, war einfach zu furchtbar. Ich würde die Rolle in *Modern Witches* nicht spielen.

Und dann kam sie, die ernste Reaktion. Dann riefen alle an. George schimpfte, Nikki flehte, meine Mutter weinte am Telefon, sie hätte nicht verstanden, wie wichtig es mir sei und würde ein ernstes Wort mit George reden.

Klar, alles, was ich gefühlt hatte, hatte es schon tausendmal gegeben. Sie nahmen es nicht ernst. Ich hatte vorher noch nie eine Frau erschöpft von einer Nacht voller Gefühle in den Arm genommen und ihr zugeflüstert, dass ich sie liebe. Ich hatte gedacht, es sei echt. Ich war nur eine Figur in meiner höchsteigenen *Truman Show* gewesen. Nicht mehr. Und als klar war, dass ich nicht weitermachen würde, hatte Nikki eine Sache klargestellt. Sie würde mich ganz, ganz lieb bitten, niemandem von alledem zu erzählen. Sie hatte noch diese ganzen Videos von mir. Videos von uns, aufgenommen in meinem Zimmer. Bei unseren Ausflügen, Gesprächen. Nachts. Und es wäre ja das Mindeste. Diskretion. Sie müsste einen neuen Filmpartner bekommen, sie müsste aufpassen, dass das Filmprojekt jetzt nicht leiden würde. Sie würde dann im Gegenzug natürlich auch diskret sein. Das Mädchen, das ich am Abend vorher geheiratet hätte, erpresste mich mit privaten Filmaufnahmen, von denen ich nichts gewusst hatte. Es war schlimmer als die *Truman Show.*

Plötzlich merke ich, was im Rest des Raums los ist, die Geräusche, einige Leute sind aufgebracht, Layla rauft sich die Haare. Ich komme zurück in die Wirklichkeit und schaue zu Jeremy, in dessen Augen ich die ganze Zeit geblickt habe. Er fokussiert mich so intensiv und es könnte unangenehm intim sein, von einem Kerl so tief in die Seele geblickt zu bekommen, insbesondere von Jeremy, aber in diesem Moment ist es das überhaupt nicht. Denn in Jeremys Augen ist so viel Mitgefühl für mich, dass es mich rührt. Er hebt einen Arm und umfasst meine Schulter, eigentlich müsste ich den Impuls haben, ihn wegzuschlagen, habe ich aber nicht. Jeremy guckt mich einfach an, seine Locken stehen wild von seinem Kopf ab. »Das war scheiße, Alter«, sagt er. »Das hast du nicht verdient. Echt nicht.« Und dann nimmt er mich in die Arme. Eine echte Umarmung, gar nicht eine typische Männerumarmung, wie ich sie mit Nate praktiziere, wobei man sich nur distanziert umarmt und sich dabei fest auf den Rücken klopft, damit es nicht zu innig wird. Keine Ahnung, was er genau denkt, dass passiert ist, aber irgendwie hat er es verstanden. Angela hat's schon wieder geschafft. Als ich nach der Stunde nach Hazel Ausschau halte, ist sie schon verschwunden.

Vierunddreißig

Hazel

Schweißüberströmt halte ich inne. Mein Herz pocht so stark, dass es fast aus meiner Brust herausspringt, und die Atemzüge kommen in einem viel zu schnellen Rhythmus. Aber er ist immerhin so atemlos wie ich und fixiert mich mit seinen großen braunen Augen. Die Mühen haben sich gelohnt. Erst jetzt spüre ich die Erschöpfung in meinem Arm.

»Das war ungewöhnlich aggressiv für dich, Hazel! Gute Arbeit auch, Krishna«, sagt Minji, unsere zierliche Trainerin, die für Kinderstunts gebucht wird, und nickt begeistert. Die anderen klatschen. »Ihr könnt euch setzen. Jane und Dimitri werden zum Abschluss noch ihre Fechtkünste zeigen. Ich will einen Tanz sehen. Und das Feuer. Es soll Spaß machen, aber für den Zuschauer macht es nur Spaß, wenn der Ernst dahinter genauso sichtbar ist.«

Erschöpft lasse ich mich an der Seite des Gyms auf den Boden sinken. Ich habe meinen ganzen Frust im Bühnenkampf abgelassen. An Krishna, aber der sitzt nach dem Lob von unserer strengen Trainerin Minji, die gewöhnlich verzweifelt versucht, mich dazu zu bewegen, mehr Killerinstinkt in die Schläge zu bringen, zufrieden und atemlos an der anderen Seite des Raums. Natürlich, ihm ist nicht klar, wie sehr ich ihn gerade gehasst habe. In echt.

»Wirklich gute Arbeit, Hazel«, sagt Minji, als wir nach der Stunde zum Ausgang gehen. Sie trägt einen schwarzen Kampfsportanzug. »Du hast dich von Krishnas überlegener Statur nicht einschüchtern lassen, das war ein leidenschaftlicher Kampf. Woran auch immer du heute gedacht hast, denke immer daran, dann kommst du in die richtige Stimmung«, rät sie mir. »Ich habe ebenfalls Brückengedanken für einzelne Stimmungen, die ich immer wieder reaktivieren kann.«

Ich nicke, auch wenn ich stark bezweifele, dass ich mir das wirklich antun will. Denn schon die ganze Stunde geht mir der Satz durch den Kopf, den Landon zu seiner Mutter gesagt hat. Ich sollte nicht darüber nachdenken. Ich hatte mir so viel mehr versprochen von uns. Von dieser »Beziehung«. Aber sogar wenn nicht. So etwas sagt man nicht über eine Freundin oder auch nur eine Schauspielpartnerin. So etwas sagt man über niemanden. Es ist gemein und verletzend. Dass er keine Ahnung hat, dass ich das gehört habe, macht es nicht besser. Es macht es schlimmer.

So viel zum Thema, eine unverfängliche Freundschaft plus zu führen. Das hat ja super geklappt. Ich wünsche mir meine Freundinnen von zu Hause hierher, und den Drang hatte ich noch nie. Sie mögen nicht die objektivsten Menschen sein und man kann von ihnen keine neutrale Analyse der Gesamtlage erwarten, aber sie hätten jedes Wort von Landon und jede Situation, die jemals zwischen uns entstanden ist, auseinandergenommen und seziert. Sie hätten mir schon zweihundert Nachrichten geschickt. Ich seufze. Wobei, vielleicht vermisse ich gar nicht *sie*. Ich vermisse es überhaupt, mit jemanden darüber zu reden. Ich fresse alles in mich hinein und kann keinen klaren Gedanken mehr fassen, weil ich gar nicht in der Lage bin zu unterscheiden, wo ich übertrieben reagiere und wo ich zu blind bin. Mir fehlt eine Freundin. Ich vermisse Yuna, die ich im letzten Semester trotz allem Training so viel mehr gesehen habe, bevor sie mit Miles zusammengekommen ist. Jane mag mir nähergekommen sein dieses Semester, aber sie ist Teil des Schauspielprogramms. Was ich nicht brauche, ist jemanden im Programm, der den gesamten Subtext von jedem gesprochenen Wort versteht.

Die meisten würden mir ohnehin raten, dass alles, was jenseits von einem Abend liegt, zu viel ist mit Landon. Layla auch? Oder nur, weil sie ihn für sich will? Sie ist die Letzte, mit der ich mich über Landon austauschen will.

Hi, Yuna, Zeit heute Abend? Ich brauche eine Girls Night.

Nach kurzem Zögern füge ich noch hinzu:

Keine Sorge, ich meine eher Mental Health Night zu Hause, keine wilde Party. Ich könnte echt eine vertragen.

Yuna schreibt ungewöhnlich schnell zurück.

Alles okay? Was mit Landon?

Sie weiß natürlich, dass wir zusammen abgestürzt sind, aber zusammen abgestürzt trifft in keinster Weise wirklich, was zwischen uns passiert ist. Sie kennt nur die Rohversion von einem kurzen Gespräch. Ich weiß, dass Yuna keine Zeit hat und normalerweise sage ich nichts. Ich drücke auf Anruf.

Yuna geht direkt dran. »Hazel? Ist was passiert?«

»Yuna. Nein. Also, ja. Können wir uns nicht endlich mal wiedersehen? Nur wir beide?« Meine Stimme klingt etwas jammernd. »Also, ich weiß, dass du wenig Zeit hast und so, aber …«

Einen Moment herrscht Stille. »Du hast total recht«, erwidert Yuna. »Ich war viel zu wenig für dich da.«

»Du kannst nicht zufällig heute Abend?«, frage ich. »Du kannst auch deine komischen Eisbäder für die Füße dabei machen, wenn du willst.« Yuna eist sich nach dem Training gelegentlich ihre Füße, was für mich mit meinen ohnehin immer kalten Füßen ein Albtraum wäre.

»Ich organisiere was um. Willst du zu mir kommen? In 344 ist sturmfrei. Also, in meinem Zimmer.«

Ich atme aus. Wieso habe ich sie eigentlich vorher nie direkt gefragt, ob sie Zeit für mich hat?

»Okay, ich bringe Eis mit. Auch zuckerfreie und vegane Sorten, dann kannst du mitessen. Und grünen Tee.«

»Vielleicht setze ich heute auf Totalabsturz mit Cookie-Dough-Eiscreme?«

»Ja, wir lassen es krachen bis zur Bewusstlosigkeit.«

Ich muss grinsen, als ich auflege. Das wäre in der Tat Yunas Art von Absturz. Sie reagiert auf Zucker wahrscheinlich nicht viel anders als eine Vierjährige – als hätte sie Kokain genommen. Sie isst so streng vegan und zuckerfrei wegen ihrer früheren Krankheit, aber ich glaube, sie vertraut ihrem Körper langsam wieder. Ich freue mich sehr, sie wiederzusehen, und in meinem Bauch breitet sich ein warmes Gefühl aus.

Abends liegen wir auf Yunas Bett. Yuna trägt einen Schlafanzug, der mit kleinen Eiffeltürmen bedruckt ist und den ihre Eltern ihr zu Weihnachten geschenkt haben. Über ihrem Bett hängt außerdem eine Balletttänzerin, die vor dem Eiffelturm einen Spagat springt. Wir schauen erst mal *Emily in Paris,* mehr wegen der Stadt als wegen der Story, weil Yuna so ein leidenschaftlicher Paris-Fan ist und deshalb auch Französisch lernt. Dann ziehen wir uns *Mulan* rein, danach soll es mit *Riverdale* weitergehen. Dabei probieren wir fünf Eiscremesorten und Ingwerkekse.

»Wo ist Julie heute Abend? Ist sie nicht mehr so viel in eurem Zimmer?«, frage ich.

Julies Kristallsammlung steht noch vor dem Fenster. Ich kann keine Ordnung erkennen, doch es wirkt, als wäre die

Aufstellung nicht zufällig gewählt. Ihr Traumfänger mit weißen Federn und kleinen Muscheln hängt über ihrem Bett, ansonsten sieht ihre Seite verlassen aus. Sie hat ohnehin nicht viele Sachen, aber normalerweise liegen jede Menge Bücher in ihrem Teil des Raums verteilt.

»Es gab einen Notfall bei ihr zu Hause und sie musste zurück nach Hawaii. Irgendetwas mit ihrer Mutter, die krank geworden ist. Sie meinte, es sei nicht so schlimm, ihr Vater würde es dramatisieren. Aber sie tat mir echt leid. Sie hat das ganze Semester so hart gearbeitet, und sogar wenn sie alles nachholen kann, werden ihre Noten bestimmt leiden. Und sie lebt ja quasi fürs Lernen«, erklärt Yuna.

»Ich werde zwar noch nicht so ganz schlau aus Julie, aber sie besitzt so eine natürliche Weisheit. Sie könnte mir bestimmt auch ein paar Tipps geben, was ich mit Landon machen soll«, seufze ich.

»Ja, aber hinter dem ruhigen Äußeren versteckt sich ziemlich viel. Und sie macht sich ständig Sorgen, dass ihre Eltern nicht genug auf ihre Schwester aufpassen. Ich glaube, sie wirkt so weise und erwachsen, weil sie es immer sein musste«, sagt sie und bündelt ihre superglatten schwarzen Haare in einer Hand, zwirbelt sie umeinander und verknotet sie. »Was ist los mit Landon? Du hast ihn geküsst und bist mit ihm abgestürzt und wolltest es natürlich ganz casual halten, aber es funktioniert nicht. Ich hätte es dir vorher sagen können«, bemerkt Yuna. »Das klappt nie. Man kann Gefühle nicht abstellen.«

»Ich bin anders als du, es hätte klappen können.« Meine Stimme klingt abweisender als ich vorhatte.

Sie sieht mich zweifelnd an und greift nach einem weiteren Bio-Ingwerkeks.

»Du rastest heute wirklich aus, ich liebe es«, bemerke ich. »Schreibst du gar nicht mehr deine Nährwerte auf und das alles?«

»Heute ist Cheatday, habe ich eingeführt.« Sie zwinkert mir

zu. Dann wird sie wieder ernst. »Ich glaube nicht, dass du anders bist.«

»Ich weiß sehr genau, woran ich bin. Ich traue mir zu, Liebe und Sex zu unterscheiden. Viele Leute trennen das.«

Mir fällt auf, dass ich gerade fast Landons Worte wiederhole. Der Film auf dem Bildschirm flimmert unbeachtet an uns vorbei. Yuna hat neben ihren Haaren auch ihre Beine zu einem komplizierten Schneidersitz verknotet, als würde sie aus Gummi bestehen. Sie blickt mich nachdenklich an. »Das stimmt. Aber du bist nicht viele, sondern Hazel. Dein Verstand kann das, aber vielleicht nicht dein Herz. Und ich habe noch keinmal gesehen, dass Landon dich kaltgelassen hat. Ob er das verdient hat, ist eine andere Sache.«

»Er hat nette Seiten.« Ich lasse mich seitlich auf das Bett sinken. »Dachte ich jedenfalls.«

»Was genau ist passiert? Glaubst du, ich merke nicht, dass da eine graue Gewitterwolke über dir schwebt? Ich kann sie sehen.« Sie deutet in den Raum über mir. Sie macht das so überzeugend, dass ich kurz ihrem Blick folge, natürlich ist da nichts über mir.

Ich seufze. Sie hat recht. Und dann erzähle ich ihr noch mal ausführlicher von dem Abend mit Landon, ziemlich viele Details, aber ich mache klar, dass er nichts ausgenutzt hat, dass er weniger wollte als ich, wie liebevoll und leidenschaftlich er war. Und dann von dem Moment, als ich das Gespräch mit seiner Mutter überhört habe. Seine gehässige Beschreibung meiner geringen Fähigkeiten. Seine Bemerkung über meine geradezu beeindruckende Unscheinbarkeit.

Yuna presst ihre Hände aufs Gesicht bei den letzten Worten.

»Das hat er nicht wirklich gesagt«, wiederholt sie. Ihr Schock löst eine gewisse Befriedigung in mir aus. Ich habe mir nicht eingebildet, dass es verletzend ist. Sie sieht mich so voller Mitleid an, dass mir die Tränen in die Augen schießen, weil ich das Mitleid zulasse.

»So was kann nur ein phänomenales Arschloch von sich geben. Mir tut das so leid. Aber du musst dich wirklich von ihm fernhalten.«

»Das ist schwer, wenn man ständig zusammen probt«, erwidere ich.

»Hazel.« Sie will mich umarmen. Ich gebe nach, atme kurz ihren beruhigenden Duft ein. Aber dann löse ich mich schnell wieder, weil ich sonst komplett losheule.

Yuna überlegt, ihre Hand aufs Kinn gestützt. »Sprich ihn direkt darauf an.«

Ich zucke mit den Schultern und stehe auf, um noch mehr von der Cookie-Dough-Eiscreme zu holen.

»Du kannst das doch nicht ignorieren.« Yuna lehnt sich vor und stellt den Film endgültig ab.

»Was soll er darauf antworten? Ich weiß, was er darauf antwortet. Dass er es nicht so gemeint hat. Das ist noch erniedrigender, so eine lahme Verteidigung.«

»Hazel. Du willst mit ihm dieses Theaterstück spielen und das nie ansprechen?«

»Das Stück ist nur die Bühne. Ich glaube, wir brauchen kein Drama außerhalb des Stücks. Es ist nicht mehr so lange hin bis zur Aufführung. Meine Chance, irgendwie zu zeigen, dass ich dem hier gewachsen bin. Meine Chance einen Agenten zu finden. Immerhin ist er meine Geheimwaffe gegen Lampenfieber.«

»Ich glaube, wenn du das in dir einschließt, als wärst du eine vakuumversiegelte Flasche, fliegt dir das irgendwann um die Ohren. Ich will ihn nicht verteidigen, aber vielleicht hast du auch was missverstanden und zerbrichst dir völlig umsonst den Kopf. Stell dir das mal vor. Du bist eine gute Schauspielerin. Das weißt du inzwischen. Und du wirst dich jetzt nicht vor irgendeinem Blödmann kleinmachen. Du liebst es hier. Du hast die Hauptrolle. Landon ist Landon und ganz ehrlich, das ist sein Problem, mehr als deins.«

Ich nicke, auch wenn ich mir noch nicht ganz sicher bin.

»Du weißt doch. Wir Frauen halten zusammen von wegen *Bros before Hoes* für Frauen«, grinst Yuna.

»Du meinst *Chicks before Dicks?*«

Yuna prustet los.

»Habe ich von Layla«, gebe ich zu. »In Ohio gab es nur *Sisters before Misters.*«

»Der *Sis Code* statt der *Bro Code?*«

»Holes before Poles.«

»Hazel! Den hätte ich dir gar nicht zugetraut. Aber ich habe noch *Boobs before Tubes.* Etwas, für das es so viele Bezeichnungen gibt, muss stimmen«, bemerkt Yuna und nickt. »Ich verrate dir ein Geheimnis. Ich liebe Miles. So wirklich. Und auch wenn das manchmal Zeit wegnimmt. Es nimmt nichts davon weg, wie viel du mir bedeutest und wie besonders unsere Freundschaft ist.«

Als ich kurz darauf unter dem funkelnden Sternenhimmel nach Hause laufe, eine Gänsehaut, weil ich meine Jacke vergessen haben, geht es mir tatsächlich besser. Ich muss ihn darauf ansprechen, das hat beim letzten Mal doch auch irgendwie geklappt. Ich habe Angst vor der fadenscheinigen Erklärung, die alle Unsicherheiten in mir hochspült, aber Yuna hat recht. Und, ja, ich werde sie mehr anrufen, statt traurig zu sein, dass sie nicht da ist.

Fünfunddreißig

Landon

Hey, ich bin zufällig in der Nähe. Möchtest du bei mir vorbeikommen?

Keine Antwort.

Sie weiß nicht, dass ich hinter ihr gehe und gesehen habe, wie sie ihr Telefon aus der Tasche genommen hat, draufgeschaut und es wieder weggesteckt hat. Es wurmt mich ganz schön. Ich denke nonstop an sie, gestern nach dem Kurs war sie einfach weg und dann nicht erreichbar. Es macht mich nervöser, als ich mir eingestehen will.

»Hazel?«

Sie zuckt zusammen und dreht sich langsam um. Sie sieht nicht froh aus. Sie sieht unglücklich aus. Mit ein paar Schritten bin ich bei ihr.

»Was ist los?«, frage ich und muss den Impuls unterdrücken, sie an der Schulter anzufassen. Irgendetwas liegt in ihrem Blick, das mir sagt, dass sie gerade nicht von mir an der Schulter angefasst werden will.

Viele Gedanken ziehen über ihr Gesicht und es sind keine schönen.

»Ist etwas passiert?«, frage ich.

Sie blickt mich lange an.

»Ich war am Quad letztens, als ... du mit deiner Mutter gesprochen hast.«

Ich weiß nicht, wovon sie spricht.

»Du hast über mich gesprochen. Oder kennst du noch eine andere Hazel, die eine farblose, zweitklassige Kleinstadtschauspielerin ist?«

Der Satz trifft mich wie eine Ohrfeige. Meine Gedanken wirbeln in meinem Kopf. Den Satz kenne ich. Es ist das, was Patti gesagt hat. Was ich wiederholt habe.

»Hazel«, ich mache einen Schritt auf sie zu, aber sie geht die gleiche Schrittlänge zurück.

»Hast du es schon mehrmals gesagt?«, fragt sie kalt, aber ich höre die Verletztheit in ihrer Stimme mitschwingen. O nein. »Ich habe es nie gesagt. Meine Mutter hat es gesagt. Du warst am Quad, als ich mit ihr telefoniert habe?«

»Es war nicht zu überhören. Du hast fast geschrien.«

Ich schließe kurz die Augen. »Hazel, nein. Das habe ich nicht gesagt.«

»Du willst es leugnen?«

Ich mache einen Schritt auf sie zu. Diesmal bleibt sie zumindest stehen. »Ich habe die Worte meiner Mutter wiederholt. Du glaubst doch nicht ernsthaft, dass ich so etwas auch nur ansatzweise denken könnte.«

Sie zuckt mit den Schultern. Ich mache einen weiteren Schritt nach vorn. Die Abneigung in ihrem Blick ist so schwer zu ertragen. Vor ein paar Wochen noch habe ich ständig versucht, diese Abneigung zu provozieren, jetzt finde ich es fast unerträglich, sie in ihren Augen zu sehen.

»Du bist die bessere Schauspielerin von uns, das weißt du doch. Bitte glaub mir, dass das nichts, aber auch gar nichts mit meiner Meinung zu tun hat. Würde ich versuchen, meine Mutter zu überzeugen, wie gut du bist, würde das alles eher schlimmer machen.«

Sie sieht mich an und ich sehe die Anspannung ihrer Gesichtsmuskeln. Die Enttäuschung. Die Enttäuschung ist das Schlimmste.

»Du hast mich nicht im Geringsten verteidigt. Wir sind vielleicht nicht zusammen, was auch immer das ist zwischen uns, aber das ist … trotzdem schlimm.«

Plötzlich bekomme ich Panik, dass sie sich umdrehen will. Sie darf nicht gehen. »Ich habe mit Sicherheit viel mehr Komplexe als du«, bringe ich atemlos hervor. »Du glaubst, dass du unsicher bist. Ich weiß, dass ich kein toller Schauspieler bin, dass Dornbush mich nicht ernst nimmt. Ich spreche nicht drüber, weil … weil ich noch nie darüber gesprochen habe. Weil mir beigebracht wurde, dass das das größte Zeichen von Schwäche ist. Aber glaub mir, ich habe so eine Scheißangst, dass nie irgendetwas aus mir wird. Dass ich es nie weiter bringe als in eine bescheuerte Serie, für die ich keinen Respekt habe, und dass der beste Teil meiner Karriere schon lange vorbei ist. Ich bin wahrscheinlich wesentlich stolzer als du, dass ich hier aufgenommen worden bin. Denn das ist das Einzige, was ich habe, das einzige Signal, dass ich vielleicht doch irgendwie zu irgendetwas zu gebrauchen bin auf der Bühne. Im Film. Du brauchst nicht unsicher sein. Du bist eine der Besten hier. Und das ist mein voller Ernst. Und bitte sei mir nicht böse, dass ich dich nicht verteidigt habe gegen die Sprüche meiner Mutter, die nicht in der Lage ist, jemanden zu beurteilen, der keine Silikonpolster in den Lippen und im Busen stecken hat. Ich war selbst so vor den Kopf gestoßen, natürlich werde ich das niemals auf dir sitzen lassen. Was ich gesagt habe, habe ich ernst gemeint. Du bist das schönste Mädchen auf dem ganzen Campus.«

Sie hat an meinen Lippen gehangen und langsam sind meine Worte zu ihr durchgedrungen und ich sehe, wie sich ihre Schultern entspannen. Wie sie mir glaubt. Und ich habe nur selten so sehr den Wunsch gehabt, dass mir geglaubt wird.

Sie seufzt. Der Wind fährt durch ihre Haare und lässt den

dünnen gestreiften Schal, den sie lose um ihren Hals gebunden hat, zur Seite wehen. Vorsichtig nehme ich sie in den Arm. Der Wunsch, sie zu umarmen, ist geradezu übermächtig. Zögernd lässt sie sich darauf ein. Sie presst ihre Wange an meine Brust und ich vergrabe meine Nase in ihren Haaren, atme den leichten Kokosduft ein. Irgendwelche Studenten sind in der Nähe, ich glaube, meinen Namen zu hören. Alles egal. Es fühlt sich so gut an, ihren Körper nah bei mir zu spüren, und gleichzeitig beunruhigt mich die Panik, die ich vorhin empfunden habe, als sie so abweisend zu mir war. Diese Panik war ganz schön außer Kontrolle und ich merke, dass das hier schon alles viel weiter gegangen ist, als ich je wollte. Und gleichzeitig weiß ich, dass ich nicht mehr zurückkann. Ich ziehe sie näher zu mir. »Ich habe dich gestern vermisst«, sage ich und mein Herz pocht, weil der Satz fast ein Lüge ist, zu harmlos dafür, wie sehr ich sie vermisse, wie sehr die Bilder von ihr, von uns, immer wieder in meinen Gedanken aufflackern.

»Ich habe jetzt noch Bühnenkampftraining«, murmelt sie gegen meine Brust. »Ich habe Angst vor dem Muskelkater. Aber wenn du magst, können wir heute Abend noch eine Runde Shakespeare machen.« Dann blickt sie langsam hoch und mein Blick fällt sofort auf ihre Lippen. Ich halte mich aber zurück. Ich sehe noch einen Rest Vorsicht in ihrem Blick. Dann erscheint jedoch ein Lächeln um ihren Mund, das auf mich übergeht und sich bei mir zu einem Grinsen ausbreitet, das grenzwertig peinlich, aber leider nicht zu kontrollieren ist.

»Shakespeare. Das klingt gut.«

Sechsunddreißig

Hazel

»Geh mir aus den Augen, du infizierst meine Augen«, deklamiere ich.

Landon steht in meinem Zimmer und lacht sich schlapp. »*Richard III.*, stimmt's?«

Ich nicke. »Da gibt es noch eine andere gute Beleidigung im ersten Akt. ›Du giftige, bucklige Kröte.‹ Aber halt, du bist dran.«

»Du bist die ranzigste Komposition von miserablem Gestank, die je Nüstern kränkte!«

»*Die lustigen Weiber von Windsor.* Ich bin mir sicher.«

Wir machen einen Wettbewerb, wer die besten Beschimpfungen aus Shakespeare-Stücken kennt. Wir haben dieses Semester viele Stücke gelesen. Shakespeare ist der König der kreativen Beschimpfungen und wir brauchen eine Pause vom Üben.

»Du geistesschwacher Lord, du besitzt nicht mehr Gehirn als mein Ellenbogen!«, sagt Landon und stützt dabei die Hände in die Hüften.

Ich muss kichern. »Der Typ hatte echt Fantasie. Wie kommt man darauf, den Ellenbogen so überzeugend als Beleidigung zu nutzen? Leider habe ich keine Ahnung, woher das stammt.«

»*Troilus und Cessida*«, erwidert Landon. »Insider.« Er wackelt mit den Augenbrauen.

Ich stupse ihn mit dem Ellenbogen an. »Angeber. Okay, wir werden sehen.« Ich überlege einen Moment. »Du bist ein Furunkel. Eine Pestbeule, ein schwellender Karbunkel. In meinem verdorbenen Blut.«

»Das ist einfach. *König Lear.*« Er überlegt einen Moment. »Der Letzte, bevor wir mit dem Text weitermachen. Ich gebe alles. ›Weg mit dir! Du Vogelscheuche, du Elfenhaut, du ausgetrocknete Rinderzunge, du Ochsenpenis, du Stockfisch! Oh hätt' ich nur den Atem zu nennen, was dir gleicht! Du Schneiderelle, du Degenscheide, du Bogenfutteral, du erbärmlicher Zier-Degen.‹«

Die letzten Worte bringt er nur noch prustend hervor und ich muss ebenfalls loslachen, so aufgebracht, wie Landon die Sätze vorträgt.

»Okay, ich weiß es, ich weiß es. *Heinrich IV.?*«

Landon nickt gespielt beeindruckt. »Gut, weiter geht's«, sagt er dann. Er meint unsere Probe. Er hat recht.

Jane ist heute weg, aber zwischen Bett und Stuhl und Schrank ist kaum Platz, sich im Zimmer zu drehen. Ständig stoßen wir gegeneinander und Landons Nähe ist mir so unglaublich bewusst, dass ich mich kaum auf den Text konzentrieren kann.

Wir fangen an, ich bin eigentlich textsicher, aber jetzt brauche ich immer wieder das Buch. Landon wirkt total souverän und sieht mich nur hin und wieder etwas mitleidig an, wenn ich wieder auf den Text schauen muss. Wir spielen die letzte Szene, die nach einem längeren Geplänkel mit einem Kuss endet.

Wir steuern unweigerlich darauf zu und ich bin aufgeregt. Natürlich haben wir das schon häufiger gespielt, aber da waren immer andere Leute dabei, es ist etwas völlig anderes, als in diesem viel zu kleinen Raum zu stehen, wo der andere geradezu übermächtig präsent ist und irgendwie ziemlich absehbar, wohin das alles führen wird. Wenn ich will.

»Alles schön und gut, aber ich finde das Stück immer noch ziemlich albern«, bemerkt Landon. Dann spielt er jedoch weiter.

»Dafür spielst du es ganz schön gut«, erwidere ich und es stimmt. Ich habe schon Panik vor der Vorführung. Ich mache mir so viele Gedanken darüber, was passiert, wenn es nicht klappt. Was, wenn mein Lampenfieber plötzlich zurückkommt, und stärker als je zuvor, weil es die ganze Zeit nicht da war?

Landon ist schon wieder voll in der Rolle. Er sieht gut aus, selbst in seinem Jogging-Look oder vielleicht besonders darin. Immerhin muss ich das ja auch in meiner Rolle so empfinden. Beatrice, die sich gegen ihre Hingezogenheit zu Benedikt wehrt, mit dem Unterschied, dass ich mir diese Hingezogenheit eingestehe, während Beatrice sie verleugnet.

»Ich erkenne schon die Tragik in dem Stück. Eigentlich die Tragik für beide. Beide möchten sich nicht selbst verlieren, wenn sie sich verlieben. Das ist ja eine Angst, die jeder hat.«

»Hast du vielleicht auch«, erwidere ich und spüre, wie meine Wangen zu prickeln beginnen. Irgendwie fühlt sich das an wie gefährliches Terrain.

Landon zuckt mit den Schultern. Sein Handy blinkt, er schaut kurz drauf, dann legt er es weg. »Social Media ist eine Art Vorhölle.«

»Aber du machst es trotzdem. Du willst berühmt sein?«

»Was ist Berühmtsein? Berühmtsein bedeutet, dass ganz viele Leute, die dich überhaupt nicht kennen, dich bewundern und beneiden. Wenn man realistisch darüber nachdenkt, ist sofort klar, was für ein Unsinn das ist. Aber niemand denkt realistisch darüber nach.« Er reibt sich den Nacken. »Und dann holst du dir die Bestätigung, die du woanders nicht findest, bei Fremden.«

»Das mag stimmen«, murmele ich.

Landon setzt sich aufs Bett und lässt sich mit ausgestreckten Armen darauf zurückfallen.

»Du wirkst oft so unzufrieden«, fahre ich fort. »Dabei hast du so viel erreicht in den letzten Jahren. Wenn man so jung wie du anfängt und schon so viel schafft, hat man doch super Startvoraussetzungen.«

Er gibt ein unwilliges Schnaufen von sich. »Hätte ich es geschafft, wenn ich nicht diese Startbedingungen gehabt hätte? Ich weiß nicht, ob ich gut genug bin, um mich dauerhaft zu halten. Verstehst du? Ich bin mir einfach nicht sicher.«

»Ich glaube, du bist gut genug.«

»Sagst *du*.« Er sagt das abfällig.

»Mein Urteil ist nichts wert, weil ich keine Ahnung habe, oder was?«

Weil das Zimmer so klein ist und er so nah, braucht er sich nur ein kleines Stück zu erheben, um meinen Unterarm zu umfassen und mich zu sich zu ziehen. »Dein Urteil ist sehr viel wert«, sagt er bittend, seine Stimme klingt samtig und sofort stockt mein Atem wieder. Denn egal, wie konzentriert und ernsthaft wir die ganze Zeit üben wollten, egal, worüber wir reden, die Spannung liegt jederzeit schwer im Raum. Die ganzen Bilder von den Dingen, die das letzte Mal hier passiert sind.

»Lass uns einen Moment ausruhen, dann machen wir weiter mit Shakespeare, okay?« Er lächelt mich an und wie immer löst das einen chemischen Prozess aus, der meine Knie zu Pudding macht. Was auch immer das für ein Prozess sein soll, ich war noch nie gut in Chemie.

Ich setze mich neben ihn aufs Bett. Er rutscht nach oben ans Kopfende und verschränkt die Arme hinter dem Kopf. Als er zu mir blickt, sehe ich wieder dieses andere in seinem Blick. Wenn er diese Mauern, die oft vor seinen Augen sind, herunterlässt, überkommt mich immer das Verlangen, noch mehr von ihm zu sehen. Es ist nie genug.

»Es tut mir leid, wenn ich unverschämte Dinge zu dir gesagt habe.« Seine Stimme ist weich und er streichelt ganz leicht meinen Nacken, während er spricht, was mir einen Schauer über den Rücken sendet. »Du bist eine tolle Schauspielerin. Dein Urteil bedeutet mir mehr, als du denkst.« Ich rücke näher an die Wand heran, sodass wir nebeneinander auf dem Bett sitzen, unsere Beine berühren sich an allen möglichen Stellen, die sich anfühlen wie Feuer. Wenn er mich anschaut, wird mir warm, als hätte er eine Lampe hinter den Pupillen angeknipst.

Er weiß nicht, wie viel mir *sein* Urteil bedeutet. Als wäre ich in diesem Moment stecken geblieben, als ich ihn getroffen habe und mich so nach Zustimmung gesehnt habe, nach den versteinerten Gesichtern der ganzen Aufnahme-Komitees, die mich abgelehnt hatten.

»Weißt du noch, wie Dornbush uns den Vortrag darüber gehalten hat, wie weit man es als Schauspieler auch ohne Talent bringen kann?«

Ich nicke. Der Vortrag hatte mich fast beruhigt. Auch mit Fleiß kann man weiterkommen, war die Grundaussage.

»Dornbush hat gesagt, dass heutzutage immer wieder gelehrt wird, dass man alles werden kann, wenn man es nur will.« Landon setzt sich aufrechter hin und fährt sich in der Art von Dornbush einmal durch die Haare und verzieht die Lippen. Ich weiß nicht, wie er es hinbekommt, aber seine Miene und Haltung sehen nach Dornbush aus. »Ich möchte euch darauf hinweisen, dass der Wille einen weit bringen kann.«

Sein Tonfall hat sich geändert und er spricht mit Dornbushs Tonfall. »Der Wille kann dich zu einem ganz ordentlichen Schauspieler machen, der auch ein paar Rollen bekommt. Mit genügend Willenskraft wirst du wahrscheinlich sogar davon leben können. Viele Dinge, die nichts mit der Schauspielerei zu tun haben, zählen in diesem Beruf. Zum Beispiel Verlässlichkeit. Ein gut gelaunter Schauspieler, der unkompliziert ist oder der auch mal eine Rolle annimmt, für die er vielleicht überqualifiziert ist, mit dem Leute einfach gern zusammenarbeiten, kommt weiter. Ihr kennt doch genug Schauspieler, die nicht viel mehr tun, als gut auszusehen, ein Mädchenschwarm oder eine sexy Frau, die man in einem Actionfilm einsetzen kann. In diesen Filmen wird so viel geschnitten, dass man schauspielerisch nix leisten muss. Solche Schauspieler sind Körpermodelle.«

Landon sagt den ganzen Text flüssig auf, als hätte er ihn schon häufig im Geist abgespult.

»Und mit jedem Wort hatte ich das Gefühl, dass er mich angesprochen hat. Dass er mich gemeint hat.«

»Du meinst, dass du der gut aussehende, untalentierte Typ bist?«

Landon zuckt mit den Schultern.

»Findest du das nicht eingebildet, dass du dich sofort angesprochen fühlst, wenn von einem gut aussehenden Typen gesprochen wird, den man als Frauenschwarm einsetzen kann und der nicht viel besser ist als ein Unterhosenmodel von Calvin Klein?«

Er blickt mich verwirrt an.

»Das war ein Witz«, erkläre ich. »Dornbush ist kein Fan von Hollywood. Aber du hast ihn gerade ziemlich gut imitiert. Man versteht ja immer das, wovor man Angst hat. Glaub mir, ich bin Experte.« Ich greife nach dem Kissen, das neben mir liegt und umfasse es. Dann merke ich, dass es das kleine Kissen ist, aus verschiedenen Blumenstoffen genäht, das Oma mir geschickt hat und das mir Glück bringen soll. Ich lege es zur Seite und greife nach einem größeren Kissen. Oma hat hier ausnahmsweise gerade nichts zu suchen. Die Geste ist eine Art Übersprunghandlung, vielleicht will ich mehr physische Mauern zwischen uns bauen, da die Mauern im Gespräch immer weiter fallen. Wir sitzen auf einer Matratze. Nähe, diese Vertrautheit und natürlich die ganzen Bilder vom letzten Mal, als wir zusammen in einem Bett lagen … das ist ganz schön viel. Bevor ich gekommen bin, habe ich überlegt, ob man das alles nicht langsamer angehen sollte. Klar, es gibt genug unverfängliche Three-Night-Stands, aber ich hänge schon so tief drin und ... ich will kein komplett gebrochenes Herz. Aber dann wiederum kann mir nicht vorstellen, dass es ihm anders geht, so aufgebracht, wie er war, als ich ihn wegen der Bemerkung seiner Mutter gefragt habe. Oder interpretiere ich jetzt wieder zu viel rein? Es ist echt zum Verrücktwerden. Aber Yuna hat so recht gehabt, wie dämlich wäre es gewesen, hätte ich nicht gefragt? Dennoch: langsam angehen. Was für eine Schnapsidee. Ich muss mich die ganze Zeit beherrschen, nicht über ihn herzufallen wie ein hungriges Tier. Mein Körper findet Three-Night-Stands völlig legitim und verlangt nach Fortsetzung. Dem ist scheinbar alles egal. Hauptsache, es geht weiter.

»Es ist frustrierend, hier zu sein und dann etwas zu spielen, wo ich kein bisschen dramatisches Spektrum zeigen kann. Wie soll mir ein naiv-niedlicher, verknallter Benedikt helfen, andere Rollen zu bekommen?«

»Du könntest ewig so weitermachen als Serienschauspieler, nicht wahr? Mein Gott, ich würde so viel darum geben, wenn mich irgendjemand überhaupt mal für eine Serie nehmen würde.«

»Diese Art von Serien sollten eigentlich nur ein Schritt auf einem Weg sein. Kein Endpunkt.«

»Es ist ein bisschen komisch, mit neunzehn vom Endpunkt zu sprechen«, bemerke ich.

»Das stimmt. Ich könnte dir was erzählen, damit du dich besser fühlst, nicht in Hollywood groß geworden zu sein«, sagt er. Seine Nähe beunruhigt mich, die Hitze, die er abstrahlt, der Geruch, den er in dem kleinen Zimmer verbreitet, frisch und männlich gleichzeitig. Ich spüre jede Bewegung von ihm, wenn sich die Matratze bewegt. Obwohl wir doch schon so ganz andere Sachen gemacht haben, sind wir beide irgendwie gehemmt. Vielleicht wissen wir beide nicht mehr, was wir hier gerade machen, wohin es führt, ob es irgendwo hinführt.

»Ja, bitte. Jetzt sofort?« Ich pikse ihn in die Seite und ziehe meine Hand direkt zurück.

»Ich versuche ja schon länger, eine neue Rolle zu bekommen. Aber bisher hat immer jemand anderes die Rollen bekommen. Und … ich bin genau wie du nur am MCPA angenommen worden. Alle anderen Schauspielschulen haben mich abgelehnt. Ich war nicht frisch genug.« Er malt Anführungszeichen in die Luft. »Die Vorsprechen an den Colleges waren ätzend. Die Vorsprechen in Hollywood, wo du neben zwanzig Leuten stehst, die so ähnlich aussehen wie du und die für eine Karriere alles machen würden, sind jedoch schlimmer.«

»Hollywood klingt wie eine Schlangengrube. Kann mir nicht vorstellen, wie das für dich als Kind gewesen ist.« Ich möchte nicht, dass er aufhört, von sich zu erzählen.

Er seufzt. »Meine Mutter hat alles getan, um mich bekannt zu machen. Glaub mir, ich halte viel aus. Drehs zu allen Zeiten, für die absurdesten Produkte und mit gemeinen Regisseuren. Es hat ja geklappt irgendwie. Aber mein Agent George … er ist kein guter Mensch. In L. A. kam es mir fast normal vor. Jetzt sehe ich klarer.«

»Warum suchst du dir keinen neuen Agenten?«

»Er hat zu viel Einfluss. Ich verdanke ihm meine ganze Karriere. Ich habe eine Rolle abgelehnt und seitdem läuft es nicht mehr. Ich bin hier, weil ich es mir mit ihm fast verscherzt hätte. Es war meine Bestrafung.« Landon malt wieder Gänsefüßchen in die Luft und schnauft. »Aber … ich bin ganz schön froh, dass ich gekommen bin. Dass das MCPA an mich geglaubt hat. In diesem Business in L. A. kommen die schlimmsten Seiten an Menschen zum Vorschein. Wenn man so früh dabei ist wie ich, dann wirken Dinge normal, die es eben gar nicht sind.«

Ich blicke ihn fragend an.

»Weißt du, der ganze *Me-too*-Skandal, das ist ja nur ein Auswuchs von Dingen, die dort völlig normal sind. Und viele nutzen Sexualität total aus, um ans Ziel zu kommen, Männer wie Frauen. Man ist mit jemandem zusammen, der einen nach vorn bringt. Das passiert in beiderseitigem Einverständnis. Oft fühlen sich am Schluss beide als Gewinner. Viele vergessen irgendwann die Realität, weil sie täglich Männer oder Frauen treffen, die mehr oder minder bereit sind, mit ihnen zu schlafen, und natürlich einfach geblendet sind von dem Ruhm von jemandem. Mit achtzehn ist man dann erwachsen. Trotzdem ist ein achtzehnjähriges Mädchen nicht viel anders als ein siebzehnjähriges und wenn dir dann so ein Jemand vom Kaliber Brad Pitt den Hof macht, na ja, dann gehst du darauf ein. Natürlich gibt es auch genug Leute, die sehr jung und abgebrüht gleichzeitig sind. Wenn du es nicht bist, wirst du es garantiert schnell werden.«

»Das klingt heftig. Und deine Mutter …?«

»Sie ist mit George befreundet. Sie hat gedacht, es ist gut für mich.«

Ich weiß nicht, was genau passiert ist. Was genau den Schalter umgelegt hat. Aber wir reden so wie damals im *Drunk Bull*. Offen. Ich habe Angst mich zu bewegen, denn ich will den Moment nicht kaputt machen. Landon bewegt sich und sein Bein stößt erneut gegen meins und ein Kribbeln läuft durch meinen ganzen Körper. Ich liege hier mit Landon Bonell, meinem *Two-Night-Stand,* ausgestreckt auf dem Bett und wir reden so vertraut, als würden wir uns ewig kennen, enge Vertraute. Ein bisschen schräg ist das schon. Und aufregend. Viel zu aufregend.

»Während ich mich geärgert habe, wie langweilig mein Leben zu Hause ist, sah deins so aus. Ich sollte mich nicht beschweren.«

»Wenn du so lange in der Unterhaltungsindustrie bist,

kannst du irgendwann gar nicht mehr unterscheiden, was wahr und was gespielt ist. Und mit Social Media wird es schlimmer, jetzt geht die Kamera niemals mehr aus. Man sieht alles in den Serien und verhält sich so wie dort, macht seine Hochzeitsanträge so, wie man es auf dem Bildschirm gesehen hat. Ursprünglich sollten Filme dazu da sein, einem vorzuführen, wie andere Leute leben oder wie man leben kann. Aber jetzt ist es fast umgedreht, eine Vorgabe.«

»Das passiert in meiner Kleinstadt genauso, das hat nicht so viel mit Hollywood zu tun.«

Landon schweigt und inzwischen ist es dunkel draußen. Die Bilder von Landons letztem Besuch hier prasseln mit neuer Eindringlichkeit auf mich ein. Ich halte immer noch ein Kissen in der Hand und habe gleich ein Loch hineingeknibbelt, wenn ich so weitermache.

»Ja, ja, das mag stimmen.«

Wir sind wieder still. Ich weiß nicht, was in der Luft liegt, aber irgendwie liegt ganz schön viel in der Luft. »Ist dir aufgefallen, dass wir noch nicht zu Ende gespielt haben?«, fragt Landon und schon in seinem Tonfall höre ich ein Lächeln. Aber nicht nur das. Seine Stimme ist kratzig. Er räuspert sich.

»Dann lass uns zu Ende spielen.«

Ich weiß, was ich da sage. Ich weiß auch, wie die Szene endet. Landon weiß es ebenfalls und der Satz hängt seltsam im Raum, als wir aufstehen und uns voreinanderstellen.

»Still, Mönch, gemach! Wer ist hier Beatrice?«, beginnt Benedikt.

»Ich bin statt ihrer da. Was wollt Ihr mir?«

Er ist Benedikt, er wollte nicht zugeben, dass er sich verlieben kann. Aber plötzlich findet er den Mut dazu, es zuzugeben. Mit etwas Hilfe der anderen, deren Text wir inzwischen mitsprechen können.

Und dann macht er sein Liebesgeständnis.

Und küsst mich so kurz, wie es in dem Stück steht. Ein wenig humorvoll. Dabei schaut er mich allerdings so an, als gäbe es nichts Schöneres als mich und in seinem Blick ist kein Humor, sondern so viel Gefühl, dass mir schon wieder die Knie weich werden. Ich liebe seinen Geruch, ich kann ihn mir jederzeit vorstellen. Früher habe ich nie darüber nachgedacht, dass man sich Gerüche vorstellen kann wie Bilder. Aber es funktioniert.

Seine Pupillen sind groß, er schwört mir seine Liebe, mit den Worten, die so lustig sind. Die Shakespeare geschrieben hat, immer mit diesem Humor, mit diesem Augenzwinkern, mit dem auch Kenneth Branagh die Rolle gespielt hat.

Ich bin in Beatrice und gleichzeitig bin ich noch in mir drin, ihre Gefühle und meine eigenen vermischen sich, als ich ihn anschaue. Wie so oft finde ich es viel leichter, in dieser anderen Person einfach sein zu können. Ich darf so sein, ich darf all diese Gefühle haben, und ich verstehe plötzlich den Ausdruck, für jemand anderes »zu brennen«, denn ich habe das Gefühl, dass mein ganzer Körper brennt. Ich sehne mich so sehr nach ihm, all die unterdrückten Gefühle, die ich für ihn habe. All die Gefühle, für die ich mich ständig erwürgen könnte und die ich nicht haben sollte, weil sie sehr viel mehr sind als nur körperlich.

All das, was Beatrice denkt, denke ich über ihn und Benedikt.

Er sagt seine Worte, ich sage meine Worte und sein Blick fällt auf meinen Mund, der staubtrocken ist, und er sucht mein Gesicht ab, seine Hand liegt auf meiner pulsierenden Schulter. Seine Finger bewegen sich. Und dann lehne ich mich vor, als er mich küssen will, weil ich nicht länger warten kann. All die Dinge, die ich mir normalerweise nicht erlaube zu fühlen, strömen durch mich hindurch, vielleicht doppelt so stark oder fünfmal so stark, wie normal ist.

Seine Lippen sind so warm und weich. Und dann ist es schon zu Ende und wir haben aufgehört zu sprechen und spielen nicht weiter. Wir bleiben aneinandergeschmiegt stehen, seine Hand streicht langsam meinen Rücken herunter.

Er seufzt.

»Ich weiß auch nicht, was es ist mit uns«, sagt er, als hätte er meine Gedanken gelesen. Seine Stimme ist dunkel und weich. Ich möchte ihm stundenlang zuhören, wenn er in diesem Tonfall spricht.

»Vielleicht erinnerst du mich an all die Träume, die ich hatte, an die Welt, wie ich sie früher gesehen habe, und das ist eben … schmerzhaft. Dann merke ich, wie weit ich von dieser Welt weg bin, von den Hoffnungen, die ich mal hatte. Wie tot das irgendwie ist.«

Seine Finger haben nicht aufgehört, meinen Rücken zu streicheln, und es ist so viel Zärtlichkeit in seinen Berührungen. Seine Lippen kommen wieder näher, wir küssen uns, leicht, tastend, probierend. Ich küsse seine Lippen, seine Mundwinkel. Er küsst mich zurück, dann hält er inne. Seine Augen sind schwarz.

»Hazel, ich habe einfach Angst, dass du etwas anderes willst, als ich habe«, sagt er. »Ich will, dass du das weißt. Du bist ein toller Mensch. Aber ich … traue mir selbst nicht.« Seine Hand gleitet in meinen Nacken und seine Finger verweben sich in meinen Haaren.

»Nein. Ich will nichts anderes«, sage ich, während er fortfährt, mich zu küssen, als würde er meine Lippen ausprobieren wollen, inwiefern sie nachgeben, wie bei einer Matratze, auf die man sich fallen lässt, um zu testen, wie weich sie ist. Immer wieder treffen seine Lippen auf meine. Er beginnt an ihnen zu saugen und meine machen das Gleiche. Ich nehme alles wahr, nichts wahr, ich bestehe irgendwie nur noch aus Nerven, keine Gedanken mehr, es ist eine andere Realität. Ich versenke meine Finger in seinen Haaren, wie ich es schon so oft auf der Bühne gemacht habe. Ich liebe es, seine Haare durch die Finger gleiten zu lassen, mit der anderen Hand streichle ich seinen Hals. Ich lasse sie auf seinen Rücken gleiten und merke, wie er sich bewegt und seine Schulterblätter sich zur Seite schieben.

Aber bevor ich weiter nachdenken kann, legt er seine Handfläche auf meinen Bauch und drückt mich sanft nach hinten aufs Bett.

»Du bist effektiver geworden. Wenig Zeit heute?«, bringe ich atemlos hervor, weil er, ohne zu zögern, damit fortfährt, meine Sachen abzustreifen, seine Sachen abzustreifen, nach ein paar Sekunden liegen wir in Unterwäsche auf meinem Bett.

Sein Blick wandert an mir herauf und herunter, er zieht Bahnen auf meinem Körper, liebkost meinen Busen mit Blicken, die ich stärker fühle, als das bei Blicken möglich sein sollte. Seine Augen sind so hungrig, und ich fühle mich so perfekt. Er schiebt mich weiter nach hinten, bis ich liege und er über mir kniet. Seine Finger gleiten über meinen Bauch, über meine Brust, mehr Küsse, er lässt dabei seine Hand tiefer gleiten, fährt den Rand meines Slips entlang, mein Atem wird flach. Er legt seine Handfläche auf meinen Slip, berührt mich erst leicht, dann presst er fester und lässt zwei Finger in mich hineingleiten. Mein Atem kommt nur noch stoßweise. Er hat aufgehört, meinen Hals zu küssen, stattdessen schaut er mich an, während er sich in mir bewegt. Meine Augen hängen an seinen, jetzt fühle ich mich wehrlos, ich habe keinen einzigen Knochen mehr im Körper. Er macht weiter und ich merke, wie sich alles in mir immer weiter aufzieht, dann beugt er sich nach unten und ich stöhne auf, aber er wartet nicht länger, sondern schiebt den Slip zur Seite und taucht zwischen meine Beine. Ich spüre seine Zunge neben den Fingern und strecke meinen Rücken durch, will mich zur Seite winden, aber er hält mich fest und macht einfach weiter, was auch immer er macht, er kennt meine Anatomie besser als ich selbst. Mein ganzer Körper vibriert. Mit einem Ruck rutsche ich zur Seite. Ich weiß, was er vorhat. Aber nicht ohne ihn.

Ich ziehe ihn an den Armen nach oben und näher zu mir heran und streife meinen Slip und seine Boxershorts ab.

»Du kannst mir sagen, was dir gefällt«, sage ich, lächele ihn an und beuge mich vor, um seinen Bauch zu küssen, gleite mit meiner Zunge unter seinem Bauchnabel entlang. Mir gefällt das Stöhnen, das ihm entfährt.

»Ich fühle mich komplett überfordert«, sagt er atemlos und fährt sich fahrig durch die Haare.

»Ich mag dich überfordert«, erwidere ich und muss lächeln. Und dann setzte ich alles daran, dass er genauso süchtig nach mir wird wie ich nach ihm. Three-Night-Stand. Ich wäre auch bereit für einen Unendlichkeits-Stand.

Siebenunddreißig

Landon

Es sitzt. Es wird gut. Ich nehme einen Schluck von meinem Kaffee, den ich mir mitgenommen habe, weil Laylas Vater dem Haus eine fancy Kaffeemaschine gekauft hat und sich jetzt die Chekhov-Bewohner auf einem konstanten Koffein-High befinden. Der Kaffee schmeckt wirklich tausendmal besser als die Campus-Brühe, abgesehen vom *Books & Beans*-Kaffee. Allerdings gab es in letzter Zeit ohne Ende Konflikte über Geschirr in der Spüle oder darüber, wer die Kaffeemaschine sauber machen muss. Jeremys Theorie ist, dass der Überkonsum an Koffein auch zu extrablanken Nerven führt. Letztlich sieht das Chekhov-Haus zwar herrschaftlicher aus als andere Gebäude, aber blank liegende Nerven wegen normalem WG-Schrott gibt es wie überall.

Ich habe Layla noch nie in so hochgeschlossenen Sachen gesehen wie an dem Tag, als ihr Vater mit ihrem Bruder auf Geschäftsreise Richtung Dubai einen Zwischenstopp eingelegt hat. Dass sie sich nicht noch das Gesicht verschleiert hat, war alles. Sie hat wahrscheinlich auf dem College einiges zu kompensieren. Aber vielleicht muss man ja auch nicht alle Kämpfe mit der Familie austragen, sondern kann sich in den Momenten, wenn man sich sieht, auf leben und leben lassen einigen.

Schwer, wenn die Mutter so sehr in das eigene private *und* berufliche Leben involviert ist wie in meinem Fall. Ich kann mir nicht vorstellen, wie es wäre, wenn Patti nur meine Mutter wäre, aber mir fällt auf, dass ich zum ersten Mal nicht auf Nachrichten warte, sondern ganz froh bin, eine Weile nichts von ihr gehört zu haben. Dass ich L. A. sogar vergessen habe in den letzten zwei Wochen der Vorbereitung auf die Aufführung, die für viele so bedeutungsvoll ist, liegt natürlich auch an Hazel.

Ich laufe über den morgendlichen Campus, viele Studierende sind etwas gestresst auf den Weg zu ihren Abschlussprüfungen. Gleich habe ich meinen Chemietest. Ich bin gut vorbereitet, der Kurs fällt mir total leicht. Im Zweifel werde ich Chemiker. Ich grinse bei dem Gedanken vor mich hin, vor allem, wenn ich daran denke, was meine Mutter sagen würde.

Dornbush hat recht gehabt mit allem. Hazel und ich spielen wirklich gut zusammen. Ich wäre nie so gut ohne sie. Sie fordert mich heraus, weil sie alles in die Rolle legt und ihre ganzen Gefühle auf mich überfließen und mir selbst so viel Energie geben. Ohne die Angebotsflaute wäre ich nie gekommen und es war … Glück? Aber natürlich denke ich ganz andere Sachen, als ich an sie denke. Ich denke an den Abend bei ihr, an ihren Körper, ihre Leidenschaft. Ich muss schon wieder das Ziehen ignorieren, das ich im Magen habe, die Sehnsucht nach ihr. Und ich weiß genau, dass die einzige Sache, die mich beruhigt, ist zu wissen, dass ich sie gleich wiedersehe. Nur den Gedanken, wohin es führt, wie das funktionieren kann, ohne über kurz oder lang einen Schmerz zu verursachen, den ich nicht noch mal aushalten kann, schiebe ich mit Gewalt ganz weit von mir weg.

Ich mache ein Guten-Morgen-Bild für mein Insta und so echt war mein Lächeln, glaube ich, schon lange nicht mehr. Ich poste später. Ich habe eine Chance auf ganz andere Rollen.

Dornbush hat es gesagt. Das Urteil von ihm bedeutet mir einfach richtig viel. Es ist fast Sommer. Die Felder sind zum Teil mit bunten Blumen gesprenkelt und heute scheint die Sonne richtig stark und wärmt mein Gesicht. Irgendwie sehen alle fröhlicher aus. Ich bleibe stehen und mache noch ein Bild von einer besonders leuchtenden hellblauen Blume in einem Topf. Das Bild gefällt mir. Einfach so, ich will es gar nicht posten. Ich habe in den letzten Tagen ein paar solcher Bilder gemacht. Sinnlose Bilder, einfach für mich, ohne Absicht auf Likes.

Es war die richtige Entscheidung, nach Montana zu kommen, und ich habe durch das Stück sogar mehr gelernt, als ich mir eingestehen will, genau wie Dornbush gesagt hat. Gerade, weil ich es nicht spielen wollte. In zwei Wochen ist die Aufführung und es wird gut. Und die Freude, die diese Gewissheit mir bringt, überrascht mich selbst am meisten.

Ich war viel zu unsicher vorher. Ich wusste gar nicht, dass ich so unsicher war, weil ich die Unsicherheit mit der ganzen L.-A.-Attitude, die Leute nicht meine Schwächen sehen zu lassen, betäubt habe. Ich schaue auf die sanften Hügel, die hinter dem Campus liegen. An klaren Tagen kann man von einer erhöhten Stelle auf dem Campus ewig weit sehen. Ich will gar nicht zurück nach L. A., denke ich. Ich will gar nicht, dass es hier endet. Alles, was mich gerade interessiert, ist tatsächlich hier.

»Hi, Marshmallow, wie geht's? Gehst du wieder den liebeskranken Welpen spielen?«, fragt Nate, der mir auf dem Quad entgegenkommt.

»Das bin ich, liebeskrank, jede Woche wieder. Aber bald ist die Aufführung und dann bin ich auch froh, es endlich auf die Bühne zu bringen.«

»Ich werde kommen, nur dass du weißt, dass du anspruchsvolles Publikum hast. Ich habe meine Jugend jedes Wochenende im Theater abhängen müssen. Und als ich größer war, bei echten Stücken, die Musicals gingen ja noch. Manchmal habe ich zwar geschafft, meine Switch mitzunehmen und mir den Aufenthalt mit *Super Mario* zu versüßen, aber ich habe dabei die besten Aufführungen am Lincoln Center gesehen. Ich repräsentiere den gebildeten New Yorker Zuschauer.« Nate grinst sein unwiderstehliches Grinsen.

»Oder die ungebildete Upper Class?«

»Ich habe den Eindruck, das meint etwas Negatives? Was bedeutet ›ungebildet‹ genau?«

»Schon gut, du Idiot.«

Mein Telefon vibriert. Patti. Ich erwarte keinen Anruf, aber sie würde mich nicht ohne Grund anrufen. Ein Videoanruf. Die sind ernster als die anderen und meistens gute Nachrichten. Anrufe im Sinne von »Ich wollte nur mal hören, wie es dir geht« gibt es bei ihr nicht.

»Geh ruhig dran, ich muss zur Bibliothek. Es gibt Gerüchte, dass ich ungefähr ein ganzes Semester zurückliege«, murmelt Nate, als ich ihm einen fragenden Blick zuwerfe.

Das glaube ich ihm allerdings sofort. Ich habe noch nie gesehen, dass er lernt. Er macht alles Mögliche, nur nicht lernen. Und er spielt auch ganz schön viel an seinem Computer und schaut Filme. Keine Ahnung, wie er eigentlich hier angenommen worden ist. Jedenfalls habe ich noch nie gesehen, dass er sich mit Filmemachen beschäftigt hat, außer dass er wahnsinnig viele Filme schaut. Er liebt Filme, aber Filmemachen?

»Patti?«

»Ich habe einfach die unglaublichsten Nachrichten für dich, die du dir vorstellen kannst. Ich habe seit Monaten daran gearbeitet. Ich habe es dir gegenüber ja nur mal angedeutet, weil ich es selbst für absolut unwahrscheinlich gehalten habe. Aber jetzt habe ich es geschafft. Ich hatte dir doch von der Serie von Thorndike erzählt, in der du die Nebenrolle spielen solltest.« Sie sieht ziemlich schick aus, perfekt geföhnte Haare, weiße hochgeschlossene Bluse, Make-up.

»Ja, kommt nicht infrage.«

»So, und jetzt rate mal, wer die Hauptrolle spielen wird?«

»Keine Ahnung?«

»Du.«

»Ich?«

»Ja du spielst die Hauptrolle. Er hat es mir gestern gesagt. Er kann sich keinen Besseren vorstellen. Es ist sozusagen gemacht. Du musst am 18. in L. A. sein. Es geht auch ziemlich schnell los. Aber sie haben dich ja damals bei dem anderen Vorsprechen gesehen. Es ist sozusagen neunundneunzig Prozent sicher, wir müssen nur unterschreiben.«

»Am 18. kann ich auf keinen Fall und das weißt du auch. Da ist die erste Abschlussaufführung hier.«

»Du kannst am 18., weil es da um alles geht. Da sind alle da, das ist ein Riesentermin, eine echt große Produktion, die wichtigsten Leute. Es kommt noch jemand anderes vorher, aber Jerry hat mir schon gesagt, dass du es wirst, den anderen wollen sie eigentlich nicht, den müssen sie nur aus irgendwelchen Gründen einladen. Du weißt ja, Hollywood halt.«

»Der Arzt?«

»Genau so ist es. Aber es ist eben die Rolle mit dem Potenzial, ein George Clooney zu werden. Du hast selbst gesagt, für die Hauptrolle würdest du es tun. Das ist für dich der Start nach *ganz* oben. Die Show wird ein Hit. Und ich werde den Vertrag natürlich so verhandeln, dass wir auch einen Endpunkt haben. Aber du bist noch jung, das geht. Und du spielst mit Yara Shadidi. Sogar Jennifer Lawrence hat eine Rolle in der ersten Staffel, weil sie so ein großer Thorndike-Fan ist.«

In meinem Kopf gehen alle Gedanken durcheinander. Es ist eine unglaubliche Möglichkeit. Und ich weiß, dass gute Drehbuchautoren die weiteren Folgen schreiben, der Cast, aber …

»Ich begrenze es auf drei Jahre.«

»Warte mal, ich soll *drei* Jahre diesen Arzt spielen?«

»Du weißt doch selbst, wie es läuft, natürlich nur, wenn es gut läuft. Aber irgendeine Zusage brauchen die bei dem Ding schon. Es ist groß. Das Pilot-Drehbuch ist toll, du hast es gelesen. Die Show wird super laufen.« Die Aufregung in ihrer Stimme ist unüberhörbar. Sie ist lange genug im Geschäft, dass sie weiß, wann ein Angebot ernst gemeint ist. So würde sie sich nicht verhalten, wenn es nicht sicher wäre.

»Patti, ich will eigentlich nicht drei Jahre lang einen Arzt spielen.«

»Es ist eine Eintrittskarte zu allem.«

»Das hast du schon mal gesagt. Und es war nicht die Eintrittskarte, sondern es verfolgt mich bis heute noch, weil die Rolle so schlecht war.«

Patti schweigt. Ihr Mund ist ziemlich verkniffen. Dann seufzt sie. »Ich dachte, du freust dich. Was ist los mit dir? Du weißt selbst, dass immer ein Restrisiko besteht. Aber du könntest schon einigermaßen zufrieden sein, da, wo du gerade stehst.«

Keine Ahnung, warum genau der Satz mich mehr irritiert als die vielen anderen, die ihm vorausgegangen sind.

»So froh zu sein, da, wo ich bin? Ja, aber vielleicht möchte ich woandershin. Vielleicht will ich etwas anders machen. Vielleicht will ich nicht in einer Welt leben, wo mein ganzes Leben auseinandergenommen wird, wo es darum geht, keine Skandale zu produzieren oder nur welche fürs Image. Das hat doch nichts damit zu tun, wie ich mich sehe oder wie ich sein will oder wie ich denke, dass es für meine Zukunft gut wäre. Es geht dabei doch vor allem um dich. Um deinen Traum.«

Wieder ein Schweigen. »Willst du mich jetzt echt mit so einer verbissenen Kinderstar-Mom vergleichen, die dich zu irgendetwas getrieben hat?«

»Ein bisschen schon.« Ich schließe kurz die Augen. Ich weiß, wie hart diese Worte sind. Ich weiß, dass sie gemein sind, vielleicht zu übertrieben. Aber … wie kann sie so vollständig ignorieren, was ich will?

Es wird still. Natürlich. Das ist genau das, wovon sie sich immer abgegrenzt hat, von diesen Kinderstar-Moms, die ohne Rücksicht auf Verluste ihre Kinder managen. Aber de facto ist sie nicht anders. Natürlich hat sie mich immer gefragt. Willst du da mitspielen? Willst du statt Schule Homeschooling machen, damit du die Rolle spielen kannst? Aber was antwortet ein zwölfjähriger Junge, der auf Erfolg getrimmt ist? Ich bin ihr dankbar, aber es sind Dinge passiert, die nicht hätten passieren sollen.

»Ich mache mir vor allem selbst Vorwürfe. Ich bin alt genug und ich habe aus Angst Dinge gemacht, die ich nicht hätte tun sollen. Zum Beispiel hätte ich mich von George trennen sollen nach der Sache mit Nikki.«

»Du hättest dich nicht von ihm trennen sollen. Bist du verrückt? Die Branche redet.«

»Nikki hat mich danach noch mit den ganzen Filmen von uns erpresst, damit ich niemandem erzähle, dass alles nur ein PR-Gag war, wusstest du das? Sie wollte sichergehen, dass ich nicht rede. George ist auch Nikkis Agent, er wusste das doch alles.«

»George wusste nicht, dass du alles so persönlich nimmst. Er wollte das Beste für euch.«

»Patti. George will bloß Geld verdienen. Er macht das mit allen. Ich bin selbst schuld gewesen, ich bin dafür inzwischen eigentlich zu alt, aber wenn man mit so jungen Leuten arbeitet, darf man so nicht sein. Khylin war damals schon im Entzug, als wir zusammen bei *Family Forever* waren. Da hätte er doch viel mehr drauf achten müssen. Es interessiert ihn gar nicht, wie die Leute drauf sind.«

»George hätte früher beruflich alles für dich gemacht. So wie ich. Er hat sogar deine Geburtstagsfeiern organisiert.«

»Er hat einen Haufen Mädchen dafür bezahlt, zu meinem

sechzehnten Geburtstag zu kommen. Mit einer hatte ich später Sex.«

»Das … stimmt doch so nicht. Er hat dich doch nie …?«

»Mom. Man muss jemanden nicht körperlich missbrauchen, man kann jemanden auch so ganz schön abfucken.«

»Wenn du jetzt behauptest, dass du davon riesige psychische Schäden hast, dann stimmt das doch nicht. George ist kein schlechter Mensch. Es gibt viel schlimmere.«

Es bringt nichts, mit ihr darüber zu reden.

»Ich möchte die Rolle nicht annehmen. Ich sehe hier jetzt ganz andere Möglichkeiten. Das MCPA hat mir neue Dinge gezeigt. Und Dornbush ist zufrieden. Er kennt auch ein paar Leute, ich denke, ich kann wirklich in eine neue Richtung gehen.«

»Du kannst sogar ans Theater, Charakterrollen spielen und verhungern.« Ihr Stimme trieft vor Spott. »Sei ehrlich, wir wissen doch, wie das läuft. Es wäre beruflicher Selbstmord.«

»Ich weiß nicht, ob ich noch mal drei Jahre spielen möchte nur in der Hoffnung, dass danach alles anders wird.«

»Du wolltest nicht nach Montana, du bist nur auf das College gegangen, weil du gerade eine Flaute hattest. Und jetzt willst du dableiben. Das ist hirnrissig.«

»Am 18. ist die Aufführung hier.«

»Deine Zweitbesetzung wird sich freuen.«

Ich denke an Jeremy. Er würde sich freuen, das stimmt.

»Ich habe hier so viel mehr geschafft und gelernt, als ich mir selbst zugetraut hätte. Ich habe mich verändert. Ich will weitermachen in der Richtung. Und … die Rolle, es läuft wirklich gut gerade.« Ich habe diesen Gedanken noch nie so klar zugelassen, geschweige denn ausgesprochen. Aber es stimmt. Ich will hierbleiben. Genauso ist es.

Patti lacht ein höhnisches Lachen, das mich erschreckenderweise an Cruella de Vil erinnert.

»Warum lachst du?«

»Du hast eine völlig falsche Auffassung der Realität. Eine völlig falsche Auffassung dessen, was du selbst schaffen kannst. Ich bin deine Mutter, ich wollte dich davor beschützen, aber genau dadurch, dass ich dich davor beschützen wollte, machst du dir eventuell alle echten Chancen kaputt. Das ist die Ironie des Schicksals. Hast du dich nie gefragt, wie du angenommen worden bist?«

Der Satz ist wie ein Schlag in den Magen. Mir wird übel.

»Ich habe mich beworben? Ich habe die Aufnahmeprüfung gemacht? Ich bin nach Montana geflogen und das war ziemlich lang, ich erinnere mich noch gut daran.«

»Ich kann dir den Termin am 18. geben. Das ist ein riesiges Entgegenkommen. Du weißt, dass ich immer in der Lage bin, Gefallen für dich einzufordern. Und genau das ist es. Schließlich bist du da auf diesem College überhaupt nur, weil ich gut darin bin, Gefallen einzufordern.«

»Wie meinst du das?« Meine Stimme klingt seltsam entfernt. Mir kommt eine dunkle Ahnung. Ich weiß gar nicht, ob ich mehr wissen will.

»Mach dir doch nichts vor. Meinst du, ich hätte es diesem armseligen Aufnahmekomitee überlassen, ob du einen Platz bekommst oder nicht? Vergiss nicht, wer du bist. Wer dein Onkel ist. Wen George alles kennt. Ich habe ein paar Dinge in Bewegung gesetzt, um sicherzustellen, dass du angenommen wirst. Es war kein Zufall, dass du angenommen wurdest. Mich hat das weniger überrascht als dich. Ich konnte das nicht riskieren, vor allem weil es in New York nicht geklappt hat.«

Mir bleibt die Sprache weg.

»Das hast du nicht getan.«

»Du weißt, dass ich alles für dich tun würde. Ich liebe dich.«

Ich lege auf. Einfach so. Ich möchte so laut schreien, ich möchte sie schütteln, ich möchte einfach alles kaputt schlagen, was in meiner Nähe ist. Das ist der Grund, warum ich hier bin? Das hat sie getan? Wusste Dornbush davon? Das kann … das kann doch nicht sein. Ich bleibe stehen, gleich ist meine Chemieprüfung, sie hat vielleicht schon angefangen. Ich schaue auf mein Handy. In vier Minuten geht es los. Ich könnte losrennen. Ich könnte es noch schaffen. Mein Blick gleitet über den Campus, diese inzwischen vertraute Welt. Ich setze mich auf eine der freien Bänke, die neben den Wegen am Quad stehen, und schalte mein Telefon aus. Ich habe das Gefühl, dass jemand gerade etwas in mir ausgeschaltet hat. Es war alles eine Lüge. Ich bin müde. Ich habe das Gefühl, nicht einen Schritt weiterlaufen zu können.

Achtunddreißig

Landon

Ich starre einen Moment in den etwas trostlosen Gang, der auch zu Dornbushs Büro führt. Der Flur, von dem seitlich die Büros verschiedener Professoren der Theaterabteilung abgehen, ist dunkel, weil eine Deckenlampe kaputt ist. Erscheint mir passend. Aber ich weiß, dass ich da reinmuss und dass ich einfach nur der Wahrheit ins Auge sehen und mich nicht irgendwelchen Illusionen hingeben werde. Patti hat recht. Ich bin langsam schon genauso verblendet wie die Studierenden hier. Ich habe mich von dieser Naivität anstecken lassen. Als wüsste ich es nicht viel besser. Ich bin schon lang genug dabei, wie habe ich eigentlich alle Lektionen vergessen können, die ich seitdem gelernt habe?

Die Büros besitzen klassische Holztüren, einigermaßen solide gebaut, sodass man in den Räumen private Gespräche führen kann und höchstens Gemurmel nach draußen dringt. An den Wänden hängen wie fast überall an diesem College Fotos von Aufführungen. Mit Studierenden oder ehemaligen Studierenden, die bekannt geworden sind und an berühmten Inszenierungen am Broadway mitgewirkt haben oder eben in großen Filmprojekten wie *Avatar* oder *König der Löwen*. Dornbushs Tür ist geschlossen. Er hat keine Sprechstunde, die Zeiten dafür sind neben der Tür angeschlagen, aber ich kann nicht warten. Das College hat eine Art Open-Door-Reglung. Wenn die Tür geöffnet ist, kann man auch unangemeldet vorbeischauen.

Ich weiß nicht, wie ich es ihm sagen will, aber so sehr mich Dornbush anfangs genervt hat, so sehr schätze ich doch inzwischen sein Urteil. Auch wenn ich genau davor Angst habe. Ich gebe mir einen Ruck und klopfe an die Tür. Nichts passiert, das Klopfen war zu zaghaft. Ich weiß, dass Dornbush gleich einen Kurs hat, er muss also in seinem Büro sein. Ich klopfe noch einmal.

Dann wird die Tür mit so viel Schwung aufgerissen, dass ich zurücktaumele. Dornbushs Locken erscheinen im Türrahmen. Er wirkt, als wäre er gerade mit den Gedanken ganz woanders gewesen.

»Landon«, sagt er erstaunt. »Hoher Besuch in meiner bescheidenen Hütte.« Es muss ihn unendlich nerven, wenn ihn Studierende außerhalb seiner Sprechstunden aus den Projekten reißen, doch man merkt es ihm nicht an. Dabei sehe ich einen Stapel Papier auf seinem Tisch, daneben einen dampfenden Becher.

»Komm herein. Es freut mich, dass du mich besuchen kommst.«

Ich trete in sein Zimmer und schließe die Tür hinter mir.

»Landon, ich bin zufrieden mit deiner Arbeit in letzter Zeit. Was hast du auf dem Herzen?«

»Darum geht es nicht«, erwidere ich etwas zu barsch. Er wendet sich mir zu, er spürt, dass irgendetwas an meinem Ton nicht stimmt.

Ich suche sein Gesicht nach Zeichen von Genervtheit ab, aber er ist nicht genervt, ich habe ihn schließlich schon häufig genug absolut genervt gesehen, von mir, von Hazel, von dem ganzen Cast.

Er hält inne und mustert mich einen Moment, doch es

wirkt eher besorgt. Dann deutet er mit seinem ausgestreckten Arm auf den unbequemen Holzstuhl, der gegenüber seinem Schreibtisch steht. Vielleicht möchte er verhindern, dass die Leute zu lange bleiben.

Ich lasse mich auf den Stuhl fallen. »Danke, dass Sie Zeit für mich haben.«

Ich muss mich zusammenreißen. Keine Emotionen zeigen, dabei rastet in mir drin gerade alles aus. Ich kann es immer noch nicht glauben. Wenn ich Dornbush hier sitzen sehe, so harmlos, so unbestechlich, immer an der Wahrheit interessiert …

»So förmlich kenne ich dich gar nicht, Landon. Was ist los, Lampenfieber? Sag mir nicht, du hast es auch. Ich hatte auf dich gesetzt, das Lampenfieber von Hazel zu lindern, aber sie wird das schaffen. Die Technik mit der Gitarre hilft ihr auch, aber sie meint, wenn ihr zusammen spielt, geht es sogar ohne Hilfsmittel. Jeder muss seinen eigenen Weg finden. Ihr habt euch extrem gesteigert in den letzten Wochen und ich bin stolz darauf, was wir präsentieren werden.«

»Wussten Sie bei der Aufnahmeprüfung, wer ich bin?«

Er mustert mich verdutzt.

»Also – in Hollywood, woher ich komme?«

»Na ja, aus deiner Bewerbung erfährt man schon von deinen Rollen. Es ist natürlich klar, dass du bereits in ein paar Serien mitgespielt hast und einige dich als ziemlich erfolgreich sehen. Ich sage dir ganz ehrlich, dass diese Serien mich nicht unbedingt beeindrucken.« Er lächelt. »Mich beeindrucken die letzten Wochen mehr.«

»Stimmt es, dass ich hier aufgrund des Einflusses von George Mitchell angenommen wurde?«

Dornbush hört auf, mit dem Finger auf den Tisch zu trommeln, wie er das bis dahin getan hat. Er antwortet nicht, sondern blickt mich konzentriert an. Er weiß nicht, worauf ich hinauswill.

»Wussten Sie, dass ich noch einen Onkel habe, der einen großen Teil des Davidson Art Centers gespendet hat?«

»Ist das ein Kreuzverhör?«

Er weicht mir aus. »Hätten Sie mich auch unter anderen Umständen genommen? Hätte ich die Hauptrolle bekommen?«

»Ich sehe, dass du dieser Rolle sehr wohl gewachsen bist. Ich denke, über den Rest brauchst du dir keine Gedanken mehr zu machen.«

»Haben Sie bei der Aufnahmeprüfung für mich gestimmt? Wie sieht das aus mit der Bevorzugung?«

»Es gibt eine allgemeine Bevorzugung, das heißt, wenn zwei Bewerber gleich talentiert sind, wird derjenige vorgezogen, der in irgendeiner Verbindung mit dem College steht, Angehörige, Sponsoren und so weiter.«

»Fanden Sie bei der Aufnahmeprüfung, dass ich einen Platz hier am College verdient habe?«

Für einen Moment schweigt Dornbush. »Das fand ich nicht.« Dornbush seufzt.

»Und Angela und die anderen bei der Prüfung? Ich bitte um absolute Ehrlichkeit.«

Dornbush presst die Lippen zusammen. Er legt den Kopf zur Seite, als müsste er es abwägen. »Die meisten waren nicht dafür, dachte ich. Aber ich kann es nicht sicher sagen, es hat ja gereicht.«

»Fanden Sie es nicht komisch, dass ich trotzdem angenommen wurde?«

Dornbush sieht mich lange an. Dann zuckt er mit den Schultern. »Es gibt Menschen, denen dieses College sehr viel zu verdanken hat. Jemand, der ein ganzes Auditorium gespendet hat, darf hier studieren. Oder dessen Kinder. Das war schon immer so und es steht sogar in irgendeiner Klausel, dass es möglich ist. Das ist nicht illegal. Irgendjemand hat vielleicht Einfluss genommen«, sagt er. »Das hat nichts mit deiner Performance zu tun, um das noch mal zu betonen.«

Ich wusste es schon vorher, aber es noch mal aus seinem Mund zu hören macht es noch wahrer. Endgültiger. Ich fühle mich komplett gelähmt von seinen Worten und brauche einen Moment, um mich zu sammeln. Aber gleichzeitig weiß ich, in welche Richtung es jetzt gehen muss.

»Ich habe ein Angebot«, sage ich.

»Du hast ein Angebot? Ich bin mir sicher, du bekommst einige Angebote. Du bist ja schon einen Schritt weiter als einige andere Studierende. Wobei andere bestimmt sagen würden, dass du einen Schritt zurück bist, eben weil du solche Angebote hast.« Er versucht mit einem Lächeln, die angespannte Atmosphäre zu lockern, und zwinkert mir zu. Er kann das sogar, ohne dass es schleimig wirkt.

»Es ist entscheidend für mich und deshalb bleibt mir nicht wirklich eine Wahl.«

»Ich wäre traurig, dich hier am MCPA zu verlieren. Ich meine es ernst, wenn ich dir sage, dass du dich enorm entwickelt hast, weiterentwickelt hast. Und es ist noch lange nicht der Endpunkt. Deshalb hoffe ich, dass es eine Entscheidung ist, die dich nicht hier wegführt.«

Dornbush lässt seine Schultern rollen. Er ist immer körperlich etwas unruhig, lässt auch gern seine Finger knacken, ein Geräusch, das mir Schauer über den Rücken jagt.

»Ich fürchte schon. Ich muss spätestens am 17. Juni in Los Angeles sein.«

»Am 17. Juni?« Er zieht die Stirn in Falten, als ihm langsam dämmert, warum ich gekommen sein könnte.

Ich nicke. »Der Termin ist final. Sie wissen, wie das ist. Manchmal kann man da nichts machen. Sie kennen sich ja aus.«

»Du spielst die Hauptrolle, Landon«, sagt Dornbush und der Klang seiner Stimme ändert sich. »Das ist nicht irgendeine Nebenfigur mit drei Zeilen.«

»Ich weiß das und ich habe viel gelernt.«

Dornbush sieht mich weiterhin prüfend an. Er versteht schneller, als ich dachte, in welche Richtung es geht.

»Wir arbeiten seit Monaten an einem Stück, ihr funktioniert gut zusammen. Es geht hier nicht um den Einzelnen, sondern um den Cast. Das ist der wichtigste Tag für die anderen, der Tag, an dem sie eventuell neue Chancen haben, weil viele Agenten und Talentscouts von überallher anreisen. Der Termin kann wirklich nicht verlegt werden. Ich würde davon ausgehen, dass deiner verlegt werden kann.«

»Es tut mir sehr leid, doch das kann er nicht«, erwidere ich.

»Das kannst du den anderen nicht antun, Landon. Das geht nicht. So kurzfristig die Zweitbesetzung zu holen und … Jeremy kommt so schnell nicht dran an dich und Hazel. Wirklich nicht.«

»Er ist hier angenommen worden, ganz ohne fremden Einfluss. Ich bin mir sicher, dass er es schon schaffen wird«, sage ich. Dann stehe ich auf.

»Landon«, sagt Dornbush.

»Ich muss gehen. Es ist meine Entscheidung.«

»Du sprichst mit mir, als wäre ich dein Feind. Ich denke, der Cast wird dich dafür verurteilen, aber ich bin lange in diesem Geschäft. Es gibt Momente und Angebote, wo man Entscheidungen treffen muss. Wenn du wirklich glaubst, dass du die Möglichkeit hast, deinen Traum zu leben, dann musst du gehen. Ich werde dich nicht aufhalten.« Trotz seiner ruhigen Worte funkeln seine Augen. Er ist innerlich wesentlich aufgebrachter, als seine Worte vermuten lassen.

Ich halte inne und drehe mich ganz zu ihm.

»Ich würde dir alles Gute wünschen, wenn es das ist, was du wirklich willst.«

Ich wende den Blick ab. Nicht, weil ich ihn nicht anschauen will, sondern weil nichts schlimmer ist als seine Sanftheit und ich kurz brauche, um meine Tränen wegzublinzeln. Der fehlende Versuch, mich zum Bleiben zu überreden. Er ist gar nicht sauer. Hatte ich das gehofft? Er wirkt ja geradezu erleichtert, dass ich gehe. Natürlich. Jetzt ist er das Kuckucksei los, das ihm irgendein Sponsoren-Komitee oder George ans Bein gebunden hat. Er hatte nichts geleugnet von den Dingen, die ich ihm vorgeworfen hatte.

»Auf Wiedersehen.« Dann ziehe ich die Tür so schnell hinter mir zu, dass es ziemlich laut knallt, einfach, damit sie zu ist und ich nicht auf dumme Gedanken kommen kann.

Ich hole mein Telefon heraus, nach ein paar Minuten habe ich einen Flug gebucht. Anschließend schicke ich Patti eine Nachricht. Sie hat gewonnen. Wieder mal. Ich habe keine Lust, mit ihr zu sprechen, aber ich weiß, dass sie die Nachricht sofort liest und alle Schritte einleiten wird. Alles andere wäre beruflicher Wahnsinn. Ich habe noch nicht mal die Aufnahmeprüfung geschafft. Wie soll ich darauf eine Zukunft aufbauen? Und so sehr mir Chemie gefallen hat, ich bin Schauspieler. Ich kann mir nichts anderes vorstellen. Und wenn dann nur die Ärzte bleiben, dann eben das.

Ich muss meine Klamotten packen. Ich will niemanden sehen. Ich will niemandem begegnen und es niemandem erklären. Ich muss die Sachen aus meinem Zimmer und mein Auto hierlassen und später holen.

Dornbush wird es den anderen bestimmt charmant rüberbringen. Ich schnaufe bei dem Gedanken. Sein ganzes unbestechliches Mir-geht-es-nur-um-die-Kunst-Getue ist eine einzige Lüge gewesen. Ich bin legal hier, das hat er klargemacht. Aber nicht durch mein Können.

Doch bei allem Ärger spüre ich die unendliche Enttäuschung, dass es eine Lüge war. Dass ich hier überhaupt nichts verloren habe, dass ich nie hätte kommen sollen, dass ich meiner Mutter und sogar George danken müsste, dass sie mir diesen Platz verschafft haben. Ohne sie wäre ich nicht hier. Aber auf diese Weise will ich gar nicht hier sein. Es ist alles nur Illusion. Ich schließe kurz die Augen und sehe sofort Hazels Gesicht. Mit einer Person muss ich sprechen. Sie ist die schmerzvollste Illusion überhaupt.

Neununddreißig

Hazel

Im Chaucer-Leseraum der Olin-Bibliothek hört man nur das Blättern von Buchseiten und vielleicht noch das leichte Kratzen von Stiften auf Papier. Die Schritte sind gedämpft, auch wenn Leute aufstehen, um irgendwelche Nachschlagewerke zu benutzen, die es im Saal nur in Papierform gibt. Computer sind in diesem Leseraum verboten. An den Wänden hängen alte Gemälde von für meinen Geschmack ziemlich unattraktiven, aber sehr aufwendig angezogenen Männern. Man hat das Gefühl, dass sich hier seit etlichen Jahren nicht viel verändert hat.

Heute ist es voll, es nähern sich ja nicht nur die Abschlussaufführungen für das Semester, sondern auch die Abschlussprüfungen für die anderen Kurse, die man hier belegen muss, um seinen Collegeabschluss zu erhalten. Julie sitzt mir gegenüber und arbeitet konzentriert. Sie weiß überhaupt nicht, was es heißt, sich ablenken zu lassen, sie lebt in einer Art Superflow.

Ihr Schwerpunkt ist Literatur und kreatives Schreiben. Ich lese dieses Semester auch ziemlich viel, hauptsächlich Theaterklassiker, Eugene O'Neill, Edward Albee und Arthur Miller oder Tony Kushner, auch wenn ich zum Film will.

Julies rotblonde Haare hängen seitlich um ihr schönes Gesicht und sie trägt einen Schal, weil ihr immer kalt ist. Vielleicht liegt es daran, dass sie in Hawaii groß geworden ist. Da hat man eine ganze andere Körpertemperatur voreingestellt. Sie trägt einen lilafarbenen Pulli, der selbst gestrickt aussieht und an den Ellenbogen große Löcher hat. Viele Studierende tragen Sachen mit Löchern als Statement, aber Julie spart jeden Pfennig ihres Stipendiums. Das Einzige, was sie kauft, sind Bücher, und auch da sucht sie scheinbar so lange, bis sie die günstigsten Vierte-Hand-Exemplare findet.

Wie immer liegt ein großer Stapel Bücher neben ihr, diesmal nicht zerfleddert, weil es sich um ausgeliehene Bücher handelt. *Farm der Tiere, Wer die Nachtigall stört, Huckleberry Finn, Supergute Tage oder Die sonderbare Welt des Christopher Boone.*

»Weißt du, dass du gerade genau die Leseliste meiner Highschool liest?«, raune ich ihr zu. Dabei schaue ich mich vorsichtig nach Mr Ross um, dem Bibliothekar, der mehr aussieht wie ein NFL-Basketballspieler und auch ähnlich sportlich und groß ist und der nichts mehr hasst als Studenten, die in diesen heiligen Hallen laute Unterhaltungen führen. Und zu laut ist auch ein nicht im Keim ersticktes Niesen oder Husten. Im Lesesaal gibt es gar keine offizielle Aufsicht, aber sein Arbeitsplatz ist ebenso hier, und wenn er nicht gerade irgendwelche Dinge in der Bibliothek erledigen muss, sitzt er an seinem Platz und hat keine Hemmungen, Leute rauszuwerfen. Nate ist schon mehrmals rausgeflogen, wenn er den Lesesaal benutzt hat, um Studentinnen kennenzulernen. Wobei die meisten natürlich die Zeit nutzen, um sich gegenseitig abzuchecken.

»Julie?« Sie schaut auf und blickt mich mit ihren großen grünen Augen und ihrer superintensiven Art an und ich wiederhole meine Frage, immer noch leise flüsternd, aber Ross ist gerade nicht an seinem Platz. Wenn Julie in ein Thema versunken ist, hört sie häufig nichts. Es dringt gar nicht zu ihr durch.

»Ich muss alles nachholen. Ich habe viel verpasst.«

»Weil du so lange in Hawaii warst?« Sie ist erst vorgestern zurückgekommen. Viele Abschlussprüfungen muss sie wohl nachholen, weil sie zu Hause aushelfen musste.

»Nee, das ist eher was für mich allgemein. Bei uns gab es nur Marxismus oder indische Veden.« Ich kenne niemanden, der eine so ungewöhnliche Kindheit hatte wie Julie. Anfangs hat sie, wie ich von Yuna weiß, Essen im Zimmer gehortet. Es war mit Sicherheit auch keine einfache Kindheit.

»Hast du schon *H_2O – Plötzlich Meerjungfrau* weitergeschaut?«

Sie kichert unterdrückt als Antwort. Ich habe sie dabei ertappt, wie sie eine Folge geschaut an. Sie meinte, sie versucht ein paar kulturelle Referenzen zu verstehen, die sie aufgeschnappt hat.

»Wir können demnächst *Pretty Little Liars* und *Glee* zusammen ansehen, damit du auf der Höhe bist.«

Mein Handy vibriert geräuschvoll und erschrocken nehme ich es hoch.

Ich muss mit dir sprechen. Können wir uns sehen?

Mein Herz fängt sofort an, doppelt so laut zu pochen. Nicht, weil mich Lans Nachricht überrascht. Ich rechne irgendwie mit seiner Nachricht. Er ist ohnehin die ganze Zeit in meinen Gedanken. Ich habe aufgehört, mich dagegen zu wehren. Aber irgendetwas schwingt in diesen wenigen Worten mit. Irgendetwas Gewichtiges.

Books & Beans?

Er will sprechen. Mein Herz macht so viele Dinge, die es nicht tun sollte, und ich kann es nicht ändern. Warum bin ich nur so, warum denke ich an diesen Typen und warum denke ich bei jeder Nachricht, dass er mir endlich seine große Liebe erklären will? Dass er die Hazel, die ich früher war, die sich nach dem ganzen romantischen Quatsch sehnt, über den er sich immer so lustig macht, will. Oder zumindest, dass er sie in sein Zimmer bestellt. Sonst muss ich ihn zu mir einladen. Heute. Der Four-Night-Stand ist mehr als überfällig. Vor lauter Proben und Lernen haben wir uns viel zu lange nicht mehr allein gesehen.

»Was ist los?«, flüstert Julie. Sie sagt es nicht, sondern sie formt die Wörter geräuschlos. »Du siehst aus, als hättest du einen Geist gesehen«, flüstert sie lauter.

Egal wie versunken sie in ihre Sachen ist, sie besitzt einen absoluten Sinn dafür, wenn irgendetwas im Busch ist.

»Ich treffe Landon im *Books & Beans.*«

Sie nickt.

»Er ist so unsicher, ich finde niedlich, wie eitel er ist.«

»Ich find's nicht so niedlich und die Unsicherheit sehe ich auch nicht.«

»Du bist doch tausendmal selbstsicherer als er.«

»Schhht, könnt ihr bitte die Klappe halten«, raunt uns der Student zu, der ein Stückchen entfernt an dem langen Holztisch sitzt, an dem wir auch sitzen.

Wir nicken dem Typen besänftigend zu und dann geht mein Blick zurück zu Julie. Sie gibt immer merkwürdige Sachen von sich, aber manchmal ist es heilsam zu hören, was sie so zu sagen hat. Dinge sind oft so anders aus ihrem Blickwinkel betrachtet. Mr Ross betritt den Lesesaal und sofort senkt sich der ohnehin niedrige Geräuschpegel auf Andachtsniveau. Ich packe meine Sachen in meinen Rucksack und mache mich mit klopfendem Herzen auf den Weg zum *Books & Beans.*

Miles hat mir einen Tee gemacht. Es ist schon später am Nachmittag und ich will nicht wieder die ganze Nacht wach sein. An Lan denken und zu viel Kaffee sind ein toxisches Gemisch, das Schlaf unmöglich macht. Er ist noch nicht da und ich tue so, als würde ich konzentriert lesen, aber eigentlich nehme ich nur Buchstabensalat wahr. Im Hintergrund läuft ruhige Gitarrenmusik und irgendwie ist die Atmosphäre ebenfalls ruhiger als sonst, vielleicht weil viele Studenten tatsächlich lernen.

Ich bemerke Landon schon, als er sich von draußen der Glastür vom *Books & Beans* nähert. Er trägt eine Mütze, einen blauen Hoodie und eine kurze Hose. Alles sieht ein bisschen groß aus.

»Hi, Hazel«, sagt er und wirkt nervös. Er will mir kaum in die Augen schauen, was mich wiederum nervös macht, und ich nehme einen Schluck von meinem Ingwertee.

»Willst du dir was bestellen?«, frage ich.

Er schüttelt den Kopf. Es ist so offensichtlich, dass etwas nicht stimmt, man braucht nicht Julie mit einem Haufen metaphysischer Vibes zu sein, um zu merken, dass es keine guten Nachrichten sind, die in der Luft liegen.

Er fährt sich mit den Händen durch die Haare. Allein schon der Blick auf seine Hände bringt Erinnerungen in mir hoch. Ich ziehe die Luft durch die Nase ein und überhaupt, ich reagiere genau so, wie ich nicht reagieren will. Vielleicht sollte ich es lassen, mich dagegen zu wehren, aber was dann? Dann wäre ich keinen einzigen Schritt weiter.

»Und, hast du ein schönes Wochenende?«

Ich habe keine Ahnung, worauf er hinauswill. Aber bestimmt will er nicht wirklich wissen, wie mein Wochenende ist. Er weicht aus. Will er mir sagen, dass ich ihm genauso wenig aus dem Kopf gehe wie er mir? Dass er es sich doch anders überlegt hat? Dass er mich nicht mehr sehen will? Mein Herzschlag beschleunigt sich weiter.

»Ja, ich habe ein ganz schönes Wochenende. Ich meine, Bibliothek und so. Nichts Besonderes. Wir haben einen Tag keine Probe und du machst dir solche Sorgen, wie es mir geht?«, versuche ich es humorvoller, aber meine Stimme klingt krächzend.

»Ich muss etwas mit dir besprechen.« Er blickt hinter mich und lächelt irgendjemandem zu. Ich drehe mich um und sehe zwei Studenten aus Angelas Kurs. Wieso sieht er überhaupt noch andere Menschen? Ich habe das Gefühl, ich nehme überhaupt niemand anderes wahr, seit er da ist.

»Was … ist denn los?« Es hat etwas mit uns zu tun. Was soll es sonst sein? Über unsere Beziehung oder wie auch immer man das bezeichnen will, Verhältnis, Multiple-Night-Stand? Da passt nichts eigentlich. Keine Ahnung, wie man so viele Gedanken haben kann in der kurzen Zeit, in der er mich ansieht. Ich sehe die Unsicherheit in seinem Blick. Er weiß auch, dass zwischen uns viel mehr ist, als man eigentlich ignorieren kann. Er hat mir viele Dinge erzählt, die er mir nie erzählt hätte, wenn er nicht Vertrauen zu mir hätte. Er hat selbst gesagt, dass er sie noch nie jemandem erzählt hat.

»Es gibt Probleme mit der Aufführung.« Seine Stimme klingt abgehackt. Als müsste er jedes Wort mit Gewalt nach draußen zwingen.

Ich bin verwirrt. Mit dem Thema hätte ich jetzt als letztes gerechnet.

»Da gibt es sehr viele Probleme. Ich glaube allerdings, am Schluss wird es funktionieren. Ich bin der größte Angsthase, aber selbst ich habe ein gutes Gefühl. Sogar mein Lampenfieber ist so viel besser, weil ich irgendwie von uns überzeugt bin auf der Bühne und … wir haben alle eine so gute, eingespielte Chemie. Wir beide, aber auch Layla und die anderen. Es passt einfach.« Verrückt, dass ich es nun bin, die versucht ihn zu beruhigen.

»Ich habe ein Rollenangebot«, wechselt Landon das Thema.

»Oh«, erwidere ich. »Herzlichen Glückwunsch.« Ich versuche zu lächeln, aber es ist keine Freude in seinem Gesicht. Ist er traurig, dass er gehen muss?

»Für … lange?«

»Schon.«

»Für das kommende Semester?« Nicht, dass er danach nicht wieder zurückkommt. Mein Magen zieht sich zusammen bei dem Gedanken. Irgendetwas stimmt doch nicht.

Er sieht mich mit zusammengeschobenen Brauen an. »Länger.« Tausend Gedanken stürmen auf mich ein. Landon will weggehen. Natürlich, das hat er schon immer angekündigt. Aber ich dachte, er hätte es sich anders überlegt, die Pläne hätten sich geändert. Er kann doch nicht weggehen.

»Sag mir nicht, dass die Rolle ein Arzt ist«, bemerke ich ironisch. Er schließt die Augen und ich merke, dass ich etwas völlig Falsches gesagt habe.

»Ich wollte es dir bloß selbst sagen, bevor du es anders erfährst. Es ist eine Hauptrolle in der Produktion von Thorndike. Ein super Sprungbrett und … toll bezahlt.«

»Die Rolle, von der du mir erzählt hast, die du auf keinen Fall machen willst?«

Er seufzt. »Das war nicht die Hauptrolle. Jetzt ist das Angebot viel besser. Es abzulehnen wäre absolut … unvernünftig.« Er fährt sich durch die Haare, sein Blick streift mein Gesicht. »Es gibt viele Dinge bei dieser Rolle, die ich nicht wusste. Es ist eine wirklich gute Rolle und ich glaube, es wäre einfach Irrsinn, sie nicht anzunehmen.« Seine Stimme ist jetzt leise, er klingt geradezu resigniert. Nicht, als würde er eine große Chance bekommen.

»Aber du hast mir doch noch vor Kurzem erklärt, warum du auf keinen Fall diese Rolle spielen kannst, warum dich das immer mehr in den Mist reinreitet, von dem du sowieso schon lange genug hast?« Ich schiebe meinen Tee zur Seite und mir erscheinen das *Books & Beans* und die Studierenden und sogar Miles bekanntes Gesicht hinter der Theke auf einmal störend. Wie eine dunkle Wolke liegt die unbeantwortete Frage über uns: Was ist … mit uns?

»Das stimmt, da hatte ich aber ein paar wesentliche Dinge noch nicht verstanden, wie gesagt. Ich muss diese Rolle annehmen.« Ich habe den Eindruck, dass es ihn fast beruhigt, wenn ich gegen ihn anrede und versuche, ihm die Rolle auszureden. Vielleicht weil er dann mich als Gegner hat und nicht nur sich selbst.

»Wenn du an einem Tag die Dinge sagst, die du mir gesagt hast, und am nächsten eine ganz ähnliche Rolle annehmen willst und dafür, wenn ich das richtig verstehe, sogar dein Studium aufgeben willst, dann bist du nicht überzeugt genug. Wenn ich es nicht besser wüsste, würde ich denken, du bist einer Gehirnwäsche unterzogen worden mit irgendeiner der Angela-Methoden, die du als agentenausbildungstauglich beschreibst.«

»Du hast nicht verstanden, wie das Business läuft«, seufzt er in einem unfassbar herablassenden Tonfall. Ich habe das schon einmal gesehen, diese Art, sich von einer auf die andere Sekunde vollständig zu distanzieren.

»Moment, jetzt wechselst du das Thema und versuchst mich zu beleidigen?« Leider ist meine Stimme unkontrolliert lauter geworden und ich sehe ein paar Blicke der anderen Studenten und reiße mich wieder zusammen. »Du verlässt das MCPA also nach diesem Semester. Das willst du sagen, nicht wahr? Und wir …«

»Ich fahre morgen«, unterbricht er mich.

»Morgen? Und dann kommst du zurück für die Aufführung?« In meinem Kopf beginnen sich die Dinge zu drehen, es sind nicht mehr viele Proben, aber wir würden es dennoch hinbekommen.

»Ich werde bei der Aufführung nicht dabei sein.«

»Was?« Mein Mund bleibt offen stehen und ich starre ihn an. »Du kannst doch nicht jetzt, so wenige Tage vor der Aufführung alle im Stich lassen.« Die Gedanken in meinem Kopf beginnen sich zu drehen. Landon will gehen, sofort, er wird nicht wiederkommen und mich hierlassen. Und er wird auch gar nicht Shakespeare spielen. Ich bin wie erstarrt.

»Ich muss.« Seine Lippen sind zusammengepresst, seine ganze Haltung strahlt Abwehr aus, als könnte ich ihm schaden.

»Das kannst du doch nicht machen. Also, nicht nur wegen mir«, füge ich hastig hinzu, als ich seinen ablehnenden Gesichtsausdruck sehe. »Wir proben doch schon das ganze Semester. Die Aufführung ist so wichtig für uns alle, den ganzen Cast, die Zuschauer, die kommen werden, die Agenten, die Leute von den anderen Colleges, die Hollywood-Leute, Broadway, das ist ein Riesending.« Und wegen mir. Natürlich wegen mir. Aber das sage ich nicht laut, nur mein Pulsschlag ist in die Höhe geschnellt.

»Ich werde bei der Aufführung nicht dabei sein können wegen Terminkonflikten«, wiederholt er sachlich, als wäre er ein genervter Verwaltungsangestellter.

»Aber, das geht doch gar nicht!«, entfährt es mir.

»Jeremy springt ein, hat Dornbush gesagt. Er ist die Zweitbesetzung. Er wird sich über die Chance sicherlich freuen.«

»Du hast schon mit Dornbush gesprochen und er lässt dich gehen?«, frage ich fassungslos. Bei dem Satz verhärtet sich sein Ausdruck noch mehr. Er hat schon alles beschlossen. Alles ist entschieden. Wie konnte ich mir je einbilden, dass ich überhaupt eine Rolle in seinen Gedanken und Gefühlen spiele, wenn er noch nicht mal darüber nachgedacht hat, mich in diese Entscheidung mit einzubeziehen?

Er zuckt mit den Schultern und sein Gesichtsausdruck wirkt seltsam kalt, so wie ich ihn bereits ein paarmal gesehen habe. Schon bei unserer allerersten Begegnung im *Drunk Bull,* direkt bevor er gegangen ist. Nichts hat sich verändert. »Ich glaube, letztlich freut Dornbush sich, dass ich weg bin. Ich war jetzt nicht seine … erste Wahl«, sagt er und in seiner Stimme liegt so viel Sarkasmus. »Nein, er hat definitiv nicht versucht, mich zurückzuhalten.«

Ich blicke suchend in sein Gesicht, irgendwie habe ich das Gefühl, dass mir ein entscheidendes Puzzleteil fehlt, um ihn zu verstehen. Aber ich finde nichts. Nur Distanz. Abgeklärtheit.

»Ich will nicht mit Jeremy spielen«, sage ich wie ein trotziges Kind. »Da muss es doch noch eine andere Lösung geben. Und ... ohne dich kann ich überhaupt nicht spielen. Du weißt selbst, dass du mein Mittel gegen Lampenfieber bist.«

Keine Ahnung, was ich gesagt habe, aber es war nicht das Richtige. Landon entfernt sich immer mehr. Kälte. »Du hast Angst, dass du dich umstellen musst. Du bekommst das schon hin. Eine gute Übung in Flexibilität. Wenn es das Problem ist, dass dir dein Mittel gegen Lampenfieber fehlt: Nun ja, dann nimmst du eben die Gitarre.«

»Du verstehst mich absichtlich falsch. Ich will mit dir spielen. Und ... es geht um uns.«

Er beugt sich vor. »Und da ist sie wieder, diese Naivität. Natürlich musst du mit Jeremy spielen. Und ich verspreche dir, du wirst noch ganz viele Dinge tun, die du nicht tun willst. Willst du wirklich Schauspielerin werden? Oder willst du nur deiner albernen Fantasie nachhängen, die du gepflegt hast, als du bei deinen Eltern in Ohio auf deiner rosa Blümchenbettdecke vor dich hin geträumt hast? Du musst bereit sein, Opfer zu bringen. Verstehe es endlich.« Seine Gemeinheit lässt mich erstarren.

»Landon, ich will nur, dass du bleibst«, bringe ich mühsam hervor. »Wegen dir. Uns. Nicht wegen meinem Lampenfieber. Ich ... habe mich in dich verliebt, ob du es wolltest oder nicht. Wie kannst du nur so reden?« Ich schlucke schwer, um die Tränen zu unterdrücken. Wut. Verzweiflung, maßlose Enttäuschung.

»Ich habe dich gewarnt. Ich habe dir nichts versprochen.« Er sieht mir nicht in die Augen. Er geht überhaupt nicht darauf ein, was ich gerade gesagt habe. Er ist wie taub, was mich angeht, als wäre ich ein unliebsamer Virus, gegen den er immun geworden ist. Ich dringe überhaupt nicht zu ihm durch. Mein Magen ist in einen Abgrund gefallen und die aufsteigende Säure hinterlässt einen bitteren Geschmack im Mund.

Und damit steht er auf, sein Gesicht ist dunkel und hart. Er greift nach seinen Sachen, dreht sich noch nicht einmal mehr zu mir, sondern verlässt mit schnellen Schritten das *Books & Beans,* als müsste er vor mir fliehen.

Ich bleibe zurück, und auch wenn ich äußerlich noch genauso aussehe wie vor wenigen Minuten, ist in mir drin bloß ein Scherbenhaufen zurückgeblieben, der von meiner äußeren Hülle zusammengehalten wird. Er ist gut mit Worten. Er kann sie so einsetzen, dass sie schärfer sind als jede Klinge und mehr Zerstörungskraft haben als die Schrottpresse meiner Eltern, die die unverkäuflichen Autos in Klumpen aus Metall verwandelt.

Vierzig

Hazel

Die letzten Tage des Semesters sind angebrochen, sodass ich keine Zeit habe, in Selbstmitleid zu versinken, auch wenn ich das Gefühl habe, eine Ladung Blei im Magen mit mir herumzutragen. Das Einzige, was mich noch zusammenhält, ist der Gedanke, dass meine ganze Familie extra aus Ohio kommt, um mich zu sehen. Und gerade meine Oma will ich auf keinen Fall enttäuschen. Ich muss mich zusammenreißen. Außer, wenn ich allein bin. Dann versinke ich ziemlich schlimm. Yuna nimmt sich Zeit für mich, obwohl sie gerade jetzt am wenigsten hat, und versucht mich aufzuheitern. Sie lässt Miles warten, um mich zu treffen. Ich bin ihr so unendlich dankbar dafür. Aber zum Selbstmitleid kommt die Panik zu versagen. Die Panik, dass mein Lampenfieber zurückkommt. Landon hatte ja recht. Ich brauche ihn auch dafür. Genau deshalb tut der Vorwurf so weh, dass ich egoistisch bin. Barbra Streisand ist siebenundzwanzig Jahre lang nicht live aufgetreten – aus Angst vor Lampenfieber. Ich kann sie verstehen.

Auf dem Weg zu einer der letzten Angela-Stunden über den Campus, der in nur ein paar Tagen auf »Sommer« umgeschaltet hat und voller blühender Pflanzen ist, die so gar nicht zu meiner Verfassung passen, ruft mein Vater an. Schon lange habe ich mich nicht mehr so gefreut, von ihm zu hören.

»Papa, wie schön, ich freue mich einfach so, dass ihr kommt.«

»Ich habe nicht so gute Nachrichten«, beginnt er. »Es geht um Oma Beth.«

Mein Herz setzt einen Schlag aus. Ich bringe kein Wort raus.

»Sie hatte einen Kollaps, ihr Herz war überlastet.«

»Nein, aber sie ist …?«

»Sie ist im Krankenhaus. Es wird schon wieder«, sagt mein Vater schnell. Er atmet lang aus. Sooft er sich mit seiner Mutter streitet, er liebt sie natürlich.

»Aber sie kann auf keinen Fall kommen. Wir alle bleiben jetzt hier. Die Ärzte sagen, dass die Aufregung der Reise viel zu viel für ihr Herz wäre.«

»Natürlich, das macht doch nichts. Hauptsache, ihr geht es wieder gut«, bestätige ich schnell, auch wenn ich genau das Gegenteil fühle. Das macht sehr viel. Das war mein letzter Anker.

»Sie war so aufgelöst, weil sie meinte, dass sie dir versprochen hatte zu kommen, damit du kein Lampenfieber bekommst. Aber jetzt schläft sie wieder.«

Ich schlucke. »Sie muss sich erholen. Passt gut auf sie auf und sagt mir Bescheid, wenn es etwas Neues gibt.«

»Natürlich. Ich wollte dich jetzt nicht damit belasten, aber ich konnte jetzt auch keine Ausrede erfinden. Ich wünsche dir viel Glück. Du schaffst das. Du hast Talent.«

Ich schlucke meine Träne herunter. Das hat er, glaube ich, noch nie gesagt.

»Danke, Papa. Ich freue mich, euch bald wiederzusehen.«

Aber als ich aufgelegt habe, stehe ich eine ganze Weile erstarrt und kann keinen Schritt weitergehen. Die Sonne wärmt weiter mein Gesicht, aber es hilft nichts. Meine Oma. »Was möchte das Universum mir damit mitteilen, liebe Oma?«, flüstere ich. »Bitte werde gesund. Mir ist alles egal, kümmere dich nicht um mich, aber du musst gesund werden. Hörst du das, liebes Universum? Ich finde, ich habe langsam einen gut bei dir.«

Und dann laufe ich langsam weiter zu Angelas Stunde. Der künstlerische Schatten ist größer geworden in diesem Semester, da bin ich mir sicher.

Nach einer Stunde bei Angela vertraue ich mich ihr an. Ihre blonden Haare sind weniger streng zurückgegelt als sonst, die kleinen Falten auf ihrer Stirn wirken sanfter.

»Ich sollte mir ja etwas suchen, was mich ablenkt. Ich habe Gitarre gespielt, aber als ich wusste, dass ich mit Landon spiele, war das Lampenfieber weg. Da brauchte ich auch kein Instrument mehr. Er war wie eine Spontanheilung. Ich weiß, dass es albern klingt. Und jetzt, wo er weg ist, habe ich Panik vor der Panik.«

Angela hört mir geduldig zu und einen Vorteil hatte ihr Kurs: Sie hat so viel von mir gesehen, dass es kaum etwas gibt, das mir vor ihr peinlich wäre.

»Es ist nicht albern. Es ist logisch. Das Lampenfieber ist in deinem Kopf. Du hast es vielleicht am Anfang mit Landon vergessen, weil er dich emotional durcheinandergebracht hat.« Sie bringt das so sachlich vor und es sollte mich nicht überraschen, dass sie viel mehr mitbekommt, auch privat, als man meint. »Und dann hast du dein Gehirn unbewusst konditioniert: Wenn er da ist, habe ich kein Lampenfieber. Es hängt nicht von ihm ab, sondern von deiner Konditionierung. Du kannst dich auf etwas anderes konditionieren. Es ist nur mental. Man kann es üben. Wenn die Symptome auftauchen, kannst du sie umwandeln. Wenn du denkst: *Ich habe Angst,* dann nimm das Gefühl und mach Vorfreude daraus. Die Symptome sind verwandt, das Herzklopfen, die schwitzigen Hände. Und Gitarre klingt gut, egal was. Sorge dafür, dass du keine Zeit hast, dich hineinzusteigern. Du schaffst es. Es war nicht Landon, der es geschafft hat. Du warst es schon die ganze Zeit.«

Der Cast schäumt vor Wut, denn auch wenn Dornbush keinen Grund nennt, warum Landon so plötzlich und zur absolut entscheidenden Zeit verschwunden ist, wissen alle quasi einen Tag später, dass er »zurück nach Hollywood« ist, und fühlen sich im Stich gelassen. Außer Jeremy, der schnell seine Chance wittert.

Wir spielen unsere Szenen zusammen und ich muss zugeben, Jeremy ist nicht übel als Benedikt. Er riecht falsch, wenn ich ihn umarme, seine Lippen fühlen sich verkehrt an beim Kuss, aber … es geht. Auf das Auswahl-Komitee des MCPA ist insofern Verlass, dass richtig schlechte Schauspieler nicht ins Programm aufgenommen werden. Jeremy braucht bloß zwei Tage, um den Text sicher zu können, und irgendwie läuft es, auch wenn ich oft so tue, als würde ich mit Landon spielen, mir die alte Dynamik zurück ins Gedächtnis rufe. Aber jedes Mal, wenn ich an die Aufführung denke, beginne ich schon in Vorahnung des Lampenfiebers zu versteinern. Ich beginne zu schwitzen, obwohl mir kalt ist, und meine Zunge schwillt an, was, wie ich weiß, zur Unbeweglichkeit führt. So wie damals, als ich auf der Bühne stand und nicht mehr sprechen konnte. Als ich mich vor der ganzen Schule zum Affen gemacht habe. Nie werde ich das Flüstern und Lachen im Hintergrund vergessen. Angst in Vorfreude umwandeln. Ich versuche es, aber die Angst, dass ich es nicht schaffe, ist genauso lähmend.

Dornbush verliert kein Wort mehr über Landon, und nachdem sich einige beschwert haben, beendet Dornbush die Diskussion: »Es bringt nichts, sich über die Vergangenheit zu ärgern. Damit verschwendet ihre eure Energie. Fokussiert euch auf die Zukunft, auf das Stück und auf euch selbst. Ziel ist, dass die Zuschauer ein Ensemble sehen, das seit Monaten miteinander spielt und aufeinander eingestellt ist. Wir sind Schauspieler. Es zählt die Wahrheit, die wir erschaffen. Die hat nicht unbedingt etwas mit der Realität und eigenen Befindlichkeiten zu tun. Ihr nehmt euch zu wichtig. Nehmt Shakespeare wichtig.«

Nächste Woche sind die Vorstellungen. Es gibt welche für die Eltern und die Studierenden, die für die Graduierung angereist sind, und eine, bei der traditionsgemäß auch einflussreiche Personen aus der Filmindustrie da sind. In der Vergangenheit ist es immer wieder passiert, dass jemand Aufmerksamkeit erregt hat, dass jemand nach einer solchen Vorstellung einen Agenten hatte und Rollenangebote. Wer weiß, ob ich noch mal eine Hauptrolle bekomme am College, vielleicht ist das meine einzige Chance, wirklich aufzufallen.

Nachdem ich nach der Dornbush-Probe noch etwas länger im Davidson Art Center die Aushänge am Schwarzen Brett gelesen habe, trete ich nach draußen unter den frühsommerlichen Montana-Himmel und entdecke Layla an der Seite des Gebäudes, halb versteckt von einem Ast und rauchend.

»Hey«, begrüße ich sie vorsichtig, weil ich nicht sicher bin, ob sie sich dort nicht vor den Blicken der anderen verstecken wollte.

»Hey«, sagt sie. Sie sieht anders aus als sonst. Unglücklich. Sie war schon bei der Probe nicht sie selbst, fällt mir im Rückblick auf. Als ich näher komme, hält sie mir eine Packung Marlboro hin. Ich schüttele den Kopf.

»Alles in Ordnung?«, frage ich sie. Bläuliche Schatten liegen unter ihren Augen und die sonst gepflegte glänzende Mähne sieht zerzaust aus.

»Meine Familie kommt zur Abschlussvorführung«, sagt sie, als würde sie von einem Todesfall berichten. Sie bläst einen Kringel in die Luft. Ich sehe sie selten rauchen, aber sie muss das irgendwann mal geübt haben.

»Und das ist … nicht gut?«

Sie schüttelt den Kopf.

Ich schnaufe. »Meine Familie kommt nicht. Ich hatte mich

so gefreut. Es hätte mir geholfen mit dem anderen …. Mist.« Sie schaut mich mit ihren schönen Augen an. Ich sollte nicht weiter über mich reden. »Warum ist es nicht gut, wenn deine Familie kommt?«

Sie schließt kurz die Augen und wiegt den Kopf. Dann scheint sie sich einen Ruck zu geben. »Mein Vater oder meine Mutter wären nicht so schlimm. Aber mein Bruder kommt. Mein Bruder hat mir das Leben früher zur Hölle gemacht. Er hasst das, was ich hier tue. Er hat mich früher ganz schön gequält. Also psychisch unter Druck gesetzt.« Ich erinnere mich an einige Stunden bei Angela, wo es um Traumata ging. Vorsichtig berühre ich ihren Arm. Sie trägt ein schwarzes unförmiges Sweatshirt und ausgeleierte Leggings. So läuft Layla normalerweise nicht rum. »Du bist so gut als Hero. Und es ist ja keine Rolle, wo du nackt auf der Bühne stehst oder so. Eine unschuldige Jungfrau bietet immerhin nicht viel Angriffsfläche bei veralteten moralischen Vorstellungen, falls es darum geht.« Ich erinnere mich daran, wie Landon mir erzählt hat, das Layla sich immer wesentlich bedeckter hält, sobald Familie auftaucht.

»Das ist es noch nicht mal. Oder nicht allein. Wenn mein Bruder da im Saal sitzt, dann … kann ich nicht spielen. Ich bekomme kein Wort raus. Es geht einfach nicht. Allein der Gedanke lähmt mich.«

Ich starre sie mit offenem Mund an. »*Du* hast Lampenfieber?«

»Eigentlich nicht. Also nicht mehr, als normal ist. Nur wenn er da ist. Mit meinem Bruder … das war schon immer so. Er ist schon einmal bei einer Aufführung gewesen. Ich musste kurz vorher wegen einer angeblichen Verletzung absagen. Es ging nicht. Ich war ein Wrack.«

»Und du kannst ihn nicht bitten, nicht zu kommen?«

Sie schüttelt den Kopf. »Nicht, wenn ich unser Verhältnis nicht endgültig zerstören will.«

»Du hast sonst noch nie Lampenfieber gehabt, oder?«

Sie schüttelt wieder den Kopf. Sie wirkt geradezu erloschen. »Ich bin echt total verzweifelt.« Tränen stehen in ihren Augen.

»Ich habe es immer. Nur mit Landon nicht. Es ist genau umgekehrt. Wenn er da ist, ist es weg. Sonst ist es da.«

»Du hast es immer? Das ist ja ein Albtraum.«

Ich nicke.

»Landon.« Sie rollt mit den Augen. »Ich dachte, ihr wärt zusammen, er war ja besessen von dir.« Sie sagt das als nüchterne Feststellung, aber der Satz fühlt sich an, als würde mein Herz von tausend Nadeln gleichzeitig durchbohrt werden wie ein Nadelkissen. Es ist so mühsam, den ganzen Schmerz über Landon wegzuschieben. Bis zur Aufführung muss ich durchhalten.

Ich beiße mir auf die Unterlippe. Sie umfasst meinen Arm und sieht mich mitleidig an.

»Lass uns davon nicht reden«, sage ich. »Aber … wenn du willst, helfe ich dir mit dem Lampenfieber. Es ist eine Konditionierung. Und es gibt Tricks. Es ist nicht viel Zeit, aber wir können gemeinsam dran arbeiten. Landon und die Anwesenheit meiner Oma hätten mich beruhigt, aber das fällt jetzt auch weg. Wir sitzen im gleichen Boot. Ich sage dir alles, was ich weiß, okay?«

»Du meinst, du kannst mir helfen? Ich glaube, du kannst dir das Ausmaß nicht vorstellen.« Doch ein Hoffnungsschimmer glänzt in ihren Augen. Sie schnippt ihre Zigarette zur Seite.

»Glaub mir. Ich kann es. Es hat bei mir während einer Schulaufführung angefangen. Meine zweite große Aufführung. Mein Freund hatte mich gerade sitzen lassen und ich wollte insbesondere ihm und seiner neuen Freundin zeigen, wie toll ich bin. Aber ich konnte plötzlich nichts mehr. Kein Wort. Ich konnte nicht weitermachen. Es musste jemand einspringen, was zum Glück ging. Den Leuten wurde irgendeine Ausrede erzählt. Seitdem habe ich Angst, dass mir das nochmal passiert. Deswegen bin ich auch durch die meisten Aufnahmeprüfungen geflogen. Ich glaube, ich gehe später eher zum Film. Aber jetzt bin ich trotzdem hier. Und sogar in einer Hauptrolle. Es ist mental. Du schaffst das«, sage ich und lächele ihr zuversichtlich zu, wesentlich zuversichtlicher, als ich mich gerade noch gefühlt habe.

Layla stößt erleichtert einen tiefen Atemzug aus. »Okay«, sagt sie und sieht mich hoffnungsvoll an. Sie reicht mir ihre Hand und ich drücke sie. Sie ist warm und weich, so wie ich mich an sie erinnere. Aber am meisten stärkt mich das Vertrauen, das sie in mich setzt. Ich habe sie irgendwie lieb gewonnen in diesem Semester.

Einundvierzig

Landon

Als ich am Flughafen ankomme, ist alles wie immer. Die Leute sehen anders aus als in Montana, schicker, bunter, modischer. Sie sprechen anders, sind superhöflich, aber auf diese L.-A.-Art, eine Mischung aus Höflichkeit und Penetranz.

Der Flughafen ist groß und laut, und wenn er mir früher im Vergleich zu New York entspannt vorgekommen ist, erscheint er mir jetzt alles andere als das. Ich kann nicht widerstehen, ein Foto zu machen und zu posten »Zurück in L. A.«.

Es gibt jede Menge Männer in kurzen Hosen und T-Shirts, der L.-A.-Einheitskleidung, die das ganze Jahr funktioniert. Wie habe ich es vermisst, einfach jeden Tag ein Shirt und eine Hose aus dem Schrank zu ziehen und nie wesentlich zu kalt oder zu warm angezogen zu sein. Wenn man mag, kann man jeden Tag das Gleiche tragen. Ich nehme ein Taxi vom Flughafen, weil meine Mutter keine Zeit hatte, und natürlich gibt es Stau. Stau! Ich glaube, ich habe sogar den Stau vermisst, wobei das Bedürfnis nach Stau wahrscheinlich schnell wieder befriedigt ist. Für den Moment lassen mich die vielen Autos, die Menschen, die Anonymität der Stadt aufatmen. Montana ist so weit weg und das ist gut so. Ich lasse keinen Gedanken daran aufkommen. Schiebe alles weg. Vor allem den Gedanken an Hazel. So ein Fehler wie mit Nikki passiert einem nicht zweimal. Und dass ich hier in einer Parallelwelt bin, wo mich nichts an Hazel erinnert, macht es etwas leichter. In Montana gibt es Anonymität, weil dort grundsätzlich so wenige Menschen leben. Aber das macht mich auch unruhig. Die L.-A.-Anonymität finde ich entspannender. Viele Menschen sind um mich herum, aber niemand beachtet mich. Ich mag diese Art von Alleinsein in der Menge und fühle mich keineswegs einsam. Ich höre alte Folgen von *Inside the Actors Studio*, die Stimme von James Lipton sorgt dafür, dass ich sanft falle. L.A. – wahrscheinlich gehöre ich einfach in diese Stadt.

Alwin schickt eine Nachricht, er freut sich, dass ich zurück bin. Er hat gehört, dass ich für diese Rolle vorgeschlagen wurde, und will wissen, ob es schon unterschrieben ist, möglicherweise besteht ein Zusammenhang, dass er den Kontakt wieder aufnehmen will. In Montana habe ich nichts von ihm gehört. Vor ein paar Jahren waren wir mal gute Freunde, er ist auch im Filmgeschäft, aber Freundschaften in L. A. sind im Flow, mal verbringt man viel Zeit mit einer Person, dann geht es weiter, andere Personen kommen, alte verschwinden, nichts bleibt gleich. Es ist okay. Ich weiß, wie diese Stadt funktioniert.

Ich bezahle den Taxifahrer und gebe ihm ein gutes Trinkgeld, was erwartet wird, wenn man in so einer teuren Gegend ein Haus hat. Als ich aussteige, fällt mir allerdings auf, dass das Haus dringend einen neuen Anstrich braucht. Auch die Pflanzen vor der Tür sehen etwas erbärmlich aus. Es hat an Pracht und Glamour verloren, keine Frage.

Früher kam es mir viel größer vor, aber einige der Häuser in unserer Straße wurden inzwischen abgerissen und durch ungefähr doppelt so große, riesige Mansions ersetzt. Niemand ist mehr an einem großen Garten interessiert, aber alle möchten große Zimmer, ein eigenes Gym, Ankleidezimmer und Räume, in denen die Stylistin einen für Red-Carpet-Veranstaltungen zurechtmacht. Blumen und Pool interessieren vor allem als Hintergrund für Instagram.

Patti umarmt mich zur Begrüßung und küsst mich in dieser seltsamen Art, bei der sie meine Wangen nicht berührt. Mir ist es nicht unrecht, so hinterlässt sie keine Lippenstiftabdrücke. Gabriella ist natürlich auch da. Sie trägt ein bodenlanges Strandkleid, dazu viele dicke Ketten und goldene Hausschuhe. Sie lebt alten Hollywood-Glamour ein bisschen zu angestrengt. Aber ich mag Gabriella. Sie tut mir leid, denn ich habe das Gefühl, dass meine Mutter sie manchmal terrorisiert und sie einiges aushalten muss. Patti und ich unterhalten uns über den Flug und den Stau in L. A. Sie hat Eistee gemacht und den Tisch draußen gedeckt. Oder vielmehr Gabriella. Sie hat die Rolle der Hausfrau so komplett übernommen, dass ich überlege, ob sie inzwischen endgültig hier eingezogen ist. Auf dem Weg in mein Zimmer ertappe ich mich dabei nachzuschauen, für wie viele Personen das Bett im Schlafzimmer meiner Mutter bezogen ist. Für zwei, aber ich kann mich nicht erinnern, wie es sonst war, ob es vielleicht immer für zwei bezogen ist? Es ist mir egal, nein, ich bin froh, dass meine Mutter hier nicht immer allein ist.

Im Haus hat sich wenig verändert. Die Wände sind in verschiedenen Farben gestrichen, auf einigen sind gemusterte Tapeten. In den Fluren stehen Kommoden mit künstlichen Blumen und Dekoration, aber es ist die gleiche wie früher. Alles ist älter geworden, wirkt plötzlich altmodischer auf mich und weniger edel, als ich es in Erinnerung habe.

Wir gehen in den Garten. Zum Eistee mit besonders viel Zitrone gibt es kleine Teigtaschen gefüllt mit Erbsen und Spinat, scharf gewürzt, die ich gern esse. »Ich bin so froh, dass du zurück bist«, sagt Patti. »Es wird gut und, nein, ich erwarte nicht, dass du dauerhaft wieder zu Hause einziehst, aber du weißt, dass du immer willkommen bist.«

Sie lächelt mich an, doch irgendwie kommt mir ihr Lächeln falsch vor, vielleicht weil ihre Zähne so weiß sind, ihre Haut ebenfalls, weil sie schon seit Jahren nie ohne Sunblocker das

Haus verlässt. Ihre Haut ist nicht faltig, aber seltsam leblos. Es sollte sich richtig anfühlen. Ich bin zurück. Ich habe das Vernünftige getan. Das Richtige. Ich habe mich nicht albernen Träumen hingegeben und ich habe eine Zukunft und viele Dinge können passieren.

Wieso nur fühlt sich alles so hohl an? Ich muss damit aufhören, beleidigt zu sein, dass Patti sich am MCPA eingemischt hat, und dankbar sein, dass ich es früh genug erfahren habe. Das Gefühl bleibt, egal, was ich denke.

»Der Baum hinten sieht tot aus«, sage ich und zeige auf den Apfelbaum, der keine Blüten trägt und kahl aussieht.

»Das stimmt. Ich muss einiges am Garten machen lassen. Aber im Moment sitzt das Geld einfach nicht so locker«, sagt sie und seufzt. Gabriella drückt kurz ihren Arm und wirft ihr einen verständnisvollen Blick zu.

Patti lächelt etwas verlegen. Normalerweise redet sie nicht über solche Dinge. Ich weiß, dass es nicht so gut aussieht. Aber bei Patti läuft es immer »super«, wenn man mit ihr spricht. Sogar mir gegenüber benutzt sie den L.-A.-Talk, so ist er ihr ins Blut übergegangen. Doch jetzt fällt mir auf, wie lange sie das Haus nicht renoviert hat. Dass ich die Kleidung, die sie trägt, möglicherweise schon häufiger gesehen habe. Patti kann problemlos große Summen ausgeben, allein schon für die ganzen Mittagessen und Brunches, die sie an Orten macht, wo sich die Leute rumtreiben, die sie treffen will. Macht sie das auch nicht mehr? Wenn ich den Vertrag unterschrieben habe und die Rolle klappt, können wir aufhören, meinen Fund zu horten, den wir für die Collegegebühren und meinen Lebensunterhalt zurückgelegt haben. Mein Geld, das ich in meinen besten Zeiten verdient habe, das mich durchs College gebracht hätte und noch ein paar Jahre mehr versorgt hätte. Wenn ich die neue Rolle bekomme, werde ich ihr etwas geben. Sie hat ihre eigene Lehre so verinnerlicht: Man gibt nie zu, wenn es Probleme gibt. Wenn du Probleme hast, will niemand mehr mit dir arbeiten. Alle wollen Optimismus, gute Laune, einen positiven Vibe und mit den Erfolgreichen arbeiten, als wäre Erfolg genauso ansteckend wie eine Grippe. Ich möchte ihr raten, damit aufzuhören. Aber vielleicht denke ich das auch nur, weil ich gerade ankomme. Vielleicht ändert sich das wieder. Es läuft gerade nicht gut. Ich poste das nicht auf Instagram, aber ich gestehe es mir selbst ein. Das ist neu.

Ich habe noch ein paar Tage, um mich zu akklimatisieren. Dann steht das Meeting an. Das entscheidende Meeting. Natürlich, angeblich ist alles schon entschieden, aber ich bin lange genug dabei, um zu wissen, dass nichts wirklich entschieden ist, bevor es nicht unterschrieben ist. Es gibt bis zur letzten Sekunde noch Entscheidungsänderungen und ich verstehe, warum meine Mutter gesagt hat, dass der Termin nicht zu verlegen ist. Es gibt Zeitfenster. Und dann ist man da oder man ist eben nicht da. Wenn man nicht da ist, geht das Zeitfenster wieder zu. Und sogar nach Unterschrift passiert es, dass Piloten gedreht werden oder eine ganze Staffel, die am Schluss nicht gezeigt werden. Alles passiert. Ich habe das Skript gelesen und wäre auch in der Lage, spontan etwas zu spielen. Ich werde mich hundertprozentig vorbereiten und keine Fehler machen, auch wenn die Textstelle sich liest wie Blei. Ich habe zu viele gelesen, ich kenne die Plotwendungen und Überraschungen und Tricks. Ich fühle mich uralt. Müde.

Ich gehe früh in mein Zimmer und lege mich auf mein Bett. Ich höre die Stimmen von Gabriella und Patti, die noch auf der Terrasse sitzen, und schaue durch das Fenster in das kleine Stück vom Abendhimmel, der nie wirklich dunkel wird. Mein Zimmer mit den hellblauen Wänden, in dem ich so viele Träume geträumt habe, so viele Träume aufgegeben habe, in dem ich meine Texte gelernt habe, in das ich ein paar Mädchen mitgenommen habe. Noch ein paar Überbleibsel sind von früher, alberne Trophäen von der Teilnahme an Fußballcamps. Damit man sich besser fühlt, hat jeder einen Pokal gewonnen. Vor allem, damit man im nächsten Jahr wieder bucht. Das war der Hauptsinn der Pokale, Kundenbindung. Ich habe ein paar Jahre lang »für soziale Kontakte« mitgemacht, als ich neben Homeschooling und Dreh nicht viel anderes hatte.

Es sind so viele Gefühle in diesem Zimmer gespeichert, die ich früher gehabt habe, zu anderen Zeiten. Es ist so viel Hoffnung dabei, so viel Optimismus für die Zukunft und die sichere Überzeugung, dass noch ganz viele große Dinge passieren werden.

Mein Telefon blinkt von einer neuen Nachricht.

Marshmallow. Ich vermisse dich, Mann. Ich komme, sobald ich kann. Mach Madelaine Petsch schon mal für unser Date klar. Alter, ruf mich an, wenn du reden willst, wie Mädchen das immer machen. Ich kann das auch.

Ich muss lächeln und gleichzeitig die Handballen vor die Augen pressen. Denn natürlich hat er die Tür einen Spalt geöffnet und jetzt kommt mehr durch. Erst dringen die Worte von Angela in mein Bewusstsein, das Bauchgefühl, die Stimme, auf die man hören soll, und die Mission, die man annehmen soll, und der ganze spirituelle Müll, den ich gar nicht hören will. Auf keinen Fall will ich das hören. Denn mit Angela kommt der Gedanke an den Cast zurück, an alle, die ich so hängen gelassen habe, und natürlich Hazel. Und ihr Gesicht, als ich sie zum letzten Mal gesehen habe, und der Gedanke an sie lässt mich innerlich versteinern und taub werden. Nur so halte ich ihn aus. Ich habe in Montana alle enttäuscht, ich habe eine Ruine hinterlassen. Ich werde durchhalten und die Rolle annehmen, damit alles wieder so ist, wie es war. Damit Montana eine gescheiterte Episode bleibt. Trotzdem habe ich das Gefühl, mir den Gedanken selbst ins Bewusstsein hämmern zu müssen.

Ich nehme mein Handy in die Hand. Ich denke daran, wie ich früher geglaubt habe, dass ich gern eine normale Mutter haben wollte, die mich versteht und sagt: »Alles ist gut. Tue, was für dich das Beste ist, arbeite weniger, entspanne dich. Möchtest du einen Pfannkuchen essen? Mehr Ahornsirup?« Und nicht eine Mutter, die meine Karriereberaterin ist, die mich motiviert, weil ich ein Teil ihres Business bin. Ich presse die Augenlider zusammen, weil ich nicht heulen will wie ein kleiner Junge. Keine Ahnung, warum ich eigentlich heulen muss, verdammtes Selbstmitleid. Ich habe mir das hier ausgesucht. Es ist das, was ich will. Ich werde Hazel nichts schreiben. Was hilft es? Sie schreibt zurück und dann? Ich gehöre nicht ans MCPA. Ich gehöre hierhin. Mein Blick wandert über das Regal, die Buchrücken, Oscar Wilde, Shakespeare. Dort steht eine ganze Sammlung von Shakespeares Dramen in Taschenbuchausgaben. Wie hatte ich mir nur einbilden können, dass ich das spielen kann? Dass ich Talent dafür habe. Was hatte ich mir für einen Schwachsinn eingebildet? Hazel hat Talent. Sie schafft es auch ohne mich. Aber der Gedanke an Hazel bringt die Erinnerung an ihren Gesichtsausdruck bei unserem letzten Treffen zurück. Ich kenne ihre Unsicherheiten, wie habe ich so etwas sagen können. Ich muss mich bei ihr entschuldigen, nicht für mich, sondern für sie und zwar bevor sie auf die Bühne muss. Allein bei dem Gedanken an meine eigenen Worte liegt mir ein bitterer Geschmack auf der Zunge. Ich nehme mein Handy hervor.

Ich würde gern all die Worte zurücknehmen, die ich gesagt habe. Ich kann es leider nicht. Sie waren nicht an dich gerichtet, sondern an mich selbst. Du bist die schönste Person, die ich kenne, innen und außen. Du wirst die Bühne rocken, weil du die talentierteste Schauspielerin am MCPA bist. Jeder Traum von dir wird in Erfüllung gehen. Ich bin nur neidisch darauf gewesen, das ist alles. Du wirst alle für dich gewinnen und du hast es verdient. Du hast dein Lampenfieber längst überwunden, dafür brauchst du mich schon lange nicht mehr. Es tut mir leid, dass ich deinen Traum nicht mit dir träumen konnte. Es ist nicht mein Platz.

Meine Kehle wird eng, als ich die letzten Worte tippe und auf »Senden« klicke.

Ich stehe vom Bett auf, nehme die ganzen Shakespeare-Taschenbücher auf einmal zwischen meine zusammengepressten Handflächen. Dann gehe ich nach draußen zu den Mülltonnen vor dem Haus und werfe sie dort hinein. Mir gefällt der dumpfe Aufprall in der Tonne. Es gibt keinen Grund, Hazel eine weitere Nachricht zu schreiben, irgendwelche Zukunftsgedanken heraufzubeschwören, die fantastische Science-Fiction sind. Ich muss aufhören, an sie zu denken. Und dann gehe ich ins Bad und schaue, ob ich das Melatonin finde, mit dem ich immer besser schlafen kann. Oder diese Schlafmittel, die ich mal von meiner Mutter hatte, die verschreibungspflichtigen. Vielleicht finde ich noch welche. Irgendetwas findet man immer in unserem Haus.

Zweiundvierzig

Hazel

Es läuft okay mit Jeremy. Und mit den Übungen mit Layla. Wir haben eine Weile überlegt, was wir tun sollen, um uns zu konzentrieren und gleichzeitig abzulenken. Sie kann kein Instrument. Jetzt spielen wir Schach zusammen. Ich bin nicht sonderlich gut, sie auch nicht, deshalb müssen wir uns konzentrieren. Das Problem ist natürlich, dass sie keine Zeit hat auszuprobieren, ob es funktioniert, aber wir werden bis kurz vor der Aufführung spielen und das Verrückte ist, dass ich selbst kaum noch Angst habe, weil ich auf jeden Fall will, dass für Layla alles klappt.

Als ich von der letzten Probe rauskomme, bleibe ich mit Jeremy vor der Tür stehen und wir ziehen uns eine Biolimonade aus dem Automaten. Wir geben uns ein High Five.

»Wir machen das«, sage ich und lächele ihn an.

Er nickt und grinst. Seine Locken sind länger geworden und fallen tief in seine Augen, als er einen Schluck Limonade nimmt. »Ich weiß, dass du viel lieber mit Landon gespielt hättest«, sagt er. »Danke, dass du trotzdem alles gibst. Ich bin froh über diese Chance, aber ihr beide wart wirklich gut zusammen. Auch wenn ich fürchterlich eifersüchtig war.«

»Aber jetzt hast du doch die Rolle.« Ich blicke ihn ungläubig an.

»Nicht auf die Rolle. Auf dich«, sagt er und grinst. Doch er presst die Lippen dabei zusammen und zuckt mit den Schultern. »Versteh mich nicht falsch, das soll keine Anmache sein, ich weiß, dass du nicht interessiert bist und Landon verfallen bist. Keine Ahnung, warum der Idiot die Chance verspielt. Was muss das für eine Rolle sein, für die er gegangen ist, der neue *James Bond?* Ich dachte, er liebt es hier inzwischen. Und dann dich und das Stück in einem Aufwasch verlieren. Zerstörungskraft von Godzilla.«

Ich kann Jeremy kaum in die Augen sehen, weil der Gedanke an Landon, den ich so mühsam fernhalte bis nach der Aufführung, so schmerzhaft ist. Und vielleicht hat seine Nachricht es noch schmerzhafter gemacht, weil sie gezeigt hat, dass ich mich nicht in ihm getäuscht habe. Und dann doch wieder. Er ist weg. Er hat nie etwas anderes versprochen.

»Er hat gesagt, dass er nicht Dornbushs erste Wahl war. Dass Dornbush erleichtert sei, dass er weg ist.«

»Was?« Jeremy sieht total überrascht aus. »Das ist doch der allergrößte Schwachsinn überhaupt.«

»Ich finde auch, aber es war schon seltsam. Und die Rolle, für die er gegangen ist, war eine, die er ursprünglich nicht wollte.« Ich versuche die Gedanken an die anderen Dinge, die Landon gesagt hat, zu verdrängen. Die Kälte. Die Gehässigkeit. Aber nach seiner Nachricht könnte ich ihm die verzeihen. Doch auch das hilft nicht.

Wir stehen nebeneinander und trinken unsere Limonade. Jeremy ist einer der wenigen Schauspieler, der nicht ins Gym geht und sich auch nicht darum schert.

»Du mochtest ihn ziemlich, nicht?«

Ich nicke und blinzele die Tränen weg, die sofort hochsteigen.

»Ich weiß nicht, vielleicht habe ich mich auch in ihm getäuscht«, sage ich und blicke zu Jeremy in der Hoffnung, dass er mir widerspricht.

Jeremy seufzt. »Ich würde ihn gern hassen, aber ganz ehrlich, ich habe eigentlich kapiert, dass er ein netter Kerl ist. Deshalb habe ich den Arschloch-Move jetzt auch nicht verstanden am Schluss. Beziehungsweise ja, wenn es die Rolle seines Lebens wäre, aber warum macht er das dann? Natürlich hat er sich mit Dornbush gelegentlich in die Haare bekommen, aber letztlich hat Dornbush mehr an ihn geglaubt als an mich.«

Kurze Zeit später verabschiede ich mich von Jeremy und gehe zurück zu dem Gebäude neben dem Davidson Art Center, wo die Büros der Professoren untergebracht sind.

»Ein Besuch von meiner Beatrice«, begrüßt Dornbush mich freundlich. Er sitzt an seinem modernen Holzschreibtisch. An der Wand entlang ziehen sich einfache Holzregale, die aus den Fünfzigern sein könnten. Das ganze Center hat diesen Look aus den Fünfzigern, obwohl es viel später gebaut wurde. Bauhaus, einfache, funktionale Formen. Allerdings zerstört Dornbush das minimalistisch gedachte Design durch den Überfluss an Büchern und mit Gummibändern zusammengehaltenen Drehbüchern. An der Wand hängen Urkunden, ein paar Familienfotos mit einer blonden Frau und zwei Mädchen drauf. Auf dem wahrscheinlich neuesten Bild sind es eher genervt aussehende Teenager. Soweit ich weiß, ist Dornbush geschieden. Ich nehme ihn wirklich zu wenig als Mensch wahr, nur als Professor. Er trägt sein braunes Cordjackett und blickt mich aufmerksam an.

»Was hast du auf dem Herzen?«, fragt er und irgendwie habe ich das sichere Gefühl, dass er keine Lust auf das Thema Landon hat. Der Gedanke lässt meinen Magen schrumpfen und meinen Hals enger werden. Ich bin erzogen worden, Autoritätspersonen zu akzeptieren, und Dornbush schüchtert mich immer noch ein.

»Es geht um Landon«, bringe ich hervor, bevor ich den Mut verliere, es wirklich zu sagen.

»Ah«, erwidert er seufzend und lehnt sich wieder in seinem Stuhl zurück.

»Ich möchte gern wissen, warum er gegangen ist.« Meine Stimme klingt etwas unsicher.

»Das solltest du ihn selbst fragen. Ich kann dir keine Auskunft geben. Er hat das MCPA verlassen für eine Rolle, die ihm wie seine Zukunft erschien. Aber mein Job ist es nicht, Studierende zu irgendetwas zu überreden, das funktioniert nicht. Der Antrieb muss aus einem selbst kommen.«

»Haben Sie wirklich daran geglaubt, dass Landon es schaffen könnte?«

Er verzieht das Gesicht und versucht scheinbar zu verstehen, worauf ich hinauswill. »Hätte ich ihm sonst die Hauptrolle gegeben?«

»Das habe ich auch gedacht. Aber … er hat ein paar komische Dinge gesagt. Dass sie nicht an ihn geglaubt haben …«

»Das hat er gesagt?«, brummelt Dornbush und sieht mich nachdenklich an. Aber irgendetwas ist in seinem Gesicht, das mir sagt, dass ich gar nicht so falschliege.

»Er hat gesagt, dass Sie ihn nicht ausgewählt hätten. Dass Sie nicht dafür waren, dass er aufgenommen wird.«

»Das stimmt. Wir sind ein Komitee, aber eine Einzelstimme ist nicht entscheidend. Landon hat erzählt, dass er aufgenommen wurde, weil er aus einer Spenderfamilie kommt oder Kontakte zu Leuten hat, die viel für das College gemacht haben. Das MCPA finanziert sich zum Teil privat und wir haben einige Studienplätze für Angehörige von Spendern. Allerdings werden die ebenfalls nur aufgenommen, wenn sie Talent haben. Ich mag das System nicht, aber das College muss sich finanzieren und genauso gibt es ja wiederum dadurch viele Stipendien für Studierende, die es sich nie leisten könnten zu kommen. Es wird nicht groß drüber geredet natürlich, aber es ist auch kein schmutziges Geheimnis.«

»Landon wäre sonst gar nicht angenommen worden?«

Dornbush seufzt. »Eigentlich sollten wir beide dieses Thema nicht besprechen. Aber du scheinst gut informiert. Ich habe es tatsächlich nachgeschaut. Aber nein, er ist ganz normal angenommen worden. Ich habe die Unterlagen angeschaut, Hazel.«

In meinem Kopf beginnen die Gedanken zu kreisen. Ich weiß schließlich von Landons Unsicherheit. Keine Ahnung, ob das noch irgendjemand sonst weiß.

»Ihr wart sehr gut gemeinsam und auch meine Meinung über Landons Charakter, die ich anfangs hatte, habe ich revidiert.« Dornbush beugt sich vor und der Geruch seines Aftershaves, das mich immer an Leder erinnert und das ich von den vielen Proben schon gut kenne, dringt zu mir. »Ich weiß nicht, wie euer Verhältnis ist, aber man sollte Leute, die gehen wollen, nicht aufhalten. In jeder Beziehung.« Ich habe den Eindruck, dass sein Blick kurz über die Fotos seiner Frau an der Wand gleitet.

»Ich glaube nicht, dass er gehen wollte. Ich weiß nicht, warum er denkt, dass er nur durch Beziehungen hier reingekommen ist. Das hat ihn bestimmt total verunsichert.«

»Es ist nett, dass du ihn verteidigen willst. Er ist erwachsen. Er ist wegen einem Rollenangebot gegangen. Du und Jeremy, ihr macht das schon.« Er steht auf und schaut auf seine Uhr. »Ich fürchte, ich habe gleich einen Termin«, sagt er. Dornbush will das Gespräch beenden. Natürlich. Es geht ihm um Schauspiel. Um Theater. Nicht darum, verwöhnte Hollywood-Stars zurückzuholen und zu überzeugen, dass sie bei ihm etwas lernen können.

»Dürfte er zurückkommen, wenn er es sich anders überlegt?«, frage ich ihn.

Dornbush wirft mir einen langen Blick zu.

»Ich glaube wirklich, dass es ein Missverständnis ist, ich möchte es ihm auf jeden Fall sagen. Er hält so viel von Ihrer Meinung.«

Dornbush reibt sein Kinn mit Zeigefinger und Daumen.

»Für die Rolle ist es zu spät. Das ist Jeremys Chance. Aber … ich mochte ihn. Er ist gut. Hollywood bringt viele kaputte Leute hervor, ich bin eigentlich froh über jeden, den wir retten können.«

Ich mache einen Schritt nach vorn, ohne darüber nachzudenken, und umarme Dornbush. Er stutzt überrascht, dann klopft er mir etwas unbeholfen auf den Rücken.

Ich trete zurück. »Entschuldigung, ich bin auch schon ziemlich durch den Wind.«

Aber ich denke an alle diese Dinge, die Landon mir erzählt hat. Und vielleicht ist es nicht logisch und ich laufe Gefahr, eines dieser idiotischen Mädchen zu sein, die sich einbilden, dass sie jemanden retten müssen. Aber sogar, wenn er nicht mit mir zusammen sein will, wenn es nichts mit uns beiden zu tun hat. Einfach als Freund, als mein Schauspielpartner muss er auf jeden Fall wissen, was Dornbush mir gerade erzählt hat.

Dreiundvierzig

Landon

Der Himmel ist wolkenlos, ein perfekter L.-A.-Himmel – abgesehen von dem leichten Smog. Aber was wäre L. A. ohne den Smog? Ich stehe natürlich im Stau im roten Prius von Patti auf dem Weg zu einem Meeting. Zu *dem* Meeting. Stau erscheint mir nach der kurzen Zeit alles andere als entspannend, ich muss einfach kolossal vom Flug verwirrt gewesen sein, so einen Mist zu denken, dass er meditative Eigenschaften hätte. Natürlich hätte Patti lieber einen Tesla wie Nate, aber es ist immer noch der Prius. Meine Theorie, dass es ihr finanziell viel schlechter geht als erwartet, bestätigt sich immer mehr. Auf meinem Handy blinkt eine Nachricht und für einen kurzen Moment denke ich, dass es Hazel ist. Es ist Nate.

> Marshi, ich habe hier neue Boots und eine
> extradicke Daunenjacke für Weicheier wie dich.
> Falls du wegen dem Wetter abgehauen bist,
> zählt das nicht mehr als Grund.

Nate schreibt jeden Tag eine Nachricht, manchmal antworte ich mit einem Emoticon oder einem Satz, aber irgendwie rührt mich diese Ausdauer.

Mein eigenes Auto habe ich ja in Montana gelassen. Genauso wie meine Sachen, die immer noch in meinem Zimmer im Chekhov-Haus sind. Wieder nutzt mein Gehirn jede Möglichkeit, Bilder von Montana abzuspielen. Von Layla und den anderen dort und natürlich immer wieder von Hazel, wie sie mich angesehen hat, wie sie mit mir geschlafen hat, wie sie mich angesehen hat, als sie mit mir geschlafen hat. Montana ist so weit weg und so unwirklich, unvorstellbar, dass es existiert, dass die Leute dort existieren, dass Hazel heute mit Jeremy die erste Aufführung hat. Ich verziehe unwillkürlich das Gesicht. Ich bin eifersüchtig auf Jeremy und es wurmt mich wahrscheinlich noch mehr, dass der Typ scheinbar problemlos am MCPA aufgenommen wurde. Natürlich ist er der Herausforderung gewachsen. Okay, den Gedanken schiebe ich jetzt wirklich gleich weg, mit dem kommen zu viele Gefühle hoch, das schaffe ich gerade nicht.

Das Treffen ist in einem dieser typischen Büros in Culver City. Das ganze Gebäude wirkt wie aus Pappe gebaut und am Schluss in einen apricotfarbenen Farbeimer getaucht. Patti kommt mit Gabriellas Wagen, weil sie vorher noch einen anderen Termin hat.

Dieses hohle Gefühl in mir drin, das ich in Dornbushs Büro empfunden habe, ist schwer zu beschreiben. Und auch, was es in mir ausgelöst hat. Dass es alles eine Lüge war, dass dieser ganze Versuch, mich von L. A. zu lösen, eine Illusion war, weil alles mit L. A. zusammenhängt. Mit meinen Kontakten und meinem furchtbaren Agenten George, mit Patti. Die anderen sind wegen ihrer Leistung aufgenommen worden. Sogar Hazel, die immer so unsicher ist, hat nichts gehabt außer das, was sie bei der Aufnahmeprüfung gezeigt hat, und ist angenommen worden. Bevor ich mich versehe, koche ich vor Wut. Ich haue mit der Handfläche aufs Lenkrad. Einmal. Und noch mal. Meine Hand brennt. Ich haue fester. Diesmal fährt mir der Schmerz in den Oberarm. Wenn ich so weitermache, komme ich mit gebrochenem Arm zum Vorstellungsgespräch. Ich versuche es mit Schreien. »Fuck«, brülle ich. Und dann noch mal ganz laut »Fuuuuuuuck«.

Mein Blick fällt auf das Auto neben mir und ich sehe die sehr erschrockenen Augen einer älteren Frau. Ich beherrsche mich, ihr nicht noch ein »Was glotzt du denn so?« entgegenzuwerfen. Genau das Gefühl, was ich nicht haben wollte, bevor ich zu diesem wichtigen Treffen komme. Ich weiß, wie man zu solchen Treffen geht. Entspannt. Siegessicher. Man ist der Gewinner, der seinen Wert kennt. Mit mir wollen alle zusammenarbeiten, weil sie etwas von meiner Sicherheit besitzen möchten. Atmen. Ruhig werden, entspannt sein. Siegermodus. Wie gut ich meine Kollegen verstehen kann, die sich in solchen Momenten Tabletten einwerfen. Wie schön wäre jetzt eine Pille, die genau diese Angst und Wut betäubt. Es gibt für alles eine Pille, die kenne ich auch. Die hat Khylin damals genommen, als der Druck so schlimm wurde. Damit fing es an. Aber scheinbar hat er sich ja wieder im Griff, wenn er jetzt so eine gute Rolle hat. Ich muss ihn mal wieder sehen. Wer ein Arsch wie George als Agent überlebt, ist für das Geschäft gut gewappnet. Ein verächtliches Schnauben entfährt mir.

Am Schluss bin ich sogar ein paar Minuten zu früh da, weil ich, nachdem die Straße frei war, jede Geschwindigkeitsbegrenzung ignoriert habe. Die Wut ist weg und nur die Taubheit ist übrig geblieben. Und plötzlich denke ich, dass ich diese Taubheit eigentlich gut kenne, dass sie mir nur neu aufgefallen ist, weil sie in Montana kein Teil von mir war. Aber jetzt ist sie mein täglicher Begleiter. Wie früher. Die Erkenntnis wirft mich kurz aus der Bahn.

Ich betrete den kleinen Laden neben dem Büro, um mir noch einen Smoothie zu holen. Einen Green-Smoothie mit Açaí, gerösteten Hanfsamen und dem ganzen Shit, den man sich in L. A. halt in seinen Smoothie rührt.

Man merkt schon am Café, wo es liegt. An den Tischen sitzen Leute, die vorsprechen möchten. Ich bestelle noch einen Matcha Latte mit Zimt und Proteinpulver und Spirulina, den ich das letzte Mal getrunken habe, bevor ich L. A. verlassen habe, und checke mein Instagram, um zu sehen, wer noch geantwortet hat auf meinen Post vom Flughafen. Ich merke es nicht sofort, aber dann starre ich einen Moment fassungslos auf mein Konto. Ich habe siebenhunderttausend mehr Follower als letzte Woche. *Siebenhunderttausend.* Woher kommen die? Hat irgendjemand was über mich gepostet? Aber um Follower in der Größenordnung zu bekommen, muss mehr oder minder Kim Kardashian ein Bild mit mir gepostet haben, was definitiv nicht der Fall ist. Es macht überhaupt keinen Sinn. Sind sie beim letzten Mal auch schon da gewesen und ich habe sie nur nicht bemerkt?

Ich muss es mir später genauer anschauen. Ich muss hoch, Patti habe ich immer noch nicht gesehen, aber vielleicht ist sie schon vor mir gekommen und wartet im Büro auf mich. Es soll kein Vorsprechen sein, denn Thorndike kennt mich schließlich schon, sondern direkt eine Projektbesprechung werden, wo geklärt wird, wie es weitergehen wird. Ich klingele unten und werde vom Empfang angekündigt und darf den Fahrstuhl betreten. Ich bin tatsächlich kein bisschen aufgeregt. Ich fühle mich nur leer, ferngesteuert, aber irgendetwas Vertrautes hat dieses Gefühl auch. Es ist wie damals, wenn ich täglich zu den Dreharbeiten gegangen bin, ohne darüber nachzudenken, ob ich Lust dazu habe oder nicht. Ohne dass ich jemals darüber nachgedacht habe, ob ich es will oder nicht will. Das spielte keine Rolle. Es gab immer das Ziel, den Erfolg, die größere Rolle, den Ruhm, das war gesetzt wie bei anderen der sonntägliche Gang zur Kirche. Das wurde nicht angezweifelt.

Als ich ins Büro komme und in eine Art Aufenthaltsraum weitergeleitet werde, wo die anderen schon auf mich warten, blinzele ich kurz. Patti sitzt dort auf einem der schwarzen

Stühle in einem schwarzen, sehr figurbetonten Anzug, den sie gern trägt, wenn es darum geht, Verträge zu verhandeln. Sie hält einen Kaffeebecher in der Hand und unterhält sich angeregt mit jemand anderem, der mit dem Rücken zu mir steht. Ein breiter Männerrücken. Sofort kriecht Kälte in meinem Inneren hoch. Dann dreht sich der Mann zur Seite. Jahrelang habe ich diese Silhouette ständig gesehen, ich könnte sie im Schlaf zeichnen. Er hat sich nur wenig verändert im letzten Jahr, trägt seine Haare länger mit blonden Strähnen. Sein Nacken ist gebräunt, vielleicht war er wieder in Asien, wo er sehr gern Urlaub macht, immer allein in irgendwelchen Wellness-Hotels, wo er sich den ganzen Tag massieren und verwöhnen lässt, wie er es nennt.

»Schatz! Das bist du ja.« Patti kommt auf mich zu und lächelt ihr Siegerlächeln. Alle wollen mit Siegern arbeiten, natürlich beherrscht sie dieses Lächeln. George dreht sich ebenfalls zu mir um und strahlt mit extraweißen Zähnen. Die haben sich nicht verändert. Keine Regung in seinem Gesicht, die etwas von unserem Streit vermuten lassen würde, vielleicht hat er auch einfach Botox reingespritzt.

»Es ist so schön, dich wiederzusehen«, sagt er, als hätte es die Auseinandersetzungen überhaupt nicht gegeben. Niemand ist nachtragend in der Branche, denn es ist nie von Vorteil, nachtragend zu sein, man weiß schließlich nie, wo und auf welcher Seite der andere wieder auftaucht – als Produzent der Serie, in der man immer spielen wollte, als Berater, als Casting-Agent, die Positionen werden gewechselt, das weiß man. Hollywood ist groß, aber erstaunlich klein, wenn man lange genug dabei ist, und so jung ich auch bin, ich bin schon eine Weile dabei.

»Ich habe gehört, dass du in die Klassiker eingestiegen bist«, sagt George und schüttelt meine Hand, die ich ihm mechanisch hingehalten habe.

»Hi, George«, sage ich. Seine Hand ist kalt und ich denke in dem Moment, dass ich wirklich nicht von ihm angefasst werden will, dass ich eigentlich noch eine viel größere Abneigung gegen alles Körperliche von ihm habe als früher. Sein Schulterklopfen, die Umarmungen, die scheinbare Vertrautheit.

Mein Blick geht zurück zu Patti, deren lächelnder Gesichtsausdruck gleichzeitig eine Warnung ist, so kurz vor Vertragsunterschrift. Mir fällt auf, wie wenig ich über das Projekt weiß.

In dem Moment kommt Natalie, die nicht viel älter als ich ist, in einem hautengen, aber hochgeschlossenen weißen Kleid, das ihre perfekten Kurven umspielt, um uns zu Thorndike zu begleiten. Sie begrüßt mich mit einer sterilen Umarmung. »Großer Tag«, flüstert sie mir ins Ohr. »Für dich und für mich, weil du wieder hier bist.« Sie zwinkert mir zu. Ihre Wimpern sind so lang wie Hazels, aber geradezu frisiert und mit Sicherheit nicht echt. Hazel.

Ich folge Natalie in das Büro, das ebenfalls ganz in Weiß eingerichtet ist, sogar die Wände sind von innen beleuchtet, sodass man sich fühlt, als wäre man im Himmel oder, denke ich plötzlich, in einer Zelle, die immer hell ist, wo man nie schlafen kann. Quatsch, ich habe komische Gedanken. George sieht zufrieden aus, er ist sich dieser Sache sicher, ich kenne ihn lang genug. Als wir noch meinen Coach und den Assistenten und Stylisten hatten, während es so gut lief bei der Serie, sind wir nur im Pulk aufgetreten. Jeder hat seine Leute dabei in L. A., eine Art Puffer zur Außenwelt. »Deine Leute rufen meine Leute an« – wir haben das nicht als Witz gesagt. George hat Natalie vielleicht mitgebracht, um eine kleine Entourage zu demonstrieren.

Alle begrüßen sich freundlich und machen sich Komplimente: die Casting-Leute, Thorndike und die Co-Produzenten, ein paar Leute vom Marketing, die Regisseurin und Beraterinnen, von denen nicht klar ist, zu wem sie genau gehören.

Thorndike bemerkt, dass ich gerade Shakespeare spiele. Ich verkneife mir den zynischen Hinweis, dass ich in dieser

Sekunde den gesamten Cast am MCPA im Stich lasse, um hier zu sein. Wir setzen uns an den Konferenztisch und das Gespräch geht los, das Projekt wird vorgestellt, die Vision, die Hoffnungen.

»Wir denken zudem, dass du auch von der Zielgruppe genau zu uns passt«, sagt Thorndike nach einer Weile. »Du kommst aus der richtigen Zeit und wir erhoffen uns, dass deine alten Fans jetzt genau in dem Alter der aktuellen Zielgruppe sind und dass du einige von ihnen mitbringen kannst. Du hast ja immer noch einen sehr guten Kontakt zu ihnen und sie würden dir mit Sicherheit zu einer neuen Serie folgen.« Ich denke sofort an mein Instagram und meine neuen Follower. Ich schaue zu Patti, die konzentriert Thorndikes Worten lauscht. Aber wer soll es sonst gewesen sein?

»Du bist super in der Rolle und du weißt, für den Sender später spielt einfach das Gesamtpaket eine Rolle.«

Patti nickt, genauso wie George, der neben ihr sitzt und ein Bein über das andere geschlagen hat. Freundlich, aber nicht so freundlich. George ist schon im Verhandlungsmodus. Meine Mutter ist als Beraterin dabei. Sie hatte mir die Eckpunkte des Vertrags nur grob umrissen, diese Verträge sind so lang, die will wirklich niemand lesen. Entscheidend für mich sind die drei Jahre, aber es ist die maximale Verpflichtung, vielleicht wird es nicht so lang dauern, und falls es so lang dauert, wird es wahrscheinlich ein so großer Erfolg, dass es Spaß macht, so lang dabeizubleiben. So habe ich es mir selbst eingeredet. Drei Jahre Zähne zusammenbeißen und nichts infrage stellen. Ich spiele auf meinem Handy herum und plötzlich lande ich bei Hazels alten Nachrichten.

»Sie haben einen reichlichen Mangel an Witz, Sie riesiger Fleischhügel, Sie mörderischer, verdammter Däne«, steht dort. Ich muss unwillkürlich lächeln. Wir haben uns nach dem einen Abend häufig Shakespeare-Beleidigungen geschickt, diese kombiniert Hamlet- und Heinrich-IV.-Zitate.

Ich blicke hoch zu den anderen, die um den Tisch sitzen. Es ist unhöflich, während dieser Sitzung aufs Handy zu schauen, und kurz nehme ich den vorwurfsvollen Blick meiner Mutter wahr. Dann wendet sie sich zurück zu Thorndike. Meine Mutter ist in ihrem Element. Thorndike nickt ihr zu und streicht sich dabei über seinen grau melierten Dreitagebart. Ich kann es echt nicht fassen, dass sie einfach so weitermacht. Sie weiß so viel über George, die Sache mit Nikki, sie verzeiht ihm alles. Ich greife wieder nach meinem Handy und scrolle durch unsere alten Nachrichten.

Ich habe schon oft in solchen Runden gesessen, ich sage nicht so viel und niemand interessiert sich besonders für mich, weil es heute wirklich um den Vertrag geht. Und dann beginnt George zu verhandeln und Patti schaltet sich ein und sogar Natalie gibt mit Hinweise darauf, wie mein Verhältnis zu meinen Fans ist. Nur ich schalte mich nicht ein. Ich ziehe den Vertrag näher zu mir heran und schaue hinein. Auf dem Deckblatt steht: »vertreten durch die Agenten George M. Mitchell und Patricia Bonell«, so wie früher, das Team. Ich blättere durch die ersten Seiten und dann sehe ich die Vertragslaufzeit. *Fünf Jahre*, steht dort. Nicht drei Jahre wie vereinbart. Ich blinzele. Ich denke an all die Verträge, all die Zeit, die ich verloren habe für Dinge, die gar nicht mein Traum sind. Vielleicht merke ich es gerade, weil sich die Taubheit mit den Nachrichten von Hazel etwas verflüchtigt hat. In dem Moment blinkt mein Handy mit einer Nachricht auf.

Ich vermisse dich.

Ich starre auf den Satz. Der Wortlaut ist ja nicht so komplex, trotzdem starre ich ihn an, als wäre es ein komplizierter Dialog, den man sich genau anschauen muss, um ihn zu verstehen. Dabei stehen dort nur diese drei Worte und die Zeit bleibt irgendwie stehen. Vielleicht gehöre ich nicht als Student ans MCPA, aber hierhin gehöre ich auch nicht. Ich will das nicht.

Ich beuge mich zu der Person neben mir, Thorndikes Assistent, einem dunkelhaarigen Typen im strahlend blauen, etwas zu engen Anzug. »Entschuldigungen Sie mich einen Moment«, flüstere ich ihm zu und stehe auf. Ich nicke den anderen beruhigend zu, als wäre nichts Besonderes und als würde ich nur kurz zur Toilette gehen.

Draußen steht eine weitere Assistentin, kurzer Rock, gelbes Oberteil, sie könnte Natalies beste Freundin sein. Sie wartet darauf, dass ihr jemand ein Zeichen gibt, um etwas zu trinken zu holen, ein Blatt zu kopieren oder irgendetwas zu besorgen.

»Ich muss leider gehen«, sage ich zu ihr. »Sagen Sie bitte den anderen, dass ich mich schlecht gefühlt habe und wegmusste. Aber erst, wenn sie rauskommen, ich möchte da nicht stören, in Ordnung?«

Auf dem Weg nach draußen muss ich durch den Warteraum hindurch. Ein Junge sitzt dort, vielleicht dreizehn, mit seiner Mutter.

»Entschuldigung. Läuft die Besprechung noch? Wir warten auf George M. Mitchell«, sagt die Mutter.

Ich blicke sie an und dann zu ihrem Sohn, der dort sitzt, aufgeregt mit neugierigen blauen Augen. »Ist George sein Agent?«

Sie nickt. »Bald«, antwortet sie und strahlt.

»Ich habe auch mit ihm gearbeitet …«

»Ich weiß«, unterbricht mich die Mutter. »Sie sind Landon Bonell, ich habe Sie natürlich sofort erkannt.«

»Ich muss jetzt los, aber wenn Sie mir Ihre Karte geben möchten, erzähle ich Ihnen gern, wie die Zusammenarbeit damals war, und kann Ihnen ein paar Tipps geben.«

Sie nickt begeistert und kramt eine Karte aus ihrer Tasche.

»Danke, Mr Bonell. Es ist mir eine Ehre«, sagt sie.

Vielleicht ist es Selbstmord, alles wegzuwerfen, aber noch mehr Selbstmord ist es dabeizubleiben. Ich schreibe eine Nachricht an meine Mutter, dass sie das Meeting beenden sollte, weil ich die Rolle nicht annehmen werde. Ich entschuldige mich auch bei ihr für meinen grandios unprofessionellen Abgang, aber ich kann diese Rolle nicht spielen. In dem Moment trifft eine weitere Nachricht ein.

»Ich muss dir noch etwas erzählen, was du auf jeden Fall wissen solltest, bevor du dich entscheidest«, schreibt Hazel. Ich starre auf die Nachricht und denke nur an all die Dinge, die *ich* ihr erzählen sollte, die *sie* wissen sollte. Ich brauche einen Flug.

Vierundvierzig

Hazel

Ein Knoten ist geplatzt, als ich Landons Nachricht gestern bekommen habe. Gleich geht es los, aber mein Herz ist so viel leichter. Plötzlich denke ich, dass ich es schaffen werde, die Angst in Aufregung zu verwandeln, wie ich es übe. Yuna wird die ganze Vorführung aufnehmen, damit ich sie meiner Oma schicken kann. So schaut sie doch zu und auch das spornt mich an.

Nicht, weil Layla vor mir sitzt mit dem Schachspiel. Wir werden es bis zum Aufwärmen spielen. Sie ist heute jedoch nicht so aufgeregt. Heute macht sie es für mich.

Wir spielen und sie kichert und ist so gelöst, dass es ansteckend ist, wenn sie ihre Figuren auf das Brett knallt. Jeremy kommt zu mir, er taucht schon lange Zeit vor dem Auftritt in die Rolle des Benedikt und streicht mir über den Kopf, liebevoll und neckend, wie in der Rolle, er betreibt pures Method-Acting. Ich lächele ihm zu. Jeder hat seine eigene Strategie. Ich muss noch einmal zur Toilette, immerhin habe ich keine Magenprobleme. Es gibt Schauspieler, die bekommen wegen ihres Lampenfiebers schlimmste Magenprobleme vor der Aufführung. Als ich zurückkomme, spüre ich die Panik in der Ferne auftauchen wie den Vorboten eines Unwetters. Aber dann ist Layla da und es geht an das gemeinsame Aufwärmen.

Wir machen die Sprachübungen, halten uns an den Händen und ich denke daran, wie sehr wir zusammengewachsen sind. Dann ist es so weit. Hinter dem Vorhang ist es dunkel und ich nehme meine Position ein, höre die anderen. Layla und ich sind gemeinsam direkt Teil der ersten Szene. Ich warte auf die Angst, fast fehlt mir etwas. Die Sorge, dass ich beurteilt werde, dass ich nicht gut genug bin, dass etwas schiefgeht, die sich zur Panik hochschraubt. Aber ich spüre nur das aufgeregte Schlagen meines Herzens, höre die Geräusche des Publikums und plötzlich denke ich bloß, dass ich hierhin gehöre. Ich bin Beatrice, ich lasse mich nicht einschüchtern, alle Angst, Bedenken, Unsicherheiten verschwinden und ich bin da. Als Beatrice. Noch nie war ich mehr ich selbst. Das ist der Grund, warum ich hier bin.

Der Vorhang geht hoch und ich stehe auf dem Gut in Sizilien.

Fünfundvierzig

Landon

Ich bin nach den gescheiterten Verhandlungen am nächsten Tag nach Montana zurückgeflogen. Es hat sich noch nie so gut angefühlt. So richtig. Patti war sauer, aber ich hatte fast das Gefühl, dass sie ein schlechtes Gewissen hatte, weil sie gemerkt hat, dass sie zu weit gegangen ist. Ich habe die Angst in ihren Augen gesehen, als sie versprochen hat, die gekauften Follower wieder irgendwie loszuwerden. Ich kann sie gar nicht hassen, sie tut mir leid. Thorndike hat mir sogar Bedenkzeit eingeräumt, ich könnte noch zurück. Ich will nicht zurück. Montanas Sonne scheint warm im Juni und die Wiesen leuchten frisch und grün, als ich im Shuttle zurück zum Campus fahre. Ich bin zurückgekommen, um meine Sachen zu holen. Ich bin auch zurückgekommen, um mich beim Cast zu entschuldigen. Aber vor allem bin ich zurückgekommen, um Hazel zu sehen.

Ich habe nur meinen dunkelblauen Rucksack dabei und laufe über die Wiese zu ihrem Wohnheim. Ich habe ihr geschrieben, dass ich versuche zu kommen. Heute Abend ist die Aufführung für Collegeangehörige und Familien. Ich finde Hazel in ihrem Zimmer. Die Tür ist offen, das Klopfen hat sie nicht gehört. Sie sitzt mit geschlossenen Augen auf ihrem Bett mit der Blümchenbettdecke, die jetzt richtig herum liegt, und spielt Gitarre. Sie summt leise und wirkt ganz versunken. Sie bereitet sich auf den Auftritt am Abend vor.

»Hazel«, sage ich leise, aber sie hört es nicht. Ich wiederhole ihren Namen, sie öffnet die Augen und sieht mich erschrocken an. Sie richtet sich auf und zieht sich die Kopfhörer von den Ohren.

»Entschuldigung. Ich wollte dich nicht erschrecken«, stottere ich, aber meine Stimme klingt verzerrt und seltsam. Sie zu sehen, in diesem Zimmer, überfordert mich gerade.

»Landon.« Sie springt von ihrem Bett auf, kommt zu mir herübergelaufen und bleibt vor mir stehen. In ihren Augen liegt Freude, aber auch Verletztheit. Dass ich der Grund dafür sein könnte, schnürt mir die Kehle zu.

»Ich wünschte so sehr, dass ich es zurücknehmen könnte. Aber das kann ich nicht. Ich habe so viele Fehler gemacht, mehr Fehler, als man verzeihen kann.«

Ich merke, wie ich anfange zu heulen wie ein kleines Kind. Ich fahre mir mit dem Handrücken über die Wange. Hazel hält meinen Arm fest. »Man kann alles verzeihen, denke ich«, sagt sie. Ihre warme Hand auf meinem Arm. Ich habe es so vermisst.

»Wie war es gestern?«

»Es ist gut gelaufen. Wirklich gut. Jeremy ist euphorisch, weil ihn ein guter Agent kontaktiert hat. Mich hat niemand kontaktiert, aber Dornbush hat gesagt, es kann gut sein, dass es noch passiert, weil ich einfach gut war.« Sie beißt sich auf die Lippe und sieht etwas verlegen aus, vielleicht weil sie nicht weiß, wie ich darüber denke.

»Ich freue mich für Jeremy. Er hat es verdient«, sage ich schnell.

»Und … bei dir?«, fragt sie. »Erzählst du mir, was passiert ist?«

Sie schaut auf ihre Uhr. »Ich habe noch eine Stunde, bis ich zurück sein muss. Ich spiele Schach mit Layla. Sie hatte einen

Lampenfieber-Ausbruch erster Klasse, als sie erfahren hat, dass ihr Bruder kommt. Die Aufführung fürs Fachpublikum lief super, aber heute wird es hart für sie. Ihre Familie ist gekommen und sie hat schon beim Mittagessen einen halben Nervenzusammenbruch bekommen. Sie braucht mich. Weißt du, ich hätte nie gedacht, dass ich es ohne dich so gut hinbekomme. Und vielleicht hat mir auch geholfen, dass ich Layla nicht im Stich lassen konnte. Wenn ich es gestern nicht geschafft hätte, wäre es Mist gewesen.«

»Sind deine Eltern auch da?«

»Sie konnten nicht, meine Oma liegt im Krankenhaus.« Sie blickt auf die Gitarre herunter.

»O nein, deine Oma, hoffentlich nichts Schlimmes?«

Sie nickt. »Doch. Aber ihr geht es schon besser. Es geht auch so.«

»Vielleicht war es nicht nur schlecht, dass ich weg war. Jetzt weißt du, dass du es auch allein schaffst. Ich bin so stolz auf dich.«

Sie schüttelt den Kopf. »Landon.«

Ich berichte in wenigen Worten, was in den letzten Tagen passiert ist. Wie ich während des Meetings einfach wusste, dass ich nicht mehr zurückwill in dieses Leben. Nie mehr. Und dass es nicht nur zwei Alternativen gibt, nicht Schwarz oder Weiß, sondern jede Menge Grau. Ich erzähle ihr von dem Vertrag und meinem eher unrühmlichen Abgang.

»Kommst du zurück ans College?«, fragt Hazel.

Ich zucke mit den Schultern. »Ich bin wegen dir gekommen. Ich habe keine Ahnung, was ich jetzt mache. Ich muss mit denen reden.«

Und dann macht sie einen Schritt nach vorn und umschlingt mich mit ihren Armen und vergräbt ihren Kopf an meinem Hals. Sie hätte so viele Gründe, das nicht zu tun, doch sie macht es trotzdem. Der vertraute Kokosduft, ihre schmalen Arme, ihre Hände – das Gefühl, sie in den Armen zu haben, ist unbeschreiblich. Wie konnte ich nur jemals versuchen, mich immun dagegen zu machen? Ich umarme sie zurück. Ich versenke meine Nase in ihren fedrigen Haaren. Sie presst sich noch enger gegen mich und ich kann nichts dagegen machen, aber mir entfährt ein Schluchzer. Sie drückt mich nur noch fester an sich. Ich schluchze noch mal und ich fange wieder an zu heulen. Ich glaube, ich habe das letzte Mal mit zehn geheult, danach nur, wenn eine Kamera da war und Tränenflüssigkeit aus dem Reagenzglas. Heulen nur mit Kamera, das war eine Art Motto bei uns zu Hause. Ich reiße mich gewaltig zusammen, um nicht weiterzuschluchzen, und wahrscheinlich übertrage ich die Anspannung in meine Arme. Denn plötzlich zuckt sie etwas mit den Schultern und presst gegen meine Umklammerung.

»Ich freue mich auch, dass du gekommen bist, aber die Freude wird von kurzer Dauer sein, wenn du so weitermachst, weil ich dann nämlich ersticke«, erklingt es sehr dumpf gegen meine Brust. »Und noch einen Ausfall beim Cast können wir nicht gebrauchen.«

Ich muss auflachen, ich fühle mich schon jetzt so viel leichter. Bin so froh, dass sie hier steht, mit mir redet und mich nicht aufgegeben hat. Ich streiche vorsichtig die Konturen ihres Gesichts entlang. Beuge mich vor, um sie auf die Wange zu küssen. Ich will viel mehr als auf die Wange küssen, aber ich weiß nicht, ob sie es will.

»Ich bin so blind. Du bist in so vieler Hinsicht besser als ich. Ein besserer Mensch, eine bessere Schauspielerin. Und du verstehst Hollywood besser.«

Sie blickt zu mir hoch und ihre Augen glänzen. »Das ist jetzt ganz schön viel Unterwerfungsgeste. Wenn du so unterwürfig bist, weiß ich gar nicht, wie ich mit dir umgehen soll.« Sie lächelt vorsichtig. »Aber danke.« Ich sehe Unsicherheit über ihr Gesicht huschen und weiß nicht, wem diese Unsicherheit gilt, sie muss gleich auf die Bühne.

»Du bist die geborene Schauspielerin.« Ich streiche ihr über den Kopf, streiche ihre Arme herunter. Sie lässt es geschehen und ich verspüre so eine starke Sehnsucht nach ihr. »Ich bin noch nicht mal durch die Aufnahmeprüfung gekommen. Das hat meine Mutter mir erzählt, als ich das Angebot ablehnen wollte. Deshalb war ich so durcheinander. Es war ein ziemlich schwerer Schlag für mich. Aber das ist keine Entschuldigung.«

Sie hält inne. »Du denkst das wirklich immer noch?«

»Ich weiß es«, erwidere ich schlicht.

»Nein, ich weiß, wie du hier reingekommen bist. Aber es ist anders, als du denkst. Darüber wollte ich mit dir reden. Ich dachte, du wüsstest es inzwischen und bist deshalb zurückgekommen ...«

»Hazel. Ich bin wegen dir zurückgekommen. Ich wollte mich entschuldigen.« Sie blickt suchend in meine Augen.

»Ich habe mit Dornbush gesprochen, weil du so etwas gesagt hast, bevor du gegangen bist, von wegen, sie wollten dich nicht. Jeremy hat mich übrigens draufgebracht. Du kannst dich bei ihm bedanken. Dornbush hat nachgeforscht. Du bist ganz normal hier reingekommen. Wer auch immer Einfluss nehmen wollte, ist nicht durchgedrungen. Oder ... es gab nie jemanden, der den Bewerbungsprozess beeinflussen wollte. Kann es sein, dass du deine Mutter missverstanden hast?«

Ich blicke sie fassungslos an. Und schüttele den Kopf. »Eigentlich nicht.«

»Ich habe Dornbush gesagt, dass ich weiß, warum du gefahren bist. Dass es genau der Grund ist, dass du nicht auf diese Art etwas erreichen wolltest, sondern durch dich selbst. Allein. Du kannst mit ihm reden. Er ist ... ein kluger Mann. Ich fürchte, ich habe ihn etwas zu sentimental umarmt.«

»Woher weißt du das alles?«

»Du hast es mir so halb erzählt. Dann war ich bei Dornbush. Weil Jeremy meinte, du wärst viel zu gut, als dass da was nicht stimmen könnte.« Ich zucke mit den Schultern. »Es war nicht so schwer.«

»Ich glaube, das ist zu spät. Ich kann mich nicht entschuldigen und dann einfach weitermachen.«

»Landon. Man kann sich *immer* entschuldigen. Immer. Dornbush … er mag dich. Er war so unglücklich, dass du weggegangen bist. Er wollte dich nur nicht überreden, er glaubt, du musst es selbst wollen. Ich muss jetzt zu Layla«, sagt sie.

»Ich bin mir sicher, es wird großartig.«

»Jeremy ist nicht so schlecht.«

Der Satz versetzt mir einen ziemlichen Stich. »Ich schaue es mir an. Ich verstecke mich im Publikum. Ich habe eine Baseballkappe dabei.«

»Was für eine Tarnung.«

»Ich bin ein ehemaliger Serienstar aus L. A. So was kann ich.«

»Ich komme danach zum Bühnenausgang und warte auf dich.«

Sie steht auf, nimmt ihren Rucksack und geht zur Tür. »Zieh einfach zu, wenn du gehst.«

»Hazel«, sage ich. »Nur, dass nicht irgendein Zweifel besteht. Ich bin nur aus einem Grund hierhin zurückgekommen. Aus einem einzigen. Der Rest ist … egal.«

»Der Rest ist nicht egal. Du solltest am MCPA bleiben.«

»Wir sehen uns danach. Warte auf mich.«

Sie kommt zu mir und gibt mir einen Kuss, einen leichten, vorsichtigen Kuss. Er ist gleichzeitig vertraut und neu. Ich schließe sie in meine Arme und sie seufzt, aber sie zögert. »Ich muss wirklich gehen, Landon. Sonst verpasse ich die Aufführung wegen dir, und das gäbe Ärger. So richtig. Aber danke, dass du zurückgekommen bist. Für mich«, sagt sie. Und das ist mehr, als ich zu hoffen gewagt habe, als ich morgens in L. A. ins Flugzeug gestiegen bin. Es ist das Schönste, was sie mir schenken kann.

Sechsundvierzig

Landon

Hazel ist richtig gut. Jeremy ist auch nicht schlecht. Und Layla als naive Hero ist großartig. Ihre ganze überbordende Sexualität in die unschuldige Hero übersetzt, ergibt eine faszinierende Mischung. Sie spielt mit so viel Leidenschaft und Gefühl. Ich ertappe mich dabei, wie ich den Text mitspreche.

In der Pause sehe ich Nate. Er unterhält sich mit ein paar Leuten, ich werde mit ihm sprechen, wenn er allein ist. Ich gehe in den Flur und lese die Aushänge und vermeide es, in die Gesichter der anderen zu sehen. Kurz darauf tippt mir jedoch jemand auf die Schulter. Ich drehe mich um und es ist Dornbush. Er trägt einen dunkelgrünen Sommeranzug, den er vielleicht für diese Art von Vorstellung herausgeholt hat.

»Landon. Doch schon früher zurückgekehrt?«, bemerkt Dornbush.

Ich nicke. Ich weiß nicht, was ich sagen soll. »Sie sind sehr gut. Jeremy ist sehr gut«, bringe ich mühsam hervor. Dornbush beobachtet mein Gesicht und ich spüre förmlich, wie meine Gesichtszüge in Zeitlupe entgleiten.

»Du warst oft besser«, sagt Dornbush schlicht. Er wirkt so ruhig. »Hazel hat mir erzählt, dass du hier bist.«

»Ich habe die Rolle abgelehnt«, sagte ich. »Zu viele Kompromisse. In jeder Beziehung. Ich hätte es früher erkennen müssen. Viel früher. Ich kann nicht glauben, dass ich alle so im Stich gelassen habe. Für nichts, das es wert gewesen wäre«, sage ich. »Ich kann mich nur entschuldigen.«

»Du bist gestraft genug, dass du nicht in der Rolle glänzen konntest. Ihr wart etwas Besonderes in den Hauptrollen, du und Hazel. Freunde hast du dir keine gemacht. Aber Jeremy hat die anderen beruhigt. Er ist für dich eingetreten, falls es dich interessiert. Ich würde mich freuen, wenn du weitermachst. Du kannst dich noch entwickeln.«

»Ich weiß nicht, was ich sagen soll«, bringe ich hilflos hervor.

»Sag einfach Danke, Landon. Freunde machen manchmal Dinge für einen, von denen sie selbst keinen Nutzen haben.«

Und damit dreht Dornbush sich um und ist weg.

Siebenundvierzig

Hazel

Zwei Tage nach der letzten Aufführung machen wir ein BBQ zum Abschluss des Semesters im Garten von 344 Washington. Jeder im Haus durfte Freunde einladen. Yuna, deren Rihanna-Choreo ein riesiger Erfolg war, hat mich mitgebracht und es sind ziemlich viele Studis geworden, welche die weiße Holzveranda und die Wiese davor bevölkern. Viele mir bekannte Gesichter, ich bin inzwischen angekommen hier. Eduardo liegt mit Iris, Yunas Kollegin aus dem Tanzprogramm, im Gras und hält Händchen. Da die Balletttänzerin Iris die Ausstrahlung einer schwedischen Prinzessin hat, ist es irgendwie kein Wunder, dass die beiden sich gefunden haben. Brida aus dem *Books & Beans* ist auch da und bequatscht Miles, dass er sich endlich einen Agenten für seine Kunst suchen soll.

Wir haben Glück mit dem Wetter, die Abschlussprüfungen sind für fast alle vorbei und bald trennen sich die Studenten für den Sommer, bis im Herbst das neue Studienjahr beginnt. Das Summen der fröhlichen Gespräche liegt in der Luft. Die meisten trinken Limo, Wasser oder Bier direkt aus der Flasche. Miles hat sich bereit erklärt, den Grill zu bedienen, und der Duft von Würstchen, Burgern, Steaks und Grillgemüse auf dem Rost lässt mir das Wasser im Mund zusammenlaufen. Vielleicht gönne ich mir heute zur Feier des Tages einen Burger.

Es gibt auch vegane Burger, was Landon gefallen würde, der in diesem Moment um die Ecke in den Garten kommt. Er lächelt, als er mich sieht. Seine dunklen Augen blitzen. Ich verstehe mal wieder, warum er so oft für genau die Rolle gecastet wurde, die er nicht mehr spielen will: der hübsche Herzensbrecher.

»Wie ist es gelaufen?«, frage ich ihn zur Begrüßung.

Landon hat gerade seinen Abschlusstest in Chemie nachgeholt.

»Ich war nicht hundertprozentig vorbereitet, aber ich denke, es hat funktioniert.« Er grinst. Er hat Bartstoppeln am Kinn. Die Sonne ist heute kräftig und ich sollte vielleicht Sonnencreme benutzen, weil ich mich so schnell verbrenne. Aber es gibt keinen besseren Himmel, in den ich gerade schauen möchte, als den weiten blauen Himmel von Montana.

»Und bei dir?«, fragt Landon.

Ich trage noch meine Sportklamotten, weil ich vorhin die Abschlussprüfung in Bühnenkampf hatte. »Ich fürchte, als Stuntfrau werde ich nie gebucht werden. Mein Talent ist begrenzt«, murmele ich. »Aber sie hat mich bestehen lassen, weil ich so fleißig war. Ich bin einfach kein sonderlich sportlicher Mensch.«

»Man kann nicht alles können«, sagt Landon. Er nimmt meine Hand, schnappt sich zwei Cookies aus einer Schale, die auf dem Buffet steht, und zieht mich mit sich zu einer freien Stelle im Gras. Ich liebe es, seine Hand zu umfassen, wie immer. Meine Hand kann sich in seiner verstecken und trotzdem fühle ich mich nicht unterlegen.

Ich lasse mich in den Schneidersitz sinken. Das Gras kitzelt an den Beinen. Er lässt meine Hand los und reicht mir einen Cookie. Ich weiß nicht, was ich lieber möchte, die Hand oder den Cookie.

Ich nehme dennoch den Cookie. Dann ist seine Hand wieder frei für mich. Win-win.

»Du warst so gut auf der Bühne«, sagt Landon.

»Ich bin tatsächlich selbstsicherer geworden. Vielleicht bin ich jetzt unabhängig, weil ich auch ohne dich meine Bühnenangst besiegen kann.« Ich seufze.

»Ich mag auch die alte Hazel. Die unsichere Hazel aus dem *Drunk Bull,* die sich nicht neu entworfen hat. Die sich um Kopf und Kragen redet und einfach … sie selbst ist. ›Sei du selbst, alle anderen gibt es schon.‹ Das hat schon Oscar Wilde gesagt, wie du eigentlich wissen müsstest. Aber der Rest ist von mir. Und ich habe gar nichts dagegen, wenn du mich brauchst, um irgendetwas zu überwinden, wenn Lampenfieber kein Problem mehr ist, finden wir vielleicht was Neues.«

Ich blicke ihn an und versuche herauszufinden, was er mir sagen will.

»Ich brauche dich mehr als du mich. Und ich übe gerade, das zuzugeben«, erklärt er.

Seine Hand greift nach mir und vorsichtig presst er einen Finger gegen meine Stirn, wo sich eine Falte gebildet hat. »Du übst mit mir? Das klingt nicht so vertrauenerweckend. Und es gibt ein Problem«, sage ich und kurz steht Panik in seinem Gesicht, bis ich lächeln muss.

»Ich bin schon seit einem Jahr hier. Ich bin wesentlich cooler als die Hazel aus dem *Drunk Bull.*« Ich lächele breiter und dann greife ich nach seiner Hand und unsere Finger spielen miteinander. Wir müssen beide schmunzeln, denn ich glaube, wir haben den gleichen Gedanken dabei.

»Ich bin ganz schön froh, dass du nicht mehr Jeremy küsst. Es war überzeugend.«

»Er macht das ganz gut.«

»Hazel.«

»Sein Interesse ist abgeflaut.«

»Das freut mich zu hören. Vielleicht kann ich mich jetzt doch noch mit ihm anfreunden.«

»War es schlimm, nicht spielen zu können?«

»Ich bin trauriger, dass Jeremy dich geküsst hat. Ich hoffe auf *Hamlet* nächstes Semester.« Sein Blick fällt auf etwas neben mir. »O nein«, sagt er. »Er hat es an.«

Ich folge seinem Blick und sehe Nate, der auf uns zukommt. Er trägt ein blaues T-Shirt, das über und über mit Pikachus bedruckt ist. Ich blicke zu Landon und zurück zu Nate. »Ich fürchte, das ist das hässlichste T-Shirt, das ich jemals in meinem Leben gesehen habe«, bemerke ich. »Entschuldige meine Offenheit, Nate, aber da bekommt man Pickel in der Pupille vom Zuschauen. Wie kann man sich nur so was aussuchen?«

»Lustig, dass du das sagst. Frag doch mal den Möchtegern-Influencer da neben dir. Ist ein Mitbringsel aus L. A., wenn ich das richtig verstanden habe?«

Landon zuckt mit den Schultern. »Gab's am Flughafen. Ich konnte nicht widerstehen. Ich dachte, so was funktioniert auch als Warnung für die weiblichen Mitbewohner auf diesem Planeten. Vielleicht halten sie sich dann fern.«

»Marshmallow, du verstehst echt nichts von Frauen. So ein T-Shirt finden die niedlich. Da kommen Beschützerinstinkte hoch. Die denken, dass sie mir bei der Auswahl meiner Kleidung helfen müssen. Das appelliert direkt an die Frauen mit modischem Helfersyndrom. Du wirst sehen.«

Er hebt eine Hand und Landon schlägt ein. »Ich bin echt froh, dass du wieder da bist. Sonst hätte ich dich holen müssen. Ich konnte auch Hazel nicht so unglücklich sehen. Was auch immer sie an deinem kleinen, verweichlichten Hollywood-Arsch findet.« Er blickt auf unsere Hände. »Okay, ich gehe jetzt, dann könnt ihr fummeln. Ich suche mal eine Frau mit Helfersyndrom.« Und damit zieht er weiter.

»Und jetzt?«

Wir blicken auf unsere Hände, als wüssten sie die Antwort.

»Ich weiß noch nicht so genau, wie es geht, wenn … es echt ist. Ich hatte es noch nicht, so ohne Instagram-Bilder und -Videos. Aber eigentlich müssen wir wahrscheinlich gar nicht so viel ändern. Ich glaube, wir hatten schon einen guten Start.«

»Stimmt. Und jetzt hatte ich immer noch nie einen One-Night-Stand. Dabei wollte ich das doch mal erleben«, murre ich.

»Das Zeitfenster dafür ist jetzt zu. Also, wenn du das auch willst.« Er greift nach einer Haarsträhne und beginnt sie zwischen den Finger zu zwirbeln, wie er das manchmal tut. Plötzlich habe ich den Gedanken, dass er wirklich Benedikt ähnelt, was natürlich völlig unlogisch ist. Er zieht mich noch etwas näher und presst einen vorsichtigen Kuss auf meine Lippen. Seine Lippen sind samtig, wie ich sie in Erinnerung habe, warm von der Sonne, mit einem Hauch Cookiegeschmack. Es gibt vielleicht keine perfekteren Lippen zum Küssen.

»Du liebst jemanden nicht wegen seines Aussehens, seiner Kleidung oder seines schicken Autos, sondern weil er ein Lied singt, das nur du hören kannst«, wiederholt er das Zitat an meiner Wand, das ich so gut kenne, nah vor meinem Gesicht. »Ich glaube, ich kann deins hören. Das habe ich damals schon gedacht.«

Hinter ihm ist dieser Himmel, der so viel Freiheit verspricht, die Sonne.

»Ich wollte nie nach Montana, weil ich dachte, dass ich hier alles verpassen würde. Dabei ist es genau andersherum. Ich habe hier alles gefunden.«

Seine Worte betäuben mich fast, sie gefallen mir viel zu gut, und mein Kopf wird leicht. Er hat immer diesen Effekt auf mich. Ich muss lächeln, denn ich weiß plötzlich eine Antwort. »Mehr von Ihrem Gespräch würde mein Gehirn infizieren.«

Er lacht leise. »*Coriolanus.* Eine Shakespeare-Beleidigung. Meine Art von Dirty Talk«, murmelt Landon und zieht mich näher zu sich heran. »Ich glaube, viel besser kann es nicht werden.« Seine Hände umfassen meinen Rücken.

»Ich habe auch alles gefunden, was ich brauche. Mehr als das. Viel mehr.«

Dank

Als ich *Chasing Fame* geschrieben habe, musste ich natürlich auch an meine eigene Zeit denken, als ich im College Theater gespielt habe und geduldige Zuschauer sich die *Publikumsbeschimpfung* von mir haben anschauen müssen, was im Rückblick schon eine ziemliche Zumutung für jeden ist. Andere durften (mussten?) mich als lustige Oma auf der Bühne erleben. Es hat Spaß gemacht und beim Schreiben kamen viele Erinnerungen hoch.

Danke an Marieke Kühne von textzucker und unsere Monster-Brainstorming-Session, als ich alles schon verloren glaubte und dann Licht am Endes des Tunnels sah. Und für das Teilen deiner eigenen Theatererfahrungen. Sie sind eingeflossen. Du hast dich von einem Rohmanuskript im schlimmsten Zustand nicht abschrecken lassen. Das ist eine Kunst.

Danke an meine lieben Autorenkolleginnen und -kollegen, ihr seid die Besten. Wirklich!

Danke an meine Testleserinnen Janina (@_zeilenkino_) und Sabrina (@textwerkstatt) und Janina (@janinchenloves) für gute Laune und eure wertvollen Hinweise.

Danke an Tanja Stein für deine Geduld, Positivität und gute Laune und den vielen Input. Es ist immer eine Freude. Danke an meine Lektorin Wiebke Bach, für deine hilfreichen

Vorschläge, dein kritisches Auge und vor allem für deine wirklich endlose Geduld mit einer unzufriedenen, übernächtigten Autorin. Danke an Dagmar Giersberg.

Danke an Greta Frank für den Glauben an die Bücher und dass du immer ein offenes Ohr für meine »gefährlichen« Design-Ideen hast. Ich freue mich über alles. Danke an noch viel mehr Menschen bei Piper, in der Herstellung und natürlich im Vertrieb, die helfen, dass das Buch so wird, wie es wird, und auch noch Leser findet. Danke an Elisa Daum für deine Ideen und an Theresa für Instagram-Unterhaltung.

Danke an Bernd und Adonis für die tägliche (!) morgendliche überschwängliche Begrüßung und den besten Double-Shot-Cappucino. It's fun. Ja, ich meine euch! Ich schreibe wirklich Bücher.

Danke an Nikki Greb für all die Schauspielschul-Storys. Ich wäre gern dabei gewesen. Die Farrah-Fawcett-Sache konnte ich leider nicht verwenden. Wäre nicht glaubwürdig gewesen, weil heute so was nicht mehr erlaubt ist! Sorry, liebe LeserIn, das war ein Insider für Nikki.

Danke an euch, liebe Leserinnen und Leser und verrückten Bookstagram-Menschen und überhaupt. Ohne eure Begeisterung hätte ich schon längst den Glauben an mich verloren. Aber so mache ich gnadenlos weiter. Ich danke euch für die ganzen Besprechungen, Rezensionen und eure Nachrichten. Es bedeutet mir so viel mehr, als ihr glaubt. Ja, noch mehr.

Amanda Davis. Du hast damals das Theaterstück geleitet und mit meinem begrenzten Talent gepaart mit viel Lampenfieber optimistisch gearbeitet. Du hast mich zum Essen ausgeführt. Du warst großzügig und hast so viel Energie und Humor und Geduld in deine Projekte gesteckt. Und dann hast du dein erstes Buch geschrieben, da hatten wir keinen Kontakt. Liebe Amanda, du bist viel zu früh und unter so tragischen Umständen gestorben, dass deine Lektorin dir den Plottwist nie abgenommen hätte. Ich habe viel an dich gedacht beim Schreiben. Du bist nicht vergessen.

Es fehlen mit Sicherheit noch viele weitere Menschen, denen mein Dank gilt, aber, Leute, ich muss jetzt echt ins Bett. Morgen geht's mit Band drei weiter.

Quellen

Die Shakespeare-Zitate sowie -Beschimpfungen im Buch stammen aus verschiedenen Stücken und wurden den öffentlich zugänglichen Quellen in deutscher und englischer Version entnommen. Der Wortlaut wurde gelegentlich von der Autorin modifiziert (Abruf im Mai 2021).

https://www.opensourceshakespeare.org/
https://www.projekt-gutenberg.org/shakespr/laerm1/chap006.html
https://www.nosweatshakespeare.com/resources/shakespeare-insults/
http://blog.neunmalsechs.de/2016/05/08/schoener-beleidigen-mit-shakespeare/

Die Zitate auf den Seiten 7, 31, 58 und 291 stammen aus (Deutsch von der Autorin):

Oscar Wilde. Das Bildnis des Dorian Gray, übersetzt von Hedwig Lachmann und Gustav Landauer, https://www.projekt-gutenberg.org/wilde/dorian/gray.html (modifiziert basierend auf englischer Ausgabe, Abruf im Mai 2021)

Joseph Bristow (Hrsg.). »The Complete Works of Oscar Wilde: The Picture of Dorian Gray: The 1890 and 1891 texts«, Oxford University Press on Demand, 2000.